U0455563

本书是国家社科基金项目"'新宗教意识'视野下的罗扎诺夫文学批评研究"（项目编号：15CWW015）的结项成果。

# 罗赞诺夫

文学

A STUDY ON
**V. V. Rozanov's**
LITERARY CRITICISM

## 批评研究

吴琼 著

社会科学文献出版社
SOCIAL SCIENCES ACADEMIC PRESS (CHINA)

# 目　录

# 绪　论

　　瓦西里·瓦西里耶维奇·罗赞诺夫（Василий Васильевич Розанов，也译为罗扎诺夫、洛扎诺夫），1856—1919 年，是白银时代俄国的思想家、哲学家、批评家、政论家、作家、教育家。作为白银时代一颗璀璨的巨星，他以勇于打破传统的创新精神、独树一帜的风格，照亮了文坛沉寂的夜空。同时，"离经叛道"的新宗教哲学思想、犀利而大胆的著述言辞、充满矛盾的悖论、开创的全新文学模式，使其成为白银时代最具争议的人物之一。罗赞诺夫的独特才华使其生前就受到许多文学家、批评家的关注，他们对其态度可谓大相径庭。一方面，理解与欣赏他的人认为，他是 19 世纪末 20 世纪初最杰出的思想家与文学家之一；另一方面，他也经常被同时代的人诟病，他们对他进行了尖锐的批评甚至辱骂，认为他"厚颜无耻""曲意奉承""毫无原则性"。无论是推崇者还是贬斥者，彼此的观点都针锋相对，这也使罗赞诺夫早在 20 世纪初期就成为一个难以解开的"谜"。可以说直到 21 世纪罗赞诺夫的研究才真正展开，越来越多的人加入"罗赞诺夫学"的研究队伍，作家的创作"谜团"也被一点点揭开。他的作品看似是杂乱无章的思想的堆砌，但真正懂他的人都知道，他的作品实则与他的个性是并存共生的。对于他来说，一切都不是恒定的，唯一不变的是对世界的感受。对于读者而言，他的生动与鲜活在于独特而无法复制，他尽管充满矛盾，但始终致力于冲破矛盾的障碍去寻求真理。

　　罗赞诺夫的第一部哲学专著《论理解：对作为一种完整知识的科学之本质、界线和内部结构的研究》（О понимании: Опыт исследования природы, границ и внутреннего строения науки как цельного знания, 以下简称《论理解》, 1886) 问世后, 并没有引起读者较大反响与评论界的关注。唯有康·列昂季耶夫 (也译为列昂杰耶夫) 独具慧眼, 洞察了该书的价值, 认为这本书展现出来的思想是一个 "真正的发现"①。1891 年, 罗赞诺夫的文学批评著作《陀思妥耶夫斯基的 "大法官"》 (Легенда о Великом инквизиторе Ф.М. Достоевского, 后被译为《论宗教大法官的传说》) 问世, 该书获得了广泛的关注, 并为他赢得了极高的声誉。

此后, 罗赞诺夫的专著不断问世, 他的价值被越来越多同时代的思想家、作家发现。吉皮乌斯 (З. Гиппиус) 认为, 罗赞诺夫 "与其说是一个人, 不如说是一种现象"。茨维塔耶娃在给罗赞诺夫的信中写道: "除了《心灵独语》, 您的东西我什么也没读过, 但我敢说——您是个天才。" 勃洛克说: "读一下罗赞诺夫的杰作《落叶》吧。里面有多少对书刊, 对文学, 对写作, 而更主要是对人生的深刻见解啊。" 高尔基称赞罗赞诺夫: "极有才华, 胆识过人, 思维敏捷, 但与此同时, 还可能是一个比陀思妥耶夫斯基更具悲剧性的人物。当然, 是个被搞垮和可怜的人。经常显得讨厌, 甚至愚蠢, 但归根结底, 还是俄罗斯当代最有意思的人。"② 可见, 他们纷纷肯定了罗赞诺夫的创作才华与独特性, 并对他作出了极高的评价。

罗赞诺夫的著述涉及诸多领域, 且庞杂无体系, 文学批评活动则贯穿其一生。他是白银时代重要的宗教哲学家, 是 "新宗教意识" 的创始人之一, "新宗教意识" 的许多主题都根植于他阐发的思想中。同时, 他还是独特的文学家, 他开创的 "新文体" 对现代主义, 甚至对后现代主义都产生过深远的影响。

罗赞诺夫的文学批评与其宗教哲学思想、文学观是密不可分的。本书结合 19 世纪末 20 世纪初独特的时代背景与文化语境, 探究俄国宗教

---

① 邓理明:《瓦·罗赞诺夫简论》,《俄罗斯文艺》1998 年第 1 期。
② 转引自郑体武《危机与复兴: 白银时代俄国文学论稿》, 四川文艺出版社, 1996, 第 322 页。

文化史中的"宗教哲学复兴"与"新宗教意识"现象，以此观照并提炼罗赞诺夫的主要宗教哲学思想。一方面，罗赞诺夫将自己的宗教哲学思想融入文学批评之中；另一方面，他以独特的文学观、世界观为标尺建构批评体系。本书通过细读罗赞诺夫丰富而驳杂的文本，梳理其批评视野中的普希金、果戈理、陀思妥耶夫斯基、托尔斯泰四位经典作家以及19世纪主要批评家，解读他对不同作家以及批评家所发表的具有鲜明倾向性的观点，辨析其文本背后的思想旨趣，从整体上探寻罗氏的文学主张。

从《论宗教大法官的传说》的宗教哲学批评，到摒弃传统经院模式的随笔式批评，罗赞诺夫的文学批评形式在嬗变的过程中逐渐形成了独特的风格。这种随性的批评涌现了许多闪光的思想，但也不乏偏激片面的言辞。本书在提炼批评家观点的同时，也对其进行批判性的接受，以期在罗氏批评的基础上公正地品评上述经典作家。

## 一　国外研究

（一）20世纪前20年研究

1. 关于罗赞诺夫的宗教哲学著述的研究

（1）反对罗赞诺夫所有观点，尖锐而激烈地抨击其创作，如卢那察尔斯基（А.М. Луначарский）、奥日戈夫（А. Ожигов）、布列宁（В.П. Буренин）、莫基耶夫斯基（П.В. Мокиевский）等人的研究。

（2）虽对罗赞诺夫创作的"无原则性"颇具微词，但肯定其提出的"生育宗教"以及肉体圣化的意义，如梅列日科夫斯基（Д.С.Мережковский，也译为梅尼日科夫斯基）、格里弗佐夫（Б.А. Грифцов）、斯特鲁维（П.Б. Струве）、古辛（В.П. Гусин）、菲洛索福夫（Д.В. Философов）等人的研究。

（3）以乌斯季英斯基（А.П. Устьинский）、戈列尔巴赫（Э.Ф. Голлербах）、霍文（В. Ховин）为代表的，理解罗赞诺夫所谓的"无原则性"，推崇他的社会与政治主张的人的研究。

戈列尔巴赫撰写了关于罗赞诺夫的第一部传记——《罗赞诺夫的个性与创作》。戈列尔巴赫是罗赞诺夫的好友、家中的常客，二人经常共同探讨问题。因此，他对罗赞诺夫思想的阐释相对客观且深刻。该书不是纯粹的传记，而是在真实地再现其创作与生活的基础上，对其进行了评价，展现了其思想的嬗变过程，可以帮助研究者深入了解作家的心理特性。这本书是"罗赞诺夫学"的必备书目，其中的许多观点都可以进一步展开研究。书后还附有罗赞诺夫与作者的通信，真切地传达出其心声。对于这本传记罗赞诺夫本人的评价也很高，甚至坦言阅读该书似乎"对自己也产生了某种新的体悟"[①]。

（4）认为他善于将哲学与艺术结合起来，还继承了俄罗斯某些不习惯建构体系的思想家的传统，如沃尔日斯基（А. С. Волжский）等的研究。

2. 对罗赞诺夫的宗教观的研究

主要针对罗赞诺夫创建的"肉体宗教""家庭宗教"，以及他的反基督及与《新约》相对立的倾向。斯维尼茨基（В.П. Свенитский）、扎克尔热夫斯基（А.К. Закржевский）、别尔嘉耶夫（Н.А. Бердяев）等人认为罗赞诺夫是"反基督"的，他试图利用犹太教、东方的宗教来改良基督教，用《旧约》取代《新约》。在《自我认识——思想自传》一书中，别尔嘉耶夫从柏拉图的爱欲出发，对比索洛维约夫与罗赞诺夫爱欲观，指出罗赞诺夫宗教观实际上是泛神论的，回归了多神教。他同时还发现梅列日科夫斯基从罗赞诺夫的思想中接受了"神圣肉体"的理念。作为白银时代杰出的思想家，别尔嘉耶夫为罗赞诺夫宗教哲学思想方面的研究奠定了基础。

弗洛连斯基（П.А. Флоренский）、涅斯捷列夫（М.В. Нестерев）、乌斯季英斯基等人则认为罗赞诺夫捍卫的是基督教的家庭，实际上他是一位虔诚的信徒。

3. 罗赞诺夫文学创作活动的相关研究

客观而言，评论者们无论是否赞赏罗赞诺夫的个性，毋庸置疑都充分肯定其杰出的创作才能。由于研究者的个人理念不同，所以采取不同的研究方法分析其作品。什克洛夫斯基代表的形式主义流派主要采取形

---

① Голлербах Э.Ф. В.В. Розанов. Личность и творчество.Пг: Вешние воды,1918, с. 92.

式主义方法分析了罗赞诺夫的文本，认为作家开创了全新的文学模式。他的作品摒弃了传统的体裁，打破了固定体裁的局限性。他采用大量独特的语义结构，摒弃了对文字的润色，以"未加工"的方式进行文学创作。他将相互对立、相互矛盾的思想与情感交融到一起。他的作品中经常出现不同主题之间的急剧转换。罗赞诺夫的"尝试"之举使读者得到了一种全新的独特审美享受。形式主义者什克洛夫斯基的研究根植于文体风格，展现了"罗赞诺夫学"的全新研究视角。此外，别林松（А. Беленсон）、特鲁别茨基（С.Н. Трубецкий）等人认为罗赞诺夫将象征主义与政论文相结合，在新闻中进行全新的文学实验，将其变成了自我表现的艺术。与形式主义者不同，他们坚持认为罗赞诺夫研究不应局限于形式层面，而应与内容相结合展开。

（二）20 世纪 20 ~ 80 年代中期的侨民研究

苏联时期，罗赞诺夫似乎立刻从人们的视线中消失了，其研究工作在很长一段时间内都处于停滞状态。其间罗赞诺夫的研究者主要是津科夫斯基（В.В. Зеньковский）、吉皮乌斯、洛斯基、弗洛罗夫斯基（Г. Флоровский）等侨居的批评家、作家和哲学家。

《俄罗斯哲学史》的作者——津科夫斯基主要关注罗赞诺夫的宗教哲学思想，展现了其复杂的精神探索之路。他认为罗赞诺夫的世界观是完整的，而且其鸿篇巨制之间是有着内在的统一的，但是罗赞诺夫的写作方式却使读者难以在其庞杂的创作中发掘该中心。在人们看来，罗赞诺夫仿佛是故意打破自身逻辑的印象主义者。然而实际上，他是具有严整思想体系的俄罗斯宗教哲学家之一。他对许多宗教哲学家都产生了深远的影响。津科夫斯基将罗赞诺夫的精神嬗变过程分为两个阶段。第一阶段，罗赞诺夫虔诚地皈依东正教，主要从文化角度出发研究东正教。《论宗教大法官的传说》《在模糊而尚未解决的世界》《宗教与文化》等是他这一时期的代表作。此后，他对历史基督教产生怀疑，基督教逐渐让位于"圣父的宗教"。对"人格主义"的挖掘是其在哲学史上的重要贡献，任何人都不能否定他对俄罗斯宗教复兴的积极意义。

弗洛罗夫斯基在《俄罗斯神学之路》一书第八章"前夜"中分析了

罗赞诺夫的宗教哲学思想。弗洛罗夫斯基从传统神学的角度分析罗赞诺夫，因此其评价不可避免地带有一定正统的保守主义色彩。他无法接受罗赞诺夫在宗教领域里的"叛逆"。他认为，罗赞诺夫眼中的世界是完美的、无须拯救的，因此罗赞诺夫是一位自然主义者，但不是宗教的自然主义者；罗赞诺夫是一位没有积极思想的东方异教徒。

吉皮乌斯在《沉思的朝圣者——回忆罗赞诺夫》中，以类似传记的随笔形式，将对罗赞诺夫的评价夹杂其中。她将罗赞诺夫称为一种"现象"，认为他不是在写作，而是在"倾诉"，因此读者感觉不到和文字之间的距离。她为罗赞诺夫正名："有人指责洛扎诺夫厚颜无耻。纵然是公允的指责，也会明显地失之公允，因为把人类一般的尺度和通常的要求加在洛扎诺夫头上，至少是不明智的。他是一笔难得的财富，但要看到这一点，就必须换个角度。否则就会忽略和损失这笔财富。"[①] 她认为罗赞诺夫"不是反上帝的"，实际上他永远与上帝在一起。吉皮乌斯本人与罗赞诺夫有私交，会进行思想的交流与对话，因此其回忆录是了解罗赞诺夫的重要史料与文献。

整体而言，许多侨民对罗赞诺夫的研究都是卓越的、闪光的。80年代后，罗赞诺夫学的侨民研究者还有伊瓦斯克（Ю.П. Иваск）、日列维奇（Е. Жилевич）、西尼亚夫斯基（А.Д. Синявский）等人。

西尼亚夫斯基《罗赞诺夫的落叶》一书，重点研究了罗赞诺夫的风格。他认为罗赞诺夫修辞天赋异禀，并认为他的修辞风格与他独特的世界观密不可分，风格只是其世界观的外部表现形式，展现了其思想内涵与特质，即对人与世界无限与毫无保留的爱。研究者还阐释了罗赞诺夫创作的艺术独特性以及不同层面的主观性主题。

（三）20 世纪 80 年代末期至 21 世纪初期的研究

20 世纪 80 年代末期，罗赞诺夫的创作又重新回到俄罗斯出版界与学术界的视野中。1988 年，《文学学习》第 1 期和《文学问题》第 4 期都刊登了罗赞诺夫的文章，宣告了罗赞诺夫的回归。此后，上述两家

---

① 吉皮乌斯:《往事如昨——吉皮乌斯回忆录》，郑体武、岳永红译，学林出版社，1998，第 129 页。

期刊又陆续登载了罗赞诺夫的作品及其女儿的回忆录。与此同时,《文学评论》《新世界》《伏尔加河》等核心期刊也纷纷刊发了罗赞诺夫的作品。

1989 年,罗赞诺夫《心灵独语》《文学沉思录》《教育的黄昏》《罗赞诺夫文选》等作品陆续发行。

与此同时,学界掀起了罗赞诺夫的研究热潮,诺索夫(С.Н. Носов)、法捷耶夫(В.А. Фатеев)、皮舒恩(С.В. Пишун)、尼科柳金(А.Н. Николюкин)等人都对罗赞诺夫展开了研究。

1991 年,"罗赞诺夫遗产研究与出版协会"成立。1993~2000 年,罗赞诺夫的文集共计出版 12 卷。

80~90 年代,罗赞诺夫的研究主要集中在宗教哲学思想方面,而诗学、文艺学的研究则属于次要方面。

尼科柳金是罗赞诺夫研究最杰出的贡献者之一,他主编出版了大量罗赞诺夫的专著,并为这些作品一一作序,它们也是罗赞诺夫研究的宝贵文献。1990 年,尼科柳金的专著《瓦·瓦·罗赞诺夫:突破传统思维的作家》出版,该书的书名展现了作者对罗赞诺夫的解读,在他看来,罗赞诺夫的思想不局限于传统意义上的文学观念,也不拘泥于文学传统。该书概述了罗赞诺夫的生平,《隐居》《落叶集》《当代启示录》三部作品是研究重点。尼科柳金认为,罗赞诺夫本身没有明确的是非观,在其世界观中,"左"或"右"、"是"与"非"之间的界限是模糊的,准确而言,"肯定"不一定永远是"肯定",而"否定"也不一定永远是"否定"。罗赞诺夫不关心政治阵营、文学派别问题,只对"自然"的人感兴趣。该书以及尼科柳金的研究可以视为"罗赞诺夫学"的研究基础。

1991 年,法捷耶夫的专著《罗赞诺夫:生平,创作,个性》出版,该书对罗赞诺夫的个性与创作展开研究,是罗赞诺夫学研究的又一力作。该书包含对罗赞诺夫的世界观产生重要影响的细节,并分析了其作品中的宗教、信仰、教会、性、文学、生命等重要主题。法捷耶夫还指出,实际上罗赞诺夫的风格折射了其哲学思想,法捷耶夫还分析了其与古典文学的联系，以及对 20 世纪作家的影响。整体而言，法捷耶夫对罗赞诺夫的评价是客观公正的，他指出罗赞诺夫不在意理据性与思想性，但同时他的作品也有积极的意义。法捷耶夫对罗赞诺夫的研究展现了 20 世纪 90 年代初俄罗斯文学研究的基本方法。

伊瓦斯克（Иваск Ю.П）也是罗赞诺夫的重要研究者，他的研究主要分析罗赞诺夫的文体风格和语言特色，他认为罗赞诺夫的作品以凝练的表达方式、质朴的形式、真挚的情感吸引读者。罗赞诺夫的作品使用了大量的口语体，"他开创了俄罗斯文学的全新形式，并实现了这种形式的极致与完美"。伊瓦斯克还提出："'非文学性'就是《隐居》《落叶》的风格。"[①]

皮舒恩在《罗赞诺夫的社会哲学》一书中分析了国外以及俄国的哲学思潮对罗赞诺夫思想嬗变过程的影响。他提出，罗赞诺夫"拥护的是保守主义的真理"，秉承这一思想，在罗赞诺夫看来，俄罗斯最有利的发展模式便是使家庭更加牢固、保护妇女和儿童、加大对文化和文学领域的监督力度。罗赞诺夫反对革命，反对以暴力的方式改变国家结构，而提倡改良的方式。皮舒恩从政治哲学的角度出发，探究了罗赞诺夫的精神世界的根源。虽然这是罗赞诺夫研究的新视角，但总体而言，缺乏对罗赞诺夫思想整体而全面的考量，因为他很难被归入某一派别或阵营。

诺索夫的研究专著《瓦·瓦·罗赞诺夫：自由美学》主要从文化学的角度进行阐释。他结合罗赞诺夫的世界观，研究了"罗赞诺夫现象"，分析了罗赞诺夫是不是"俄罗斯的弗洛伊德"。他认为，罗赞诺夫的创作补充并丰富了 20 世纪的"形而上"的思想。他还认为罗赞诺夫是一位难得的思想深刻之人，很难在现实生活中找到类似的人，而只能回归到悠久的历史中去寻找。此外，他还研究了罗赞诺夫思想的嬗变过程。该研究从文化学角度展开，可以说是一项重要的开拓。

1995 年，两卷本的《罗赞诺夫：创作与个性，俄罗斯思想家及研究者眼中的瓦西里·罗赞诺夫》出版，致力于研究罗赞诺夫的创作与个

---

①　Иваск Ю.П. Предисловие // Волга, 1991, №5, с.138.

性，书稿主要收集了近半个世纪罗赞诺夫同时代人的评论文章以及他的女儿与朋友的回忆，包括对罗赞诺夫的宗教哲学思想的研究以及文学创作的评价。

费佳金（С.Р. Федякин）的《论俄罗斯 20 世纪文学——〈隐居〉的体裁》是俄罗斯第一本研究罗赞诺夫的学位论文。该论文的创新之处在于对罗赞诺夫《隐居》的体裁进行研究。作者提出，作家的创作整体而言存在内在的统一性，作者对这种统一性的突出的共性特征进行了梳理。此外，他还分析了罗赞诺夫开创的全新体裁在俄罗斯文学中的发展。

1998 年出版的《20 世纪俄罗斯作家：人物索引词典》收录了罗赞诺夫这一词条，简要介绍了他的一生，评价《隐居》是"凸显鲜明个性的政论与抒情随笔的融合，将哲学的思考与现实结合在一起，呈现了一种新的文学样式，是介于哲学论著、随笔、散文、政论之间的文体形式"[①]。从《隐居》开始，罗赞诺夫的身份不仅仅是思想家、政论家，还是作家、修辞学家。《隐居》与《落叶》类似，《落叶》彰显了现实主义与后现代主义的两种特征，还反映了 20 世纪的一个重要趋势，即不再将重心放在情节的发展上，忽略情节，简化情节，致力于利用不同的艺术手段展现人复杂的内心世界。通过《隐居》等具有独特文体风格的作品，罗赞诺夫跻身于 19 世纪末 20 世纪初最具创新精神的作家之列。但其作品中充斥着各种矛盾与断裂，由此他的关注度与读者群体也受到了影响。该词条概括了罗赞诺夫的生平及三部曲的文体风格，研究较为深刻新颖。

2000 年，《20 世纪俄罗斯作家·传记词典》也将罗赞诺夫作为词条收录，将他的作品作为主线，从而梳理其思想，提炼出教会、宗教、家庭、婚姻、非婚生子、教育、战争与和平、革命、俄罗斯生活、文化和文学等主题，并提出《落叶》是随笔体散文，影响了什克洛夫斯、茨维塔耶娃等人的文体风格。

2001 年，鲍尔迪列夫（Н.Ф. Болдырев）的专著《奥西里斯的后

---

① Николаев П.А. Самосознание литературной критики // Проблемы теории литературной критики. М.: Издательство МГУ, 1980, с. 279.

裔还是最后一个旧约的先知——瓦西里·罗赞诺夫》问世。这本书让我们了解了罗赞诺夫多维而神秘的世界。作者还分析了罗赞诺夫神学思想的本质与源泉。作者提出思想家以无数个片段的形式建构自己的逻各斯，因此是需要整理提取的。青年时期，罗赞诺夫迷恋过实证主义，但那段时间之后，他便以感性直觉的方式思考问题，因而不宜再从实证主义的角度对他进行考查。作者认为东正教的圣愚，或东方佛教的禅宗是罗赞诺夫写作方式的历史原型。他还提出，在罗赞诺夫眼中，19世纪六七十年代的俄罗斯文学是"虚伪的"，作家们把自己的思想强加给社会，从而使民族走向灭亡。该作品从宗教学、神话学的角度研究罗赞诺夫，以新的角度对其独特思想进行解读。

　　2002年，法捷耶夫对此前的专著进行修订，出版了《俄罗斯灵魂的深渊：罗赞诺夫的生平》一书，这证明了他并没有中断对罗赞诺夫的研究。他结合罗赞诺夫的生平经历，重新审视作家个性与创作之间的关系。他认为罗赞诺夫的创作具有思想漫游的随笔特点，罗赞诺夫并不关注作品的"科学性"与"客观性"。罗赞诺夫的一大贡献在于使人们在20世纪初期重新关注陀思妥耶夫斯基的作品。罗赞诺夫发表的文学评论文章对俄罗斯经典文学的研究来说是一笔宝贵的财富。法捷耶夫对《隐居》杂糅性文体风格的阐释是这样的：作家摒弃科学文本的形式，而采用随意的写作形式或多声部的变奏。实际上，"三部曲"更像是篇幅短小的诗意化散文、艺术化的格言警句，作家只有通过这种形式才能勾勒出迥异、矛盾的世界图景。法捷耶夫没有受到范式批评模式的禁锢，而遵从罗赞诺夫的个人风格与创作个性，以独具特色的方法开辟了罗赞诺夫研究的新途径。

　　2004年，《神圣的罗斯·俄罗斯民族大百科词典·俄罗斯文学》这一词典也收录了罗赞诺夫这一词条，主要分析了其文学批评活动，阐释了批评家视域中的普希金、莱蒙托夫、托尔斯泰、果戈理、陀思妥耶夫斯基等经典作家。该词典主要介绍了罗赞诺夫的文学批评活动，将这个研究者长期忽视的角度提升到了一个全新的高度。

　　2007年，丘普里宁在《品味生活：今日俄罗斯文学》中主要分析了罗赞诺夫作品中的现代主义及后现代主义因素，并指出了受到他影响的俄国形式主义、后现代主义作家。这本书指出，罗赞诺夫的观点变化无常，他从不对自己的观点负责，他所运用的夸张的碎片化、片段化的叙述方式，体现了他内心世界的支离破碎，例如，早上他刚刚发表了反犹的观点，晚上旋即变成了亲犹太者，立刻反驳自己之前的观点，似乎故意将"两面性"的形式作为一种与同时代人进行对话的手段。罗赞诺夫无所顾忌，他毫不避讳地谈论自己的隐私。"崇高"与"低俗"的界限变得模糊，相互交替，事物的意义不再具有确定性，任何一种印象都可能被奉为真理，甚至作为唯一的存在方式。因此，罗赞诺夫的研究并不简单，可能需要花费几十年的时间才能建构出他的思想和情感体系。该书认为，罗赞诺夫的影响力非常大，"只要'传染'上少许罗赞诺夫的气质，他的矛盾与对立，就会跌入他的群体之中，仿佛拥有了他的才能，并或多或少地成为罗赞诺夫"。[1]

综上所述，对罗赞诺夫的研究主要集中在三个层面：一是生平传记研究，二是哲学宗教思想研究，三是诗学特征研究。

学界对罗赞诺夫文学批评的研究相对薄弱，这也是本书研究的重点。近 20 年来，俄国文学界围绕罗赞诺夫文学批评展开的研究活动基本集中在三个层面。

首先，从罗赞诺夫文学批评活动本身出发，研究其文学批评的特点、发展阶段以及批评观形成的原因，主要是系统化的研究活动。其次，从罗氏文学批评的内容，即批评的对象出发，研究罗赞诺夫视域中的普希金、莱蒙托夫、果戈理和陀思妥耶夫斯基等经典作家、文学作品及其思想核心。最后，文学研究者们通常按照年代梳理罗赞诺夫对于作家的文学批评，或者采用比较的研究方法，通过对比罗赞诺夫与其他批评家，如安年斯基、舍斯托夫等关于同一作家作品观点之异同，深度分析各位批评家的思想、手法、特点、文学批评的出发点和立足点等，使读者直观感受到罗氏文学批评的独特魅力。

---

① Чупринин С. Жизнь по понятиям Русская литература сегодня. М.: Время, 2007, с. 502.

1. 从罗赞诺夫文学批评活动本身出发

展开研究的有巴·阿·叶戈罗夫（П. А. Егоров）、戈鲁布科娃（А. А. Голубкова）、马·维·梅多瓦洛夫（М. В. Медоваров），他们就罗氏文学批评的特点、发展阶段和发表刊物进行了研究。

2014 年，戈鲁布科娃在《瓦·瓦·罗赞诺夫的文学批评：系统划分之尝试》（Литературная критика В.В. Розанова：опыт системного анализа）一文中，就罗赞诺夫的文学批评进程、促使其观点形成的因素、文学批评原则进行了系统的划分。作者依据罗赞诺夫不同时期的思想，将其文学批评进程划分为三个阶段，即实证主义、保守主义和颓废主义阶段，探讨了影响罗氏批评的因素，为罗氏批评研究提供了新的思路。

2016 年，叶戈罗夫发表了《瓦·瓦·罗赞诺夫文学批评的特点》（Особенности литературной критики В. В. Розанова），对罗赞诺夫文学评论的特点进行归纳与研究。作者在文中考察了与罗氏同时代的批评家对其文学批评的研究。分析了斯特拉霍夫、戈列尔巴赫和特鲁别茨科伊（Е.Трубецкой）等人关于罗氏批评之批评的特点，充分表露出罗赞诺夫文学批评的独特之处，即深邃的洞察力、充满象征色彩的感觉及批评的随意性。此外，叶戈罗夫还对罗赞诺夫文学批评的语言特点进行了分析，他认为，艺术语言的使用及以艺术语言组织的文本材料是罗赞诺夫文学批评最显著的特征，并展开了论述。叶戈罗夫的文章对罗赞诺夫的文学批评特点进行了系统的归纳与整理，是从宏观上把握罗赞诺夫文学批评特点的一篇佳作。

2020 年，梅多瓦洛夫发表了《罗赞诺夫与他的〈俄罗斯评论〉》（Розанов как сотрудник журнала «русское обозрение»）。作者另辟蹊径，从罗赞诺夫文学评论刊载的出版物——《俄罗斯评论》出发，对罗氏发表文章的规律和内容等进行探讨研究，以独特的视角探寻罗赞诺夫的文学批评特点。梅多瓦洛夫认为，罗赞诺夫在《俄罗斯评论》上的文学活动并不稳定，时间和题材两方面都有极大的变动。罗氏在该刊中三分之二的文章都是在极短的时间内发表的。纯粹的哲学思考与文学批评相互交替。罗氏对俄罗斯文学的批评、对哲学一般问题的思考和对俄罗斯教育制度革新的思考充分体现在其文章之中，而一系列文章的交替出现反映出其保守观点之演变以及对君主制之态度。

2. 对其文学批评内容，即批评中的作家之研究

1997年，梅德维杰夫（А.А. Медведев）的副博士论文《罗赞诺夫关于陀思妥耶夫斯基与托尔斯泰的随笔：理解问题》（Эссе В. В. Розанова о Ф. М. Достоевском и Л. Н. Толстом：Проблема понимания）提出，罗赞诺夫以随笔的方式阐释陀思妥耶夫斯基与托尔斯泰两位大师思想的嬗变过程。他认为罗赞诺夫的创作尽管表面上看似矛盾，实则内部存在某种对话性。罗赞诺夫使用的随笔形式，实际上是与其他人对话的现象学表现，只有从现象学角度才能洞察其独一无二的批评。可见，罗赞诺夫对托尔斯泰和陀思妥耶夫斯基的批评不囿于文艺学范畴，还从宗教哲学角度对其进行分析。

2005年，奥斯米尼娜的副博士论文《神话创作与对文化英雄的阐释：罗赞诺夫与普希金》（Творение мифа и интерпретация культурного героя：Розанов и Пушкин）借助"神话"与"文化英雄"的概念来建构罗赞诺夫批评视域中的普希金形象。她认为在批评家眼中，普希金是一位"文化英雄"，既是个体神话，也是民族神话，"每个人的神话都折射了个体存在的独特神话模式，展现了其信仰"。① 奥斯米尼娜旨在探索罗赞诺夫神化普希金的过程。她认为，得益于神话鲜活的特点，罗赞诺夫才可以与另一个世界交谈，在这场对话中，普希金是罗赞诺夫的英雄。该论文为普希金的研究开拓了新的角度。

2014年，尼科柳金发表了论文《莱蒙托夫的昨天与今天》（Лермонтов вчера и сегодня），通过比较罗赞诺夫对普希金和莱蒙托夫两位作家的不同态度，深入探讨了罗赞诺夫对莱氏作品的批评特点。罗氏认为，如果说普希金身上的特性是和谐，那么莱蒙托夫则永远处于冲突之中。莱蒙托夫的文学地位高于普希金。除了对两者进行比对，罗氏

---

① Осминина Е.В. Творение мифа и интерпретация культурного героя: Розанов и Пушкин. Кострома: Ярослав. гос. пед. ун-т им. К.Д. Ушинского, 2005, с.6.

还挖掘了莱蒙托夫内心世界存在的恶魔的一面，深度阐释了莱氏诗歌中的恶魔形象和它的含义。他认为，恶魔是莱氏一系列作品中的灵魂。莱蒙托夫的诗歌扮演着通往超感性世界桥梁的角色，任何以功利主义态度看待莱蒙托夫作品的批评家都具有庸俗的色彩。

2015 年，杰·斯·捷列基娜（С. М. Телегина）发表了《瓦·瓦·罗赞诺夫文学批评中的莱蒙托夫创作及其特点》（Личность и творчество М. Ю. Лермонтова в литературно-критическом наследии В. В. Розанова）一文。作者分析并总结了罗赞诺夫关于莱蒙托夫的文学批评，并以此归纳出莱蒙托夫的创作及个性体现。罗赞诺夫对莱蒙托夫有着非常浓厚的兴趣，并认为诗人个性和创造力都独特且超凡。捷氏认为，两者的相似之处决定了罗赞诺夫对莱蒙托夫的高度崇拜。在创作于 1898 年的关于莱蒙托夫的《永恒的悲伤决斗》中，罗赞诺夫提出了一个有关俄国文学真正起源的大胆的猜想。他认为俄国文学的起源并不在于普希金和果戈理，而是莱蒙托夫，他认为莱蒙托夫是后普希金时代俄国文学之起源。除了探寻罗氏对莱氏给予高度评价背后的原因外，作者还将罗氏对莱蒙托夫的文学批评进程分为四个阶段。第一个阶段，罗氏将诗人视作后普希金文学时代的俄国文学之父。第二个阶段，罗赞诺夫沉迷于多神教、反基督和颓废主义，此时罗赞诺夫从多神教视角研究莱氏作品，他视莱蒙托夫的诗歌为多神教文化和有关性的宗教本质的体现。第三个阶段，罗氏再一次回到传统的基督教视角考察莱蒙托夫的文本，并将诗人视作俄国民族精神的未来领袖。第四个阶段，罗赞诺夫已不再对莱蒙托夫进行专门的文学批评，但他却在自己的《当代启示录》中对莱氏作出评价，认为他是"令人难以置信的、不可想象的"天才。作者认为二者相似的宗教观和内心的冲突是罗氏大力称赞莱氏的主要原因。

2017 年，奥·哈舍米（О. Хашеми）发表了《19—20 世纪之交文学批评视域下的果戈理象征主义神话》（Сиволистикие мифы о Н. В. Гоголе по материалам литературной критики рубежа XIX-XX ВВ），作者从象征主义文学批评出发，深入探索了罗赞诺夫眼中的果戈理形象。从 19 世纪、20 世纪之交开始，俄国文学界对果戈理的文学研究由现实主义文学批评走向象征主义批评。象征主义文学界的研究者们以新的视角对其展开研究——从神话角度对果戈理及其作品进行分析，作家作品的神秘主义与神话形象成为研究热点。在作者看来，罗氏从根本上修正了文学界对果戈理作品中的现实主义解读，这在俄罗斯文学界和文化意识领域掀起了翻天覆地的变化。此后，果戈理文学批评中的现实主义和功利主义的社会观失去了主导地位。自罗赞诺夫起，象征主义文学界的批评家们开始通过非理性主义、神秘主义和反妖魔主义来看待果戈理。罗氏通过神秘主义解读果戈理，他认为果氏身上很大一部分的特质都拜恶魔所赐，而果氏作品中的神秘主义因素，如巫术、招魂术等皆是在家庭和性观念的基础上形成的，其笔下的超自然力量与肉体之爱、家庭因素息息相关。

2019 年，维·特·奥列依尼克（В.Т. Олейник）发表了《作为莱蒙托夫研究者的罗赞诺夫》（Розанов как лермонтовед）一文。作者在文中详细论述了罗赞诺夫对莱蒙托夫诗歌的批评，试图研究并总结俄国文学对莱蒙托夫诗歌遗产的继承和莱氏作品对俄国文学史的深远影响。除此之外，该文还总结了罗氏对莱蒙托夫诗歌中浪漫主义、善恶观的分析和研究，是比较完整的罗赞诺夫对莱蒙托夫诗歌批评成就的总结。

3. 通过对比罗赞诺夫与其他作家，从多角度考察罗氏文学批评的特点

季阿诺夫（Д.Н. Дианов）副博士论文——《19 世纪末 20 世纪初俄国宗教哲学批评家视域中的陀思妥耶夫斯基创作探索：列昂季耶夫、索洛维约夫、罗赞诺夫》（Творческие искания Ф.М. Достоевского в оценке русской религиозно-философской критики конца XIX - начала XX веков: К. Леонтьев, Вл. Соловьев, В. Розанов）分析了三位批评家对陀思妥耶夫斯基的研究。季阿诺夫认为罗赞诺夫思想的复调性决定了其充满悖论的美学观。罗赞诺夫善于从不同角度观察事物，并用丰富鲜活的语言将它们呈现在读者面前。季阿诺夫认为，罗赞诺夫以第一人称的视角将这些矛盾的观点传达出来，与陀思妥耶夫斯基以多个人物阐

释思想碰撞的复调形式不同。季阿诺夫提出，罗赞诺夫的批评是宗教哲学批评，他力求全方位研究陀思妥耶夫斯基的创作，并探索出了一种研究作家宗教观的新方法。

2014 年，别·叶·尼古拉耶芙娜（Б. Е. Николаевна）发表了《白银时代罗赞诺夫、安年斯基、舍斯托夫文学批评中陀思妥耶夫斯基的〈白痴〉研究》（Роман Ф. М. Достоевского «идиот» в критике серебряного века В.Розанов И.Анненский Л.Шестов），作者通过梳理罗赞诺夫、安年斯基和舍斯托夫三位批评家关于《白痴》的文学批评，归纳总结了三位文学家观点之异同，深度分析了《白痴》这一作品在罗氏文学世界所具有的重要意义。罗氏称《白痴》是"禁欲、纯净、人类苦难和精神赤贫之融合"[①]。尼古拉耶芙娜解读了罗氏对《白痴》中人物形象的深刻分析。梅什金公爵这一形象堪称陀氏的缪斯，罗赞诺夫在梅什金身上看到的是作者的"自传特征"，是陀氏处于宁静状态之中理想的心灵世界。梅什金公爵体现了陀氏与人民大众之间一定程度的疏离感。

2019 年，奥·马·马尔卡利扬（О. Э. Маркарьян）发表了《人生如悲剧：瓦·瓦·罗赞诺夫与费·伊·安年斯基视域下的易卜生〈布兰德〉研究》（Трагическое как человеческое: В. В. Розанов и И. Ф. Анненский о «Бранде» Ибсена），作者从易卜生的悲剧《布兰德》出发，研究罗赞诺夫与安年斯基戏剧批评的异同点。易卜生被批评家视作理想的古典悲剧化身，由于两位批评家身上都有某种特殊的悲剧意识，因此安氏和罗氏都拒斥《布兰德》中的英雄形象。他们反对超人，拒绝悲剧情绪无限制宣泄，认为《布兰德》是一部纯粹用来宣泄情绪的悲剧，是 20 世纪的新型悲剧。

总体而言，20 世纪 90 年代至今，俄国文学界对罗氏批评内容的研究，以及将罗氏与其他批评家进行横向对比的研究构成了罗赞诺夫文学批评研究的主要内容，但以年代梳理为主，缺乏系统化与层次化

---

① Николаевна Б. Е. Роман Ф. М. Достоевского «Идиот» в критике серебряного века (В.Розанов И.Анненский Л.Шестов) // Вестник КГУ им. Н. А. Некрасова, №6, с.163.

研究，其中对罗赞诺夫视域中莱蒙托夫的研究较为突出。可见，许多研究者发现了罗赞诺夫的矛盾性，但基本无法在阐释与梳理矛盾的同时，建构一个能够囊括罗赞诺夫批评观的、对不同作家批评的体系。研究者们纷纷局限于批评家的个别观点，因此无法从整体上分析其作品。可以说，解读罗赞诺夫存在一定的难度，他是白银时代最难驾驭的作家、思想家、批评家之一，这也要求研究者不断地改进与完善方法论。

## 二　国内研究

对于中国的俄罗斯文学的许多研究者来说，罗赞诺夫这个名字很陌生，主要因为国内从 20 世纪 80 年代起才开始开展少量的译介工作，此外，对于他的研究也相对滞后。80 年代台北远景出版社出版了美籍俄罗斯人马克·斯洛宁编写的《现代俄国文学史》，2001 年，该书由人民文学出版社再版，其中第六章"神秘主义、哲学家与马克思主义者"谈到了罗赞诺夫。斯洛宁强调了罗赞诺夫的复杂与矛盾，但也肯定了他在文坛的影响力，指出了他对"梅列日科夫斯基、吉皮乌斯、勃洛克、安伦斯基等人"的影响，"他奇特的风格，将失望与信念、神秘主义与极端的世俗、色欲与死的认知融合在一起，使他在近代俄国文学里有其特殊的地位"。斯洛宁还认为罗赞诺夫"不大看得起文艺作品，而且怨恨以文字在表达方面之限制"[①]。在这一章中，作者只是对罗赞诺夫进行了简单的介绍，虽指出了他的某些典型特征，但广度和深度都稍显不足，评价也带有稍许偏激的色彩。

1923 年，托洛茨基撰写了《文学与革命》一书。1992 年，该书由外国文学出版社出版。托洛茨基在书中用犀利的言语对罗赞诺夫进行了激烈的批判，认为他的本质就是恶劣的，称其为"懦夫、寄生虫、败类、马屁精"[②]。他从政治立场出发，认为罗赞诺夫同时为左翼的《俄

---

① 马克·斯洛宁:《现代俄国文学史》，汤新楣译，人民文学出版社，2001，第 113、111 页。
② 托洛茨基:《文学与革命》，刘文飞、王景生、季耶译，外国文学出版社，1992，第 27 页。

罗斯言论》和右翼的《新时代》写稿，是"两面性"的表现，称其"奴颜婢膝、精神寄生、胆怯"。他还提出，罗赞诺夫在"贝里斯案件"中对犹太人的态度与逝世前称犹太民族为"第一民族"是相互矛盾的。托洛茨基受到时代的影响，批评的主观色彩较重，他无法接受并理解罗赞诺夫的独特性，因此稍显偏激，且有失公允。

Т.Л. 布斯拉科娃的《罗赞诺夫的创造生涯》由冯觉华翻译，并于1995年发表，该文主要对罗赞诺夫的一生进行了较为清晰的梳理，并简要阐释了他人生中不同阶段的思想，重点在于其哲学思想的嬗变过程，即从"实证主义"到亲斯拉夫主义、保守主义，最后向主观唯心主义的转变过程。该文简明扼要，评价中肯，使国内读者能够从整体上把握罗赞诺夫每个阶段的不同思想及创作特点。

1997年，《世界文学》第3期刊载了郑体武翻译的《落叶》的片段，这是国内罗赞诺夫作品的最早译文。同年10月，上海远东出版社出版了郑体武翻译的《隐居及其他——洛扎诺夫随想录》，其中收录了《隐居》、《落叶》（第一筐、第二筐），以及《当代启示录》中的部分文章，这是国内罗赞诺夫作品的第一个汉译本。在绪论中，郑体武简要概述了作家超越传统文学范畴的写作风格，这也是国内关于其作品风格的最早研究。

1998年1月，学林出版社出版了由郑体武主编，李勤译的《自己的角落——洛扎诺夫文选》（"白银时代俄国文丛"之一），收录了罗赞诺夫的包括宗教哲学、文学评论、教育改革等领域在内的文章。郑体武为该书作序，简要地介绍了罗赞诺夫的生平及婚姻经历。他认为罗赞诺夫"一生都在不断地关注和探讨婚姻、家庭和性的问题，不能不说与此有着直接的关系"[①]。郑体武强调了罗赞诺夫的教育哲学家身份，介绍了他关于教育的三条主要原则。该书涉及的内容较为广泛，我们可以从不同方面了解罗赞诺夫的思想与精神文化遗产。

同年，学林出版社还出版了吉皮乌斯专著——《往事如昨——吉皮

---

① 洛扎诺夫：《自己的角落——洛扎诺夫文选》，李勤译，学林出版社，1998，"译者序"。

乌斯回忆录》，这本专著在俄文研究现状中已经提到，此处不再赘述。

4月，云南人民出版社还出版了郑体武翻译的《落叶集》，其中完整收录了《落叶》（第一筐、第二筐）。9月，中国文联出版社出版了"俄罗斯白银时代精品文库"，其中金亚娜和周启超主编的《白银时代·文化随笔》一卷，收录了罗赞诺夫的《思绪之芽》《关于文学的断想》《逝者如斯》三篇随笔，同时还有一篇彼·帕利耶夫斯基撰写的《瓦西里·罗赞诺夫肖像》。另一部由汪介之、葛军和周启超主编的作品《白银时代·名人剪影》，收录了梅列日科夫斯基的《瓦·罗赞诺夫》一文。这几篇文章都是同时代人对于罗赞诺夫的评价，是罗赞诺夫研究的重要史料。

12月，辽宁教育出版社出版了永穆、蒋中鲸翻译的弗·索洛维约夫等人编写的《关于厄洛斯的思索》，其中收录了罗赞诺夫的《作为一种信仰的家庭》《落叶》等作品。

除了上述的译介工作之外，国内对于罗赞诺夫的研究工作相对滞后。1996年9月，郑体武的专著《危机与复兴：白银时代俄国文学论稿》出版，其中有一章是"罗赞诺夫其人其文"，简略介绍了罗赞诺夫在俄罗斯的研究情况。同时，描摹了罗赞诺夫突出的个性特点，涉及其提出的婚姻、家庭、性问题以及犹太问题，最后探讨了罗赞诺夫的文学创作。短小的篇幅却涵盖了罗赞诺夫的主要思想与文学观，观点鲜明，不失为一篇有价值的研究文章。

1998年11月，中国电影出版社出版张冰的随笔性著作《白银悲歌》，该书生动地介绍了罗赞诺夫的一生，称其为"文体不法之徒"，阐释了他的文体与传统文体美学截然不同，但该文体对于那个时代有特殊的意义。

12月，周启超的《俄国象征派文学理论建树》一书在安徽教育出版社出版，比较全面地介绍了罗赞诺夫的理论建树，并对其重要的理论著作进行评述。

1998年，《俄罗斯文艺》发表了简要介绍罗赞诺夫的文章——邓理明的《瓦·罗赞诺夫简论》，这是国内学术刊物上首次发表的评论罗赞诺夫的文章。

同年，郑体武还发表了《洛扎诺夫的文学观》一文，该文准确而公允地探究了罗赞诺夫的文学观，阐释了他对文学的独特解读。作者分析了罗赞诺夫拒斥"文学性"的原因，并结合他的作品阐释了其对古典文学与同时代文学截然不同的态度。作者认为作家倾向于古典文学，在他看来现代文学早已"丧失了他所倡导的品质，丧失了真诚性和作者个性的投射，铅字使每个作家失去灵魂、面孔和性格，结果是铅字的作家为铅字的读者写作为铅字而存在的铅字的文学"①。这是国内最早的分析罗赞诺夫文学观与文体风格的文章，对国内研究者来说是一项有益的开拓。

1999 年，《北京大学学报》（哲学社会科学版）刊载了赵桂莲的《用心感知，让心说话——论罗赞诺夫的创作价值观》一文，探讨了罗赞诺夫表面上矛盾感性的创作表征背后的价值观。

1999 年 1 月，赫克的专著《俄国革命前后的宗教》出版，作者介绍了罗赞诺夫参与成立的宗教协会，分析了罗赞诺夫的宗教哲学观，以及他在"新宗教意识"当中的个人主义倾向，并着重分析了他对教会与性两方面问题的看法。

1999 年 2 月，云南人民出版社出版了梅尼日科夫斯基的著作《重病的俄罗斯》，其中谈到了罗赞诺夫。别尔嘉耶夫、梅尼日科夫斯基、吉皮乌斯等同时代人的文章为罗赞诺夫研究提供了一些客观的视角与真实的信息，这为研究罗氏工作奠定了基础。

1999 年，叶夫多基莫夫的专著《俄罗斯思想中的基督》翻译出版，作者是神学家，从神学的视角分析了罗赞诺夫，他认为罗赞诺夫"深入到旧约与新约的对立地带，选择了对大地的热爱，选择了圣经关于群众和此世财富的态度，祝福人类的所有快乐，沉浸在对旧约的向往中"②。

21 世纪，国内对于罗赞诺夫的翻译和研究迈向了一个崭新的阶段，学者们更多地将重心投射在他的宗教哲学领域。

---

① 郑体武：《洛扎诺夫的文学观》，《外国语（上海外国语学院学报）》1998 年第 5 期。
② 叶夫多基莫夫：《俄罗斯思想中的基督》，杨德友译，学林出版社，1999，第 96 页。

2000 年，张百春的专著《当代东正教神学思想——俄罗斯东正教神学》问世，其中"新宗教意识"一节分析了罗赞诺夫的宗教哲学观，包括性与家庭的宗教意义以及耶稣的形象，此外还梳理了他视域中的基督教与教会问题。笔者认为这本书是国内迄今为止对罗赞诺夫的宗教观研究专著中最为充分的一本。但罗赞诺夫本身的宗教思想矛盾而复杂，研究工作还需要进一步展开。

2002 年，华夏出版社出版了张百春翻译的罗赞诺夫的成名作——《陀思妥耶夫斯基的"大法官"》。中译本不但有利于罗赞诺夫研究工作的展开，还为陀思妥耶夫斯基的研究者提供了新的视角。2007 年该书再版，并更名为《论宗教大法官的传说》（以下或简称《传说》）。

2005 年，金亚娜的文章《B.罗扎诺夫的哲学和文学创作中的女性崇拜主题》发表，该文从文化学角度分析了罗赞诺夫视域中独特的女性哲学观，结合哲学家的人生经历，分析了哲学家创作中的女性主义问题，强调了他对女性地位提升的意义。该文依托女性崇拜的角度，阐释了罗赞诺夫视域中基督教的本质。

2006 年 1 月，雷纳·韦勒克的《近代文学批评史》的第七卷简要介绍了罗赞诺夫的生平，但批评家对其持批判态度。

同年 2 月，郑体武编著的《俄罗斯文学简史》中的第七章简要分析了罗赞诺夫《心灵独语》、《落叶》（第一筐、第二筐）的写作特点。

7 月，张冰的专著《白银时代：俄国文学思潮与流派》问世，简要分析了罗赞诺夫的文体风格，他认为哲学家创作的并非传统意义上的哲学论著，而更像是传达人生哲理与体验的随笔，他的宗教哲学著作看似充满个人隐私，却比抽象艰深的哲学阐释更加敏锐尖刻。对于罗赞诺夫来说，主题的选择决定了风格形式。

8 月，上海人民出版社出版了格奥尔基·弗洛罗夫斯基的专著——《俄罗斯宗教哲学之路》。他的研究在前面已经简要介绍，此处不再赘述。

9 月，谷羽、王亚民等人译的四卷本《俄罗斯白银时代文学史》问世，其中第一卷第二章简要分析了罗赞诺夫的文体，称其为"孕育在腹中的话语"①，其充分利用了加强语义的符号，以叙述式的散文体形式将日常生活记录下来。该书洞察了罗赞诺夫看似普通平实的语言背后蕴藏的精益求精的创作态度。

2007年8月，别尔嘉耶夫的专著《文化的哲学》出版，其中的《基督和世界：答B.B.罗赞诺夫》主要介绍了"新宗教意识"运动中罗赞诺夫起到的作用、与梅列日科夫斯基的渊源，以及他视域中的基督与世界主题，并阐释了他对俄罗斯民族性的理解。同时，别尔嘉耶夫的《论人的使命·神与人的生存辩证法》也在上海人民出版社出版，该书也论及了罗赞诺夫的宗教哲学思想，主要从伦理学角度探讨禁欲主义、性、死亡和生命等问题。

罗赞诺夫的部分作品也分别收录在不同的选集当中。中国华侨出版社出版的《俄罗斯散文百年精选》以及百花文艺出版社出版的《世界经典散文新编》，都收录了郑体武翻译的《落叶》。2005年山东友谊出版社出版了《灵魂的手书》，由方珊、何卉与王利刚选编，内容主要选自《论宗教大法官的传说》《落叶》等。

2009年2月，由阿希姆巴耶娃主编，索洛维约夫等人合著的《精神领袖》（徐振亚和娄自良译）出版，其中收录了罗赞诺夫对于陀思妥耶夫斯基的四篇文章评论文章，分别是《为什么我们感到陀思妥耶夫斯基很亲切》《陀思妥耶夫斯基与索洛维约夫之间的龃龉》《关于陀思妥耶夫斯基的讲座》《弗·索洛维约夫与陀思妥耶夫斯基》。

2013年，华东师范大学出版社出版了田全金翻译的《陀思妥耶夫斯基启示录——罗扎诺夫文选》，其中收录了罗赞诺夫对于陀思妥耶夫斯基的11篇评论以及《俄国文学批评发展的三个阶段》一文。译者还为此书作序，该书介绍了罗赞诺夫的生平、主要文艺思想以及影响，考察了罗赞诺夫对陀思妥耶夫斯基的艺术、哲学、政治几方面的评价。该书对陀思妥耶夫斯基的研究工作也有很大的帮助。

此外，罗赞诺夫文学创作与文学批评方面的研究有以下成果。

---

① 谷羽、王亚民等译《俄罗斯白银时代文学史》第一卷，敦煌文艺出版社，2006，第45页。

1999 年，上海译文出版社出版了由刘宁主编的《俄国文学批评史》，该书主要着眼于罗赞诺夫的文学批评活动，重点分析了他的《俄国文学批评发展的三个阶段》一文，简要地介绍了他对果戈理、托尔斯泰、陀思妥耶夫斯基等人的态度。罗赞诺夫作为批评家被收录到国内的批评史中，这也是第一本对罗赞诺夫的批评进行评价的著作，尽管篇幅不长，却也显示出罗氏正在作为批评家被国内学者接受。

2000 年 12 月，译林出版社出版了由张杰、汪介之著的《20 世纪俄罗斯文学批评史》，其中有一节介绍了罗赞诺夫的生平与著述，并简要考察了批评家批评视野中的几位重要作家。但书中对于他的文学批评观也是以介绍为主，研究工作可以说尚未充分展开。

2010 年，刘洪波发表了《孤独的天才，僵死的世界——瓦·罗扎诺夫眼中的果戈理及其创作》一文。该文主要研究了罗赞诺夫对果戈理的独特评价，分别探讨了批评家笔下果戈理的文学创作与现实的关系、果戈理与俄罗斯文学及历史发展的问题。作者结合罗赞诺夫的具体文本分析了他对果戈理与众不同的态度与认识。这篇文章是国内对于罗赞诺夫文学批评的第一次成功尝试。

2007 年 7 月，耿海英的博士论文《别尔嘉耶夫与俄罗斯文学》问世。该论文设专章研究别尔嘉耶夫与同时代人的交往，梳理了别尔嘉耶夫对罗赞诺夫思想的阐释，分析了后者对前者的启示作用，以及二者对待基督教的不同精神取向。

2014 年，纪薇发表了《罗赞诺夫文学批评中的莱蒙托夫》。在论文中，作者深刻地分析了罗赞诺夫对莱蒙托夫《恶魔》的解读。她认为，莱蒙托夫身上的神秘主义、对性的态度在很大程度上与罗赞诺夫的观点相契合。基督教对性之否定使其成为死亡的宗教，而莱蒙托夫笔下的《恶魔》，是对正统基督教的反叛，是生机勃勃的自然力量之体现，反映出古代宗教的美感以及男性与女性特性之结合，这是罗赞诺夫所认可的宗教观，也是他一直在寻觅的与作家的共鸣感。

2015 年，耿海英发表了《"奇妙的永恒"——罗赞诺夫的普希金》。作者深入探讨了罗赞诺夫对普希金的赤诚之爱及其表现和原因，并将罗赞诺夫对普希金的文学批评进程划分为三个时期。作者认为罗赞诺夫对普希金的研究是深入和全面的，普希金及其作品本身存在"和谐性"、"包罗万象性"、"永恒性"、"教育性"和"民族性"。该文对罗赞诺夫笔下的普希金进行了多层面的梳理，较好地把握了批评家在普希金研究过程中的关键词。

2015年，杨旭发表了《罗赞诺夫的陀思妥耶夫斯基批评》一文。该文从罗赞诺夫对陀思妥耶夫斯基的文学评论出发，以《卡拉马佐夫兄弟》为例，将研究重点放在罗氏对《卡拉马佐夫兄弟》中一众人物形象的分析上。作者认为，罗赞诺夫对陀氏研究的重点主要集中在人物性格上，并着力发掘人物形象隐含的深层含义。陀氏创作出的伊万、阿辽沙、德米特里还有斯麦尔加科夫等人，性格复杂、混乱、冲突，实质上都表达了作者对黑暗生活的态度。除此之外，杨旭还进一步分析了罗赞诺夫的宗教观与文学批评之融合。罗氏认为，堕落是人类精神发展的核心阶段，他通过对陀氏作品的深度发掘来验证自己对俄罗斯人性和俄罗斯民族精神的看法。

2018年，田全金发表了《罗扎诺夫论陀思妥耶夫斯基：关于"瘙痒"的"神言"》。深度分析了陀氏作品中"瘙痒"之内涵以及罗氏是如何看待陀氏作品中的"瘙痒"的。在罗氏看来，"瘙痒"是人生常态，具有不同的效果，因此他不对陀氏作品中的"瘙痒"来源进行探讨，而是逐一对其效果进行解释。此外，文章还研究了罗赞诺夫对陀思妥耶夫斯基"先知"身份的论述，即陀氏具有"先知"的特性，他的作品就是他的"神言"，是神赐予他的独特能力，而这个神就是陀思妥耶夫斯基的"灵感"。

宋胤男从罗赞诺夫对果戈理的文学批评入手进行了研究。2017年，发表了《白银时代宗教哲学批评视阈下的果戈理研究》，2019年，又发表了《一生爱恨纠缠：瓦·罗赞诺夫评果戈理》。作者从罗氏的角度出发探讨果戈理作品的神秘性和善恶观。除此之外，宋胤男还对罗氏之果戈理文学批评的特点进行了总结。作者认为，罗赞诺夫对果戈理的文学批评是不理性的，甚至是情绪化的，从最初贬低果戈理到其晚年对果戈理态度的修正，体现了其自身文学观的转变。作者还探讨了罗赞诺夫对果氏作品弃如敝屣的三点原因。

综观国内罗赞诺夫的研究与译介情况，我们认为，一方面，原著的翻译工作具备了一定的基础，但就罗赞诺夫浩瀚的著作而言，尚处于起步阶段；另一方面，国内对罗赞诺夫的研究方兴未艾，基本以译介的形式为主。总而言之，国内文学界对罗赞诺夫文学批评的系统化研究较少，此外，对罗赞诺夫视域下的外国作家研究、对罗氏文学批评的诗学特点研究还有待进一步补充和完善。

### 三 研究的目的、学术价值与现实意义

罗赞诺夫一生著述颇丰，生前出版的作品就达三十多卷，内容涉及宗教、哲学、教育、文学、文化等诸多领域。罗赞诺夫一生写下了大量的批评文章，他从《论理解》开始创作，凭借文学批评著作《论宗教大法官的传说》蜚声文坛，直到最后的随笔"三部曲"，文学批评活动始终伴随着他。90 年代，俄罗斯陆续出版了罗赞诺夫的三卷本批评文集，《文学断想》（Мысли о литературе，1989）共 585 页，《在艺术家中间》（Среди художников，1994）共 465 页，《论创作与作家》（О писательстве и писателях，1995）共 704 页。这些著述对俄罗斯文学乃至世界文学而言都是一笔璀璨瑰丽的宝贵财富。

俄罗斯对于罗赞诺夫宗教哲学思想的研究早在白银时代就已经展开，并且较为广泛与深刻，而对他的文学批评的研究始终没有充分展开，学界还缺乏系统梳理其文学批评的著作，对他的批评研究长久以来只是囿于某一思想层面或某一理论主题的阐述，难免会有重"点"而疏"面"的弊端。然而，罗赞诺夫是一位不看重理性与逻辑，而倾向于直觉和感性思维的批评家与作家，他的批评特点就是解构了体系与文学性，从他庞杂零散的批评中抽离出一条清晰的逻辑脉络，建构条分缕析的体系是难以操作的，但从他批评视域中的作家出发，梳理其文学批评思想是有必要性与合理性的。

本书从罗赞诺夫文学批评的原著出发，进行开创性研读，力求用

原著的事实说话，以其批评视野中的普希金、果戈理、陀思妥耶夫斯基、托尔斯泰四位 19 世纪经典作家和别林斯基、车尔尼雪夫斯基、杜勃罗留波夫等 19 世纪的批评家为主要研究对象，梳理他对作家与批评家的批评，旨在从其繁杂、矛盾，甚至对立的观点中梳理出一条研究的线索，研究其思想在批评实践中的折射与映照，从而抽离出其重要的文学观念，解读其独特的创作个性，发掘其批评文本中蕴藏的深层内涵，揭示批评家的寻觅与超越之路。值得注意的是，罗赞诺夫许多标新立异的批评观点与视角都是对传统思维模式的颠覆，使我们从全新的角度审视这些经典作家，但对于一些偏激的看法我们需要批判地接受。

罗赞诺夫将俄罗斯文学分为黄金时代、白银时代、青铜时代，分别指代以普希金、果戈理、莱蒙托夫为代表的第一个时代，以托尔斯泰、陀思妥耶夫斯基、奥斯特洛夫斯基、冈察洛夫、屠格涅夫为代表的第二个时代，以同时代的作家为代表的第三个时代。他对文学层级的划分，折射了不同时期的文学在其心目中的地位。对罗赞诺夫来说，黄金时代的地位最高。而对白银时代的作家来说，内容比形式更为重要。青铜时代的创作则既不关注形式也不关注内容。虽然对黄金时代与白银时代的划分早就存在，但罗赞诺夫对文学时代的划分与他的文学观念和对文学的评判相关，他赞赏经典文学，同时也挑战传统价值，对同时代的文学评价大多是负面的。

罗赞诺夫知识渊博，他的批评内容涵盖方方面面，最重要的是他的批评离不开"新宗教意识"，该思想是他思考许多问题的出发点，因此他的批评不局限于纯粹的文学层面，对文学现象的评论也不是从单一的视角出发的。他的成名作——《论宗教大法官的传说》就是运用了宗教哲学批评的方法，这也是俄罗斯白银时代开创的新的文学批评形式，开辟了陀思妥耶夫斯基研究的崭新途径。罗赞诺夫以哲学的方式思考文学，同时运用独特的文学的方法阐释哲学，他的许多宗教哲学思想，他所探讨的婚姻、家庭、教育等问题都是用的这种方法。此外，文学不仅是罗赞诺夫的批评与创作的对象，还是其日常生活的一部分。他将文学阐释与生活的鲜活体验结合在一起，因此他的文学批评与艰深抽象的阐释不同，可以直击读者的灵魂，实现阅读的共鸣。

罗赞诺夫创作的《心灵独语》，是文学领域的一项重要"发明"，是一场翻天覆地的革命。此后的《落叶集》《当代启示录》也都延续了这一风格，被并称为三部曲。这些作品的结构复杂，风格杂糅，似乎是哲理抒情散文、是随笔、是箴言警句、是日记、是忏悔录、是政论文……但似乎又都不是，也许没有一种风格可以囊括其作品的所有表征。而正是这种新型的体裁，结合了散文的自如性、诗歌的抒情性、政论文的时事性、哲理文的深刻性。作家还打破完整的叙事结构，使叙述呈现片段状，这主要源于他着力呈现的是灵魂的悸动，是心绪的瞬间变化，并以此取代了虚构的情节，这也使得其作品在某种程度上具有印象主义特征。罗赞诺夫不矫饰，不说教，在他的笔下文学与生活之间的界限消失殆尽，读者体味到原汁原味的鲜活生活。早已厌倦了抽象的教条、书面化的文字、人与人之间隔膜的读者自然而然地会喜欢上这位作家，阅读他的文字，与其进行灵魂的交流。"他的这种不像文学的文学，没有形式的形式，或者说全新的形式，全新的文学"[①]，源自其全新的文学观念，以及试图瓦解"文学性"的尝试。罗赞诺夫就是这样一种现象，无法复制，难以模仿，这一切架构了所谓的"罗赞诺夫文体"（розановщина），这也是"二十世纪后三十年间俄罗斯文学最有影响力的传统之一"[②]。罗赞诺夫作品的形式标新立异，不落窠臼，他的文本"既具有现代主义因素，又折射出了后现代主义的美学特征，在俄罗斯艺术文化领域，作家提前70年就建构了这种文学样式"[③]。可以说，罗赞诺夫在文学领域所作的努力，对许多形式主义者、当代作家都产生了深远的影响。

罗赞诺夫的文学批评与文学创作活动可以说是两条并行且相互交错的主线，他许多独特的文学观念都已蕴藏在文学批评之中，而某些文学

① 郑体武：《危机与复兴：白银时代俄国文学论稿》，四川文艺出版社，1996，第341页。
② Чупринин С. Жизнь по понятиям Русская литература сегодня. М.: Время, 2007, с. 502.
③ Чупринин С. Жизнь по понятиям Русская литература сегодня. М.: Время, 2007, с. 502.

创作手法也应用在文学批评里。罗赞诺夫崇尚古典文学，而对当代文学颇具微词，认为它缺少真诚，湮没了作者的个性，丧失了灵魂的悸动与真实的面孔，三部曲正是对如上弊端的有力回击。文学的内容与形式本身就是两个相互依存的层面，形式同样能够传达出作家内在的深刻思想意蕴。

罗赞诺夫的研究在俄罗斯包括西方早已开展起来，作家的专著已陆续出版，研究专著、论文集、博士论文也都相继问世。而综观国内，罗赞诺夫的研究却刚刚起步，对于这样一位具有深刻研究价值和独特魅力的批评家来说，我们认为有必要不遗余力地展开研究工作。笔者希望能够通过上述的研究方法和创新，对罗赞诺夫体系庞大的文学批评思想及理论作出一番结合历时性和共时性因素的梳理和阐释，以此形成对其思想倾向与旨趣更为全面和深入的认识，从而为国内的罗赞诺夫研究贡献一份绵薄之力，并对已有成果进行补充与完善。

## 四　主要研究方法

罗赞诺夫拒斥逻辑与思辨的形式，也不推崇建构统一的理论体系。他重视的是对文学及文学批评的批评，是根植于作家与文本本身的实践活动，是摒弃了传统的文学观念，从而创作出具有鲜明个性特色的文学批评。本书没有简单地以时间顺序整理罗赞诺夫不同时期相互矛盾的思想，也没有机械地介绍他的文学批评思想，而是从他对不同作家的批评活动出发，以真实呈现他的批评思想特色为旨归。通过对罗赞诺夫批评观点与视角的解读、提炼，在其不同文章中梳理出相互关联的思想，或者在这一思想观照下相互矛盾的观念。虽然罗赞诺夫的大部分批评文章都是以随笔形式书就的，但他对每一位作家的解读方式却并不完全相同，如对普希金的宏观、整体式的感悟，对果戈理的细节化研读，对陀思妥耶夫斯基的宗教哲学式批评，这显然与他的思想倾向密不可分。笔者遵照罗赞诺夫本人的风格，尽量以他的批评特色为出发点，因此本书每一章的建构方式都不相同。主要采用文本细读法；历史比较分析法，即在将他与其他批评家进行比较的基础上，结合他的文本进行分析阐释，考虑共时与历时因素；传记印象主义研究，在细读文本的同时，还将结合他的人生经历，以及白银时代这一特殊的历史时期进行全面考察，深入地探索其文本产生的历史原因，进而比较深刻地理解和阐释其批评活动；文学的宗教与哲学阐释法，旨在对他的文学主张与见解作出较为准确的解读。

# 第一章 "新宗教意识"与罗赞诺夫思想探源

综观罗赞诺夫一生的作品，大多数内容都根植于宗教，可以说，宗教是其穷尽一生探索的对象与思想源泉，他对家庭、婚姻、性等问题的诠释也都建构于宗教之上，并由此汇集为一个有机的整体，只是罗赞诺夫的宗教是植入了个人观念的"新宗教"。正如津科夫斯基所言："根据不倦的思想内容来看，罗赞诺夫是最有天赋和才干的俄国宗教哲学家之一，同时也是勇敢的、富有多方面修养的、极端真诚的思想家。因此他对 20 世纪俄国哲学思想具有巨大的影响。"[①] 对罗赞诺夫的文学批评进行解读，必然无法回避他的宗教哲学思想，脱离这些思想便无法真正揭示其批评的奥秘。因此我们认为有必要首先对他的宗教哲学思想进行探究。另外，探究罗赞诺夫的宗教哲学思想，显然不能脱离白银时代的独特文化语境。

## 第一节 "宗教哲学复兴"

19 世纪下半叶，俄罗斯知识分子把全部的精力都用在推翻专制制度、建立人民政权以及解决社会问题与进行革命事业上了，忽视了精神层面的力量。实证主义、民粹主义等各种具有宗教虚无主义特征的思潮盛行。直到 19 世纪末 20 世纪初，"大多数俄国知识分子发生了思想目

---

[①] Зеньковский В. В. История русской философии. Т. I. М.: Академический Проек, 2001, c.524.

光和价值重心的转变：从外部转向内部，从表面转向深处"①，俄国才逐渐摆脱了实证主义和虚无主义的影响。但由于处于世纪之交这一特殊时期，加之末世论思想盛行，人们陷入了对未来的恐慌之中，国内弥漫着浓重的世纪末悲观情绪。此外，动荡的社会政治局势使人们产生一种灾难即将来临的不祥预感。当他们转向西方导师时，发现西方文化也已陷入危机。俄国知识分子独特的弥赛亚意识与自觉思想在这一时期表现得尤为强烈，他们逐渐突破传统的意识形态，由迷惘、困惑走向探索与寻觅，竭力扮演拯救民族的角色，从而开始了形式各异的思想探索，试图找到摆脱普遍困境的出路。由此，俄国的审美意识逐渐发生了转变，艺术家们对审美价值进行了重新评估。他们开始重新审视这一世界，"重估一切价值"，专注精神的力量，宣告争取精神的自由与权利。作家与艺术家的个性重新获得了解放。由此，现实的荒谬、精神的无助使信仰成为人们生命存在的重要支柱。在俄国知识分子看来，一方面，文艺复兴虽然促进了艺术的迅猛发展，实现了前所未有的繁荣，但同时，人们抛弃了建立在精神基础之上的中世纪形而上学。随着人本主义思潮的盛行与繁荣，人在越来越接近自己本质的同时，出现"罪孽感的减弱"，西方文化陷入世俗化境地，宗教变得无关紧要。另一方面，科学、理性的地位被无限提升，也不断地挤压宗教领域。但俄国某些知识分子认为，科学和理性本身无法阐释人的本性，也无法挖掘出精神的全部深度以及解决由于传统价值和道德底线崩塌而产生的精神危机。因此，19世纪末20世纪初的许多俄国思想家"发生了……从理想主义向东正教，从唯美主义和颓废主义向神秘主义和宗教，从唯物主义和实证主义向形而上学和神秘世界感的急剧转变"②。他们根植于唯心主义世界观，走向宗教领域，试图重新探索宗教思想的真正源泉，渴望在其中寻求救世良方，从而向根深蒂固的理性思维模式发出质疑的声音与挑战。泛神论、神秘主义、隐逸派、诺斯替教派等又开始广泛传播。同时，叔本华哲学、尼采哲学、柏格森直觉主义、非理性主义等西欧重要思潮，包括克

①　徐凤林编《俄国哲学》，商务印书馆，2013，第 500 页。
②　尼古拉·别尔嘉耶夫：《文化的哲学》，于培才译，上海人民出版社，2007，第 220 页。

尔凯郭尔、哈特曼、陀思妥耶夫斯基、索洛维约夫等人的思想在建构新
世界观的过程中也起到了重要作用。这是俄罗斯的觉醒时代，催生了哲
学思想的独立、诗歌的繁荣、审美思维的转向、宗教的不安与探索、对
神秘主义和通灵术的兴趣。但是，这一切都发生在一个相对封闭的圈子
里，远离了广泛的社会运动。很多人变成了唯美主义者、神秘主义者和
通灵论者，他们鄙夷伦理学，蔑视科学。这一场文化精神运动是一种独
特的俄罗斯浪漫主义，充斥着独特的爱欲和美感。①

　　随着现代化意识的发展，20 世纪初的宗教探索突破了传统官方东
正教的框架，知识分子希望实现宗教革新，将宗教与社会、神学与世
俗结合起来。然而教条主义特征过于突出的官方宗教似乎并不适合这
一新的哲学思潮，它不可能对教条进行符合现代化意识的创造性思考。
因此，知识分子们尝试与官方宗教基本的教条进行对话或者对其重新
审视，试图冲破传统束缚。反教条主义成为当时主流的思想倾向之一。
"宗教分化运动之巨大的及不断发展起来的运动显示了，人民的宗教需
求不被教会所提议的历史基督教的内容满足。宗教分化运动提出的所有
问题——在鞭笞教和阉割教派的学说中的性别问题、在反正教仪式派的
宗教运动中的精神与肉体问题——是与历史基督教的最深刻的形而上学
具有真正的关系的以及只有在启示基督教的另一个最高的平面上才得以
解决的真正问题。"② 这是一个传统价值体系不断趋向瓦解、消融的时代，
是伟大的精神革命与复兴时代，也就是著名的俄国"宗教哲学复兴"。
该运动对现代主义文化也产生了巨大影响。知识分子们在探索与革新的
过程中，将宗教、哲学与文化等不同领域融合起来，由此，俄国开始了
文化的复兴，哲学、美学、宗教神秘主义的复兴。

　　20 世纪初，彼得堡、莫斯科、基辅相继出现了一系列"宗教哲学
团体"，他们探讨宗教哲学、宗教文化、宗教社会话题。在彼得堡，梅
列日科夫斯基夫妇打算成立宗教哲学会研究宗教问题。他们的想法得到

---

① 尼古拉·别尔嘉耶夫：《文化的哲学》，于培才译，上海人民出版社，2007，第387页。
② 梅尼日科夫斯基：《重病的俄罗斯》，李莉、杜文娟译，云南人民出版社，1999，第
　57页。

了罗赞诺夫的赞同。在他们的共同努力之下，1902年，召开了宗教哲学会议，于是，第一个宗教哲学协会成立了。芬兰大主教谢尔盖主持了这场会议。参加会议的有罗赞诺夫、梅列日科夫斯基、捷尔纳夫采夫、菲洛索福夫、明斯基、卡尔塔舍夫、伊格洛夫、Вас. В. 乌斯宾斯基、Вл. В. 乌斯宾斯基等人，宗教界人士代表是未来的大牧首谢尔盖、安东因主教。罗赞诺夫作了关于性与婚姻的报告，拉开了协会活动的序幕。报告的内容非常独特，引起了持续几天的讨论。正如别尔嘉耶夫所言："会议上影响最大的，最引人注目的当属罗赞诺夫。"[①]"实际上他是基督教的天才批评家，同传统东正教、僧侣禁欲主义意识的冲突。提出了基督教对待性和爱，对待文化和艺术，对待国家和社会生活的问题。除了罗赞诺夫的主题，陀思妥耶夫斯基和托尔斯泰的主题也发挥了中心作用。"[②]会上罗赞诺夫关于性问题的思考，对梅列日科夫斯基等人都产生了很大的影响。

梅列日科夫斯基与其志同道合者构想出一种"新宗教"，是一种新的"肉体与血液的教会"，因为"他们当中许多人都试图借助上帝来宣告肉体无罪"。这种"构思"本质上是与基督教相对的。从传统东正教信徒的角度出发，这不是"新基督教"，不是无神论，而是"新多神教"，甚至是一种撒旦主义。该协会以《艺术世界》《新路》为理论舞台，主要批判历史基督教、反对官方教会及其为国家服务的性质，反对无神论、唯物主义、理性主义，反对虚无主义、无政府主义和"混乱无序的神秘主义"等思潮。该协会并非致力于宗教或教会问题研究，而是致力于探讨知识分子与教会、国家与教会、艺术与教会、肉体、爱欲等宗教哲学问题。

梅列日科夫斯基、吉皮乌斯、佩尔卓夫、罗赞诺夫等人对与会者的思想进行汇编整理，并筹划创办宗教哲学杂志。1902年秋，佩尔卓夫与梅列日科夫斯基等人创办了《新路》杂志。佩尔卓夫借助"拉近教会与

---

① 梅尼日科夫斯基：《重病的俄罗斯》，李莉、杜文娟译，云南人民出版社，1999，第225页。

② 尼古拉·别尔嘉耶夫：《文化的哲学》，于培才译，上海人民出版社，2007，第225页。

知识分子的距离"这张招牌，获得了创办杂志的许可证。杂志的纲领虽然提到了索洛维约夫的宗教问题，但杂志并不探讨神学问题。青年诗人们——勃洛克、谢苗诺夫、皮亚斯特等人除刊发诗歌外，还为该杂志写评论、随笔。神学院的卡尔塔舍夫、乌斯宾斯基也参加到杂志的工作中。维亚切斯拉夫·伊万诺夫在杂志上发表了《受苦受难的上帝之宗教》。梅列日科夫斯基发表了长篇小说《彼得与阿列克赛》。勃留索夫每月发表一篇关于外国文学乃至外国政治的文章。<sup>①</sup>罗赞诺夫要求杂志给他提供一个专栏，并命名为"自己的角落"。他在专栏中直抒胸臆，发表的文章内容大都是性与宗教、犹太教以及批判基督教教条主义、禁欲主义等。此外，他还开始连载他的《论犹太教》。

好景不长，宗教检察机关的审察越来越严格，《新路》杂志的主要同人开始离心离德。罗赞诺夫也与新人理念不合，停止发表文章。后来杂志经过了半年大幅度改革，梅列日科夫斯基把它转交给了"唯心主义者"——布尔加科夫、别尔嘉耶夫及其整个小组。最终，波别多诺斯采夫观望了一阵，还是把彼得堡宗教哲学小组查封了。

在这场"宗教哲学复兴"的运动中，莫斯科宗教哲学协会也对宗教唯心主义探索起到了重要作用，他们以索洛维约夫的思想为中心，主要发起人是布尔加科夫，当时他还不是神父，是商学院的政治经济学教授，此外还有斯特卢威、弗兰克、别尔嘉耶夫、特鲁别茨基、弗洛连斯基等许多志同道合者。他们最初大多是在合法的，也就是政府允许的杂志、报纸上发表文章，运用马克思主义学说阐释思想。此后，他们开始竭力找寻宗教精神。他们转向了对另一种层面——宗教领域的探索。别尔嘉耶夫转向了唯心主义。此后，他发表《社会哲学中的主观主义和个人主义》《为唯心主义而战》，开始真正转向了唯心主义。布尔加科夫于1902年出版《唯心主义问题》。该文集的出版是一个标志性事件，标志着这些思想家们转向了唯心主义，建构了新的世界观。《唯心主义问题》也为后来的《路标》奠定了基础。如前所述，1904年，梅列日科夫斯

---

① 吉皮乌斯：《往事如昨——吉皮乌斯回忆录》，郑体武、岳永红译，学林出版社，1998，第155页。

基把《新路》交给了别尔嘉耶夫等人。别尔嘉耶夫和布尔加科夫接手了这一杂志，并注入了新的因素对其加以改造，新的小组主要从事宗教的探索。《新路》杂志原来的定位主要是文学，别尔嘉耶夫和布尔加科夫希望它主要研究哲学和社会学。旧《新路》杂志主要记录宗教哲学协会的活动。新杂志的文学部分仍由旧《新路》的原班人马主持编辑，别尔嘉耶夫等人则负责哲学和政治部分。但这种折中的形式并不稳固，出版了几期之后，便难以维持下去了。随后新杂志《生活问题》创刊，它在困难条件下维持了一年时间。《生活问题》具有预言意义，它折射着那个时代的各种思潮，是俄罗斯杂志史上的一个新现象。杂志试图反映知识分子世界观的危机、时代的精神探索、理想主义、向基督教的运动和"新宗教意识"，并把这种意识与文学新思潮结合在一起。但杂志并不存在有机的整体性。[①]

　　莫斯科小组与彼得堡小组一样，追求革新宗教生活，但不是通过与历史教会分裂的方式，而是通过与宗教哲学的融合，它始于索洛维约夫的哲学。有人将这一流派定位为基督教的柏拉图主义或新柏拉图主义。莫斯科宗教哲学协会"以探讨人的精神结构及人的观念建构问题为主旨"[②]。他们的精神探索具有存在主义特点，突出上帝以及人在俗世历史、历史界限之外的地位与作用。该小组关注精神革命，将其作为宗教人道主义的表现形式。他们认为自己的使命在于，在思想上与生活上为全面实现普适基督教理想服务，使东正教成为革新俄国社会与文化的积极力量。

　　此外，俄国象征主义在宗教哲学复兴中起到了重要作用。象征主义者最初在形式上反对陈旧的、庸俗的世界，最终将宗教思想作为艺术创作的基础。其主要通过美学手段克服官方宗教的哲学教条主义、实证主义的局限性。象征具有多样性、神秘、朦胧等特点，它的含义是无限

---

① 别尔嘉耶夫：《别尔嘉耶夫集：一个贵族的回忆与思索》，汪剑钊编选，上海远东出版社，2004，第386页。

② 张冰：《论白银时代俄国文化的超时代性》，《深圳大学学报》（人文社会科学版）2002年第2期。

的、取之不竭的。它是通过唯美主义对信仰进行新型探索的，也决定了诗歌美学上特殊性，蕴含着强烈的美学感性主义、明显的宗教探索倾向性以及浓厚的神秘主义等表征。另外，创作者们还将古希腊的文化模式融入自己的艺术手法中，作为对肉体的崇拜以及对基督教禁欲主义的反抗，这种融合在当时非常兴盛。

## 第二节 "新宗教意识"概述

在宗教探索过程中，传统基督教由于其局限性已不能满足新理想的需求，而且许多唯心主义哲学家并不是传统的宗教神学家或教会人士，他们对历史教会中的教条主义思想不满，"无法接受'教训人的教会'，又渴望走进上帝的文化"[①]。他们一方面批判俄国文化世俗化倾向，另一方面批判传统东正教教会的保守性，因此力图对基督教加以更新和改造，在传统基督教基础上建立"新文化"，面向未来寻找新的发现。他们不接受生活的常规形式和思考问题的常规方式，因此试图建构出"新宗教意识"来化解种种危机。"新宗教意识"的领袖们试图探求比世界的存在更宽泛、更大规模的事物。"新宗教意识"作为一种现象是综合的、多层次的，存在于一种相互关联的维度中，呈现出多元化的发展趋势。它既是一场宗教社会和文化美学运动，又是融合了不同思想家个性特色的宗教哲学学说与思辨精神。"'新宗教意识'是关于人性与文化的新思想探索。新宗教意识思想家具有深切的人文关怀和社会关怀，他们力图克服和超越在个性自由、生活社会、道德文化等方面的传统价值观念，寻求确立新观念，实现新理想。"实际上，"新宗教意识"不是为了建构新宗教而进行的宗教探索，而是为了改良历史基督教，白银时代的任何一位思想家都没有寻觅到"新宗教意识"的最终结果。"新宗教意识"并非真正的神学运动，因此它的意义"不在于它为解决教会问题提出了多少实际见解，而在于通过宗教哲学意识的更新，提出了更加适应

---

① 刘小枫:《圣灵降临的叙事》增订本，华夏出版社，2008，第141页。

新时代的文化思想和文艺美学思想，从而为俄国现代主义文化开辟了前进道路"[1]。

实际上，早在 1882 年，列昂季耶夫就出版了《我们的新基督徒陀思妥耶夫斯基与列夫·托尔斯泰》，其中提出了"新基督教"这一术语。罗赞诺夫曾对这本书发表评论："这些年在那些小册子当中，实际上基督教深深的宗教旋涡已经开始泛起涟漪。中心问题在于：基督教的核心是什么？道德，兄弟情谊或者某种神秘论，如果从神秘论角度出发，那么兄弟情谊还特别重要吗？"[2] 罗赞诺夫所说的"小册子"指的是陀思妥耶夫斯基关于普希金的演讲、托尔斯泰宗教说教类小说，以及列昂季耶夫的《我们的新基督徒陀思妥耶夫斯基与列夫·托尔斯泰》。的确，他们都开启了关于"新宗教"的主题，如列昂季耶夫是从"正统的传统思想"角度开掘的主题，陀思妥耶夫斯基和索洛维约夫是从"预言性"角度开掘的主题，托尔斯泰则是从理性的角度开掘的主题。在列昂季耶夫看来：

> 人们如饥似渴地期待的宗教复兴，应该体现我们所珍视的新历史的一切经验：既有诞生了新人的旧的复兴，也有理性的复苏，有伟大革命的公民和人权宣言……有伊万·卡拉马佐夫兄弟和尼采的反叛，有颓废派的失败，有貌似地反抗上帝，有渴求极度自由。我们已经不可能只做历史局限意义上的多神教徒和基督徒，我们应该摆脱多神教的宗教命题与基督教的宗教反命题的对立，我们希望以一种新爱去爱世界。我们能够容纳比过去的宗教时代更完整的启示。宗教不能杜撰，它只能发现，但是，全部宗教启示只有通过整个历史进程才能得到，它产生的土壤只能是人的无穷无尽的经验，因此说，宗教的创造是无止境的。新人类反对宗教权威，反对神学

---

[1] 张冰：《论白银时代俄国文化的超时代性》，《深圳大学学报》(人文社会科学版)2002 年第 2 期。

[2] Переписка К.Н. Леонтьева и В. В. Розанова, http: //dugward.ru/library/rozanov/rozanov_leontyev_perepiska.html.

的专制和蒙昧主义，思想的英雄们在这场斗争中走向烈火的刑场，我们应该虔诚地接受这场斗争的遗产。我们不承认任何权威，任何外部强加给我们的宗教现实，只承认将我们与以往的发现联系在一起的内心的神秘经验，我们得让宗教经验借以变成宗教学说的形而上的理性。[①]

可见，列昂季耶夫渴望打破历史基督教的权威，摆脱多神教与基督教的局限性，建立新的启示——一种理性的宗教形而上学。

1902 年，梅列日科夫斯基出版《托尔斯泰与陀思妥耶夫斯基》一书，使用了"新宗教意识"这一术语。梅列日科夫斯基没有使用"新基督教意识"（ новое христианское сознание ）或者"新宗教观"（ новое религиозное мировоззрение ），因为在他看来使用这些类似的术语会失去这一概念最初的内涵和深度。"新基督教"是单层含义的异教，而"新宗教意识"则需要去挖掘其深意，探究其内涵。"新宗教意识"的重点在于新的特殊意识，使用这一词的目的在于，在宗教领域思考上帝存在与人类存在的关系。

"新宗教意识"没有统一纲领，他们的思想繁复，因此，人们对它的理解也是不同的。在巴萨尔金看来，基督教革新者的中心思想就是"关于性的问题"："现代的寻神者说道，上帝就是性。"[②]加依坚科认为，从存在主义的层面上来说，"新宗教意识"的根源实际上就是索洛维约夫与尼采思想的延续。马季奇认为，"新宗教意识"精神层面的目标是宗教改革，但内涵实际上是情欲。梅列日科夫斯基宣扬的"伟大的宗教改革就是性革命"，"神圣的精神在他的阐释中与神圣肉体等同"，"第三约恰恰是宣告对神圣肉体的信仰"即"神圣肉体的宗教"。库瓦金认为新宗教意识主要是索洛维约夫的"索菲亚"思想。弗兰克认为，"新宗教意识"就是尝试"复兴旧的革命民粹派"，并将其称为"宗教革命主

---

① 尼古拉·别尔嘉耶夫：《文化的哲学》，于培才译，上海人民出版社，2007，第187页。

② Барабанов Е. В. «Русская идея» в эсхатологической перспективе // Вопросы философии, 1990, № 8, с. 63.

义"和"徒劳的幻想"。

综合而言，学界对于"新宗教意识"起止年代的划分基本存在两种观点。第一种观点是广义的，认为"新宗教意识"是一种现象，即俄国革命前几十年的"宗教哲学复兴"、宗教的艺术现代主义。这一倾向的历史界限模糊，认为"新宗教意识"始于索洛维约夫，持续到弗兰克时期，包含索洛维约夫及"索菲亚学说"的继承者——特鲁别茨基兄弟（С. Н. Трубецкие 和 Е. Н. Трубецкие）、布尔加科夫、弗洛连斯基等人，包括别尔嘉耶夫的"基督教人格主义"（христианский персонализм）、布尔加科夫的"基督教社会主义"、伊万诺夫（Вяч. Иванов）的"神秘无政府主义"（мистический анархизм）。在"新宗教意识"这一共同的称谓之下，代表人物或是阐释和建构自己的"新宗教意识"，或是批判他人的"新宗教意识"理念，宗教哲学家们的思想彼此碰撞、交锋，推动了"新宗教意识"运动的纵深发展。这一观点下的"新宗教意识"的外延相当于"俄国宗教哲学复兴"。另一种观点认为"新宗教意识"就是以罗赞诺夫、梅列日科夫斯基等的思想为根源，从而衍生出来的某个或一系列流派，罗氏等人的思想的共性就是批判"宗教的教条主义"，"将基督教视为禁欲主义的宗教"，提出"神圣肉体"概念。他们主要对传统"僵死"的基督教思想提出质疑，并试图改造历史基督教。他们对上天与尘世、多神教与基督教、精神与肉体、基督与反基督等许多二元对立的命题进行思考。他们认为历史基督教强调灵魂不朽，却鼓吹精神的禁欲，过度强调死亡与痛苦，摒弃了"肉体的真理"与"尘世的真理"。他们否定历史基督教对此岸世界、对肉体的忽视与排斥。他们认为基督教是背负十字架的受难宗教，是否定现世、憧憬来世的宗教，它昭告使徒只有经受了此岸的痛苦才能通往永恒的荣光彼岸。这就意味着让人放弃尘世的生活，去过彼岸的生活，这是他们无法接受的。他们不主张为了上天的幸福而放弃尘世的快乐。这种"新宗教意识"既是精神的，也是肉体的。他们的出发点是建构一种既"有血有肉"，又具摒弃世俗化、体现生命价值的宗教。

别尔嘉耶夫认为，梅列日科夫斯基与罗赞诺夫是"新宗教意识"最典型的代表，"他们代表的两派是偶然相遇的，两个流派最初都是独立产生的：第一流派是陀思妥耶夫斯基在关于普希金的演讲中提出的'俄罗斯的世界漂泊者'。第二个流派源自俄罗斯东正教教徒的家庭需要，从而催生了大量的理论。第一个流派的代表是梅列日科夫斯基，第二个自然是罗赞诺夫。他作为特立独行的'新宗教意识'倡导者成功地补充并助力梅列日科夫斯基，使后者的'希腊文化和尼采主义'具有'某种必要性，趣味性'。罗赞诺夫关于宗教问题的思考，他对基督教的批判对梅列日科夫斯基产生了巨大影响。梅列日科夫斯基曾经宣称罗赞诺夫是俄罗斯的尼采。但无论他多么仇视罗赞诺夫，始终无法摆脱罗赞诺夫的'肉体宗教'的魅力。毫无疑问，罗赞诺夫影响了梅列日科夫斯基对待基督教的态度，使他对基督教问题提出了自己的看法"。[①] 别尔嘉耶夫还认为，梅列日科夫斯基不了解东正教，甚至是外行。梅列日科夫斯基自己的宗教知识是通过哲学宗教会议得到的。他的理论中既有陀思妥耶夫斯基和托尔斯泰的主题，也有罗赞诺夫的"肉体"宗教，还有捷尔纳夫采夫的千年王国的"世间主题"。他的宗教思想有拼接的痕迹，但是对于引起人们关注新宗教思想却是重要的。梅氏如此解释自己的新思想："我们并不想'坐等'新宗教，我们同耶稣一起赎了罪，我们有信仰，但由于某种原因我们进不去教堂。这是某种新的'异端学说'，但对于教条主义并没有损害。我们不是布道，而是坚信我们的时代是前所未有的。我们这个时代唯一死寂一般的地方就是教会！这是可怕的，末世的！世界上所有的孩子都看到的东西，教会却什么也没看到。越走近教会就越死寂，越荒凉……"[②] 可见，他肯定自己的信仰，然而无法接受冰冷的教会。

在建构"新宗教"的过程中，许多思想家大量研习古代宗教，试图从中找寻推崇肉体的宗教，多神教成为他们觅到的有力回击基督教的救世良方。实际上，他们呼吁复兴东正教滋长的土壤——多神教，这一思

---

① 尼古拉·别尔嘉耶夫：《文化的哲学》，于培才译，上海人民出版社，2007，第248页。

② Ермичёв А.А. Религиозно-философское общество в Петербурге (1907–1917): Хроника заседаний. СПб.: Изд-в СПбГУ, 2007, с. 117.

潮主要源自对古老宗教文化价值的探索与寻觅。别尔嘉耶夫在《新宗教意识》中分析道："我们不仅仅经历着基督教的复兴，还包括多神教的复兴，西方的尼采、我们的罗赞诺夫现象以及现代艺术中狄奥尼索斯的复兴（主要指伊万诺夫）都展现了对于性这一话题的兴趣，对于神圣肉体的追求。"[①]的确，尼采的"生命哲学"、罗赞诺夫对性的褒奖、伊万诺夫对狄奥尼索斯的崇拜都体现着某种共同的多神教精神。他们倡导释放遭到压抑的情感与欲念，冲垮一切戒律、禁忌的藩篱，使肉体与灵魂得到绝对自由的宣泄。因此，多神教思想的回归也是"新宗教意识"的重要现象。

别尔嘉耶夫认为："新宗教意识就是一种发现，目的在于探索宗教的全部真理，因为此前宗教仅仅被揭示出来一部分，而不是全部的真理。"[②]在这种新的"融合"里，"多神教的正题与基督教的反题"都将消失。"这是我们的宗教理想。只有将宗教体验与最高深的哲学知识结合起来，才能产生真正的思想。只有那时才能打破各神学流派之间的历史界限，外在的权威将被内在的自由所取代，神学的认知之路才能得到充分的延续。历史基督教的罪孽在于其二元论，将'精神'视为神圣的，而'肉体'是罪恶的。新宗教运动与解决宗教对待'肉体'和'尘世'的态度这一基本的、新的主题相关。"[③]精神与肉体的宗教问题不是源自人本身的二元性，而是源自上帝分裂为两副面孔的最伟大的奥秘。这个二元性问题只能在上帝的第三副面孔中解决。可见，别尔嘉耶夫也提出了多神教与基督教的融合，还包括宗教体验与哲学知识的结合。

梅列日科夫斯基提出，实际上多神教深刻揭示了肉体的奥秘，他肯定了多神教所张扬的人性活力和创造力量，使人的本能得以释放。他认为多神教作为与禁欲主义的基督教相对立的因素，在人类历史中发挥的是一种积极的力量，因此不能因为对基督的爱而否定多神教的美。相

---

① Бердяев Н.А. Новое религиозное сознание и общественность. М.: Канон, 2006, с. 44.

② Бердяев Н.А. О новом религиозном сознании // Опыты философские, социальные и литературные. М.: Канон, 2002, с. 383.

③ Бердяев Н.А. О новом религиозном сознании // Опыты философские, социальные и литературные. М.: Канон, 2002, с. 220.

反，在古希腊和多神教信仰中孕育着未来基督教的雏形。在梅列日科夫斯基看来，历史基督教揭示的主要是"天上的真理"，而"地上的真理"却没有被揭示出来，历史基督教只知道宣传精神、天国、上帝，一味排斥、否定尘世生活，忽视了人以及人的各种物质与肉体的需要。因此，基督教是不完善的。他建议将基督教和多神教结合起来，即将"天与地""灵与肉"等结合起来。于是，他创立了"第三约"，将上述二元对立的现象结合起来。他认为自己的"第三约"不仅揭示了精神的真理，也揭示了肉体的真理，不仅揭示了天上的真理，也揭示了尘世的真理。不仅是"神圣精神的约言"，还体现了新的超越国家、超越教会的社会性，建构在自由、爱欲的精神之上。实际上，"梅列日科夫斯基总是追求统一，追求包含命题与反命题的第三者，追求三位一体"[1]。他对宗教的兴趣，就是对规划更好的生活的兴趣，"只有拯救生活才能拯救灵魂，也就是不能把肉体与灵魂分开，我们罪孽的、卑鄙的、低俗的对肉体的蔑视，几乎摧毁了生活"。[2]别尔嘉耶夫指出，与基督相比，梅列日科夫斯基更相信反基督，没有反基督他寸步难行。他展现了反基督的精神、反基督的面孔。

受到罗赞诺夫思想的影响，梅列日科夫斯基也将性问题作为一个重要的宗教探索的切入点。"罗赞诺夫在这方面是创始者，更有独特的见解。"[3]梅列日科夫斯基提出："与基督的精神一起复活的还有基督的人性的肉体，也就是说，肉体也可以成为永恒。与肉体相关的，是人间的一切事情，因此，人间的事情也应该被神圣化。"[4]梅列日科夫斯基认为基督教对肉体的贬抑并不正确。基督不是一个禁欲主义者。基督的肉体复活表明他接受肉体。"基督认可性欲和尘世乐趣，认为这是人的'个性'

---

① 尼古拉·别尔嘉耶夫:《文化的哲学》，于培才译，上海人民出版社，2007，第251页。

② Ермичёв А.А. Религиозно-философское общество в Петербурге (1907–1917): Хроника заседаний. СПб.: Изд-во СПбГУ, 2007, с. 192.

③ 别尔嘉耶夫:《别尔嘉耶夫集: 一个贵族的回忆与思索》，汪剑钊编选，上海远东出版社，2004，第390页。

④ 张百春:《当代东正教神学思想——俄罗斯东正教神学》，上海三联书店，2000，第137页。

固有的组成部分。换言之，基督徒为了得救，不需要否定性或者世俗文化，基督从来没有主张放弃现世。"① 梅列日科夫斯基一开始就迷上了肉体这个响亮的声音，并把"自己最美好、最隐秘和最珍贵的愿望同圣体联系在一起。首先，'肉体'对于他是从历史基督教中看到的禁欲主义世界否定的对照，'肉体'是和上天、精神、上层深渊对立的底层深渊。从积极的意义上说，'肉体'是指世界、宇宙、地球、性，包含'科学艺术'、爱情、社会文化和注定要复活的身体。'肉体'的启示就是大地、神圣的社会、文化的宗教意义、被精神禁欲主义宗教扼杀的身体复活的启示。梅列日科夫斯基将基督教感知为无肉体的精神的宗教。对作为无肉体的精神宗教的历史基督教的批判。整个东正教的面貌被理解为否定一切肉体形而上学的精神的形而上学"②。梅列日科夫斯基还提出圣灵形象，并宣称圣灵是女性，是新启示中最重要的形象。新启示需要通过圣母的灵和尘世的肉体结合在一起。历史基督教漠视圣母，祷告仅仅面向上帝。

别尔嘉耶夫指出了梅氏"偏离了所有的东正教思想"，"宗教思想模糊，哲学思想混乱，欠缺真实感"③。他宣扬的是"绝对的和极端的宗教唯物主义"，但他善于建构完整的宗教框架和完整的非基督教体系。"他的思想并不复杂，他更多影响的是处于宗教起步阶段以及没有太多宗教经验的那些人。"梅氏值得肯定之处在于，"梅列日科夫斯基身上体现了俄国文学、俄国唯美主义、俄国文化的新转向，向宗教主题的转向。梅氏多年都在唤醒宗教思想，架起了文化和宗教之间的桥梁，唤醒了文化中的宗教情感和意识"④。梅列日科夫斯基还使文学获得了神秘主义和宗教色彩，跨越了通常的艺术和文学的范畴。梅氏的功绩还在于，使

---

① 罗森塔尔：《梅列日科夫斯基与白银时代》，杨德友译，华东师范大学出版社，2014，第130页。
② 尼古拉·别尔嘉耶夫：《文化的哲学》，于培才译，上海人民出版社，2007，第251页。
③ Франк С.Л. О так называемом «новом религиозном сознании» // Д.С. Мережковский: pro et contra. СПб.: РХГИ, 2001, c. 308–309.
④ Бердяев Н. Новое христианство (Д.С.Мережковский) // Д.С.Мережковский: pro et contra. СПб.: РХГИ, 2001, c. 353.

俄国现代主义免于陷入颓废派之中。著名的侨民批评家阿达莫维奇指出，"梅列日科夫斯基是这一运动的创始人之一，在革命前创作具有宗教色彩的俄国文学运动发起人。如果没有他，俄国现代主义可能就会成为真正意义上的颓废派。他为颓废派奠定了严格的、严肃的、纯净的基础"[①]，他创建了俄国文学的最伟大主题。1906 年，梅列日科夫斯基在《革命与宗教》一文当中写道：

> 颓废派在俄国的意义几乎比在西欧还要大。在西欧，它主要是一种美学现象，也就是说，是远离生活的、抽象的；而在俄国，它更加生活化，尽管目前还是地下活动。似乎，俄罗斯的颓废派们首次在俄国的文化阶层，摒弃了所有的教会传统，这些神秘主义者是自发产生的，是俄国探索奥秘的第一代，他们探索的是光明的或者黑暗的，上帝的或者魔鬼的，解决这一问题已经从颓废派的地下走向了新宗教意识。[②]

别尔嘉耶夫认为，所有创建"新宗教意识"和新教会的挣扎最终都沦为了知识分子的鞭笞教。他指责梅列日科夫斯基完全陷入基督教与多神教、精神与肉体、天与地、社会与个人、基督与反基督等对立的命题中。与梅氏不同，他认为历史基督教的主要缺陷在于其不完满，还远没有被启示，体现在与理想的、未来基督教的差距上，具有浓重的人为色彩，"在一定意义上说，历史上的基督教是由教会，由作为社会现象的宗教集体所创立的"。[③] 在别尔嘉耶夫看来，历史基督教最为严重的缺陷在于远离人，不关心人的任何问题，基督教缺乏人性，或者如新教那样最终将走向否定人。这就是别尔嘉耶夫的"新宗教意识"，即"宗教人格主义"。

---

① Мережковский Д.С. Эстетика и критика: в 2 т.Т. 1. М.: Харьков, 1994, с. 458.

② Мережковский Д. Больная Россия. Л.: Изд-во Лен. ун-та, 1991, с. 82.

③ Бердяев Н.А. О новом религиозном сознании // Sub specie aeternitatis. Опыты философ-ские, социальные и литературные (1900–1906). М.: Канон, 2002, с. 352.

知识分子与教会之间并没有实现相互理解，教会显然无法接受"新宗教意识"的见解，将其视为"异端学说"，认为它与福音书严重不符，是破坏性思想，试图"在教会之外寻找基督"，将"启示录的基督教"与历史基督教对立起来，批判他们对上帝之路的新的探寻方式是离经叛道的、渎神的。"新宗教意识"引起的最大争议就是该思想对传统东正教思想的影响，引起的最大恐慌就是"反基督教"思想的盛行；"新宗教意识"产生的积极结果是引起了一些宗教机构的内部改革。

整体而言，思想家们对宗教的探索不仅仅未局限在东正教的传统上，还借助西方神秘主义、俄国古代遗产、俄国多神教以及东方宗教等因素来建构学说。由此，宗教哲学思想的范畴被扩大了，融入了许多新的主题与思想。总之，探索是这一时期宗教革新道路上的主要现象，与欧洲的文艺复兴类似，也主要体现在精神文化领域。它主要体现为思想的包罗万象，以及哲学、神学、艺术等不同领域的繁荣。在哲学领域，主要体现为新宗教意识；在艺术文化领域，主要促进了新艺术的发展以及现代主义诗歌领域的新高潮等。梅列日科夫斯基、吉皮乌斯、勃留索夫、索洛古勃、安德烈耶夫等人的创作对复兴起到了积极的作用。

## 第三节 罗赞诺夫的"新宗教意识"

与西方不同，俄罗斯对于情欲文化的态度历来表现为遮掩性与矛盾性，这主要源自多神教与基督教两种文化因素与《治家格言》的影响。直到叶卡捷琳娜时期才开始出现对两性关系不平等的质疑声。19世纪中叶，西欧派的出现导致社会与哲学思想中广泛探讨"女性问题"。西欧派支持妇女解放，斯拉夫派坚持俄国传统，守卫父权制家庭。斯拉夫派代表霍米亚科夫认为人类的性具有历史客观性，代表着上帝意志。家庭是上帝认可的性的结合，其中女性的心灵可以使男性更为智慧，而妇女解放只能导致"性战争"。

19世纪末，爱与性的主题得到了新的延续与发展，性往往与爱联系在一起，并被赋予了神学与形而上学的含义，实际上延续了柏拉图的形而上传统与早期基督教思想理念。俄罗斯哲学、文学、政论、文学批评开始关注这一主题，试图理解厄洛斯性哲学的精神意义与文学的联系。性这一主题变得更加宽泛与多义。厄洛斯理念纳入性范畴之后将哲学与艺术统一起来。俄罗斯的厄洛斯没有脱离欧洲与世界文化的传统，但俄罗斯哲学家的著作在许多方面与西欧思想不同。俄国思想家在理解爱的本质时发展了人文主义传统，在研究性问题的过程中不仅将其与生命的延续相连，还将其与人的精神文化联系在一起，从宗教、艺术创作角度探寻其新的精神价值。爱的哲学延伸到伦理、美学、心理、宗教等层面。俄国的宗教哲学发展了"性的形而上学"和"爱情哲学"，如陀思妥耶夫斯基、托尔斯泰等人。陀氏通过形象和情节冲突展现自己的"性的形而上学"。他的作品总是出现耶稣和魔鬼之间的斗争，主要展现了情欲对男人的诱惑，女性则分为"圣母玛利亚类型"与"荒淫的类型"。在他的小说中，主人公的思想、感情与行为表现为相互吸引的性的神秘论。托尔斯泰也通过艺术形式对性进行哲学阐释。他将性的形而上学与对现代文明的批判联系在一起，他认为文明破坏了人的神性本质。他还提出，女性报复男性，使他们成为情感诱惑的奴隶；女性是恶之源；性使女性变恶，使情欲变质。作家认为战胜恶与"禁欲"有关，最终才能"远离女性"带来的恶。

　　20 世纪初，许多俄国宗教哲学家都在探索爱与性的哲学。基本分为两大阵营，第一阵营的代表包括索洛维约夫、维谢斯拉夫采夫、吉皮乌斯、卡尔萨文等人。他们以索洛维约夫为首，对爱的哲学阐释是新柏拉图式的，试图使情欲具有正面的、崇高的意义，维护个体的爱，反对禁欲主义。另一阵营包括弗洛连斯基、布尔加科夫、伊里因等神学派。他们不推崇古希腊的厄洛斯理论，而是着眼于中世纪基督教式的"明爱"（каритас），即怜悯、仁慈之爱，将其与基督教中家庭与婚姻的伦理观联系在一起。弗洛连斯基在《真理的柱石与确认》中将爱视为理解宗教本质的方式，爱总是与真理联系在一起。但他不是从主观的心理层面理解真理，而是从客观的形而上层面理解。他认为爱与其说是个人行为，不如说是世代相传的过程，将所有人与上帝的本质联系起来的过

程。布尔加科夫延续了弗洛连斯基的学说。在他看来，性是罪恶的，性
存在于人的本性之中。他反对索洛维约夫、别尔嘉耶夫、吉皮乌斯等人
发展的柏拉图传统。在他看来，他们宣传的思想并非克服性欲，而基督
教主要的目标应该是战胜情欲。他并不完全赞同索洛维约夫的索菲亚学
说，认为该学说包含了过多隐秘、性欲的因素。人朴素的、纯净的理想
应该在中世纪的禁欲主义之中探寻，禁欲主义者的贡献就是同肉体的罪
孽作斗争，作出了节欲的典范。因此对他来说罗赞诺夫的思想是不可取
的，他将其称为"性的活体解剖实验者""神秘的返祖现象"的代表。
布尔加科夫认为罗赞诺夫将生物学神秘化，或者将神秘论生物化，他对
肉体的性很了解，但"对灵魂的性以及精神婚姻认识太少"。这两派之
间相互补充，从而融合形成了新的哲学思想。实际上，别尔嘉耶夫的晚
期著作就是融合的尝试，试图将厄洛斯之爱与怜悯之爱联系起来。

　　索洛维约夫无可争议是第一位谈及性主题的人。但罗赞诺夫开创
了一种新视野，他是首位揭开性之遮羞布的人，并确立了自己的"神圣
肉体"学说，赋予性正面积极的意义，将性的地位提升到前所未有的高
度。从此该主题成为罗赞诺夫宗教哲学研究、文学批评与创作的轴心。
"罗赞诺夫作为伟大的几千年以来被人类玷污的厄洛斯的净化者走进俄
罗斯。"[1]正如别尔嘉耶夫所言：

　　　　人作为性的生存是仅具一半的、残缺的生存，它渴求圆满的合
　　成，不仅关乎肉体，也关乎心理。性在人身上不仅是与性器官相关
　　联的特殊功能，它还与人的整个机体有关联。令人惊异的是，性是
　　人生活中最隐秘的一面，其中总有着某种羞耻不能公布于光天化日
　　之下。由此我们面临一个严重的悖论：那显现为生命之源，最具张
　　力的东西被认为是羞耻的而置于隐秘的场所。或许，唯有罗赞诺夫
　　敏感到了这个问题的尖锐性。人对性的态度那般奇怪，那般地将它
　　视为不同于其他一切，却将性与人的堕落特别地维系在一起。性仿

---

①　Болдырев Н. Семя Озириса или Василий Розанов как последний ветхозаветный пророк.
Челябинск: Урал ЛТД, 2001, с. 10.

佛是人的堕落之印记，人的天性价值之丧失。只是到了 19 世纪末
和 20 世纪初，思想、科学和文学开始大量地涉猎性的秘密和性生
活，将它们揭露出来。首先必须举出的是罗赞诺夫、弗洛伊德、劳
伦斯等人的名字。弗洛伊德科学地揭示了无意识的性生活，最早引
起一片反对他的喧嚣声。劳伦斯则被判定为诲淫作家。但 20 世纪
人对性的态度，毕竟已在意识上有了激烈的变化。倘若拿 20 世纪
的长篇小说与 19 世纪，乃至以前各个世纪的长篇小说相比较，巨
大的差别是不言而喻的。文学总爱表现爱情，这是一个常受青睐
的主题，但性生活依然秘而不宣。只是进入 20 世纪，才真正地表
现了不是隐秘的，而是赤裸的性。从狄更斯到劳伦斯，从巴尔扎克
到蒙特朗，这条道路是艰巨而漫长的。人仿佛已踏上揭示了性的道
路，他不想，或许，也不能再停留在意识的幻觉上。人之天性的揭
示在马克思和尼采那里就已开始；另一方面，更深入地涉及的，则
在陀斯妥耶夫斯基和克尔凯郭尔，尽管他们并未专门触及性问题。
基督教用罪的理念遮掩了性，但留下了某种暧昧性，罗赞诺夫挑破
了这种暧昧性。①

别尔嘉耶夫的评价公正且合理，他概括了"性"这一话题的发展历
程，指出了罗赞诺夫在这一领域做出的独特贡献。性在罗赞诺夫的阐释
下具有贯通一切、包罗万象的性质。

实际上，晚期的斯拉夫主义者对罗赞诺夫的影响很大，如丹尼列
夫斯基（Н.Я. Данилевский）将所有社会进程都与自然现象联系起来
的生物论就非常吸引他。依照这种观念，哲学家似乎消除了理性与非理
性之间的界限，生物被赋予了理性的、精神的、宇宙的意义。罗赞诺
夫也将生命的存在与性的存在联系起来。"罗赞诺夫的形而上学将性与
生命等同。"② 有人认为罗氏的宗教类似"生理学"，他也称自己为"世

---

① 别尔嘉耶夫：《别尔嘉耶夫集：一个贵族的回忆与思索》，汪剑钊编选，上海远东出版
社，2004，第 188 页。

② Рябов О. Русская философия женственности (XI XX века). Иваново: Юнона, 1999, c. 165.

界的鼻子",能够嗅到"肉体的芬芳"。罗赞诺夫眼中的性并不仅仅是
人的附属,它渗透在人所有的本质之中。在《模糊与尚未解决的世界》
(В мире неясного и нерешенного)一书中,罗赞诺夫将性视为中心空
白的神秘"肉体"。这一空白是记忆中更大的"前肉体",此后便分裂
了。现在的"肉体"竭力恢复被分裂了的"肉体",因此创造宗教就是
为了恢复上帝的"前肉体"。罗赞诺夫将"芳香肉体"称为"祭祀"或
者"拯救之路"。罗赞诺夫颂扬种子或者新鲜血液的香气,认为它们是
"鲜活精神的香气",是生命的标志。[①]家庭对罗赞诺夫来说似乎是"肉
体之性"的基础。家庭对于个性的产生也是必要的,是一种神圣的肉体
性行为。家庭本质上是"肉体之性"的精神外衣。肉体的个性与独特性
是它的灵魂。罗赞诺夫颠覆了基督教的贞洁概念,即压抑自己肉体的需
求。他认为贞洁不是保持童贞或禁欲的行为,而是对性的肯定态度,也
就是确信肉体的个性与独特性。与弗洛伊德认为性具有反宗教的本质不
同,他从神秘论的角度,赋予性以形而上的意义,认为性在某种层面与
上帝等同。性在罗赞诺夫的哲学体系中是肉体的,同时也是精神的,是
世界的现象。他试图将肉体与精神联系起来,而性则是这一联系的唯一
途径。他认为现代世界观的重要缺陷之一便是将"精神"与"肉体"割
裂开来,这是对理想世界的歪曲,令他感到很遗憾的是,将所有"尘世
的与污秽的东西"排除到理想世界之外,不仅仅让僵死与贫乏充斥人的
思想,还毁灭了人身上所有鲜活的东西,毁坏了生活本身,使其丧失了
理想。"罗赞诺夫不仅仅关注肉体之爱,还关注精神之爱。他的爱的基
础是将肉体精神化。性体现在人的肉体层面,尽管是人的自然本性,但
也是精神的。因此他经常谈及性行为的神圣性。他的思想与弗洛伊德很
接近。但与弗洛伊德不同之处在于,罗赞诺夫展现的性不仅仅是人世代
的附属,也存在于人的本质之中。他将性与人的生命相联系。他认为生
命就产生于性别差异。"[②]罗赞诺夫将性神化,他对精神领域的性——神

---

① Розанов В. В. Семя и жизнь // Религия и культура. Т.1. М.: Правда, 1990, с.184.

② 别尔嘉耶夫:《别尔嘉耶夫集:一个贵族的回忆与思索》,汪剑钊编选,上海远东出版
社,2004,第377页。

圣肉体具有独特的感知力。

罗赞诺夫深深地预感到人类即将面临的无底深渊，因此性在他看来似乎成为拯救人类的途径，也是超验的与现实生活的中介。他试图通过性揭开西方科学的理性无法解释的超验世界的奥秘。罗赞诺夫认为性就是"存在的实质"。除了理智，他坚信在人身上还存在"性的第二种精神要素"。在人身上"缠绕着爱情与教会、肉体与精神，有如此多世俗的，也有如此多上天的东西"。[①] 人还处在建构的过程之中，还不完善，因此没有必要去探寻生命的开端：它是"没有开端的开端"，没有过去，也没有未来。任何一种思想与行为对他来说都是由性的特性引起的，对于人来说，性是最有意义、最有效的特性。他曾说："当我在做或思考某件事的时候，试图撇开性，从精神上理解，或者从性的对立面，就会无法认清事件本身。"[②] 他倾向于将性视为生命的基础，这就相当于将性置于人类学层面。罗赞诺夫的哲学阐释力图使人超越局限性，走向更广阔的完善空间。他认为性与人的自我成长密不可分，而自我成长尽管在本体的基础之上，但也存在超越本体的途径。正是因为性的存在，人才会自我成长。

罗赞诺夫认为性将自然中一切有生命的事物联系起来。性的创造力将人联系起来。人是宇宙性的，尽管在宇宙中不会消失，但进入自然秩序中的唯一途径便是性，就像新生命的神秘诞生。在他看来，存在的实质就是不断繁衍，而繁衍则是性最主要的层面。他坚信，所有肉体本质上都是性的。身体的每一个细胞都是两性的融合。在上帝创世之初，只有一个人。不是亚当，也不是夏娃，亚当和夏娃是一体的。因此，人最初本身就存在两种性别。而之后性别出现了不平衡的发展趋势，一个增长，一个停滞。所有的畸形、发育不良、情欲过度都会影响人的心情、思想、性格，最终影响人的灵魂。"男性、阳刚与女性、温柔，人灵魂的实质就是彼此探寻，不仅寻求肉体上的互补，还包括精神上的。"[③]

---

① Розанов В. В. Религия и культура. М.: Правда, 1990, с. 306.

② Розанов В. В. Религия и культура. М.: Правда, 1990, с. 308.

③ Розанов В. В. Во дворе язычников. М.: Республика, 1999, с. 220.

罗赞诺夫所有关于性的形而上学说都渗透着对基督教的批评态度。他批判东正教不关注婚姻的奥秘，只关注圣礼、圣事等仪式的奥秘。同时，他认为"婚姻不仅仅是奥秘，还是最伟大的奥秘：出生，死亡，最终进入婚姻这种最深刻的联系，它既是人与人之间的联系，还是与人类的联系。这样我们每一个人才能走近自己个体存在的本质，但也仅仅是站在了个体存在根基的边缘，而真正理解这些根基是不可能的，只能下意识地理解，以敬仰的态度力图在宗教里圣化它们。因此，不理解这种宗教仪式行为的教会，既不是神圣的，也不是真理的，因为他们不理解婚姻的宗教神秘性"。[①] 罗赞诺夫批判基督教的教条主义将生活与宗教仪式割裂开来。

罗赞诺夫认为，基督教的权威不断被加强，但却忽视了其最基本的思想——对亲人与自己的爱。人作为世界发展进程中的一部分，意义被降低，同时导致了基督教对真理的忽视。自然神圣性的丧失首先反映在人对鲜活事物残忍的态度上，因为人与上帝的血缘联系方式被打破，人血液里的超验感也就消失了。"上帝仅仅是字面意义上的，是两千年以来被写出来的。"也就是说，只有上帝的概念流传了下来，但人丧失了对上帝的感觉。这种隔绝导致上帝作为精神理想"绝对者"的弱化，导致存在主义倾向与观点都脱离了上帝。罗赞诺夫将基督教与人对生无限的渴望，以及包含性奥秘的天体演化论对立起来。他提出，性是宇宙性的，而基督教却不是，其中"草不生长""牲畜不繁殖"，人无法生存下来。

罗赞诺夫欣赏《旧约》，《旧约》对他来说象征着大地、肉体、性和生育。他还宣扬多神教以及其他一些不反对性的宗教，如以宽容态度对待婚姻的东方犹太教。他认为埃及人以及犹太人隐藏了性的奥秘，因此他在古老的多神教祭祀中，在犹太教、古老的埃及宗教中寻求答案。他认为在对传统的逐渐背离中，人对性行为的神圣态度也消失了，"人对性行为的严肃性从心里与血液中的消失"[②] 导致了性的庸俗与堕落。罗

---

① Розанов В. В. В мире неясного и нерешенного. М.: Республика, 1999, с. 112.

② Розанов В. В. Люди лунного света: Метафизика христианства. М.: Дружба народов, 1990, с. 85.

赞诺夫认为这是基督教的过错，基督教对性爱长时间的潜在的与公开的蔑视，导致了这种令人失望的后果。他提出是耶稣告诉人们肉体是有罪的。罗赞诺夫从《旧约》的角度看待耶稣被钉在十字架上的问题。他大胆地提出："难道上帝饶恕了人类仅仅是因为我们折磨和杀害了他的儿子?"罗赞诺夫认为自然是其思想最好的证明。所有自然中有生命的一切都是上帝创造的，因此都是神秘的、神圣的。

　　罗赞诺夫认为最奇怪的、难以理解的是性与罪孽、生与死之间的矛盾。被谴责的性主题，实际上是所有生命的源泉，在他看来谴责性人就会接近死亡。他无法理解"神父要为生育的女性祷告，为其赎罪，请求上帝饶恕她的罪孽。婚床对教会来说是肮脏的"。[①] 罗赞诺夫给出了自己的例证。有一天他问来访的奶奶："孩子是怎么来的?""上帝赐予的。"罗赞诺夫又询问了她的女儿——五个孩子的母亲："为什么生育的时候要祷告?""什么为什么，因为害羞。孕育所有的孩子都是有罪的。"罗赞诺夫写道，这是误解。"上帝赐予""有罪"这些话语植根于所有人的思想之中。孩子源于性。孩子的神性不是任何形而上意义上的。精神与信仰都解决不了这一奥秘。生育是善，而性爱是恶，这是矛盾的。要解决这一问题，就要从根本上改变对性的态度。他对婚姻与家庭的分析与阐释不是从社会学角度，而是深入最本质的根源。家庭主题对他来说是最重要的，最"有血有肉的"。他的"新宗教意识"建构了个人生活的宗教、"家庭的宗教"。

　　"新宗教意识"的一个主要思想是"战胜死亡"[②]。梅列日科夫斯基通过基督来抗争死亡，"梅列日科夫斯基对基督位格的崇拜是以基督战胜死亡的'事实'为基础的，他说，基督是尼采'徒劳寻找的'超人；基督超越了死亡，死亡是人的最大局限。对基督复活在躯体方面的重视，乃是梅列日科夫斯基对尼采'就连众神也要腐烂'这一论断含蓄的否定，可能也是否定佐西马长老肉身的腐烂，他的腐烂令其追随者失

---

① Розанов В. В. Во дворе язычников. М.: Республика, 1999, с. 85.

② Маслин М. А. Русская философия. Словарь. М.: Республика, 1995, с. 159.

望"①。"梅列日科夫斯基的性不是生殖的"②，而罗赞诺夫则诉诸"生的宗教"。与梅列日科夫斯基的"第三约"思想不同，罗赞诺夫"并不在意对神学进行精确的阐释，而专注于对神性缺失的认识。他对神性之光能否长期照耀心存疑问，因而设想基督世界另外的可能性"。③基督教一直无法解决困扰他的现实问题。他认为耶稣把世界分裂为两部分：修道院与世俗世界。如此，宗教与世俗的生活被严格割裂开来，二者之间的界限也被明确区分，宗教的世界摒弃了家庭、生育、种族等等，是他坚决抵制的。最终，他历史性地将基督教引入生活，主张将性与宗教联系起来，从肉体的角度革新宗教。

在罗赞诺夫看来，基督教是死亡的宗教，而"生的宗教"就是生育的宗教，生命能够战胜死亡，性则肩负着繁衍、生育的伟大使命，世界都由其幻化而来。他追求精神，也追求肉体的永恒性。他对待"性"问题的态度展现了对生与死问题的思考。他提出，"创世记起始于创人"。如果没有性来延续生命，神将失去与人之间的联系，那么神性何存？

如前所述，罗赞诺夫推崇多神教对生命的肯定，对肉体，特别是对男性生殖器的崇拜。他将多神教视为一切灵感的源泉，与基督教压抑的生活的禁欲主义道德束缚形成鲜明的对比，这一点是与梅列日科夫斯基类似的。在罗赞诺夫看来，多神教是一种快乐的宗教，多神教中的一切都是美好的。"多神教是早晨，基督教是夜晚。"多神教焕发生机、充满希望，而基督教则散发出令人绝望的气息，正在走向衰败与没落。多神教以一种理想的方式实现着对现实生活的赞颂。多神教讲述生，而基督教宣扬死。所有宗教都滥觞于多神教，就如同人类生命的开端——孩提时期，这也是人的一生中最纯洁、纯粹的阶段，"多神教是自然的宗教，类似于人生命中的童年"。④罗赞诺夫认为圣子耶稣残酷地把世界割

---

① 罗森塔尔：《梅列日科夫斯基与白银时代》，杨德友译，华东师范大学出版社，2014，第130页。

② 别尔嘉耶夫：《别尔嘉耶夫集：一个贵族的回忆与思索》，汪剑钊编选，上海远东出版社，2004，第393页。

③ 郑永旺：《梅列日科夫斯基"第三约"研究》，《哲学动态》2010年第9期。

④ Розанов В.В. Религия. Философия. Культура. М.: Республика, 1992, с.54.

裂开来，"基督死于十字架之时，他的灵魂和肉体就分离了"①，基督耶稣拣选了灵魂，而抛弃了性，确立了精神与肉体相对立的二元论思想。基督要求人们斩断情欲，摆脱肉欲。灵魂被当作一种圣物，而肉体则是凡俗的、有罪的。基督教在本质上远离了家庭、婚姻、生活，背离了人生中最神圣的东西。在他看来，上帝既然创造了这个世界，并按照自己的形象创造了人，那么用以延续生命的性器官、精液是否都是神圣的呢？原本圣洁、美好的性被基督教扭曲了、玷污了，被赋予了龌龊、肮脏的意味。在罗赞诺夫的价值体系中，性被提升到了神本位，肉体不是某种与精神相对立的现象，而是像精神本身一样，具有特殊的意义，应该浸润、渗透在人类精神之中。对于基督教的基本思想体系来说，这实际上是亵渎神明的。但对于罗赞诺夫来说，他以一种超验的方式将基督教、多神教联合起来，这是他的"新宗教意识"。有人认为这是被革新了的"新犹太教"。

罗赞诺夫的宗教思想并没有囿于理论、学说之中，而呈现为鲜活的感觉。他习惯于把抽象的理念转化为具体的物象，试图使它看起来更容易被理解和接受。这种特点也体现在其他体裁的作品中。他把宗教的发展过程视为金属的受热过程，他如此界定宗教的层级模式："多神教，经过锻压，锻压到极限，到失去一切形态，成为铸造品，这便是犹太教。然后再继续锻压，锻压到只有空气，没有物质，变成'0'，这便是基督教。"②可见，他认为原始的宗教在经历了犹太教、基督教等宗教模式后，丧失了宗教最本真的状态、最充盈的内质。从多神教到犹太教再到基督教的演化，就如同从鲜活的物体成为被抽空了所有生机与活力的物象，最终成为在形式虚掩下的空洞宗教，实际上已经与宗教最初创建的原因背道而驰了。

罗赞诺夫对基督教的感受是独特的，他深深地沉浸在自然的怀抱之中，采撷所有鲜活的、绿色的、快乐的、有生命力的东西。他对抽象的教条主义没有任何兴趣，而是在"神学典籍"上睡觉，在教堂周

---

① 叶夫多基莫夫：《俄罗斯思想中的基督》，杨德友译，学林出版社，1999，第187页。

② 瓦·洛扎诺夫：《落叶集》，郑体武译，云南人民出版社，1998，第73~74页。

围的绿草地上祈祷，就如同《卡拉马佐夫兄弟》中的阿辽沙一样，亲
吻潮湿的大地。教堂里的氛围令他感到烦闷，于是他走到教会的墙外，
在自然中狂热地祈祷。他呼唤热爱生活、珍视快乐的人们，无论是基
督徒还是多神教信徒，都前往他的"领地"，在那里他们可以自由地畅
谈，发掘共同的、自然的宗教体验。罗赞诺夫既是一位自由的基督徒，
又是一位自由的多神教信仰者，站在基督教与多神教的中间地带。他
在此基础上爱着自己的宗教，挑战历史基督教中"企图吞噬生活和快
乐"的一切。

　　别尔嘉耶夫在《俄罗斯共产主义之本源和意义》中曾经写道："自
然性的、原始的力量在俄罗斯人身上更为强大。自然—异教因素融入
了俄罗斯的基督教之中。在典型的俄罗斯人身上，有两种因素发生着冲
突——原始的、自然的异教，无限的俄罗斯大地的自然因素，和由拜占
庭获得的正教禁欲主义，对彼岸世界的向往。"① 在他看来，这几种元素
渗透到俄国人的血液之中，共同构成俄国人典型的民族性格。值得注意
的是，罗赞诺夫只将自然、快乐、生育等因素视为多神教的内核，并着
意凸显出来。他并不向往彼岸世界，只爱此生的现实世界。"罗赞诺夫
的'离经叛道'本身来源于他对上帝世界的宗教性的爱，来源于他对世
界，对整个肉体的宗教性的兴趣。"②

　　梅列日科夫斯基建立新宗教的目的还具有社会性，也就是通过宗
教改革解决俄国的社会问题。他曾经说过："无论是没有社会性的宗教，
还是没有宗教的社会，都不能拯救俄罗斯，只有宗教的社会性才能拯救
俄罗斯。"③ 宗教的社会性直接反对的是宗教个人主义。他认为传统的基
督教陷入了宗教个人主义，宗教仅仅被视为个人的事情，只强调个人的
拯救。因为上帝的国不在此世，也不需要此世，是与此世对立的；上帝
的国不在人们之间，不在由人所组成的社会之中，而只在每个人的内

---

① 王志耕:《宗教文化语境下的陀思妥耶夫斯基诗学》，博士学位论文，北京师范大学，
　2000。

② 吉皮乌斯:《往事如昨——吉皮乌斯回忆录》，郑体武、岳永红译，学林出版社，1998，
　第 141 页。

③ Мережковский Д. Больная Россия. Л.: Изд-во Лен. ун-та, 1991, с. 35.

心深处。这样的基督教意识完全忘记了社会及社会上的人。[①] 梅列日科夫斯基试图将"新宗教意识"与革命社会主义结合起来，建立"新基督教团体"，使在尘世的所有人都能够幸福。他不但欢迎革命，还认为革命是神圣的。根据弗兰克的说法，梅列日科夫斯基"被俄国革命运动催眠"，决定在俄国持无神论和虚无主义的知识分子中建造自己的教会。津科夫斯基认为，梅氏小组的希望与预言都是在延续索洛维约夫的道路，是无政府主义的，"是典型的宗教罗曼蒂克，只是渲染上了强烈的革命神秘主义色彩"[②]。别尔嘉耶夫不无遗憾地说，梅氏接受的是"公开的教条主义的基督教"，这使其走向了"新的宗教奴役"。

梅氏的宗教社会性思想并没有得到罗赞诺夫的回应，后者坚决反对对"社会性"的宣扬，认为个人生活高于一切。罗赞诺夫虽然与梅列日科夫斯基夫妇一起走进"新宗教意识"的圈子，但他们的思想很快就出现了分歧。关于与罗赞诺夫的友谊，梅氏写道："没有人怀疑，这两位随时准备发起殊死搏斗的论敌是亲密的。"梅氏认为二者之间原则性的不同在于："如果最后的战役开始，已经不是我跟罗赞诺夫之间，而是我们在寻找普适教会，并自认为是希腊—俄国教会代言人的所有人之间的战役，罗赞诺夫尽管对基督教的态度是敌对的，但还是站在历史基督教的一方反对我们。"[③] 正如别尔嘉耶夫所言："罗赞诺夫同东正教生活保持着有机的联系，他来自东正教只能代表东正教的思考。当他对面没有东正教神甫，他周围没有东正教肉体的温暖时，他感觉不到精神与热情的快乐。东正教的蜡烛令他倍感亲切温暖，他甚至在针对基督的反基督抗议时还想保留它。从起源上他是教会中的人，而他对基督的诽谤，大胆放肆，前所未闻。这些让脱离一切的教会，远离一切东正教的梅列日科夫斯基身怀敬意。他甚至似乎是根据罗赞诺夫

---

① 张百春:《当代东正教神学思想——俄罗斯东正教神学》，上海三联书店，2000，第133页。

② Зеньковский В.В. Мережковский, его идеи // Д.С. Мережковский: pro et contra. СПб., 2001, c. 450.

③ Мережковский Д. Больная Россия. Л.: Изд-во Лен. ун-та, 1991, c. 35.

的否定批判而初次认识东正教的。"①吉皮乌斯曾经在日记中写道,罗赞诺夫不想参加他们构想出来的"圣礼仪式":"罗赞诺夫有自己的思想,看出来其中的危险性。"②

1909年,罗赞诺夫在第11800期的《新时代》中,发表了一封信,解释了自己退出宗教哲学协会的原因:"由于宗教哲学小组性质的改变,我不得不退出来,它以俄国为目的的美好初衷已经改变,我不想为此承担责任。"他不想同性质已经完全改变的社会活动再继续合作:"它已经从宗教哲学性质变成文学的,还兼具政论腔调。"他认为,这一改变是由梅列日科夫斯基、菲洛索福夫、吉皮乌斯发起的:"小组名义上肩负俄国的使命,但实际上已经变成了私人的家庭小组。"③罗赞诺夫指出,梅列日科夫斯基不仅失去了对宗教的兴趣,还失去了对待宗教的真诚。"小组的主要罪证在于,大家都在谈论上帝,但从来不思考他……在宗教哲学小组的大厅里没有宗教,因为他们的灵魂里没有宗教的情调,也没有宗教的语调。"④罗赞诺夫称梅列日科夫斯基、吉皮乌斯、菲洛索福夫等人都"准备用文学谋杀"。后来,在对1917年革命绝望的情绪之中,罗赞诺夫写道:"不是文学应该欢迎革命,而是相反,革命应该感谢文学,半个世纪或者更长,文学一直都在号召革命。"⑤"到处都在呐喊'社会性','唤醒社会热情'!每当我遇到一个具有'社会热情'的人,我不光是感到无聊,也不光是对他反感:而简直就要死在他面前。我哑然失色,全身融化:没了头脑,没了意志,没了语言,没了灵魂。死了。人们啊,想让我告诉你们一个振聋发聩的真理吗?这真理没有一个先知告诉过你们……这便是:个人生活高于一切。"⑥可见,罗赞诺夫只是囿于个人的生活之中,对社会性不感兴趣。这是罗赞诺夫与其他"新

---

① 尼古拉·别尔嘉耶夫:《文化的哲学》,于培才译,上海人民出版社,2007,第248页,

② Гиппиус З.Н. Задумчивый странник. О Розанове // Настоящая магия слова. СПб.: 2007, с. 37.

③ Розанов В.В. Апокалипсис нашего времени. М.: Республика, 2000, с. 6.

④ Розанов В.В. Апокалипсис русской литературы // Новый мир, № 7, 1999, с. 7.

⑤ Розанов В.В. Апокалипсис русской литературы // Новый мир, № 7, 1999, с. 7.

⑥ 转引自吉皮乌斯《往事如昨——吉皮乌斯回忆录》,郑体武、岳永红译,学林出版社,1998,第149页。

宗教意识"成员的分歧之一。

笔者认为，在传统宗教意义上，基督教的精神与多神教的肉体是两个无法融合的领域。基督教是精神领域的，存在于人类的灵魂深处。它的终极目标并不是解释世界的存在、人类从何而来、人类与自然界的自然现象、自然力的关系等等一系列问题。至于人类的肉体生活、社会生活，这些领域更多受制于自然规律和伦理。在传统的正教人士看来，罗赞诺夫既没有思考福音书的奥秘，也没有关注人类隐秘的心灵诉求。罗赞诺夫将尘世的存在奉若神明，他所信奉的理论也都停留在尘世的、物质的、有形的经验主义的范畴之内。实际上，他宣扬的宗教理念就是对生命、生育、性、种族等问题的人类学、社会学诠释，并非纯正的宗教学思想，而是以宣传自己的思想为旨归。他建构的宗教脱离了基督教的本质，不再是牺牲的宗教，而是快乐的宗教。我们认为，罗赞诺夫的思想实际上还是没有完全摆脱实证主义的影响。但可以肯定的是，罗赞诺夫绝对不是无神论者，他是一名虔诚的基督徒。"对东正教，对东正教的生活方式、习俗和礼仪敬若神明。"[①] 罗赞诺夫一生都没有抛弃对上帝的信仰，上帝在他心中永远都不会死。正如吉皮乌斯所言："上帝和性这两个概念是完全不同寻常地交织在一起、存活于一个统一体的。"[②] 他既不是从上帝走向性，也不是从性走向上帝，而是在"另起炉灶"。他正是秉承着对上帝与世界的爱去实现自己的宗教理想——"神圣肉体"。

罗赞诺夫对历史基督教和官方教会的批判是有力的、颠覆性的。他提出的问题对"新宗教意识"产生了启发性与开创性的影响，使人们意识到基督教的某些弊端。别尔嘉耶夫承认罗赞诺夫提出的问题具有重大意义："尽管舆论诋毁他，但他仍然是俄罗斯最杰出的现象之一。卫道士并不能轻易地回答他提出的问题。"[③] 罗赞诺夫认为福音书是充满教条的神学，所有的异端邪说都产生于这种教条。他竭力去除基督教遗留下来的错

---

① 吉皮乌斯：《往事如昨——吉皮乌斯回忆录》，郑体武、岳永红译，学林出版社，1998，第136页。

② 吉皮乌斯：《往事如昨——吉皮乌斯回忆录》，郑体武、岳永红译，第136页。

③ 耿海英：《别尔嘉耶夫与俄罗斯文学》，上海书店出版社，2009，第61页。

误——抽象理论与教条主义以及一切僵死与腐朽的教义。他认为成长起来的基督教已经变得僵硬，看似更加坚固，实则没有活力。他极力在彼得堡宗教哲学协会中捍卫基督教本来的面貌，将其与表面化的道德说教相对立，进而理解历史基督教学说。另外，他还为改善非婚生子者的处境做出了很大的贡献。然而，他看待基督教的视角是单一的，一切都归结为生活。这实际上涉及罗赞诺夫宗教观与世界观的核心，即生活。

别雷曾经说过："罗赞诺夫是我们这一时代最贴近日常生活的作家。"[1]从对生活的观察出发探寻宗教源泉，罗赞诺夫看到了生活与基督教之间的矛盾，基督教是远离生活的，生活也在基督教神性荣耀的虚掩下失去生机与希望，他的构想是使遥不可及的基督教回归生活。值得注意的是，罗赞诺夫对生育、家庭、教育等问题的思考基本都是围绕生活展开的，"罗赞诺夫的理论并非脱离生活的空谈，他力图在日常生活的自我发展中寻找其逻辑性"[2]。在他看来，哲学、社会、美学问题都取决于日常生活。他的文学批评亦以此为衡量标准，他建构的是一种"生活的宗教哲学"。这也构成了罗赞诺夫的局限性与独特性。他认为，宗教的主要事情就是要做到在形成思想之前，要先热爱生活，爱生活中的快乐与鲜花，如果谁要是不爱这样的生活，谁就一点都不懂宗教。无论是基督徒还是多神教徒，都应该热爱生活，并快乐地生活。罗赞诺夫作为日常生活的歌者，他将仇视的目光瞥向背离生活的抽象虚幻乌托邦思想，并以各种各样的形式彰显了自己对抽象学说的反抗。他只能在日常生活之中洞察到真理。

## 小 结

与白银时代的许多宗教哲学家一样，罗赞诺夫具有浓重的宗教情

---

[1] Белый. А. Отцы и дети русского символизма// Pro et contra. Личность и творчество Василия Розанова в оценке русских мыслителей и исследователей: в 2 кн. СПб.: Русского Христианского Гуманитарного Института, 1995, с.34.

[2] 谷羽、王亚民等译《俄罗斯白银时代文学史》第一卷，敦煌文艺出版社，2006，第59页。

怀，宗教是其一生难以割舍的思想源泉，他对大部分问题的思考都从宗教角度出发，或将其与宗教联系在一起。从宗教信仰上来说，作为一位在东正教教会氛围中成长起来的思想家，上帝与基督教对他来说并不是空洞的、超然的无形之物，不是神话或宗教崇拜的产物，而是早就在其内心深处扎根了的实实在在的强大力量。上帝对罗赞诺夫来说是永生的，他一生都虔诚而又炽烈地信仰着上帝，其信仰之深切，完全不亚于修道士，因此他批判尼采的"上帝死了"的理论。所以，罗赞诺夫的抗争才具有更大的伟大性与矛盾性。他追求"活的上帝"，不想面对"死亡的上帝"。因此，罗赞诺夫的宗教信仰更多的是与拯救相连，而不是复活。拯救对罗赞诺夫来说体现了人灵魂中的宗教性。其"拯救"的宗教就是上帝永远活着的宗教，具有神秘主义特点。罗赞诺夫认为上帝与人是通过性相连的。因此，复活人身上的"性"、爱，创建家庭是他最为提倡的，也是他的拯救之路。罗赞诺夫希望通过性合法化证明基督教的禁欲主义与性并不矛盾，而是对性的纯化过程。但显然他的乌托邦理想都建构在空中楼阁之上，不久就幻灭得一干二净。罗赞诺夫还试图打破肉体与灵魂二元对立的基督教教义模式，将二者统一起来。他认为肉体与精神的统一才能实现真正的和谐。这实际上与梅列日科夫斯基"第三约"的思想异曲同工。只是"罗赞诺夫揭开了好像世界创始前性别（'肉体'）的神圣性，想使我们回到亚当和夏娃偷吃禁果而堕落犯罪之前的种族状态；梅列日科夫斯基揭开了世界末日之后同样的情况，号召我们走向在被改造的世界里的肉体神圣的奢侈享受"①。

罗赞诺夫无法忍受僵死、枯竭的教会，无法忍受陷入抽象教条的教会，无法接受苦修主义的基督教，他认为这是湮没生命的思想。罗赞诺夫渴望创建一种生活的宗教、欢乐的宗教。他无限地热爱这个世界，崇尚自然，"贪恋"尘世的生活。在他看来，基督教脱离了生活，摧毁了生活中的美，切断了美的源泉，这一源泉即是性与家庭。"基督教给肉

---

① 梅尼日科夫斯基：《重病的俄罗斯》，李莉、杜文娟译，云南人民出版社，1999，第83页。

体生活注入了毒素"①，扼杀了幸福与快乐。而当快乐与质朴在生活中消失，罪孽便开始滋生，大地变得黑暗。因此，他试图进行宗教改革，摒弃抽象理论，竭力去除基督教遗留下来的错误和不足，颠覆在基督教遮蔽下扭曲的、变形的教会教条主义，打破一切僵死和腐朽。罗赞诺夫还认为教士们歪曲了真正的基督教，扼杀了教会。他倡导还原基督教本来的面貌，将其与表面化的道德说教相对立。但在这条革新的道路上，罗赞诺夫逐渐悟出了终极真理：禁欲主义的根源与其说在于教会的教条教义，不如说在教会的本质——基督上。因为耶稣说自己和上帝是一体的，罗赞诺夫认为这是欺骗，是对上帝的阉割。罗赞诺夫的最后一部作品《当代启示录》就是对耶稣以及俄国教会的强烈批判。基督对于罗赞诺夫来说更可恶，基督残酷地把世界割裂开来，他拣选了灵魂，而抛弃了性。

总之，尽管基督教是远离尘世的、规避肉体的，但罗赞诺夫却从未将基督教与生活、肉体割裂开来。罗赞诺夫几乎所有的宗教思想都围绕着家庭、婚姻、生活，以及它们之间相互关系的思辨，因此具有宗教人类学特点，这也是宗教世俗化的体现。

---

① 赫克:《俄国革命前后的宗教》，高骅、杨缤译，学林出版社，1999，第155页。

# 第二章　罗赞诺夫批评视野中的普希金

　　一百多年过去了，时间没有掩埋普希金的光彩，反而使其更为耀眼夺目，总之，普希金的卓越是无法磨灭的。"俄罗斯文化演进中的一切精神要素都能够在普希金那儿得到完整的注解，都自普希金开始得到延续和发展。"[①]关于普希金的文学批评更是不胜枚举，从同时代的别林斯基等人的批评开始，时至今日，诗人始终处于文学批评家的视域之中。

　　普希金是贯穿罗赞诺夫一生的作家、诗人。罗赞诺夫对普希金的评价始于1886年的《论理解》，当时他还算不上一名批评家，只是以读者的角度去解读普希金。对于罗赞诺夫来说，"普希金永远是完整的人，内心永远没有分歧，热爱生活与人，感觉不到任何痛苦"[②]。这种思想也影响了他对诗人创作的批评态度。在他的视域中，"普希金的内心与不和谐绝缘，因此他热爱生命与人类，体会不到人与生活的任何痛苦"[③]。他认为这种类型的艺术家心中不存在复杂的或是悲剧性的因素，也就是说，普希金的内心是至纯的、光明的、积极的。罗赞诺夫此时对普希金的评价也奠定了他未来的批评基调。此后，他对普希金的评论始终没有停歇，普希金几乎伴其一生。罗赞诺夫直接评述以及间接提到普希金的文章包括:《普希金与果戈理》(1891)、《"政府"的两种形式》、

---

[①]　季明举:《"普希金是我们的一切"——"有机批评"视野中的普希金》,《安徽大学学报》(哲学社会科学版) 2011 年第 4 期。

[②]　Розанов В. В. О понимании. Опыт исследования природы, границ и внутреннего строения науки как цельного знания. М.: Книга по Требованию, 2012, с. 462.

[③]　Розанов В.В. О писательстве и писателях. М.: Республика, 1995, с. 462.

《基督教是积极的还是消极的》（1897）、《永远悲伤的决斗》（1898）、
《阿·谢·普希金》（1899）、《关于普希金的笔记》（1899）、《论普希金
科学院》（1899）、《普希金新论》（1900）、《再论普希金之死》（1900）、
《评伊万·谢格罗夫的书〈普希金新论〉》（1902）、《易卜生和普希
金——布朗德和安哲鲁》（1907）、《普希金中学一百周年纪念》（1911）、
《重返普希金》、《莫斯科的普希金小屋》（1912）、《普希金和莱蒙托夫》
（1914）、《论普希金的去世》（1916）、《论莱蒙托夫》（1916）、《论宗教
大法官的传说》（1891）、《隐居》（1912）、《文学流亡者》（1913）、《落
叶》（第一筐 1913，第二筐 1915）、《转瞬即逝》（1915）、《当代文学启
示录》（1918）等。

　　罗赞诺夫对普希金的评价与陀思妥耶夫斯基发表的关于普希金的著
名演讲密不可分。他认为陀氏将普希金视为"自己的守护者，避免骚动
不安思想与意图的最好的保护者"，试图借助普希金给俄罗斯社会生活
带来平静与安宁。在《阿·谢·普希金》一文中，罗赞诺夫写道："所
有闪光的思想与语言都在 1880 年普希金纪念碑揭幕仪式中谈到了，现
在只能对当时说过的话进行简单的总结，不能再奢望独特性与创新性
了。"[①] 此时，罗赞诺夫还非常欣赏、赞同陀氏的观点。但后来在与陀思
妥耶夫斯基的论辩中，他又提出陀氏的狂想与对全世界兄弟情谊的呼吁
与普希金的"安宁"没有任何相似之处。实际上，罗赞诺夫对普希金的
批评既有传承，又彰显了其独特的视角。此后，由于罗赞诺夫思想的矛
盾与转变，普希金的形象在他笔下也不断变化。因此，他的评价呈现动
态的发展，时常会发生前后矛盾的现象，不过总体的基调是一致的，"基
本处于一种恒定的状态，其变化主要取决于批评家历史观念的改变"[②]。也
就是说，罗赞诺夫评价的更迭变化主要取决于其思想观念的转变，这种
变化本身也印证了他用批评阐释自己哲学思想的独特模式。

① Розанов В.В. А.С. Пушкин // Пушкин в русской философской критике. М.: Книга, 1990, с. 163.

② Голубкова А.А. Критерии оценки в литературной критике В.В. Розанова. М.: Моск. гос. ун-т им. М.В. Ломоносова, 2013, с.6.

罗赞诺夫对普希金的批评形式有随笔、日记、书信等等，因而其批评并非系统的理论阐释。他只选取自己感兴趣的话题作为研究的对象，以"读者兼创作者的身份解读普希金的文本与个性"[①]，从而打破了主观与客观批评的两极性。评论家们认为罗赞诺夫对普希金的许多评价都渗透着鲜明的主观性，是其自身理论的加工与延伸。在罗赞诺夫看来，普希金更多的时候象征着一种整体的精神与气质，对他进行文本细读式的分析是不合适的。因此，罗赞诺夫的文学研究很少借助理论或进行文本细读，而是以一种感官的、直觉的方式去解读普希金。他的许多批评是在传递某种感受，而不是进行严密的科学研究。西尼亚夫斯基认为罗赞诺夫不是在阅读普希金，而是"在吟唱，像唱祈祷文一样吟唱"[②]。

## 第一节　俄罗斯民族的"神话式英雄"

从普希金生前，直至今日，每一个批评家都会在心中勾勒出一个独特的普希金，他在俄罗斯文化、文学中的地位无可替代。俄罗斯人对普希金的感情已远远超过热爱与崇敬，甚至演化为崇拜。普希金被视为俄罗斯民族复兴的现象而受到热捧，他被奥多耶夫斯基称为"俄罗斯诗歌的太阳"，被勃洛克称为"快乐的名字"，被格利戈里耶夫称为"我们的一切"。然而，这种热情持续的时间并不长，在普希金逝世的半个多世纪里，诗人的光芒逐渐被掩埋了，他渐渐淡出了人们的视线。莱蒙托夫、果戈理、陀思妥耶夫斯基等继承者"迫使读者去窥探人本性的阴暗幽曲之处，这在相当长的时间里减弱了人们对普希金那种'透明的清晰'的兴趣"[③]。他们没有继承普希金的精神，人们在接触阴暗的文学后，便逐渐忘却了"光明的"普希金。另外，19世纪60年代，随着实证主

---

① Мондри Г. А.С. Пушкин «наше» или «мое»: О восприятии Пушкина В. Розановым // Вопросы Философии, 1999, № 7, с. 67.

② Синявский А.Д. «Опавшие листья» Василия Васильевича Розанова. Париж: Синтаксис, 1982, с. 253.

③ 孙绳武、卢永福主编《普希金与我》，人民文学出版社，1999，第207页。

义思想的盛行,俄国革命民主主义者对一切无益于革命的话语都嗤之以鼻。车尔尼雪夫斯基、杜勃罗留波夫、赫尔岑等革命民主主义批评家对普希金的评价都远不及对果戈理的评价高。我们知道普希金从不诉诸直接的道德说教。因此,在他们眼中,普希金不能代表30年代的精神,他的作品缺乏明确的社会倾向。他们认为与摒弃群俗、追求审美价值的普希金相比,果戈理的创作似乎更符合社会的进步话语。由此,普希金被时代所抛弃,逐渐成为过去式。总体而言,普希金被尘封了近40年。

19世纪80年代,资本主义改革促使西方思潮大量涌入俄国,大众文化兴起,人们的审美趣味也呈现多元化态势,官方一统天下的意识形态模式逐渐走向瓦解。普希金渐渐回归,并逐渐恢复了应有的地位。

1880年,第一座普希金纪念碑在莫斯科揭幕,这一事件加速了普希金的回归,人们尘封的记忆逐渐开启,知识界开始重新审视俄罗斯传统文化价值。陀思妥耶夫斯基在揭幕仪式上发表了重要演说,也预示着普希金的奥秘被重新揭开。陀思妥耶夫斯基批驳了对普希金的不公正的评价,充分肯定了诗人的创作,在肯定普希金的世界性的同时,他从"根基主义"的立场出发,诉诸普希金所代表的俄罗斯民族精神价值。陀思妥耶夫斯基称普希金"是一种带预兆性的现象",将其定位为俄罗斯民族精神文化的承载者,"普希金的作品洋溢着俄罗斯精神,处处跳动着俄罗斯脉搏",认为其创作是无与伦比的,完整地展现了俄罗斯人民的灵魂。

19世纪末20世纪初,俄罗斯文学发展呈现明显的断裂化表征。经典文学的脚步尚未走远,现代主义文学却开始迅速兴起,新颖的主题与形式似乎非常轻松地攫取了公众的视线。在历史的转折时期,许多俄国的文人都扮演着雅努斯的角色[①],他们站在两个世纪之间,目光既回望着已经逝去的19世纪,同时又投向即将到来的20世纪,游离于现代与经典之间。"动荡不安的现实冲毁了原有的文化基石,也冲淡了原有的文化价值。"[②]此时,人们惶惑不安,渴望摆脱精神危机。在这个迷惘、彷

---

① 罗马神话中的门神,有两副面孔,一副向着过去,另一副向着未来。
② 孙绳武、卢永福主编《普希金与我》,人民文学出版社,1999,第209页。

徨的白银时代，困惑的思想家们试图通过回归黄金时代探寻俄罗斯的发展道路，拯救动荡的俄罗斯。因此，一大批评论家、宗教哲学家涌现出来，他们纷纷回溯过去，捍卫经典，"努力寻求能够代表民族文化理想与价值的英雄，普希金被作为神话英雄，甚至被赋予超自然的神性"①。普希金立刻成为众多思想家关注的中心。"因为只有在普希金这里，他们才能找到自己在变幻莫测的世界里所需要的美好人生的永恒价值取向，才能增添追求真善美的勇气，忠于自己的人生理想和社会理想。"②尽管对于一些致力于探索神秘主义根源的象征主义者来说，普希金似乎显得过于严整与明晰了。1905 年，别雷曾经写道："普希金的严整使其缺少了一定的深度。"③伊万诺夫后来也提出，普希金总是试图栖息在已经被人们所认知的领域里，不愿意探寻非理性的和未知的领域，而这一领域恰恰构成永恒和死亡的奥秘。随着时间的流逝，别雷更正了自己的观点，"表面上，普希金虽然是很容易接近的，实际上却是最难以理解的诗人"④。

　　1990 年，《19 世纪末至 20 世纪初俄国哲学批评中的普希金》文集于莫斯科出版，收录了索洛维约夫、罗赞诺夫、梅列日科夫斯基、舍斯托夫、伊万诺夫、布尔加科夫等人的评论文章。哲学家们通过发表个性鲜明的文章，对诗人进行了独具特色的解读，并渴望从诗人身上汲取俄罗斯文化的精髓。实际上，"白银时代的思想家在进行自己哲学思考时，从文学创作中寻找生动的例子并以此为自己的理论作注是当时司空见惯的事情"⑤。因此，这些思想家们对普希金的研究与分析，有很大一部分

---

① Осминина Е.В. Творение мифа и интерпретация культурного героя: Розанов и Пушкин. Кострома: Ярослав. гос. пед. ун-т им. К.Д. Ушинского, 2005, с. 59.

② 孙绳武、卢永福主编《普希金与我》，人民文学出版社，1999，第 209 页。

③ Белый А. Отцы и дети русского символизма// Pro et contra. Личность и творчество Василия Розанова в оценке русских мыслителей и исследователей: в 2 кн. СПб.: Издательство Русского Христианского Гуманитарного Института, 1995, с.34.

④ Белый А. Отцы и дети русского символизма // Pro et contra. Личность и творчество Василия Розанова в оценке русских мыслителей и исследователей: в 2 кн. СПб.: Издательство Русского Христианского Гуманитарного Института, 1995. с.34.

⑤ 赵桂莲：《俄罗斯白银时代普希金研究概观》，《国外文学》2000 年第 2 期。

都是结合自己的哲学理论，旨在得出为自己理论服务的结论。罗赞诺夫最终的志向并不是做一名专业的文学批评家，他努力观察俄罗斯作家长廊里的人物，倾听他们的声音，努力寻求他可以感知到的联系，试图创造一个神话。普希金的名字就成为他建构这一神话的情节基础。他认为俄罗斯文学逐渐走向衰退与堕落，普希金代表的黄金时代则是"坚固、荣耀的"。俄罗斯文学黄金时代的神话中心人物当然非普希金莫属。因此，普希金的名字不是传记性质的了，而是为了创造神话被赋予了不同的特征。

## 一　"文学经典"的承继与背离

罗赞诺夫推崇普希金，他对诗人的整体评价基本与他最初对普希金的印象相符。他认为普希金开创了 19 世纪的俄罗斯文学，推动俄罗斯思想、文学前进了不是一大步，而是整整一个时代。"对于俄罗斯来说，普希金是理想的中心，所有的半径都指向这一中心。他的诗歌既浓缩了俄国过去的所有道路，又为未来文化发展开创了规范的道路。"[①] 罗赞诺夫认为普希金是俄罗斯文化中独一无二的现象，承载着俄罗斯精神的特殊类型。普希金的地位无人能及，究其原因，则在于其心灵非凡的完美，"只有心灵纯洁并一生纯洁的人才是真正的作家。作家不能后天造就。作家是天赐的"[②]。实际上，普希金非常符合罗赞诺夫"宁静、高尚、纯洁"的理想。罗赞诺夫十分看重心灵的纯洁，他厌恶一切虚假与造作，他认为虚伪是性格怯懦导致的，是因为害怕得罪人。他说自己是在"吃"普希金，将其比作食物，这种食物"已进入我的体内，在我的血液里流淌，使大脑变得清新，使灵魂变得纯净"[③]。可见，罗赞诺夫认为普希金能够净化人的灵魂，使人远离虚伪，是一位真正的作家。批评家认为对诗人的赞赏应该透过其华丽的外表，窥探内在的善良与真理。

---

① Айхенвальд Ю.И. Россия без Пушкин. Современное прочтение Пушкина// Межвузов-ский сборник научных трудов. Иваново: Ивановский гос. ун-т , 1999, с. 162.

② 瓦·洛扎诺夫：《落叶集》，郑体武译，云南人民出版社，1998，第 80 页。

③ 瓦·洛扎诺夫：《落叶集》，郑体武译，第 195 页。

　　罗赞诺夫将19世纪的作家分为两种类型：普希金、屠格涅夫、冈察洛夫等作家属于同一类型；莱蒙托夫、果戈理、赫尔岑、车尔尼雪夫斯基、皮萨列夫、谢德林则属于与之截然相反的类型。他认为以普希金为代表的派别崇尚和谐，创作风格平和，不主张以极端的方式解决问题。他们不激化矛盾，而试图用美学的方式调和矛盾。他们呈现的是一个现实、明朗、清晰的世界，尽管这一世界偶尔也会出现阴霾，但乌云消散之后，旋即晴空万里。而以莱蒙托夫为代表的类型则是激进的，充满破坏的力量，他们徘徊、挣扎、迷惘，他们痛苦地求索，他们渴望探寻真理，化解矛盾，却又无力于此，因此愈加苦痛。他们的世界充满荆棘，乌云密布，地狱的呼声振聋发聩。正是这一派别将俄罗斯文学引向了一条执着于"思想"的道路。罗赞诺夫认为，如果说那些平和的作家塑造了符合俄国现实的形象，俄国在他们笔下和缓而美好地发展的话，那么狂躁不安的作家则指出它的规律或为它预言，他们过分地夸大俄国丑陋的一面，使其偏离了发展轨迹。相比而言，"罗赞诺夫偏爱情绪温和，语调平缓的作品"①。可见，在罗赞诺夫看来，第一类平和的作家使俄国行驶在既定的轨道上，总是给人以希望和信念；而第二类作家则推翻这条轨道，努力而痛苦地探索新路。相比而言，罗赞诺夫显然更倾向于前者。

　　普希金在罗氏眼中是俄国的理想，俄国文学始终进行着涨落运动，普希金正是这一运动的顶峰，与莱蒙托夫、果戈理、陀思妥耶夫斯基作品中鲜明的狂暴、激愤不同，他的作品勾勒出祖国最伟大、最细致的画卷，使俄语成为最崇高、最优美的语言。他使俄罗斯文化达到了如此的高度，一代又一代的俄罗斯人都可以依附于此。可见，罗赞诺夫将普希金置于俄罗斯文学的顶峰，认为诗人是俄罗斯文学的典范。我们认为，以莱蒙托夫为代表的一类作家并不是试图以破坏性的力量影响俄国的发展轨迹，而是俄国的现实使他们迷惘与困惑，他们更多地看到了祖国令人痛心的一面或受尽磨难的人们。与普希金的不同之处在于，他们无法

---

　　① 郑体武：《危机与复兴：白银时代俄国文学论稿》，四川文艺出版社，1996，第336页。

将一切阴暗都幻化为光明，他们的灵魂过于苦楚与悲痛。可以说，现实的混沌与黑暗阻隔了普希金安宁平和的文学模式。

罗赞诺夫认为普希金能够成为每个人的守护者，尤其是在动荡的时刻能成为整个民族的守护者。"混乱的原理在他的诗歌面前躺下了，矛盾停息了，怀疑黑暗的意愿随之远遁；他的缪斯，就像大卫的竖琴：它不是我们的听觉所能承受的，但假如我们能经受住，用心灵来接受它，那就会在它的声音里找到自己灵魂的安慰。"① 我们认为罗赞诺夫的这一观点值得肯定。普希金的宁静与明澈可以使人摆脱内心的惊慌，使人得到慰藉。秉承乐观、旷达的人生态度，普希金笔下的主人公很少陷入善与恶的斗争旋涡之中无法自拔，或者充当纠缠作家的某种难以解决的思想的卫道士，即使承载某种思想，最终也会从精神的束缚中解脱出来，彰显出爱与自由的永恒本质。诗人善于以艺术形式协调矛盾，避免以极端的方式解决矛盾。因此，读者阅读普希金的大多数作品都不会感到沉重与压抑，而是享受温暖与美好。

令罗赞诺夫难以接受的是，这位"光明的使者"被阴郁的莱蒙托夫、病态的果戈理所替代。罗赞诺夫提出，从普希金之后俄罗斯文学走向了另一条道路。因此他写道："普希金是我们失去的天堂。他是俄罗斯文学应有的形象。"② 梅列日科夫斯基在其哲学随笔中也有类似的观点，认为普希金是俄罗斯文学唯一光明而乐观的作家。正如别尔嘉耶夫所言："俄罗斯作家中惟有普希金一个人是真正具有欧洲文艺复兴气质的人，他体会到并在自己的创作中表现出了真正创作的自由和欢乐。普希金牺牲了自己成为'圣徒'的可能性，但他以上帝赋予他的天才完成了讴歌创作自由、讴歌创作欢乐的神圣使命，在这个意义上，普希金与成为了宗教圣徒的人同样伟大。在普希金之后，俄罗斯文学的艺术性逐渐退居次要位置，取而代之的是作家们越来越浓厚的道德性，越来越强烈的道德自我拷问，这一过程发端于果戈理，到了陀思妥耶夫斯基和列

---

① 瓦·瓦·罗扎诺夫：《陀思妥耶夫斯基启示录——罗扎诺夫文选》，田全金译，华东师范大学出版社，2013，第 32 页。

② Розанов В.В. О писательстве и писателях. М. : Республика, 1995, c.39.

夫·托尔斯泰那里达到了登峰造极的地步。"① 然而，罗赞诺夫认为天堂
并没有降临，俄罗斯文学并没有遵循普希金所开创的模式前行，而是偏
离了这一方向，源自普希金的一切俄罗斯精神要素都渐行渐远。

尽管屠格涅夫被公认为普希金的继承人，罗赞诺夫却认为普希金
没有一位真正意义上的继承者，普希金是孤独的，屠格涅夫也没能企及
其精神层面。正如梅列日科夫斯基所言，"屠格涅夫其实更接近于疲惫
感和对一切文化形式的厌倦感，而不是普希金的英雄主义的智慧。他语
言中过多的是柔美、女性化和感染力，而没有普希金式的坚毅、力量
和朴素"②。因此，普希金有别于19世纪的其他作家与诗人，他们所有
人不仅不是普希金的继承人，在世界观上甚至都是他的对立者。笔者认
为，罗赞诺夫的这一观点值得商榷。19世纪的俄国文学的确有两条明
显的发展轨道：一条源自普希金，另一条源自莱蒙托夫。普希金的直接
继承者包括丘特切夫、冈察洛夫、屠格涅夫等，甚至托尔斯泰、陀思妥
耶夫斯基也都在普希金的身上汲取营养，找寻灵感与传统的人道主义精
神。《驿站长》开创的深厚的人道主义传统与道德探索，得到了果戈理、
陀思妥耶夫斯基、契诃夫的继承与发展；《叶甫盖尼·奥涅金》中探讨
的19世纪典型的贵族气质与心理，走出了莱蒙托夫的毕巧林、冈察洛
夫的奥勃洛莫夫、屠格涅夫的相似特质的"贵族男性长廊"；达吉亚娜
的形象更是开创并奠定了典型的俄罗斯妇女形象；《黑桃皇后》中真实
与梦境幻觉的交织、疯狂与冒险、戏剧化效果、心理刻画都在陀思妥耶
夫斯基作品中得到传承；托尔斯泰作品中的许多情节都源自普希金的母
题。托尔斯泰曾提倡阅读普希金，向普希金学习。陀思妥耶夫斯基说
过："在普希金面前我们都是矮子。"总之，普希金的许多思想与传统都
得到了延续与传承，基本上19世纪的经典作家都或多或少地在他的身
上各取所需，诗人就如同永不枯竭的源泉滋养着他们。

罗赞诺夫在《俄罗斯文学批评发展的三个阶段》中提出，一方面，

---

① 赵桂莲：《快乐与压抑：托尔斯泰的迷惑和解脱》，《欧美文学论丛》2003年第00期。
② 刘锟：《普希金：一个孤独的文化符码——从梅列日科夫斯基的观点出发》，《俄罗斯文艺》2010年第2期。

从茹科夫斯基到托尔斯泰，俄国的诗人和艺术家中，没有人能被视为精神思潮的代表，如果说莱蒙托夫直到生命的尽头都无法从拜伦的影响之下解脱出来，那么普希金的主人公的影响力便不言而喻了。另一方面，尽管他认为普希金没有继承者，但并不否认俄国文学至今还在普希金开创的思潮内游走，而且对这一思潮的研究也永远无法达到尽头。罗赞诺夫认为普希金象征生命，因此他的创作才会如此丰富。"他一直处于运动上升的状态，却永远看不到尽头。因此，普通人与弱者无法与其共同呼吸。普希金也因其难以企及的灵魂而处于无尽的孤独之中。"① 普希金的心灵包罗万象，能够容纳一切，就像是融合了全世界声音的共振器，从整个世界中撷取声响，演奏出许多新的音乐，从而使世界更为丰富，可以说，继普希金之后，世界变得更加美好。由于普希金精神的圆满与包容性，各个年龄层次的人，每一个时代的人都能在他的诗作中找到适合自己的诗行，他甚至为每个瞬间都准备了诗行。普希金是一种奇妙的永恒，创作了永恒的价值，他永远不会过时，"陀思妥耶夫斯基和托尔斯泰因紧张的神经，一些思想和观点过时而老化，而普希金丝毫没有变老。你们可以看到，再过二十年他会比托尔斯泰和陀思妥耶夫斯基更年轻，更现代"② 。笔者赞同罗赞诺夫将普希金的精神视为永恒的说法，因为普希金许多作品的社会政治倾向性或者批判意识没有同时代的作家那么突出，其中折射出来的思想都具有超越时空与国界的价值。罗赞诺夫还提出，普希金以一种整体性吸纳了多元文化因素，但是这种整体性却在他之后止步了。也就是说，他认为普希金的作品具有无限的包容性。普希金在俄国以及全人类经典遗产中寻找艺术之源，他的艺术创作既有鲜明的民族特色，又不失世界性的品格，这点我们稍后再论。不可否认的是，普希金创作的多元性相对其他俄国作家更为鲜明，这也是由当时独特的文化语境与个人经历决定的。

罗赞诺夫还格外推崇普希金创作的形式与语言表现力，他认为普希金比其他诗人都更智慧，他是创作所有诗歌形式的天才，他能自如地运

---

① Розанов В.В. О писательстве и писателях. М.: Республика, 1995, с. 39.

② Розанов В.В. О писательстве и писателях. М.: Республика, 1995, с. 42.

用八行诗和抑扬格。普希金用自己的行动、性格与命运创作了历史中的新词。当普希金清醒的时候，莱蒙托夫、果戈理、陀思妥耶夫斯基都喝醉了，他们将某些词语堆砌在一起，就如同喝醉的人发出的喃喃之声。不可否认的是，普希金的作品十分精美，是形式的大师，但罗赞诺夫的这种说法是力图将普希金"神化"，突出诗人地位与创作才能的一种表达方式。

罗赞诺夫在普希金诞辰100周年和逝世75周年的撰文中，分别使用大量篇幅指明普希金所遭受的不公正评价，他认为诗人受到了"蠢人的评判和人们的冷嘲热讽"[①]。这些愚蠢的评价与肆意的嘲讽都令罗赞诺夫感到痛心，正是这些评价"在普希金生前迫害过他，并在60—70年代'开怀畅饮'，庆贺成功"[②]。罗赞诺夫此处尖锐抨击了唯物主义、实证主义思想盛行的"激进60年代"，在他看来，俄国批评界成功地夺走使这位纯净的、追求美与自由诗人的光环，从而掀起了俄国文坛的庸俗之风。罗赞诺夫对普希金的高度评价，实际上也是对实证主义的驳斥。19世纪末，反对实证主义、理性主义、功利主义成为许多知识分子的一种情绪，并演化成一种风潮。"世纪之交文学最重要的特点之一就是消除实证主义在世界范围内的巨大影响。"[③]罗赞诺夫后期的创作形式就是与唯物主义、实证主义的信奉者展开论战的重要论据。罗赞诺夫认为现代文明社会走向衰败的症候就在于用技术取代精神，忽视宗教与艺术的传承。"实证主义在自己灵魂的秘密中，或确切些，在自己没有灵魂的核心中：让没有感觉的躯体处处均匀地腐烂。实证主义是垂死的人类的哲学陵墓。"[④]罗赞诺夫一贯拒斥实证主义，认为它是缺少灵魂的表征。"如果每个15~23岁的俄罗斯人都非常激动地感受他的作品，那么他的作品就能防止和杜绝如今文学作品和报纸杂志中泛滥了十余年的低级趣味。普希金的智慧可以预防一切愚蠢的东西，他的高尚品质可以预防一切

---

① 洛扎诺夫：《自己的角落——洛扎诺夫文选》，李勤译，学林出版社，1998，第246页。
② 洛扎诺夫：《自己的角落——洛扎诺夫文选》，李勤译，第246页。
③ 谷羽、王亚民等译《俄罗斯白银时代文学史》第一卷，敦煌文艺出版社，2006，第14页。
④ 瓦·洛扎诺夫：《落叶集》，郑体武译，云南人民出版社，1998，第32页。

庸俗的东西，他的心灵和兴趣的多面性可以预防那个可被称为'心灵过早专业化'的东西，八年前全体青年学生都迷上了它，这对熟悉普希金作品的青年人来说完全不可思议。"①罗赞诺夫在诗人的创作中看到了对传统精神文化的捍卫，对爱与真善美等美好情感的追求，对永恒价值的讴歌，这正是他十分崇尚的，因此他坚决捍卫普希金所开创的道路。

罗赞诺夫认为俄罗斯文学的运动方向是以精神探索的"纵向"方式发展的。在这条求索的道路上，19世纪末经典走向了尽头。这种成长耗尽了所有的潜能，此后经典的形式开始枯竭，"颓废派"登上了历史舞台。俄罗斯经典的追随者无力对抗"耀眼的颓废派"，这引起了罗赞诺夫的不安。罗赞诺夫是守护经典俄罗斯文学的代表之一，这就是他在90年代的时候参与不是十分流行的保守主义杂志与报纸工作的原因。实际上，20世纪初现实主义与现代主义是并行发展的。

罗赞诺夫撰写《重返普希金》一文论述了普希金作品巨大的教育价值，呼吁普希金的回归，呼吁恢复其俄国第一诗人的地位。在罗赞诺夫看来，与莱蒙托夫、果戈理的作品相比，普希金作品的受众面太窄，"莱蒙托夫和果戈理的作品，俄罗斯十二岁、最晚不超过十五岁的颇有天赋的少男少女们都读遍了他们的全部作品"②，而普希金的精品抒情诗甚至鲜为人知或被淡忘了，这种现象似乎是令人难以理解的。普希金的作品应该走进每一个俄罗斯家庭，而俄罗斯的评论家、研究者妨碍了他的作品进入普通家庭，他们框定了普希金作品的类型，使普通读者对其作品望而生畏，"把普希金作品从书架上取下来，需要高高的个子和强壮的手臂，因为这些学术性的卷册会折断手臂，会使女大学生、女高中生和小男孩的手臂骨折。大学生因为书'太学术化'而绝不去读它，小孩们也绝不会在这注满解释的、完全是学术著作的十大卷中去寻找'宝贵的童话'"③。罗赞诺夫还抨击了给诗人的著作加上粗制滥造的插图和

---

① Розанов В.В. О писательстве и писателях. М.: Республика, 1995, с.116.

② 洛扎诺夫：《自己的角落——洛扎诺夫文选》，李勤译，学林出版社，1998，第247页。

③ 洛扎诺夫：《自己的角落——洛扎诺夫文选》，李勤译，第247页。

形形色色的注释的出版商。"他们无疑是把抽屉里面的灰尘倒在了普希金身上：他全身是灰尘，全身是累赘。他形象和灵魂的主要特征——惊人的简洁和朴实消失在版本的形象和外表中。"①他反对用学术性的繁复注解以及学院气浓厚的阐释去解读普希金，反对建构理性的评价体系，反对科学的研究方法。他认为这种方式会淹没诗人，导致教育的偏差。他始终强调应该培养学生的美感和爱好，而不是冷静的分析头脑。

此外，他认为普希金的许多作品是贴近人们的，是可以"塞进枕下，放到床头柜上，去林中采蘑菇和浆果时可以放在篮子里或者口袋里的"②。他用形象化的方式阐明了普希金的创作并非遥不可及，并非凌驾于人民之上，而是面向社会各阶层，是俄国普通民众都应该随时随地阅读的。他崇尚以随性的阅读方式，用心去感受普希金作品的美好，洞悉他的灵魂，与"活着的"普希金进行对话，"只有谛听说话的普希金的声音，体会一个活着的人的所有的语调，才能跟普希金产生共鸣。谁在翻书时听不见'活着的普希金'，谁就等于没读普希金，而只是在读一个替代他，跟他差不多，'有着同样的文化修养和才华，写着同样的题目的人'，但不是他本人"③。在他看来，普希金就如同尘世的一件精美的艺术品，我们不应该只欣赏其华丽的外表，而应该透过外表探索其内在的真理，因为他的美是由内而外散发出来的。

罗赞诺夫关注教育事业，著有《教育的黄昏》一书，同时还发表了大量关于教育的文章。他重视文学所能起到的教育功能，他认为艺术家的真诚最重要，他们首先应通过自身去感受生活的美好，然后再将它们转化为文字。他认为普希金的智慧能够使其规避所有愚蠢之事，他的高尚使其同所有的庸俗绝缘，普希金对提升人的灵魂有教育意义。罗赞诺夫认为俄国文学是民族精神的"典范"，是"神圣的民间英雄故事"，而其创作者也应主动担当起这份非同寻常的责任，成为"灵魂的引路人"和"读者的忏悔对象"。

---

① 洛扎诺夫:《自己的角落——洛扎诺夫文选》，李勤译，学林出版社，1998，第247页。
② 洛扎诺夫:《自己的角落——洛扎诺夫文选》，李勤译，第247页。
③ 瓦·洛扎诺夫:《落叶集》，郑体武译，云南人民出版社，1998，第30~31页。

## 二 和谐的"使者"

罗赞诺夫认为语言存在风格，人类的灵魂同样存在某种突出的特征，这种特征决定了作家创作的整体特色。"风格"一词源自建筑学，后被借用到文学领域，是指作家的独特语言模式，或者为情节服务所使用的语言，与作家的精神非常接近。他认为每一位作家都有鲜明的风格，并以此形成流派，从而产生模仿者。这一概念与别林斯基的激情（пафос）十分相似。罗赞诺夫倾向于探寻每一位作家的"基调"（тональность），并将其视为解码作家个性的钥匙。如前所述，罗赞诺夫对普希金的诠释是在传递感受，是以一种整体概观勾勒出他所推崇的普希金形象的轮廓。罗赞诺夫竭力探寻诗人的灵魂，揭示"弦外之音"，如前所述，罗赞诺夫对诗人的许多评价都折射了自己的观点，也就是借助批评阐释其理论。

罗赞诺夫对普希金的整体感受，用以下的情境描绘十分贴切，"心里满是如饥似渴的感觉，就像一个人无意间来到一个以前没有见过的、美丽的地方，总想一下子把这整个地方都跑遍似的。一个人在沼泽地带的树林中，在那些长满青苔的土墩上走了很久，突然有一片干燥的林边草地在他的眼前展开，那里满是鲜花和阳光，他就会生出这样的心情。一时间他如醉如痴地瞧着它，然后就满腔幸福地跑遍整个这块地方。他的脚每一次碰到这块肥沃的土地上那些柔软的青草，都会使他感到宁静的喜悦"[①]。普希金给罗赞诺夫带来的正是这种愉悦的、惬意的心境。普希金是光明的使者，带给人温暖和快乐。他是人类一切美好情感最有力的表达者，"他只要对我们的恼怒吹一口气，我们的恼怒就会化为微笑"[②]。普希金就是拥有这种神奇的力量，能将忧伤、苦恼都转化成明快的旋律。"罗赞诺夫生性怕冷，喜欢温暖和光亮。"[③]这也是他崇尚普希金的因由之一。在他看来，甚至普希金的忧伤也是快乐的。"白银时代"

---

① 高尔基:《在人间》，郭家申译注，北京十月文艺出版社，2017，第 206 页。

② 洛扎诺夫:《自己的角落——洛扎诺夫文选》，李勤译，学林出版社，1998，第 150 页。

③ 吉皮乌斯:《往事如昨——吉皮乌斯回忆录》，郑体武、岳永红译，学林出版社，1998，第 150 页。

作家们"对光明的歌颂和向往与其黑暗现实的憎恨与逃避是一致的。在不和谐的尘世中,常常感到迷惘"[①]。他们在黑暗现实面前虽然常常表现出悲观、失望、软弱无助的情绪,"但他们并没有完全失去信心,就大多数诗人而言,仍然执着于'黄金时代'普希金的和谐思想,仍然相信俄罗斯美好的未来"[②]。

罗赞诺夫倾向于将普希金创作所彰显的风格归结为"和谐"。普希金的"和谐"是公认的现象,但这种说法并不是文学术语,更像是传递给人的感受。他认为普希金是位英雄,来到世界就是为了协调世界,建构和谐的状态。他认为这就是诗人的宗教使命。和谐状态源自诗人本身世界观的特点。别林斯基说过:"在普希金的每一首诗的基础里包含的每一种感情,本身都是高雅的,和谐的。这不是一般的人的感情,而是作为艺术家的人的感情,作为演员的人的感情。在普希金的任何感情中总有一种特别高贵的、亲切的、温柔的、芬芳的与和谐的东西。"[③]安年科夫这样阐释普希金的和谐:"从美学角度来说,是指非人手所能创作的完美。从哲学角度来说,是指公正的客观性。从精神层面来说,是指博爱,也就是真、善、美的统一。"[④]批评家们对该词的释义大抵相同,涵盖了爱、普适性、纯粹、坦诚等因素。罗赞诺夫认为首先要有爱,"只有懂得爱的人,才能体会到自己身上的和谐,并以某种方式将其传达出来,与他人分享"[⑤]。同时,他还认为普希金的"和谐"是一种象征,象征着和睦(лад)、统一、幸福。诗人秉承和谐的原则,因此在他的所有作品中没有一点刻薄挖苦的东西。"这简直是奇迹……可他又是多么愤怒!但他没在任何一页文字里洒上毒汁。这就是他的作品具有教育作用和有益身心健康的原因。他的全部作品中没有一页表现出对人的鄙

---

① 李辉凡:《俄国"白银时代"文学概观》,中国社会科学出版社,2008,第584页。

② 李辉凡:《俄国"白银时代"文学概观》,第584页。

③ Белинский В. Г. Взгляд на русскую литературу. М.: Современник, 1982, с. 606.

④ Анненков П.В. Материалы для биографии Александра Сергеевича Пушкина[М]. М.: Книга, 1999, с.303

⑤ Осминина Е.В. Творение мифа и интерпретация культурного героя: Розанов и Пушкин[D]. Кострома: Ярослав. гос. пед. ун-т им.К.Д. Ушинского, 2005, стр.41.

视。如果我们计算一下他所缺少的东西的话，那么这些东西就跟我们所能计算出来的他所拥有的东西几乎一样多。垃圾，糟粕，嫉妒——什么'致命的罪孽'也没有……一种极为纯净的血液——这几乎就是普希金的本质。"①可见，他的阐释凸显了普希金对纯净美好事物的描写，揭示了俄罗斯道德纯洁的永恒生命之美。罗赞诺夫认为普希金天才地表达了对和谐生活的感受，他是伊甸园的最后一位。普希金的和谐是人类能达到的顶点。诗人既年轻，又年老，是全人类的始祖。普希金的思想是融合的，内容是丰富的，而他的有神论就是对全世界的回响。

　　然而，虽然罗赞诺夫对普希金的整体评价是正面的，但同时是矛盾的，经常会出现前后相悖的观点，这也是批评家本身的个性使然。他对和谐的理解是辩证的，他提出既然普希金用最绚丽的画笔给人类描绘了美不胜收的世界画卷，那么人们是否会趋之若鹜，匍匐在它面前，对其顶礼膜拜？"普希金是守护世界的首领，当然，是转义以及广义的，象征与哲学意义的。对于如何守护世界这个问题，可以从普希金写下的十卷书中去找寻。'同普希金在一起会生活得很好。''同普希金在一起就会走运。'手艺人们如是说。他们的世界格局就是为普希金效力，将其看作一位善良的老爷。"②他又写道，然而人们并没有按照普希金构想的方式去生活。"人不想被保护，世界前进了。奇怪，它的脚从何而来？然而，这一切确实发生了。'这个骗子跑了。'你无计可施。已经帮这个傻子的一生铺好了床，而他却跳下去，跑了。堕落（亚当、夏娃）的故事也一样，可怕的圣经的故事，世界上最可怕的开头。"③显然，罗赞诺夫给出的答案是否定的。亚当、夏娃没有满足于伊甸园的极乐世界，普希金"创作"的美好世界同样无法将人类禁锢。

　　罗赞诺夫写道："我们的文学比其他文学都更为幸福，比其他文学都更为和谐，因为唯一的'和谐'被诠释得多么成功与充分，完美而崇

---

①　洛扎诺夫：《自己的角落——洛扎诺夫文选》，李勤译，学林出版社，1998，第250页。

②　Розанов В.В. О писательстве и писателях. М.: Республика, 1995, с.605.

③　Розанов В.В. О писательстве и писателях. М.: Республика, 1995, с.605.

高。"① 然而，和谐的含义究竟是什么？和谐是否只代表美好，是否只代表幸福？值得注意的是，罗赞诺夫将"和谐"二字加上了引号。可见，"和谐"的世界只是一种表面上的美好，有时更是一种无形的桎梏，是人所无法忍受的状态。别尔嘉耶夫认为，和谐在某种程度上也代表社会秩序。"世界和谐与世界秩序的观念是奴役人的孽根，它显示客体化势力统治人的生存。当然，这被称为世界秩序和世界和谐的事物，上帝从来就没有创造过它们。上帝不是世界秩序的建构者，不是世界和谐的主人，上帝是人的生存的意义。世界和谐是一项奴役人的虚伪的观念。若要脱出它的束缚，必须凭借个体人格价值。"② 他认为世界的和谐需要以人的痛苦为抵押，是对个性的贬抑与奴役，人的个性与和谐无法辩证统一，存在着"二者必择其一"的法则。别尔嘉耶夫倡导人的个性，反对以世界和谐为借口牺牲个性的价值。实际上，陀思妥耶夫斯基就开启了个性与整体的思考之路，也引发了关于个性的种种阐释。"梅列日科夫斯基、别尔嘉耶夫、罗赞诺夫都是个人主义倾向的卓越代表。"③ 罗赞诺夫标榜人的个性，他大声宣告："如果存在'死亡'，那么我就会逃跑，不会等到窒息，等到脚骨折，等到用头撞墙。""死亡"一词同样加有引号，也具有隐喻义，指静止、停滞的状态。也就是说，罗赞诺夫认为普希金创作的和谐世界"会使一切都会趋向平静、冻结、止步。如果与普希金在一起就会走运，那还苛求什么呢？但世界的巧妙之处就在于变化、运动而不是静止。然而，如果与普希金在一起，那么任何运动与变化就会化为泡影。世界运动了，并以此来抵制平静、幸福、安宁、极乐"④。从宗教意义而言，如果亚当夏娃没有犯下"原罪"，那么世代繁衍的人类也将不复存在。人类如果沉迷于美好的现状，那么世界便不会进步。

罗赞诺夫认为，莱蒙托夫是与普希金相反的人，"你永远只能看见

---

① Розанов В.В. О писательстве и писателях. М.: Республика, 1995, с.605.

② 尼古拉·别尔嘉耶夫：《人的奴役与自由》，徐黎明译，贵州人民出版社，1994，第81~82页。

③ 赫克：《俄国革命前后的宗教》，高骅、杨缤译，学林出版社，1999，第146页。

④ Розанов В.В. О писательстве и писателях. М.: Республика, 1995, с.607.

莱蒙托夫的后背"①。普希金在世界中看到了神的面孔,而莱蒙托夫则看到了恶魔的。这两种不同的潜能,是运动所必需的。他们的名字是相互补充的:普希金体现对世界的爱,而莱蒙托夫感受到了这个世界中本体的神秘主义。普希金的世界是静止的,莱蒙托夫的世界是运动的。在天堂里,莱蒙托夫是可恶的。莱蒙托夫恰恰用自己的方式,以其全部诗歌的本质向我们阐释了为何世界"跳下去,跑了","反和谐""厌恶一切"就是他所吟咏的一切。梅列日科夫斯基说过:"普希金是俄罗斯诗歌的太阳,莱蒙托夫是俄罗斯诗歌的月亮,整个俄罗斯诗歌在他们之间摆动着,在静观和行动这两个极之间摆动着。脱离行动后的静观对普希金而言是一种得救,但对莱蒙托夫来说却是诗人的死亡,刀刃的生锈……在普希金笔下,生活渴望成为诗,行动渴望变为静观;在莱蒙托夫笔下,诗渴望成为生活,静观渴望变为行动。"②可见,梅列日科夫斯基也确立了二者静止与行动的对立关系,只是在他看来,普希金的"静观"是行动之后的一种泰然自若的状态,是其所竭力追求的心境,但莱蒙托夫却渴望挣脱这种状态。显然,二者有异曲同工之处,只是罗赞诺夫审视了"和谐"导致的结果,其评价的确存在一些依据,但也失之偏颇。与普希金相比之下,莱蒙托夫的孤独的童年、令人窒息的社会环境已经扼杀了他颂扬美的热情,整个世界对他来说是一座沉闷的心灵牢笼,让他感到苦闷、压抑,他总是试图挣脱束缚,超越世俗,奋力抗争,因此他不停地求索,探求真正的精神生活,然而在怀疑中他的希望幻灭了,他发现"至善"与幸福是找不到的,于是便在风暴中去找寻慰藉,他的主人公甚至在彼岸也寻求不到光明的世界,便既否定此岸,又否定彼岸。因此,他的主人公永远在苦闷地探索,残酷的现实又使他们永远"在路上",永远在漂泊,因为他们不满于现实世界。从这一层面上来说,莱蒙托夫的心灵深处不愿意接受这个世界,因而与普希金相比,他表现更多的是否定。在罗赞诺夫看来,普希金的和谐与均衡会趋向静止,而莱蒙托夫的不安与躁动则是一种运动的力量。实际上,普希金以创造美与

① Розанов В.В. О писательстве и писателях. М.: Республика, 1995, с.603.
② Мережковский Д.С. В тихом омуте. М.: Советский писатель, 1991, с. 380.

和谐为旨归，莱蒙托夫则倾向于展现黑暗与不和谐。从美学角度而言，别林斯基认为美的本质就是均衡与和谐。莱蒙托夫诗作的优点和普希金相反，"不在于作品的内在和谐，而正在于它内在失去均衡，在于尽情宣泄内心的不平，愈是不平的心态或心境，诗情便抒发得愈有力量，愈能打动人"[①]。罗赞诺夫从美学角度出发，评价作品的艺术性，普希金与莱蒙托夫的作品产生的是两种不同的美学效应。前者使人渴望、憧憬、追寻美，而后者则以"不和谐"驱使人直视丑恶。

罗赞诺夫对"和谐"的阐释十分独特，一方面，他认为和谐代表着美好、幸福，肯定普希金作品的美学价值；另一方面，他认为普希金创造的"和谐世界"会改变人的意识，使人安然地接受世界，会产生静止、僵化等负面因素。莱蒙托夫则使人认识到世界的丑恶以及对人的禁锢，从而使世界产生变化。罗赞诺夫提出，世界的可怕在于它运动（与普希金相反），在于慰藉，它"和谐地运动"（与莱蒙托夫相反）。在罗赞诺夫世界观的体系中，这种对立是必要的，他在普希金与莱蒙托夫的运动中看到了存在的意义，他将两位诗人视为宇宙进程中不同现象的象征，他们代表了宇宙意识的本质，反映了世界的完整性。最终，他将二者结合起来，定义了运动的规则——和谐的运动。"与'不和谐'一致，'和谐'被表达得如此成功、充分，如此彻底、崇高：通过这两种元素，俄罗斯文学解决了宇宙运动的问题。"[②] 在这种统一中，两种矛盾混合在一起：失去了天堂与对天堂回归的期许。"由此，天堂将不复存在，但地狱也被摧毁。既不是'是'，也不是'非'，而是介于中间。"[③] 他所说的中间指的正是宗教，作为白银时代的宗教哲学家，罗赞诺夫总是诉诸宗教，试图解决俄罗斯思想文化的精神抉择问题。"最终还是宗教，最终还是教会，您只能与宗教一起生存，甚至是亵渎神明的人。"[④] 罗赞诺夫认为这就是"精神运动"阐释的实质，只能在"新宗教"中才能找到

① 顾蕴璞：《普希金与莱蒙托夫》，《俄罗斯文艺》1999 年第 2 期。

② Розанов В.В. О писательстве и писателях. М.: Республика, 1995, c.603.

③ Розанов В.В. О писательстве и писателях. М.: Республика, 1995, c.607.

④ Розанов В.В. О писательстве и писателях. М.: Республика, 1995, c.607.

这种"和谐的运动"。

实际上，我们认为，普希金创作的精神实质是对美与和谐的追求，从辩证的角度来说，和谐是指"整体中每一部分之间的协调一致，不同客体融合成为一个有机体"[①]。其也包含了对立事物之间在一定的条件下动态、相对、辩证的统一，是所有矛盾的融合，从而在矛盾的事物之间建立一种平衡。由此，普希金并不是一味地追求各种要素之间的融合与统一，而是包含冲突的和谐，"如果存在一个点，使各种对立的人类趋向统一，那么，这个点一定在普希金身上"[②]。因而，普希金的作品中存在着潜在的或深层的二元对立精神，如精神与肉体、英雄主义与田园气息、悲剧精神与乐观主义。实际上，和谐精神是《圣经》的核心观念，即建立人和神的和谐关系，继而建立人与人、人与自然的和谐关系。但这种和谐关系始终在矛盾中运动发展，普希金的创作正是沿袭了这种精神。

## 三　民族争端的"弥合者"

普希金的"民族性"与"普适性"问题，并不是一个新鲜的话题，在罗赞诺夫之前，这一问题就已经被广泛探讨。罗赞诺夫重新提出这一问题，并认为该问题的内涵研究得尚不够深刻。罗赞诺夫认为格里戈里耶夫从诗人的心理根源出发，首次揭示了这一问题的深刻内涵。"格里戈里耶夫赋予了普希金的创作以鲜明的根基主义特征，即'普希金现象'在民族意义上从来就不是俄罗斯文化精神的片面的'正题'（斯拉夫派观点），也不可能是俄罗斯文化精神的单纯的'反题'（西欧派观点），普希金民族天性中乐观健康的有机生命本质和包容性决定了他必然而且永远是俄罗斯文化精神的'合题'。"[③]格里戈里耶夫颠覆了此前批

---

① Бабкин А.М. Шендецов В.В. Новейший словарь иностранных слов и выражений. СПБ.: KBOTAM, 2007, c.193.

② Злотникова Т.С. А.С.Пушкин как модель творческой личности // Ярославский педагоги-ческий вестник, 1999, №3, c.6.

③ 季明举：《"普希金是我们的一切"——"有机批评"视野中的普希金》，《安徽大学学报》（哲学社会科学版）2011 年第 4 期。

评家在分析普希金的民族性与西方性问题时通常采用的二者必择其一的方式，即将普希金归入某一类型的说法，他打破了窠臼，将普希金视为"有机"的统一体。索洛维约夫、别尔嘉耶夫发展了这一思想，纷纷提出了"全人类一统"，"建立全世界的宗教，联合东方宗教的静观与西方人的能动性"①等观点。罗赞诺夫对普希金的评价与他们异曲同工，他认为普希金超越了斯拉夫主义，他不回避西方，吸纳西方的先进文化，并赋予其俄国民族特色。

罗赞诺夫认为普希金是俄罗斯文化中独一无二的现象，承载着俄罗斯精神的特殊类型。"普希金是将哲学与文学结合在一起的开创者，如果普希金能够生存得更长久的话，那么俄国将不会有西欧派与斯拉夫派之间的争端，其权威足以弥合这场纷争。"②众所周知，西欧派与斯拉夫派之间的分野在于俄罗斯的道路问题，何以弥合这场纷争？罗赞诺夫认为两种文化在普希金身上发生了碰撞、冲突，并逐渐趋向融合，所以普希金身上呈现的是多元文化交融的发展态势。显然，罗赞诺夫认为普希金能够在两种文化之间架构起一座桥梁，从而将它们衔接起来，克服文化的双重性。在罗赞诺夫看来，这主要肇端于普希金创作中的普适性与民族性因素所处的平衡状态，他善于协调二者之间的关系。这似乎又是对 1880 年 6 月普希金纪念像揭幕典礼上陀思妥耶夫斯基所发表演讲的延续。罗赞诺夫称普希金"是一种预兆性的现象"，预示俄国在文化精神上从此摆脱了彼得大帝改革所带来的欧化现象，其创作尽管有欧洲的影响，但无疑脱离了模仿，"如果普希金能活得长久些，那么他可能会塑造欧洲兄弟所理解的俄罗斯精神那伟大而不朽的形象……我们之间的误会和争论也许就比现在所看到的少些"③。

罗赞诺夫凭借《传说》登上文坛，并因此拥有了批评家的身份。如前所述，最初他对普希金的评介在某种程度上是延续陀思妥耶夫斯基的观点。罗赞诺夫指出，所有关于普希金闪光的思想与言语陀思妥耶夫斯

---

① 白晓红：《俄国斯拉夫主义》，商务印书馆，2006，第232页。

② Розанов В.В. О писательстве и писателях. М.: Республика, 1995, c.610.

③ Розанов В.В. О писательстве и писателях. М.: Республика, 1995, c.607.

基在揭幕仪式上都言尽了，目前至多是对陀氏的演说进行总结，不奢求独创与革新。此时罗赞诺夫对诗人的评价依托陀思妥耶夫斯基的观点，尚未建构独立的评价体系。因此，有必要对陀思妥耶夫斯基的演讲进行回顾，从而更加准确地梳理罗赞诺夫早期对于普希金的评价。

陀思妥耶夫斯基的演讲主要可以归结为以下几点。第一，普希金在彼得一世改革百年之后，促进了自我意识的觉醒，引导俄国走出蛮荒的黑暗状态，走向新的世界。第二，普希金具有世界性，是全人类的天才。他具有很强的文化吸纳能力，一方面吸收西方文化，另一方面又从民间文学中汲取丰富的养料。因此，普希金以其卓绝的能力使全世界的各种思想都在其作品中熠熠光辉。如果他活得长久一些，那么俄国将会少一些疑惑与争执。第三，普希金是民族作家，他创作的真实性毋庸置疑。普希金的前期作品虽然受到欧洲作家的影响，但并不是单纯模仿，而是摆脱了自彼得大帝改革以来的欧化现象，融入了对俄国现实的苦痛思考，因此才能塑造出俄国的漂泊者——阿列哥等形象。第二阶段的作品《叶甫盖尼·奥涅金》则是根植于俄国的民族土壤，描绘出扎根俄国的理想人物，并用自己充满爱和洞察力的心灵去理解他们。这些形象甚至比欧洲作家创作的更加耀眼，更加永恒。

在普希金的民族性问题上，罗赞诺夫的确在延续陀思妥耶夫斯基的思路。他提出，普希金是普适性的，他认为所有人都发现了这一点，别林斯基，甚至别林斯基之前诗人的朋友们也发现了，称其为普罗透斯①。这一称谓体现了罗赞诺夫本人的世界观。他认为诗人善于爱尘世不同的事物，包括矛盾的事物，不受个人偏好左右。在他看来普希金倾向于对比。普希金的四个小悲剧鲜明地体现了这一点：《吝啬的骑士》中的儿子与父亲、犹太人与骑士、沙莱里与莫扎特、只关心自己的彼得堡人、吝啬的天才作曲家。甚至环境也都符合这种对比：彼得堡的音乐会和亚历山德里亚的夜。普希金"将一些令人惊异的矛盾事物放置在一块不大的画卷之中"②。因而罗赞诺夫认为普希金是纯粹的，"世界对普希金来说

---

① 希腊神话中的海神，会多种变化。

② Розанов В. В. Мысли о литературе. М.: Современник, 1989, с.44.

是一望无际的众神殿，充满了各种神，但到处都存在相互之间的对立，没有永远对谁的崇拜。这让他非常纯粹，他的头脑中只有对永恒真理的探索。永恒的天才存在于转瞬即逝的事物之间"①。他"包罗万象的正面力量"建构了这迷人的世界。普希金的世界尽管是包罗万象的，却是完整的、朴素的，他的"身上没有接缝"。他的使命是完整地、充分地接受，然后揭开这尚未被人发现的世界的普适性、纯粹性，进入其视野中的一切都可以成为其创作的主题，但他不评判、不改造这个世界。在罗赞诺夫的阐释下，普希金具有创建世界的英雄特征，他的创作就是实现使命的过程。

罗赞诺夫提出，普希金的普适性还得益于他擅长忘却（забвение）的能力。"普希金非常擅长这一点，也许比地球上相似的人都更为突出，但他的这一特点是很独特的。他上升的时候，一切都随他而起，途中将死去的'蛹'的尸骸留在高空之中，这些死去的残骸便会自己陨落。"②普希金从谢尼埃·安德烈③、夏多勃里昂④那里得到心灵的启示，经过伏尔泰，他的智慧更加充盈，随后是拜伦、莫里哀、莎士比亚，他们都对普希金产生过影响，但都无法将其禁锢在身边。他接受了全世界的教育，他的经历丰富而完整。他在这些人面前祷告，至今还保存着惊人的美，以及真正的艺术价值。他是一位独特的创作者，他将这些异族的色彩恰当地涂抹到自己身上，实际上他完全脱离了他们。罗赞诺夫运用具有表现力的形象比喻阐释普希金的成长过程："普希金的成长得益于一个个能给予其帮助的天才，就如同破茧而出的蝴蝶。普希金使伏尔泰和狄德罗等人复活，使我们记住这些名字，甚至爱上他们。在普希金身上没有他们的影子，没有任何与这些被击败的天才搏斗的痕迹，这是一种爱，一种背离的爱，就如同蝴蝶破茧而出之前与其融为一体的躯壳。他下意识地绕过了所有的'偏差'和'偏

① Розанов В.В. Мысли о литературе. М.: Современник, 1989, с.44.
② Розанов В.В. Мысли о литературе. М.: Современник, 1989, с.42.
③ 1762~1794 年，法国诗人，政论家。
④ 1768~1848 年，法国作家，保守派政治活动家。

颇'，他还略微讽刺了《浮士德》和但丁的《炼狱》那个世界性的作品中'偏颇'的东西（在他的讽刺性模仿中）。比如，佛罗伦萨诗人的阴郁和恐惧！阴郁的德国人陷入沉思而不能自拔。普希金已经悄悄地超越了许多世界级的天才。"①

罗赞诺夫更强调普希金的"民族意义"，他既是民族的，也吸纳了西欧的有益因素，这一思想贯穿他批评的始终。维克多·苏卡奇如是评价罗赞诺夫对"民族性"的关注："任何一篇评述洛扎诺夫创作的文章，即便是最为概括性的，都无法回避这样一个复杂而又突出的问题，即作家的民族观点问题。这首先是因为，对不同民族的态度是洛扎诺夫世界观与创作的核心问题之一。"②罗赞诺夫认为普希金在吸纳了西欧的内心情绪之后，又回归到本民族中来，不会将"自己的骨头放到他人的墓地上，祈祷之后，便毫发无损地回到祖国"③。因此，普希金不会让人失望，只会使人着迷。这一思想在普希金创作的后半期尤为突出，如小说《叶甫盖尼·奥涅金》《别尔金小说集》《上尉的女儿》等。在罗赞诺夫看来，普希金的同时代人，包括别林斯基都认为普希金的欧洲思想会进一步发展，因此低估了其小说创作的特色。实际上，我们认为别林斯基坚持认为普希金是一个伟大的"民族诗人"。别林斯基这样写道："看看普希金的杰作《叶甫盖尼·奥涅金》吧：难道这里的达吉亚娜、奥尔加、连斯基、拉林老夫妇、外省人物以及奥涅金本人——难道因为他们是典型人物，是人类，是世界性的，就不专属于俄国的世界，就不是从俄国的生活里面提取出来的吗？难道把他们的名字换成阿道尔夫、亨瑞艾特、阿梅利亚等等（这些都是德国人、英国人、法国人的名字），就不抹煞了他们的意义吗？然而，也许有人说，这只是证明诗人熟知自己的社会，从而忠实地描写了它，并不证明他是有人民性的……万一他也能同样忠实地描写出欧洲生活的某些

---

① Розанов В.В. О писательстве и писателях. М.: Республика, 1995, c.613.

② 转引自郑体武《危机与复兴：白银时代俄国文学论稿》，四川文艺出版社，1996，第332页。

③ Розанов В.В. Мысли о литературе. М.: Современник, 1989, c.44.

插曲，那不过意味着：我们，俄罗斯人，一方面是自己社会的、一方面也是欧洲生活的参与者。至于诗人本身的人民性，你们只需注视奥涅金一下，就可以在作者自己的思想和情感中看出人民性的因素了。"[1]可见，别林斯基认为即使普希金的创作中存在欧洲因素，也主要源于俄国社会本身就融入了欧洲的某些文化特色，因此普希金的作品都是根植于俄国土壤、忠实于俄国现实的。

罗赞诺夫赞赏普希金之处还在于，普希金不仅将自己提升到民族性的高度，还让整个俄罗斯文学回归到民族性当中。从普希金为欧洲祈祷开始，他的每一次祈祷都饱含真诚，似乎用尽全部力气，但在这场持久的、诚挚的祷告末尾，我们看到的还是一位普通的、典型的俄罗斯人。他的命运、他的经历都是天性使然，而非刻意为之。罗赞诺夫认为不应该回避西方，而是正视西方，俄国应该以自己独特的民族文化在欧洲民族大家庭中超然挺立。他讽刺在西方面前怯懦的人们，"我们当中也有许多这样的人，就如同在猎人面前将头隐藏在翅膀下面的鸵鸟，有些斯拉夫派也是如此：他们不关注欧洲，以此来逃避欧洲，避免经受诱惑"[2]。罗赞诺夫认为普希金的身上不仅充溢着俄罗斯精神，他还赋予俄罗斯精神新的内涵，使自由在俄罗斯文学中占据最高的位置。在批评家看来，自由的精神与力量使普希金保持创作的独特性，因为诗人的脑海中没有模板，也不畏惧典范。罗赞诺夫将普希金视为自己的保护神，是避免堕落、解脱罪孽的保障，在伟大的内在动荡时刻普希金也是整个民族的保护神，这就是普希金对整个民族乃至全人类的永恒价值所在，普希金象征着生命。因此，罗赞诺夫才会"把普希金吃了"。

## 第二节 "新宗教意识"观照下的普希金

在阐述"新宗教意识"的过程中，罗赞诺夫许多大胆而犀利的论断

---

① 别林斯基：《别林斯基论文学》，梁真译，新文艺出版社，1958，第71~72页。

② Розанов В.В. О писательстве и писателях. М.: Республика, 1995, с. 313.

都触及历史基督教的禁区，引起了激烈的论战。同时，他还针对一些宗教哲学家的文章发表评论。罗赞诺夫与索洛维约夫的观点就经常针锋相对。索洛维约夫无法忍受罗赞诺夫的创作，1894 年，他针对罗赞诺夫发表文章《波尔菲里·戈洛夫列夫论自由与信仰》。

罗赞诺夫著作的著名出版者、研究者 А.Н.尼科柳金认为，索洛维约夫与罗赞诺夫对普希金的评价正是根植于彼此的论战。索洛维约夫在《欧洲导报》（1897 年 9 月号）发表《普希金的命运》一文，该文主要呈现了索洛维约夫对普希金的批驳，从而阐释对基督教的道德伦理、个人的道德责任等问题的思考。罗赞诺夫则发表了《基督教是积极还是消极的？》予以回应，反驳了索洛维约夫对普希金之死的分析。

随着罗赞诺夫宗教哲学理论的发展延伸，他与索洛维约夫之间理论的差异也逐渐拉大。索洛维约夫指责罗赞诺夫反对信仰自由，而罗赞诺夫则捍卫自由的主观意义，反对其普适含义。二者在性与性生活问题上的论战更为尖锐。索洛维约夫认为性行为在本质上是精神中恶的体现，认同这种行为就相当于认可了本性中的阴暗面，即使我们无法摧毁性行为，也应该清楚地认识到它是一种悖论。而罗赞诺夫则提出，如果说生殖是善的行为，那为什么要将其与恶联系在一起。二者在性生活上的分歧也引起了一场关于普希金的论战。

在同索洛维约夫的论战中，罗赞诺夫显然十分孤独，几乎所有进步人士都站在对手的一方，人们更加认可索氏的思想体系。索洛维约夫还经常嘲笑罗赞诺夫的一些哲学朋友，如特鲁别茨科伊等人，这也加剧了二者之间的矛盾。

## 一　消极的基督教徒还是光明的"多神教信奉者"

针对普希金的死亡，许多思想家、批评家都发表了自己的见解，"命运"（судьба）、"宿命"（немезида）、"厄运"（рок）等词纷纷涌现。在《普希金的命运》一文中，索洛维约夫认为普希金以个人意志结束了其尘世的生命旅程，全然不顾自己的精神力量。"普希金挥霍了自己的才华，由于愚蠢的嫉妒毁灭了自我。"①索洛维约夫认为普希金身上存在两种截然不同的本性，一种是阿波罗的祭司，另一种则是尘世中最渺小的孩童。显然，他认为前者是高等的本性，但这种本性在普希金身上并不是立刻显现出来的，后者则是其早期创作的主导因素，因此该阶段的创作思想浅薄轻浮，三十岁左右的他不再甘心做一名"尘世间的渺小孩童"，他意识到"司职于缪斯是不堪忍受生活的琐屑的"，此时他洞悉了善与真是美的具体形式，"如果成熟的普希金还在诗歌与生活琐屑之间的矛盾中挣扎，那么他又如何协调更深层次的颂扬美、神圣与个人仇恨导致的杀害之间的矛盾？"②索洛维约夫认为正是宗教思想使普希金走向成熟，它使诗人在经历了婚后短暂的对肉欲的沉迷阶段之后，及时控制自己无限的低级本能，选择了另一种禁欲主义。索洛维约夫认为禁欲主义就是对低级动物性的否定，自觉地用理智控制生殖、性等方面的欲望，从而成为高尚、道德的人，是精神独立的标志。哲学家从基督教的视角出发解读普希金的决斗，他认为基督教是强大的精神支柱，"足以使人在生活中处于一个令微不足道的愤怒、污蔑、谣言都难以企及的高度，势必不会像非基督徒那样鄙视人"③。然而，"普希金对待自己反感的人的态度，却丝毫没有基督教的因素"④，这最终导致了惨剧的发生。实际上，当不幸的诗人向对手射击的时候，是离上帝最远的。

索洛维约夫认为普希金的命运是他的归宿，对手的死亡才是最大的精神灾难，如果诗人赢得了这场决斗，他便在这场流血事件中打破道德底线，丧失善的本性，他会经受良心的折磨，将不再像以前一样为了纯净的诗歌而生活，而仅仅为内心的自我救赎在忏悔中度过余生。内心沉重的他不会因"甜蜜祈祷的声音"而闪现灵感，无法平静地创作出闪耀基督教思想光芒的艺术作品，无法用沾满他人鲜血的双手去创作神性的

---

① Розанов В.В. Религия и культура. М.: Правда, 1990, c.199.
② Розанов В.В. Религия и культура. М.: Правда, 1990, c.201.
③ Розанов В.В. Религия и культура. М.: Правда, 1990, c.191.
④ Розанов В.В. Религия и культура. М.: Правда, 1990, c.192.

诗歌。他最终总结道：第一，普希金的命运是善的，因为它引领人们走向最高的目标，走向精神的复活；第二，他的命运是理智的，它以最简单、最轻松的方式达到了最好的目标，命运不是个人的意愿，但它不能不考虑人的意志。可见，索洛维约夫对诗人的评价渗透着其所宣扬的浓厚道德哲学思想。"当代东正教文学批评的美学观是与其伦理学思想密切相关的。"①实际上，道德完善问题是俄罗斯 19 世纪的文学传统，如陀思妥耶夫斯基的"美拯救世界"、托尔斯泰的"道德自我完善"等等。索洛维约夫在研究道德完善的过程中，提出了两种可能：一是自我教育、自我反思；二是社会进步。他认为，后者作用的不单是个体，更是集体。因此，他倾向于第二条道路，其终点是"人及其全部历史走向完满的人性倾向"②。他提出，道德诉求和生活实际状况之间的矛盾是外在矛盾，人的精神与实际心理状态之间的矛盾是内在矛盾。他从 19 世纪 80 年代开始思考上述的矛盾所导致的结果，并将此作为诗歌研究的焦点。在他看来，伦理和美学的相互关系问题，以拥有特殊天赋的诗人为例进行研究，会产生特殊的张力。

　　对索洛维约夫来说，艺术是真正的通灵术，可以使尘世实现宗教理想。美（艺术）可以改造现实世界，但普希金因为善的缺失，放弃了对美的拯救。实际上，本质上相统一的"真善美"中的善才是第一根据，"善是美与真的纽带"③。索洛维约夫证明善的意义很大程度上是为了证明上帝的意义，属于神正论范畴。"绝对的善是人类应有的道德理想和世界历史的终极目标。那么，人的价值和使命就在于加入这一总过程，履行善的历史创造这一'共同事业'，使善不断发扬光大，以达到最高理想。这正是人生的目的和意义所在。"④这就是其全部道德哲学的宗旨。

① 张杰：《"万物统一"的美学探索：白银时代东正教神学思想与俄罗斯文论》，《外国文学研究》2018 年第 2 期。
② 徐凤林：《索洛维约夫哲学》，商务印书馆，2007，第 128 页。
③ 张杰：《"万物统一"的美学探索：白银时代东正教神学思想与俄罗斯文论》，《外国文学研究》2018 年第 2 期。
④ 徐凤林：《索洛维约夫哲学》，第 133 页。

　　索洛维约夫的"神人类"理论实际上依托道德哲学，涵盖了人的本性、善与恶的本质、道德的神性目标、对生命意义的探索等主题，"试图为生命的应有意义问题提供正确回答"①。他的哲学在某种程度上说过于理想，正如津科夫斯基指出的那样："索洛维约夫偏执地接受善和光明，而对个人和历史生活中的黑暗和罪恶毫无感觉。"②实际上，哲学家并不否认生活之中的自发的恶与不公正，也不否认通向终极之善的道路是崎岖的，只是把最高的理想作为信仰，坚定地相信善的最终胜利和神人类终极目标的实现。因为在他看来"善的创造是摆脱理想与现实矛盾的唯一合理的出路"③。我们认为，索洛维约夫的理想是具有宗教色彩的社会乌托邦。他的思想以至善为绝对理念，以天国为最高理想，这一乌托邦思想将神人的形象赋予人，并植根于个人自身意愿的参与，要求人自觉地服从最高道德准则的化身——上帝。这种理想的执行以压抑冲动欲念为前提，因此又必须依靠理性的参与，是一种绝对理性的形式。

　　索洛维约夫推崇道德哲学的终极目标是改造人，是"使人的内心与上帝结合在一起。它依靠信仰，更是出于对绝对真理的认识"④。他期待神人的出现，从而同绝对的存在——上帝一起肩负起改造宇宙的使命。他的神人最终并非出现在天国，而将降临于尘世。在他看来，神学与哲学实际上都脱离了日常生活，而真正的"哲学所要回答的基本问题和哲学要达到的目的不仅仅在于思辨思维本身，而是与人生实际息息相关"⑤。因此，许多人都认为索洛维约夫的宗教观具有世俗化、现代化倾向。索洛维约夫试图"创建一个摆脱死亡、离散和毁灭的完美和丰富多彩的世界。在这种消除了混乱和毁灭的新宇宙中，人和自然定会获得新生。而这一切，依照哲学家的看法，不是在超验的世界，而是在现实的

---

① 徐凤林：《索洛维约夫哲学》，商务印书馆，2007，第133页。

② Зеньковский В.В. История русской философии. Ростов: Феникс, 1999, с. 71.

③ Н.О. 洛斯基：《俄国哲学史》，贾泽林等译，浙江人民出版社，1999，第127页。

④ Замаляев А. Ф. Русская религиозная философия: XI-XX вв. СПб.: Изд. Дом С.-Петерб. ун-та, 2007, с.153.

⑤ 徐凤林：《索洛维约夫哲学》，第104页。

世界里进行"①。他期望给物质世界注入灵性，建构一个充满自由、爱、善的新世界。

罗赞诺夫坚决反对索洛维约夫的观点，他认为索洛维约夫完全不理解基督教，从而指责诗人的主动性。他认为自己完全可以理解并认同普希金的忧伤、慌张、愤怒等情绪。"一个人在社会上一直被迫害，当回到家的时候已经疲惫不堪了，可是刚走到门口，他回头一看，那个迫害者并没有饶恕他，而是跟踪他来到了家门口。这就是普希金的愤怒之所在。"②罗赞诺夫指出，在刺痛心灵的环境中，在蒙受羞辱的生活中，愤怒是理所当然的，"难道圣徒就不会愤怒吗？"战士在战场上杀敌往往不是为了守护自己的生命，而是为了捍卫祖国的荣誉，而普希金捍卫的是自己最近的祖国——家园、家庭。罗赞诺夫指出，索洛维约夫试图证明不是"不洁的东西"（指魔鬼，笔者注），而是天使带走了我们的普希金，男孩们（普希金和莱蒙托夫）不是湮没在"不洁之地"，而是"神圣之地"。他指责索洛维约夫竟然赋予诗人的死亡以荣光。他认为索洛维约夫完全不理解基督教，在罗赞诺夫看来，这种说法实际上是通过书本去理解上帝，而不是通过鲜活的感受，从而混淆了"魔鬼"与"上帝"。

罗赞诺夫援引了索洛维约夫在《普希金的命运》中提到的故事。"一位初入道的修士向著名的长老请教完善之路，长老对他说：'今天夜里，你到墓地去，赞美埋葬在那里的长眠者，然后来告诉我，他们如何对待你的赞美。'第二天修士从墓地回来，并对长老说：'我执行了您的吩咐，一晚上都在赞颂他们的功绩。''那结果如何？他们表达了自己的愉悦了吗？''没有，长老。他们始终保持沉默，我没有听到他们任何一句话。''这确实很奇怪，今天晚上你再去，辱骂他们直到天亮，尽可能越严厉越好，也许他们就会说话了。'第二天修士再次去见长老：'我用尽各种方式羞辱他们。''那么，你是如何摆脱他们的愤怒呢？''我什么

---

① 金亚娜：《符拉基米尔·索洛维约夫——俄罗斯文艺复兴思想家》，《国外社会科学》1990年第10期。

② Розанов В.В. Религия и культура. М.: Правда, 1990, с.187.

也没做，他们始终沉默着，我甚至都把耳朵贴到坟墓上了，但是一点声音也没听到。''你看见了吧，你现在已经迈进了圣徒的第一步，也就是顺从（послушание），尘世当中圣徒的最高境界就是像这些死者一样，淡然地面对赞美与指责。'"① 罗赞诺夫无法接受这一切，他认为这是把活人当作在棺材中安息长眠的死者。

罗赞诺夫写道："我们无比震惊，但无论如何要保持克制，我们在圣父的训诫下抑制自己内心的愤怒。"② 他在此批判了索洛维约夫对愤怒这种人类正常情感的压抑。"我们都生活在尘世，'上天'对我们来说仅仅存在于坟墓里，我们不想用令人厌倦的形式去为我们的罪孽祈祷了。"③ 因此，他认为索洛维约夫建构的是一种消极的基督教，是一种冰冷的、麻木的、痛苦的宗教，充斥着前所未闻的冷漠，它安慰我们，让我们保持平和，我们一边聆听安慰，另一边却生活在赤贫与巨大的痛苦之中。最终它会使我们像冰柱一样冻结。

罗赞诺夫不否认普希金创作的基督教成分，但与索洛维约夫提出的普希金的灵感来自上帝不同，他更倾向于将普希金视为多神教信奉者，抑或尘世的诗人，而不是先知。"普希金的创作是规范的、鲜明的，毫无疑问，我不仅会将他的创作置于莱蒙托夫之上，而且会置于果戈理之上。普希金是基督徒吗？的确，他身上有一些闪光的基督教特征。但也许他是多神教信奉者？当然。《上尉的女儿》《埃及之夜》等都是对古希腊作品的模仿。"④ 罗赞诺夫认为多神教作家创作的笔调是丰富多样的，而一神教则意味着单调乏味。"单调完全与普希金绝缘，他是多神论者，试图在普希金身上找到一种统领性的基调是枉然的，因为这种基调显然不存在。"⑤ 因此，他认为将普希金的风格明确地界定出来并非易事，普希金可以用一生去品读，而果戈理和莱蒙托夫的一神论却会令人窒息，如果尝试着以他们为生，你会因一神论（单调）窒息而死，"用不了多

---

① Розанов В.В. Религия и культура. М.: Правда, 1990, c.187.
② Розанов В.В. Религия и культура. М.: Правда, 1990, c.187.
③ Розанов В.В. Религия и культура. М.: Правда, 1990, c.187.
④ Розанов В.В. Среди художников. М.: Республика, 1994, c.338.
⑤ Розанов В.В. Среди художников. М.: Республика, 1994, c.338.

久，你就会感到呼吸困难，就如同置身一个窗户紧闭的房间，虽花香浓郁，但不久你却会冲向门大喊：'自由！空气！'而在普希金那里，所有的门都是敞开的，没有墙，也没有房间，这是一个花园，你永远都不会感到困倦"①。一神教对罗赞诺夫来说，虽然表面看起来美好，但是没有任何生机，只会使人窒息，扼杀人的创造力。

罗赞诺夫认为普希金诗歌中体现出来的多神教思想旨在摆脱一神教的束缚，从而获得思想的解放："普希金身上展现出来的对现实的接受与领悟，只有'多神的'艺术家才会如此广博。"罗赞诺夫还认为普希金观察世界的视角广博，他永远不会驻足于一件事物，也没有一位永恒的崇拜者，"艺术家与先知不同，要会感染别人，但首先要感染自己，打动自己。上帝仅仅向先知伸开臂膀，先知也只听命于上帝。但普希金却不仅仅听命于上帝。大地永远都为艺术家敞开，普希金就是这样，时而整个大地都向他张开怀抱"②。在此，罗赞诺夫区分了艺术家与先知的差别，先知授意于上帝，是上帝使命的传达者，而艺术家与大地相连，深深扎根于土壤。这是天与地的对立，也彰显了罗赞诺夫的视角，"上帝很少用尘世的方式表露自我，因而无法打动人，而尘世本身却足够丰富，因此要用尘世的事物、尘世的基调去丰富天空本身"③。罗赞诺夫认为拥有多神教观念的作家更有生命力，他们的创作充溢着真情实感。

罗赞诺夫将普希金归入多神教的主张，实际上是驳斥基督教的表现。在他看来，两种宗教体现着两种文化、两种祈祷仪式的范畴，基督教是黑色的、阴暗的，充满着苦痛，是痛苦的形而上学；多神教则是白色的、光明的、幸福的、喜悦的。苦闷的人是天生的基督徒，幸福的人则是天生的多神教信奉者。罗赞诺夫认为普希金真实与坦诚、光明与快乐的天性注定了其多神教的归属，他的宗教性依附于多神教，"他体会

---

① Розанов В.В. О писательстве и писателях. М.: Республика, 1995, с.313.
② Розанов В.В. О писательстве и писателях. М.: Республика, 1995, с.315.
③ Розанов В.В. Среди художников. М.: Республика, 1994, с.338.

不到人与生活的痛苦"①。在罗赞诺夫看来,多神教不是一种外部的力量,驱使我们去信奉它,而是引起人内心的共鸣,使处于美好状态的人自然地趋向它,"我有过非常幸福的时光,便不由自主地皈依了多神教。幸福的人自然要成为多神教信奉者,就像太阳自然要发光"②。而当人们承受苦痛,便会选择主张摒弃人性的、苦涩的、冷酷的基督教。"心感到疼痛的时候,便顾不上多神教,请问,有谁会怀着一颗疼痛的心去关心多神教呢?"③他指责基督教不愿承认温暖和爱的世界,竭力用世界的痛苦战胜欢乐。

在《阴暗的面孔》中,罗赞诺夫提出忧郁、无休无止的眼泪以及对荒野、对离群索居、对修道院、对祈祷的爱就是基督教的实质,它倾心于哭泣的人,欣赏人的忧伤。因此,阴郁的果戈理无法成为一名多神教信奉者,他"惧怕自己的恶魔性格"④。梅列日科夫斯基的评价与罗赞诺夫异曲同工,"当果戈理曾经是'多神教信奉者'的时候,他是光明、欢笑和喜悦的泉源,可当他成了'基督教徒'以后,却使得他周围所有人的心灵感到无以言表的压抑和忧伤"⑤。也就是说,当果戈理创作《狄康卡近乡夜话》等作品时,他是快乐的,带给人欢笑,而当基督教思想主导他以后,旋即陷入无休止的折磨之中。诚然,罗赞诺夫崇尚普希金身上所承载的爱,认为它能够涤荡人的灵魂。罗赞诺夫认为普希金倾其一生去理解爱,解读爱,他对一切都饱含着爱,也许这正好契合了基督教的博爱精神,但在他看来,普希金所体现的宗教精神并不是官方基督教宣扬的虚假教义与冷漠理论,而是"真正爱的精神圆满的化身,是不需要任何道德伪装的、承载着真正的宗教精神的人间体现,是与历史基督教相对立的存在"⑥。它呼唤爱与宽容,拒斥历史基督教假仁假义的、

---

① Осминина Е.В. Творение мифа и интерпретация культурного героя: Розанов и Пушкин. Кострома: Ярослав. гос. пед. ун-т им. К.Д. Ушинского, 2005, с.13.

② 瓦·洛扎诺夫:《落叶集》,郑体武译,云南人民出版社,1998,第130页。

③ 瓦·洛扎诺夫:《落叶集》,郑体武译,第130页。

④ 瓦·洛扎诺夫:《落叶集》,郑体武译,第167页。

⑤ 赵桂莲:《俄罗斯白银时代普希金研究概观》,《国外文学》2000年第2期。

⑥ 赵桂莲:《俄罗斯白银时代普希金研究概观》,《国外文学》2000年第2期。

生硬的教条，以及教条背后隐藏的残酷和冷漠。

"从《论理解》开始，罗赞诺夫就致力于探究普希金创作中的宗教主题。"[①] 实际上，综观罗赞诺夫的文章，我们也能够发现其中隐约流露出来的关于普希金的基督教思想，他坦言普希金的有些作品是依托上帝之手完成的，有些题材是根据《圣经》写成的。他将普希金归入多神教的论断折射了其重要的理论观点，即对多神教精神的颂扬以及对基督教精神的贬抑。

普希金的宗教思想一直都是颇具争议的，有人认为他的创作植根于基督教文化的土壤，渗透着浓厚的基督教精神，如博爱、顺从、宽容等；有人认为他具有多元的古希腊、古罗马神话情结；有人认为他的创作还融合了古罗斯的多神教思想；他在苏联时期还曾经一度被认为是无神论者。笔者认为，绝对化地将普希金归入多神教或基督教都是不合理的。实际上，普希金的宗教思想是多元的，多神教传统与基督教思想分别渗透在普希金的创作中。"古罗斯多神教的传统，古希腊罗马多神教的因素和基督教的成分混合在一起。因此，他的意识不是留给上帝的独家地盘。"[②] 一方面，普希金的成长不可避免地受到传统基督教文化的影响，而且外祖母和奶娘的宗教信仰也在某种程度上影响着诗人。基督教的许多思想以及《圣经》中的传说都是普希金创作的源泉，构成其创作题材等。因此，普希金的基督教思想是不可否认的。另一方面，自从罗斯受洗之后，多神教思想一直以隐藏的姿态存在于东正教中。皇村时期，普希金受到启蒙思想的影响，他的诗歌开始彰显自由精神。多神教色彩便开始弥漫在诗人的创作中，他熟谙古希腊罗马神话，并以神话题材为蓝本进行创作，主要表现为对古希腊罗马神话的艺术加工，对神话原型的现实转化与借用，或者对神话原型所代表的象征意象进行凝练，使其复现于作品之中，这些多神幻化的不同精神是诗人创作的源泉。"正当恰达耶夫在《哲学书简》中极力推崇基督教，贬低古希腊、罗马

---

① Осминина Е.В. Творение мифа и интерпретация культурного героя: Розанов и Пушкин. Кострома: Ярослав. гос. пед. ун-т им. К.Д. Ушинского, 2005, с.13.

② 任光宣：《普希金与宗教》，《国外文学》1999 年第 1 期。

多神教艺术把人身上的物质东西'理想化'、'崇高化'、'神圣化',创造出某种类人的动物,使人产生不洁情感和虚妄意念,扩大了人的肉体存在,缩小了人的精神存在时,正当他把矛头指向荷马为代表的艺术家把致命的激情英雄主义、肮脏的关于美的理想和对尘世的难以遏止的追求奉为神明时,曾经是学生的普希金向老师作出这样的回答:'我并非永远赞同您的观点。'"① 可见,普希金的精神内质并不是单一的,他并不赞同基督教极力排斥多神教对尘世事物与情感的颂扬,在他看来,尘世之爱与俗世生活不是对精神的贬抑,而是人的自发状态,是生命张力的体现,是情感的自由宣泄。普希金多元的宗教思想决定了其创作精神与肉体因素的并存,其中精神性的是"对地和现实性的摒弃",是"渴望进入非肉体性的幻影领域",肉体性的则是"依附于地和躯体,依附于可感的现实"。② 罗赞诺夫对普希金的多神教定位主要是从肉体角度出发,因此他不是均分这两种比例,而是无限地夸大肉体性的分量。他"对普希金评价的背后,掩藏着其对性和家庭问题的顶礼膜拜"③。罗赞诺夫并不是贬抑精神,只是提升了长期被基督教所排斥的肉体的地位,将其神化。

尽管普希金曾经采取了讽刺、戏谑的手法发表了一些渎神或讽刺修士的作品,如《加百列颂》《修士们》等,但实际上,普希金后期的创作体现了基督教思想逐渐增强的过程。1825年,也就是米哈伊洛夫斯克村流放时期,他几乎每星期六都会去圣山修道院,试图在修士们身上寻找精神的支柱。普希金写道:"基督教是我们星球的一次伟大的精神变革和政治变革。"④ 他肯定了基督教的意义,肯定了基督在社会与精神发展史中的地位。只是他对基督的认识"是在思想上对基督的寻求和探索,而不是心灵上与上帝的融合。因为,普希金后期对基督的认识还是

---

① 赵宁:《普希金与希腊罗马神话》,《国外文学》2001年第1期。

② 梅列日科夫斯基:《果戈理与鬼》,耿海英译,华夏出版社,2013,第83页。

③ Николюкин А.Н. Живописец русской души // Розанов В.В. Среди художников[М]. М.: Республика, 1994, с.2.

④ 普希金:《普希金文集》第七卷,张铁夫等译,人民文学出版社,1995,第96页。

思想上的一种抽象思辨，而不是在心灵上对基督的真正归依"①。但不可否认的是，普希金对基督教的认识是渐渐深化的。

以上索洛维约夫与罗赞诺夫对普希金的批评脱离了具体的文本，无涉美学与诗学，都是以自己的宗教哲学思想为依托展开的批评。普希金仅仅是二者阐释思想的介质。二者都试图在日常生活中实现终极理想，但改造基督教的方法不同，因而对普希金的评价也是对立的。索洛维约夫从道德哲学的终极理想出发，以上帝的训诫为依据评价普希金的行为。罗赞诺夫则难以接受基督教对苦难的颂扬，在多神教中找到了对抗基督教教条主义的因素，呼唤爱与宽容，拒斥历史基督教假仁假义的、生硬的教条，以及教条背后隐藏的残酷和冷漠。他认为历史基督教的理想是虚伪的，是远离人世的，是脱离现实的，忽略了人的根本需求。实际上，他的理想就在人间，他渴望人间自然的温暖与爱。他的基督教改造是一种回归，走向了多神教。他关注人的本体，将人提升到至高无上的地位。索洛维约夫阐释的是神正论，而罗赞诺夫则是人正论。

## 二　精神的"肉体"

索洛维约夫与罗赞诺夫对宗教中精神与肉体的关系、对性的理解不同，这也是二者的主要矛盾，他们同样围绕普希金展开了论战。在对待厄洛斯的问题上，"罗赞诺夫与索洛维约夫是对立的两极。罗赞诺夫是站在性的立场上，索洛维约夫是站在爱的立场上"②。索洛维约夫强调爱在人类完善过程中的特殊意义，是通向神人之路的基石。他认为肉体是低级的、是动物性欲望的表征，从而宣扬精神层面上的爱。他信奉福音书，将福音书奉为人人都应遵守的训诫。其著名的索菲亚学说"既揉进了《圣经》、卡巴拉、教父的某些因素，又继承了伯麦、波达热、斯威登堡、圣马丁等人的'永恒童贞'的思想"③。他提倡薄情寡欲，认为这样就可以抑制人的动物本性，提升精神层次，获得人的完整性。

---

① 任光宣:《普希金与宗教》,《国外文学》1999 年第 1 期。
② 耿海英:《别尔嘉耶夫与俄罗斯文学》,上海书店出版社,2009,第 73 页。
③ 潘明德:《索洛维约夫宗教哲学思想研究》,博士学位论文,复旦大学,2006。

众所周知，普希金在诗歌《我记得那美妙的瞬间》中，将其中的女性比作"转瞬即逝的幻象，纯洁之美的精灵"，并称所有与其分离的岁月都是令人折磨的、空虚的、阴暗的，再次相见时灵魂中的"神性，灵感，生活，泪水，爱情"才重新复苏。然而，索洛维约夫在《普希金的命运》中提出，诗人在一封秘密的信件中坦率地谈到了这位女性，与此前诗歌截然相反的是，她不是纯洁之美的精灵，而是"巴比伦的荡妇"。信中既没有真挚与仰慕的情感，也没有流露出对先前爱人失望的苦楚，而是采用一种与诗歌氛围完全不同的戏谑的笔调。他认为，在普希金创作的那一刻，也许真切地看见了纯洁之美的精灵，体会到了神性的复苏，但是这种理想仅仅闪现在创作的瞬间，"回归生活，他便不再相信那种光彩，仅仅承认那是一种假象"。在他看来，诗人将该女性描绘成启示录式的形象是谎言，"是对我们崇高的欺骗"[1]。他提出，女性形象在普希金的诗歌中经常被塑造成启示录式的，但这些形象总是充斥着理想与现实之间的断裂及难以融合的矛盾。另外，在诗人与妻子的大量通信中，也找不到诗歌中那样的"对美丽的瑰宝的神圣崇拜"。对索洛维约夫来说，难以接受的是普希金并没有试图去弥合理想与现实之间的鸿沟，也并没有因此而苦恼。

我们认为，索洛维约夫从"永恒女性"的视角出发指责普希金对神性的贬抑，因为他"把永恒的女性与神的善和真、神的力量相等同的，他并无意于把永恒的女性同尘世的女性联系在一起"[2]。他无法容忍诗人笔下"彼岸世界"圣洁女性的堕落，在他看来，人身上体现了神性与人性（动物性、本性）的双重性，实则就是精神与肉体二元对立，肉体是低级的、是动物性欲望的表征。然而，承认上帝身上的人性就意味着不是遵照本能的方式，而是以信仰的方式去爱。因此，爱不应是肉体享乐，而应是回归天堂的途径，它的使命在于恢复物质世界中上帝的形象，这才是理想人性的体现。他提倡薄情寡欲，认为这样可以抑制人的

---

[1] Соловьёв В.С. Литературная критика. М.: Современник, 1990, с.185.

[2] 金亚娜：《索洛维约夫的长诗〈三次约会〉中的永恒女性即索菲亚崇拜哲学》，《中外文化与文论》2005年第1期。

动物本性，使人在精神与肉体的矛盾对立中逐渐摆脱肉欲，提升精神层次。他为人类指明的是人性屈从于神性之路。然而在他看来，普希金的诗歌展现的恰恰是逆转之路。他认为普希金经历过不受控制的情欲阶段，该阶段不但没有促进，反而抑制了其创作才能。但在短暂的对肉欲的沉迷后，他及时地控制了自己的低级本能。正是宗教思想使普希金走向成熟与另一种更加合理的禁欲主义。索洛维约夫推崇禁欲主义，认为禁欲主义是对低级动物性的否定，是自觉地用理智控制生殖、性等方面的欲望，从而成为高尚、道德的人，是精神独立的标志。

　　索洛维约夫认为性是罪恶的，沉迷肉体繁殖是恶的表现，是对完整生命的消解，是死亡与腐朽，"在人的动物本性中繁殖后代是人死亡和腐朽的主要根源"①。因此，人类始终怀有对低级物质生活的羞耻感，尤其对人类的繁衍所引起的性关系。这种因繁衍而引起的两性关系的可耻感的对象，不是动物般肉体关系的外部事实，而是这一事实所表现出来的深远意义。首先，这种关系中的人服从于自发的盲目本能，而不是自由选择的自愿服从；其次，这种羞耻感不仅是因为我们屈从于自然本性，而且是屈从它行恶。因为在这种繁殖关系中人沉迷于肉体本能从而失去羞耻感。这种关系使我们的全部精力都投入到新生命上，我们就是这样从父辈先人那里抢夺一切，而且我们要给予后人的正是从先辈那里抢夺来的一切。人类就这样经过"我们"，一辈辈靠祖先活着，以先辈的死换取我们的活，这就是繁殖的本性。生育子女对于赋予生命而言是善的，但对肉体繁殖而言它又是恶的。人作为道德的主体，不想服从这报复父辈的自然法则，不想服从必死的规律，不想成为报复者，也不想成为被报复者，他希望能在自身中容纳永恒生命的全部完满性。人在反对肉体本能的羞耻感中找到了生命的完整性，即对永生和不朽的追求。只有崇高的宗教感，即对神的信仰才是人追求完整性的力量。索洛维约夫在这里指出了宗教信仰对人的重要性。人耻于肉体方式，因为这是在分裂、消除生命力量，而创造永生和不朽的生命才是更高、更

────────────

　　① 李丽:《索洛维约夫完整知识理论研究》，博士学位论文，吉林大学，2006。

完整的人。

索洛维约夫的"爱的哲学"是位于其"万物统一"理论之上的，"爱是索洛维约夫的中心哲学范畴之一，是万物统一的体现"[1]。也就是说，在他的哲学体系中爱是包罗万象的，起到了连接的作用，将男性与女性连接成一个神性的整体。他将爱分为三种类型。第一种是奉献之爱，付出的比得到的多，也就是父母之爱。第二种索取之爱，得到的比付出的多，这是孩子对父母的爱。第三种是性爱，两者是平等的。这种爱最强烈地表达了自我肯定与否定，充分实现了生命的交互性。在索洛维约夫看来，低级的爱是国家教育的基础；崇高的爱是人类宗教发展的根基，它产生了关于精神价值的概念；而性爱是"个体与社会之间理想关系的最高象征"[2]。索洛维约夫反对将人变成繁殖与优胜劣汰的盲目工具。在他看来，性爱无论是在动物，还是在人类世界中都是个性生活的最高体现。性爱在人类身上达到最复杂的形式。然而，性爱在他的世界观中并不起到延续种族的作用。叔本华认为，与谁在一起能够实现后代的最优化是人与人之间相互吸引的初衷。索洛维约夫反对这种观点，认为爱的激情与后代的质量无关。相反，他认为，激情越大，越容易导致悲剧，而不是生育理想的后代。天才都是出生于平淡的、平常的婚姻。将爱作为繁殖后代的手段会导致人的动物性本能。

在索洛维约夫看来，爱是上帝的恩赐，也就是"独立于我们的自然产生的"。但仅仅将爱视为上帝的恩赐是不够的，爱还具有自己的职能。它不仅仅是一种感情，还是过程与目的，是社会交往的手段，因此它是通过对他人的态度实现的。真正的爱是将爱的对象理想化。每个人都是自然的、不可替代的、永恒的价值体，反映了上帝的万物统一。相爱的人可以看到这一点。对于其余的人来说爱则隐藏在物质现实之后。爱给相爱的人带来的好处是将其视为信仰的对象。确定上帝身上的人性就意味着以信仰的方式去爱，而不是本能的方式，如果以

---

[1]  Мотрошилова Н. В. Мыслители России и философия Запада. М.: Республика, 2006, с. 97.

[2]  Соловьев В.С. Любовь // Философский словарь Владимира Соловьева. Ростовн: Феникс, 2000, с. 248.

本能的方式，人的思想与真理都会消失。由此我们认为，索洛维约夫的爱是恢复物质世界中上帝形象的方式，是真正的理想人性的体现。爱不仅仅是拯救人类种族的方式，还应该是全宇宙的。因此它具有理想的使命与宇宙的意义。

索洛维约夫确信，人类通过爱可以实现理想，这是走向神人的主要途径之一。在物质世界中，神人出现之前存在着一系列不完善的形式，就像文明史出现之初也有一系列不完善的形式。这与存在的秩序不矛盾，相反本质上与世界和人类史相似。因此，神人的出现并非偶然。索洛维约夫以具有神性与人性两面性的耶稣为例，他认为耶稣彰显了神性与人性的高度统一。人通过神性之爱的强大力量走向神人。索洛维约夫认为，人的生命通过自然与神性的结合获得意义。"神性与自然本性的相互作用决定了整个世界与人类的全部生命，这一生命进程在于两种因素逐渐趋近与相互渗透，最初二者是遥远的，之后越来越趋近，两者的渗透越来越深，直到基督身上已经不是人类的灵魂。上帝作为精神之爱与仁慈的体现，使这一灵魂具有完全充分的神性。"[1]他还提出，人的不完善在许多方面都取决于内心世界。爱可以使人获得内心的平和以及与外在世界的和谐，实现精神上的提升。当所有人都得到了提升，那么世界进化的最高阶段就会到来。尘世上就会出现以神人为范式的全新的统一神性之国。

针对索洛维约夫对普希金发表的评价，罗赞诺夫指出，索洛维约夫总是试图证明普希金的虚伪，对普希金进行了不正确的心理分析。罗氏同样欣赏"永恒的女性"，但他爱的是会"腐朽"的肉体。索洛维约夫认为爱情是纯粹的、神性的、超越人性情感的，可以使人走向理想而摆脱性。可以说，在他的观念中，爱是性的杀手。罗赞诺夫提出爱是人类力量发展的主要来源，是美好的现象。但是他理解的爱与索洛维约夫不同。罗赞诺夫认为"爱"一词经过了两千年基督教思想的影响，它的中心偏移了。基督教之爱是分裂的、破碎的，丧失了自己的完整性，这一

---

[1]　Соловьёв В.С. Соч. В 2 т（том 1）.М.: Мысль, 1988, с. 156.

情感内部存在巨大的矛盾。爱对罗赞诺夫来说是充分的完整情感，既包含精神之爱，也包含肉体之爱。罗赞诺夫之爱的精神内涵在于："爱就是一种渴望。它是身体的灵魂渴望，也就是说，身体是灵魂的表现。"[①]爱的基础是精神肉体。因此，性是人肉体的体现，也是精神性的。他以崭新的、陌生的形式谈论性行为的"神圣性"。

罗赞诺夫认为索洛维约夫表达的主旨就是"上帝只有表情，没有情欲"，他认为索洛维约夫竭力用神性取代人性，以神性遮蔽人性。然而，在罗赞诺夫看来，上帝既有神性，又有人性。那么上帝的人性又是如何被赋予的呢？在他看来，上帝是全能的，但他不应该仅仅具有人的外在轮廓，还应该具有更深层次的东西，即是情欲，这才是人性的根本。他着力强调上帝的人性与情欲，也就是否认了对情欲的贬抑，这与其宗教革新的主张密切相关。他"将《约翰福音》第一言改为'太初有爱欲，爱欲就是上帝'"（原文为"太初有道，道与神同在"）[②]。他用爱欲取代耶稣的位格，认为人们应对之加以膜拜，它不但不是罪孽的，反而是崇高的。然而，一直以来基督教都认为肉欲和情欲有罪，这就产生了无法解决的矛盾："在道德上不允许的肉欲，在生理上却是不可或缺的。科学和经验早已承认，'强烈的情欲'是从大自然中汲取的、真正的、富于创造的生殖力的表现。没有情欲的地方，既不能产生美，也不能产生天才。他证实，'强烈的情欲'是正常现象，而且，后代的健康是与'性生活的热烈'程度成正比的。所以，人们提出的旨在消灭这一健康特征的处方乃是毒药，而不是良药。"[③]因此，禁欲主义才会造成真正的罪孽。如前所述，在《月光下的人》一书中，罗赞诺夫探讨了基督教的神父坚守修士生活的原因，以及影响他们守护纯洁肉体的因素。他认为，禁欲主义的思想、保持童贞的思想源自性畸形，是雌雄同体现象。[④]在他看

---

① Розанов В.В Около церковных стен. М.: Республика, 1995, с. 354.
② 刘小枫：《圣灵降临的叙事》增订本，华夏出版社，2008，第151页。
③ 特洛依茨基：《基督教的婚姻哲学》，吴安迪译，河北教育出版社，2002，第109页。
④ 生物学术语，指同一个体身上既有成熟的雄性器官，又有成熟的雌性器官。在希腊神话中出现过许多雌雄同体人，如盲仆提瑞西阿斯。索菲亚学说也是雌雄同体，索洛维约夫提出过这一概念。

来，索洛维约夫仅仅凭借诗人在信中将安娜·彼得罗夫娜称为"巴比伦的荡妇"就断定诗人是虚伪的，这明显是错误的。他认为这恰恰体现了肉体的力量，苦修主义将性看成罪恶，而不是上帝的启示，因为性会产生力量，肉体的力量是强大而有力的，它不只是生理的，还是精神上的。他提出肉体并不是与精神分离的，二者是统一的，它们的契合点就是性。"肉体在他的观念中具有精神，它的魅力就在于这种特殊性。"① 与大多数的宗教哲学家将肉体与精神视为二元对立的现象不同，罗赞诺夫将肉体与精神结合起来，从而使性具有形而上的意义。

　　如前所述，罗赞诺夫崇尚生育，宣扬性和家庭至上，认为性的本原是生命的根本。"人类一切生命的源泉都是神圣的，这是罗赞诺夫的主要思想。"② 他"把生育的'性'神圣化，他看到，'性'不是堕落的表示，而是对生命的祝福；他所信奉的是'生育宗教'，他要求把作为生命的源泉的性行为神圣化，并为之祝福"③。罗赞诺夫将宗教分为生的宗教和死的宗教，犹太教或绝大多数的多神教都是生的宗教，而基督教是死的宗教。"各各他的阴影笼罩着世界，从而使生命败兴。基督用魔法迷惑了世界，而世界在耶稣的甜蜜中变苦了。与生有关的是性，在性里蕴涵着战胜死亡的源泉。如果祝福和神化生命和生，那么也应该祝福和神化性。在这方面基督教始终是模棱两可的，它没有下决心去谴责生命和生，但是它却鄙视性，把性置之不理。"④ 罗赞诺夫的思想接近多神教，将作为生命源泉的肉体、性爱、情欲奉若神明。因此，与基督教相比，罗赞诺夫更为推崇多神教的"酒神和爱神节"及犹太教的"教规"；与《新约》相比，他更为赞赏《旧约》，因为它们颂扬生命，肯定生育。罗赞诺夫对死亡怀着深重的恐惧，因而他诉诸性的力量，认为性是与死亡抗争的永恒因素。在他看来，基督教赋予性以罪孽的因素，这样的基督

---

① 赫克：《俄国革命前后的宗教》，高骅、杨缤译，学林出版社，1999，第155页。

② Измайлов А. А . Вифлеем или Голгофа? // В.В. Розанов: pro et contra. Личность и творчество Василия Розанова в оценке русских мыслителей и исследователей. СПб.: Издательство Русского Христианского Гуманитарного Института, 1995, c.51.

③ 耿海英：《别尔嘉耶夫与俄罗斯文学》，上海书店出版社，2009，第74页。

④ 尼·别尔嘉耶夫：《俄罗斯思想》，雷永生、邱守娟译，三联书店，1995，第220页。

教会诱使死亡（небытие）的产生，越来越与眼泪、痛苦、坟墓联系在一起，它不是复活的宗教，而是各各他的宗教。"在十字架上，我们将赋予死亡以神圣的荣光，我们通过宗教去认识死亡，我们神圣地接受死亡，在疾病中神圣地离去，而犹太人快乐地降生，他们民族的本质就是神圣地生育。"①因此，他认为犹太人揭开了存在的奥秘。他拥护多子家庭，推崇犹太人的割礼，认为这是将性神圣化的伟大壮举，是种族延续的独特方式，因为生育是永恒的。

罗赞诺夫还认为基督教对于婚姻与性的问题存在一些矛盾的观点。一方面，基督教不提及肉体，回避生育；另一方面，基督教又强调"子女是神的恩赐，生育是由神创作的，父母只是生育的仆人"②。他认为这是基督教的虚伪之处，他无法理解基督教将性生活与生育分割开来，将生育视为贞洁的，而将性生活视为淫欲放荡的；他否认《新约》中的贞洁受孕，认为这是完全脱离现实的。秉承这一思想，与索洛维约夫推崇"神性"的女性不同，罗赞诺夫更倾向"母性"之美。他认为不仅仅处女是圣洁的，所有的母亲同样是神圣的，一切生育都应该被祝福，他写道："人们认为冈察洛娃结婚和当了母亲之后，少女时代的诗意与宗教意义便不复存在了。然而，如果说在儿童和处女时期存在诗意与宗教，那么婚姻、母性也都应该是神圣的。"③他认为作家都应该称赞母性，他指责普希金缺乏对生育女性的描写："我不明白为何生育还需要'祭品'，没有它就不能妊娠，普希金这是在写什么，又准备干什么？丈夫似乎在本质上就是渴望使妻子顺从……那么当她失去力量，就不会分娩了，就如同普希金自己的悲情小说中的达吉亚娜。我不禁要问，孩子在哪？普希金在刻画这一'可爱的理想'的时候，忘了这一点，陀思妥耶夫斯基在分析'普希金的以及俄罗斯的理想女性'的时候，也将这一点抛到脑后。"④可见，罗赞诺夫将是否生育视为一个衡量"理想

① Розанов В.В. Религия и культура. М.: Правда, 1990, с.187.
② 特洛依茨基:《基督教的婚姻哲学》，吴安迪译，河北教育出版社，2002，第35页。
③ Розанов В.В. Мысли о литературе. М.: Современник, 1989, с. 253.
④ Розанов В.В. Мысли о литературе. М.: Современник, 1989, с.260.

女性"的重要标准。他并没有过多地指责普希金的妻子，这与她是一位母亲有很大关系。

　　基督教认为婚姻是夫妻之间的结盟，是不同性别的人结合成一个整体，是灵魂的集合，"既然如此，夫妻不再是两个人，乃是一体的了"（《马太福音》第 19 章，第 6 节），也就是说，婚姻是夫妻永久的、形而上的合二为一，是贞洁的圣事，具有崇高的宗教灵性。在这一层面上，罗赞诺夫赞成婚姻是两个个体的结合，但这一结合既包含生育，又包含精神层面的和谐统一。家庭就是上帝将两个人编织在一起，变成一体的，而不是两个独立的个体，如果家庭的两个个体是独立的，那么就会产生灾难。而普希金的家庭就是两个独立的个体：冈察洛娃和普希金。也就是说，在罗赞诺夫看来，二者在婚姻中没有实现真正的契合，导致了最终结局的发生。

　　罗赞诺夫认为普希金是泛神主义者，这基本体现在所有的问题上，特别是在爱情上，他认为普希金可以说是一名泛爱主义者，"如果普希金谈论达吉亚娜的侍女时不那么兴高采烈，那么普希金就不是普希金，而是普希金的模仿者"[①]。诗人由于短暂的激情爱上了这位"虔诚的美人"，但都是纯粹肉体上的。然而，冈察洛娃自然找不到自己丈夫的核心。"如果存在核心、中心，那么泛神论也就不是泛神论了。神无处不在，在世界的每一个点上。天空中有一个太阳，没有人能确定，星空、白天哪个更美、更是真理。"[②] "普希金认为，性是机能（функция），而不是我们神秘的面孔，可以随意地编写成公共场所饭桌上的菜谱，可以虚伪地和谐，家庭的神秘内核、神秘的灵魂、家庭的天使就是在'机能的交往'达成形式上一致的基础上形成的。然而，天使不存在，灵魂不存在，家庭不存在。"[③] 罗赞诺夫认为性不是机能，性是生命包罗万象的原理。他以特有的视角经常谈及这一观点。

　　罗赞诺夫不反对离婚，提倡婚姻自由，即结婚与离婚的自由，结

①　Розанов В.В. Мысли о литературе. М.: Современник, 1989, с.253.

②　Розанов В.В. Мысли о литературе. М.: Современник, 1989, с.253.

③　Розанов В.В. Мысли о литературе. М.: Современник, 1989, с.260.

婚和离婚都应取决于配偶双方的自由意志。这也与其个人经历有关，他曾经娶过陀思妥耶夫斯基的情人——比自己大 16 岁的阿波利纳里娅·苏斯洛娃，然而她生性多疑，性格暴躁，使罗赞诺夫难以忍受，二者的婚姻对他来说是一场噩梦。罗赞诺夫与第二任妻子打算结婚的时候，苏斯洛娃却坚决不同意离婚，这也导致了罗赞诺夫与妻子的非法婚姻。教会禁止任何形式的再婚者举行婚礼，即使在配偶死后。在这种情况下，教会不仅不允许二者举行婚礼，也不许神职人员参加筵席，而且还规定他们只能按世俗形式结婚。此后罗赞诺夫便长期致力于对相关的宗教教义与法律发起挑战，这也是他重新思考婚姻与家庭的重要因素。

索洛维约夫、罗赞诺夫对于爱与死都进行了深刻的思考与研究，只是思考问题的方式是不同的。二者都追求永生，渴望战胜死亡。索洛维约夫是柏拉图主义者，他对爱欲的思考与柏拉图主义密切相关，然而他在《爱的意义》中跨越了柏拉图主义的局限，不把爱与种族相联系，而将它与个性相联系。对他而言，爱与生殖无关，与种族繁衍也无关，而与个性生活的圆满有关，与个体的不朽有关。他把爱与生育对立起来，认为爱的意义是个性的，而非种族的，生育使个性分崩离析。爱不仅具有尘世的意义，而且具有永恒的意义。爱能战胜死亡，进抵不朽。他关于爱的学说是人格主义的，个性的爱可以战胜死。他的爱与性哲学，强调狄奥尼索斯与冥王，即生命与死亡的并存。种族的延续伴随个体的死亡。

罗赞诺夫关于爱的学说，是种族的、非个性的，他神圣化了作为生殖的性。性不是罪孽的标志，而是生活的福祉。他传播生殖崇拜的宗教，以此来对抗死亡崇拜的基督教。"历史上基督教的牧师总是把婚姻片面地理解作生殖。性、性行为受到'沉溺于色欲'的责骂，但性行为的结果生殖却受到赞美。罗赞诺夫敏锐地看穿了这些伪善者，撕破了他们的面具。在任何情况下，传统的基督教学说论述爱，倘若还能称之为爱的话，都把它与种族繁衍相联结，判定为生殖之爱，爱的个性不仅不具备个性意义还被宣布为不道德。在这一点上，又恰好与罗赞诺夫相一致，但罗赞诺夫要求一以贯之的坦率：倘若生殖是应该被赞美的，那么，同样应该赞美生殖之源。"[①] 在索洛维约夫看来，"性爱是自明的，但它不能自足，而包含着超出自身界限的许多内容"[②]。而罗赞诺夫则写道："没有性交就没有精神之交。肉体是精神因素，是精神的根源；精神是肉体的气味。"[③] 对于他来说，肉体是精神的基础。尘世的美产生于性的能量，而不遵从时空规律。他使性具有普遍性，连接起自然中的一切生命。性是罗赞诺夫思考问题的本体，是其精神世界的核心。他将唯一的、永恒的性置于所有的生活现象之上，试图将所有的精神体验都归结于自己的性理论之中。他将性理论抽象化、神圣化，架构于宗教高度之上，将宗教变成了性的"泛性论"。

索洛维约夫以肉体改造和精神之爱来战胜死亡。他也承认摒弃肉体的结果终将是死亡，然而虚伪的精神反对肉体，真正的精神转化、拯救、复活肉体。实现永生和不朽才能创造更完整的人。精神之爱能够使人重新整合，恢复其丧失的完整性。爱不是软弱无力地模仿与宣告死亡，而是战胜死亡，不是将不朽与死亡、永恒同瞬间割裂，而是变死亡为不朽，化瞬间为永恒。索洛维约夫认为精神生活是物质生活的转化，汲取物质力量是为了提升精神力量。从理想的本质来说，精神生活也是物质的。然而，男性与女性之间如果存在个体与生命的外在割裂，那便是死亡的起点，二者的完全统一才是爱的最高道路。"真正的人是理想个体的充分体现，不仅仅是男人或者女人，而应该是二者的最高的统一。"[④] 厄洛斯的主要目标就是实现精神的苏醒、人的肉体改造，最终出现雌雄同体的人。与罗赞诺夫对雌雄同体的贬抑不同，索洛维约夫称颂它，认为这种形式"能够得到复原的形象和上帝的相似物，不是一半，

① 别尔嘉耶夫：《别尔嘉耶夫集：一个贵族的回忆与思索》，汪剑钊编选，上海远东出版社，2004，第194页。

② 徐凤林：《俄罗斯宗教哲学》，北京大学出版社，2006，第128页。

③ Розанов В.В. Мысли о литературе. М.: Современник, 1989, с. 81.

④ Соловьев В. С. Смысл любви // Русский Эрос или философия любви в России. М.: Прогресс, 1991, с.185.

不是半个人，而是整体的人，即男性与女性本原的积极结合"①。真正的雌雄同体是未来理想的人，是走向神人的阶梯。因此，婚姻的实质不在于"生理上的结合"，而在于"在上帝中的结合"，是"男女之间完全的精神融合，是创造完整的人的开端。在真正的婚姻中，性关系不是被清除，而是实现了升华，它不再从属于外在的动物本性，而是属于走向神化的人性"②。个性的雌雄同体的整体性通过爱而升华，人不再是破碎、亏缺的存在。但对罗赞诺夫来说，生命始于性差异的出现，性差异出现了，生命也就出现了。植物以及没有性别的事物，也就没有生命。"女性就是'生命'，生命存在于性别差异之中。"③

罗赞诺夫与索洛维约夫矛盾的症结在于，前者对永恒女性温柔的理解以伊希斯④和阿施塔特⑤为原型，而后者则以索菲亚、圣智、童贞女玛利亚为原型。索洛维约夫的理论是建构在索菲亚学说上的，致力于灵魂与精神层面，因此其思想中的爱是圣洁的。他对索菲亚的崇拜正如罗赞诺夫对肉体的崇拜一样。索洛维约夫与罗赞诺夫对这个世界的理解不同，他们都试图探寻世界的奥秘，但一个竭力地在尘世找寻，在尘世的性生活中找寻，而另一个则在遥远的天边，幻想与"永恒的女友"幽会。呈现在我们面前的是象征着不同信仰的两位教徒，一个象征着基督徒，竭力地将手伸向彼世，而另一位是多神教信奉者，亲吻着大地。

罗赞诺夫摒弃了传统的基督教视角，即生理正常的人秉持着对上帝、对超意识的追求去过禁欲的生活，追求精神的永生、肉体的永生。他"在世界之前揭示性以及爱欲的神圣性和神性，他企图让我们回到原罪之前的天堂里；梅列日科夫斯基在世界终结之后揭示的是同一个东西，他是在已经改变了的世界里，在已经被救赎了的和复活了的世界里让我们享受肉体的甜蜜和神圣"⑥。然而，到底什么是神圣肉体？在整个

---

① 转引自 Н.О. 洛斯基《俄国哲学史》，贾泽林等译，浙江人民出版社，1999，第141页。

② 徐凤林：《俄罗斯宗教哲学》，北京大学出版社，2006，第303页。

③ Розанов В. В. Религия и культура. М.: Правда, 1990, с.212.

④ 古埃及神话贤妻良母的象征，又是丰产、水、风、魔力、航海女神，死者的保护者。

⑤ 古腓尼基神话中丰产女神、母爱和爱情女神、星神、金星的化身。

⑥ 张百春：《梅列日科夫斯基的神学思想概述》，《哈尔滨师专学报》2000年第1期。

新宗教意识里，这是个相当模糊的概念。无论是罗赞诺夫，还是梅列日科夫斯基，都没有说清楚这个问题，在他们那里，肉体常常与性、家庭、婚姻、大地、母亲、尘世生活、人间的喜乐等一切物质方面的生活混同，具有无所不包的积极意义。

不可否认，本小节似乎脱离了文评的范畴，主要集中在宗教哲学阐释上。但这正是罗赞诺夫批评的主要表征之一，他的批评并不是纯粹的文学阐释，而经常是在同他人论战的基础上，借助批评阐释宗教哲学思想。

# 小　结

白银时代作家并没有摒弃俄罗斯经典文化传统，他们对作为一种重要"传统"的普希金进行创造性解读，从而实现了文化传统的现代转化。罗赞诺夫在为纪念普希金逝世75周年所写的文章中，提出了普希金作品的现代性问题。他在这篇文章中提出的"重返普希金"是包括象征派在内的"白银时代"的思想家们和作家们的共同口号。

罗赞诺夫呼唤普希金的回归，他推崇的是诗人所象征的光明、和谐等精神；对真、善、美的讴歌和颂扬；热爱生活，对待生活不偏执的态度；深深根植于俄国传统的民族精神；将本土文化基因和异域文化成果有机融合起来的能力。罗赞诺夫对普希金的批评是感悟式的，值得肯定的是，这些感悟十分契合普希金精神。然而，普希金的精神不仅仅体现在和谐上，还包括人道主义情感、自由的思想等等，罗赞诺夫对此没有具体评论。在对诗人的评价中他只是选取自己认同或赞赏的方面，这也导致了批评的某种片面性。

罗赞诺夫还格外强调艺术家的责任，他一生都在强调文学、哲学、教育在改善人与社会精神层面所起的作用。他认为国家的富足、安康就取决于此。因此，罗赞诺夫在晚期创作的《于千年金字塔顶端思考俄罗斯文学的进程》一文中指出，"文学摧毁了整个国家"，"成为国家的罪魁祸首"。面对逐渐分崩离析的俄国，罗赞诺夫似乎认为普希金的精神能够拯救俄国，使其摆脱灾难性的命运。因此，他在某种程度上将普希金神化，强调普希金的文学地位与永恒价值，在与其他作家对比的过程中，极力贬抑他人，却因此忽略了普希金对其他作家的影响，以及诗人传统的承继与延续。也许，罗赞诺夫正是着意淡化这种影响，从而凸显诗人无法企及的高度。另外，罗赞诺夫还将普希金视为抵制"颓废派"倾向的有力"武器"。

# 第三章　罗赞诺夫批评视野中的果戈理

19 世纪，果戈理的创作在以别林斯基为首的实证主义主流批评的引导下，被持续地与对农奴制的批判、对腐朽官僚制度的谴责联系在一起，被赋予某种社会现实意义与批判意义。果戈理作品中的非现实主义、神秘主义色彩、宗教性等体现其创作特色的因素在很长一段时间内则被遮蔽。直到 19 世纪末 20 世纪初，宗教哲学家、思想家们意识到果戈理这位"俄罗斯最神秘的作家，恰好符合象征主义与寻神派者的精神"[①]。他们开始逐渐走进果戈理的精神世界，自觉地对 19 世纪意识形态化的批评发起挑战，撕毁了果戈理的"现实主义"标签。他们重新审视、评价这位"非理性的"、神秘的作家或者说思想家，凸显果戈理创作中的非现实主义因素，深度挖掘其精神内涵与价值取向。梅列日科夫斯基、别尔嘉耶夫等人从宗教视角出发，力图揭示其作品中的宗教因素和神秘主义倾向。"由于罗赞诺夫、梅列日科夫斯基、勃留索夫、安年斯基、别雷的文章的发表，果戈理由'自然主义学派之父'变成某种博大精深的神秘知识的缔造者、预言家、涉密宗教仪式的祭司，不仅影响文学的命运，而且影响俄国生活的整个潮流的异常强悍的人物。果戈理笔下的形象和情节正是在这个时期开始被象征主义者理解为'第二现实'，理解为象征派新神话主义的实质性源文本之一。"[②]独特的批评方法与思维模式为解读果戈理开创了崭新的视角，果戈理的研究不再流于表

---

[①]　Синявский А. "Опавшие листья" В.В. Розанова. Париж: Синтаксис, 1982, с. 304.

[②]　谷羽、王亚民等译《俄罗斯白银时代文学史》第一卷，敦煌文艺出版社，2006，第328 页。

面，实际上从那时起，果戈理对俄国文学的真正影响才开始被认识，人们意识到是他使整个俄国文学从美学范畴急剧地转向宗教领域、从普希金转向陀思妥耶夫斯基的道路。可以说，一位真实的、立体的作家、宗教思想家逐渐浮出了水面。

　　罗赞诺夫对果戈理研究的许多视角都是开创性的、颠覆性的。他"第一个做出如今已成老生常谈的一个发现，即果戈理并非一位现实主义作家，俄国文学就整体而言亦并非果戈理传统之继承，而是针对果戈理的反拨"①。罗赞诺夫对果戈理的批评彰显了独特的个性，具有鲜明的感情色彩与倾向性，折射了其作为思想家与批评家的文学观与世界观，彰显了其作为社会学家的前瞻与忧虑。因此，他对果戈理的评价不仅具有文学价值，还具有存在主义意义。吉皮乌斯如是界定罗氏对果戈理的批评："阐释果戈理，对其进行评判是罗赞诺夫个性的体现，因此在力度与深度上是独一无二的批评。"②综观罗氏一生对果戈理的评价，他一方面赞叹、欣赏果戈理的精湛写作技艺，另一方面又憎恶其僵死的灵魂、对人尊严的剥夺以及掀起的"虚无"之风。可以说果戈理既吸引着他，同时又困扰着他、折磨着他。

　　我们认为，罗赞诺夫对果戈理的批评随着其不同时期观念的转变，呈现出流变性与阶段性、多样性与矛盾性等特点。罗氏经常用激烈的语言责难果戈理，并以这种反面评价向我们展现了一个"别样"的果戈理。与对赫尔岑、车尔尼雪夫斯基等人仅仅局限在批判、嘲笑层面上的批评不同，他对果戈理的批评要复杂得多，也激烈得多。

　　实际上，罗赞诺夫是在与果戈理进行"对话"与"交锋"，更多的是"斗争"。他一次又一次地攻击果戈理，但也反复地回归果戈理，就如同回归一个对自己来说非常尖锐的、内在的痛苦问题，也许罗赞诺夫的一生都依附于此。他同果戈理斗争了一生，也因果戈理痛苦了一生。"我的心灵从未为任何人而痛苦。他是唯一一位，文学中没有任何一个人像他一样可怕。围绕着这一恐惧，我一直在行走，思考。不能不说，

---

　　①　德·斯·米尔斯基:《俄国文学史》下卷，刘文飞译，人民出版社，2013，第166~167页。

　　②　Гиппиус З. Н. Живые лица. М.: Худож. лит., 1991, с. 132.

这甚至是善举，我关于果戈理的著作就是善举。"① 也许，恰好是果戈理的某种隐秘的特征吸引着罗赞诺夫，导致他渴望在斗争中探寻奥秘。他渴望战胜果戈理，因而他极尽言语之所能贬抑果戈理来支持自己的观点与主张。这场对决一直延续到十月革命，革命的发生使罗赞诺夫对果戈理的态度发生了转变。在这场几乎持续了一生的斗争中，罗赞诺夫似乎败下阵来，他无奈而又忧伤地发现果戈理的预言果真实现了。

罗赞诺夫对于果戈理的某些观点过于偏激，也值得我们进一步商榷，但他许多否定性评价都蕴含着对于果戈理风格与"奥秘"的认真观察与考量，许多独特的解读都开辟了果戈理研究的新篇章，为白银时代其他批评家，甚至21世纪的研究工作都带来了新的启示。同时，罗赞诺夫多视角、多维度的批评让我们更加全面深入地去洞察这位"谜一样"的作家。

## 第一节 果戈理作品的"现实性"之考量

果戈理的内心矛盾而复杂，他以特殊的棱镜窥视世界与人的灵魂，因而呈现出来的世界与现实是变形的、怪诞的，这也为对他进行解读提供了多重视角。如前所述，从白银时代开始，果戈理才被视为最具神秘主义色彩的俄国作家之一，而此前他一直是"现实主义"作家的代表。果戈理留给世人的是一个巨大的谜团，他的创作被冠以"别样现实主义""魔法现实主义""怪诞现实主义""神秘现实主义"等，也就是看似是现实主义，实则又有悖于真正现实主义的风格。罗赞诺夫一生都在试图揭开果戈理创作的谜底，他写道："在我们的文学中没有比他更难以理解的人了。"② 罗赞诺夫认为，自果戈理开始，文学乃至社会都丧失了现实的感受，甚至开始厌恶现实。艺术失去了自己的使命——矫正、医治、改造人。果戈理开创的脱离现实之风吞噬了文学作品中人物的思维以及社会本身。因此，罗赞诺夫提出了颠覆性的结论——果戈理并非

---

① Розанов В.В. Среди художников. М.: Республика, 1994, с. 445.
② 耿海英:《别尔嘉耶夫与俄罗斯文学》，上海书店出版社，2009，第288页。

"自然派"的奠基人。

## 一 "自然派"奠基人的颠覆

1825 年十二月党人起义失败以后，尼古拉一世开始实行黑暗高压的统治制度，直到 1855 年克里米亚战争失败，新的民主运动高潮才再次掀起。但这次运动的发展趋势渐渐发生了转变，贵族革命逐渐衰退，民主主义以及革命民主主义取而代之。这是一个建立在反农奴制基础之上的阵地，具有相同政治观点的进步人士结合在了一起。他们在反思革命失败的原因后，致力于变革社会现实，推行启蒙教育。因此，他们的文学定位也遵从这一思想，坚决支持以普希金、莱蒙托夫、果戈理等人为代表的现实主义文学流派，推崇揭露社会现实的作品，宣扬作品的社会教育意义。

19 世纪 40 年代，一些效仿果戈理作品的年轻作家陆续出现，这标志着一个以果戈理为代表的"新流派"的产生。传统的贵族作家对这一流派的创作嗤之以鼻，他们认为该流派的作品贬抑了长期以来的崇高文学，幻灭了人们对美这一理想的追求。他们指责道："尽管写得多么巧妙，为什么要展示给我们看这些破烂，这些肮脏的褴褛呢？为什么要毫无目的地描写人类生活后院的令人不愉快的图画呢？"[1] 1846 年，面对逐渐壮大的"果戈理流派"，统治势力的代表布尔加林发表文章决定遏制这一势头，他借用"自然主义"一词攻击这些作家们，指责他们"毫无掩饰的"、没有取舍的自然主义手法。同时，"果戈理流派"也成为斯拉夫派以及"纯艺术派"竞相攻击的对象。斯拉夫派指责其丑化俄国现实，其作品缺乏正面形象与理想。"纯艺术派"则抨击其完全背离了普希金所开创的"纯艺术"道路，德鲁日宁批判"自然派"是"粗鲁的现实主义"，认为果戈理的讽刺作品"与真正的艺术毫无共同之处"[2]，也就是强调果戈理的作品缺乏艺术性。别林斯基则极力为"自然派"正

---

① 匡兴主编《外国文学》，中央广播电视大学出版社，1994，第 290 页。
② 刘宁主编《俄国文学批评史》，上海译文出版社，1999，第 55 页。

名，树立该流派的正面形象，指明该流派就是按照生活的本来面貌真实
地描写生活。"果戈理的小说绝不是自然主义的抄袭。他的小说对现实
有所批判，舍去偶然的、不重要的枝节，而是把主要的东西突现出来。
因此，他在作品中不是把现象加以罗列，而是通过对这些丑恶现象的批
评，使读者对当时封建农奴制的现实产生极大的愤怒情绪。"[1] 显然，别
林斯基反驳了布尔加林的观点，否定了对果戈理创作的自然主义因素的
批评，他认为"自然派"体现出来的"自然"是如实复制生活的结果，
并不是像自然主义一样对现实生活不进行任何的提炼和概括，对客观世
界进行机械复制，追求绝对的客观性。可见，布尔加林放大果戈理创作
中的"自然主义"手法，别林斯基则强调其作品与现实的联系。

　　50 年代中期，"纯艺术派"与"革命民主主义者"就俄国民族文学
发展的"普希金方向"和"果戈理方向"展开了斗争："纯艺术派"认
为普希金对社会问题漠不关心，使俄国生活脱离"社会风暴和革命斗
争"，代表"祥和的、欢乐的一面"，以果戈理为代表的"自然派"则
属于"教诲文学"，代表俄国生活"可怕、阴暗的一面"。"普希金的诗
歌是对果戈理的讽刺倾向无节制模仿进行抵制的最好武器。"[2] 革命民主
主义者们则走进了更加极端与机械的模式之中，坚决支持果戈理代表的
"自然派"，认为普希金的优势也在于"描写事物的本来面目，接近自然
的现实主义"[3]。然而，他们并没有真正洞察果戈理的创作，对他的解读
也是极其片面的，"果戈理的戏剧被关心公民利益的人误解为社会抗议，
从而在五六十年代导致大批谴责腐败和其他社会问题的文学，还有连篇
累牍的文学批评，如果作家不用自己的小说去控诉地方警察和鞭打农奴
地主，他就不能算作家"[4]。这种文学导向长期占据着主流话语，使果戈
理一直处于被误读的状态。两派之争遵循着不同的初衷，主要围绕俄国

---

[1]　别林斯基：《文学的幻想》，满涛译，安徽文艺出版社，1996，第 577~578 页。
[2]　Дружинин А. Литературпная критика. М.: Советсткая Россия, 1983, с. 61.
[3]　Добролюбов Н. Собрание сочинений в 9 ти томах (том 3). М.: Художест. Литература, 1952, с. 554.
[4]　符拉基米尔·纳博科夫：《尼古拉·果戈理》，刘佳林译，广西师范大学出版社，2010，第 41 页。

文学发展的宗旨是为社会服务，还是为艺术献身。显然，"纯艺术派"倾向形式，而"革命民主主义者"推崇内容，"纯艺术派"也不反对果戈理是"自然派"的说法，只是他们认为"自然"就是过多地揭露生活中的阴暗面，并没有涉及"非理性"的层面，也没有否定果戈理创作的现实主义因素。

罗赞诺夫同样认为文学应忠实于现实，遵从于现实。然而，他与别林斯基的出发点不同，视角自然也不同。后者试图通过果戈理的作品宣扬进步思想，认为其作品揭露了生活中的痛苦、阴郁、丑恶，但一切都不是虚构的，而是根植于生活的真实。他既不阿谀，也不诽谤生活，既不宽恕猥琐，也不隐藏、粉饰其丑恶，没有丝毫夸张或矫饰。罗赞诺夫却提出了与别林斯基相悖的观点，他认为果戈理并没有反映生活，而是描绘了一系列讽刺画，他在作家的作品中看到的是荒诞与变形的"现实"。别林斯基等民主主义者则在"荒诞"的情节中挖掘果戈理对现实的批判意义，对俄国不合理的农奴制度的揭露，对进步思想的宣扬，"贵族革命的失败与资产阶级的弱小导致俄国无法像其他西欧国家那样建立一种合理的社会秩序，在这样的情形之下，文学就借助其宣传功能而被赋予了改造社会的责任"[1]。因此，果戈理的作品被囿于简单化的模式之中，并被限定在时代的道德化范畴之内。

针对车尔尼雪夫斯基、杜勃罗留波夫、皮萨列夫等民主主义批评家，罗赞诺夫一方面肯定了他们的诚挚与无私，认为他们的批评活动是俄国社会文化发展的有机环节；另一方面，认为他们对果戈理的诠释在某种程度上说是狭隘的，几乎所有的文学评论都带着虚伪的面具，完全不理解对待生活的艺术态度，因此才会贬抑普希金，强加给果戈理一副不真实的面具。罗赞诺夫认为，民主主义批评家尝试对普希金发出"哼哼的声音"，旨在推翻普希金，"一个人的智慧显然不够，他们便想出一种妙招，就是用笨拙的嘴巴发出哼哼的声音。无法用语言去攻克语言，不过哼哼还是可以的。这样他们三个人的事业就是反对普希金，三

---

[1] 邱运华主编《文学批评方法与案例》，北京大学出版社，2006，第13页。

张嘴对着他哼哼地叫着"①。在他们盲目、偏执的引导下，普希金的光芒逐渐熄灭，并随之陨落了。再也没有人读普希金的作品了。正如陀思妥耶夫斯基在普希金纪念碑揭幕仪式上的讲话：在普希金充满热情、魅力四射的那一刻，果戈理的死人被掷向了普希金，诗人就这么倾斜着倒下去了。果戈理"打破了普希金创立的和谐、爱、自由和美的世界，用魔鬼、魔法、庸俗、恐怖、忧郁和引人大笑的幽默与嘲讽压倒了一切。他仿佛是专为颠覆普希金的传统而闯入文学艺术圣殿的"②。

罗赞诺夫反对民主主义批评家的论断，他颠覆了将果戈理视为"自然派"奠基人这一传统的文学批评观念，认为果戈理纪念碑的揭幕仪式应该是赋予他的唯一桂冠，他用普希金置换果戈理的"自然派"奠基人位置，并提出普希金是真正的自然主义流派的奠基人，他永远忠实于人的天性，忠实于人的命运。罗赞诺夫倾向于将普希金与果戈理进行对比，探寻二者的"相同价值"与差异。尽管他深知二者之间的差异很大，甚至没有可比性，"如果用'美'和'艺术'概念对他们进行总结，我们就会忽略二者在文学与生活中发展起来的内在联系。多方面的、全方位的普希金与果戈理是对立的，果戈理仅仅在两个方向上发展：紧张的、空洞的抒情以及对一切的讽刺。他们的对立不仅是表面上的，还是在本质上的"③。罗赞诺夫多次提出果戈理是不自然的，他的作品是没有生机的。在《普希金与果戈理》中，罗赞诺夫指出，果戈理忘记了自己最初的自然的倾向，而普希金的作品一切都是自然的，他在"真"这一概念下，理解"带有生命和天性的人的自然、真实、合理为何物"。

实际上，我们认为该对比主要根植于罗赞诺夫视域中两位作家对待现实的不同态度。罗赞诺夫强调二者本质上站在对立的两极上。他对普希金作品的许多评价正是基于对以别林斯基为代表的传统批评观念的质疑，以及对果戈理作品"现实性"的拒斥与反拨。罗赞诺夫否定果戈理

---

① Розанов В.В. Среди художников. М.: Республика, 1994, с. 297.

② 金亚娜：《并非不可解读的神秘——果戈理灵魂的复合性与磨砺历程》，《俄罗斯文艺》2009年第3期。

③ Розанов В.В. Среди художников. М.: Республика, 1994, с.159.

的作品是对现实的描摹，"主观上，果戈理不是现实主义作家：问题的关键不在于他主观创作了什么，而在于'客观'上他是什么样的，给观众、读者的感觉是什么。所有人都认为他创作的《钦差大臣》《死魂灵》是对生活的复制，完全忠实于生活。这主要归功于别林斯基的最后阶段"[①]。罗赞诺夫以一种反讽的口吻讽刺了以别林斯基为代表的批评家对果戈理的曲解与误读。

## 二 文学与生活

关于艺术与生活的关系问题，罗赞诺夫坚持如下观点。一方面，他反对忽视艺术的审美功能，认为艺术可以创造美的事物。艺术在创造出美的事物的同时，可能还会带来别的效果，但那不是艺术的目的，只是它的结果。但他不赞同"为艺术而艺术"的论断。另一方面，他认为艺术可以影响生活，但不能干预生活。罗赞诺夫崇尚自然、真实，反对虚构、杜撰，他认为这才应该是俄国文化应有的模式。他赞赏普希金，认为其最突出的特征就是作品保有从现实中移植过来的生活。普希金不仅仅提供了正确对待生活的范式，他的诗歌还呼吁人们去关注生活与现实。诗人作品中的现实没有任何刻意的成分，只会给生活增色，使生活发光，但不会再造或是歪曲生活，不会违背人的自然天性。罗赞诺夫认为普希金的诗歌不会干扰生活，这主要源于其没有果戈理作品中病态的虚构，即创作一个凌驾于现实之上的第二个世界，并将第二个世界与第一个世界混淆，使第一个世界屈从于第二个世界的病态想象。普希金使我们的情感更纯净，更高尚，从而远离精神上的污浊，但他没有将任何精神规范强行加到我们身上。每个喜欢他诗歌的人，都会保持独立的自我。这一切都使其诗歌成为典范，并提供了健康发展的方向，只要读者遵循这些方向，无论生活变得多么复杂，读者都不会偏离轨道，只会越发充实、丰富、深刻，也不会失去最初的统一与完整、平和与明确。在他的诗歌中，读者将领略另一番日臻完善的景象，一切都不会在发展中

---

① Розанов В.В. Среди художников. М.: Республика, 1994, с. 297.

变形、歪曲。

罗赞诺夫认为，普希金与果戈理最大的区别就是，他不会将自己的世界观强加给读者。在他看来，普希金的作品是艺术地展现生活，并反过来作用于生活，但这种作用不是给生活强加任何东西，不是以程式化的东西去妨碍生活、干扰生活。罗赞诺夫反对将"改造生活"的意识形态付诸文学。在他看来，生活本身是美好的。罗赞诺夫创造了"生活的宗教"，他"对生活意义、对人生真谛的理解和认识，根据的都是自身的生活经历和生活体验"[①]。如前所述，生活是其思考问题的出发点，他对宗教、婚姻、教育等问题的阐释都是生活的折射。

## 第二节　臆造的虚空世界

罗赞诺夫早在其第一部著作《论理解》中，就将果戈理纳入心理艺术家类型，他认为果戈理是"病态的人，精神已经开始崩溃，尽管还没有达到精神错乱与发疯的程度，但已经丧失了心理生活的完整性"[②]。罗赞诺夫一生都在强调果戈理的病态性，他认为果戈理把病态的梦幻当作现实来讲述，认为果戈理的个性特点就是极端的孤僻，果戈理不相信人存在的真实性，这就是果戈理所描写的人物都不鲜活的原因。果戈理的作品表现的都不是现实，而仅仅是关于现实主观的、具有明显倾向性的想象。罗赞诺夫对果戈理的评价分为不同阶段，而这些阶段的划分很大程度上是依据他对果戈理作品"现实"与"幻想"归属的评断。他推崇现实，反对臆造，这种视角也决定了他评价果戈理的情感色彩与倾向。

### 一　"病态"的魔鬼之城

与普希金相比，罗赞诺夫认为果戈理的世界恰恰根植于病态的想象，是歪曲、变形的，是脱离现实的，是作家费力想象的结果，其创作

---

① 赵桂莲：《用心感知，让心说话——论罗赞诺夫的创作价值观》，《北京大学学报》（哲学社会科学版）1999 年第 S1 期。

② Розанов В.В. О понимании. М.: Танас, 1996, c.135.

是粗陋的现实与病态幻想的结合。他将普希金称为"自然派"的奠基人，实际上源自对果戈理作品"真实性"的驳斥，其所谓的"自然"仍然根植于现实与生活。在罗赞诺夫看来，果戈理的意识里没有现实，他惊异于现实，远离现实。罗赞诺夫认为果戈理拥有一个自己的主观世界，外表看起来与现实世界很相像，却不是真实的，而是变形的世界。这是一个由他臆造的、充满幻想与魔法的世界，建构在果戈理荒诞的法则之上。纳博科夫的评价与罗赞诺夫异曲同工，前者也认为果戈理绝不是真正忠实地描摹自然的现实主义作家，他并不反映现实生活，作为一个作家他住在自己的镜子世界中，他的世界是想象的产物，那种强调果戈理与时代环境联系的人是把"世界文学上一个最伟大的非现实主义作家变成俄国现实主义的部门主管"①。如前所述，罗赞诺夫认为作品的风格体现了作者本人的灵魂，果戈理的风格"深深地远离尘世，似乎忘却了尘世"，具有幻想与魔法的特征。

在《米·尤·莱蒙托夫（逝世 60 周年纪念）》（1901）一文中，罗赞诺夫以《可怕的报复》为例分析了果戈理作品的超现实性，"从第聂伯河的河心眺望高耸云霄的山岳，广阔无垠的草原，苍翠欲滴的森林，真是赏心悦目啊！那些山不像山：它们没有山麓，极目四望，全是峻险突兀的尖峰，无论在山脚或山巅，都展开着高不可溯的苍空。山冈上的树木也不像树木：倒像是长在林神毛茸茸的脑袋上的长发。往下去，林神在溪水旁边洗涤他的须髯，无论在须梢或发尖，又都是高不可测的苍空。草原不像草原：那是拦腰把圆圆的苍空围绕起来的一条绿带子，无论在它的上方或下方，都浮泛着一轮皓月"②。在罗赞诺夫看来，果戈理的这些描写都是肆无忌惮的幻想，"第聂伯河附近没有任何山，无论如何也不能说高加索有山峰，没有山麓"③，他幻想的是另一个看不见的世界，实际上作家知晓一切，只是故意模糊了现实与幻想之间的界

---

① 符拉基米尔·纳博科夫：《尼古拉·果戈理》，刘佳林译，广西师范大学出版社，2010，"代序"，第6页。

② Розанов В.В. Среди художников. М.: Республика, 1994, c. 156.

③ Розанов В.В. Среди художников. М.: Республика, 1994, c. 157.

限，"他根本不关心我们读到的是什么，其实他清楚地知道这一界限之所在"①。罗赞诺夫认为果戈理掌握了描绘现实的艺术奥秘，他关于山峦"没有山麓，没有山峰"的奇怪语言并没有令读者惊奇、不快。在罗赞诺夫看来，果戈理具有强大的力量召唤读者走向幻想。作家善于运用细节描写，使读者接受作品的内容。再比如，"他讲述一个宗教寄宿学校的学生骑着巫婆飞翔的故事（《维》），从整体画面上看，既现实又迷离。但他讲得如此精彩，以至于无法把它作为一个形而上的事情去质疑"②。果戈理拥有让读者把幻想当作现实的魔力，"迷离恍惚、高深莫测的魔法世界天衣无缝地融合在一起。他的这些怪诞离奇不但没有影响到作品的可信度，反而增加了作品的表现力"③，即使他所描写的事物并不真实，却是赏心悦目的、令读者心醉神迷的。罗赞诺夫认为"整个大地笼罩着柔和的光辉"这句话使他的作品立刻呈现出某种安宁的状态，似乎产生了某种魔力。罗赞诺夫将果戈理称为"梦游者"，认为他具有神秘的力量，会突然发生某种内在的变化。他的灵魂会突然出窍，在某个世界游历一番，看见了现实中并不存在，却与现实非常相像的事物，然后又回归自己的肉身。他看见了《可怕的报复》中卡捷琳娜的灵魂："灵魂对可怕的巫师说：'我的女主人卡捷琳娜睡着了，我一瞅这机会，喜不自胜，一下子就飞出来啦。'"④因此，他认为果戈理这不是在描写第聂伯河，而是在描绘自己的灵魂，神游于现实与幻想之间的灵魂，他的大脑被与现实没有任何联系的梦境所萦绕，"梦游者"便将最伟大的现实与幻想结合在一起，使别林斯基发出这样的感叹，"果戈理笔下的草原比乌克兰的草原好"。罗赞诺夫认为作家对现实没有任何热情，也许，他最开始的时候选取了真实的事物，但立刻感到厌倦或无聊，只留下主题词或者标题，因而他的创作都是对现实的幻想。

在《果戈理》（1902）一文中，罗赞诺夫认为按照幻想的虚构程度，

① Розанов В. В. Среди художников. М.: Республика, 1994, с. 157.

② 耿海英：《别尔嘉耶夫与俄罗斯文学》，上海书店出版社，2009，第287页。

③ 金亚娜、刘锟、张鹤等：《充盈的虚无——俄罗斯文学中的宗教意识》，人民文学出版社，2003，第29页。

④ Розанов В. В. Среди художников. М.: Республика, 1994, с. 156.

《维》、《可怕的报复》、《涅瓦大街》与《罗马》在俄国文学中的本质是一样的。此时，罗赞诺夫承认果戈理作品中幻想与现实的对等，旨在融合两种倾向。

罗赞诺夫并没有具体分析果戈理如何使读者将幻想当作现实，只是提出这一切都与果戈理的非理性有关。他认为，人类灵魂的维度不仅对于普通的观察者，甚至对于科学来说都是深不可测的。果戈理是病态的、癫狂的，这是一种特殊类型的癫狂，不是医学精神病学意义上的，而是形而上的；不是思想的癫狂，而是心灵的癫狂，是惊慌的情感、内心非同寻常的不安，就如同内心的"火灾"与"革命"一样。他的癫狂并没有让人的心灵变得充盈，而是使其贫瘠、干涸。"癫狂既是人身上的'罪孽'，也是人身上的'神性'。在这种癫狂中，'此世'与'彼世'奇怪地交织在一起，相互作用，'上天'向人敞开，果戈理能够感受到、看到许多非常奇怪的东西，但对于教父、苦行僧、圣徒、先知，对于柏拉图、帕斯卡尔、伊朗的信徒们或者印度的某些智者来说却不那么奇怪。果戈理从儿童时代起，在家里和学校就是奇怪的小男孩，他的癫狂是先天的，他只是发展了这种天才的、独特的癫狂。"[1]

从上述的文字我们可以看出，第一，罗赞诺夫认为"罪孽"与"神性"是人身上同时存在而又相互对立的表征，同时也象征着"此世"与"彼世"两个世界，在果戈理作品中此世与彼世的生活并行存在，但他的本原世界还是彼世的。罗赞诺夫还提出，莱蒙托夫与果戈理类似，都是上天宠爱的人，他们与彼岸世界存在某种联系，这种联系我们普通人是感觉不到的，而他们对这一联系深信不疑。他们的骄傲与自由由此而来。他们的性格、情绪、灵魂都不会受到任何人的影响。他们可以不费吹灰之力就创作出比著名诗人创作的更加完美的诗歌。显然，在他们上面存在着比尘世的、理性的、历史的权威更强有力的权威。罗赞诺夫认为，他们这类人是"神的使者"，相比凡人他们更了解上帝，因此他们的个性与命运都非同寻常。我们认为，果戈理在作品中体现的逐渐清理

---

① Розанов В. В. Среди художников. М.: Республика, 1994, с. 305-306.

自身罪孽的过程，实际上是为了获得神性，达到完满，但罗赞诺夫并未明确指出果戈理作品中"罪孽"与"神性"之间的关系。

　　第二，罗赞诺夫审视了果戈理形而上的神秘主义天性，他认为果戈理天生不善于感知现实生活中的一切，却能够洞察到许多我们看不见的幻象，并在创作中表现出来。罗赞诺夫认为无法用正常逻辑衡量果戈理，因而他并没有遵循传统的实证主义批评方法，而是用白银时代常见的思维模式，以非理性的神秘主义方法分析果戈理。罗氏提出的果戈理的"特殊的癫狂状态"实际上是作家内心不安与惊慌的一种外化形式。果戈理自己也曾经说过："我的内心完全紊乱了，比如，我一看到有谁跌倒了，我的想象立即就会抓住这一点，开始加以发展，并且把一切都发展成最可怕的幻影。这些幻影折磨着我，使我夜不能寐，弄得我筋疲力尽。"[①] 罗赞诺夫认为，果戈理因此才会在某种程度上拒斥现实主题。但这些幻象与作家自幼形成的关于宗教和神圣的概念并不相符，他因此而恐惧，于是将这些幻象冠以"巫师""恶魔""魔鬼"的标签。可见，罗赞诺夫所说的幻象指的是果戈理眼中的魔鬼，或是罪孽深重的人们。罗赞诺夫写道："在《可怕的报复》中，他以一个怕得要死的人的语气讲述惊恐。是的，他知道阴曹地府是怎么回事；无论是罪孽还是荣耀他都知道得一清二楚，可他不是道听途说。同时，在自己的人物肖像中他当然没有反映出全部真实，但是，他却永恒地绘制了一幅人性图，划下了一条人要么终生趋近，要么永远远离的界限……"[②] 值得注意的是，罗赞诺夫此处指涉的是从宗教角度出发的神秘主义，只是批评家当时还没有明确地进行阐释，但他最先感觉到了果戈理比普通人更善于洞察魔鬼的这一特质，以及与神秘世界的联系。梅列日科夫斯基与其有相同的洞见，他提出了"果戈理一生都在捉鬼"的观点，他的著名研究专著——《果戈理与鬼》正是根植于这一主题，"果戈理第一个看到了不戴面具的魔鬼，看到了它的真面孔——可怕的，但不是因为它的非凡的而是因为它的平庸鄙俗而可怕的面孔；他第一个明白，魔鬼的面孔不是遥远的、

---

① 转引自袁晚禾、陈殿兴编选《果戈理评论集》，复旦大学出版社，1993，第 268 页。
② 转引自耿海英《别尔嘉耶夫与俄罗斯文学》，上海书店出版社，2009，第 287 页。

陌生的、怪异的、虚幻的，而正是身边的、熟悉的、现实的'人的'面孔"[①]。罗赞诺夫还发展了梅列日科夫斯基关于"果戈理抓鬼，与鬼斗争"的观点，他写道："这一切都是要'努力去加以纠正'，'通过这些人展示出自己的缺点'，并以此'来摆脱它们'……不，事实上，如果允许把'魔鬼'作为一个严肃的、也就是采用《圣经》的术语，不仅有'低处的魔鬼'，'也有高处的、山上的魔鬼'——那么，果戈理关于'抓住了自己的尾巴'的说法，也许可以说，并非玩笑。梅列日科夫斯基意欲洞察果戈理精神生活的形而上学实质的书，是我们文学中真正地最严肃地对待果戈理的开端。"[②] 可见，罗赞诺夫赞同梅列日科夫斯基的观点，只是他嫁接了梅氏的观点，将果戈理与魔鬼的说法转化为果戈理本身是"魔鬼"，是"死魂灵"的说法。

我们认为，果戈理出生在一个笃信宗教的家庭，自幼受到东正教家庭氛围的熏染，此外，乌克兰的民间故事与传说也对果戈理的世界观产生了深厚的影响，它们"以独特的内容和幽默感而激发了未来喜剧家的艺术灵感，赋予了他神秘主义的思维方式，使他对魔鬼、巫师、魔法、地狱、死亡等产生了浓厚的兴趣，并为他一生的创作题材定下了基调。乌克兰的民间文化使果戈理确信：鬼会诱导人，让他们去做恶事"[③]。果戈理的作品确实渗透着浓重的妖魔感，魔鬼是贯穿其一生的主题。他前期作品中的魔鬼虽然恐怖，但是供人嘲笑的，具有戏谑的色彩，中期作品中的魔鬼直接降临人间，魔鬼是指人身上凝聚的恶的化身，而在晚期作品《死魂灵》和《钦差大臣》中，魔鬼则转化为现实中依附于鄙俗之人身上的一种表征，他们具有恶魔、幽灵的灵魂，别尔嘉耶夫写道："《可怕的报复》充满了这种妖魔气息，但这种妖魔气息在《死魂灵》和《钦差大臣》中以一种更为隐蔽的形式弥散着。蛰伏、飘荡在俄国大地

---

① 梅列日科夫斯基：《果戈理与鬼》，耿海英译，华夏出版社，2013，第4~6页。
② 转引自耿海英《别尔嘉耶夫与俄罗斯文学》，上海书店出版社，2009，第290页。
③ 金亚娜：《并非不可解读的神秘——果戈理灵魂的复合性与磨砺历程》，《俄罗斯文艺》2009年第3期。

的各个角落，使得整个俄罗斯仿佛地狱般笼罩着一种妖魔气息。"① 对罪
孽的惩罚以及末世审判等可怕的情境、恐怖的乌克兰民间传说等都对果
戈理产生了根深蒂固的影响，使他在消解魔鬼表征的过程中并没有使鬼
完全丧失恐怖性，永远是人类和上帝的敌人。也就是说，果戈理的"魔
鬼"既具有神秘主义的实质，又指向具体的人，或是人粗鄙的化身。可
见，实际上罗赞诺夫思想观照下果戈理描绘的魔鬼并不是具体的形象，
而是抽象的，是恶的化身，还凝聚了鄙俗这一特征。

　　值得注意的是，罗赞诺夫还观照了果戈理创作中的"魔鬼"因素
与上帝的联系。他认为果戈理不看，甚至也不想看现实，但善于洞悉隐
藏在现实背后的深刻内容："果戈理发现了，或者通过自己的本质知道
了人低级的意愿、卑鄙的欲望、心灵的水平。他是诽谤者，就像魔鬼一
样；但如果说他的诽谤在现实中并不真实，那么就会与'创作人的形
象'相一致，这是对上帝的深重诽谤。当我们阅读他的作品时，我们并
不为人而哭泣，而是为上帝哭泣。这就是恐怖的原因，这就是地狱。"②
他认为果戈理是"惊恐抓住十字架的恶魔"，这种说法意指果戈理在上
帝面前的恐惧，但同时又诉诸上帝的举动。在罗赞诺夫看来，果戈理根
据自己的灵魂描写人阴暗的、罪孽的、魔鬼的本能，如果这些形象与现
实不相符，或者说原型并不源自生活，那么这些形象便是按照上帝描绘
的。这种说法显然是不合理的。可见，罗赞诺夫在与果戈理斗争的过程
中，着力凸显作家的阴暗，着力对灵魂中的恶与丑进行放大，歪曲了果
戈理的创作意图。但是，我们知道果戈理创作的鄙俗形象无论如何不可
能是对上帝的复制。我们认为，果戈理不是不看现实进行创作的，罗赞
诺夫的说法显然是偏激的。

　　罗赞诺夫认为果戈理并不理解上帝，而且也无力相信上帝。这似乎
与他《米·尤·莱蒙托夫（逝世 60 周年纪念）》中的观点不同，如前所

---

① 转引自耿海英《非现实主义的果戈理：别尔嘉耶夫对果戈理的重新定位》，《俄罗斯文
艺》2009 年第 3 期。

② Голубкова. А. А. Критерии оценки в литературной критике В.В. Розанова. М.: Моск. гос.
ун-т им. М.В. Ломоносова, 2005, с.156.

述，他认为果戈理拥有比凡人更能接近上帝、领悟上帝的能力。此时，罗赞诺夫认为果戈理的文学创作对于俄国来说是一次完整的宗教变革。"可怕的不是死魂灵，而是果戈理，当灵魂还是活着的，不可能死去的时候，他决定写死人……在他笔下，基督不仅没有为任何人死去，而且根本不需要来到人间，整个基督教的历史与受难传都是一个笑话。"① 在他看来，果戈理将活人变成死人，在死亡的标记下看世界。通过《死魂灵》这一标题摒弃了"复活"，在他笔下人都将进入地狱，无须拯救，耶稣也不用道成肉身，这些都严重违背基督教的教义。因此，他认为果戈理的作品是反上帝的和反基督的。

我们认为，实际上在果戈理的心中，魔鬼和上帝进行着永恒的搏斗，不可否认，黑暗与邪恶的魔鬼力量似乎更胜一筹，但他并没有置上帝于不顾，而是始终追寻上帝，渴求按照上帝的旨意引领人向善而行。正如果戈理的呼吁："我的朋友！我们投生于世的使命并不是为了消灭和破坏，而是要像上帝本人一样使万物趋向于善，甚至使那已被人败坏和已被人变为恶的事物也趋向于善。"② 果戈理正是在这一宗教观念的指引下创作《死魂灵》的第二部，"这种宗教的狂热支撑起对伟大的创作境界和成就的信念。他一心把自己比作人与上帝联系的保障。他的大脑似乎在放射强烈的电流。果戈理像电线一样充满了魔力般的电能，并在构思其地球上罕有其匹、更加超乎自然的东西的危险"③。然而这强烈的宗教信仰与使命感支撑着果戈理的探索，同时也毁灭了他。

综观罗赞诺夫一生对于果戈理的评价，可以看出，虽身为宗教哲学家，但他对果戈理的宗教哲学阐释并不多，也并不是围绕果戈理在《与友人书简选》中的宗教观念。对于这部作品，他只是持蔑视的态度。他厌恶果戈理晚期的宗教性，将其视为宗教的伪君子，他拒斥作家将福音书作为理性学说范例的宗教实用主义，以及果戈理学说的僵死、刻板、公式化。他分析了果戈理与马特维神父之间的关系，指出"果戈理心灵

---

① Розанов В.В. Мимолетное. М.: Республика, 1994, с. 196.

② 果戈理:《与友人书简选》，任光宣译，安徽文艺出版社，1999，第78页。

③ 西尼亚夫斯基:《笑话里的笑话》，薛君智等译，中国文联出版社，2001，第258页。

的失衡与痛苦在生命晚期得到最终的发展，指责历史教会在面对作家不安的灵魂时的无情与虚伪"[1]。他认为果戈理的宗教观点是病态神秘主义的，实际上这是由作家宗教情绪的理想主义性质决定的，正如西尼亚夫斯基所言："无论逻辑和统计数字是否使果戈理的宗教观点具有令人不快的、常常近乎病态的味道，他的心灵拯救事业似乎还是被统计表格和呆板的公式所分解（正被分解的部分发出咯咯吱吱的响声）——让人觉得枯燥、生硬、机械、肤浅，好像是蹩脚的道德说教。"[2] 也就是说，西尼亚夫斯基认为这是果戈理信仰的缺失与迷茫导致的，作家本人似乎也在怀疑自己的信仰根源是出于理智还是信仰本身。然而，这二者原本就是矛盾的。

## 二　僵死的灵魂

罗赞诺夫认为普希金的世界是鲜活的、健康的，普希金象征着生命，他总是在发展变化，他的创作也是多样化的、丰富的。诗人深爱着这世界的一切，因而在他的笔下一切都是美好的、真实的。普希金带给我们的感受并不是一成不变的，他的语言，他创作的场景，就像波浪拍打着灵魂，且浪花时涨时退，冲刷着灵魂，使其焕然一新。在普希金的影响之下，我们的灵魂闭合然后再生长。他永远忠实于人的本性，忠实于人的命运。普希金的话语永远与事实相符，这些话语隐藏在后面，通过事实呈现为轮廓与形象。在他的创作之中，没有丝毫的矫揉造作，没有任何的病态、虚构或者不真实的情感。

在罗赞诺夫看来，与普希金相比，果戈理的世界则是僵死的、停滞的。在他的作用之下，我们的灵魂不会变化，有一天却突然断裂了，此后将会永远保持这一状态。罗赞诺夫这样写道："如果想要揭开果戈理的秘密，那么请翻开《死魂灵》的第一页，看完以后，我们便会发现它毫无生气。这是一种味同嚼蜡的感觉，其中什么也没发生，一个词也没

---

① 宋胤男.《　生爱恨纠缠：瓦·罗赞诺夫评果戈理》,《中国俄语教学》2019 年第 2 期。
② 西尼亚夫斯基:《笑话里的笑话》,薛君智等译,中国文联出版社,2001,第 263 页。

有凸显出来，力图比其他词多表达一点意思。无论我们将书翻到哪一页，碰到多么有趣的画面，我们都会看到这张僵死的语言之网，所有上述的人物都被罩在其中，就如同被一件共同的白色殓衣所覆盖。"① 罗赞诺夫认为，果戈理创作的内容没有任何感知力，"凝固""死寂"是果戈理笔调营造的整体氛围。普希金的场景独特并充满想象，而果戈理的场景却单调、乏味、千篇一律。

在果戈理的作品中，存在大量对自然的描写，但他从不描写暴雨、风，甚至不描写树叶婆娑或者青草的摇曳，自然在他笔下是静止的、毫无生机的；也不描绘云朵漂浮的天空，天空在他笔下永远是单调的、蓝色的，他的词汇永远留给"凝固的"空气。罗氏认为果戈理永远只以不自然的、抽象的笔触呈现全景，而从不将目光投射到大自然中美好的、迷人的动态部分。如果将其与屠格涅夫的自然描写相对比，就会发现后者真正了解热爱大自然，其笔下的许多细节都能打动人心，让人产生共鸣。而果戈理的描写使人感到主人公并不关注自然，自然与人物性格之间也没有任何联系。

从人物层面来说，罗赞诺夫认为果戈理塑造的形象都像漫画似的，是僵死的，是一幅幅不运动、不改变、不生长的肖像。他们只有黯淡、苍白的轮廓，没有鲜活的面孔，没有丝毫的生气，没有动态的思想。罗赞诺夫强调，果戈理从来不描写人的热情，以及性格的发展、情感的变化、观念的转变。正如叶夫多基莫夫所言："果戈理揭开了生活的僵死面目，不是面容，而是像皮兰德罗那样的假面具。世界弥漫着死亡的气息。他预示了现代艺术，先期见到了毕加索的怪物、被分割成块的人。罗赞诺夫在阅读果戈理作品后，指责他'以笔杀人'。锋利的手术刀割下活的肉体，制作出自动木偶。果戈理承认：《死魂灵》第一部中的人物，都是些空虚的灵魂，集中描写的是他们的平庸……以后各卷将作出回答。"②

关于果戈理创作的人物形象，罗氏写道："他们都像是极小的蜡像，

---

① Розанов В. В. Мысли о литературе. М.: Современник, 1989, c.345.

② 叶夫多基莫夫：《俄罗斯思想中的基督》，杨德友译，学林出版社，1999，第69页。

只是被刻画得栩栩如生，有一刻我们甚至怀疑他们是否会动，但定睛一看，发现他们的确无法移动。泼留希金是其中唯一一个活人，想要生活，但及时克制住了。剩下的人只会活动活动手脚；但完全不是他们自己这么做的，而是作者在他们身后踱步，转身，提问，回答，他们自己根本不会做这些。这并不是说他们没有意义，没有意义还是次要的层面，关键问题在于他们本身的死板、无生机。回忆一下泼留希金，实际上这是一位令人惊奇的形象，不在于被构思得多么独特，而是在于被完成得多么独特。站在他旁边的空虚的骑士，从头到脚都明白什么是艺术，什么是罪过，只是必须用自己的热情去抑制这一切。可以怕他，可以恨他，但不能不尊重他：他是真正的人。难道泼留希金就不是人吗？难道这个名字不能用到任何一个与乞乞科夫交谈与交易的人身上吗？他们所有人都与泼留希金一样，以特殊的方式成长起来，却与人的自然成长没有任何相似之处。"[①]通过罗赞诺夫的解读，我们可以总结出果戈理描绘人物的表征。第一，人物具有形态上的生动性，仿佛是一尊尊蜡像，逼真却没有生命。第二，这些人物都原封不动，没有任何成长变化，他们的思想也没有延续或发展的过程。他们呈现出微弱变化，但只是表面上的假象，是作家强加给人物的造作的、虚假的变化。第三，以《死魂灵》为例，所有的人物都是木偶，是"活着的死人"，只有泼留希金还留存一丝人的特质。玛尼洛夫没有任何个性特征，如同凝固的面具，柯罗博奇卡、索巴凯维奇、诺兹德廖夫三人的形象也都十分扁平、单一，都可以用某些典型特征进行概括，缺乏鲜明的个性，与真实鲜活的人不相符。总体而言，泼留希金与其他所有人物形象具有共性特征。

　　我们认为罗赞诺夫对果戈理的评价是不公正的，是僵化现实主义的视角。他为了建构和论证自己的理论，将所有的人物都置于自己的批评话语之中，因而一些观点难免具有主观性、极端性。实际上，果戈理塑造的并非线条化的漫画人物，这些人物都具有鲜明的个性、活生生的性格特征，每个人物的性格并不是单一、扁平的，他们都以某种突出的特

　　①　Розанов В. В. Мысли о литературе. М.: Современник, 1989, с. 163.

色给读者留下了深刻的印象。果戈理在塑造泼留希金时有意赋予其特殊的色彩：年轻时期的经历即是导致其堕落的插笔、他的庄园花园里发芽的树木、他回忆起童年伙伴时眼睛里闪现的一丝光芒等，都使这个形象饱满、立体起来，使僵死的灵魂具有被拯救的希望。

罗赞诺夫推崇塑造与生活中的本性相吻合、反映真实面貌的人物。这实际上涉及批评家思想观照下的类型化问题。他认为塑造人物形象不应该遵循固定的模式，不应该仅仅描绘人物的某一特征，从而将人物框定在某种类型的范畴内。秉承这一观点，罗赞诺夫拒斥现实主义的艺术主张："塑造典型环境中的典型性格。"别林斯基认为："作家通过对典型性格的刻画，就可以反映社会的面貌和精神。果戈理的功绩就在于：他在作品中深刻地揭示了人物性格与社会环境之间的关系。个人只是作为一定的社会或阶层的代表才有意义。"[①] 也就是别林斯基不强调人的个体存在意义，而试图在个体身上探寻其归属的某一群体特征。革命民主主义者倡导环境之于人的反作用，宣扬人受到环境影响而应该产生的共性特征。罗赞诺夫反对该文学主张，在他的文学观念中，"文学的类型是缺陷，是弊端，是概括；是对现实的再加工，尽管是十分微弱的加工"[②]。罗氏认为将小说中的人物与生活中常见的人物群像相对照，通过概括、总结将人物类型化，这样便会掩盖每个人的不同特点，使具有代表意义的人物个性模糊，甚至丧失个性，使人由个性趋向共性，他认为这样的人物已经不是源自真正的生活，他们反映的是经过提炼的生活。

罗赞诺夫将这种艺术现象与大众文学联系起来，即无意识地追求人的一致性，此处他预见了20世纪的典型文学现象：大众意识与大众文化的快速发展与崛起。他认为这对于俄罗斯文学来说是毁灭性的现象，会破坏其特有的人本主义特点。"我们文学中思想的凝聚性、所有的深度、所有的洞察都特别专注于探索人的灵魂、人类的命运，俄罗斯思想

---

① 刘宁：《俄苏文学、文艺学与美学——刘宁论集》，北京师范大学出版社，2007，第13页。

② Розанов В. В. Мысли о литературе. М.: Современник, 1989, с.163.

在美、崇高性、忠实性等方面无人能及。"① 罗赞诺夫意识到了伟大的金字塔——俄罗斯文学毁灭的深层原因，即"精神根基"的崩塌。

　　罗赞诺夫认为人物不应该被类型化，他们应该真实地生活在现实中，每个人物都演绎自己独特的生活，肩负自己的使命，重要的是"别人皆无，唯他与生俱来与死同去的特殊性"②，也就是说，人本身就不应该与其他人混杂在一起，每个人的天性都是不同的，不应该被遮蔽、掩埋，人的价值恰在于此。人的唯一性、原则上的不可归纳性在罗氏看来才是值得推崇的、富有生机的。所有被概括出来的类型，以及人与人之间无法区分开来的情况都是作家局限性的体现。他赞赏普希金对不同类型人物的塑造："普希金始终和自然在一起……在人的身上他只取了自然的东西——动物中最具智慧的半神半动物的特有的东西，这就是——老年，童年；少年的欢愉，姑娘的憧憬；妇人和父辈的劳动；还有我们的祖母。"③ 他认为，普希金人物的个性源自此，他们完全不能归于共同的类型。他欣赏普希金不局限于固定的模式，不违背人的真实天性，塑造了不同个性的人物，每一个人物都是鲜活的，都彰显着自己独特的个性，与其他人没有任何共同之处。"在随后的作家当中，只有托尔斯泰在这方面有一些创新，尽管尚未达到完美的程度。我们不应该忘记，普希金才是这方面的鼻祖，只是不知道为何人们没有挖掘出这一点。"④ 也就是说，罗赞诺夫认为果戈理创作的人物都具有内在的同源性，是固化的，他们的身上没有体现出鲜活的生活，这些人物彼此映照，每一个人物身上都呈现了一类人的影子。因此，人物塑造是否忠实于人的本性，也是罗赞诺夫衡量作品价值的重要标尺。

　　罗赞诺夫否定"类型化"，究其原因，实则还彰显了他对人个性的捍卫。他曾经写道："人与动物不同，一个人永远不会是'一类'，人与人之间不存在共同性，人身上只有区别于他人的特殊性，该特殊性伴随

---

①　Розанов В. В. О писательстве и писателях. М.: Республика, 1996, с. 369.

②　瓦·瓦·罗扎诺夫：《陀思妥耶夫斯基启示录——罗扎诺夫文选》，田全金译，华东师范大学出版社，2013，第21页。

③　洛扎诺夫：《自己的角落——洛扎诺夫文选》，李勤译，学林出版社，1998，第250页。

④　Розанов В. В. Мысли о литературе. М.: Современник, 1989, с.159-160.

人来到世界上，也将随着人离开世界而消失。"①可见，他强调人与人的差别就在于个性，这也是人的价值的宝贵之处，因此他非常珍视个性特点，凸显个性的绝对价值。他提出人不应附庸于某种群体，作为一个整体而存在，文学也不应被模式化，而应呈现汇聚不同个性的世界。罗赞诺夫认为普希金的创作独特、封闭，是个完整的圆形世界，因此我们才能不断从普希金身上汲取养料。在他看来，"每个人在欣赏普希金的诗作的时候，依然会保持独立的自我"②。显然，这是一个根植于共性与个性的问题，"类型"集合了不同人的共性特点，而"独立的自我"则凸显了人的个性。在他看来，按照某种社会模式去泯灭人的个性，提前规划未来的生活，这一切恰恰是《怎么办?》作者的构想，因而他反对车尔尼雪夫斯基的创作意图。

"个性"一词在 19 世纪末 20 世纪初被充分肯定，甚至被置于前所未有的高度，个性开始具有强烈的张力，并以不同的形式频繁地出现在各类文学作品之中，这一现象与"人神论"以及作家们对尼采的师承密切相关。作家们不再满足于刻画脸谱化的人物，并向把人作为"实现某种目的的手段，某种理论的材料"的革命民主主义者发起了挑战，他们开始竭力挖掘、开拓个体因素，推崇强烈的个性。

罗赞诺夫关于人与个性的思考符合 19 世纪末 20 世纪初的俄罗斯哲学特点。他赞同人个性的超验价值是理性的科学无法解释的，需要用宗教的形而上的方式思考。"人的本性是非理性的：因此无法用理智完全理解人，理智也无法使人满足。"③由此他认为，理想的世界是抽象的、纯净的、独立存在的。然而罗赞诺夫的观点与 19 世纪末 20 世纪初许多俄罗斯哲学家关于人的观念不同，他们认为人既是生物的人，也是精神上的人，身体上要服从自然法则，而精神上的自觉需要遵循《圣经》中的精神法则。索洛维约夫、弗洛连斯基、布尔加科夫、别尔嘉耶夫、弗兰克等人都将自觉视为人的自由与价值的基础。人的绝对价值源于人在

---

① Розанов В. В. Религия. Философия. Культура. М.: Республика, 1992, c. 206.

② Розанов В. В. О писательстве и писателях. М.: Республика, 1996, c. 137.

③ Розанов В. В. Мысли о литературе. М.: Современник, 1989, c. 67.

本质上是永恒的精神。"精神本性"意味着人脱离了本性的制约，实现了精神上的独立，即使没有上帝的帮助也能够自觉地进行道德选择，即道德自觉。罗赞诺夫对人本性的看法在原则上与他们不同。他认为人本性的实质是潜在的、独一无二的，与人的精神发展的必然性相同，没有给自由意志和道德自觉留位置。他用"生活的哲学"代替了概念的哲学，提出个人的绝对价值需要通过生活的哲学扎根。

### 三 悖谬的世界

罗赞诺夫指出果戈理作品中的人物与物质世界存在着颠倒的悖谬，人物外表鲜明却毫无灵魂，或者本身就是死的，而物质似乎吸收了人的活力，拥有了人的生命，有时甚至置换了人的位置，如索巴凯维奇的家具，"桌子，圈椅，椅子——都有一股沉重和焦虑不安的气质，总而言之，每一件东西，每一把椅子都仿佛在说：'我也是索巴凯维奇！'或者在说：'我也挺像索巴凯维奇！'"似乎所有的物件都争先置换主人的位置。也就是说，罗赞诺夫认为果戈理建构的是一个"物—人化"，而"人—物化"的异常世界，人与物具有荒谬的重叠特征。

我们在某种程度上赞同罗赞诺夫的观念，即在《死魂灵》中，主人公的确依附物质世界，物质甚至主宰着他们的生活与生命。"人与周围具体生活环境的'融合'，借助于这种融合，具体环境获得了与其有密切关系的人的性格的特点，而人本身也开始变得与财物，与他所积累的东西相似了。"①果戈理试图揭示的是人对财物的迷恋与崇拜，从而使物质超越了人的存在意义。西尼亚夫斯基则认为，这是一种艺术的陌生化手段，属于古代多神教的魔法，是妖术与显灵现象，具有深刻的神秘主义根源。

从人物形象的另一层面来看，罗赞诺夫认为果戈理创作的人物世界也是悖谬的，首先体现在生者与死者的悖谬，在果戈理笔下，"死者

---

① 米·赫拉普钦科:《尼古拉·果戈理》，刘逢祺、张捷译，上海译文出版社，2001，第408页。

总是过着双重的生活，死者不'死'。令人惊奇的是，他笔下的活人倒更像是死人。这是玩偶，概念，缺陷的比喻。相反，死者，如汉娜，女巫，都很美，很富有个性和吸引力。令人叫绝的是，他的道德理想——乌连卡——活像一个死女人。苍白，透明，几乎不会说话，只晓得哭。'她好像是被人从水里捞上来的'，而她竟然复活了（为了满足果戈理）。不过，生命只表现为动人的眼泪，让人联想到她的溺水，她被救上岸时身上流淌下来的水滴"[1]。可见，活人与死人的对比形成一种背反现象。似乎，乞乞科夫笔下登记的死人都比玛尼洛夫、柯罗泼奇卡、索巴凯维奇更加鲜活。罗赞诺夫用这样一种生动的暗喻，折射了果戈理创作世界的僵死与荒诞。也就是说，他认为果戈理只会描绘人，而不是塑造人。他们由大量的像蜡一样的语言堆砌而成，我们会因这些形象而发笑，但实际上并不是我们生活中真实的、发自内心的笑。

罗赞诺夫还将这一表征与自己长期致力于的"性"主题联系在一起，试图揭示果戈理的"性奥秘"。他依据"作家笔下的人物都像行走的人体模型与木偶，他将死者描写成活人"的作品风格，做出了果戈理有恋尸癖、在性方面爱好死人的大胆猜想。罗赞诺夫关于果戈理恋尸癖的说法，实际上展现了他"不想承认与果戈理对待死亡的相似的悲观态度"[2]。我们认为，果戈理的确喜欢让死人复活，将他们塑造为活人，但这并不是生理上的缺陷，而是对无法解决的死亡问题的恐惧。果戈理不是作为性变态者走进了死亡的神秘世界，而是通过死亡理解与接受了生活。实际上，罗赞诺夫的观点不是在揭示果戈理的生理奥秘，而是在探索果戈理的风格与魔法的奥秘。

在笔者看来，果戈理的世界是充满象征的，他把卑劣丑恶之人视为僵死的灵魂、地狱的象征。"哪怕是有一个人大声说句话才好哇！简直就像所有人都死绝了，仿佛在俄国确实居住的不是活人，而是一些死魂灵。"[3]然而，果戈理的意图绝非像罗赞诺夫所说的将"活人变死"如此

① 瓦·洛扎诺夫：《落叶集》，郑体武译，云南人民出版社，1998，第246页。
② Ерофеев В. Розанов против Гоголя // Вопросы литературы, 1987, №8, c.65.
③ 果戈理：《与友人书简选》，任光宣译，安徽文艺出版社，1999，第107页。

简单与机械。他在死亡的标记下观照世界，揭示恶是为了引人向善。在他看来，人的心灵是黑暗的，只有上帝的力量才能驱散黑暗。因此在这一过程中，人必须要坚定地秉承对上帝的信仰，从而净化灵魂中的罪孽，实现人性的复活。在后期的创作中，作为一名作家，果戈理始终怀着一种自觉意识，认为自己是为上帝服务的使者，他的责任就是通过艺术的影响力提升人的心灵，唤醒人身上沉睡的神性，最终登上通往神圣天国的阶梯。

## 四 "粗鄙"的世界

罗赞诺夫的文学批评通常都以印象主义的方法进行，很少结合具体的文本。在《阿卡基·阿卡基耶维奇的类型是如何出现的？》一文中，罗氏用了文本细读的方法分析了果戈理的创作方法，这一文学阐释手法为形式主义的文本分析开辟了道路。他将《外套》的草稿与最终成稿进行对比，并指出果戈理删掉了"在本质上来说，这是一个好人，也就是高尚的人"这句话，而在本来就很可怜的阿卡基·阿卡基耶维奇身上加上了夸大的丑陋特征："这样，在某部里，有某一个官员当过差，这官员也不能算是一个十分了不起的人物，矮矮的身材，脸有几颗麻子，头发有点发红，甚至眼睛也像有点迷糊，脑门上秃了一小块，两边腮帮子上满是皱纹，脸色使人怀疑他患痔疮。"罗赞诺夫认为果戈理删掉阿卡基是一位好人的说法，是因为他塑造高尚的、思想与情感充沛的形象的想法只是一闪而过。他要描写的是人的"鄙俗"这一主题，于是他在刻画人物肖像的过程中只选取了贬损人的特征：粗鄙、缺乏思想、麻木。罗赞诺夫拣选了与原稿不同的、凸显阿卡基如上特征的片段，他认为果戈理通过改写使这一形象身上的"鄙俗"具有无法超越的鲜明性。为了证明自己的观点，罗赞诺夫在文章中大量摘抄《外套》的片段："他的制服不是绿色的，而是一种红褐色带灰色的。他的领子又窄又矮，因此他的脖颈虽然不长，却从领子里耸出来，显得特别顽长，好像是侨居的外国小贩十来个一大堆顶在头上摇头晃脑的石膏小猫的颈脖一样。并且，总有什么东西粘在他制服上，不是一根稻草就是一个线头。"①"可是他即使瞧见什么,也是他清晰工整的字行,并且只有当不知从什么地方跑来一匹马,把马头搁在他肩膀上,鼻孔把一阵风吹到他脸颊上的时候,他才醒悟过来,他不是在字行当中,而是在街道中间。"②"一回到家,他立刻在桌子边坐下来,大口喝白菜汤,吃掉一块夹葱牛肉,食而不知其味,连着苍蝇和老天爷送到他嘴边的不管什么东西,一股脑吞到肚子里。觉得肚子填饱了,就从桌子边站起来,把墨水瓶拿出来,抄写带回家的公文。如果没有这样的活干,他就为了满足自己的乐趣,故意给自己抄下个副本,特别是如果公文的妙处不在于文体之美,而是因为写给一位新贵什么的话。"③"他抄够了,就躺下睡觉,想着明天的日子,就打心眼里乐开了:不知道老天爷明天又要赐给他什么东西抄。一个每年挣四百卢布就能乐天知命的人的平稳无事的生活就这样过下去了,并且一直会过到衰老的暮年。"④等等。罗赞诺夫援引的大段文字,旨在揭示果戈理一生倾力描绘的"鄙俗"特质。罗赞诺夫认为这一主题贯穿果戈理创作的始终,果戈理从未改变、重构。他永远与出生的时候一样,只是长大了而已。他的灵魂没有重塑,他的信仰始终如一。"他幻想着展示'一个庸俗者的庸俗'。长期占据他的,他整个成熟时期占据他的,只有一个庸俗。"⑤罗赞诺夫认为果戈理本质的奥秘就是"庸俗和僵死",在罗赞诺夫眼中,果戈理仅仅是为展现庸俗而描写庸俗。实际上,果戈理无论用多少惊人的形象,也无法逾越《外套》中的现实,即庸俗的、微型的现实。罗赞诺夫认为具有单一特征的鄙俗人物只能使现实变得简化、苍白,甚至摧毁了人现实中的一切。《死魂灵》和《钦差大臣》仅仅是将普通的、乏味的生活发展到庸俗的极致。《争诉》、《婚姻》、《赌徒》和《钦差大臣》这些剧作,从时间上来讲早于《死魂灵》,但实际上就是《死魂灵》,不过搬上戏台罢

①　Розанов В. В. О писательстве и писателях. М.: Республика, 1996, с. 163. 译文参见果戈理《果戈理短篇小说选》,杨衍松译,湖南文艺出版社,2001,第395页。

②　果戈理:《果戈理短篇小说选》,杨衍松译,第399页。

③　果戈理:《果戈理短篇小说选》,杨衍松译,第402页。

④　果戈理:《果戈理短篇小说选》,杨衍松译,第403页。

⑤　瓦·洛扎诺夫:《落叶集》,郑体武译,云南人民出版社,1998,第45页。

了。同样的场景，同样的风景，同样描绘的情节，拿《死魂灵》与《钦差大臣》相比，或拿《钦差大臣》同《死魂灵》相比，都没有任何新意。一样的愚昧，确切地说，肮脏、混乱和破败的俄国偏僻地区……充满昏庸、愚昧及舞弊行为的一道'生活缝隙'为艺术家浮想联翩的恢宏想象提供了一系列首先是可笑、有趣的场景——展示了接二连三、难以言传的冷嘲热讽。这就是整个剧本的基本实质，也是后来重复于《死魂灵》中的实质。"[1]可见，罗赞诺夫无法接受果戈理笔下的"鄙俗"，因而他在作家作品中尤为关注这一点，认为作家的目的便是讽刺与揭露黑暗。

罗赞诺夫将果戈理比作"太阳"，一方面形容他无与伦比的、惊人的才华，另一方面凸显他对鄙俗的敏感与过度的描写。他写道："这个太阳是特别的、魔幻的、神奇的，为了表达自我，为了体现自我，为了向世界展现自我，他不断地在找寻水滴，异常微小的水滴，不断地滴落到厩肥中的水滴。当找到恶臭的水滴以后，天才果戈理欣喜若狂，立刻以将其描摹得无比巨大，超乎寻常。"[2]罗赞诺夫认为这就是果戈理创作的规律。果戈理的天赋越高，激情越高，就越善于探寻表现庸俗、畸形、歪曲、发疯的形式。相反，他对一切健康的、良好的、规范的事物全然不感兴趣，他甚至不理解这样的事物。"如果看见这样的一切，他就会立刻躲到一边。"[3]果戈理感觉不到除了动物尸体以外的气味，"但如果是帕尔马干酪，活的蠕虫还从里面爬出来的时候，他的鼻孔就会大大地张开，脸上流露出陶醉和贪婪的表情。这个干酪就是泼留希金、索巴凯维奇"[4]。显然，在罗赞诺夫看来，果戈理不但不排斥鄙俗，甚至对它怀有一种特殊的热情，还极力地让它膨胀、变大。他不否定果戈理身上的神圣，以及蓬勃的热情、崇高的理想。但在他看来，对鄙俗的"倾心"使其与美好之间产生巨大的隔阂和无法逾越的鸿沟。"母亲在孩子的摇篮边，妻子在即将死去丈夫的床边；人患病时候，浮华的散去，谎

---

[1]　Розанов В. В. Среди художников. М.: Республика, 1994, с.207.

[2]　Розанов В. В. Среди художников. М.: Республика, 1994, с.210.

[3]　Розанов В. В. Среди художников. М.: Республика, 1994, с.211.

[4]　Розанов В. В. Среди художников. М.: Республика, 1994, с.207.

言的远去。"① 在罗赞诺夫看来，这些美好的情景都在果戈理的作品中绝迹。果戈理的突出特征就在于，他不在现实中观察事物，而是将它们夸大到极限的程度。罗赞诺夫认为《两个伊凡吵架的故事》结尾，"先生们，在这个世界多么无聊"，这句话虽如此简短，却预示了《死魂灵》的整体精神氛围。《死魂灵》《钦差大臣》都是将普通的、乏味的生活发展到庸俗的极致。

西尼亚夫斯基同样强调果戈理对庸俗的倾力描摹，"果戈理以神话中的妖蛇的目光拥抱俄国和整个世界，于是一切有生命的东西在他的描写中变得黯淡无光和死气沉沉。《死魂灵》这部史诗的恐怖和黑暗之处在于，任何一个我们在路上随便遇见的人，不论他属于哪个阶级和具有什么身份，而且不论他身负多大的罪恶，或者他不过是个平庸的普通人，具有各种各样算不上缺点的性格、秉性和人类的相貌，都可以列入死亡名单。唯一能使人走向毁灭的弱点，就是庸俗，即生存的无目的性和无意义性。果戈理特别强调，《死魂灵》令读者吃惊和恐怖的地方，并不是那些展示出来供人评说的俄国的丑陋和病症，而是人世间不可逾越的人的庸俗，而对庸俗的描写，在他看来，正是他倾注更多心血和施展才艺的所在。《死魂灵》所描写的庸俗具有万能的自然力的可怕属性，它与死亡同义，从容不迫而又冷漠无情地压制地球上的所有生灵。随着一章接一章的写完，果戈理在其适合于目的地意识中日渐成熟，并以此无情地抨击和痛斥'庸俗人的庸俗'，独自与整个人世展开殊死的搏斗"②。可见，在他看来，《死魂灵》这部作品会聚了不同阶层、不同出身的人，他们如同行尸走肉的生活是庸俗极致的状态。罪孽并不是人的致命缺陷，庸俗才是人的致命弱点，是死亡的代名词，还似乎是一种可以传播蔓延的氛围，弥漫到整个生物界。罗赞诺夫倾向于认为果戈理描绘庸俗是为了凸显这一特征，认为是作家的天性使然，西尼亚夫斯基着眼的则是果戈理对庸俗的抨击与痛斥。在罗氏看来，果戈理观察世界的眼光本身就是昏暗的、反面的，他天生就对鄙俗精神具有敏锐的洞察力。

---

① Розанов В. В. Среди художников. М.: Республика, 1994, c.207.
② 西尼亚夫斯基:《笑话里的笑话》，薛君智等译，中国文联出版社，2001，第 277~278 页。

梅列日科夫斯基认为这是果戈理"不幸的天赋，他成了这一天赋的牺牲品。他揭示了无可忍受的鄙俗的恶，这压垮了他"①。罗赞诺夫从非理性的角度审视果戈理笔下的庸俗，他提出大多数艺术家的心理经常会出现形而上的非理性特殊形式，柏拉图在《宴会》中就坚持认为，只有非理性的人才能发现人类的深刻真理。但果戈理的非理性具有特殊之处，这位伟大艺术家的视线总是倾向于停留在畸形的、庸俗的方面，将这些方面从完整的生活中挣脱出来，并把它们当成真正的生活。

罗赞诺夫的批评无疑是偏激的，笔者并不认同他的评价，果戈理并不是将庸俗视为现实，从而接受这种现实，而是为俄国的庸俗而痛苦，他的揭露旨在与其抗争，从而克服它、战胜它。果戈理的独特之处正在于，他善于以幻想、怪诞的形式描绘可鄙的事物。他创作中的形而上性与现实主义因素是并行不悖的，他只是将形而上的形式作为外衣，但真正指涉的是人性的丑恶和社会的弊端，无疑具有深层的现实意义。正如叶拉菲耶夫所言："果戈理鲜明地展现了庸俗的生活，力图将任何能轻易从眼前溜走的小事都放大。当然这属于形而上学，但却是致力于社会的，这种反映俄国现实的才能产生了漫画似的讽刺作品。"②可见，罗赞诺夫强调果戈理的非理性，是在用形而上的特殊视角遮蔽社会主题。实际上，我们认为果戈理的创作归根结底还是根植于现实的，是在现实基础上的变形。依据果戈理的构想，《死魂灵》中的死魂灵们将变成高尚的理想人物，但不是毁灭他们卑劣的本性，而是把它们颠倒过来，重建真与善。果戈理对社会的观察是现实的，他试图改造现实，但他后期似乎在求助于超自然的力量实现这一改造。

笔者认为，果戈理描绘的形形色色的丑和恶实际上根植于心中对美与善的热望，他并不是喜欢藐视卑劣的事物，而是深入生活的阴暗面，仔细观察它，深入提炼它，竭力从生活的丑陋和鄙俗中发掘俄国人精神深处的闪光点与美好的事物。果戈理曾经写道："当你不能描写出社会或整个一代人的真正卑鄙龌龊的整个深度时，你就不能以另一种方

① 转引自耿海英《别尔嘉耶夫与俄罗斯文学》，上海书店出版社，2009，第324页。

② Ерофеев В . Розанов против Гоголя // Вопросы литературы, 1987, №8, с.67.

式使社会或整个一代人去追求美好的事物；往往有这样的时候，在不能立即为每个人像白天一样清楚地指出通向崇高的和美好事物的道路和途径时，你甚至根本不应去谈到它们。"①因此果戈理在《死魂灵》的第一部中揭示了人的畸形与堕落，而接下来的两部则要展示俄国人固有的美德，塑造出崇高的理想人物。实际上，他的艺术构想与创作《与友人书简选》的目的一样，都是拯救灵魂，似乎与上帝的事业是一致的。他试图展现的是通过灵魂的净化实现复活，他不断地趋向宗教，以神秘主义的视角观照世界，竭力在宗教中获取拯救灵魂的奥秘。因此，对于果戈理来说，"人经验可感知的世界的现实并不那么重要，通过它来发现背后的精神世界的本质才是最终目的"②。然而，果戈理在《死魂灵》的第二部中却无法将其宗教构想付诸现实，因为他在俄国根本找不到这样的人。他所追求的灵魂圣化在现实生活中是无法实现的。因此，果戈理最终成了宗教的殉难者。

罗赞诺夫认为在果戈理之后整个俄国文学都转向了对人本质的洞察，渴望对人内心世界进行探求。然而，他却认为这是一种反作用力，它推动着俄罗斯文学走向与果戈理相反的方向。他写道："无论什么时候，无论在哪个民族那里，人的全部内心深处都没有这样深刻地被揭示，如最近几十年我们亲眼见到的那样，最令人惊奇的是这样一种变化，当你从果戈理转向某个新的作家时就会体验到它：仿佛你是从死人的坟墓走向盛开的花园，这里的一切都充满声音和颜色，充满阳光和自然界的生命。我们第一次听到人的声音，看到人的脸上的愤怒和喜悦，了解到人们的面貌有时是多么可笑；但我们毕竟爱他们，因为我们感觉到，他们是人，因此是我们的兄弟。"③罗赞诺夫强调的是其他作家在与果戈理同样的国度中对鲜活的生活、对真正源自生活的人的塑造，对生动的个性与面孔的描绘。"在屠格涅夫的一系列微型短篇小说里，还是那些村庄、田野和道路，《死魂灵》里的主人公也可能在这条路上行

---

① 果戈理：《果戈理全集》第七卷，吴国璋译，河北教育出版社，2002，第98页。

② 金亚娜：《果戈理的别样"现实主义"及成因》，《外语学刊》2009年第6期。

③ Розанов В. В. Среди художников. М.: Республика, 1994, с. 213.

驶……但在屠格涅夫那里，这一切都活着，都在呼吸和运动，享受和爱着。呈现在我们眼前的还是那些庄稼汉，但已经不再是些白痴，为了驱散乱作一团的马，他们不知道为什么骑上它们，并用棍棒打它们的脊骨；我们看到的是仆人和农奴，但不是永远在散发一股味道的彼得卢什卡，也不是谢里凡，关于谢里凡我们只知道他总是醉醺醺的。这是多么丰富多彩的性格，忧郁的和开朗的，充满着实际关切或细微诗意。细看他们的特征，都是活生生的和有个性的，我们就能理解自己的历史，理解我们自己，以及整个周围的生活，理解如此丰富的从这个民族内部生长出来的东西。在奥勃洛莫夫的幻想里，在《战争与和平》的场景里，在《安娜·卡列尼娜》热心的陶丽身上，我们看见的是多么美丽的儿童世界：难道这一切比阿尔基特和费米斯托克留斯更少现实性？后者是些可怜的木偶，是对这样一些人的辛辣嘲讽，还没有任何人对他们进行嘲弄过。针对果戈理，关于这个世界我们还能说什么？我们用什么语言来确定这个世界的历史意义？"[1]但值得注意的是，罗赞诺夫的评价并不公正，果戈理以后的文学并没有统一的范式，并不都是美好与光明，陀思妥耶夫斯基等人也挖掘并展现了人灵魂中黑暗的一面。罗赞诺夫的说法只是强调果戈理塑造人物的僵死、呆滞，对俄国鄙俗现实的揭露，因此他的评价不免有些极端、片面。

## 五 华丽的包装与干瘪的"馅儿"

罗赞诺夫认为果戈理创作的僵死形象只是给读者留下了深刻的印象，却不能拨动读者的灵魂，更不会深入读者的内心。他认为这些形象之所以给人留下深刻的印象，是源于果戈理高超的技艺，他格外推崇果戈理创作形式上的技巧。他提出果戈理追求形式，擅长在形式上下功夫，对形式格外敏感，"他的伟大技艺是无止境的。《死魂灵》的前几章堪与古希腊的最佳作品媲美，即他的乞乞科夫、彼得鲁什卡、泼留希金像古希腊天才普拉克西特利的菲狄在宙斯、阿波罗、帕拉斯、阿芙洛狄

---

① 罗赞诺夫:《论宗教大法官的传说》，张百春译，华夏出版社，2007，19~20 页。

忒诸雕像中所展示的人物一样是永恒的，但这些是人类中的卑劣人物，而那些是夸大了的和理想化的人性典范。果戈理和古希腊人拥有同样的技法、艺术和同等程度的魔力"[①]。他认为在某种程度上果戈理是形式的天才，可以与普希金比肩，甚至超越了托尔斯泰、陀思妥耶夫斯基。经过普希金和果戈理两位作家的创作，俄语的模式已基本形成。他们的语言永远是最优秀的，是无法超越的。他们使俄语达到了完善的程度，使俄语如此富有魅力，如此永恒。这两位作家是真正的"俄国文学之父"。俄国人可以在他们并不十分厚重的作品中汲取永恒之美。实际上，果戈理的作品给人留下的深刻印象，对人思想的强烈撼动是其他作家难以企及的。托尔斯泰与陀思妥耶夫斯基两位作家突出的是思想的复杂性与重要性，他们以及其他白银时代作家们冗长的、拖沓的、大部头的著作永远无法企及普希金和果戈理的技艺。普希金与果戈理开创了俄国文学写作技巧的"黄金时代"。

罗赞诺夫欣赏果戈理对俄语的运用能力，他认为这在某种程度上源自作家对俄语出神入化的感觉。"没有人能像他这样了解俄语，感受到它的精神和形式。可以说，他把俄罗斯人物看成了俄语的形式，似乎这是披着词语和话语面纱的人。他能准确地辨听一个人或者许多人的言语：对词的理解之深，只须根据语音的微笑颤动就可以对人物的个人或者人们的性格和生活作出结论。菲狄的价值不在于他刻划的是宙斯，即不在于主题，而完全取决于是怎样用刻刀和锤子雕琢大理石，怎样勾勒一根又一根的线条，果戈理也是这样，《钦差大臣》令人惊讶的方面是语言的造诣，是赫列斯塔科夫的谈吐及其语调。"[②]

罗赞诺夫认为果戈理的创作就是由细节组成的，他无法逾越细节的模式。果戈理非常善于利用细节，他对每一个细节都精雕细琢，由此雕出了神奇的现实，以至于我们对其中的任何一个细节都难以忘却。罗赞诺夫通过以下例子证明此观点：如索巴凯维奇故意弄错死魂灵的名单，或者柯罗泼奇卡无论如何也无法理解乞乞科夫的意思，这些情节读

---

① 洛扎诺夫：《自己的角落——洛扎诺夫文选》，李勤译，学林出版社，1998，第208页。
② 洛扎诺夫：《自己的角落——洛扎诺夫文选》，李勤译，第209页。

者都是通过细节获知的。果戈理用一个接一个的细节描绘人物，罗列生活。这一切看似都源自现实，罗赞诺夫写道："这就如同一位画家已经画完了最后一笔，却试图修饰看似最细小之处，果戈理就是这样。这里减少一个单词，那里增加一个，这样一切就改变了。等到出版的时候，一切已经是另外一番面貌。"[①]在批评家看来，借助于这些细节，一个挨一个词语的马赛克，原本丰富多彩的生活已经被描绘得面目全非。也就是说，罗赞诺夫赞叹果戈理卓越的细节描写，只是他认为作家用这些酷似真实的虚拟细节置换了真实的生活，并通过它们使读者接受作品。可见，罗赞诺夫赞赏果戈理刻画细节的高超技巧，但认为其背后的细节并非建构在现实之上，而是打造了一个虚幻的现实。笔者认为果戈理的细节虽然借助于想象与虚构，却是在现实的基础上加以发挥的。

罗赞诺夫还提出，果戈理艺术创作的另一个奥秘在于，他在塑造形象时会先选择一个特征，然后竭力使其余特征都接近这一特征，并不断地延续或者加强这一特征，从而形成主题的特征。在这一过程中，果戈理还在严格地观察，力图去除每一个形象身上与之不协调的或者没有联系的特征。"这些相似特征放在一起就如同射向一面凹透镜的一束同源光，如此耀眼，给人留下难以磨灭的印象。但这并不是我们熟悉的自然界当中的自然散射光，而是在实验室中获得的人造光。当我们看到这一形象时，准确地说只看到了在这一光线照耀下的某一特征，而其余的特征都在黑暗留存下来，因此我们必然无法看见这一形象在自然光线下的所有特征。"[②]罗赞诺夫总结了果戈理的写作过程，他认为果戈理在构思的时候首先展开想象，竭力将尽可能多的事物放到情景之中，而在逐步改写的过程中将不需要的事物都抛掉，旨在凸显、放大他所构思的特征。罗赞诺夫将果戈理的笔触比作凹透镜，原理就是在折射下使所有的事物都变形放大。实际上，笔者认为罗赞诺夫没有理解果戈理作品中独特的夸张、变形、荒诞等元素，也就是后来被称为现代主义乃至后现代主义的风格和技巧。

---

① Розанов В. В. Среди художников. М.: Республика, 1994, с. 223.

② Розанов В. В. Среди художников. М.: Республика, 1994, с. 225.

　　罗赞诺夫认为果戈理"只是以惊人的手法给生活描绘了一系列的讽刺画：这些讽刺画因此才如此深刻地被铭记，任何真实的形象也达不到这样的程度。试看他给人们绘制的那一系列最出色的肖像，他们是生活中真实的人物，有血有肉，您会铭记其中稀有的肖像；有一张十分出色的讽刺画，在经过很长一段时间以后，甚至在夜里醒来时，您也会回想起它，并会发笑。在那些肖像里有各种不同特征的混合，好习惯和坏习惯的混合，它们相互交织在一起，相互弱化——结果在这些肖像里，任何鲜明和清晰的东西不能引起您的惊奇；在讽刺画里着眼的是一个特征，整个人物只反映这个特征——既用丑恶的嘴脸，也用身体的不自然的痉挛来反映。这个特征是荒谬的，但却永远被记住。果戈理就是这样的人"①。也就是说，在罗赞诺夫看来，果戈理的漫画虽不真实，但永远存在一个夸张鲜明的特征，甚至使周围平淡的现实黯然失色，读者自然会被其所吸引，永远铭记这一特征，并被他所描绘的现实迷惑，甚至忘掉真正的现实。罗赞诺夫实际上指责了果戈理夸大人的庸俗，使一切高尚、美好都消失殆尽。这显然不是对果戈理的褒奖，在罗赞诺夫看来，这种手法描绘的是变形的世界。"果戈理眼中的外部世界与我们通常所见并不一致。他之所见是经过浪漫主义变形的世界，即便他与我们目睹同样细节，那些细节在他眼中亦会变换比例，显示出全然别样的意义与体量。果戈理的自然画面或为浪漫主义想象的变体，或为无数细节的奇特堆积，结果形成一片互不关联的混乱。他对人物的观察却绝对高超，堪为典范。他的人物均为漫画，是用漫画家的手法描绘出来的，即夸大突出特征，再将其简化为几何图案。不过，这些漫画却令人信服，逼真自然，通常能以轻盈但精确的笔触描绘出一个意外的真实，似乎竟能使可见的世界相形见绌。"②也就是说，果戈理用变形的世界置换了真实的世界，以自己精湛的手法"以假乱真"。同时，罗赞诺夫还认为果戈理与这些可怕的形象生活在一起，将他们表现出来，为他们感到苦恼，他

----

① 罗赞诺夫：《论宗教大法官的传说》，张百春译，华夏出版社，2007，第17页。
② 德·斯·米尔斯基：《俄国文学史》上卷，刘文飞译，人民文学出版社，2013，第205~206页。

坚信凭借自己伟大的创作才能会使几代人都相信他描写的不是怪诞的、孤独的灵魂世界，而是鲜明的，就发生在人们面前，只是他们看不见、听不着、感受不到的世界。

罗赞诺夫举例证明：乞乞科夫同别特里谢维将军的对话谈到了1812年将军们的故事，以及戈贝金大尉的故事，这两个片段仅用了短短几页的篇章就描绘出了一首伟大、忧伤与可怕的叙事诗，但它们给人留下的印象却无比深刻。这使得读者们从童年时起就对卫国战争失去任何好感，卫国战争所有的艰辛、苦痛、伟大都消失殆尽。果戈理在谈论这些的时候，表面上没有任何否定、讽刺、嘲弄和挖苦。他只是运用了一些特别的词，至于如何放置这些词，其中的奥秘只有果戈理一个人知晓。词语就像永垂不朽的精神，它们钻进读者的大脑，融入读者的灵魂，并转化为他们灵魂的一部分。

罗赞诺夫认为果戈理正是以其无可指摘的形式迷惑着读者，并对读者产生了非凡的影响力，以至于读者钻进了他所编织的虚幻世界，便再也不愿回归现实的世界了。但是，果戈理不仅仅在俄国文学，乃至在世界文学中，也是孤独的天才，他的世界与任何人的世界都不同。他一个人生活在其中，但如果任何人踏进这一世界，就会将其与自己的生活联系在一起，甚至还要根据巨幅呆板的蜡像画来评价自己的生活。

我们认为，罗赞诺夫对果戈理的批判，实际上正是喜剧家的伟大之处以及喜剧所产生的效果。"作家用怪诞创造了一个陌生的、人们不常见的世界，让读者更清楚地看到了现实及人生中可恶、可怕和可悲的方面，感到极度震惊，但又通过一种滑稽的视角来减弱其伤害性。这样，就既讽刺了丑恶的现实及丑陋的灵魂，又因其中的滑稽因素而引起笑声，是一种由笑声相伴随的痛苦的宣泄，即所谓的以喜写悲，造成一种喜剧性情境，即所谓'含泪的笑'。"[1]果戈理的喜剧针对的是人或社会道德中的普遍弱点，他希望通过对喜剧对象的嘲弄，唤醒观众，使他们从中看到自己的影子，嘲笑过去的习气，使他们在对喜剧人物发出笑声

---

① 苏晖:《西方喜剧美学的现代发展与变异》，华中师范大学出版社，2005，第265页。

的时候，与嘲笑的对象拉开距离，和自己的过去诀别，在自我否定中实现克服与超越，从而得到灵魂的净化。他天生对喜剧创作怀有独特的天赋，善于以卓越的喜剧形式将丑恶展现无余。他认为喜剧中的"笑"可以引人深思，反思"自身的丑恶、缺陷和弱点，发现其反常、不协调等可笑之处"①，使人顿悟，最终实现灵魂净化的理想。因此，果戈理的宗教理想都渗透在"笑"这一正面的形象之中。

值得注意的是，罗赞诺夫推崇果戈理的形式，换言之，他力求只关注果戈理的形式，纯粹的、卓越的形式，但他凸显的实际上是形式与内容的不相符，或者说不对称性。就形式而言，果戈理给人留下的印象是难以磨灭的，而就内容则是空洞、乏味、无趣的。在罗赞诺夫看来，《死魂灵》的提纲就是"一个贵族老爷想要收购死去了的纳税人口，并以此作抵押"，《钦差大臣》的提纲是"另一个贵族老爷加赌徒在一个城市里被当作钦差大臣"，包括所有的剧本，《结婚》、《赌徒》，以及中篇小说《外套》等，只不过都是可有可无的彼得堡笑话。它们本身并不表明什么，也不揭示什么。罗赞诺夫认为果戈理构思的简单与肤浅令人震惊，果戈理没有将提纲复杂化的能力，他不善于在事件进程和激情发展中把握中长篇小说。因此罗赞诺夫提出，果戈理是一位形式主义者，这就是他的特质。他用了一个形象的比喻强调果戈理创作形式与内容的对立：华丽的包装与干瘪的"馅儿"。然而，我们认为形式与内容永远是紧密相连的。果戈理虽不善于构思复杂曲折的情节，但在其卓绝的形式背后隐藏着对灵魂的拷问。

罗赞诺夫认为，果戈理的作品除了"道德自我完善"这一训诫的思想，一无所有。针对格里戈里耶夫的著名观点——"我们整个最新的文学都出自果戈理"，罗赞诺夫提出了质疑，他认为整个新文学总体上实际上是对果戈理的否定，是与他进行的斗争。果戈理是形式创作的伟大艺术家，他的才能令其他作家难望项背，但他笔下的人物都是僵死的。罗赞诺夫认为，如果从表面来看，新文学艺术创作的方法与形式的

---

① 苏晖：《喜剧意识：喜剧性的核心》，《外国文学研究》2005年第5期。

也许出自果戈理，但从内容来看，果戈理的创作与他之后的整个作家行列，如屠格涅夫、陀思妥耶夫斯基、奥斯特洛夫斯基、冈察洛夫、托尔斯泰的创作是对立的。虽然他们的视线都投向生活，但他们在生活中所看见和描述的与果戈理看见和描述的东西没有任何共同之处。他认为这些作家对人内心活动的细致描写是最明显、最突出的特征。在行为的背后，在状态的背后，在新作家那里随处都能看到人的心灵，"这是所有可见事实的隐藏的动力和创造者。心灵的不安、强烈的情感、堕落和高尚——这就是他们经常注意的对象。所以，在他们的作品里才有那么多的沉思，我们因此才那么喜欢他们，并认为经常阅读他们的作品是最好的人性化教育手段"①。但是在果戈理作品中，却看不见人的心灵。果戈理魔法般地使笔下的形象看似都富有生命力，"如同浮雕那样鲜明，以至于任何人都没有发现，在这些形式的背后实质上没有隐藏任何东西，没有任何心灵，没有这些形式的载体"②。他认为这一切都源于果戈理不会塑造人的心灵，他虽穷其一生描绘人，却未触及人的灵魂，无力将活生生的灵魂放入人的躯体，他"如此地封闭于自己的心灵之中，以至于不能靠它去接触任何另外一个心灵：这就是为什么他只感觉到了外表的形式、运动、面貌和状态的全部鲜明特征"③。在他看来，这是果戈理本性的不足与缺失造成的。作家没有一部作品体现了人的热情与性格的发展变化，似乎连爱与恨、高兴与忧伤这样普通的人类情感都消失了。在其精心创作的作品中，有两个孩童式的形象：费米斯托克留斯以及阿尔基德，他们虽不像孩子，不符合现实，也没有被诗化，但他们的心灵却是纯净美好的，还没有变硬，但归根结底还是可怜且可笑的木偶，就本质而言，与《死魂灵》中其他形象一样。果戈理创作的人物都是没有温度、没有热情的形骸、面具，罗氏认为这也是他将自己的作品命名为《死魂灵》的原因，他在这个名称里表达了自己创作的伟大秘密。果戈理不善于描绘充溢着热情与痛苦的鲜活灵魂。因此罗赞诺夫贬抑果戈理的

---

① 罗赞诺夫：《论宗教大法官的传说》，张百春译，华夏出版社，2007，第14页。
② 罗赞诺夫：《论宗教大法官的传说》，第14页。
③ 罗赞诺夫：《论宗教大法官的传说》，第14页。

创作。他认为如果肯定果戈理的作品，就会丧失生活中的一切，失去希望、期盼、爱情、家庭之间的依恋等，那么全部的生活将会只剩下欲望。

在罗赞诺夫看来，经过果戈理出神入化的描写，即使缺失灵魂的人物也会变得生动鲜活起来。因此，没有比为果戈理创作的形象配插图更容易的了，他的每一幅肖像看起来似乎都具有鲜明的特点与夸张的外形，然而塑造他们却并非易事，因为"无形的灵魂"难以塑造。罗赞诺夫强调道，果戈理"从来不描写动物，除了用犄角顶撞波兰人的公牛"[①]。因为他不擅长描写一切有生命的事物。然而这并不是果戈理的初衷，他由此而心力交瘁，发出沉重的叹息，痛苦地从一个国家漂泊到另一个国家，怀着希望，伴随着祈祷逃离祖国，来到耶路撒冷，烧毁了《死魂灵》的第二卷，果戈理的痛苦与折磨都源自无力感带来的心灵重负。

在罗赞诺夫看来，果戈理实际上是在描写自己，讲述自己空虚的灵魂。巴赫金也认为果戈理能如此深刻地揭示空虚，正在于他"将精神的空虚无聊与污秽腐败展示成客体化的东西。他拥有这样的天才的本领：不仅仅对自己的灵魂加以剖析，而且将它客体化，从而去看出内在的空虚无聊是如何表现出来的"[②]。果戈理曾经这样解释自己与主人公的关系，"我先拿出自己的一个恶劣品行，然后把它换成另一个名称，并在另一场合抨击他，尽力把它描绘成给我极大侮辱的死敌的样子，抨击它的凶恶，抨击它的尖酸，无论什么，通通加以抨击……于是我看到，从心灵里拿出来的东西意味着什么，整个心灵的真实意味着什么，以及黑暗和丧失光明的恐惧对人来说意味着什么。我的主人公尚未完全与我分离，所以也就没有获得真正的独立。我的主人公之所以像魂灵，那是因为他们来自灵魂的恶；我最近所有的作品，就是我自己的心灵史。我的读者并不知道，嘲笑我的主人公，就是嘲笑我"[③]。实际上我们认为，果戈理掀开自己的灵魂，将恶的部分展露出来，但他并不是宣扬恶，而是力图与它进行对决，是艺术家为克服人类的丑与恶献祭般的牺牲。而且

---

① 瓦·洛扎诺夫：《落叶集》，郑体武译，云南人民出版社，1998，第246页。

② Бахтин М. Собрание Сочинений. Т2. М.: Русские словари, 2000, с. 421.

③ 果戈理：《与友人书简选》，任光宣译，安徽文艺出版社，1999，第78页。

果戈理对《死魂灵》的第一部——"地狱篇"的构思也决定了人物虚空的灵魂，但他最终追求的是神圣而充盈的灵魂，是一条清除罪孽的自省之路，而宗教思想的引导使人皈依至善的状态则是作家不容忽视的核心思想。

罗赞诺夫本身就是矛盾体，他的批评总是多视角的。值得注意的是，他虽然一方面拒斥果戈理贬低人，但另一方面也洞察了作家的痛苦。他认为果戈理尽管欣赏自己的画卷，但还是鄙视它，憎恶它。然而，他不会用其他方式描绘画卷。因此他也为自己创作的令人震惊的画面而哭泣、悲痛，并怜悯这些人物。

罗赞诺夫将果戈理的抒情插笔与眼泪、笑结合在一起，他认为果戈理作品中无尽的抒情性与嘲讽有关。抒情插笔通常是在嘲讽之后出现的，充斥着忧伤、苦痛，体现了对人的无限怜悯，以某种方式与笑交织在一起，是"透过看得见的笑的看不见的泪"，但不是超前于它，而是紧随其后。也就是说，他认为果戈理的抒情插笔是在描写悲痛与忧伤时伴随笑出现的，是对可怜的人物嘲讽之后的泪水。因此，果戈理的作品由从纯粹的嘲笑走向了辛酸的怜悯。罗赞诺夫还特别指出，果戈理在塑造《狄康卡近乡夜话》《米尔哥罗德》等作品的正面人物时，尽管有些地方非常适合加入抒情插笔，但他并不会这样做，只有当他塑造反面事物时才会用到抒情插笔，这样才能使作品达到真正的鲜明、高度的紧张。悲痛占据了果戈理的心灵，他为自己的心灵而哭泣，并将其流淌在抒情插笔当中，他看似在描写人物，实则在描写自己。因此，罗赞诺夫批驳了果戈理与"可悲的现实作斗争"这种通常的说法，也就是说他认为果戈理并不是在批判现实，这点我们并不赞同。罗赞诺夫认为如果秉承这种想法，那么果戈理身上一半的行为都是无法理解的。他提出，果戈理是在跟自己作斗争，是在努力战胜自己的心灵，"就如同福音书中说到的一样，他身上有无数个魔鬼：他们在他身上折磨，嚎叫。或者像刮着相反方向的风，被禁止打开的'潘多拉的盒子'"[1]。在果戈理身

---

① Розанов В. В. Мысли о литературе. М.: Современник, 1989, с. 276.

上，天才的智慧与平凡的心灵相分离，在很长时间的斗争后，心灵被战胜了，压倒了反对自己的喃喃低语，并在战斗之后被抛弃，然而这场战斗却要付出生命的代价。因此，罗赞诺夫认为如果摒弃了这些"饱含悲伤"的抒情插笔，那么果戈理最多是作为作家而让我们震惊，而不是伟大的人。"果戈理是值得我们去仔细研究的，纵使是他一个人的心灵，也许却比一大群心灵中充满卑微念头的人的心灵历史更重要、更有意义，因为他是一个伟大的人。"① 可见，尽管罗赞诺夫批判果戈理塑造的人物过于僵死、苍白、平面、单一，但他还是相对赞许作家的抒情插笔，认为这是果戈理情感流露与心灵震颤的表现。

罗赞诺夫指出，所有人都在揣摩果戈理，但没有人能真正洞悉他。果戈理是感性的，没有坚强的意志力，从普希金到马特维神父，一直受到别人的影响，总是试图在这些人身上寻求支柱。他又是虚弱的，尽管作家封闭自己的情感，不向任何人袒露自我，害怕释放自我，甚至戴着面具伪装自我，但无法否认，在其创作中也流露出诚挚的一面，也存在微微燃烧的爱的火苗。罗赞诺夫援引《外套》中的片段以阐释这种现象，例如"年轻的官员们，尽量全部使出他们全部公务员的机智来嘲笑他，挖苦他，当面讲述关于他，关于他的房东太太，七十岁的老太太的种种捏造出来的故事说房东太太打他，问他们什么时候结婚，又把纸片散在他头上，说是下雪了"②。然而，这些嘲笑突然中断了，似乎有一种外力阻止了这双无法停止的手，于是出现了下面的文字："可是阿卡基一句话也没回答，好像他面前一个人也没有似的……甚至在世人公认为高尚而正直的人中间，隐藏着多少凶残的粗野的时候，他有许多次忍不住战栗起来。"在罗赞诺夫看来，这些抒情插笔是作者看见自己的创作以后的深重悲痛，因此他"颤抖着"结束了"凶残的粗野"，"用手捂住了自己的脸"，于是耳畔响起了这样的话："我是你兄弟。"这句话随着时间的推移，随着他思想的不断成熟，在他的心里变得越来越响亮。罗

① Розанов В. В. О писательстве и писателях. М.: Республика, 1996, с. 213.
② Розанов В. В. О писательстве и писателях. М.: Республика, 1996, с. 163. 译文参见果戈理《果戈理短篇小说选》，杨衍松译，湖南文艺出版社，2001，第405页。

赞诺夫认为这句话、这种精神对于果戈理来说意义非凡，他的许多创作都秉承着它，在《死魂灵》的插笔中、在《钦差大臣》结尾第一个戏剧人物的话中、在《两个伊凡吵架的故事》的结尾中、在大量的具有重大意义的信件中发出声响，最终压倒一切，并驱逐《作者自白》《遗嘱》《与友人书简选》中所有残留的"笑"。当然，此处的"笑"也就是指嘲讽情绪。罗赞诺夫认为这也是果戈理博爱思想的体现，《与友人书简选》中阐释了这一思想，"不幸的19世纪的人已经忘记了吗，这一天（指复活节）是没有低级下流、卑鄙可耻的人之分的，所有的人都是同一大家庭的兄弟，每一个人都是兄弟，而不是别的……很难爱一个谁也没有看见的那个人……在对兄弟的爱中可以实现对上帝的爱……到世人中去，并首先去爱兄弟们"[①]。果戈理强烈呼吁人与人之间的平等和兄弟情谊，认为这样才能实现上帝之爱。

## 第三节　理想幻灭的肇端者：果戈理影响下的俄国与俄国文学

关于果戈理对俄罗斯文学的影响，罗赞诺夫与批评家列昂季耶夫的观点是一致的。列昂季耶夫曾经写道："我们的文学作品或多或少具有否定的、嘲笑的、恶毒的、阴郁的特点。这主要受到了果戈理的影响，或者准确地说，受到他最后几部，最成熟，但恶毒的、阴郁的、片面的讽刺作品的影响。"[②]这成为罗赞诺夫评价果戈理的主要观点。列昂季耶夫首先提出，俄国文学在果戈理之后发生翻天覆地的变化，由普希金开创的优雅的语言模式被扭转了，美的概念、人与人之间健康的关系消失殆尽。他强调尤其应该回归"健康"一词，因为俄国的作家与诗人在果戈理的影响之下，纷纷开始描写缺陷、弊端、社会的溃疡，令人震惊地展现了与现实没有任何关系的精神病疾。真正的现实不应该在《死

---

① 果戈理:《与友人书简选》，任光宣译，安徽文艺出版社，1999，第269页。

② Бочаров С.Г. «Эстетическое охранение» в литературной критике (К. Леонтьев о русской ). М.: Наука, 1978, с. 142-193.

魂灵》《钦差大臣》中去找。文学被果戈理引向了另一条与以普希金为代表的讴歌俄国形象的相反之路。从此,光明与快乐的色调在俄国文学中不复存在,俄国在作家们的笔下变成了"阴暗、自我折磨、怜悯、恐惧、死亡"的国度。屠格涅夫与冈察洛夫的主人公都很软弱、不健全,基本都是失败者,陀思妥耶夫斯基的作品都是反和谐的。"美好的情感"已没有容身之地,乏味、庸俗的"奴才形象"欢呼雀跃!他强调20世纪更是文化的"阴暗之秋",在"普希金的精神"逐渐消失的过程中愈加肆虐。我们认为,普希金的人道主义传统并没有中断,而是一直延续下去,在此不做赘述。列昂季耶夫赞赏罗赞诺夫以前所未有的勇气去否定果戈理。在给列昂季耶夫的回信中,罗赞诺夫谈道:"这种勇气并不费力,我只是想说,我很多年前就已经注意了这种陈旧风格在生活中的残余了。"①

## 一 俄国形象的建构与摧毁

罗赞诺夫非常看重作家对祖国形象的塑造。他从作家笔下的俄国形象出发,将卡拉姆津、普希金与果戈理三人的创作进行比较分析,阐释了他所推崇的对待现实的态度。在他看来,卡拉姆津尽管厌恶虚构,钟情于现实,诚挚地热爱现实,但他所呈现的现实并非俄国真正的现实,而是欧洲的异域风情。从卡拉姆津的创作问世时起,"俄国心灵才开始带着狂热的甜蜜来感受欧洲的精神,狂热地吸收它那历经一千五百年生长起来的鲜花分泌出来的精神生活的甘露。卡拉姆津在我国文学中创作的那种情绪,就是这第一滴甘露,第一滴以后紧接着其他的甘露,而人们对它的感受变得越来越强烈,人们对它的爱好变得越来越不可抗拒。从前,我们看到一种不知其来源和用途的乐器,好奇地观察它巨大的管子和这些管子的奇妙的曲线;但在对这一切足够惊讶以后,又平静地回归自己的事务和日常生活;现在我们听到了它的声音本身,神奇的

---

① Розанов В.В. Собрание сочинений. Литературные изгнанники: Н.Н. Страхов, К.Н. Леонтьев. М.: Республика, 2001, с. 401.

旋律汇聚在我们的耳朵里，我们的心从未这样颤动过，回家之后，我们不乐意地、机械地做着自己的事，我们的心灵充满着异国的声音。我们想念它，意识到没有它就不能生活下去，终于决定把自己的心灵放置在其中，我们自己倾听和弹奏那些令我们着迷的声音。我们憎恨祖国的歌曲——简单的，粗鲁的歌曲"[①]。可见，罗赞诺夫认为作家不应该用令人陶醉的异国美景遮蔽读者的双眼，使读者沉湎于遥远的美好假象，甚至开始厌恶祖国，也就是说俄国不应该盲目地复制西方文学的模式，"对于作家而言就意味着以善于评价的观众的立场看待其他民族的文学，而不是做盲目的模仿者"[②]。在《果戈理》一文中，批评家还提出卡拉姆津建构了一个美好的俄国形象，但却是虚假的、脱离现实的，是掺杂了古希腊罗马特色的俄国。"他的创作与美好的罗马托加[③]相似，并伴有些许希腊的色彩，善良的西徐亚人将托加放到野蛮人的肩膀上。俄国欣赏着由卡拉姆津递过来的镜中的自己，在欺骗与谎言的遮掩之下，俄国在镜中的形象是那么美好。它被伟岸高尚的形象所欺骗，并一直向着镜中呈现的形象努力。"[④]另外，他认为卡拉姆津过于理智地进行创作，不浪费半点情感，"他的前额总是凌驾于心灵之上，理智地经营着它"[⑤]，因此，他尽管关注沉重的俄国现实主题，但自己却从未改变过。可见，理性主义的创作方式也是罗赞诺夫所拒斥的。对卡拉姆津的评价，体现了罗赞诺夫作为斯拉夫派拥护者的保守主义倾向，一方面抵御西方文化的入侵，另一方面，守护传统的文化价值，使其免于在时代喧嚣、革新的步伐以及不成熟的实验中毁灭。20世纪初的《路标》就秉承类似的世界观，呼吁知识分子为祖国的发展进程承担起责任，拒绝盲目地对西方文化模式的复制，提倡在俄国精神文化传统的基础上完善自我。

---

① 瓦·瓦·罗扎诺夫：《陀思妥耶夫斯基启示录——罗扎诺夫文选》，田全金译，华东师范大学出版社，2013，第12~13页。

② 瓦·瓦·罗扎诺夫：《陀思妥耶夫斯基启示录——罗扎诺夫文选》，田全金译，第2页。

③ 古罗马公民的外衣，无袖长袍，通常以白羊毛制成。

④ Розанов В. В. Мысли о литературе. М.: Современник, 1989, с. 274.

⑤ Розанов В. В. Мысли о литературе. М.: Современник, 1989, с. 274.

　　罗赞诺夫认为普希金比卡拉姆津明智，当欧洲的文化令他感到心灵疲惫的时候，他将俄国托加中的罗马特征删掉，回归到民族文化，"回归作为心灵美的最高理想存在于我们民族中的简单和善良。他曾经崇拜过并且也像其他诗人那样洒过爱情之泪的典型，最终被形成于我们的生活，从我国现实中生长出来的精神美的典型战胜了。那种冷静简单的对待现实的态度自那时起已经成了我国文学中占统治地位的态度，就源于此，源于普希金后期的创作活动"①。普希金用眼睛和洞察一切的心灵环视着全世界，将具有俄国特色题目的小说与诗歌，在广度、深度、高度上扩展到全人类的范畴之上。在他的创作中，罗赞诺夫看到了对传统精神文化和永恒理想的捍卫，他强调诗人是"传统价值的守护者"，家庭、友情、爱等传统价值正是罗赞诺夫极力维护的。

　　在罗赞诺夫看来，伟大诗人的创作根植于俄国朴素的现实，卡拉姆津美化了俄国，普希金则为我们展现了俄国的美，他打碎了卡拉姆津的镜子，展现了丑陋姑娘的真实一面，尽管她外表不美，但诗人却用自己的方式与语言剖开其灵魂，并用灵魂取代外表，使读者认识到丑陋的姑娘是最可爱的、最宝贵的。"俄国为普希金所塑造的美好的人类灵魂而立碑。普希金塑造了《上尉的女儿》以及《鲍里斯·戈都诺夫》中诗意的形象，并用自己神奇的小说形式将一个看不见的花环放置到俄国民族的头上，就如同我们圣像头上的金色光环。此时的俄国还是贫穷的，不自由的，就精神方面来说，对于欧洲来说，还是弱小的，陌生的。"②但他认为普希金提升了俄国的理想，使人们永远记住俄国民族的质朴、温顺、忍耐。俄国的普遍主义能理解一切，包容一切。因此，从普希金开始，俄国才出现了真正的爱国主义，俄国才开始敬畏自己的灵魂。普希金揭示了俄国的灵魂，这正是他的功绩所在。俄国人民只有具备这样的灵魂，才会真正爱上自己的国家，"对于它们只有俄国歌曲才是世界上唯一需要的，最亲切的，就像跌倒的孩子需要母亲，生病的孩子也需要

---

① 瓦·瓦·罗扎诺夫：《陀思妥耶夫斯基启示录——罗扎诺夫文选》，田全金译，华东师范大学出版社，2013，第15页。

② Розанов В. В. О писательстве и писателях. М.: Республика, 1995, с. 352.

母亲，尽管她可能不漂亮，甚至是品德不高尚的女人"①。也就是说，作家应该按照俄国本来的面貌去歌颂它，并在现实中探寻、挖掘它的美好。读者将秉承对祖国灵魂的爱，从而接受残缺、不完美的现实。

早期罗赞诺夫将斯拉夫派的学说视为信仰，并以此作为批评的依据。1893 年，他来到彼得堡，供职于国家监督局，他的周围都是保守的斯拉夫主义作家，他的"价值体系是在 19 世纪下半叶 20 世纪初保守主义思想家观点的基础上发展起来的"②，斯拉夫派对他的一生都产生了重要影响。他认为斯拉夫派最宝贵之处就在于，毫无保留地、勇敢地去守护民族的精神传统、维护民族生活的根基。他将斯拉夫派界定为"民族思想的学校"，他认为每一个爱国者，都应该进入这所学校。在这一思想的影响之下，他倡导的正是俄国留存下来的民族生活方式、民族精神、宗教观念、对祖国的忠诚、对祖国文化成就的膜拜。他对卡拉姆津与普希金评价的倾向性正是以这一价值体系为标尺。"罗赞诺夫并不认为保守主义是迈向过去，是落后的、呆滞的，而是将其视为一种力量，能够促进国家一切有价值事物的发展以及消除一切有害的、危险的事物。"③尽管罗赞诺夫后来认识到 90 年代保守主义反映的并不是真正的民族文化，他开始批判性地评价保守主义思想家的观点，反对他们，并形象地称俄国保守派为"秋老虎"，但同时在自己一生的创作中，他又不止一次充当他们思想的卫道士，强调这些思想对于社会与国家发展的永恒意义。

作为政论文作家与文学批评家，罗赞诺夫坚信自己在道义上负有帮助政权进行道德建设、改善社会制度的责任，他坚决抵制损害国家政权的破坏性倾向。因此，他无法忍受果戈理掀开俄国的丑陋一面，并进行赤裸裸的揭露。于是，他与 19 世纪的主流文学观念发生冲突，将果戈理视为自己的论敌。但他的斯拉夫派导师在这场战斗中似乎并没有起到

---

① 洛扎诺夫:《自己的角落——洛扎诺夫文选》，李勤译，学林出版社，1998，第 239~240 页。

② Ермолаева И. А. Литературно- критический метод В. В. Розанова (Истоки. Эволюция. Своеобразие). Иваново: Иван. гос. ун-т, 2003, с. 56.

③ Хейзинга Й. В тени завтрашнего дня. М.: Прогресс - Академия, 1992, с. 257.

作用，在罗赞诺夫的眼中，他们表现为"迂腐的自由主义者"，一些人不但不反对果戈理，还成为他的朋友与热情的崇拜者。由于与一些斯拉夫主义者发生了分歧，罗赞诺夫便开始致力于寻找反对果戈理、赞同普希金的分支，但不是拥护普希金的"纯艺术派"，而是致力于民族理想"复兴"的作家。罗赞诺夫将陀思妥耶夫斯基、斯特拉霍夫、格里戈里耶夫、列昂季耶夫纳入这一类作家。但斯特拉霍夫也不赞同罗赞诺夫关于果戈理的观点："我不赞同您的观点，您所说的死魂灵到现在依然活着，只要看一眼，就能看到。"① 罗赞诺夫回复了斯特拉霍夫，实际上也是对整个斯拉夫派的回应，"他（斯特拉霍夫）没有发现，这是一个语言上的流派；拥有卓越理论的流派，但无论如何都不会产生事实。生活是由事实组成的，历史需要利剑，需要美好的话语，但利剑也是必不可少的"② 罗赞诺夫坚决地投入战斗，挥舞着利剑，刺向了果戈理。

罗赞诺夫认为果戈理是与普希金那种"创造型"相对立的"破坏型"的作家，他呈递给俄国一面镜子，但整个俄国在镜子中都是变形的。普希金给人们以慰藉，但果戈理呈现的景象却使人无法平静。他自己还为此痛哭流涕，灼热的泪水也流过了俄国的心脏，使俄国满目疮痍。随后，果戈理丢弃了这一令人厌恶的形象，自己迅速地溜走了。普希金展现了真实的俄国，挖掘了俄国的灵魂之美，而果戈理呈现的是丑陋的、肮脏的魔鬼之城。罗赞诺夫将俄国苦痛、阴郁、昏暗的情绪，破坏的力量都归咎于果戈理。实际上，笔者认为罗赞诺夫的评价有失公允，果戈理引导读者窥视俄国社会的丑恶现象，并为清除这些现象而奋斗。

## 二 席卷灵魂的"虚无之风"与阴郁的"笑"

罗赞诺夫将果戈理视为"虚无主义"的创始人，"虚无主义"一词最早来源于拉丁语，是"什么都没有"之意。19 世纪初，该词作为哲学

---

① Розанов В. В. О писательстве и писателях. М.: Республика, 1996. с. 50.

② Розанов В. В. О писательстве и писателях. М.: Республика, 1996. с. 250.

概念首次出现在德国哲学家弗里德里希·海因里希·雅各比的《给费希特的信》中，用以批驳以康德为代表的理性主义哲学。雅各比认为理性主义终将归于无信仰的虚无主义，因此他认为应竭力避免虚无主义，从而回归信仰。在西方思想家的视域中，虚无主义的典型论断当属尼采和海德格尔的观点。尼采提出，虚无主义孕育于基督教原有信仰的幻灭。因为对虚无主义来说，一切事物都没有价值，都是毫无意义的、惘然的。19世纪50年代末60年代初，俄国虚无主义兴起。俄国白银时代的宗教哲学家认为，俄国的虚无主义虽然在本质上也是否定一切价值与意义，但与欧洲那种决绝的无信仰的虚无主义相比，却有着本质上的差异。

　　罗赞诺夫提出果戈理是虚无主义的代表，指涉的是这一概念最基本的意义层面，也就是对价值体系等持有的一种否定态度。"果戈理说道:'一切皆无。虚空! 上帝的国度是空洞的!'"① 在罗赞诺夫眼中，读完果戈理的作品人们都感到自己什么也不需要了。实际上，罗赞诺夫所谓果戈理的"虚无主义"是对祖国的否定、贬抑、诽谤，并以消极的形象影响着俄国，如对现实的摧毁，对进步的摧毁，消融了俄国的美好与安宁，使俄国在十年之内失去了静谧与诗意，这种否定情绪还在果戈理的"继承者"赫尔岑、车尔尼雪夫斯基、皮萨列夫、谢德林等人身上繁殖蔓延，从而催生出反对派与革命情绪。罗赞诺夫认为这是与国家传统生存根基之间的断裂，终将引领俄国走向灭亡。他批驳以果戈理为代表的倾向，是试图抵御虚无主义侵蚀的呐喊与疾呼。他认为，唯有信仰能够抵御果戈理的"虚无主义"。"对于一个心中埋藏着信仰——对人的灵魂的信仰，对自己的土地的信仰，对其未来的信仰的种子的人来说，果戈理确实不曾存在。"②

　　我们认为罗赞诺夫的论断并不准确。他不理解果戈理对丑的揭露实际上是对美与光明的向往。果戈理将俄国的丑陋揭露出来，但他不是置身事外的旁观者，更不是破坏者，他同样为祖国而痛苦和不满，并自愿承担起改善俄国状况的责任。他苦苦地为俄国探寻正确的发展道路，为

---

① Розанов В. В. О писательстве и писателях. М.: Республика, 1996. с.297.

② 瓦·洛扎诺夫:《落叶集》，郑体武译，云南人民出版社，1998，第46页。

堕落的社会寻找救世良方。他寄希望于人的道德完善与宗教净化的力量，希望利用宗教唤醒每个人的良心，利用同自身缺点的斗争改变国家。如果每个人的道德都达到完善，那么理想的社会自然会出现。《死魂灵》后两部的主人公便是果戈理试图为这种使命而勾勒的理想形象。

另外，罗赞诺夫认为果戈理的"虚无主义"是与讽刺联系在一起的，他提出讽刺是虚无主义的一种外化的形式。在他看来，俄国文学中的讽刺风格是由果戈理开创的。"他创作了这样的形式与类型，一旦陷入这种形式之中，就会将自己原初的、自然的形式忘掉，我们的思想与情感在几十年内都会保持这种状态。许多他未曾表达过的思想，他未曾唤起过的情感，却在他去世很长时间以后出现了。"①罗赞诺夫认为之后出现的讽刺类型，却都源自果戈理的创作。从果戈理开始，所有不符合其精神的创作就会显得格外苍白无力，而所有与其创作相一致的作品，尽管本身平淡无奇，却也能滋长并占据一定位置。社会发展所推动的精神生活在其个性的影响之下破灭了，随后讽刺风格垄断一切，虽然一些观念被摧毁，另一些观念生根发芽，但实际上所有这一切都是同源的，都是由讽刺倾向滋生并孕育出来的。果戈理对一切有生命事物的讽刺总是使最高的热情凝固，他的真理实际上就是蔑视人。显然，罗赞诺夫拒斥果戈理讽刺的倾向，在他看来讽刺并不可笑。实际上众所周知，俄国古典主义戏剧中的喜剧就运用了讽刺手法，讽刺并不是果戈理的首创。

尽管罗赞诺夫曾经在《阿卡基·阿卡基耶维奇的类型是如何出现的？》一文中提出，果戈理的抒情插笔可以去除"笑"所蕴含的嘲讽情绪，但他认为在果戈理晚期的作品中，笑则仅仅指涉一种反面的情绪，"笑本身就是不体面的事情，笑是人类灵魂中的低级范畴"②。罗赞诺夫将笑与讽刺、漫画联系在一起，并将其视为虚无主义的组成部分。他认为笑是否定的极端表达形式，是罪孽，是一种纯粹的恶。罗赞诺夫认为果戈理的"笑"是对人的讽刺、对人的嘲笑，剥夺了人的尊严。罗赞诺夫厌恶对人的鄙视。即使人并不是完美的，有时甚至是可鄙的，但他依然

---

① Розанов В.В. Среди художников. М.: Республика, 1994, с. 159.

② 瓦·洛扎诺夫：《落叶集》，郑体武译，云南人民出版社，1998，第304页。

无法接受对人的嘲弄。"虽然他所描绘的社会是愚蠢和卑贱的，虽然这个社会值得嘲笑；但是，难道这个社会不是由人构成的吗？如果他们既没有能力去爱，深深地痛恨，也没有能力去经历恐惧，获得尊严，那么他们最终为了什么而劳动和收获，去某地旅行，倒腾东西？有一次果戈理描写孩子，这些孩子和他们的父亲一样，都是不成体统的人物，同样也是可笑的和被嘲笑的人物。"① 可见，罗赞诺夫认为果戈理的嘲笑是对人的贬损、中伤，是对高尚品质的消解。

罗赞诺夫还认为讽刺是来自地狱与阴间的，我们目前还没有进入其中，而是生活在尘世，因此讽刺对于我们的存在与智慧来说是不成体统的。罗赞诺夫认为，从宗教角度来说，果戈理对于俄国是一场劫难。果戈理对人的讽刺体现出他达不到真正的宗教高度，"如何能从宗教的高度谈论一个著名的审判人类的讽刺家？如果说存在这个高度，那么这高度也与观望着人类的耶稣没有任何共同之处。因为救世主并不会从高处俯视人们，而是拉着他们的手，将他们带到身边。他训导他们，但从不嘲笑他们"。② 显然，罗赞诺夫从上帝的视角出发，认为嘲笑与讽刺、揭露与谴责解决不了任何问题，而是应该用爱去劝诫、感化人。

从表面上看，罗赞诺夫与著名的别林斯基观点似乎存在交叉点，都将果戈理的笑视为批判讽刺，但实则二者的视角不同，后者彰显的是"笑"的社会功能，"含泪的笑"被赋予积极的意义，是批判社会丑恶的武器，目的在于改良社会、促进道德完善。而罗赞诺夫则认为"笑"是消极空洞的嘲弄，他刻意凸显笑中"取笑"这层含义。我们认为，罗赞诺夫与巴赫金似乎可以作为"笑"两个极端的代表，站在矛盾对立的端点。罗赞诺夫强调的是"笑"的消极含义，巴赫金则认为果戈理的笑是积极的、崇高的、阳光的，是根植于狂欢化的民间笑文化。巴赫金拒斥将果戈理的"笑"仅仅当作讽刺的笑，他认为这是两个完全无法融合的概念，从而摒弃了果戈理创作中的悲剧色彩。

我们认为，罗赞诺夫对果戈理的评价是不公正的，也是过于单一

---

① 罗赞诺夫：《论宗教大法官的传说》，张百春译，华夏出版社，2007，第17页。

② Розанов В.В. Мысли о культуре. М.: Современник,1989, с. 173.

的，仅仅将"笑"局限在嘲笑与否定等反面因素上，显然忽视了喜剧的艺术、"丑"的艺术。在果戈理看来，对"丑"的揭露让人们清晰明确地认识到社会的扭曲与堕落。他的最终目的并不是蔑视人，不是狭义的讽刺，而是通过"笑"纠正缺点，净化灵魂，唤起人们的善。"笑要比人们想的重要得多，深刻得多……许多事情如果赤裸裸地被表现出来，会搞乱人的思想；如果经过笑的力量的照耀，它就会给心灵带来和解。"① 果戈理一生中的"笑"是变化的，从早期作品中的色彩明亮的"笑"到以道德自我完善为目的"笑"，最终到《死魂灵》第二、三部中放弃了讽刺手段的对正面人物的描写。果戈理作品中"笑"绝对不是罗赞诺夫评价的那样简单。

罗赞诺夫拒斥讽刺倾向，主要源于他认为讽刺与理想无法融合。他认为果戈理破坏了理想，使一切伟大、美好、辉煌都变成虚无。罗赞诺夫反对讽刺的最主要原因就是果戈理的作品讽刺并否定俄国现实，具有破坏性的反国家、反民族的性质。因此，所有被称为批判现实主义的作家，在他看来都是反社会的。"从果戈理开始，我们的社会就失去了现实的感觉，并由此出现了反对现实的因素。"② 罗赞诺夫提出，作家的重要使命就是做对社会有益的事，因此单纯指责、揭露、嘲笑俄国社会的现实是不理智的。他写道："俄国文学的内容是令人厌恶的，是厚颜无耻的。在这样一个庞大的国度，人民勤劳、聪明、顺从，然而俄国文学做了什么？"③ 他认为罗斯本应是神圣而美好的，果戈理理解并反映出来的罗斯伴随苦痛、深思，却是愚蠢荒谬的。

罗赞诺夫认同果戈理是"忧郁之父"的说法，他认为这位表面上快乐的讲述者背后隐藏着一双忧郁的眼睛，一直阴沉地、奇怪地看着这个世界，因此果戈理看到的都是昏暗的、鄙俗的现实。他的怨恨是无休止

---

① 果戈理：《果戈理全集》戏剧卷，周启超主编，白嗣宏译，安徽文艺出版社，1999，第393页。

② Розанов В. В. Легенда о Великом инквизиторе Ф.М. Достоевского. М.: Республика, 1996, с.134.

③ Розанов В. В. Легенда о Великом инквизиторе Ф.М. Достоевского. М.: Республика, 1996, с.447.

的，在整个自然界中，他什么也不赞美。同时，他还长着一颗阴郁的心灵，总是盘旋着难以解释的不安，"这种忧郁的界限还无法衡量，它的尽头也未可知。但它深深地改变了俄国的灵魂"①。由此，果戈理便将自己的不安、忧郁散播到整个俄国，即使是普希金也无法抵御他的阴郁。在《永恒的悲伤决斗》（1898）一文中，罗赞诺夫指出，普希金早期创作的思想是至纯的、静谧的，没有丝毫的痛苦与不安。但针对格里戈里耶夫提出的"普希金的作品具有驱除人的魔鬼天性的威力"观点，罗赞诺夫予以否定，并反问道，"难道他具有去除果戈理痛苦本性的能力？普希金的创作对《死魂灵》《钦差大臣》中扼杀活人的手法没有产生丝毫的影响"②。众所周知，《死魂灵》的题材是普希金提供给果戈理的。罗赞诺夫认为，如果普希金完成这部作品，那么一定与果戈理相对立，他一定会让我们看见《奥涅金》与《上尉的女儿》当中那样美妙的笑，绝对不会出现"看不见的眼泪"以及在冰层之下的笑的号啕痛哭。罗赞诺夫认为，在前者的世界里，不会出现"苦痛"和"死亡"，而在后者的世界里，却只弥漫着这样的词。

罗赞诺夫还认为，果戈理的破坏力与影响力之强大"还要归功于别林斯基活动的最后阶段，特别是60年代的活动。他递给了果戈理一根更为有利的杠杆，就如同阿基米德能撬起整个地球的支点"③。果戈理在《死魂灵》以及《钦差大臣》中就展现了这一支点对俄国的破坏力。罗赞诺夫提出，没有一个俄国当代人灵魂的一隅未曾受到果戈理直接或间接的影响。读者们开始被迷惑，他们停止了观察事物，停止了认知事实。他们看不见事实，没有看穿果戈理的"欺骗"，也不再相信鲜活的生活与"死魂灵"没有相似之处，完完全全地听信于他。他们把"死魂灵"当成整整一代人的社会真实反映——"行走的死魂灵"的一代，并厌恶这代人。从此哀号、悲痛、抑郁在国家泛滥成灾，湮没了一切，这对俄国来说是毁灭性的。也就是说，罗赞诺夫认为果戈理以自己眼中的

---

① Розанов В. В. О писательстве и писателях. М.: Республика, 1995, c. 352.
② Розанов В. В. О писательстве и писателях. М.: Республика, 1995, c. 365.
③ Розанов В. В. Среди художников. М.: Республика, 1994, c.297.

庸俗、扭曲、畸形的现实，取代了真正的现实。俄国的悲哀不在于存在
一个果戈理，而在于俄国将这个变形的、扭曲的现象当成了真实的、可
信的形象。罗赞诺夫认为，果戈理因"天才的、罪恶的污蔑"而遭到了
惩罚，但果戈理以其消极的形象，影响了俄国社会的发展。罗赞诺夫用
一篇接一篇的文章加大了果戈理的罪行。

　　罗赞诺夫认为果戈理贬损了俄国，他最令人难以忍受的方面在于对
一切的摧毁："他经过了俄国，曾经雄壮、伟大、有威望的俄国。果戈
理经过了这些想象的或者现实的'纪念碑'，用消瘦的、无力的双脚将
一切踩碎，没有留下任何足迹，只留下了丑陋的一片混沌。"[①]从果戈理
开始，文学与社会的整体发展都具有破坏的特点，摧毁了俄国千年的支
柱。罗赞诺夫无法忍受他对祖国的丑化、贬抑，从而用批判的视角指责
果戈理对俄国黑暗面的揭露。

　　笔者不完全赞同罗赞诺夫的论说。罗赞诺夫试图制止果戈理对俄国
的贬损，却没有意识到这种"贬损"比任何真理都更为真实。实际上果
戈理作为作家，正如他在《死魂灵》中写的那样，使读者直面俄国的现
实，尽管是阴暗的现实，"敢于揭示每时每刻发生在我们眼前的，但冷
漠的眼睛却看不到的一切，敢于揭示那些阻碍我们的生活前进的令人震
惊的可怕的生活琐事，敢于揭示那些麇集于我们的土地上，在有时是痛
苦而乏味的人生道路是随处可见的冷酷、平庸并且受过伤害的人物的灵
魂，并且以无情的笔触鲜明生动地将他们刻画出来，展现在世人面前。
这种作家的命运和遭遇就完全不同啦！既没有人向他喝彩，没有人为他
洒一滴感激的泪水，没有人为他兴奋和激动，更没有十六岁的少女为他
神魂颠倒，像迷恋英雄一样投入他的怀抱。他不可能孤芳自赏，陶醉于
自己演奏出的优美的音乐之中；他最终逃避不了伪善而又麻木的当代批
评家的评判。他所珍爱的作品被称为猥琐庸俗的东西，他本人也被视为
亵渎人类的作家，落到一个屈辱的地位。那些评论家会把他笔下的主人
公的品格与他本人等同起来，会摧垮他的心灵，熄灭他的天才的圣火。

---

① Розанов В. В. Среди художников. М.: Республика, 1994, c. 280.

当代评论家们不承认，可以反射阳光的玻璃和可以显示微生物蠕动的玻璃同样珍奇……当代评论家们非但不承认这一切，而且指责和辱骂这个得不到承认的作家。于是他无人理睬，得不到同情，像一个没有家室的单身旅人，孤苦伶仃地站在驿道上。他的前景是阴暗的，他感到凄苦，孤独"①。这正是不被理解的果戈理的真实心声，他早已预见自己无情而犀利的笔触、自己描写的猥琐庸俗的现实为许多人所不齿。但他仍然认为自己具有使人觉醒的才能，力图使自己的作品成为"一个通向崇高之物的觉察不出的阶梯"。

罗赞诺夫无视果戈理的创作意图，仅仅从他作品中所呈现的阴暗面去解读他。他还提出，果戈理的出现给俄国注入了一股污浊的气息，从而人们纷纷开始反对它，瓦解着君主制的国家："对于普希金与莱蒙托夫这样的天才来说是很奇怪的，但事实的确如此。他们恰恰是整个文明的落日和黄昏。俄罗斯的海洋——光滑如镜。一切都是'倒影'和'回声'。记忆的'回声'……富丽堂皇的'拉斯特列利'风格随处可见：在宫殿里，在事件里，在节日中，在悲伤中……在'拉斯特列利'的风格中甚至有反对派，这便是十二月党人。寂静的，安宁的深夜。空气透明，天空闪烁……'突然有个魔鬼用棍子搅动海底，于是从海底升起一股股浊流，沼泽的气泡'……这是果戈理来了。果戈理身后，一切都完结了。苦闷，困惑。仇恨，很多仇恨。'多余人'。苦闷的人。糟糕的人。一盘散沙，四分五裂。'把我们的君主制朝不同的方面拉'。"②可见，罗赞诺夫拥护君主制，反对任何形式的暴力手段，包括十二月党人的起义。在他看来，原本雄伟壮阔的俄国在果戈理的作用下开始分崩离析，俄国的理想被颠覆。一个没有理想的国家是可怕的，势必走向衰落。这是罗赞诺夫对俄国未来的预言。1911年，罗赞诺夫认为果戈理之后的俄国文学就是在为俄国的末日埋下伏笔："布宁《乡村》中的每一行文字似乎都在说：农民是可怕的、可耻的、痛苦的。高尔基描述小市民，阿·托尔斯泰讲述贵族……如果他们所谈论的都是事实，那么俄国早就

---

① 果戈理：《死魂灵》，郑海凌译，浙江文艺出版社，1996，第152页。

② 瓦·洛扎诺夫：《落叶集》，郑体武译，云南人民出版社，1998，第124页。

已经走向覆灭，只剩下一个空荡荡的处所，等待着'被智慧的邻国人民收复'，就像斯梅尔加科夫在《卡拉马佐夫兄弟》中所想象的一样。"①

罗赞诺夫认为虚无主义源自对祖国的痛恨，随之便转变为咒骂、伤害，直至颠覆的决心。他的批评主要展现了悲哀与痛心，他似乎预感到可怕的一刻即将到来，痛苦地预感到"俄国的衰落"②。他得出结论，俄国终将与俄国文学描绘的情景如出一辙：走向帝国的灭亡。"谁之罪？谁使理想幻灭？"罗赞诺夫回答得很坚决："所有人。激进主义者、保守主义者、俄国历史、教会，更宽泛地说，是基督教，最终是俄国文学，但首先最主要的肇端者是果戈理。"③可见，在罗赞诺夫看来，俄国的覆灭之路果戈理当属罪魁祸首。

罗赞诺夫认为果戈理的预言变成了现实，在他之后，破坏不再可怕，人们也不再为破坏的力量而扼腕叹息。沙皇摇身成为第二个真正的钦差，也就是那位果戈理只是在剧本中提到，却没有真正描绘出来的钦差。"如此，《死魂灵》《钦差大臣》的创作者就成为我们当中最伟大的人，任何一个政治作家都无法与其比肩，制造出如此多的政治。"④他甚至认为是果戈理对俄国现实、生活、精神发展的描述导致了尼古拉时代罗斯的覆灭。罗赞诺夫反对革命，他认为果戈理以自己的否定笔调奠定了自由主义的基础，本质上与革命具有相同的效力。因此，他将果戈理视为引起社会革命动荡的诱因与催化剂。

别尔嘉耶夫同样反对革命，但与罗赞诺夫不同，他并没有将这一切归咎于果戈理。他认为："果戈理在哪里都看不到善，在哪里都看不到活人的形象。因为现实本就如此，在俄国，人的形象、真实的个性是那么少，而谎言和假象是那么多，散乱和丑陋是那么多。"⑤罗赞诺夫作为斯拉夫主义的崇拜者，出发点显然与他不同，正如吉皮乌斯所言："洛扎诺夫不光是个头号雅利安人，还是个头号俄罗斯人，彻头彻尾的俄罗

① Розанов В. В. Избранное. Мюнхен: Найманис, 1970, с.446.
② Розанов В. В. Избранное. Мюнхен: Найманис, 1970, с.446.
③ Розанов В. В. Избранное. Мюнхен: Найманис, 1970, с.446.
④ Розанов В. В. Избранное. Мюнхен: Найманис, 1970, с.446.
⑤ Бердяев Н.А. Духи русской революции. М.: Изд-во Московского университета, 1990, с.74.

斯人。他身上没有一根血脉不是俄罗斯的。对俄罗斯的一切，无论好坏，他都不加选择地接受。"①罗赞诺夫自己也曾在《落叶集》中写道："俄罗斯生活的肮脏、虚弱，不知何故，就是可爱。"②笔者认为，罗赞诺夫与果戈理以不同的视角看待俄国的丑陋，后者看到的是丑陋反面的理想，而前者则仅仅看到了丑陋本身，罗赞诺夫认为果戈理的方式会毁掉俄国，因此他反对果戈理，不惜把果戈理与整个俄国文学对立起来。他需要的是能够抵御"不良"倾向的文化与社会力量。

1917年革命爆发以后，罗赞诺夫作为革命的见证者，他震惊地看到了曾经被自己理想化、神化，顺从的、敬神的人民竟然成为主导革命的力量。他真切地认识到斯拉夫派关于人民的说法似乎仅仅是一种神话。罗赞诺夫放弃了斯拉夫派，在基列夫斯基与恰达耶夫之间，他选择了恰达耶夫。他说道："恰达耶夫对俄国的反对是正确的。"③罗赞诺夫开始重估价值。在革命之后，他坚定地认为庸俗的专制俄国是腐朽的。

经历了革命，罗赞诺夫的思想也发生了重大的转变，他开始重新审视果戈理，不再将所有的过错都附加到果戈理身上，他对作家看法的改观主要源于革命的发生意味着果戈理的预言实现了。他在《迷惑与否定》中写道："俄国文学主要的弊端始于康杰米尔、冯维辛，他们不仅仅诽谤，还责骂俄国的现实。随后，便出现了果戈理笔下可恶的地主和冈察洛夫笔下的奥勃洛莫夫、谢德林笔下的历史（《一个城市的历史》）、奥斯特洛夫斯基剧本中的商人，最终到了屠格涅夫笔下的家庭，俄国除了俏皮话、歌曲、童话之外，已经没有什么能够去爱了。因此才产生了革命。"④这些文字写于1918年，此时，果戈理在他眼中只是俄国的瓦解者之一。罗赞诺夫还将文学视为革命的罪魁祸首，因为文学有预见性，它的预言实现了。

罗赞诺夫承认："果戈理这位魔鬼是正确的。他看见了俄国的灵魂，

---

① 吉皮乌斯：《往事如昨——吉皮乌斯回忆录》，郑体武、岳永红译，学林出版社，1998，第149页。

② 瓦·洛扎诺夫：《落叶集》，郑体武译，云南人民出版社，1998，第59页。

③ Розанов В.В. Избранное. Мюнхен: Найманис, 1970, c.563.

④ Розанов В. В. В мире неясного и нерешенного. М.: Республика, 1995, c. 603.

其中'地狱的内容'。"① 此时，果戈理在其眼中，不是以自己的否定吞噬了俄罗斯，而是第一个正确预言了俄国命运，俄国由否定、虚无主义，走向了革命。他创作了《果戈理与彼特拉克》一文，其中正面地评价了果戈理，将其视为多神教的创始人，还将其与古希腊罗马文化联系在一起，甚至将果戈理作为自己的同盟者。"果戈理不仅仅是俄国的揭露者，还是整个欧洲的揭露者，基督教的揭露者，他揭露了基督教本身。他起到的作用并不是我一生所想的那样，而是彼特拉克的作用，多神教复兴的开创者。"② 此处罗赞诺夫实际上依然致力于复兴多神教，批判基督教，并将古希腊的理想作为自己反基督的依托。

1918 年，罗赞诺夫在信中写道："我一生都在同果戈理战斗并憎恶他。其实我们谁都对他'一无所知'。可到了六十二岁的时候，我想，'你赢了，这可怕的一簇毛（对乌克兰男人的一种称呼，笔者注）。"③ 这是罗赞诺夫生前最终关于果戈理的批评，他对果戈理的批评也展现了其自身文学观念发展与转变。

罗赞诺夫对果戈理的态度是矛盾的，作家身上凝聚着最尖锐的、令他感到痛苦的、折磨了他数十年的思想。在与果戈理的论战中，罗赞诺夫展现了精神与思想的矛盾与混乱，呈现了革命前知识分子的典型特征。实际上，他也看到并感受到了果戈理本人的痛苦。然而，罗赞诺夫本人的世界观直接决定了其文学批评的感情色彩与评价倾向。他针对果戈理的批评不仅仅是个人问题，还具有社会意义。

# 小　结

罗赞诺夫对果戈理的评价大多是否定性的、贬抑的，彰显着鲜明的个性化色彩。不可否认，罗赞诺夫是一位卓越的语言大师。因此读者一

---

① Розанов В. В. Апокалипсис нашего времени. М.: Республика, 2000, с.36.

② Розанов В. В. О писательстве и писателях. М.: Республика, 1995, с.403.

③ Розанов В. В. Материалы по истории русской культуры: Неизданное письмо В. В. Розанова П. Б. Струве. Т. Розанова // Воспоминаний об отце. Литература и жизнь . Вестник РХД, 1974, № 112, с.342.

不留神就会陷入他的批评之中，甚至赞同他的观点。实际上，罗赞诺夫试图以卓越的语言和独特的风格改写人们心目中传统的果戈理形象，却是以牺牲甚至有意识地抹杀作家作品中的大量内容为代价的。他的一些评价是极其细节化的，深入文本内部，但导致了对作品整体内容与作家创作意图的忽视。这实际上与后来的形式主义文学深入文本内部，而忽略内容的批评十分相似。

罗赞诺夫对果戈理的许多解读都是在与普希金的对比中展开的，究其原因，在罗赞诺夫看来，普希金开创的和谐、光明等精神都在果戈理的笔下消失殆尽了。他认为果戈理在俄罗斯生活中看到的更多是丑陋和可怖，而不是美好与光明。"果戈理已经是在解析式地、分割式地领会旧的有机的整体的世界，对于他来说，人的形象已经一层一层被揭开并溃散，他在生活的深处看到了那些丑陋和恶魔，后来毕加索以另一种方式在绘画中揭示了出来。"[①] 这正是罗赞诺夫贬抑果戈理的原因之一。然而，他并没有洞悉果戈理掩藏在丑陋与庸俗背后美好的、崇高的创作意图与道德追求。正因为批评家没有发掘果戈理创作的深层奥秘，他无法理解作家"笑"的正面力量，只将其视为对人的挖苦与蔑视。因此他对果戈理的批评是不公正的。

罗赞诺夫提出果戈理的作品是臆造的、僵死的，人物形象都是看似真实生动的蜡像、漫画，然而是脱离生活的，并没有反映现实。实际上，他忽略了喜剧艺术夸张、变形的手法，也不理解作家创作的现代主义特征和怪诞图景的现实意义。罗赞诺夫忽略了《死魂灵》的社会历史内容，或者说对其视而不见。笔者认为，否定果戈理作品的现实性是不正确的，作家的创作显然是在现实的基础上进行的，只是运用了怪诞的手法与笔调。

值得肯定的是，罗赞诺夫对果戈理开创了现实主义流派的"著名观点"提出了质疑，在 20 世纪初（1901 年）最先提出了当时还没有被发掘出来的作家难以理解的神秘性。他还认为果戈理之后的文学都转向了

---

① 耿海英：《非现实主义的果戈理：别尔嘉耶夫对果戈理的重新定位》，《俄罗斯文艺》2009 年第 3 期。

对人的实质的洞察、对人内心世界的探求。陀思妥耶夫斯基正是延续了果戈理开创的对复杂思想世界的探索。罗赞诺夫对果戈理恶的洞察得到了别尔嘉耶夫的肯定。借助罗赞诺夫思想的火花，白银时代的其他思想家也察觉到正是果戈理在俄国第一个感觉到了宗教道德与灵魂的问题。尽管罗赞诺夫的一些视角是神秘主义的，却没有挖掘出果戈理作品中的真正宗教神秘主义因素，有些评论甚至是没有任何文本根据的。但这在20世纪初的文学视域中是可以理解的。

罗赞诺夫发现了果戈理的创作使俄国文学实现了从美学向宗教、心理角度的转变，从普希金向陀思妥耶夫斯基的转变，开始走向了一条复杂的精神和思想探索之路。我们认为这点也是值得推崇的。

# 第四章　罗赞诺夫批评视野中的
# 陀思妥耶夫斯基

　　19世纪末20世纪初是俄罗斯文化的"白银时代"，更是宗教哲学发展的"黄金时代"，这一时期涌现了大批卓越的宗教哲学家、思想家，他们倾向于社会文化与宗教哲学的结合，试图以社会文化为依托，借助宗教哲学思想阐释社会现象与文学问题，建构以精神为核心的理想社会图景，这就催生了一种新型的"宗教哲学批评"。这一批评形式既彰显了评论社会问题的激情，又延伸出宗教哲学的独特深度。这些宗教哲学家们的批评势必要根植于渗透浓厚宗教哲学思想的作品，托尔斯泰与陀思妥耶夫斯基的创作无疑成为滋养该批评的最佳土壤。1935年，别尔嘉耶夫写道："在产生了美学批评和印象主义批评的同时，也出现了哲学批评，乃至宗教–哲学批评，人们得以鉴赏陀思妥耶夫斯基和托尔斯泰形形色色的鸿篇巨制，他们的创作开始对俄罗斯的意识和思想产生决定性的影响。"[①]大批研究著作纷纷涌现，如梅列日科夫斯基的两卷本专著《托尔斯泰与陀思妥耶夫斯基》（1901—1902），他将托尔斯泰视为"肉体洞察者"，代表着多神教，将陀思妥耶夫斯基视为"灵魂的洞察者"，代表着基督教，梅氏正是在阐发二者的基础上建构自己的宗教构想，试图依托二者创建圣灵的"第三约言"；沃伦斯基发表了《卡拉马佐夫兄弟的王国》（1901）、《愤世之书》（1904）、《陀思妥耶夫斯基》（1906），并在研究的基础上建构了后来的存在主义与人格主义；伊万诺

---

① Бердяев Н. А. Миросозерцание Достоевского.М.: Захаров, 2001, с. 154.

夫发表了《陀思妥耶夫斯基与长篇小说——悲剧》（1911）、《俄罗斯的面貌与面具——陀思妥耶夫斯基思想体系研究》、《陀思妥耶夫斯基：悲剧—神话—神秘论》（1932），伊万诺夫将悲剧因素纳入主人公的意识之中，并将个人存在的要素投射到历史之中；舍斯托夫的《陀思妥耶夫斯基与尼采悲剧的哲学》（1902）、《预言才能》（1906）从哲学角度阐释了陀思妥耶夫斯基与尼采悲剧的异同，探究了陀氏的辩证法与怀疑主义；别尔嘉耶夫的专著《陀思妥耶夫斯基的世界观》（1921）以专题形式阐释了陀氏的主要思想，从而建构自己的"自由"哲学；等等。陀思妥耶夫斯基的作品以其特有的繁复而艰深的宗教哲学探索赢得了众人的青睐，这些诠释者纷纷在作家的创作中探寻自己哲学的理论根源，甚至在此基础上建构自己的世界观。"罗赞诺夫、梅列日科夫斯基、舍斯托夫、伊万诺夫等，统统把自己置于陀思妥耶夫斯基的标准上：他们统统是他的心灵之子，并立意要去解决他所提出的问题。托尔斯泰在舞台上占的空间比较大，但陀思妥耶夫斯基的影响却更广更强。要触及托尔斯泰，容易得多，但他容易被人认为是宗师；但陀思妥耶夫斯基所耕种的却是俄罗斯心灵那复杂而锐利的形而上学思想。"[①]

陀思妥耶夫斯基是对罗赞诺夫影响至深的人物，"在俄罗斯作家中，没有任何一位能够像陀思妥耶夫斯基那样，受到罗赞诺夫始终如一的热爱，被他终生认真研读"[②]。的确，罗赞诺夫一生与陀思妥耶夫斯基的渊源深厚，他始终对作家怀有一种特殊的情感。他从青年时期开始接触陀思妥耶夫斯基，"中学六年级的假期，我带回家一本《罪与罚》，我阅读这位作家最初纯粹是为了学习。还记得那个晚上，我悠闲地看着书，整晚竟不知不觉地过去了，直到天亮厨师抱着生火材走进来。我这才熄灯睡觉。令人惊奇的是，无需任何语言，拉祖米欣立刻意识到所有人都在寻找的杀人凶手就是拉斯科尔尼科夫，就如同'无线电报'，我的心灵被震撼，长久地颤抖着"[③]。罗赞诺夫认为陀思妥耶夫斯基的作品直击自

---

① 何怀宏：《道德·上帝与人：陀思妥耶夫斯基的问题》，北京大学出版社，2010，第7页。
② 张杰、汪介之：《20世纪俄罗斯文学批评史》，译林出版社，2000，第82页。
③ Болдырев Я. Василий Розанов. Челябинск:Урал ЛТД, 2001, с.101.

己的心灵，阅读他的作品似乎感觉到作家是自己的一位亲人，自己和作家身上萦绕着同一个灵魂。从此，陀思妥耶夫斯基成为罗赞诺夫的思想伴侣。罗赞诺夫穷其一生，竭力探求陀氏的奥秘。斯特拉霍夫认为，罗赞诺夫努力窥视陀思妥耶夫斯基的内心世界，似乎在借助作家的眼睛观察世界。

　　如前所述，为了深入了解陀思妥耶夫斯基，罗赞诺夫大学期间就与陀思妥耶夫斯基的情人苏斯洛娃举行了婚礼。对于这场婚姻，许多人都难以理解，"他还是一名小伙子，竟迎娶了一位上了年纪的女人，仅仅因为她是陀思妥耶夫斯基的情人，可见他多么崇拜陀思妥耶夫斯基，将他奉若神明。简直难以想象这场书面的、理论的、不切实际的婚姻"[①]。法捷耶夫则认为"罗赞诺夫试图通过这场婚姻与俄罗斯主流文学与思想建立起联系，但这次尝试是失败的、病态的"[②]。尽管这次婚姻并不成功，却在某种程度上反映出罗赞诺夫并不满足于陀思妥耶夫斯基创作的文学材料，而是渴望更为深入地认知、洞察作家，甚至包括作家的私生活。罗赞诺夫非常看重婚姻，第一次婚姻的失败让他尤为沮丧，因此他格外珍视第二次婚姻。可以说，婚姻与他的创作、批评，甚至世界观塑造都具有重要联系。罗赞诺夫在《落叶集》中对这一现象进行了阐释："文学与个人生活是相互融合的，对我来说没有文学，而只有我的事业。"[③]不可否认，他将对生活的体悟、对生活的思考融入文学批评与创作之中。

　　综观罗赞诺夫的一生，可以看出，1894年出版的《论宗教大法官的传说》令其一举成名，随后他写了一系列关于陀氏的文章，直至最后的"三部曲"，他从未间断对陀氏的批评。陀思妥耶夫斯基创作中的宗教因素对罗赞诺夫宗教观的建构影响也很大，批评家如是描述自己的宗教之路："在读完陀思妥耶夫斯基第一部小说以后，'社会主义'与'无神论'完全从我的脑海里消失，同时出现了另一个支点……"[④]从此，这

---

①　Дурылин С. Н. В своём углу. Из старых тетрадей. М.:Моск. рабочий, 1991, с. 210.

②　Фатеев В. А. С русской бездной в душе:жизнеописание Василия Розанова. Санкт- Петербург:Кострома, 2002, с. 185.

③　瓦·洛扎诺夫:《落叶集》，郑体武译，云南人民出版社，1998，第394页。

④　Розанов В. В. Литературные изгнанники:Воспоминания. Письма. М.:Аграф, 2000, с. 92.

位未来的思想家便脱离了"无神论者"的身份,"上帝"则住进了他的内心。罗赞诺夫认为陀思妥耶夫斯基的作品完全跨越了文学的界限,甚至摧毁了它,迈向另一个神圣的宗教领域。思想的转变使罗氏开始重新审视陀思妥耶夫斯基的创作,从宗教的视角分析其作品,并在此基础之上创建了自己独特的宗教哲学。"罗赞诺夫在陀氏作品的基础之上建构了自己的形而上学,他进入俄罗斯文学领域的时候,已经是一位巨人了,这一点无可争议。"①毫无疑问,罗赞诺夫与陀思妥耶夫斯基的联系在于对基督教的难以名状的倾慕情感,区别仅仅是前者转向其他宗教寻求宗教革新,后者以探讨问题的形式展现了对宗教信仰的思考。

陀思妥耶夫斯基另一个吸引罗赞诺夫之处在于其作品的形式。罗赞诺夫认为陀氏善于深入人的内心,洞悉一切,从而揭示人的灵魂的全部深度,对此他极为推崇。"陀思妥耶夫斯基的本质在于无限的隐秘性,他是一位最隐秘、最内在的作家,因此阅读他,好像并不是在阅读别人,而像是在倾听自己的灵魂,不过比通常的倾听更深入。"②在他看来,陀思妥耶夫斯基是作家当中最具开创性行为的,凭借这种方式作家能够最大限度地缩短作者与读者之间的距离。这是罗赞诺夫对陀氏的独特解读,他还将这种感悟转化为写作方式融入自己的创作中。在"三部曲"中,他就力图揭示人的灵魂,展现心灵流动的过程与状态。"罗赞诺夫是陀思妥耶夫斯基的学生。陀思妥耶夫斯基的风格是'瓦西里·瓦西里耶维奇'创作散文作品的依托。"③实际上,他与陀思妥耶夫斯基在精神上具有同源性。因而,他才能深刻地理解陀氏,揭示陀氏创作的奥秘。

罗赞诺夫很欣赏《作家日记》,他认为日记这一形式突出了陀氏小说的自白性特点,作者的内心独白渗透在内在的对话性之中,并将独白转化为同自己的对话、论战,有利于最大限度地展现作家复杂的精神探

---

① Фатеев В. А. С русской бездной в душе:жизнеописание Василия Розанова. Санкт- Петербург:Кострома, 2002, с. 245.

② Розанов В. В. О писательстве и писателях. М.:Республика, 1995, с. 535.

③ 西尼亚夫斯基:《笑话里的笑话》,薛君智等译,中国文联出版社,2001,第307页。

索过程。罗氏也在陀氏《作家日记》的形式上发展了自己独特的"随笔体"，这种体裁非常符合批评家的内在情感与思想特质。

基于罗赞诺夫受到的"陀思妥耶夫斯基气质"的影响，许多评论家都将其视为陀氏的"分支"、模仿者，并将陀氏作为"理解他的坐标体系"。更有评论者认为罗赞诺夫与陀氏作品中的主人公存在对应性，他"一生都受到陀思妥耶夫斯基思想的启发，在性格上、思考方式上，罗氏是陀思妥耶夫斯基作品中正面人物与反面人物的融合"[①]。

不可否认，罗赞诺夫的思想、写作风格都受到了陀思妥耶夫斯基的影响，戈列尔巴赫认为："陀思妥耶夫斯基活在他的体内，陀氏的音乐总在他的灵魂里歌唱。"[②]但仅仅从承继性这种单一视角思考问题，就会忽略罗氏文本的对话性。从《论宗教大法官的传说》开始，罗氏就与陀思妥耶夫斯基进行着对话、争辩。罗赞诺夫的批评摒弃了绝对性原则，也就是绝对的赞誉或绝对的否定性评价，实际上也是某种对话形式的变体，"在罗赞诺夫的批评中首次出现了对话的概念，让广大的读者与他的文学批评见面，才能真正科学地对其进行评价，客观而深入地理解罗赞诺夫批评的对象，从他一生与伟大俄罗斯文学鲜活、热情的对话中总结出有益的篇章"[③]。的确，他将陀思妥耶夫斯基作品中的对话特点贯穿到自己几乎所有作品中，从报纸、杂志中的批评文章，到最后的"三部曲"。

值得注意的是，罗氏的文学批评主观性极强，"他的独特性不在于内容，也不在于形式，而在于其内心与评论对象的相似性。罗赞诺夫散文的主人公首先是其个人理念的承载者。他对本时代现实的思考不是体现了认知过程，而是作为文化的主体与具体个性进行对话"[④]。因此，他对陀氏的一些批评并不一定依托陀氏本人的思想，而是在阐释

---

① Суслова А.П. Годы близости с Достоевским. М.:РУССЛИТ, 1991, с.173.

② Голлербах Э.Ф. В.В. Розанов. Личность и творчество. Петроград:Спасовский, 1918, с.115.

③ Ломинадзе С. С. В. В.Розанов- литературный критик // Вопросы литературы, 1988, №.4, с.176.

④ Медведев А.А. Эссе В.В. Розанова о Ф.М. Достоевском и Л.Н. Толстом:Проблема понимания. М.:МГУ им. М. В. Ломоносова, 1997, с.200.

自己的理论。

## 第一节 对陀思妥耶夫斯基"自由观"的诠释

### 一 自由与理性

《地下室手记》是陀思妥耶夫斯基创作生涯中的分水岭,是体现作家思想转折的重要作品。我们知道,在《地下室手记》中,陀思妥耶夫斯基最先提出了理性与个性、科学与意志之间的冲突问题。在陀氏看来,理性代表主流意识形态,是秩序、逻辑、规律的象征,秩序和计划则构成了人类生活中的基本特征。理性主义将现实理想化,试图用科学方法指导实践活动,车尔尼雪夫斯基在《怎么办?》中,以理性的规律为依据建立起一座"水晶宫"。陀思妥耶夫斯基则将其称为蚂蚁窝,也就是一个由无数人组成的集合群体,生活在其中的人长时间受到某种规律的支配,逐渐趋向麻木的状态,并习惯性地自觉地遵从其中的规律与秩序,其中包括现实中表现出来的规律,以及科学对这些规律的阐释。陀思妥耶夫斯基在给赫尔岑的信中曾经这样写道:"我发现,科学的最终发展形式,就是迫使我们去接受某种真理,却无视我们愿不愿意去接受。"[1]他认为理性与科学就是强制性地使人原封不动地接受并屈从某些规律,它们不会关心人们的愿望,更不会在意人们是否喜欢这些规律。

陀氏通过地下室人对理性主义发出一连串的诘问,如理性主义是否应该通过标准化的模式来规划生活、是否用数学方式计算利益、是否用统计方法丈量支配意志的规律等。显然,地下室人的答案都是否定的。"水晶宫"就是一堵堵由信奉理性乌托邦真理的人搭筑起的石墙,隔绝了人类正常的感觉,是压抑人的个性、约束人的自由的理性象征。在它的阻隔之下,人们失去了独立的见解,被文明的规则、冰冷的逻辑所制约。理性能够摧毁人的意志,使人生活在幸福美好的假象中。按照理性的方式生活,人势必失去自由与个性。地下室人决定以头撞墙,向理性

---

① Бочаров С. Записка из подполья:музыкальный момент // Новый мир, 2007, №3, с.163.

发起挑战，舍斯托夫认为，"他朝思暮想的目的只有一个，就是离开规律、原则对人统治的迷宫"①，地下室人恶毒地批判理性的乌托邦分子的理想，并大声宣告："我决不会把鸡舍当做宫殿。水晶大厦是胡吹瞎扯的事，按照自然规律它本不该存在。"②

罗赞诺夫将《地下室手记》视为作家文学活动的第一块基石以及理解其世界观的重要线索。"《地下室手记》是俄国文学中的稀世珍宝，没有任何一部作品像它那样极为珍贵和意义重大，不'进入'它就完全不可能理解陀思妥耶夫斯基，不'克服'它就很难沿着人类进步的道路'向前'运动或继续'向前'运动。"③可见，在他看来，陀氏对许多问题的思考都发端于此，并在后期的作品中得到进一步延伸。

西尼亚夫斯基认为罗赞诺夫作品中的"六等文官"（也就是罗赞诺夫的"作者形象"）和陀思妥耶夫斯基的地下室人是亲兄弟，"他们的心灵都被纠缠在众多矛盾之中不得解脱"。他们都渴望绝对理念，但在现实中却无法找到。他们居住的地方也十分相似，陀思妥耶夫斯基的主人公蜗居在地下室中，并在其中开拓了超越一般规范的新视野，罗赞诺夫在"自己的角落"中发表"离经叛道"的宗教哲学主张，"对于罗赞诺夫的同时代文学来说，《落叶》这部作品——无异于某种'自己的角落'，罗赞诺夫在那里深居简出，撰写自己的札记。罗赞诺夫很喜欢角落这个词。1902 年，当他参加梅列日科夫斯基宗教哲学杂志《新路》编辑工作时，他曾请求给他辟出一间供他经常使用的工作间，这个工作间就叫'在我的角落里'。而且，罗赞诺夫最后创作的一些东西是刊登在一种叫做《书籍的角落》小型杂志上的，大约杂志的名称未必不是受了他的影响以及受了陀思妥耶夫斯基的影响"④。西尼亚夫斯基着意强调的是二者的相似性，也就是在封闭的空间里与其他人的对立。

---

① 列夫·舍斯托夫：《在约伯的天平上》，董友、徐荣庆、刘继岳译，上海人民出版社，2004，第 38 页。
② 陀思妥耶夫斯基：《地下室手记》，陈尘译，解放军文艺出版社，1997，第 102 页。
③ 瓦·瓦·罗扎诺夫：《陀思妥耶夫斯基启示录——罗扎诺夫文选》，田全金译，华东师范大学出版社，2013，第 131 页。
④ 西尼亚夫斯基：《笑话里的笑话》，薛君智等译，中国文联出版社，2001，第 309 页。

　　罗赞诺夫认为，地下室人倾向于社会历史建制中的临时鸡窝，因为鸡窝不是终极形式，无法永远地压抑自由，水晶宫却由于其不可毁灭性而令人痛恨。针对遵从蚂蚁窝的规律与捍卫自由之间的矛盾，罗赞诺夫写道："在外部现实的规律（一切都按照这些规律在自然界和人的生活里运行）和隐藏在人身上的道德判断的规律之间存在着不和谐。由于这个不和谐，人或者放弃后者，与它们一起还要放弃自己的个性，放弃自己身上的上帝的火花——与外部自然界融合，盲目地服从自然界的规律；或者保卫自己的道德判断自由——与自然界对立，和自然界进行永恒的和无力的纷争。"① 选择前者就意味着放弃个性，选择后者则需要抗争。在他看来，陀思妥耶夫斯基一方面承认自然规律的存在，另一方面更肯定自由的存在，因为人是会为自由而斗争的生物，人类无法按照欧几里得的学说生活。人宁愿牺牲也不愿屈从这一规律。人在抗争的过程中证明了自己的自由。

　　针对陀思妥耶夫斯基在《地下室手记》中展现的理性无法统计的所有规律、科学无法洞悉人个性的观点，罗赞诺夫赞同陀氏关于人的非理性本质的看法，他提出，地下室人走进自己的内心深处，依据对自己和历史的长期观察，对人类本性作出了精确的判断，"理性对历史及其圆满结束的预见永远只是一组没有任何实在意义的词汇。这些在业已实现的历史中展现出来的素质之间，有许多不可认识的奇怪的、非理性的东西，以至于无法找到能够满足人的本性的任何理性公式"② 。也就是说，理性无法达到对人全部本性的理解，只有理性本身能被赋予最终的公式，人的本性就其完整性来说不仅仅是理性的，也是非理性的。

　　罗赞诺夫赞赏陀氏对于人的非理性的揭示。他认为陀氏的作品阐释了如下思想：尽管受理性意向的支配会使人感到幸福，然而，它无法满足人的需求。人无法按照理性与科学的方式去行动，忍受整齐划一的生活模式。人往往不愿接受合理性和建设性意见，单调与人的个性根本原则相矛盾，因为人更贪恋混乱、破坏和无序。如果稳定的生活失去变

---

① 罗赞诺夫：《论宗教大法官的传说》，张百春译，华夏出版社，2007，第83页。

② 罗赞诺夫：《论宗教大法官的传说》，张百春译，第83页。

化，所有新鲜事物、突如其来的改变和无法预知的未来都消失殆尽，任何行为都是事先预知的，生活的发展与未来的结果具有绝对的一致性，那么幸福也将一并消失。人无法长期满足于静止的"理想"，在自己的一生中只做应该做的事，且长期地压抑自我，会产生一种奇怪的厌烦，本能便会以无法遏制的力量觉醒，唆使人去体验无意识的行为，砸碎一切金科玉律，破坏理性创造的现实。

众所周知，陀思妥耶夫斯基还通过地下室人对"合理的利己主义"提出了质疑，主要针对车尔尼雪夫斯基提出的一项重要理论，即每个人都有追求自己利益的天性，如果对个人利益的谋求既不损害他人，又能为更多的人造福，那么人对利益的追求就是合理的。然而陀思妥耶夫斯基对此提出质疑，即人类能否自觉地将意志和利益结合起来从而避免犯罪。在地下室人眼中，人并不是机器，有时偏偏想去违反自身的利益而选择遵从意愿，而这种利益也无法按照科学的方法进行归类，更无法依托理论体系去建构。罗赞诺夫肯定了这种观点，他写道："人总喜欢按自己的意愿行事，而全然不是按照理智和利益所驱使的那样；他可能想去违反自身的利益，而有时甚至肯定应当。自己个人的、随心所欲的、自由意愿的、哪怕最怪异的任性，自己的有时甚至被刺激到疯狂程度的幻想——就是这一切才是那被疏漏掉的、最有利可图的利益；所有那些贤人高士是根据什么总以为人需要的一定是合乎理智的、有利可图的意愿？人需要的只是独立的意愿，不管为这独立性要付出多大的代价，也不管它将导致什么样的后果。"[1] 也就是说，罗赞诺夫继承了陀氏的思想，认为人的独立意愿比任何"有利可图"的利益都更加珍贵，人随时准备为此抛弃一切荣誉、安宁与幸福。理性更多关注的是人的基本物质需求。实际上，愿望、自由意志也是人难以克制的需求，人渴望按意愿行事，想要在为所欲为中体验快感，使身心得到满足。在这一过程中，人追求的不仅仅是具体的"有利可图"的东西。理性永远无法实现人的这些完整意愿，也不会带来相应的喜悦。罗赞诺夫认为这就类似于，"太

---

① 罗赞诺夫：《论宗教大法官的传说》，张百春译，华夏出版社，2007，第 92 页。

长时间封闭在光明而温暖房间里的人用手砸碎玻璃，不穿衣服就跑到外面的寒冷之中，只求不再留在原来的状态。难道不是这个精神上的疲惫的感觉促使塞涅卡走向阴谋和犯罪吗？"[①] 依据陀氏的思想，罗赞诺夫提出人由于厌烦规律与法则的制约，渴望体验痛苦、破坏带来的快乐，甚至到杀人流血中去寻求满足，即使是以灾祸和不幸为代价换来的观点。"人犯罪是为了证明自己的自由，为了维护自己抵制某些清规戒律的权利。这无非是对于意志自由而不受拘束表现出来的赞扬。"[②] 正如别尔嘉耶夫所言，人在对恶的放纵中体验自由。罗赞诺夫同样认为所有对利益的牺牲都是为了捍卫个性，保留任性的权利。"任性可能对于我们这样的人来说真的比世界上的一切都更有利，尤其是在某种情况下。甚至于在它给我们带来明显的损失并与我们的理性关于利益的最正确的结论相对立的情况下，它也能比一切利益更有利，因为至少他为我们保留了最主要的和最宝贵的东西，即：我们的人格和个性。"[③] 可见，罗赞诺夫认为地下室人无法忍受摒弃人的个性、夺走人的自由的一切，在其颠覆理性与乌托邦式"水晶宫"的呐喊中，传达出的是不受任何限制的、非理性的任性，是对自由和个性的强烈渴求。在罗赞诺夫看来，陀思妥耶夫斯基展示了历史根本之恶在于目的与手段之间错位的关系。人仅仅被当作手段，从而把个性堆放在文明大厦的底部。"文明到处压制着下层阶级，它准备压制原始的民族，当前活着的这代人可以为了未来一代人，为了未来几代人而做出牺牲。为了谁也没有看见的，只是都在等待的东西，做着某种令人无法忍受的事：至今一直是永恒手段的人的本质被抛弃了，不仅仅是个别人，而是大众和整个民族都在抛弃它，为的是某种一般的、遥远的目的，这个目的还没有向任何活着的人显示过，关于它我们只能猜测。这种情况何时结束，什么时候能出现作为目的的人（牺牲只能为这样的人奉献）——这个问题谁也不清楚。"[④] 可见，他延续了

---

① 罗赞诺夫：《论宗教大法官的传说》，张百春译，华夏出版社，2007，第40页。
② 赖因哈德·劳特：《陀思妥耶夫斯基哲学：系统论述》，沈真等译，广西师范大学出版社，2005，第10页。
③ 罗赞诺夫：《论宗教大法官的传说》，张百春译，第94页。
④ 罗赞诺夫：《论宗教大法官的传说》，张百春译，第43页。

陀思妥耶夫斯基的思想，指出了人的个性不应该被贬抑、被忽视。

罗赞诺夫还将"地下室"视为一个术语性概念，代表着托尔斯泰的"道德自我完善"的另一极，作为反对它的处方，从而捍卫它的对立面。地下室人以不讨喜的形象自居，向周围所有的人凶狠地呲牙吐舌都是为了证明自己是个自由的人，正如劳特所言："他故意恣意妄为，变得疯疯癫癫，因为他不愿忍受不自由。"① 实际上，罗赞诺夫指的是地下室人以自我贬抑、嘲讽"全体"的颠覆性精神，挑战一切道德权威，试图让人们按照他的自由意志方式生活呐喊。他似乎十分推崇、赞赏这种精神。罗赞诺夫在《落叶集》中曾发出了与地下室人类似的呐喊："要爱你们的仇敌。要祝福那些憎恨你们的人……我办不到。牙龈脓肿疼痛。"② 西尼亚夫斯基认为，罗赞诺夫是在复制地下室人的语调。这一"牙龈脓肿"是从《地下室手记》中移植过来的。"要爱你们的仇敌。要祝福那些憎恨你们的人"这句引自福音书上的著名箴言，与"牙龈脓肿疼痛"形成对比，构成崇高语体和日常生活用语的反差，此处蕴含着罗赞诺夫对福音书教义的消解，具有稍许的狂欢化色彩。从这一层面上来看，罗赞诺夫与陀思妥耶夫斯基的反抗精神是一致的。

## 二　自由的界限

在《罪与罚》中，陀思妥耶夫斯基表明了反对把未来的幸福建立在杀戮与破坏之上以及为神秘的自由王国与其他的福祉去牺牲的思想。《罪与罚》也是陀氏对罗赞诺夫影响最深的作品之一，作家的思想深深地根植在他年轻的心灵之中。罗赞诺夫认为从《罪与罚》开始，陀思妥耶夫斯基承担起人的苦痛，此后其一系列作品再也没有以前饱满的精神，语调也失去了嘲讽和玩笑。因此，他将《罪与罚》视为陀思妥耶夫斯基创作的第二块基石。

我们知道，在《地下室手记》中，地下室人提出了科学就意味着生

---

① 赖因哈德·劳特：《陀思妥耶夫斯基哲学：系统论述》，沈真等译，广西师范大学出版社，2005，第52页。

② 瓦·洛扎诺夫：《落叶集》，郑体武译，云南人民出版社，1998，第394页。

活的机械化，意味着死亡的开始。理性消弭了人的个性，使人变成一架机器，"理性代替本能行使自己的权利，正是它创立了科学。信奉理性生活秩序的人，将不是在感觉、本能或良心的影响下行事，而是以理性及其合法的命令为唯一的出发点：这样的人，如果他忠实于科学，就会不动声色地杀人，并且干的堂堂正正，根本无须感觉的参与"①。拉斯科尔尼科夫似乎就是这样的人，他举起斧头的这一行动，在某种意义上归咎于其按照科学理论、理性、数学等逻辑思考问题，并以此作为行动的依据。拉斯科尔尼科夫以不掺杂感性、伦理因素的方式，用看似符合自然规律的理论对人类进行分类，试图运用"超人理论""牛顿法则"处理人类生活。克纳普认为："此行为旨在把新兴社会科学理论理性地应用于人类生活之中。"②然而，拉斯科尔尼科夫的行为恰恰验证了对理论和理性的过度依赖、对所谓自然法则的遵从所导致的不堪后果。在《地下室手记》中，地下室人坚决反对人对自然法则（自然规律）的顶礼膜拜，反对把人类的解放寄托在发现那些法则上。地下室人曾经这样说道："只需揭示自然法则，人就将不再对自己的行为负责了，他将生活得非常轻松。不言而喻，到那时人类的一切行为都将根据这些规律，用类似对数表的数学方法计算出来。"③因为如果人类的行为是由自然法则决定的，那么人类就不必再为自己的行为承担任何责任了。拉斯科尔尼科夫以悖论的形式展现了理性的冰冷与残酷。实际上，在《罪与罚》里，陀思妥耶夫斯基第一次最充分地揭示了个性的绝对意义的思想。陀氏守护的不是人个性的相对价值，而是每个个体的绝对价值，个性无论如何也不能仅仅成为手段。然而，人的绝对意义并不意味着人被赋予绝对的自由，自由不能转化为自由意志。陀思妥耶夫斯基虽然推崇自由，但同时又意识到它的局限性，并不是一切都是许可的。拉斯科尔尼科夫的自由越过人性的界限，转化为跨越道德底线的恣意妄为，在《地下室

① 陀思妥耶夫斯基：《地下室手记》，陈尘译，解放军文艺出版社，1997，第52页。
② 克纳普：《根除惯性——陀思妥耶夫斯基与形而上学》，季广茂译，吉林人民出版社，2003，第74页。
③ 陀思妥耶夫斯基：《地下室手记》，陈尘译，第90页。

手记》中，地下室人推论出不自由的恐怖结果；在《罪与罚》中，拉斯科尔尼科夫做出了自由的恐怖结果。拉斯科尔尼科夫展现了自由意志导致的悲剧命运。同样，想成为上帝的斯塔夫罗金的空洞自由导致了个性的毁灭，基里洛夫的自由以无益的死亡而告终，伊万的自由走上了精神的弑父。他们都在自由意志的道路上毁灭了。陀思妥耶夫斯基的立场就是这样，他相信自由的存在，但他无论如何也不同意绝对自由的思想。哪里试图达到绝对的、形而上的自由，哪里的后果就将是致命的。

在《地下室手记》中，地下室人反对任何对自由的限制，他认为对自由的限制是人难以忍受的重负。罗赞诺夫认为，《地下室手记》主要阐释的是人本性的相对性，"人的自由意志被描绘成在人间彻底安排人的命运的主要障碍；但是，由于这个原因而被否定的只是类似安排的必要性和可能性，自由本身仍然留给人，被当作是人的最珍贵的特征。在那里，在对这个自由的观点中有某些赞许，而且在这个赞许里可以听见一个还没有疲劳的人的精神饱满的语调"①。罗赞诺夫在此基础之上，对自由进行了如下阐释："自由是与内部活动相一致的外部活动，当外部活动彻底成为内部活动的结果时，自由就是完全实现了的活动。明显的是，假如人可以成为与过去或周围分离的，那么其应该有自己的原因的外部活动只能在内在的心理活动中拥有它，即在外部影响之外，他的意志是绝对的自由的。在现实中，当他与过去和周围结合时，其外部活动不再与内部活动处在和谐之中，不和谐的程度总是与外部现实对他的作用的程度一样。这意味着，对人的自由的贬低，人的自由的被压制或歪曲，不是来自他的本性的内部，而是来自外部。总是伴随着这种被压迫情感的痛苦在这里也标志着人的精神的这个方面的真正特征。"②依据以上观点，罗赞诺夫将自由分成三种。第一种自由受到外部的法律、惩罚等手段的制约。第二种独立于外部的世界与意志，不受任何限制。从这一层面上来说，自由就意味着与外在的客观世界的隔绝。正如别尔嘉耶

①　罗赞诺夫：《论宗教大法官的传说》，张百春译，华夏出版社，2007，第105页。
②　罗赞诺夫：《论宗教大法官的传说》，张百春译，第150页。

夫所言:"自由就是内部的自决,与任何外在的决定相矛盾。"<sup>①</sup>该自由可以遵从自己的意志与决定去行事,但要以排除任何强制与暴力为前提。第三种自由沉浸于自己的内部世界,体现为个人意志。意志是独立的,它不取决于外在因素(自然属性甚至或是上帝意志),而取决于内部规律,人将这一规律置于自己之上,将其视为最高的规律。自由与意志联系在一起,遵从这类自由的人"按意愿行事"。在这一层面上,自由就是不受任何限制的意志。自由就是个人意愿。人由此随心所欲地行事,而不受环境与道德伦理的约束。这种自由"从内部、内在必然地导致奴役,吞没人的形象。不是外在的惩罚等待着人,不是法律从外部使人遭受沉重的统治,而是从内部、内在必然地导致奴役,吞没人的形象。人应该走上自由的道路,但当人在自己自由的恣意妄为中不想知道任何高于人的东西时,自由就转化为奴役,自由毁灭人"<sup>②</sup>。罗赞诺夫认为这三种自由都不是真正的自由,真正的、更高的自由只能在宗教中实现。

罗赞诺夫认为从《罪与罚》开始,陀思妥耶夫斯基进入了创作的第二个主要时期,他身上神秘的因素发展了,此后宗教主题就再也没有离开过其创作。追随陀氏的脚步,罗赞诺夫将宗教提升到了更高的层面。在罗氏看来,在法律中个性只是功能,是死板条例制约的对象,法律制度导致了奴役的结果。在科学中,个性被彻底地藐视。在政治经济学里个性则完全消失。只有宗教位于所有范畴之上,只有宗教才能理解人的隐秘实质。如前所述,罗赞诺夫认为人是非理性的存在物,理性无法实现对人的彻底解释,"它也无法实现对人的需求的满足。在人身上隐藏着创造的行为,正是这个行为把生命带给他,也给他带来痛苦和喜悦,理性既不能理解,也不能改变这些痛苦和喜悦。与理性不同的是神秘。科学的探索和威力所不及的东西,宗教却可能达到"<sup>③</sup>。

罗赞诺夫从宗教角度分析了拉斯科尔尼科夫的行为。在他看来,这

---

① 尼·别尔嘉耶夫:《陀思妥耶夫斯基的世界观》,耿海英译,广西师范大学出版社,2008,第45页。

② 尼·别尔嘉耶夫:《陀思妥耶夫斯基的世界观》,耿海英译,第45页。

③ 罗赞诺夫:《论宗教大法官的传说》,张百春译,华夏出版社,2007,第40页。

部小说的主人公在看到毁灭的人们之后，他纯洁的心灵开始愤怒，在无尽的痛苦中，他决定违反不可侵犯的法律。在他心里发生的一切都是非理性的；他最终也不知道，为什么不能杀害这个放高利贷的老太太。罗赞诺夫认为无法用理性和辩证法理解他的心灵状态和他的行为本质。笔者认为，罗氏的这一论断值得商榷，罗氏只是以非理性的角度思考拉斯科尔尼科夫的行为，在杀害了老太太及她的妹妹之后，他的内心承受着难以忍受的痛苦与折磨，因为他意识到自己并不是非凡的人，无法跨越人性的界限。

罗赞诺夫指出，人作为生理功能的集合体当然只是手段。但从另一层面上来说，人是按上帝的形象创造的，当上帝按照自己的形象造人时，也将这种关联性赋予人的本性之中。陀思妥耶夫斯基的一系列宗教思想都与此有关。"人具有自己的造物主的反光，其身上有上帝的面孔，它不会黯淡，也不会服从任何东西，但却是珍贵的和应受保护的。必须把人看作是比我们关于他所想的更高尚的东西，看作是宗教的，神圣的，不可侵犯的东西。"① 因此，罗赞诺夫认为只有在宗教里才能显现人的个性的意义。在宗教里，每个活生生的个性都是绝对的，是不可侵犯的伟大而神圣的上帝形象。

我们认为，罗赞诺夫在宗教层面进行的阐释并不能完全涵盖陀氏作品的思想。在陀思妥耶夫斯基的作品中，主人公往往徘徊在人神与神人之间。人试图检验自己的力量，成为被赋予使命的人神，使人本身成为被崇拜的对象。人在与他人交往的过程中，逐渐离群索居，无法与同类和谐共处，将自己与同类隔绝开来，对一切漠不关心，宣称人是特立独行的，拒绝承认人是互相依存的。在走向人神的道路上，人跨越了具有类上帝的人性所允许的界限，破坏了人身上的上帝的、神性的一面，由此发生了扭曲。然而，人不是绝对的，而是局限的。人不仅仅是肉体的，还是精神的，人的精神使人受到束缚。罪孽限制了人的神性范畴。人意志的局限就是自由的界限。自由意志的无限性导致与自由的本性相

---

① 罗赞诺夫:《论宗教大法官的传说》，张百春译，华夏出版社，2007，第44页。

对立的错误意志，即恶的意志。在陀思妥耶夫斯基看来，恶的意志无法走向真正的自由，而是束缚和不自由。真正的意志自由表现在对恶的背离上。人的自由程度取决于远离恶的程度。真正的自由与恶、罪孽相对立。罪孽就是自由的障碍与存在的界限。

针对《罪与罚》罗赞诺夫还对罪孽的本质进行了思考，他提出了人存在的三个层面——"神性、心灵和肉体"。[①]心灵与肉体都可能受到恶的侵蚀，但是由于人的"类上帝"性，人身上的所有恶都无法进入本质上的精神层面。因此，人的精神还是无罪的。人在犯罪以前，作为上帝未被破坏的形象，是一个完美和谐的存在。在犯罪堕落之后，人身上的上帝形象虽然受到了破坏，但依然是上帝的形象。人即使将自己的精神实质用到罪恶的目的上，他的本质也不会改变。人身上的神性是不会被玷污的。人若故意忽视或遗忘身上的"类上帝"性，便会与本身的人性发生矛盾与冲突。"陀思妥耶夫斯基道德世界观的核心是，承认任何一个人的生命的绝对意义。最为卑下者的生命与命运面对永恒也具有绝对意义。最堕落的人类生命也保留着上帝形象和上帝类似。陀思妥耶夫斯基的道德情致就在于此。不仅'大人物'——有着高尚'思想'的'卓尔不群'之人，如拉斯科尔尼科夫、斯塔夫罗金、伊万·卡拉马佐夫，具有绝对的意义，就是'小人物'比如马尔梅拉多夫、列比亚特金、斯尼吉廖夫，或者可憎的放高利贷的老太婆，也都具有绝对的意义。"[②]可见，罗赞诺夫最终还是回归了宗教视角，从人身上具有的神性角度出发，认为陀思妥耶夫斯基在人的身上寄托着无限的希望，认为人能自觉地走向神人的形象。

在罗赞诺夫看来，上帝具有宽恕一切的伟大胸怀，他秉承对人的爱，选择不切断神与人之间爱的纽带。正如莫尔特曼在其《创造中的上帝》一书中写道："上帝置自己在与人的特殊关系之中——在这一关系中

---

① Николюкин А. Н. Наследие В.В.Розанов и современность:Материалы Международной научной конференции. М.:Российская политическая энциклопедия, 2009, с. 430.

② 尼·别尔嘉耶夫:《陀思妥耶夫斯基的世界观》, 耿海英译，广西师范大学出版社，2008，第164页。

人有他的形象……这关系由上帝所决定，被上帝所创立，并且绝不会被废止或收回，除非出于上帝自己。"①虽然人破坏了与上帝的关系，不再敬拜上帝，不再回应上帝的爱，而去膜拜被造物，甚至将其奉为上帝，但是上帝与人的关系并没有因罪而改变。上帝赋予人自己的形象，这也决定了人的本质。因此，人的形象具有不可磨灭的宗教性。

　　一方面，罗赞诺夫认为拉斯科尔尼科夫的行为后果是必然的，因为破坏神性就意味着打破神人的形象；另一方面，他又认为拉斯科尔尼科夫跨越了人的个性，这样才能认识到个性的全部意义，即个性的神秘与非理性。这就出现了思想的悖论，认识全部个性需要以跨越自由为代价。然而，上帝给予人的是有一定界限的、相对的独立与自由。实际上，罗赞诺夫试图表达的是，在《罪与罚》中作家给予个性绝对的尊严，而到了宗教大法官那里，个性的尊严完全被剥夺。"拥有神性的人仅意识到无限自由的诱惑，而感受不到自身携带的神圣使命，而一旦进入诱惑的罪孽之中，潜在的神性则提醒人对自身进行惩罚。"②他提出，复归神性的最好方式便是"罚"，是对歪曲内心的自省，这才是返回上帝的力量。只有信仰上帝的人才能感觉自己确实有罪，并愿意赎罪。只有在上帝那里才能找到可以依靠的力量。罗赞诺夫从宗教角度，从"神性"的角度诠释了"罚"的意义。在他看来，陀思妥耶夫斯基为拉斯科尔尼科夫、米沙·卡拉马佐夫都安排了拯救的道路，只有自愿接受"罚"的人才能走上这条路，因为走上这条路就意味着承受痛苦。抛开特有的宗教角度不谈，我们赞同罗赞诺夫对"罚"的作用的阐释。如前所述，俄罗斯人通常认为苦难是抵偿恶、走向善的必经之路。在这条路上人的选择是自由的，依据上帝的形象自行选择善恶，这恰恰与宗教大法官的自由相悖。"天主教世界受到了自由的诱惑，于是倾向于否定自由，否定信仰自由、良心自由；倾向于真理和强制的善。"③宗教大法官

---

① 转引自许志伟《基督教神学思想导论》，中国社会科学出版社，2001，第128页。
② 王志耕：《宗教文化语境下的陀思妥耶夫斯基诗学》，博士学位论文，北京师范大学，2000。
③ 尼·别尔嘉耶夫：《陀思妥耶夫斯基的世界观》，耿海英译，广西师范大学出版社，2008，第41页。

在某种意义上恰恰代表着天主教的核心观念。

### 三 "宗教大法官"与被剥夺的自由

《论宗教大法官的传说》是罗赞诺夫对于陀思妥耶夫斯基最早的批评专著,于1891年在《俄罗斯通报》首次刊登,1894年出版单行本,又于1901年、1904年先后出版了两个版本。与其说这是一部文学批评著作,毋宁说是一部宗教哲学著述,蕴含着许多对陀氏思想中哲学、宗教主题的思考。该书将"宗教大法官的传说"(以下简称"传说")置于陀思妥耶夫斯基创作的中心,认为它是《卡拉马佐夫兄弟》这部作品的灵魂,"在艺术领域的几乎每个创作者那里我们都能够找到一个中心,有时是几个,其所有作品都聚集在这些中心周围"①。罗赞诺夫倾向于将"传说"视为一部独立的作品,他认为"传说"脱离了传统长篇小说的形式,与《卡拉马佐夫兄弟》整体构架不符,与中心情节联系薄弱。就其特殊性、独立性而言,都是对这部作品有意识的背离。尽管在罗赞诺夫之前,索洛维约夫、列昂季耶夫等人也都谈论过"传说",但从未有人如此凸显"传说"的中心地位。

《论宗教大法官的传说》分为22章,但每一章都没有明确与清晰的主题。第7章到17章,对"传说"进行了阐释,罗赞诺夫主要采用文本细读方式,结合大量引文进行述评,并采用添加注释的方式对一些片段进行分析。罗氏本人如是界定该手法:"我们将宗教大法官分为几部分,深入分析其中的每一句话;但它们会传开,最终我们会形成一个整体的印象,只是我们尚未对此进行总结。"也就是说罗赞诺夫的批评方式是与文本紧密结合的,在真实再现原文本的基础上,深入作家创作的细节进行阐释,但他的批评并没有建构一个严整的体系,这也导致了著作看似"没有一个集中的思想,只是细腻的心理分析,具有优美的文学形式"②,但值得注意的是,罗氏在《论宗教大法官的传说》中提出的关

---

① 罗赞诺夫:《论宗教大法官的传说》,张百春译,华夏出版社,2007,第4页。
② 耿海英:《别尔嘉耶夫与俄罗斯文学》,上海书店出版社,2009,第114页。

于陀思妥耶夫斯基思想的许多主题都具有开创性意义。

　　第 17 章到第 22 章实际上是对全部研究进行的总结。在我们看来，虽然罗赞诺夫在最后 5 章的总结性阐释具有重大的意义，但他的整个叙述过程始终存在一个结论——陀思妥耶夫斯基的创作体现了俄罗斯文学与哲学的实质。换句话说，批评家的结论与格里戈里耶夫对普希金的结论类似：对罗赞诺夫来说，陀思妥耶夫斯基是一切。

　　罗赞诺夫一生对基督教的态度是多重的、矛盾的，但是《论宗教大法官的传说》是一个例外，其中他的态度是单一的、积极的。在专著中，他既是一名东正教的信徒，又是陀思妥耶夫斯基的志同道合者，整个创作中都在宣扬东正教思想。

　　我们知道，在"传说"中，基督在遭受痛苦的人类面前显现时，被带到了宗教裁判所昏暗的地下室。宗教大法官通过对基督的诘问对自由进行全新的阐释："你在十五个世纪以前说过，'我想使你们成为自由的人'。现在你看到这些自由的人了。这个事业对我们来说代价太高了，但我们以你的名义终于完成了这个事业。十五个世纪以来我们受这个自由的折磨，但现在这一切结束了，彻底地结束了。只有现在，当我们克服了自由的时候，才有可能第一次想到人们的幸福问题。人造出来就是叛逆的；难道叛逆者能够成为幸福的人？"[①]宗教大法官以关心人的幸福与需求的名义剥夺了人类的自由，认为自由是无法实现的事业。实际上，这透露着对人的深深蔑视与不信任。他认为基督不了解人的真正本性，无法拯救人类，这个事业早晚会由他来完成，因为他最懂得人的本性。

　　在宗教大法官看来，地上只有三种诱惑能够征服和俘虏这些软弱无力的叛逆者的心，使他们得到幸福，这三种诱惑便是奇迹、秘密和权威，他认为人会为了这三种诱惑放弃自由，因为其中蕴含着人本性中的全部矛盾。同时，宗教大法官揭示了自己的秘密，也就是通过接受"荒漠里强大而聪明的魔鬼"的三个建议来修正救赎的行为，并声称这样

---

[①]　罗赞诺夫：《论宗教大法官的传说》，张百春译，华夏出版社，2007，第 113~114 页。

做是出于对人类的爱,为了安排人在世界上的命运。"我们修正了你的
事业,把它建立在奇迹、秘密和权威之上。人们也很喜欢,因为他们又
像羊群一样被人带领着,从他们的心上终于卸下了如此可怕的、给他们
带来了众多痛苦的恩赐。难道我们不爱人类?"① 罗赞诺夫认为诱惑正是
针对耶稣基督的整个事业,在宗教大法官的提议中,包含了全世界历史
的秘密和对人类本性最主要需求的满足。但这些建议是罪恶的,与天
上的、神圣的、恩赐的神秘拯救方式相对立。因为人如果接受了三种诱
惑,人的本性就会被歪曲。

第一个诱惑是根本的诱惑,基督在荒野遇到了诱惑者,后者对他
说:"你若是神的儿子,可以吩咐这些石头变成食物。"基督耶稣却回答
道:"经上记着说:人活着,不是单靠食物,乃是靠神的口里所出的一
切话。"② 基督拒绝施舍给人地上的面包,而是希望许以天上的面包,因
为人不仅仅活在面包的世界里,还应活在精神的世界、自由的世界里。
宗教大法官反驳道:"——你自己判断,——谁是正确的,是你,还是
当时问你的那个人?你想进入人世,却空着手去,带着自由的某种誓
言,但是他们由于自己的平庸和天生的粗野而不能理解这个誓言,他们
担心和害怕这个誓言,——因为对人和人类社会来说再也没有比自由更
难以忍受的东西了!你看见这个不毛的炽热的荒漠上的石头了吗?只要
把这些石头变成食物,人类就会像羊群一样跟着你跑,人类会感激和顺
从,尽管它永远在颤抖,因为担心你会收回自己的手,不再给他们你的
食物。但是你当时不愿意剥夺人的自由,因此拒绝了这个建议;因为你
是这样想的,如果顺从是用食物换来的,那么这还算什么自由呢。你反
驳说,人不单靠食物活着:但你知道吗,就为了人间的这个食物自身,
大地上的魂灵起来反抗你,与你厮杀,战胜你,于是所有人都会跟魂灵
走,并喊着:谁能和这野兽相比,他从天上给我们取来了火。"③ 大法官
指责基督拒绝接受撒旦的诱惑,在他看来这些诱惑本来能够战胜自由,

---

① 罗赞诺夫:《论宗教大法官的传说》,张百春译,华夏出版社,2007,第127页。
② 罗赞诺夫:《论宗教大法官的传说》,张百春译,第108页。
③ 罗赞诺夫:《论宗教大法官的传说》,张百春译,第108页。

可以对人产生更大的影响。但耶稣不想以牺牲人们的自由为代价。

在大法官看来，面包与自由是不可兼得的，因此他认为人由于懦弱与卑微，会用自由换取面包，换取物质生活的不断改善。他对基督说道："'先给食物，然后再向他们问美德！'这就是他们举起手来反对你的旗帜上写的话，他们将摧毁你的圣殿。在你的废墟上建立起新的大厦，重新建造可怕的巴比伦塔；尽管这塔不能长久，这和以前的那座塔一样，但你毕竟还是可以防止人们建造这新塔，使人们的痛苦缩短几千年，因为他们会到我们这里来，他们受这折磨已一千年！他们会找我们，并对我们喊：'给我们食物吃吧，因为那些许诺给我们天上的火的人们，没有给我们这火。'那时候我们将建造完这塔，因为谁能给他们食物，谁才能建造完这塔，只有我们能给他们食物，用你的名义，——我们假借你的名义。只要他们还是自由的，那么无论什么样的科学都不能给他们提供食物，结果是，他们一定会把自己的自由送到我们的脚下，并对我们说：'最好还是奴役我们吧，只要给我们食物。'最终他们自己会明白，兼得自由和地上充足的食物对任何人而言——是不可思议的：因为他们永远也不能在自己之间合理分配！他们也会坚信，他们也不可能成为自由的人，因为他们是软弱的、罪恶的、渺小的，是叛逆者。"[1]大法官的话语中隐含着对人深深的蔑视，他认为基督过高地评价了人类，高估了人类的力量，实际上，人的本性就是怯懦的，他否定人对自由的追求。

罗赞诺夫认为，宗教大法官依附"地上的食物"是对人心理水平的降低，"消除人身上一切不确定的、痛苦的东西，简化他的本性直到一些简单而清晰的愿望"[2]。宗教大法官虽然供给了食物，但却剥夺了人对信仰的执着追求。宗教大法官以物质恩惠换取对精神的追求。如此人们对自由生活的追求将会被物欲所取代，纯粹对食物的追求会让人们纯洁的良心黯淡，并将其视为最高乃至唯一的追求。

我们认为，撒旦的诱惑前提是给人们以平均的温饱。这与平均分配

---

① 罗赞诺夫：《论宗教大法官的传说》，张百春译，华夏出版社，2007，第113页。

② 罗赞诺夫：《论宗教大法官的传说》，张百春译，第120页。

财富的理想一致——"给所有人食物"。但实际上这是无法解决的难题。每个人都竭力拿尽可能多的东西，没有人会根据劳动的数量和质量而拿应得的份数。因此天才便会要求没有能力的人离开丰盛的宴席，他们会拿走多余的东西。在现实中，人的欲望、嫉妒和愤怒等情感因对物质的追求而增强。最终，社会危机将会以对立的口号出现，一些人宣称："消除没有能力的人，把他们藏起来，消灭干净，奴役他们。"而另一些人则说道："不要天才，天才是多余的……他们会用自己的精神之美来伤害我们的贫穷，他们是危险的。"[①] 第一部分人就是尼采哲学的前身，他们会摒弃基督，自我神化，走向自己统治自己，甚至奴役他人的道路，这样便会降生新的神。第二部分人也许会接受魔鬼的提议，先解决填饱肚子的问题。陀思妥耶夫斯基认为无法同时给人以面包和美，这样，"人的劳动、个性、为亲人作出自我牺牲的精神也还是会荡然无存的，人的整个生命，生活的理想都将消失殆尽"[②]。因此，宗教大法官的说法是让所有人都变成卑微的、精神贫瘠的俗人，向上天仰望的精神追求都是被禁止的。人将永远匍匐在地上，弃绝一切基督精神的启示。

罗赞诺夫提出，在大法官看来，如果基督接受食物施恩就可以解决令人类烦恼的普遍而永恒的问题，也就是崇拜谁的问题。显然，选择信奉必需品就意味着放弃自由，但是选择自由却允许必需品的存在。因为自由不是单纯地否定必需品，而是改造必需品。大法官从"地上的食物"的视角看世界，而基督从自由的视角。大法官所提出物质的世界并没有挖掘出隐藏在自由中的人的潜在实质。

罗赞诺夫认为一个重要的奇迹就是科技的奇迹，人类把它当作新的神进行膜拜。为了减轻自己的痛苦，人类用疲倦的眼睛四处找寻，看谁能消除这些痛苦，平息或者至少降低这些痛苦。于是，胆怯的人类决定依附任何一个能够为他做点事的人，准备虔诚地敬拜"能够用成功的机器减轻它的劳动的人，用新的化合物给它的土地施肥的人，

① 罗赞诺夫:《论宗教大法官的传说》，张百春译，华夏出版社，2007，第113页。
② 罗赞诺夫:《论宗教大法官的传说》，张百春译，第200页。

哪怕是通过永恒的毒药的途径来解决其暂时疼痛的人"①。陀思妥耶夫斯基经常坚定地指出，科学在推翻人身上的自由意志和犯罪中的绝对性之后，便使人达到了吃人的地步，到那时，"大地就会在绝望中为旧的神哭泣"，人们将重新转向宗教。而罗赞诺夫认为，对上帝的皈依将结束历史，在未来等待人的灾难越多，这种情况就越是必然要发生，他由此衍生出如下观点。

首先，基督将奇迹与人类的命运相对立。他接受人类的苦难与死亡，从而守护精神的自由。他为精神的存在而选择肉体的死亡，为了自由选择了十字架与各各他。耶稣本人就是自由的持有者，为了保护自由，不破坏自由，他拒绝了所有的诱惑。尽管接受这些诱惑，他便会拥有更多的拥护者。耶稣是自由的化身，同时带给人自由。自由的选择是以自由本身为前提的。如果人选择了自由本身和精神，但是由于奇迹的出现，对物质的需求被迫做出选择，那么自由和精神的价值同样会消失殆尽。

其次，基督把真理带到了人间，竭力使人达到永恒。在大法官看来，耶稣基督号召人自愿地追随他，走上能带给人真正的爱欲、真正的尊严的自由道路，但同时却要伴随自我牺牲和痛苦。因此，自由转变成负担，人便会选择逃离，大多数人是不堪忍受重负的，他们的心灵没有能力容纳可怕的恩赐。即使存在这些人，他们背负了十字架，几十年来在饥饿的和不毛的荒漠中受煎熬，拿蝗虫和树根作食物，但这些被拣选的人和义人是很少的，只有少数只爱天上的面包、不为地上的面包所诱惑的人有能力洞察基督的真理。

最后，针对大法官提出的人类无法忍受自由带来的重负："应该控制人们的自由，而你却是增加了这自由，并且用自由的痛苦永远地加重了人的精神王国的负担。你渴望人自由的爱，能自由地跟随你，受你的诱惑和俘虏。古代牢固的法律被取代了，以后人应该自己靠其自由之心来决定，什么是善，什么是恶，他在自己的面前只有你的形象作为指

---

① 罗赞诺夫：《论宗教大法官的传说》，张百春译，华夏出版社，2007，第110页。

导，但是，难道你没有想到，如果用自由选择这样可怕的重负来压制他，那么他最终将拒绝和反驳你的形象，你的真理？他们最终会叫嚷，真理不在你那里，因为你给他们留下了多少烦恼和没有解决的任物，再没有谁能像你这样置他们于慌乱和痛苦之中。因此，你自己为破坏自己的王国奠定了基础，在这个问题上，你就不要再责难任何人了。"①罗赞诺夫总结道，在大法官看来，人的生活就是在永恒地逃避痛苦，如果无法逃避，那么便永远选择最小痛苦的道路。也就是说，按照大法官的说法，在只属于上帝的绝对真理和痛苦的规律之间存在着无法逾越的鸿沟。谁有本事，谁便可以引导人走第一条路。宗教大法官试图带领多数无力承受痛苦的人走第二条逃遁痛苦之路。因此，他剥夺了人的自由，将人们安排在舒适的大厦当中，许给人幸福。宗教大法官不否认基督真理的高度，他所指的只是人的本性是否能企及这个真理的高度，以及人跟从真理的可能性。"在启示录的形象里表达了人身上全部人间的、向下降的东西对人身上全部天上的、向上升的东西的反抗，并指出了这个反抗的胜利结局，我们所有人都是这个胜利结局的忧伤的见证人。贫穷、令人忧郁的痛苦、没有获得温暖的肢体和饥饿的肚子的疼痛将压制人的心灵里的神圣的东西，他将拒绝一切神圣的东西，去敬拜粗野的，甚至是低级的，但却能给人以食物和温暖的东西，如同敬拜新的圣物一样。他将嘲笑自己以前的义人，把他们当作是人类的恩人。人类把自己神话，它现在只注意自己的痛苦，用疲倦的眼睛四处寻找，看谁能消除这些痛苦，平息或至少压制这些痛苦。"②痛苦导致了人对神性的拒绝。在大法官那里，一切自由、真理、道德功绩都被消除，因为它们成了人的负担和累赘。

实际上，我们认为自由就是自愿遵循自由的精神，自由是人的精神使命，是在自己生活中应该实现的。因此，正如陀思妥耶夫斯基所言，自由对人来说就是自由的负担。别尔嘉耶夫对此的概括十分贴切："自由并不轻松，自由艰难而痛苦。自由不是权力，而是责任。"

---

① 罗赞诺夫:《论宗教大法官的传说》，张百春译，华夏出版社，2007，第119页。

② 罗赞诺夫:《论宗教大法官的传说》，张百春译，第109~110页。

在《论宗教大法官的传说》中，基督认为人应该具有选择自由的权利，而大法官却说："人一旦抛弃奇迹，立即就会抛弃上帝，因为人寻找的与其说是上帝，不如说是奇迹。因为没有奇迹人就没有办法生存下去，所以，他就为自己制造新的奇迹，这已经是自己的奇迹了，崇拜巫医的奇迹，女巫的妖术，尽管她曾经上百次地做过叛逆、异端和无神论者。当人们讥笑你，嘲弄你，对你喊：'你现在从十字架上下来，我们就相信这是你。'你没有从十字架上下来。你之所以没有下来，同样是因为你不想用奇迹来奴役人，你渴望自由的信仰，而不是奇迹。你渴望自由的爱，而不是一个奴隶在强大力量面前的那种奴性的惊叹。"①

罗赞诺夫认为对自由来说重要的是不破坏自由本身的原则，即自由的界限，他写道："基督给人类留下了自己的形象，人类可以靠自由的心来效仿这个形象，把它当作符合自己的（隐藏的神的）本性的理想，这理想能满足自己模糊的嗜好。这个仿效应该是自由的，其道德价值就在这里。"②对自由来说，重要的在于如何去做，即实现的途径。然而自由是一项如此沉重的事业，必需物的理想过于强大。对于大多数人来说，活下去比获得自由更重要。耶稣并不在意大法官的视角，因为他坚信大法官关于自由的学说必将失败。

根据基督与大法官对自由的不同态度与视角，罗赞诺夫认为陀思妥耶夫斯基的思想是矛盾的。一方面，他深切地同情这些受苦受难的人，"疲劳和悲伤在他身上替代了从前的信心，而对安慰的渴望最强烈地体现在《传说》里。有一个东西在呼唤：这个东西就是对'可怜的叛逆者'而言的某种幸福，某种休息，这个叛逆者毕竟是受尽折磨，毕竟是病态的存在物，在陀思妥耶夫斯基的心里对他的同情压倒了其他的一切，包括对神的和高尚人性的东西的任何激情"③。宗教大法官为了解除人的痛苦，而设计了一条剥夺人类自由而令其享有幸福的道路，该途径体现了陀氏的思考。《论宗教大法官的传说》在一定程度上可以看作对

---

① 罗赞诺夫：《论宗教大法官的传说》，张百春译，华夏出版社，2007，第 123 页。
② 罗赞诺夫：《论宗教大法官的传说》，张百春译，第 103 页。
③ 罗赞诺夫：《论宗教大法官的传说》，张百春译，第 105 页。

人的命运彻底安排的思想，这在《地下室手记》里无疑被否定了。区别在于，《地下室手记》说的是"理性的建设，它建立在对物理自然界和社会关系的规律的精确和细致的研究基础上，而《传说》说的是宗教建设，它来自对人的心理结构的最深刻的研究"①。另一方面，陀氏又无法接受人放弃信仰。在罗赞诺夫看来，这就是陀氏内心深处恐惧的根源。人的本性究竟是善还是恶的，以及人对待上帝的态度困扰着他。对宗教的热望与无力融合在一起。因此，《论宗教大法官的传说》既传达了对人的爱，也表现了对人的轻蔑。是否应该出于对人的爱与同情选择抛弃上帝，是陀氏发出的诘问。在阿辽沙的提问中蕴藏着反驳的全部力量："哥哥，你将怎样生活呢？"可见，人无法背弃上帝生存。

谈到最后一个诱惑——权威的时候，宗教大法官说道："我们拥护他（魔鬼），这就是我们的秘密！我们从他那里接受了你愤然放弃的东西：接受了罗马，还有凯撒的宝剑。因为全世界联合的愿望是第三个也是最后一个使人们痛苦的问题，人类总是渴望全世界按照必然性被安置好。"②罗赞诺夫认为这几句话揭示了历史上天主教的一些思想。基督拒绝地上王国、集权的王国。宗教大法官代表的正是天主教的学说，他代表的天主教背弃了自由的理想，曲解了基督教的精神实质。"严格地说，在《传说》里，对基督教进行批判的是关于人高尚的概念，对天主教进行批判的是对人的轻蔑，还有企图用个体智慧和力量对人的命运和意志进行束缚。"③

罗赞诺夫提出，天主教利用人的弱点在大地上安排人类的命运，试图将所有人联合成一个普遍的、和谐一致的蚂蚁国。《传说》在这个方面与罗马—天主教会的宗教意识所假定的东西是一致的。罗赞诺夫认为，天主教会渴望联合，起初还能包容个体的东西，最终却发展成对个体的消灭，摒弃一切个别的、分散的东西，这已经与基督教的特征相背

---

① 罗赞诺夫：《论宗教大法官的传说》，张百春译，华夏出版社，2007，第105页。

② 罗赞诺夫：《论宗教大法官的传说》，张百春译，第130页。

③ Николюкин А. Н. Наследие В.В.Розанов и современность:Материалы Международной научной конференции. М.:Российская политическая энциклопедия, 2009, с. 430.

离了。弃世独处苦行僧的精神迁移到罗马的土壤上歪曲变形了，"所有国家、所有时代和所有民族的苦行僧在摒弃罪恶的人类后，离开它去了荒漠，在那里拯救了自己，但是，天主教会的苦行僧们友好地结合为一体，走向了这个人类，以便把它引导到这样一种境地。与对普遍的东西的渴望不可分割地融合在一起的是罗马种族对个体的东西的不理解"①。天主教的反动势力、宗教裁判所、空想社会主义都体现了宗教大法官的思想。傅立叶、圣西门等人关于空想社会主义的构想是在经济的基础上联合人类的渴望。天主教是罗马人在宗教里联合人类的企图。两千年以来，罗马人以各种真理的名义走向其他和平民族，最初带着十字架或大炮，直到以共和旗帜的掩盖进入世俗世界。他们否定一切信仰上的区别，藐视人的个性、良心，以及其他民族的心理，迫使人们接受自己的信仰与社会建制的形式，使世界服从自己的要求、观点以及思维方式。对人、对部族、对世界的强制是罗马无法消除的性质。随着对人的冷酷与缺乏理解，罗马把这些民族变成了一种水泥，并与其他部分连接成一个整体。别尔嘉耶夫认为："基督拒绝了全世界联合为地上极权的自我神化的国家，在上帝之外的世界联合。"②基督宣扬的不是以神的名义对人类进行安排，不是全世界的表面上的幸福与统一，而是对世界的拯救。宗教大法官拒绝通过苦难实现救赎的道路，也因此否定了未来生命、最终的审判。

　　罗赞诺夫认为只有东正教符合福音书的精神，是自由的宗教。"对普遍的东西的渴望是天主教最一般的和最恒定的特征，正如同对个体的和独特的东西的渴望是新教的根本特征一样。东正教是对基督教的斯拉夫人的理解。尽管东正教的根源在希腊的土壤里，它的教义也是在这个土壤上形成的，但是它在历史上闪烁的整个独特的精神在自身中却活生生地反映着斯拉夫种族的特征。然而，只有一个福音书，只有一种精神在其中闪烁。如果我们愿意搞清楚，这三种类型生活中的哪一种类型符合这个精神，那么我们无法控制地和不由自主地应该说，这就是东正教

---

①　罗赞诺夫：《论宗教大法官的传说》，张百春译，华夏出版社，2007，第157~158页。
②　耿海英：《别尔嘉耶夫与俄罗斯文学》，上海书店出版社，2009，第150页。

精神。"① 在罗赞诺夫看来，东正教的基督不仅仅体现了神的训诫，还是自由和理想的代表。耶稣将宗教大法官对世界形式上的统治与自由的精神统治相对立，他说道："我的王国与你的世界不同。"在大法官的世界里，他失去了所有的精神基础，徒有形式上的统领权力。

罗氏提出，如果说人的意志具有尘世的性质，那么自由则将人与超验的世界联系起来，展现了尘世与彼岸的联系。罗赞诺夫引用了《传说》中陀氏借佐西马长老之口表达的话："地球上还有许多东西是我们不知道的，不过，我们却被赋予一种对我们与另外一个世界，与崇高世界的活生生联系的神秘而内在的感觉，甚至我们的思想和感觉的根源也不在这里，而在另外那些世界里。这就是为什么连事物的本质也不能在大地上去理解的缘故。上帝从另外那些世界里拿来了种子，播种在这块大地上，培育自己的花园，一切能长出来的东西都长出来了，但长出来的东西得以生存和具有活力，只是靠自己与另外一个神秘世界相连的感觉；如果在你身上弱化或消除这个感觉，那么长出来的东西在你身上将死亡。那时你就将成为对生活冷淡的人，你甚至会痛恨生活。"② 因此，自由揭示了人生活的全部。人的自由与精神存在直接联系在一起。除此之外，人的实质在精神生活中实现。人首先是精神实体，相应地，自由由精神生活的质量决定。精神生活代表着自由的最高界限。人应以自觉的方式在善与恶之间进行道德的选择，从而权衡自由的界限之所在。

宗教大法官跟耶稣说过，谁用真理召唤人，人甚至会抛弃食物跟随他，"在这一点上你是对的"，罗赞诺夫认为宗教大法官的话展现了其心声，也因此指出了最重要的东西，那就是人对待上帝的态度，并用这个态度衡量人堕落的程度。他认为任何阻碍上帝与人的分离都是对上帝的反抗。但是，人在上帝那里暂时的堕落，不能说明善与恶的问题。"难道人对上帝的无法控制的倾心不也是事实吗？在独白之前宗教大法官烧死的那些受难者难道不也是为了不敬拜他那魔鬼的思想，最终一直保留

① 罗赞诺夫：《论宗教大法官的传说》，张百春译，华夏出版社，2007，第165~166页。
② 转引自罗赞诺夫《论宗教大法官的传说》，张百春译，第160页。

着对真理的忠诚吗?"①罗赞诺夫赞同人的精神高度,在他看来,对真理、善和自由这些理想的渴望永远也不能怀疑。痛苦决定了人在原初状态下的本性是善良的。人的本性只能面向善。善是人的情感最主要的显现,恶则总是次要的,是来自外部的。人的痛苦会伴随恶对心灵控制的增强而增加,痛苦来自恶与人本性的不一致。

## 第二节　"最深刻的心灵分析家"

罗赞诺夫将文学作品中的人物形象分为两种类型:类型化人物与具有性格的个性化人物。如前所述,他反对类型,认为类型是个性的集合,而性格是每个人的独特个性,是内在的"我",是生活发展变化的力量。性格可以用来理解类型,而类型则不能理解性格。遵从类型化创作原则的作家,通过"揣摩自己的内心世界,并通过表面上相似的特征揭示他人的内心世界"②。罗赞诺夫认为,作家以客观的方法描摹人物外在的言行举止,塑造的是"典型",他将这类作家称为"观察艺术家"(художник-наблюдатель)。另外一些作家则以主观方式塑造人物的思想与感受,他们对精神与生活富有先天的感悟力,对人物内心世界的洞察与对外在世界的观察一样。罗氏将他们称为"心理艺术家"(художник-психолог)。心理艺术家具有丰富的、深刻的精神体验,他们与观察艺术家(冈察洛夫等)相对立。他认为这类作家的创作甚至与宗教创作无异,他们擅长描写人的非理性和矛盾的性格,能够体会到人的灵魂与生活中的矛盾性。

罗赞诺夫指出陀思妥耶夫斯基塑造的形象都不是《死魂灵》中那样的典型,因为他的宗旨不是塑造典型,而是彰显人的个性与心理独特奥秘的"性格"。他认为这是陀思妥耶夫斯基超常的预见能力与心理洞察力决定的。但遗憾的是,这些"性格"一直没有被阐释出来。"没有人能像他一样了解人,没有人像他一样善于预测未来。这也正是其深重的

---

① 罗赞诺夫:《论宗教大法官的传说》,张百春译,华夏出版社,2007,第145页。

② Розанов В. В. О понимании. М. : Танаис, 1996, с. 461.

悲剧。他不被人理解，因为他精神的分化，许多对他来说已经成为过去的，对别人来说还在未来。只有出现一位与陀思妥耶夫斯基心灵相通的批评家，他才能真正被理解、被评价。"① 也许，罗赞诺夫认为自己正是这样的批评家，他善于发掘陀思妥耶夫斯基的非凡才能。

罗赞诺夫十分推崇陀思妥耶夫斯基对人心理的刻画，"没有任何人比陀思妥耶夫斯基更为深刻地洞察人的心理，没有人像他一样揭示了人崭新的、奇特的、难以理解的层面的心理"②。例如陀氏对斯维德里加伊洛夫等人心理的塑造，向读者展现的是内在心灵的全部活动，因而有别于同时代的其他作家。正如劳特曾对陀氏心理描写进行分析："陀思妥耶夫斯基对待现实的态度主要取决于他对心理学的兴趣。他的主要意向在于研究心灵的本质，弄清它的各种能力，掌握它的内在运动，并深入到它与生活、自由、上帝等等的相互关系中去。"③ 同时，罗赞诺夫认为陀思妥耶夫斯基善于塑造各种类型的人的心理，"作家在塑造人物的过程中，要力图把握各种类型的人，理解崇高与低俗等不同层面的人的心理……不是通过外部观察，而是用内心去体会"④。实际上，陀氏与其说是对心理学感兴趣，不如说是对人感兴趣，他一生都在研究人，研究人的心理被遮蔽之处。正如他本人在《作家日记》中写的："人们称我为心理学家：不对，我只是更高意义上的现实主义者，即，我描绘的是人灵魂深处的一切。"⑤ 陀思妥耶夫斯基能够察觉人内心世界虽难以理解但无疑存在的现象。他揭示这些心灵内在的本质，并用自己看待真理的眼光去阐明它们。

罗赞诺夫将托尔斯泰与陀思妥耶夫斯基都视为心理艺术家，他认为前者在塑造的形式上堪称完美，后者则在塑造的深度上达到顶峰。他指

---

① Розанов В. В. О понимании. М.:Танаис, 1996, с. 463.

② Розанов В. В. О понимании. М.:Танаис, 1996, с. 466.

③ 赖因哈德·劳特:《陀思妥耶夫斯基哲学：系统论述》，沈真等译，广西师范大学出版社，2005，第14页。

④ Розанов В. В. О понимании. М.:Танаис, 1996, с. 464.

⑤ 陀思妥耶夫斯基:《陀思妥耶夫斯基论艺术》，冯增义、徐振亚译，上海书店出版社，2009，第317页。

出，如果说托尔斯泰"以无法企及的完善，穷尽了人的精神世界：直至心灵的所有最微小的活动。在业已形成的生活，业已确定的精神结构的形式里出现的所有难以察觉的思想萌芽，都清晰地表现在他的作品中，这个清晰性已不需要任何补充"①。也就是说，托尔斯泰展现的都是已经确定的、成型的思想。与托氏不同，陀思妥耶夫斯基不关注完备的内心生活，而是展现它的产生与瓦解，也就是精神中尚未定型的东西、心灵本身的状态、心灵变化的过程、心灵的"阶段、过渡"，陀思妥耶夫斯基小说中的人物往往"不外乎是各种心灵能力、意向的一些外化了的形象，例如《群魔》的所有形象都是斯塔夫罗金一个人心灵某些层面人格化的表现"②。这些人物在心灵领悟到的思想的支配下行动，并力求将其付诸实践。因此，陀思妥耶夫斯基描写心灵的目的、倾向是塑造整个形象的核心。

准确地说，陀思妥耶夫斯基描绘的是病态的、阴郁的、扭曲的、痛苦的心理。托尔斯泰没有对病态与不合理心灵进行描写，陀思妥耶夫斯基恰恰是在这方面对他进行了补充。罗赞诺夫驳斥了陀思妥耶夫斯基创作的人物是"病态幻想产物"的说法。他认为陀氏格外善于挖掘人类心灵中的非理性因素。陀思妥耶夫斯基的作品总是建立在非常事件之上，与噩梦、梦幻联系在一起，利用极端、激烈的场面，表现人物内心的剧烈挣扎。因此，他塑造的主人公看似都是病态的。由于陀思妥耶夫斯基善于洞察一切心理，他总是比其他作家更能窥视人心灵的阴暗面。他看到人的心灵深深沉溺于罪孽与恶习之中。罗赞诺夫认为陀思妥耶夫斯基非常擅长描写犯罪心理，"在阅读《罪与罚》，以及阅读《卡拉马佐夫兄弟》里描写杀害父亲的凶手之间的会见时自然会产生这两个问题：为什么我们这样理解这里所表述的罪犯们的心理状态的真实性，尽管我们自己没有体验过这个状态？如果对从来没有杀过人的我们而言，罪犯的心理状态是可以理解的，如果在读了陀思妥耶夫斯基的小说后，我们感觉到惊奇的不是其幻想的刁钻古怪，而

①　罗赞诺夫：《论宗教大法官的传说》，张百春译，华夏出版社，2007，第41页。
②　罗赞诺夫：《论宗教大法官的传说》，张百春译，第20页。

是其分析的艺术和深度……这个奇怪的事实在我们面前揭示了我们心灵的一个最深刻的秘密——它的复杂性：心灵不仅仅是由在其中可以清楚地观察到的东西组成的（比如，我们的理性不仅仅是由它所意识到的那些知识、思想和观念组成的）；其中还有许多我们在自己身上还没有发现的东西。在大多数情况下，直到死我们也不了解自己心灵的真正内容；也不了解我们在其中生活的那个世界的真正面貌，因为这个世界随着我们加给它的那个思想或感觉而改变。随着犯罪的出现，我们的思想和感觉的一个黑暗源泉被揭示出来，于是在我们面前立即就显露出精神方面的一些线索"①。也就是说，通过对犯罪与非理性的描写，心灵的覆盖物和外壳被揭开，我们才得以看见其通常不可窥见的深度，如此人的本性最深刻的秘密才能被揭示出来。以天才的表达方式揭露犯罪的心灵状态，这是陀思妥耶夫斯基的伟大之处。在罗赞诺夫看来，陀思妥耶夫斯基揭示了"人的灵魂的全部深度"和全部矛盾性。因此，他称其为"心灵最深刻的分析家"。

陀思妥耶夫斯基的作品中遍布的无法消除的苦难、贫困、腐化等因素，构成了滋长犯罪现象的垃圾堆。"扭曲的性格，要么成长为天才，要么堕落为弱智，只是人的发展中那些犯罪现象的反映，说到底，是人与犯罪现象的斗争但又无力战胜它。"②罗赞诺夫认为人本身就潜藏着大量的犯罪冲动，"与它一起还有可怕的罪过性，这罪过性还没有被任何东西赎买；尽管我们在自身中还不知道它，不能清楚地感觉到它，但它深深地吸引着我们，用无法解释的黑暗填充着我们的心灵"③。在他看来，陀思妥耶夫斯基对犯罪和堕落的描写并非偶然，"就一个完整的历史发展过程而言，每一个人、每一个民族乃至整个人类的精神发展都可划分为三个阶段，即原始的明晰阶段、堕落阶段和新生阶段"④。罗赞诺夫提出，"奥勃洛莫夫气质"是人类的第一个阶段，即孩童般纯真、史

---

① 罗赞诺夫：《论宗教大法官的传说》，张百春译，华夏出版社，2007，第61~62页。
② 瓦·瓦·罗扎诺夫：《陀思妥耶夫斯基启示录——罗扎诺夫文选》，田全金译，华东师范大学出版社，2013，第27页。
③ 罗赞诺夫：《论宗教大法官的传说》，张百春译，第93页。
④ 瓦·瓦·罗扎诺夫：《陀思妥耶夫斯基启示录——罗扎诺夫文选》，田全金译，第23页。

诗般平静的原始明晰的状态，是人逐渐走出无意识的状态，准备迎接历史风暴的时刻，是即将走上痛苦而又畸形之路的混沌时刻。陀思妥耶夫斯基着力描写的正是第二个阶段，"当其他伟大的艺术家，陀思妥耶夫斯基的同时代人（冈察洛夫、屠格涅夫、奥斯特洛夫斯基、托尔斯泰），忙于再现第一个时段时，他的全部作品却致力于反映第二个时段并指明它的出路"[①]。中间阶段相对于其余两个阶段而言具有更重要的中心作用。这一阶段将堕落与罪孽作为人类发展过程中的核心现象。罗赞诺夫认为这一阶段最能够产生震撼人的力量，因为犯罪就意味着对规范的背离，但生活中的规范无法引起恐怖、惊奇、怜悯等情感，因而不能激起我们的注意。正如"格蕾辛（《浮士德》）只是一次犯罪，多年来白璧无瑕——而'多年'被她周围人所忘却，没有被记住：人们记住的、引起我们悲伤、唤醒我们注意的只是她堕落的那一天。在她的命运中，这一天是核心的，不是作为时间上的核心，而是就地位而言这一天凌驾于她生命中的一系列其他事实之上"[②]。该阶段展现了人脱离了日常生活的规则，陷入痛苦与畸形的状态，还没有找到新的法则，在堕落中挣扎，试图挣脱它的桎梏，竭力探寻求索终极的法则，从而在这种状态被打破的时刻能够摆脱痛苦。"正是在最为黑暗之中作为相对黑暗和相对光明的混合体的人能够了解其存在的主要真谛。"[③]因此，该阶段是通向光明与新生的必经阶段。

## 第三节　通向光明的崎岖之路

罗赞诺夫在 1911 年发表的《俄罗斯言论》中提出，陀思妥耶夫斯基的世界存在两种相互对立的力量。他以地下室人和阿辽沙为例写道："可以跟地下室人对抗的，不是米哈伊洛夫斯基指出的监狱，富有天赋

---

① 瓦·瓦·罗扎诺夫：《陀思妥耶夫斯基启示录——罗扎诺夫文选》，田全金译，华东师范大学出版社，2013，第 25 页。

② 瓦·瓦·罗扎诺夫：《陀思妥耶夫斯基启示录——罗扎诺夫文选》，田全金译，第 24 页。

③ 赵桂莲：《白银时代陀思妥耶夫斯基研究》，《国外文学》1996 年第 3 期。

才能的地下室人当然要从这监狱里逃出来，但阿辽沙出现了，他站在地下室人面前一步也不退让。而他以自己的沉默、宁静迫使有些饶舌的地下室人沉默起来。"①罗赞诺夫认为地下室人宣扬的是分解、破坏、崩溃的力量，但如果全世界内部真的植入了这种腐蚀、这种火热的酸液的话，便会瞬间灭亡。显然，罗赞诺夫认为地下室人代表分裂的力量，排斥一切；他用油脂形容阿辽沙象征的另一种力量——融合的力量，它是一种联合全世界的吸引力，黏合一切，却与分解一样让人苦恼。这两种对立是无法消除的。"大地运行在自己的轨道上，其离心力不能战胜向心力，而向心力（落向太阳）也不能战胜离心力（完全脱离太阳），而世界存在、保持完整并且最后得到发展，因为其中分析和分析的潮流无论如何也不能消灭综合的潮流。"②别尔嘉耶夫的阐释与罗赞诺夫相反，他认为"黑暗的人——斯塔夫罗金、伊万，被人们解读，所有的人都向着他们运动；而光明的人——梅什金、阿辽沙解读人们，他们向着所有的人运动。这就是陀思妥耶夫斯基小说中向心的与离心的运动结构"③。因为别尔嘉耶夫认为梅什金帮助人，而黑暗的人则折磨人。虽然二者的视角不同，但都以从圆心到圆周的运动对陀思妥耶夫斯基创作中的人物模式进行了描摹。两类人都无法取代对方，地下室人宣称"毁灭一切"，他会有许多的拥护者，阿辽沙同样会有很多跟随者。一个在破坏，另一个在创造；一个乱扔靴子，另一个则默默地把它拾起来，放回原处。罗氏认为世界就建构在这种两元对立的规律之上，也就是善与恶的冲突上。

实际上，我们认为，陀思妥耶夫斯基创作的大多数人是善与恶的共同体，包括阿辽沙也逐渐意识到自己身上有一种"卡拉马佐夫式的原始力量"，是一种粗暴的、野蛮的力量；拉斯科尔尼科夫、斯塔夫罗金、伊万等人也都是邪恶与善良的双重载体。罗赞诺夫认为陀思妥耶夫斯基是最擅长使一个人物兼容高尚与卑劣等对立特性的作家。陀思妥耶夫斯

---

① 罗赞诺夫:《论宗教大法官的传说》，张百春译，华夏出版社，2007，第139页。

② 罗赞诺夫:《论宗教大法官的传说》，张百春译，第139页。

③ 尼·别尔嘉耶夫:《陀思妥耶夫斯基的世界观》，耿海英译，广西师范大学出版社，2008，第25页。

基不相信人性本恶，"陀思妥耶夫斯基认为俄罗斯民族性格具有两面性，'美拯救世界'的理想表现了善总能战胜恶的愿望"[1]。因此，表现人的邪恶"不是为了诅咒邪恶，不是为了说明人性本恶，也不是因为要证明，没有上帝的宽恕，人就不能行善。他是想把人的整个本性充分地揭示出来"[2]。也就是把人作恶的非理性因素充分地揭示出来。

如前所述，罗赞诺夫提出人类的精神发展需要经历三个阶段，虽然第二阶段相对其他两个阶段占有极大优势，但与此同时，"这一时段的意义也是相对的：犯罪与罪孽就是反对先于它的以及优于它的东西；摆脱堕落需要奋起，并走向重生。第二阶段的意义就在于指向另外两个时段，回望过去与展望未来，但我们在当前的现实与历史中仅仅能够观察到一线光明，一抹边缘的光芒；它们鲜明的表现与完全的存在却能够使人超越尘世限，引领人走向生前与死后的存在"[3]。陀思妥耶夫斯基描绘了第二阶段丑陋、肮脏、阴郁的可怕情景，同时又穿过昏暗的现实向人们透出一缕耀眼的光芒，但这一线光明的力量却不容小觑，在黑暗中照耀着我们的心灵纯洁和明净之处。别尔嘉耶夫也得出了类似的洞见，在心灵的背后掩盖着黑暗的深渊卷起的风暴，"当人进入暴风雨般运动状态时，陀思妥耶夫斯基对此尤其感兴趣。他进入这黑暗的深渊，并在那里发掘光明。光——不仅是为了美丽的外表，光还可以在黑暗的深渊燃起，而这是真正的光"[4]。罗赞诺夫认为，陀思妥耶夫斯基热衷于描写犯罪与堕落，恰恰是为了召唤人们走向光明，面向未来，引出复兴和重新崛起的阶段。在作家那里，第二阶段是走向苏醒和复活的前提。也就是说，堕落与犯罪是通向幸福与光明的必经之路。只有处于最黑暗的时刻，人才能理解他存在的真正意义。"夜星星更亮，人卑神更亲。"罗赞

---

[1] Егоров П. А. В. В. Розанов - литературный критик:проблематика, жанровое своеобразие, стиль. М.:Рос. ун-т дружбы народов, 2002, с. 45.

[2] 赖因哈德·劳特：《陀思妥耶夫斯基哲学：系统论述》，沈真等译，广西师范大学出版社，2005，第136页。

[3] Розанов В.В. Мысли о литературе. М.:Современник, 1989, с.195.

[4] 尼·别尔嘉耶夫：《陀思妥耶夫斯基的世界观》，耿海英译，广西师范大学出版社，2008，第32页。

诺夫借助这两行诗句阐释了陀思妥耶夫斯基创作中黑暗与光明之间的关系，在他看来其中包含着整部历史的意义和千百万灵魂的发展史。也就是说，罪孽越深重，拯救的意义就越大。罪孽的本质在于，它可以使人复活。人只有沉溺于罪孽之中，才能理解灵魂不朽的思想。

我们认为，陀思妥耶夫斯基"美拯救世界"的理论宣告破产，原因在于光明并非唾手可得。作家看到人一次又一次地经历黑暗与地狱，陷于绝望的境地。要摆脱这种深渊，谋求一种全新的、纯洁的生活，务必要进行难以忍受的艰苦斗争。"陀思妥耶夫斯基向人提供了一条自由地接受真理的道路，这一真理应该使人成为彻底自由的人。但这条道路穿越黑暗，穿越深渊。被虚幻的梦境、带有欺骗性的光明所诱惑而陷入更大的黑暗中的人在这条道路上踯躅。这是一条漫长的道路，它没有直接到达的捷径。这是一条体验与试验之路，是一条试验善与恶之后的觉醒之路。"①他支持人去斗争，试图向人证明，在每个人的内心既隐藏着堕落和丑陋的一面，也包含着光明和高尚的一面。善与恶、天使与魔鬼彼此斗争，战场就是人心。陀思妥耶夫斯基将人心的龌龊与罪孽展露至极，但他又坚定地相信善的胜利。正如陀思妥耶夫斯基在纪念普希金的演说中对诗人的评价，"他怀着对于善将获胜的期望，无畏地展望未来"，尽管罗赞诺夫认为陀思妥耶夫斯基已经与普希金开创的道路相去甚远，但也许这正是陀氏本人发出的心声。

罗赞诺夫认同陀氏的观点，他写道："人身上还保存着善对恶的优势，尽管它如此可怕地陷入到恶之中，他的每个单个行为，他的每个思想都是恶。但是，人在几千年里一直在肮脏的泥潭中爬行，他产生了这样一种无法消除的渴望，就在这些行为和思想中，就在全部的肮脏地下，还是要爬行下去，总有一天会看见光明——这个渴望使人远远地超越了整个自然界，这个渴望是人在任何痛苦之中，无论什么样的灾难之中不遭彻底毁灭的保证。"②在罗赞诺夫看来，犯罪可以撕碎自己的肉体

---

① 尼·别尔嘉耶夫:《陀思妥耶夫斯基的世界观》，耿海英译，广西师范大学出版社，2008，第42~43页。

② 罗赞诺夫:《论宗教大法官的传说》，张百春译，华夏出版社，2007，第55页。

构造，但是，只要肉体没有被撕碎，人扭曲的心灵就可以被修正过来。因此，修正人歪曲的心灵是首要条件，但我们不能因为人暂时的堕落去相信恶，而应坚信随着与恶进行斗争，恶终究消失。作家笔下的主人公往往经历罪孽，或幡然悔悟，如拉斯科尔尼科夫经过几年的救赎，最终走向光明；或绝望地自杀，如没有什么理由值得斯麦尔佳科夫活下去，尽管对他而言也许还存在着阳光和光明，但他清楚地知道，自己已经无法触及了。"在痛苦和犯罪中如果没有报应，以及因报应而获得的满足，那么我就消除自己犯罪的和遭受折磨的肉体，以便寻求满足。这是对自杀的解释。"①

　　如前所述，陀思妥耶夫斯基认为人犯罪，就是施下了罪孽，是人脱离了神性的表现，是由人性中的恶导致的。陀思妥耶夫斯基表现人的邪恶，"不是为了诅咒邪恶，不是为了说明人性本恶，也不是因为要证明，没有上帝的宽恕，人就不能行善。他是想把人的整个本性充分地揭示出来，他想证明人的多面性"。②陀思妥耶夫斯基大量描写人的堕落，然而这也使他痛苦。人如何洗刷心灵的罪孽？陀思妥耶夫斯基的创作正是根植于此，那就是"罚"。卢那察尔斯基写道："他常常反复地想：受苦具有赎罪的意义。他认为人人都应该受苦，因为人人都要对每一个孽障、每一项罪行负责。犯罪是普遍的现象，刑罚应该加于所有的人。这就是陀思妥耶夫斯基的世界观，而它是同他的艺术风格密不可分的。"③陀思妥耶夫斯基意指的"罚"，并不是法律意义上的刑罚，而是顿悟后良心深处的痛苦。良心的痛苦对于人来说，比法律的惩罚更折磨人，更可怕。陀思妥耶夫斯基"发现了在人的最深处，在人隐秘的念头中倾向于犯罪的意志；而良心的痛苦，就是在人没有犯任何看得见的罪行的时候，也折磨着人的心灵。人时常揭发自己，即使犯罪的意志没有转变为任何行动"④。

① 罗赞诺夫：《论宗教大法官的传说》，张百春译，华夏出版社，2007，第83页。
② 赖因哈德·劳特：《陀思妥耶夫斯基哲学：系统论述》，沈真等译，广西师范大学出版社，2005，第136页。
③ 卢那察尔斯基：《论文学》，蒋路译，人民文学出版社，1978，第215、216页。
④ 尼·别尔嘉耶夫：《陀思妥耶夫斯基的世界观》，耿海英译，广西师范大学出版社，2008，第62页。

罗赞诺夫认为陀思妥耶夫斯基异常深刻而细腻地描摹了人的心灵受到责问时的活动，作家明显地感觉到人所承受的一切痛苦，任何作家都无法像他一样理解这些痛苦的隐蔽实质。在罗氏看来，他笔下痛苦的人物不仅仅是实施犯罪的人，还囊括了受到惩罚的精神犯罪者。米佳和伊万并没有实质性的罪行，但罪孽感依然深深地折磨着他们。因此他们自愿去接受惩罚，以此减轻自己的痛苦。正如米佳接受了本不应承担的法律的惩罚，以此来赎自己的罪。"罪孽以一种先定和谐的方式自然而然地引起惩罚，而这种惩罚又始终是以善为目的。"① 陀思妥耶夫斯基相信苦难对于赎罪与复活的作用。人有时虽然难以控制自己去作恶，但有限的存在使人又渴望无限，渴望不死与永恒。

罗赞诺夫认为，在陀思妥耶夫斯基看来，心灵与痛苦有渊源，心灵对痛苦有一种特别的钟爱，有一种无法理解的倾向。"每当心灵的痛苦过分沉重，伤害无法忍受时——在心灵里就有一种不与痛苦分离，不从自己身上取消这个伤害的渴望产生。"② 正如陀思妥耶夫斯基本人顺从地接受了苦役。他不抱怨，也不需要别人的怜悯。他力求把苦役高尚化，"把苦役看作是命运严酷的，但又是拯救性的功课，舍此便没有走向生活新道路的出口"③。他在西伯利亚时期的信中写道："我没有怨言，这是我们的十字架，我理应背负它。"④ 他热衷于描写苦难，相信苦难的力量。在罗赞诺夫看来，陀氏以一种无法理解的方式表现出对一切受苦之人最热烈的爱的情感。但是，"陀思妥耶夫斯基对苦难的热衷是不能简单地用'津津有味'、'津津乐道'所概括的，他对苦难的描绘所传达的是他对整个世界恶的本质以及如何走向善的深刻思考"⑤。真正的痛苦可以使人严肃而深刻地思考生活，反思自我，认识到光明的意义，更深刻地理

---

① 费尔巴哈:《对莱布尼茨哲学的叙述、分析和批判》，涂纪亮译，商务印书馆，1997，第266页。
② 罗赞诺夫:《论宗教大法官的传说》，张百春译，华夏出版社，2007，第90页。
③ 转引自梅列日科夫斯基《托尔斯泰与陀思妥耶夫斯基》第一卷，华夏出版社，2008，第95页。
④ 转引自梅列日科夫斯基《托尔斯泰与陀思妥耶夫斯基》第一卷，第95页。
⑤ 王志耕:《宗教文化语境下的陀思妥耶夫斯基诗学》，博士学位论文，北京师范大学，2000。

解生活，从而去改变生活。借助于痛苦，可以"从黑暗的深渊中培育出高尚的心灵"。因此，罗赞诺夫认为人不能因遭受痛苦而受到奖赏，一旦奖赏了痛苦，那么人们消除痛苦的需求就将消失，也无法忍受痛苦所带来的伤痛。

陀思妥耶夫斯基认为苦难是赎罪的有力方式，俄罗斯人天生具有用痛苦来赎罪和净化的心理。罗赞诺夫赞同作家笔下苦难对人精神的净化意义，他认为每当我们体验某种痛苦的时候，我们的部分罪过就能获得抵消，我们能感觉到光明和喜悦，成为更高尚的和更纯洁的。他写道："人应该感谢所有的苦难，因为上帝常常眷顾它。相反，如果人生活得轻松自在，那么就会因遭受报应而担忧。"① 俄罗斯人"甚至在幸福中也有一部分痛苦，否则幸福对它来说是不完整的。它从来没有，甚至在它的历史上最值得欢庆的时刻也没有骄傲和洋洋自得的样子，而只有深受感动的样子，痛苦的样子：它叹息着，把自己的光荣归于主的恩赐"②。因为只有受苦之人才能趋近上帝，换取最终的幸福。正如米佳遭遇大苦难之前，佐西马向他行叩头礼，苦难使他具有某种神圣性，能够赢得人们的尊重，这就是每一种痛苦的净化意义。一切美好都隐藏在痛苦之中，最终变成更高境界的纯洁道德，走向永恒的真理。

众所周知，陀思妥耶夫斯基无法解决孩童受难的问题，正如伊万所言："小孩子从来没有面目丑陋的。大人令人讨厌，不配爱之外，他们还遭受了报应：他们吃了禁果，认识了善与恶，并成为'类似上帝'的了。现在他们还在吃。但小孩子们什么也没吃，暂时还是没有任何过错的。如果他们在人间也遭受极大的痛苦，那么这当然是因为他们的父辈，是因为自己吃了禁果的父辈才受惩罚的，——但是，这个论断来自另外一个世界，在这里，在人间，人的心是不能理解这个论断的。一个无辜的人不能替另一个人受苦，更何况是如此无辜的人。"③ 伊万也因世

① 罗赞诺夫：《论宗教大法官的传说》，张百春译，华夏出版社，2007，第 90 页。
② 赖因哈德·劳特：《陀思妥耶夫斯基哲学：系统论述》，沈真等译，广西师范大学出版社，2005，第 204 页。
③ 罗赞诺夫：《论宗教大法官的传说》，张百春译，第 73~74 页。

界的不公正决定退回进入和谐世界的入场券，认为和谐的代价太高了，他无法接受上帝创造的世界。孩童的痛苦是不公正的，孩子没有罪孽，为什么也要承受苦难？为此陀氏也深受折磨。罗赞诺夫认为作家在以极大的痛苦描写孩子的痛苦，"仿佛是在描写可见的东西一样，仿佛是他自己在经受他们的痛苦，仿佛他善于渗透到这个痛苦之中：这个场面是通过细微的变化描绘出来的，朝向颤抖的身体的刀子深深地、深深地插进无辜的、发抖的人，他的眼泪刺痛了作家的心，而流出来的血灼痛了杀人犯的手"①。

在罗赞诺夫看来，陀思妥耶夫斯基的孩童受难问题与作家对《叶甫盖尼·奥涅金》结局的解读类似。陀思妥耶夫斯基对达吉亚娜为了不伤害自己的丈夫，拒绝奥涅金的解读是："难道一个人可以把自己的幸福建立在他人的不幸的基础上？幸福……在于精神的最高和谐。用什么来安慰他，如果发生的是一个不幸的、残酷的和惨无人道的行为……请问，如果您自己建立人类命运的大厦，目的是在最后使人们幸福；最终给他们以平和与安宁。您再想一下，为此必须不可避免地要残害一个人……您会同意在这个条件下成为这座大厦的建筑师吗？"②按照陀思妥耶夫斯基的观点，似乎可以推导出孩童受难是无辜者在为罪人受苦，正如阿辽沙否认了在孩子的"无法报偿的眼泪上面建造人类命运的大厦"。

关于孩童无辜受难的问题，罗赞诺夫提出了独特的观点，试图证明孩子是在为父母的罪孽而受苦。他认为犯罪既然来源于人心灵中黑暗的内部，那么每一个新生者的心灵当中并不全都是新鲜的，其中"无疑也有以前的部分，不是产生的部分，只是过渡来到的部分。这部分在自身中携带着属于生者心灵所固有的普遍歪曲，有时是某种独特的、深刻的恶，某种犯罪，这个犯罪在这个部分里也是个部分，他隐藏在其他部分里，现在只剩下它一个了，它在自己周围恢复了一个整体"③。因此，他

---

① 罗赞诺夫：《论宗教大法官的传说》，张百春译，华夏出版社，2007，第75页。

② Розанов В.В. Среди художников. М.:Республика, 1994, с. 424.

③ 罗赞诺夫：《论宗教大法官的传说》，张百春译，第92页。

认为孩子自出生起便携带着犯罪的根源，以及必将遭受的报应。孩子的
无过失性、无辜性，都只是表面的现象，实际上他们身上隐藏着父辈
的恶习，除此之外，还隐藏着父辈的罪过；"这个恶习只是不在任何破
坏性的行为里显现和表现自己，就是说，它不招致新的罪过：但由于
旧的罪过还没有获得报应，因此这旧的罪过在他们身上已经有了。孩
子在自己的痛苦中获得的就是这个报应"①。可见，罗赞诺夫的观点与陀
思妥耶夫斯基的观点存在一定的差异，前者认为孩童并不是无辜的，其
受难是必然的，后者则竭力为孩童的无辜辩护。以上论断也展现了罗赞
诺夫对善与恶的诠释，也就是说，他认为人本性中的恶是绝对的，不可
避免地存在于人的身上，且必将遭到惩罚，痛苦则起到净化、抵消罪孽
的作用。

## 第四节　"魔鬼式"的辩证法

罗赞诺夫认为陀思妥耶夫斯基的《荒唐人的梦》《白痴》《作家日
记》等看似"正题"的作品，其实流于肤浅，以至于人们通常称它们为
"政论作品"。其中《荒唐人的梦》尤为充分、生动地体现了陀思妥耶夫
斯基的正面说教。该作品规避了所有嫉妒与仇恨等消极情感因素，描绘
了绝对无罪的人，排除了异己性的家庭，也就是家庭与家庭之间界限，
所有人都相互依偎，人人都是兄弟姐妹，各民族融合为一个大家庭。此
处，他又提出自由源自人与人之间的相互尊敬，源自人与人之间无限的
爱。罗赞诺夫认为陀思妥耶夫斯基不是在政治上，而是形而上地打破了
人与人之间不平等的传统。众所周知，卢梭为此而苦恼，力图通过"社
会契约"消除它，却显然并未成功，而陀思妥耶夫斯基则"向读者吹来
了一些美梦——全宇宙的和谐，大地上的居民与他们居住的大地和天空
的和谐"②。罗赞诺夫认为在这一正面作品中，作家实际上并没有真正触

---

① 罗赞诺夫：《论宗教大法官的传说》，张百春译，华夏出版社，2007，第92页。
② 瓦·瓦·罗扎诺夫：《陀思妥耶夫斯基启示录——罗扎诺夫文选》，田全金译，华东师范
　大学出版社，2013，第40页。

摸到和谐的奥秘，因此传达出的状态也是不真实的。罗赞诺夫还指出，《白痴》是与现实生活的波澜联系最少的作品，展现了陀思妥耶夫斯基心灵中理想的状态。该作品一方面超越了普通民众的高度，另一方面又跟他们的需求与苦难融合在一起。对禁欲主义、纯洁清白的描写具有奇幻的色调，似乎一切都是幻想的，如同"星光闪烁的世界从很远很远的未来降落到我们灰色的现实"①。整体而言，这些作品"是天使拉斐尔的特点，这是他的抚慰，透过天使米迦勒的风暴向我们闪烁"②。它们弥漫着对人类苦难与贫瘠心灵顺从的氛围，同时是《地下室手记》以及《论宗教大法官的传说》等痛苦不安作品的反题。罗赞诺夫指出，这就好比陀氏振翅高飞，但他飞翔的高度超越了常人，因此他创造的美也是别人难以企及的。在罗赞诺夫看来，陀氏作品中的美好是虚幻的、遥远的，正如"云雾背后的、幻想的、想象的、最广阔的世界的概念的高峰"③。他的作品不是让我们想起"处处宏伟壮丽的瑞士，而是颇为神秘的肯尼亚和乞力马扎罗山，关于它们，我们从地理学中知道，它们处在几乎完全未知的非洲，永恒的雪山在赤道的阳光下闪烁，只有它们，遥远，孤独，没有山脚，没有环绕的小山"④。可见，罗赞诺夫认为陀思妥耶夫斯基描绘的理想并不真实，尽管他一直在朝着这个方向努力，但他在某个点上折断了，未能在现实中证实所有的论点。因此，我们在陀思妥耶夫斯基其他大多数作品中呼吸到的都是阴暗的空气，看到的都是震撼心灵的恐怖色调。

罗赞诺夫认为《地下室手记》《罪与罚》《卡拉马佐夫兄弟》等阴暗篇章阐释的是与同时代文化乃至人类心灵相悖的"反题"，在陀思妥耶夫斯基那里却是独特的"正题"。陀思妥耶夫斯基的作品中常常包含善与恶、爱与恨、光明与黑暗等等二元对立的主题，并以辩证的方式加以诠释。罗赞诺夫认为陀氏是辩证法的天才，是整个俄国甚至全世界最伟

---

① 瓦·瓦·罗扎诺夫：《陀思妥耶夫斯基启示录——罗扎诺夫文选》，田全金译，华东师范大学出版社，2013，第31页。

② 瓦·瓦·罗扎诺夫：《陀思妥耶夫斯基启示录——罗扎诺夫文选》，田全金译，第31页。

③ 瓦·瓦·罗扎诺夫：《陀思妥耶夫斯基启示录——罗扎诺夫文选》，田全金译，第111页。

④ 瓦·瓦·罗扎诺夫：《陀思妥耶夫斯基启示录——罗扎诺夫文选》，田全金译，第111页。

大的辩证法作家。他从二律背反的角度界定陀氏的辩证法，也就是从肯定与否定的两面性阐释矛盾事物之间的互相转化与运动。"辩证法是什么？就是'是'与'否'，它们互相转化，互相帮助，互相友爱，虽然也会激烈地争论。辩证法可敬吗？它在任何情况下都是了不起的东西，至于是否可敬，则可能有争议。风向标也是很辩证的，就像躺在地上的原木，是'真诚屈从于影响'的典范。原木，恰如堕落之前的亚当，是无罪的，真诚的，实证的。夏娃在'真诚的乐园'里很快感到了寂寞无聊，于是辩证的蛇毫不费力地引导她离开乐园进入悲痛但也是有趣的尘世生活，——从此开始了各种各样的'辩证法'。"① 可见，在罗赞诺夫看来，"辩证法"是由蛇诱人堕落开始的，它使亚当走向堕落，使原来纯洁单一的世界充满各种罪孽。

罗赞诺夫认为虽然陀思妥耶夫斯基的作品致力于描写堕落，但实际上其中并没有绝对的肯定与否定，所有的正反面都没有固定的界限，而是相互交织成一个可怕的统一体。他指出，陀思妥耶夫斯基在作品中将索尼娅·马尔美拉多娃塑造成一名"圣女"，并借助这一形象将卖淫转化为贞洁，以此摧毁了《旧约》的"不可奸淫"之说，福音书甚至都无法将其摧毁得如此彻底。从此，便出现了"虔诚的荡妇"一语。陀思妥耶夫斯基让索尼娅去拯救罪犯，消解苦难，成为"使徒"和真理的代言人。他还借助马尔美拉多夫的故事赋予酗酒以正面的含义，他迫使俄罗斯，乃至全世界都倾听一个酒鬼的忏悔，甚至使我们为此而哭泣。他还通过《罪与罚》《群魔》《死屋手记》等作品，使我们体谅凶手，与杀人犯和解。他塑造了一系列充满淫欲、放浪形骸的主人公，如斯维德里加伊洛夫、斯塔夫罗金等人，一方面，我们希望立刻将他们处死；另一方面，我们的心里又会不由自主地宽恕他们，试图同这些思想者交谈，甚至被他们所吸引。陀氏独创性地与警察，而不是警察局握手言欢，就如同他辩护的不是凶杀行为本身，而是凶手，"以此证明'凶杀'从来没有，也无人为任何目的从事'凶杀'。正如他引入了'警察'，但却不仅

---

① 瓦·瓦·罗扎诺夫:《陀思妥耶夫斯基启示录——罗扎诺夫文选》，田全金译，华东师范大学出版社，2013，第112页。

排除了'警察局',甚至也部分地排除了国家(《卡拉马佐夫兄弟》中派西修士的议论)"①。因此,在罗赞诺夫看来,陀思妥耶夫斯基塑造的独特的辩证的小偷、酒鬼、妓女、杀人犯等,旨在使世界摆脱"罪孽、诅咒和死亡,摆脱地狱(巨大的苦难)和否定,摆脱恶(祸害)和嘲笑,摆脱愤恨与毒辣的挖苦(他憎恨谢德林,也毫无保留地憎恨所有嘲笑者),从而恢复某种星空般的纯洁无瑕,恢复某种占星术的天空,带着所有上升到天空的和下降到大地的'天使们',最终普遍地剔除了诸如凶杀、酗酒、偷盗之类的缺陷"②。可见,崇高与堕落正是罗赞诺夫视域中陀思妥耶夫斯基辩证法的两个维度,他认为二者在陀氏的阐释下融合为一个辩证的统一体。与柏拉图和黑格尔充满逻辑的、公式化的哲学辩证法不同,陀思妥耶夫斯基以艺术的形式,通过形象且看似非常真实的画面展现了堕落的合理性、犯罪的无辜性,以及对罪孽的宽恕。在罗赞诺夫看来,陀思妥耶夫斯基的作品将世界上的一切丑陋都转化为美好,将苦难幻化为欢乐,并颠覆性地扭转了人们通常对丑陋、苦难的认识。

1909年,在《关于陀思妥耶夫斯基的讲座》(原载于《新时代》,1909年7月4日)一文中,罗赞诺夫提出陀思妥耶夫斯基的作品里勾勒了这样的画面:魔鬼变成七普特重的太太,并在日祷时竖起粗大的蜡烛;上帝跟靡菲斯特一起玩牌;强盗钉在救世主的右边;妓女用膏油涂抹耶稣的双足。陀氏的作品在罗赞诺夫的阐释下,似乎出现了狂欢化的特征。魔鬼、上帝、罪人都被放置于同一个画面,消弭了神圣与罪孽的界限。罗赞诺夫写道:"在《圣经》里,包括《旧约》和《新约》,在结尾之处确有这样的东西在微微发亮吧?不过,绝对无疑的是,当说着'请为我驱走黑暗,赐予我白日光辉'的时候,所有的国家、政治、法律都头朝下飞落,所有的文明都如灰尘般飞去,罗马变得不如贝德兰③聪明,苏格拉底和亚里士多德将黯然失色,人类的智慧,全世界的科学

---

① 瓦·瓦·罗扎诺夫:《陀思妥耶夫斯基启示录——罗扎诺夫文选》,田全金译,华东师范大学出版社,2013,第111页。
② 瓦·瓦·罗扎诺夫:《陀思妥耶夫斯基启示录——罗扎诺夫文选》,田全金译,第170页。
③ 贝德兰医院,创办于伦敦的精神病医院。

乃至于美德本身，也将黯淡下去，不再需要，天堂和地狱翻转过来，总之'一切都在晃动'，而人类的指路明灯——星星也从天空坠落，就像纽扣从穿坏的常礼服上掉落……"①与之前所说的将苦难转化为快乐不同，此处罗赞诺夫认为陀氏的作品既蕴藏着整个世界的伟大悲剧，也预示着全部文明的毁灭。正如《圣经》所言："这个世界的面貌将会消失。"他提出，陀思妥耶夫斯基也非常喜欢"消失"一词，他在为文明作"临终"的祈祷。

罗赞诺夫指出，陀思妥耶夫斯基的辩证法是天才的，但也是魔鬼的。在陀思妥耶夫斯基的创作中，善与恶的界限被消弭，没有罪恶可言，自然也无须行善。他由陀氏的辩证法衍生出这样的结论：人可以为所欲为，因为一切都是被允许的，直至卡拉马佐夫的弑父。"绝不是伊万本人对世界和生活作出的结论，而是悲伤的陀思妥耶夫斯基本人对生活和世界作出的结论，只不过他是阴郁地而非幸福地说出来的。但他偶尔也会幸福地叙说这个论断。"②值得注意的是，罗赞诺夫此时的观点实际上已经与《论宗教大法官的传说》一书中的论断形成了悖论。如前所述，他认为《罪与罚》这部作品恰恰昭告了人不可以为所欲为，作家给人们划下了一定的行为界限，以及必须服从的规律。而此时，按照"魔鬼式"辩证法的逻辑，人的行为界限变得模糊。

在罗赞诺夫看来，《卡拉马佐夫兄弟》中还闪现了一种隐含的思想，在索多玛之城开始显露圣母的理想。米卡·卡拉马佐夫曾经说过："美——危险的、可怕的东西。之所以可怕，是因为这是难以辨明的东西，而辨明又是不可能的，因为上帝给出了许多谜。这里，两极汇合，这里，所有的矛盾共生共存……美！同时，我不能忍受有些人，甚至是具有高尚心灵的人，他开始于圣母的理想，结束于索多玛的力量。还有更可怕的人，心中已经还有索多玛的理想，却不否定圣母的理想，并且他的心因这一理想而燃烧，真正地，真正地燃烧，就像在青春时代、

---

① 瓦·瓦·罗扎诺夫:《陀思妥耶夫斯基启示录——罗扎诺夫文选》，田全金译，华东师范大学出版社，2013，第116页。

② 瓦·瓦·罗扎诺夫:《陀思妥耶夫斯基启示录——罗扎诺夫文选》，田全金译，第115页。

正派无邪的时代一样。不，这是一些心胸豁达的人，甚至过于豁达的人。"①罗赞诺夫认为这些话正是陀思妥耶夫斯基本人以狂热的方式说出来的，也是他最深刻、最诚挚的想法，是他的"新的福音"。而斯塔夫罗金"在两极中找到了同样的美，找到了同样的快乐"，感觉到圣母理想和索多玛理想同样具有吸引力。折磨陀思妥耶夫斯基的是，美不仅存在于圣母的理想中，也存在于索多玛的理想中。他感受到，在美中也有黑暗的、魔鬼的元素。

罗赞诺夫此时又指出，基里洛夫与伊万以不同的方式阐释了同一个思想，前者是以福音书的方式说出了对一切的许可，对一切的赞许；后者则是以阴沉的方式提出弑父的论断。最终，伊万在痛苦的良心折磨与煎熬中否定了这一魔鬼的思想，基里洛夫却宣扬这一思想，倡导敞开监狱的大门，废除法庭和刑罚等等。基里洛夫认为一切都是美好的，他提出了博爱的思想，人们应互相依靠，互相宽恕，爱一切人。于是便出现了苦役犯费佳、索尼娅、她的父亲，还有弑父者等等。可见，罗赞诺夫并不赞同基里洛夫的思想，他是在延伸这一思想将导致的后果的基础上进行解读的，他认为废除了惩处与责罚，单纯宣扬美的世界是可怕的。

罗赞诺夫认为，基里洛夫的思想在某种程度上也体现了陀思妥耶夫斯基的思想，"主角们，从拉斯科尔尼科夫—斯维德里加伊洛夫的人格分裂者形象开始，直到阿辽沙—伊万·卡拉马佐夫，都是陀思妥耶夫斯基本人的动摇的、同时也是分裂的世界观的代表"②。他认为陀氏扩展并阐释了福音书，以此为出发点展现了对所有人、所有事的宽恕，使罪犯变成圣徒，从而混淆了丑与美，颠倒了黑白。罗赞诺夫写道："这究竟是非凡的美好还是极端的有害，什么也不需说。痛苦的是，确实不需要说。'盲目'，'看不见'……这就是陀思妥耶夫斯基的大部头的、天才的、可怕的著作的概要。"③显然，罗赞诺夫认为陀思妥耶

---

① 瓦·瓦·罗扎诺夫:《陀思妥耶夫斯基启示录——罗扎诺夫文选》，田全金译，华东师范大学出版社，2013，第 117 页。
② 瓦·瓦·罗扎诺夫:《陀思妥耶夫斯基启示录——罗扎诺夫文选》，田全金译，第 146 页。
③ 瓦·瓦·罗扎诺夫:《陀思妥耶夫斯基启示录——罗扎诺夫文选》，田全金译，第 116 页。

夫斯基遮蔽了事实的真相，掩埋了事物的本来面目。他摒弃了所有的"反题"，在新的逻辑层面重新构建自己的"正题"，这是一种独特的辩证法：充斥着白色的、希望的、光明色彩的辩证法。他"宽恕一切"，"崇拜蜘蛛"，对妓女、苦役犯、凶手、酒鬼也不吝溢美之词。但是这只是陀思妥耶夫斯基放纵不羁的幻想。罗赞诺夫指出，陀氏以自己的辩证法颠覆了人们对丑恶的认识，开创了一条崭新的展现不同事物之美的道路。

在罗赞诺夫看来，陀思妥耶夫斯基秉承着一种狂热的爱打破了丑恶的观念，以内心强大光明的力量驱散了黑暗，打破了善与恶的藩篱。如《新约·马太福音》所言："升起于恶人与善人之上的太阳。"在《群魔》中，他说："我为一切祈祷；那是一个蜘蛛在墙上爬——我为它祈祷。""为蜘蛛祈祷"是陀思妥耶夫斯基最著名的例证，他借助自己的力量将罪恶从世界中删除，使丑陋的世界回归无瑕的状态。因此，对于"为什么您那么喜爱陀思妥耶夫斯基？为什么俄罗斯如此尊敬他？"这样的问题，任何人都会简短地、几乎不假思索地回答："因为，这是俄罗斯最富有洞察力的人，也是最慈爱的人。"[①]可见，罗赞诺夫并不赞成陀思妥耶夫斯基的"慈爱"，以及以"慈爱"为名抹杀美与丑的界限，使人们失去辨别事物的能力。这种方式无法改变丑陋的现实，无非是费力的"隔靴搔痒"。

罗赞诺夫指出，陀思妥耶夫斯基自幼年起就保持着对普希金的特殊崇拜，但他惊慌、忧郁的天性，不仅与平静和明朗的普希金没有任何共同之处，而且还与他相对立。陀思妥耶夫斯基更接近果戈理，甚至是莱蒙托夫。虽然与普希金不同，但他还是渴望安慰。他爱普希金，把他当作使自己摆脱慌乱思想的守护者，他本想把这些思想赶进虚无的黑暗之中，却永远都无法实现。然而，罗赞诺夫认为陀思妥耶夫斯基充满激情的关于普希金的著名演讲，以及对于全世界相亲相爱的召唤已经是面目全非的普希金精神，"普希金的一切被遗忘在无限遥远的地方，被这种

---

① 瓦·瓦·罗扎诺夫：《陀思妥耶夫斯基启示录——罗扎诺夫文选》，田全金译，华东师范大学出版社，2013，第41页。

暗无天日的混沌隔离在这些言辞之外……不论就来源，就本质，还是根据它对人类心灵的影响而言，都已经是另一个世界。陀思妥耶夫斯基的演说引起了特别感情的爆发；这里有眼泪，看来还是痛苦的眼泪。而普希金朗读自己的作品时，那儿却只有欣喜……"罗赞诺夫宣称普希金开创的和谐时代已经终结，另一个新的时代来临了。俄罗斯在陀思妥耶夫斯基的影响之下再也无法回归平静、幸福的状态，"他的天才消除了思想和心灵的直率性；他极度地加深了俄罗斯的知识，但也使它摇摇欲坠"[1]。这似乎与罗赞诺夫对果戈理的评价异曲同工。他还提出陀思妥耶夫斯基是最伟大的破坏者与维护者，他将"知识"的道路走到了尽头，走上了否定和怀疑的界限。"在他之后知识界开始退化，越来越萎缩，再也没有什么事情可做，再也没有什么新东西要说，自然就只能平庸地重复着前人。像别林斯基式的天真烂漫在陀思妥耶夫斯基之后没有恢复。"[2]在这一点上，他认为陀思妥耶夫斯基与果戈理相同，俄罗斯革命的整条道路早就被预言了，或者确切地说，已经预先通过从拉斯科尔尼科夫到小男孩柯里亚·克拉索特金及其同伴的典型形象说了出来，也通过了丽莎·霍赫拉科娃的半歇斯底里的性格，通过斯维德里加伊洛夫和尼古拉·斯塔夫罗金，通过米佳·卡拉马佐夫预言了。可见，当罗赞诺夫表达这样的思想时，已经不再匍匐在陀思妥耶夫斯基的权威之上，而是向他的权威发起了挑战。

总之，罗赞诺夫认为陀思妥耶夫斯基倾向于描写人的堕落，同时又为堕落开脱，为堕落辩解，从而使丑恶与堕落产生了全新的含义，将"反题"扭转为"正题"，然而，这种所谓的"正题"却是与全人类的文化价值体系相背离的。另外，他真正描写"正题"的作品却并不真实，似乎建构在虚幻的臆想之上。因此，罗赞诺夫提出陀思妥耶夫斯基的辩证法是独特的。陀思妥耶夫斯基遵循的不是对照法，即不是"非此即彼"，而是"亦此亦彼"的立场。

我们认为，罗赞诺夫过于突出陀思妥耶夫斯基对于矛盾事物之间

---

[1] 瓦·瓦·罗扎诺夫：《陀思妥耶夫斯基启示录——罗扎诺夫文选》，田全金译，华东师范大学出版社，2013，第 114 页。

[2] 瓦·瓦·罗扎诺夫：《陀思妥耶夫斯基启示录——罗扎诺夫文选》，田全金译，第 114 页。

的融合与转化，从而导致了看法的偏激。首先，陀思妥耶夫斯基并不是借助索尼娅的形象扭转卖淫这一现象。索尼娅虽然因被迫卖淫超越了福音书的"不可奸淫"之说的界限，然而陀思妥耶夫斯基通过展现肉体的堕落，反衬其精神的纯洁与无罪。她虽然是有罪的"淫妇"，但怀着对上帝的信念，实现了自我救赎并帮助拉斯科尔尼科夫铺就了一条通往上帝的信仰皈依之路。其次，陀思妥耶夫斯基并不是肯定马尔美拉多夫的酗酒，对于这一形象作家延续了普希金的人道主义传统，体现了对受糟践的人的深切同情，对苦难的怜悯。最后，对于"体谅"陀思妥耶夫斯基作品中的杀人犯问题，我们认为，陀思妥耶夫斯基并非为罪孽辩护，他笔下的"罪"意味着人与上帝的一种疏离的状态。如前所述，人如果跨越自由的界限，那么在他的作品中会面临两种结局。第一种，自我肯定、不信上帝或无法复归神性之人，肉体的消亡成为他们唯一的出路，如斯维德里加伊洛夫、基里洛夫、斯麦尔佳科夫等。第二种，历经"罚"的苦难，最终获得拯救，成为复活之人。

实际上在陀思妥耶夫斯基的世界里，恶与善、高尚与卑鄙、崇高与低俗等元素是共生的，陀思妥耶夫斯基以复调的形式将它们平等地呈现出来，而且它们彼此之间并不是绝对的、静止的，会出现融合与转化的情况。然而，他并没有抹杀恶等消极的因素，而是让它们与对立的力量相互较量，从而一决高下。陀思妥耶夫斯基显然并非以揭露或掩埋人的丑陋为旨归，他探寻的是人的规律，挖掘人作为有机体的多面性。他不仅用头脑，还用自己的心灵和良知洞察这个规律，这就构成了陀思妥耶夫斯基独特的精神层面。他不甘于人的堕落与罪孽，而是瞻望堕落之后的复活与新生。这一点实际上恰恰与罗赞诺夫提出的人类历史发展的三个阶段相吻合。

# 小　结

罗赞诺夫的《论宗教大法官的传说》主要以文本细读的形式对"传说"进行了解读。批评家以哲学家的深刻和文学家的敏锐对陀思妥耶夫斯基作品的宗教意义和陀氏本人作为宗教思想家的潜能进行了破天荒的挖掘和阐释,从而为陀思妥耶夫斯基研究开辟了新的视角。尽管对于这部作品,罗赞诺夫以哲学、宗教阐释为主,但他不是以传统哲学家那种条分缕析的方式完成的,而是以独特的思想流动形式将许多思想的种子散落在书中,因此展现了陀思妥耶夫斯基思想的若干主题,如自由主题、个性主题、善恶主题等等,但这些主题都不是以清晰的、完备的形式进行论证的。这种形式呈现了罗赞诺夫许多闪光的思想,但弊端在于缺乏对某一思想的系统阐释。

罗赞诺夫在《论宗教大法官的传说》一书中主要通过作家的《地下室手记》《罪与罚》《卡拉马佐夫兄弟》三部转折性的基石作品阐释了自由这一主题,最终他提出真正的自由只能在宗教中实现,只有宗教才能理解人的隐秘实质。天主教奴役人,东正教才符合福音书的精神,是自由的宗教。可见,他还是将难以解决的问题归于宗教,这也是他的典型特点之一。

罗赞诺夫欣赏陀思妥耶夫斯基对人心理的刻画,将其称为"心灵最深刻的分析家"。他认为作家挖掘了心灵的深度,展现了被其他作家遗漏的病态、痛苦等心理以及人的非理性。尽管作家更多地展现堕落的阶段,但他的作品始终透露着通向复活的光明。我们认为,在这方面罗赞诺夫对于作家的评价是中肯的。

罗赞诺夫还提出陀思妥耶夫斯基是辩证法的天才,但作家总是将作品中的"反题"转化为"正题",从而模糊了美好与丑陋、低俗与崇高之间的界限。"正题"的作品却充满虚幻的色彩。罗赞诺夫并不赞同陀思妥耶夫斯基的这种思维模式,实际上他并没有洞悉作家的意图,这与他自己之前关于推崇陀氏诉诸光明未来的构想相矛盾,再次体现了罗氏矛盾、具有流变性的思维方式。

# 第五章　罗赞诺夫批评视野中的托尔斯泰

　　在托尔斯泰辞世的一百多年里，俄罗斯乃至全世界对他的评断从未间断过。人们对他的评价褒贬不一，毁誉参半。托尔斯泰后期的许多作品充斥着浓厚的道德说教意味，许多批评家嗤之以鼻，他们大多推崇托尔斯泰作品的艺术形式，贬抑或否定思想内容。批评家们时常将其作品的形式与内容拆分开来，视为二元对立的现象。然而，托尔斯泰作为享誉世界的文坛巨匠，其精神的博大与思想的深广毋庸置疑。"在其最后25年间享有巨大的精神威望和个人威望，但这并不一定能让人们一致认同其绝对的文学霸权。不过，托尔斯泰之永恒从未遭受质疑，在我们可以预见的将来亦必将如此。"①。

　　托尔斯泰终其一生苦苦求索、竭力探究哲学问题，探索宗教的真谛、生命的终极真理，试图用自己的力量影响人与社会。他身体力行，以严苛的行为规范约束自我。他是基督教传统文化的解构者，并以巨大的勇气揭露了官方教会的伪善与僵化。他向历史基督教发起挑战，也预示了历史基督教的危机。实际上，托尔斯泰阐释的是一种"新宗教"意识，他试图重建的是与官方教会精神不符的现代化与世俗化宗教，而其宣扬的这两种宗教特质恰恰是俄罗斯白银时代"新宗教意识"的核心，因此他在某种程度上可以说是宗教哲学复兴的先声，宣告了革新历史基督教的必然趋势。如前所述，在19世纪末20世纪初这场伟大的复兴运动中，罗赞诺夫无疑也是最具代表性的人物之一。他倡导还原基督教本

---

　　① 德·斯·米尔斯基:《俄国文学史》上卷，刘文飞译，人民出版社，2013，第338页。

来的面貌，力图根除历史基督教遗留下来的谬误，摒弃其中抽象的理论与教条主义，竭力打破一切僵死和腐朽，曾经以"异教徒""亵渎神灵者"而著称。如此，托尔斯泰与罗赞诺夫既是教会的可怕敌人，又是基督教复兴的伟大预言者。可以说，二者建构的宗教都是植入了个人观念的"新宗教"。

踏上文坛之初，罗赞诺夫对托尔斯泰怀着崇敬之情，他欣赏托尔斯泰的真诚与精神的崇高。而在罗赞诺夫创作后期，如《心灵独语》和《落叶集》等作品中，他则发表了许多对托尔斯泰的质疑性观点。

1894年，罗赞诺夫决定独立出版《论宗教大法官的传说》，却遇到了很大的阻力。一方面第一部作品《论理解》并没有得到他期待的评价与关注，另一方面主要是经济上的匮乏。贫苦的现实、窘迫的状态严重影响了罗赞诺夫的情绪，也波及了他的创作。为了寻求精神上的支柱，罗赞诺夫希望能够听取托尔斯泰的意见。在托尔斯泰的庄园，斯特拉霍夫与托翁共同阅读了他的《论宗教大法官的传说》。但在斯特拉霍夫的来信中，罗赞诺夫并没有收到对这本书的回应，这也令他非常失望。

罗赞诺夫认为作为俄罗斯人，见不到托尔斯泰是件非常遗憾的事情。1905年，他给托尔斯泰写信，表达了自己的愿望，于是收到了托翁的邀请，他应邀来到托尔斯泰的波良纳庄园，他还为此撰文——《波良纳庄园之行》。这是他第一次直观地接触托尔斯泰，并与其进行了面对面的交流。托尔斯泰给他留下的印象是美好的、伟大的，甚至是半神半人的。他写道："这是一位神奇的老人，告别的时候我亲吻了他的手，这是写下了《战争与和平》《安娜·卡列尼娜》的伟大的手。我是多么幸运，同他生活在一个时代，不早不晚，我为他的作品、诗歌、智慧而感到幸福。"[1]罗赞诺夫还赞赏了托尔斯泰淳朴与沉静的气质。"寂静比风暴更有力，而精神上的沉静比愤怒更不可战胜。难道基督不是以宁静战胜了整个世界？托尔斯泰的静是特别的、多重含义的、宗教性的。"[2]尽管他一生都排斥托尔斯泰的说教，但在这篇文章中，他提出托尔斯

---

[1] Розанов В. В. О писательстве и писателях. М.: Республика, 1995, с. 323.

[2] Розанов В. В. О писательстве и писателях. М.: Республика, 1995, с. 323.

泰因正直、高尚的天性而从一名小说家变成布道者。实际上，我们认为，罗赞诺夫后期创作的"三部曲"也是在以另一种全新的箴言警句的方式进行说教。

综观罗赞诺夫的一生，可以看出他对托尔斯泰的态度是矛盾变化的，时而敬仰，时而谴责。他认为托尔斯泰的高尚之处在于，他能够在充满阴霾、信仰沦丧、虚无主义泛滥的精神氛围中发出理想的呐喊。另外，罗赞诺夫认为，作为作家，托尔斯泰的才能低于普希金、莱蒙托夫、果戈理。他提出托尔斯泰在词汇使用上技艺高超，但他却无法创作出一首普希金式的诗歌或者一部果戈理笔下那样具有魔力的小说。普希金笔下的一个片段、一个细节，包括删掉的文字都没有任何平凡与愚蠢之处，"托尔斯泰的创作中平凡之处随处可见"[1]。实际上，此评价显然也是不公正的。

许多批评家都将托尔斯泰与罗赞诺夫进行比较，认为二者具有一定的相似性。梅列日科夫斯基认为，尽管二者以不同的方式影响社会，但都具有反基督的本质，都探讨性的问题。明斯基在《善的两条道路》一文中，从善的两种神秘主义因素出发，提出托尔斯泰与罗赞诺夫都颂扬家庭与生育，"二者关于婚姻的探讨代表着精神的两极"[2]，他还认为可以通过托尔斯泰去理解罗赞诺夫。别尔嘉耶夫在《基督与世界》一文中提出，托尔斯泰与罗赞诺夫都以《旧约》的方式感受生活，都在读者面前揭开了婴儿的襁褓。戈列尔巴赫认为，托尔斯泰与罗赞诺夫的共同点体现在：第一，二者对俄罗斯生活方式的态度；第二，二者的矛盾性，这一特征是"宗教哲学探索所固有的，也是形而上真理的主要标志"。但是，二者对"性"这一主题，对女性的态度存在分歧。罗赞诺夫欣赏、赞叹女性，而他认为托尔斯泰对女性的态度是敌对的，喜欢在自己的小说中惩罚她们。我们认为这种说法是片面的，托尔斯泰对娜塔莎以及安娜等

---

① Платонов О.А. Святая Русь Большая энциклопедия русского народа. Русская литература. М.: Ин-т рус. Цивилизации, 2004, с. 245.

② Свенцицкий В. П . Христианство и "половой вопрос" //Розанов В.В. pro et contra. Личность и творчество Василия Розанова в оценке русских мыслителей и исследователей: в 2 кн. СПб.: Издательство Русского Христианского Гуманитарного Института, 1995, с. 388.

人的描写刻画都是充满爱的。

笔者认为，罗赞诺夫与托尔斯泰之间的确存在一定的相似性，如二者都致力于探寻宗教真理，却都没有从纯粹的神学角度思考问题，而是更偏重宗教人类学；二者都信仰基督教，但都反对虚伪的教会；另外，二者探讨的某些哲学主题也存在一定的重合。实际上整体而言，二者更多时候体现的是相互的背离，尽管探讨相同的主题，但思维方式不同，抑或视角相同，但得出的结论是相反的。也许，罗赞诺夫与陀思妥耶夫斯基的内在气质是相似的，但与托尔斯泰之间却并非如此。

## 第一节 "新宗教"思想的倡导者

托尔斯泰既是虚伪教会的可怕敌人，又是基督教复兴的伟大预言者。他以天才的巨大力量揭露和抨击了社会和宗教的欺骗和谎言，预告了俄罗斯的未来。"在他的启蒙主义者和东正教信徒的两重文化身份的本质特征中，体现出俄国上流社会和普通大众的文化意识及他们对欧洲文明的态度。而他对真理追求的单纯、热情、执着与执拗又体现了俄罗斯民族一大显著的人文特征。"[1]

1901年2月20～23日，俄罗斯东正教主教公会决定革除列夫·托尔斯泰的教籍。在世人的哗然中，托尔斯泰平静地接受了这一事实。因为他见证了教会的黑暗与腐化，见证了教会在与普通人信仰的分离中、与政权的相互联合与利用中暴露出来的虚伪。总之，"东正教会对真理的垄断，对异教的不宽容，愿为国家利益对战争给予支持"[2]的一切都使他憎恶。实际上托尔斯泰选择离开的是"变质的"官方教会，但这"并不意味他否定东正教信仰，更不能说他背叛了东正教，他只是对教义进行了深入的理性思考"[3]。他以理性主义的方式信仰上帝，只承认三位一体中圣父的位格，否认宗教奇迹，无法接受原罪、基督死而复活、道

---

① 金亚娜：《列夫·托尔斯泰的理性信仰与现代性因素》，《俄罗斯文艺》2010年第3期。

② 亨利·吉福德：《托尔斯泰》，龚义、章建刚译，中国社会科学出版社，1989，第81页。

③ 金亚娜：《列夫·托尔斯泰的理性信仰与现代性因素》，《俄罗斯文艺》2010年第3期。

成肉身赎人类之罪、圣母玛利亚贞洁受孕、圣餐礼、涂圣油仪式等神秘主义因素。他认为这些奇迹会破坏教义的简单与明晰，损害理性的法则。"对于我，领圣餐和其他一切类似的徒重外表的行为都是弃绝灵魂，弃绝善，弃绝基督的学说，弃绝上帝。"[①] 也就是说，他不相信基督的奇迹，却并不否认基督，也赞同基督的学说。实际上，他的基督不是神的化身，不是神灵，也不是救世主，而是一位道德导师。

托尔斯泰将基督教的教义都归结为爱的教义，他相信爱是基督教的本质，也坚信爱的力量。"基督学说给人类指明了一条正确道路，从混乱无序到合理的和谐的社会生活的道路；也指出了实现这一终极目标的方法，就是具有普遍意义的爱"；对他而言，上帝"不同于正统基督教神学的超验上帝或人格上帝"[②]，不是外在的，而是内在于心。"上帝是爱——这话不错。我们认识上帝只是凭着我们在爱这一点。至于说上帝是自在的，这只是一种推论，常常是多余的，甚至有害。如果别人问：有没有自在的上帝？我应该说而且也会说：大概有，但是我对这位自在的上帝一点也不了解。作为爱的上帝就不一样了。这位上帝我确实知道。对我说来他是一切，他说明我为什么活着，他是我的生活目的。"[③] 也就是说，人不是根据教条去信仰上帝，而是遵从内心对爱的深刻理解，然而这种信仰是基于理性的，"人的身上有来自天堂的上帝之光，这个光芒就是理性，只应该服从它，并只从它那里寻找幸福"[④]。托尔斯泰认为为了实现上帝的意志，如何将爱的真理变成实际行动是人类面临的事业。上帝之爱的基础是仁慈而非正义。托尔斯泰认为，所有遵守圣训的人都是"上帝之子"。因此，有着本质区别的《旧约》与《新约》，对托尔斯泰来说意义都是一样的，核心都在于规范人的行为。他的宗教学说更像是道德训诫，而非启示。

托尔斯泰认为，上帝既然为人类至善的最终实现安排好了一切，那

---

① 列夫·托尔斯泰：《列夫·托尔斯泰文集》第十七卷，陈馥、郑揆译，人民文学出版社，1991，第330页。
② 以上引文参见徐凤林《俄罗斯宗教哲学》，北京大学出版社，2006，第73页。
③ 列夫·托尔斯泰：《列夫·托尔斯泰文集》第十七卷，陈馥、郑揆译，第351页。
④ 尼古拉·别尔嘉耶夫：《文化的哲学》，于培才译，上海人民出版社，2007，第330页。

么人只需遵循这些规定与戒律，完全可以凭借个人力量完成圣父的意愿。因此，他不接受赎罪和拯救的思想。"他不是厌恶拿撒勒的耶稣，而是厌恶为世界的罪孽牺牲自己的基督逻各斯……他之所以憎恨教会的教义，是因为他希望自我拯救的宗教是唯一道德的，唯一能够完成圣父意愿、他的法律的宗教。只有人用自己的力量完成的基督训诫才是唯一的拯救。"①

托尔斯泰尊崇上帝，信仰基督教，反对被歪曲的基督教，试图建立一种新宗教，但仍然是基督的宗教，"现在革命无法制服国家权力。只剩下一个办法，那就是改变人民的世界观，使他们不再为各国政府的暴力效力。而要完成这种变化只有依靠宗教，只有依靠基督教。可是这种宗教受到严重的歪曲，等于不存在。更糟的是，它的位置被占着。因此在当代要为人类服务，主要的而且是唯一的手段是摧毁被歪曲的基督教，建立真正的基督教"②。可见，托尔斯泰建构的宗教以改变人类的世界观为目的，从而对抗所谓的暴力。这一宗教规避了教条主义和神秘主义，不许诺彼岸之美好，而是关注现世生活，把宗教与人类结合起来。"托尔斯泰是一个传统文化、尤其是传统的基督教文化的彻底叛逆者。托尔斯泰如同尼采一样否定（作为价值体系的）文化，只不过与尼采不同的是，托尔斯泰是为了道德而否定，尼采是为了美学而否定。但二者进行的都是文化重估。因此，托尔斯泰是摧毁者。"③

在托尔斯泰看来，人的本性是善的，这点十分接近卢梭关于自然状态的学说，认为一切自然的都是善的。"托尔斯泰的勿以暴力抗恶的学说就是来自关于自然状态即善和上帝的学说。不要抗恶，善会自行实现，将会有自行实现上帝意愿的自然状态，会有本身就是上帝的最高教规。"④托尔斯泰认为，不断向善的伟大事业关键在于人对善与恶的认识。恶源自无知、理性的缺失与不足，因此只要对恶有理性的意识，人便不

---

① 尼古拉·别尔嘉耶夫：《文化的哲学》，于培才译，上海人民出版社，2007，第326页。
② 列夫·托尔斯泰：《列夫·托尔斯泰文集》第十七卷，陈馥、郑揆译，人民文学出版社，1991，第261页。
③ 赵桂莲：《快乐与压抑：托尔斯泰的迷惑和解脱》，《欧美文学论丛》2003年第00期。
④ 尼古拉·别尔嘉耶夫：《文化的哲学》，于培才译，第328页。

会去作恶。别尔嘉耶夫不认同托尔斯泰的观点，他认为后者之所以相信人是因为对恶和罪孽的认识不足，没有看清恶的非理性本质。托尔斯泰对善的最终胜利的笃信，对恶的低估是一种盲目的乐观主义。的确，被托尔斯泰忽视的恶的非理性力量，在陀思妥耶夫斯基的作品中得到了淋漓尽致的展现。

别尔嘉耶夫认为托尔斯泰的理念是一种独特的泛神论，在这一理念中上帝的个体是不存在的，上帝无处不在，"他的泛神论意识决定，善即上帝生活的教规是经过内在的自然之路，不用神赐，不用超验的进入这个世界而实现的。而他的泛神论又不能坚持到底，有时还沾上自然神论的味道，要知道，赋予生活教规、训诫而没有提供神赐和帮助的上帝，是自然神论中的死亡上帝"①。由此，托尔斯泰似乎既是泛神论者，又是自然神论者。实际上，别氏是将作家的道德伦理学说视为泛神论中自然界一切的主宰。我们认为托尔斯泰的宗教观在某种层面上的确具有自然神论的色彩，即"将伦理作为宗教的本质，将道德置于信仰的核心，具有以道德替代宗教的超验本质的批判意义"②。自然神论认为每个人本性固有行善的愿望和扬善弃恶的基本原则，同样无法接受"三位一体"、道成肉身、原罪与救赎、复活等基督教的基本教义，因为这些教条既缺乏科学证据，又无助于道德的提升。这些思想观念与托尔斯泰的宗教观有很多相似之处。然而自然神论与泛神论的最主要区别在于上帝的位置。前者的上帝表面上依然是至高无上的，但似乎只是为自然的合理性提供无法撼动的依据，"用自然来蚕食上帝，用理性来限制信仰，通过剥夺上帝的具体内容而使其成为一个抽象的符号、成为虚无"③；泛神论中的上帝等同于自然本身，以强调自然的至高无上。可见，两种宗教观中上帝的地位都在下降，逐渐消亡，甚至处于尴尬的境地，直到理性至上的无神论的出现，上帝便再无栖身之所。值得注意的是，作为一

---

① 尼古拉·别尔嘉耶夫：《文化的哲学》，于培才译，上海人民出版社，2007，第328页。
② 刘锦玲：《自然神论具有宗教批判意义》，《中国社会科学报》2017年4月18日，第4版。
③ 赵林：《英国自然神论初探》，《世界哲学》2004年第5期。

名长期受到东正教思想影响的人，托尔斯泰的宗教观并不否认上帝的存在。他曾经在日记中写道："我说，六天之内创造了世界并将他的儿子送到世上来的上帝，以及这儿子本身都不是上帝，上帝是独一无二的存在，是不可思议的福，是一切的发端；而有人却硬说我否定上帝。"① 由此，托尔斯泰的宗教是一神的，不同于自然神论或泛神论中神的退隐与虚无，他不是用理性去取代上帝，而是凭借对上帝的信仰，即爱的信念走向精神的完满。

关于托尔斯泰反对宗教神秘仪式，罗赞诺夫表明了自己的立场："在接受恩赐时，是否害怕上帝以奇迹的方式作用人心，你由此去否定在人悲伤、不幸时，曾经给予人安慰与支持的上帝的其他奇迹。"② 可见，罗赞诺夫与托尔斯泰理性主义不同，他并不排斥与否定奇迹。与托尔斯泰一样，罗赞诺夫否定贞洁受孕，但不是不相信奇迹，而是认为生育是神圣的。生育以及与生育有关的一切都是宗教性的。人通过性才能感知上帝的奥秘。灵魂就是性的镜子。如前所述，他的学说旨在推翻长久以来人们一直信奉的思想，即性是罪孽的。罗赞诺夫的宗教形而上学是与现实生活联系在一起的。对于罗赞诺夫来说，托尔斯泰的罪孽不是叛教，而是在自己的"异端学说"中忘记了人，忘记了人的悲痛和苦难。人的一切对罗赞诺夫来说是决定性的。罗赞诺夫的宗教观是人类学意义上的，更多地关注个人生活与家庭。

整体而言，托尔斯泰对罗赞诺夫来说是一位宗教作家，但他的宗教性更多地表现在艺术作品当中，而不是在晚期的相关文章中："在《战争与和平》《安娜·卡列尼娜》《萨瓦斯托波尔小说集》中，他也许没有发现自己实际上是一位宗教作家，以某种方式使所有人去感受生活中超验、崇高、强大、虔诚的东西，同时他生命的最后岁月里对宗教教条式体验的是浓缩的神学，宗教因素不足，是纯理性的、伦理的，甚至是说

---

① 列夫·托尔斯泰：《列夫·托尔斯泰文集》第十七卷，陈馥、郑揆译，人民文学出版社，1991，第229页。

② Розанов В. В. О писательстве и писателях. М.:Республика, 1995, с. 31.

教性的，也就是说，使宗教成为指导人们端正自己行为的准则。"①

罗赞诺夫从思维模式中二元对立的多神教与基督教角度出发，将托尔斯泰的创作分为两个阶段。他认为如果将托尔斯泰所有学说汇成一个整体，那么第一阶段与第二阶段就像是多神教对基督教，基督教对多神教的历史，彼此相遇，碰撞与斗争。他认为，在第一次舞会上，沃隆斯基被安娜迷得神魂颠倒，即他们爱情的第一阶段；尼古拉·罗斯托夫在《战争与和平》中的军旅生活等都体现了多神教的实质。因为他本性的自由就是多神教的实质。罗赞诺夫写道："对我们来说非常明显，托尔斯泰触碰到了得墨忒耳②、珀耳塞福涅③、狄奥尼索斯实质的奥秘。他倾听着低沉的声音，观赏着模糊的影子，俯就生长出万物的大地母亲。他竭力掌握所有生与死的奥秘，在生与死的狭窄的界限范围内，包含着人苍白的存在。"④他突出的是托尔斯泰第一阶段创作中的多神教色彩，他认为托尔斯泰在多神教中探寻生与死的奥秘。但是，在多神教中出现了"基督教的最初音符"。也就是说，第一阶段已经开始出现第二阶段的说教色彩，新基督教精神逐渐在托尔斯泰身上显现。随着安娜肉体以及心灵的死亡，《伊万·伊里奇之死》《黑暗的势力》的出版等，托尔斯泰越来越深刻地引领我们走向新精神，走向另一种对生命的领悟，另一种生活的标准。此时，过往对舞会、战争、家庭、爱情、哥萨克等方方面面的描写，对他来说似乎都是"虚空"的。

罗赞诺夫反对教会将托尔斯泰革除教籍，在《关于将列·尼·托尔斯泰开除教籍的思考》一文中，他认为教会作为形式上的机构，没有任何宗教内容，托尔斯泰的所有迷途都证明他是一位宗教探索者，应该由精神法庭和所有真正信徒对其进行审判："托尔斯泰全部可怕的、负罪的迷惘、错误、过激的言论都是重要的宗教现象，尽管是扭曲的，但也许是俄国19世纪宗教史中最伟大的现象。"⑤可见，罗赞诺夫将托尔斯

---

① Розанов В. В. О писательстве и писателях. М.: Республика, 1995, с.33.

② 希腊丰收女神，农业保护者。

③ 宙斯的女儿，冥王哈德斯的妻子，谷物女神。

④ Розанов В. В. Религия и культура. М.: Правда, 1990, с.59-60.

⑤ Розанов В. В. Около церковных стен. М.: Республика, 1995, с. 478.

泰对东正教的背离视为作家探索的结果。罗赞诺夫认为托尔斯泰晚期的
哲学论著以及同教会之间的分歧是纯粹的误会。托尔斯泰作为宗教思想
家、作家，他的探索完全没有超越东正教的范畴："对于我来说，从精
神，生活方式，形象方面来说，托尔斯泰都是最纯粹的东正教徒。'有
插曲的东正教徒'。尽管按照习惯所有的俄国人都为灵魂祈祷。随随便
便。我们所有人都'随随便便'，这甚至是东正教的实质。"①

　　罗赞诺夫还在《罪孽》(《新时代》1908 年 3 月 )一文中探讨了罪
孽的起源，由此谈到了俄国东正教教会对托尔斯泰的定罪。他认为，这
一冲突具有《圣经》的原型性质，就像该隐和亚伯的争论，但东正教教
会绝不是牺牲者，而是攻击者。原因就在于教会对托尔斯泰精神权威的
羡慕和嫉妒。罗赞诺夫认为托尔斯泰是重要的基督徒，与主教相比，能
够引起更多的社会共鸣："神职人员的全部不幸在于，整整一个世纪，
甚至两个世纪，从彼得大帝开始，他们就没有树立一个伟大的道德楷
模，而托尔斯泰由于自己的罪孽良心不安，备受折磨，没有任何人像托
尔斯泰一样永远在'忏悔'，为社会的灵魂担忧，试图剖析阐释人类的
心灵……这是托尔斯泰的真正成就，神职人员的失败是他们憎恶托尔斯
泰的真正原因。"②也就是说，罗赞诺夫认为教会真正应该做的是分担人
们的不安。

　　罗赞诺夫在《托尔斯泰与俄罗斯教会》一文中还提出俄国的宗教
界，从普通的神职人员到大主教，没有人阅读哪怕是《战争与和平》中
的片段，对其他作品更是没有任何了解。宗教界完全不明白，不理解
托尔斯泰作品中异常敏锐的、微妙的精神世界。"我们的宗教界不懂文
学，没有文化，心理也不发达：列文、安德烈伯爵、比埃尔、奥列宁、
聂赫留朵夫的怀疑、不安、摇摆、心理与思想的痛苦——他们看不到这
一切。一切对于他们来说都是'一个老爷的废话和闲扯'。"③托尔斯泰充

---

① Розанов В. В. Около церковных стен. М.: Республика, 1995, с. 478.

② Розанов В. В. Собрание сочинений. Около народной души (Статьи 1906—1908 гг.) М.:
　Республика, 2003, с.324.

③ Розанов В.В. Л. Н. Толстой и Русская Церковь. СПб: Издательство Русского Христиан-
　ского гуманитарного института, 2000, с. 361.

满了忧郁、痛苦。是"约夫①的痛苦，约夫对抗上帝的激情"。东正教教
会没有痛苦，没有眼泪，什么都没有，只会写"规则"，但"它的特点，
方式，笔调没有反映任何东正教的东西"。罗赞诺夫赞同托尔斯泰看到
的宗教界的黑暗、华而不实、利欲熏心。

　　与托尔斯泰相同，罗赞诺夫也质疑历史基督教的本质。基督教到
底是什么？演变成了什么？为什么教士和神职人员都那么富有？为什么
骆驼穿过针的眼比财主进入神的国还容易？这些问题在撰写《论宗教大
法官的传说》时就折磨着他。实际上，最初在创作《模糊与尚未解决
的世界》《宗教与文化》等著作时，他曾经也以景仰之心徘徊在基督教
的学说周围，认为基督教是"光明与快乐的"，是伯利恒的，是生育的
宗教，是象征家庭与婚姻幸福的宗教。《在教堂的外墙下》第一章的题
目还是"光明与快乐的宗教"，他写道："通过仔细的观察可以发现，在
所有的哲学和宗教学说中，没有一种世界观比基督教更加光明，更加快
乐。"②但是后来他的创作笼罩着对历史基督教的怀疑，他逐渐发现基督
教的历史就是由受难者的鲜血、宗教裁决所的牺牲构成的，现代的基督
教充斥着卖淫与死亡等一系列令人发指的现象，这一切都使他陷入了极
度的恐慌。基督教此时在其眼中变成了各各他的宗教，笼罩在死亡阴影
之下的基督教令他感到恐惧。他开始这样写道："我无法再坚持以前的
看法，即基督教就是快乐的宗教。"然而，他此时并没有抛弃教会，而
是站在教堂的墙边（就像他两卷本的书名一样），但在同基督教的论战
中，基督教在他眼中原有的光辉渐渐黯淡了，丧失了生的甜蜜，渐渐走
向边缘，让位于"圣父的宗教"与《旧约》。此后，他写下了著名的文
章《基督教唯名论》，他尖锐地评判了基督教。基督教在其眼中变成了
"唯名论，冠冕堂皇的空谈，这些并不是基督教中的偶然现象，而是基
督教的根本，就像它在历史中传达的那样"。"基督教还没有到来，它实
际上并不是我们所顶礼膜拜的神话。所有的苦难，所有的使命，在尘世

---

　　①　俄罗斯正教教会的第一任牧首。

　　②　Розанов В. В. Около церковных стен. М.: Республика, 1995, с. 15.

的宗教中都变成了现实。"①这些批判基督教的话语昭示了罗赞诺夫宗教探索的心路变化。他把历史基督教与真正的、真理的基督教对立起来。在他看来，基督教已经面目全非，被一种新的宗教所取代，留存下来的仅仅是只言片语的基督学说，是华丽的符号、神圣的术语。

实际上，罗赞诺夫与托尔斯泰对历史基督教与官方基督教（教会）的批判是相互关联的，他们都认为教会以虚假的教义歪曲了基督教的本质，使基督教脱离了人的现实，教会不关注人们何以生存、人们思考什么。它感兴趣的只有仪式、教条、教义问答。罗赞诺夫以托尔斯泰主义者为例，提出教会迫害他们只是因为他们思考问题不根据教条，然而对他们如何生活不感兴趣。因此他们都站在基督教的立场上走向了个人的宗教。如果说托尔斯泰与罗赞诺夫都反对基督教，那么前者是出于难以接受理性所无法理解的一切，然而他接受基督的学说，后者则是由于基督教一直无法解决困扰他的现实问题，如家庭问题等，以及基督教对禁欲主义的倡导使性变得肮脏与龌龊，使婚姻与家庭等方面的问题完全脱离了生活。他将各各他与伯利恒相对，为了伯利恒批判历史基督教。"基督教传达着生活的甜蜜，但在伯利恒的附近，禁欲主义奠定了其根基，它似乎成为一种新的宗教……在基督教的宿命中，巨大的误解产生于伯利恒出现的附近"，因为"出于对基督的效仿，在伯利恒产生的时刻就开始出现对苦难的无休止的追寻与向往。通过这一切赎罪的行为，穿过人跌入深渊，在虚空中，没有人，也没有任何事物能被拯救"。②基督教是强大的，但教会在历史上是苍白无力的，它无法驾驭历史的进程，不能赋予历史以光明，不能全方位地改造历史，这一切对于罗赞诺夫来说，都是教会的罪过。实际上，罗赞诺夫"对自然、家庭、孩子的感性之爱与他对教会和基督教理想的也许同等强烈的灵魂的爱之间，敞开了一道鸿沟"③。这两种不同形式的爱都令其难以割舍，因此他始终处

① Розанов В. В. Люди лунного света. Метафизика христианства. Т. 2. М.: Правда, 1990, c.57.
② Розанов В. В. Люди лунного света. Метафизика христианства. Т. 2. М.: Правда, 1990, c.323
③ 瓦·瓦·罗扎诺夫：《陀思妥耶夫斯基启示录——罗扎诺夫文选》，田全金译，华东师范大学出版社，2013，第233页。

于痛苦的矛盾之中。"罗赞诺夫的悲剧，也许完全源于他性格的双重性：内心坚持不断地追求温暖、怜悯和安慰，而他的智力的天性又将任何思想、任何宗教信仰推至它们的逻辑的冰冷无情的极限。罗赞诺夫说，'教会是世界上一件温暖的东西，是大地上最后一件温暖的东西'，但当他把自己的理智应用于教会，发现矛盾，纠正'错误'，然后恐怖地发现，在他正确地理解了的教会里，没有留下一丝的温情和任何安慰的可能性。"① 实际上，他所谓的"教会"只是教会的一部分，即教会的社会部分，而没有考虑个人的和神秘的部分。

内心的激烈冲突与碰撞使罗赞诺夫的思想在转向与教会尖锐、无果的抗争之后，又转向了基督。罗赞诺夫的《阴暗的面孔》展现了对禁欲主义理念之下丑陋的世界模式的厌恶。此时，他认为禁欲主义，以及黑暗的、"教士"的基督教与多神教、犹太教对立。随着思想的逐渐成熟，他找到了这一切的根源，即基督本人。他得出结论，基督教不是聚合的、共同的，而是个体的、个人的。基督教毫无疑问是为基督服务的，问题的关键在于是为光明的奥尔穆兹德②还是黑暗的阿里曼③服务。罗赞诺夫倾向于为黑暗的基督服务。在他的理念中，基督是与世界相对立的，基督的复活宣告着死亡而不是生命的胜利。在《关于最迷人的耶稣和世界的苦果》一文中，他写道："因为耶稣的甜蜜使整个世界发苦了。面对最甜蜜的耶稣，世上的万物失去了自己的美妙，成了平淡无味的东西。"④ 他提出基督将世界变成了苦难的殉难地，对于信仰基督的人来说，一切的世界果实将会由于基督的甜蜜而变得苦涩。"基督代表着虚无的精神，世界的一切衰落的精神。而基督教是死亡的宗教，是对死亡的甜蜜辩护。出生和生活的宗教应该向最迷人的耶稣、生活的毒害者、虚无精神、死亡宗

---

① 瓦·瓦·罗扎诺夫：《陀思妥耶夫斯基启示录——罗扎诺夫文选》，田全金译，华东师范大学出版社，2013，第246页。
② 奥尔穆兹德，即阿胡拉·玛兹达，琐罗亚斯德教中的善界最高神，化身为光明神，与化身黑暗的阿里曼相对。
③ 阿里曼，古波斯宗教中的罪恶之神。
④ Розанов В.В. Люди лунного света: Метафизика христианства. М.: Дружба народов, 1990, с.75.

教的奠基人发起不妥协的战争。基督吸引着人类，不让人爱存在而爱虚无。他的宗教只承认一点是美好的，即衰败的死亡、悲伤和磨难……对于罗赞诺夫，存在就是日常生活，'世界'就是日常生活的甜蜜。"①

罗赞诺夫认为如果世界本身就充满恶，反对世界的基督则体现了真正的善；如果世界是以善为本的，那么基督则是恶的。他将世界与基督对立起来，并只承认对立，反对融合。这种观点体现了典型的二元论，对于他来说，这一对立是最现实的、最生活化的。他认为以现实的方式对待上帝才是真正的生活方式。宗教不是"神秘主义的意淫"，而是现实生活中所必需的。因此，他要求上帝必须在耶稣与世界之间做出选择，要么背弃基督，要么背弃世界。除了这条出路，没有任何路可以走。未来宗教的主要任务就在于解决世界与基督之间的矛盾。

罗赞诺夫与托尔斯泰一样都否认基督，崇尚圣父和世界心灵。二者的不同之处在于，托尔斯泰崇尚从基督教教义出发的以爱为基石的信仰，关注更多的是基督教中规范人道德的戒律。他无法接受救赎的思想是因为从基督教的爱出发，不需要基督道成肉身赎人类之罪，人完全可以自己实现圣父的训诫。罗赞诺夫则不关心那么多的道德教义，他对抽象的教条没有任何兴趣，他的宗教意识并没有囿于理论与学说之中，而在于鲜活的感觉。他将基督教的教义与本质割裂开来，依照个人的理解，从自身需求出发去信仰基督教。

托尔斯泰号召人们去信仰爱，而罗赞诺夫则让人们信仰这个世界，他无限地爱着这个世界，他否定基督也是出于对这个世界毫无保留的爱。他接受此岸世界，并不过分憧憬彼岸世界，他认为这个世界本身就是美好的，自然的存在无需改变。"罗赞诺夫的宗教是建立在对自然的崇拜基础上的，属于自然宗教类型，与大多数宗教（特别是基督教）相反，他认为自然的东西是完美的，自然的存在无需改变，作为自然的一部分，人的本性中没有罪恶的东西，不需要对人的本性进行任何改变，只需要对其进行合理的认识。整个世界已经被拯救了，因此，不需要向

---

① 尼古拉·别尔嘉耶夫:《文化的哲学》，于培才译，上海人民出版社，2007，第199页。

往另一个更完美的世界。"① 对于罗赞诺夫来说，现实是不可剥夺的，世界是美好的，他"为了不让世界上任何一个有价值的东西毁灭而使自己的宗教意识发生变形和改变"②。他认为，改造世界没有超出因果关系的范畴，是传统思想的典型特点，仅仅是用某种方式解决世界与人的问题，实际上任何一种解决方式对他来说都是试图破坏现存世界秩序的平衡。在他看来，基督与世界都是同一位父亲的孩子，但世界这个孩子是次要的，不完善的。罗赞诺夫认为这种不完善是上帝的罪过，"你自己是不完美的。耶稣先生！你因自己的美好而斥责世界。但要知道世界是上帝创造的"③。罗赞诺夫与别尔嘉耶夫都认为，世界是罪孽的，这是不可避免的悲剧。别尔嘉耶夫指出："完美与善的基础在于自由，对上帝自由的爱，与上帝之间自由的联系，而这种完美、善与所有存在的特点使世界的悲剧变成不可避免的。"④ 对于别尔嘉耶夫来说，创作的基本主题是用潜能克服罪孽。对于罗赞诺夫来说，罪孽是虚假的，不是世界与人的真正状态，罪孽实际上是世界与人自由的保障。"谎言保护了我的自由，我'自己'，我的个性，我的隐私。先生：设想一下'有出格的行为与掷地有声的话语'的人。他还是像以前一样！！！！先生！我说谎所以我自由。先生！我说谎因为我是人。"⑤ 罗赞诺夫为了世界而放弃了基督教，因为"他如此深怀自己的希望和探索，以至于为了不让世界上任何一个有价值的东西毁灭而使自己的宗教意识发生变形和改变。如果说列昂季耶夫为了他理解的上帝的真理而准备弃绝世界，'冻结'世界，那么，罗赞诺夫则相反，他准备为世界真理而拒绝基督教，因为他认为基督教'无能'接受这一世界的真理"⑥。

　　罗赞诺夫的这种观点似乎与托尔斯泰相信"自然状态即善的学说"

①　张百春:《当代东正教神学思想——俄罗斯东正教神学》，上海三联书店，2000，第120页。

②　徐凤林:《俄罗斯宗教哲学》，北京大学出版社，2006，第501~502页。

③　Розанов В. В. Уединенное. М. : Эксмо, 2008, с. 414.

④　Бердяев Н. А. Самопознание.М. : Международные отношенияю, 1999, с.13.

⑤　Розанов В. В. Мимолетное. М. : Республика, 1994, с.23.

⑥　Зеньковский В. В. История русской философии.Т.1. Ростов: Феникс, 1999, с.524.

相似，从这一层面上来说，二者的宗教观都有些许泛神论的色彩。罗赞诺夫的《太阳》一文是泛神论思想的真切体现。他提出太阳比基督教发光更早，就算基督教灭亡了，太阳也不会黯淡无光。"把太阳钉在十字架上，您就会看见太阳就是上帝。这就是基督教的局限性。"① 依靠基督教人类无法生存下去。修道院也要依靠周围的村庄才能生存下去，否则会被饿死。"太阳比基督教更伟大，它比基督更希望人类的幸福。"罗赞诺夫肯定自然的力量，从物质层面出发，揭示了基督的局限性，这也是某种意义上的实用主义原则。然而，他忽略了基督教实际上是精神的宗教。

托尔斯泰与罗赞诺夫的宗教信仰都具有世俗化的表征，倾向于"前基督教"的观念，不同的是后者更注重宗教与日常生活的联系，创造性地将宗教引入生活。对罗赞诺夫来说，宗教不是"神秘主义的意淫"，而是现实生活中所必需的。"存在就是日常生活，'世界'就是日常生活的甜蜜。"② 他的超验思想建构在真实的生活之上，无法脱离具体的人、生育等人类学问题而存在。因此，津科夫斯基认为罗赞诺夫的泛神论就是人类中心说，强调罗赞诺夫的宇宙生命中心主义、人本主义。罗赞诺夫的形而上学体现在性与家庭的范畴内。他的基督教革新只是站在基督教的立场上走向了个人的宗教。

别尔嘉耶夫认为"罗赞诺夫的处世哲学可以称为内在泛神论，它充满对世界生活的神性，对生活本来的快乐强烈的感觉，而超验的感觉却微乎其微，他不认同超验的苦闷和期待超验的结局"③。与托尔斯泰对世界的感觉相似的是，罗赞诺夫对恶的认识也是简单而平面的，他看不清恶的真正面容，"无奈地站在这个世界的恶面前，他无法否认这个恶，他无力弄清这个恶来自何方"④。的确，罗赞诺夫追求快乐，而无法接受一切痛苦的来源。或者说他不想看到世界的恶，不想承受黑暗

---

① Розанов В. В. Апокалипсис нашего времени. М.: Республика, 1990, с. 401.
② 金亚娜：《列夫·托尔斯泰的理性信仰与现代性因素》，《俄罗斯文艺》2010 年第 3 期。
③ 尼古拉·别尔嘉耶夫：《文化的哲学》，于培才译，上海人民出版社，2007，第 200 页。
④ 尼古拉·别尔嘉耶夫：《文化的哲学》，于培才译，第 200 页。

之光，从而千方百计地回避世界的恶。但值得注意的是，他否认基督教的奇迹并不是由于缺乏超验思想，而是想内在地拯救世界，因为超验的拯救代表虚无和死亡，这与对基督的否定不无联系，这是他与托尔斯泰的区别所在。

实际上我们认为，与托尔斯泰对神秘主义的有限接受以及理性主义的思维方式不同，罗赞诺夫拥有丰富的神秘主义体验。这些体验看似与实证主义杂糅在一起，然而，神秘主义才是其思考问题的本源。罗赞诺夫的现象是"一种独特的神秘自然主义，是对生活自然奥秘的神化。罗赞诺夫经历了宗教启示的自然主义阶段，渴望全世界历史的天真质朴……是具有天才洞察力的神秘主义者，将这种生活的美好和快乐加以神化，将家庭生活奉为神圣。希望将自然范畴的生活彻底神化"①。可见，他对现实主义的阐释是从有神论的层面进行的，他的理性主义肇端于超验层面，因此，他的世界观又被称为"超验的现实主义"。他的理性主义肇端于超验层面，认为现实是某种更高层次上的理智与真理，他对现实主义的阐释也是从有神论的层面进行的。实际上，从宗教信仰上来说，他的一生都与上帝相依相伴，虔诚地而又炽烈地信仰上帝，比别人更深刻地理解宇宙中的神性光明。"我可以放弃才华，放弃文学，放弃自我的未来，放弃荣誉和名声，这太容易了；放弃幸福，放弃安宁，放弃……我不知道我能否做到。但是我永远也不能放弃上帝。上帝对我来说是温暖的。与上帝在一起我觉得最温暖。与上帝在一起我永远也不觉得寂寞，不觉寒冷。归根结蒂，上帝是我的生命。我只为他，并通过他而活着。在上帝之外，没有我。"②似乎他生就是为了上帝，上帝充斥着他的整个生命，他周身"充满上帝"——始终是这样。值得注意的是，这个上帝是《旧约》中的造物主，是"三位一体"中的圣父。与大多数信徒不同的是，他对上帝不是怀着敬畏的情感，上帝于其不是令人震慑的神秘力量。相反，上帝对他来说无比亲切，在他的内心深处从未感觉

---

① 尼古拉·别尔嘉耶夫：《文化的哲学》，于培才译，上海人民出版社，2007，第200页。
② 张百春：《当代东正教神学思想——俄罗斯东正教神学》，上海三联书店，2000，第113页。

到与上帝的疏离。

## 第二节　虚空的布道

在经历了精神危机之后，托尔斯泰积极宣传自己的思想，忏悔自己的"罪孽"，这段时期其重要的政论、文学与理论作品，如《我的信仰是什么？》《天国在你们心中》《伊凡·伊里奇之死》《克莱采奏鸣曲》等都彰显着浓重的"布道"色彩。罗赞诺夫认为，托尔斯泰作品中的道德训诫摧毁了其艺术力量。"托尔斯泰在解决宗教和道德方面问题时所具有的冷静明智与满怀激情的写作风格融合在一起。在《伊凡·伊里奇之死》，《克莱采奏鸣曲》中原有的史诗般从容不迫的艺术家的那种平衡性已经不复存在，原来细致入微的描写和丰满的心理分析都没有了。"①罗赞诺夫提出，创作的实质不在于训诫，而在于实现它的力量，托尔斯泰此前作品的艺术性照亮人的心灵，使人如沐春风，给予人力量与快乐。而最后十年到十五年的"道德学说"却与此相反，缺乏撼动人心灵的力量。

笔者并不完全赞同罗赞诺夫的说法，尽管托尔斯泰的作品彰显着作家本人的思想观念和道德学说，但他却仍凭借卓越的艺术才能征服了世界。托尔斯泰以艺术形式承载自己的思想与道德诉求。实际上，托尔斯泰文学家与思想家的双重身份并不是对立的、相互抵消的，而是紧密相连的。托尔斯泰几乎穷其一生从宗教角度探寻救世良方，但矛盾的是他又把宗教作为社会现象来观照。托尔斯泰竭力宣扬的戒律并不适用于人世间的生活，也是永远无法实现的。因此，托尔斯泰一生都在理想与现实的矛盾之间彷徨，这也在某种程度上推动了其许多不朽作品的问世。

罗赞诺夫提出，在读完《战争与和平》之后，人们都想跑去做善事，甚至甘愿为祖国牺牲。因为阅读作品的感觉是轻松的、幸福的，幸福能增加人的力量。但当阅读完他的道德说教后，人们的心灵开始沉

---

① 倪蕊琴编《俄国作家批评家论列夫·托尔斯泰》，中国社会科学出版社，1982，第187页。

重、潮湿，它的缝隙都充满烟雾，它几乎哭着说道："我什么都做不了了。不仅无法建立托尔斯泰期待的功绩，而且是什么都做不了。阅读使我疲倦。如果亲近的人出现在我面前，那我一定会因为困倦而给他来点恶作剧，而不是做那些'规矩'的事。"① 因此，在罗赞诺夫看来，托尔斯泰道德训诫类的作品达到的效果与创作初衷正好相反，它们只会使读者竭力摆脱思想的重压。他认为托尔斯泰早期的作品是"反道德"的，却引人向善，而晚期的道德书写或是导致人盲从，或是引人向恶。所有的道德学说都试图驾驭人，而被驾驭的人往往是痛苦的。上帝创造人的时候没有安放枷锁，人才会更加杰出。罗赞诺夫指的枷锁相当于训诫，也就是说，上帝的国是无束缚的，人只有自行管理自我，才能实现善的终极目标。

## 一 "托尔斯泰主义"

在人们通常的观念中，"托尔斯泰主义"是以全人类的博爱精神为旨归，以"道德自我完善"和"勿以暴力抗恶"为主要内容的"泛道德说教"。但这只是对"托尔斯泰主义"的狭义理解，过于简单和片面。实际上，"托尔斯泰主义"更为广博、深刻，远远超越了个人道德完善的范畴，指的是托尔斯泰"创建的关于世界、人、生命的意义和社会改革的宗教伦理学说"② 及在其基础上于"19 世纪末至 20 世纪初在俄国形成的宗教乌托邦社会思潮"③，其宗旨是通过宗教道德完善来完成对社会的改造。

罗赞诺夫认为"托尔斯泰主义"是教条，是学说，还是宗教与信仰，可以说他并没有全面地解读"托尔斯泰主义"，而是抽离其中包含的思想与精神，对其进行整体性解读。他更依托托尔斯泰的作品，而不是传统"托尔斯泰主义"的内涵。他将"托尔斯泰主义"分为两个阶

---

① Розанов В. В. О писательстве и писателях. М.: Республика, 1995, c.551.
② Галактионов А.А., Никандров П.Ф. Русская философия IX—XIX вв. Ленинра: Издательство Ленинградского университета, 1989, c.558.
③ 金亚娜：《托尔斯泰思想遗产价值管窥》，《外语学刊》2011 年第 5 期。

段，第一阶段是根植于生活的，与人们通常观念中的说教式不同。在他看来，这一阶段"托尔斯泰主义"的内容基本上是生活准则，即如何吃饭、喝东西、祈祷、教育孩子，或者如何与妻子生活，将这一切以最详细的方式阐释出来。他认为这些主要建构在生活体验之上，以直接的方式表达出来，似乎具有《治家格言》的色彩。在他看来，整体而言，这一阶段托尔斯泰的创作是反教条主义的。罗赞诺夫生平最痛恨"教条主义"。在他看来，教条主义与生活相对立。"教条主义者吮吸着生活的果汁，并留下干枯的木乃伊。"① 他之所以将托尔斯泰视为"反教条主义者"，主要源自作家对生活的态度。对罗赞诺夫来说，生活是他的生命中唯一热爱的、景仰的、唯一没有背叛过的"主人公"。罗赞诺夫认为作家在这一阶段刻画了一些教条主义者，例如斯佩兰斯基，《战争与和平》中的安德烈·鲍尔康斯基、列文同父异母的兄弟等等，他们都轻蔑地否定人，本质上都是负面的。托尔斯泰将他们视为生活的敌人。第二阶段主要是托尔斯泰后半生的说教性作品，它们在某种程度上体现了作家个性中无聊枯燥的教条主义。

罗赞诺夫对"托尔斯泰主义者"与"托尔斯泰主义"进行了区分。前者独立于托尔斯泰，代表托尔斯泰众多的说教者之一，如卡塔瓦索夫教授以及列文同父异母的兄弟们等等。"托尔斯泰主义者"不是任意一个将托尔斯泰作为偶像，从而深刻展现托尔斯泰个性、经历的说教者。读者们大多信奉一个托尔斯泰，而没有发现，托尔斯泰并不是一个，而是众多鲜活个体的组合。实际上，我们应该崇拜的正是这个"众多"、"不忠实于"自己的多变性，打破了世界上所有的教条主义。罗赞诺夫认为这一点值得崇拜与信奉，每一个托尔斯泰的读者都保持着自我，并表达自己的观点。托尔斯泰作为一个个体，作为生活的典范，最为深刻地反对将"托尔斯泰主义"作为一种历史现象，作为学说教条。后者是众多的"托尔斯泰主义者"的集中体现，如列文等。列文是托尔斯泰青睐的鲜活的人物，虽也是永远在说教，但与"托尔斯泰主义者"的区别

---

① Розанов В.В. О писательстве и писателях. М.: Республика, 1995, c.331.

在于，他从不在自己的某一个学说上驻足，他从不会因已经被抛弃的以及正在被抛弃的思想而痛苦。"众多的'说教者'都融合在一个人身上，而不是一百个'说教者'每个人都有自己的思想。独立的一百个说教者并不锋利，但一个人的个性却很鲜明，他热情地沉浸在学说中，但并不永远沉浸其中，拥有一颗敏感的，富有责任感的良心，充满激情地渴望真理，痛苦地找寻真理，狂热地屈从真理，也就是服从自己的'信仰'，但在这一屈从或者这些屈从之中，绝对的、统领一切的个性与精神是最高的，它符合任何人都不知道的'真理'，'真理'存在着，但我们还尚未发掘出来，尽管不知道它的名字，但我们应该服从它。"① 也就是说，在罗赞诺夫看来，"托尔斯泰主义"的集大成者虽也是说教者，但更是真理的探寻者，他不屈从某一真理，而是永远在探寻尚待挖掘的真理。

笔者认为，"托尔斯泰主义"并不是简单的教条主义、说教主义。托尔斯泰从普通劳动者的立场出发，见证了底层人民生活的困苦，洞察了俄国社会的弊端，包括专制制度的黑暗腐朽与官方教会的虚妄与欺骗。这一切构成了"托尔斯泰主义"的客观原因，托尔斯泰以宗教思维方式思考社会问题，他建构该学说的宗旨是实现对社会的改造。

另外，罗赞诺夫还分析了"托尔斯泰主义"的消极层面。从宗教角度出发，他认为如果尝试着将托尔斯泰的思想用教理问答（катехизис）的形式表现出来，那么"托尔斯泰主义"就是对某种不可信的、虚幻之物的强制性信仰。比如，列文关于上帝的思考；安德烈·鲍尔康斯基受伤以后躺在战场上，发表的关于上帝的美好思想；这些无法参透的、虚幻的情绪仅仅在某一时刻是美好的。它们的美好都在于完结性，甚至是不能令人信服的。此处，罗赞诺夫似乎在驳斥托尔斯泰的宗教思想。列文与安德烈公爵的顿悟"皆非寻常，就像发现新事物或新定律"② 。他认为托尔斯泰通过虚幻的顿悟便迅速解决了二者的精神危机，却没有明确描摹具体过程，而是将其笼统地归入上帝的意志。因此，这种途径难免具有一种先验主义的苍白性。

---

① Розанов В. В. О писательстве и писателях. М.: Республика, 1995, c.330.

② 以赛亚·柏林：《俄国思想家》，彭淮栋译，译林出版社，2001，第 84 页。

　　罗赞诺夫还认为"托尔斯泰主义"仅仅出现在一些偶然的事件之中，如"伊万·伊里奇生病的时候，波兹内舍夫的婚姻，或者在托尔斯泰本人生命中的不同时刻与阶段。'结婚'是因为活泼的、空虚的女人恰好遇到波兹内舍夫，恐惧到窒息的绝望是因为伊万·伊里奇受伤、生病并将死去"[①]。在他看来，作家的这些思想没有任何普适性，既不适用于所有人，也没有任何与特殊状况联系之外的真理。实际上，罗赞诺夫认为家庭既有幸福的，也有不幸的；除了轻佻的妻子，也有非常忠诚的、勇于自我牺牲的妻子，她们不比闪耀在诗歌与历史中的女主人公逊色。如果否定了普遍价值，生活将会毁灭。就此，罗赞诺夫发出了如下疑问：是否能够依据"托尔斯泰主义"的观点衡量千变万化的生活或者参透公共道德？是否因为伊万·伊里奇而惧怕死亡或者依据波兹内舍夫的建议不结婚？每个人都会回答："不，我的家庭很幸福，我建议每一人都结婚。""我的一生都在劳作，看到了自己劳动的收益。人的生命并不是空虚的，渺小的。"[②]罗赞诺夫旨在阐释个体无法容纳全体，偶然无法概括常态，即"托尔斯泰主义"并不具有普遍意义。

　　批评家还提出，托尔斯泰利用自己建构的教条，试图将自己描绘的事物变成对全世界的要求。正如舍斯托夫所言："托尔斯泰伯爵近年来的全部作品，甚至包括艺术作品，都有一个特殊的任务：要使他所开创的世界观成为所有人都必须具有的。"[③]罗赞诺夫认为，尽管托尔斯泰描绘的事物是神奇的、逼真的，但这些学说终将演化成僵死的要求。罗赞诺夫认为托尔斯泰的学说是经验主义，无法证实任何事物。因此他提出，托尔斯泰没有任何学说，所谓的学说仅仅是一些教理问答的变体，并滋生出越来越多"托尔斯泰主义"。以上罗赞诺夫思想观照下的"托尔斯泰主义"实际上是教条主义。我们认为，罗赞诺夫的这些评价超越了"托尔斯泰主义"，是对托尔斯泰晚期哲学思想的解读。

　　罗赞诺夫认为《复活》这部小说本身是不成功的，其情节基础是

---

① Розанов В. В. О писательстве и писателях. М.: Республика, 1995, c.331.
② Розанов В. В. О писательстве и писателях. М.: Республика, 1995, c.312.
③ 列夫·舍斯托夫：《钥匙的统治》，张冰译，上海人民出版社，2004，第311页。

预设的故事，完全是宗教内容的："没有长篇小说的'浪漫元素'、没有
爱情、没有'冲突''情感'，长篇小说的要素都没有，而仅仅是一个普
通的故事，一个羸弱的人找到另一个，去吸吮她化脓的伤口；或者更准
确地说，我们看不见的上帝降临了，对他们进行治疗，用力将他们举起
来，将这两位虚弱的人拥入自己父的怀抱中。"① 可见，他认为小说是缺
乏艺术性的宗教学说，或者说是道德说教。罗赞诺夫指出，"复活"的
主题是托尔斯泰"消极理想"的不自然表达。他认为聂赫留朵夫形象是
对消极的浑浑噩噩生活的颂扬。"莫斯科将'纤绳'拉到彼得大帝那里，
就像聂赫留朵夫将'纤绳'拉到西伯利亚。来了一位伟人，他说道：
'够了。'如果他能领悟到要扔掉'纤绳'，俄国就能繁盛起来。他没有
带来光明、生活中的黎明，带来的是对生活的否定，死亡的主题。"② 罗
赞诺夫的斯拉夫派立场显然反对西欧派的彼得大帝之路。他还对《复
活》的结局表示失望，因为主人公缺乏"复活"。他认为，这主要由于
托尔斯泰晚期丧失了积极性，开始宣扬对待生活的消极态度："《战争与
和平》中火热的娜塔莎、感性的皮埃尔，《安娜·卡列尼娜》中的列文
都能够复活；他们也因此熠熠生辉，遗憾的是托尔斯泰晚期作品人物身
上的这种火花熄灭了，上帝之光不断扩大，最终在普拉东·卡拉塔耶夫
身上实现了最大化，构成了他的主要特征。"③ 罗赞诺夫认为这种视角只
能导致死亡，因为生命总是积极的。此外，这种理想的僵死也会导致刻
板化，最终变成伪善："消极的理想人物是模式化的，他没有置身生活
之中，因为他脱离了生活，表现得并不是人的本性。人踮起脚尖，够
啊，够啊，最终还是够不到，这就是消极型理想人物的实质，只剩下
死亡的结局。"④ 罗赞诺夫认为，从艺术的角度出发，托尔斯泰没有展现
《白痴》和《卡拉马佐夫兄弟》中的"狂热"（экзальтация）。《复活》
中没有人是需要审判的，所有人都是善良的，都置身于复活的过程当

① Розанов В.В. О писательстве и писателях. М.: Республика, 1995, с.239.
② Розанов В.В. О писательстве и писателях. М.: Республика, 1995, с.348.
③ Розанов В.В. О писательстве и писателях. М.: Республика, 1995, с.346.
④ Розанов В. В. О писательстве и писателях. М.: Республика, 1995, с.351.

中，然而画面感很弱，但并不是因为托尔斯泰的能力不够，而是主题、方法、内容的问题。但罗赞诺夫肯定托尔斯泰的艺术技巧："《复活》最好的方面在于细节，如果不考虑训诫和消极理想的塑造，托尔斯泰描绘的生活，时而充满琐屑的细节，时而是谬误的、无趣的，但都是自然的。"①

罗赞诺夫认为聂赫留朵夫无法完成"复活"玛丝洛娃这项痛苦的拯救任务，他描述了以下的情景："每天早上都要看到喀秋莎把长长的针织袜子拽上去……穿上袜子以后，剪脚趾甲的时候她会问自己的'丈夫'：'你发现了吗，我的脚好像长茧了。'聂赫留朵夫作为'爱妻子的'丈夫需要看一下，是否真的长茧子了。这位'爱妻子的'丈夫显然是加引号的：因为他的天性并非如此。'复活'将不会出现，也就是小说的主题，从何而来。"②通过这一大段的批评文本可见，罗赞诺夫跨越了托尔斯泰小说主题的情节界限，甚至脱离了小说进行独立的阐释，在某种意义上说更像是自主的再创作。他自己创作的"小说"显然与《复活》有很大差异。批评家不仅以自己的方式阐释托尔斯泰，而且经常与被阐释的内容相悖。"喀秋莎的穿着长丝袜的腿，她的长指甲，清晨与丈夫关于茧子的谈话"并不是托尔斯泰创作的诗学与主题，而是罗赞诺夫的主题，他的批评在必要之处会用自己的方法进行阐释，而不考虑与原著的差异。实际上，罗赞诺夫描写的"打了油的靴子""就着果酱喝茶"等画面更接近白银时代安德烈耶夫、库普林、索洛古勃等人的诗学特征。

罗赞诺夫将托尔斯泰笔下的"新人"西蒙松与聂赫留朵夫对立起来，提出西蒙松是托尔斯泰55年文学创作中塑造的最优秀的形象之一。西蒙松的言语是真正性情的体现，而聂赫留朵夫则是堆砌的、无力的。聂赫留朵夫对喀秋莎的拯救只是口头的"论述"，"拯救需要西蒙松这样纯洁无辜的虚无主义者才能轻松完成。这是福音书般的力量与美，是福音书般的奇迹，是由否定的虚无主义者完成的！陀思妥耶夫斯基从

① Розанов В. В. О писательстве и писателях. М.: Республика, 1995, c.355.

② Розанов В. В. О писательстве и писателях. М.: Республика, 1995, c.355.

来做不到这一点，他无法大度地说出这些话（见他的《群魔》和他们的道德）。最令人感到奇怪的是，这是不喜欢知识分子的托尔斯泰说出来的"。罗赞诺夫对西蒙松的态度也是矛盾的，一方面，他将托尔斯泰与否定革命倾向知识分子的陀思妥耶夫斯基相对立；另一方面，还提出西蒙松在某些方面与沃隆斯基具有独特的相似性，同样的愚蠢："世界需要愚蠢的人。西蒙松是沃隆斯基的民主主义形象，沃隆斯基在自下而上地上升。"他认为如果从这一角度出发，托尔斯泰在《复活》中不仅回答了陀思妥耶夫斯基提出的问题，还直接描绘了《罪与罚》《卡拉马佐夫兄弟》中的精神净化过程。

罗赞诺夫对西蒙松和玛丝洛娃的评价也是从自己的理论入手，他认为总是根据自己理论发表议论的西蒙松是"无性之人"，既不是男人，也不是女人，没有男性的社会属性，例如没有对失足女性的喜欢和厌恶。如果认真考虑喀秋莎的妓女身份的话，她也是无性的，或者是中性的：可怕的职业一步一步地、日复一日地揭示了她的实质，全部的性特点……作为女性她已经死了。聂赫留朵夫和托尔斯泰都感觉到了这一点，二者都逃跑了，胆怯了。"怎么能同一位中性的人结婚？西蒙松却感觉不到喀秋莎的中性特点；他自己本身是精神的代表，在喀秋莎身上也仅仅看到了精神特点，而无视肉体。但是他和喀秋莎对彼此都很冷漠；对西蒙松来说重要的是灵魂，是精神交往。"[①]可见，在罗赞诺夫看来，他们忽略了婚姻的实质，也就是他哲学体系中最重要的"性"，这样的婚姻对他来说是不完整的、虚假的。这段论述完全是在阐释他自己的"性"理论了。

罗赞诺夫反对道德自我完善的戒律，指出布道者们忽略了单词的第一部分"自我"，从而试图使所有人的不同个性都整齐划一。如前所述，对于罗赞诺夫本人来说，这是无法接受的，个性是其重要的价值体系之一，即使是以道德完善为初衷，整齐划一对他来说也是"愚蠢的，不道德的"："'完善'是与人的数量等值的；至少与有才华的人或者一些有

---

① 以上引文均参见 Розанов В. В. О писательстве и писателях. М.: Республика, 1995, с.237.

才华的人等值。对我来说，完善是偏离集体的、共同的道路，从而开辟出一条新的、特殊的道路，'共同完善'的先知首先没有看到的道路。这种超验的、盲目的、虚幻的训诫（黑暗的利己主义）的本质是否定这种特别的、全新的'善'道路的。"① 罗赞诺夫捍卫人的个性，支持个体的彷徨、怀疑以及永远探寻真理的权利。他还指出，托尔斯泰不是一个个体，而是许多个体集于一身。他的继承者们没有发现这一点，仅仅充当着精神导师的角色，遵从特定的行为模式。然而，托尔斯泰的真正继承者就应该发展自己的个性："对于托尔斯泰的所有读者和崇拜者来说，要做的仅仅是保持自我；鲜明而有力地表达自然赋予他的最好的一面。托尔斯泰作为一个个体，是劳动与生活的典范，最深刻地反对将'托尔斯泰主义'看作一种历史现象，将'托尔斯泰主义'作为一种说教。"② 他认为，除了托尔斯泰，这种要求所有人都跟自己保持一致的导师还包括果戈理。这种训诫是傲慢的极端表现形式，这些导师仅仅认为自己是"最完善的、独特的人"，认为只有自己有权利建构唯一的、对所有人都适用的正确行为模式。他认为托尔斯泰创作两个阶段的主要区别在于，后期创作丧失了对人的个性的尊重："陀思妥耶夫斯基相对表现得不那么明显，但托尔斯泰尤其明显，随着对道德的关注，丧失了对无数人个性的兴趣，将它们压缩，锻造；而此前，他从不压缩，而是观察它们，研究它们，爱着它们。丧失了对人的面孔的最根本兴趣：这成为艺术家托尔斯泰与布道者托尔斯泰之间的分界线。"③

　　罗赞诺夫认为托尔斯泰具有独特性，这使得他不善于模仿，而采用某种自然的现象学方法："他揭示真理的方法，是某种艺术方法，这是其一，其二，这种方法似乎是在跟灵魂对话。他能准确地窥视到人最核心的部分，或者某种人的看法，然后突然说出关于这种看法的真相，这一真相是任何人都没有想到的，能够立刻照亮一切，令所有人信服。"④

---

① Розанов В. В. О писательстве и писателях. М.: Республика, 1995, с. 259.

② Розанов В. В. О писательстве и писателях. М.: Республика, 1995, с. 310.

③ Розанов В. В. О писательстве и писателях. М.: Республика, 1995, с. 428.

④ Розанов В. В. О писательстве и писателях. М.: Республика, 1995, с. 308.

但罗赞诺夫认为，这种方法仅仅在艺术作品中适用，当作家试图直接教育人，告诉人应该如何生活的时候，该方法一点也不奏效。"说教者只是喝了生活的这杯果汁，在原地留下了干枯的颜色。"[①] 因此，罗赞诺夫认为，托尔斯泰学说的宗教意义不在于其学说，而在于其全部生活，他所经历的是精神探索之路，托尔斯泰时代的全部实质就表达了这一点。

## 二 虚无的"勿以暴力抗恶"

耶稣以五条诫命取代了摩西律法。其一，不可动怒："你们听见有话说：'不可杀人。'……只是我告诉你们：凡向兄弟动怒的，难免受审判。"其二，不可动淫念："你们听见有话说：'不可奸淫。'只是我告诉你们：凡看见妇女就动淫念的，这人心里已经与她犯奸淫了。"其三，不可在任何时候向任何人起誓："你们又听见有吩咐古人的话，说：'不可背誓。'……只是我告诉你们，什么誓都不可起。"其四，不以暴力反抗恶："你们听见有话说：'以眼还眼，以牙还牙。'只是我告诉你们：不要与恶人作对。"其五，不以外邦人为敌："你们听见有话说：'当爱你的邻舍，恨你的仇敌。'只是我告诉你们：要爱你们的仇敌。"摩西十诫也反对恶与暴力，但如果是以善为目的的时候，便会允许恶的存在，即"以眼还眼，以牙还牙"。基督则认为暴力永远也不能带来善，所以禁止一切形式的暴力。基督学说的本质是爱，它要求永远对所有人做善事，不要以恶报恶，要饶恕仇敌，也就是任何时候都不做与爱相悖的事。托尔斯泰以基督的律法为自己学说的基础，并对此深信不疑。他的"勿以暴力抗恶"便是衍生于此，也就是遵从基督的训诫，面对暴力采取隐忍的态度，使用任何制止暴力的反抗都是对训诫的背离，反对对恶徒实施强制措施。他写道："一个基督徒不会与他人争吵，也不会攻击他人或者用暴力反对他人。相反，他将忍受暴力。凭借这种真正的对待暴力的态度，他不仅使自己从全部的外在的权力下解放出来，而且从整个世俗

---

① Розанов В. В. О писательстве и писателях. М.: Республика, 1995, с. 309.

社会中解脱出来。"① 所谓的"暴力"不仅指字面意思上的暴行，还包括强力哲学，以及广义上的施行别人不想接受的行为，即"己所不欲，勿施于人"。他以基督教"爱"的学说为依托，并将其提升至律法的高度。

在托尔斯泰的布道中，罗赞诺夫最反对"勿以暴力抗恶"的思想。他写道："一切都是托尔斯泰自作聪明杜撰出来的，上帝造人的时候，都是用泥土制成的。你是否回忆得起来，如何'制造'的普拉东·卡拉塔耶夫，他身上的'勿以暴力抗恶'。我最初阅读的时候，还是个孩子，当时我就觉得这是病态的，畸形的。"② 他还对"勿以暴力抗恶"的重要性提出质疑："它是否是福音书中的最主要的、最独一无二的训诫？"比如像"爱上帝"以及"爱邻人"这种非常著名的诫命。在罗赞诺夫看来，实际上这一诫命非常普通，除了规劝没有任何意义，托尔斯泰将福音书的所有精神都凝结为这句话，是一种极端的理解。他认为托尔斯泰希望"把冲突从外部转移到人的内在精神领域，通过内心的一致、相互妥协、谅解来克服冲突"③ 并非明智之举。

罗赞诺夫认为，虽然任何人都知道"彼此相爱""做仁慈的人""切勿欺凌"这些学说，但执行它们需要有力量，需要掌握使所有人都去行善，或者弃恶从善的本领。这就需要有人能够触及人们坚硬的心灵，并融化人们心灵周围罪恶的外壳，鼓舞人们去做理论上知道，但实际上无力为之的善事。"人们是否都在跟从他，就如同跟从圣徒，怀着信仰涌向他？不，他是文学家，仅仅是文学家。他不是先知，不是圣徒。这就是全部的奥秘。"④ 在他看来，托尔斯泰不断地重复理论，过度地修饰学说，只是使它们变得过于沉重，从而无法触及人的灵魂。托尔斯泰并不能真正鼓舞人。人们无法虔诚地依靠对托尔斯泰的"信仰"而拒绝作恶。罗赞诺夫依然走向了宗教，"东正教不强行说服人，不引诱人，而

① 列夫·托尔斯泰：《天国在你心中》，孙晓春译，吉林人民出版社，2004，第178页。
② 列夫·托尔斯泰：《天国在你心中》，孙晓春译，第79页。
③ 徐凤林：《俄罗斯宗教哲学》，北京大学出版社，2006，第67页。
④ Розанов В.В. О писательстве и писателях. М.: Республика, 1995, с. 11.

是使人自己迷恋和向往,这是东正教在世界中的行为方式"①。也就是说,他认为人们需要通过道德自觉,自己走向善之路,而不是理论上的道德学说,然而托尔斯泰的布道无法真正使人走向自觉。

我们认为托尔斯泰从普通劳动者的根本立场出发,到农村、贫民区去对人们的生活情况进行实地考察,并为人民所遭受的种种苦难深感痛心。他强烈反对政府、教会等对劳动者实施的暴力统治,他认为这些强力集团是在以剥削他人的劳动为生。这种可恶的暴力形式也是奴隶制社会的恶之所在。因此,他在对俄国社会弊端悉心研究的基础上,提出了取缔诸种暴力的宗教途径,建构了自己的非暴力理论学说。可见,托尔斯泰的"勿以暴力抗恶"并非脱离现实的道德训诫,是与俄国社会现实结合的产物。

托尔斯泰认为人的本性原初是善的,人只要认识到什么是恶,便不会作恶。恶源自无知,是理性的缺失。人只要按照理性与道德规范生活,暴力就会消失。不可否认的是,托尔斯泰对恶的看法具有抽象的理性主义特点。别尔嘉耶夫认为托尔斯泰不理解恶,"他理性地看待恶,在恶中只看到了无知,只看到了理性意识的缺陷、或几乎只是一种误解;他否定与非理性的自由的秘密联系在一起的非理性的恶的秘密。按照托尔斯泰的观点,只要认清了善的律法,单凭这一意识,人就已经是希望实现善的律法;只有失去了意识才会产生恶,恶不是根植于非理性的自由,而是由于理性意识的缺乏,是由于无知……只是因为不知道善的律法。托尔斯泰尤其强调这一点:只有愚蠢的人才生出恶来,没有谁故意算计要作恶的"②。也就是说,托尔斯泰认为人的本性是无罪的,恶不是非理性的,人之所以作恶是因为理性的匮乏与无知。托尔斯泰坚信只要培养善,增加善,就能通过对善的信仰来占领恶的位置。罗赞诺夫对此也持否定态度,他认为人本性中蕴藏的"二律背反"是无法否认的,善与恶都存在于人内在的精神与灵魂世界中。

---

① C. H. 布尔加科夫:《东正教——教会学说概要》,徐凤林译,商务印书馆,2001,第194页。

② 耿海英:《别尔嘉耶夫与俄罗斯文学》,上海书店出版社,2009,第248页。

因此，尽管不能否认上帝，不能否认人身上的神性，但也不能否认人身上的恶魔性。当恶经由灵魂外化为行动，并开始侵蚀善的力量时，务必要采取有效措施阻止恶。他认为托尔斯泰倡导爱的学说的出发点是正确的，只有从爱出发，通过自觉的爱，而不是强迫的方式，才能使善得以繁荣，使恶得到改造。然而托尔斯泰对福音书的理解摒弃了贯穿整个福音书的思想——积极的爱，也就是与恶所做的斗争。托尔斯泰的这种学说以"爱"为依托，诉诸精神世界的修为，却忽视了惩恶扬善的正义原则。罗赞诺夫认为单纯依靠爱与顺从去对抗恶是远远不够的，不抵抗恶就是向恶让步，就会使善的力量遭到破坏，向恶妥协，就会变成恶的同谋者，让恶的势力不断滋长。因此人的双重本性决定了使用强制性手段抵抗恶的必要性。罗赞诺夫认为是否"以暴力抗恶"应该根据实际情况与人本性的规律，在自己的能力与理解的范围内反对恶，对抗恶。但在抵抗中，不一定涉及人的肉体。

哲学家伊里因也持同样的观点，并创作了《强力抗恶论》作为对托尔斯泰"勿以暴力抗恶"的反题，他"通过对抗恶主体、抗恶手段以及人的恶意与恶行的关系，论述了强力抗恶的必要性和道德合理性"①。他认为不抵抗就意味着允许恶存在于自身，并赋予恶以自由、空间和权力。在这种情况下，假如发生了恶的暴动，却继续不去抵抗它，就意味着对恶的服从、对恶的自我委身、对恶的参与，最终将自己变成恶的工具。"假如人是纯粹精神的、完全无肉体的存在物，那么，与恶的斗争就可以局限于灵魂与精神，那时，善者对恶者的肉体强制就是不可允许的了。但是，事实上，世界是按照另一种方式安排的，因此完全是被允许的了。"伊里因认为托尔斯泰并没有正确理解福音书中"不要与恶人作对"这句话。他提出，将这句话理解为"要温柔地忍受个人受到的欺侮（有人打你的右脸，连左脸也转过来由他打），还要慷慨地捐献出个人的财物（有人想要告你，要拿你的里衣，连外衣也要由他拿去）和个人所做的工。这是对一个人要在个人事务上表现出温柔与慷慨的呼吁，

---

① 徐凤林：《非暴力伦理学与强力抗恶之辩》，《学术交流》2018 年第 5 期。

或者是一种在善与精神的问题上要求服从恶徒的呼吁"。①将软弱的人交付给恶徒、主动地将另一侧脸颊送到攻击者面前是虚伪的义。在他看来托尔斯泰的学说是对恶的纵容。笔者认为这种说法是片面的，托尔斯泰并不是纵容恶，只是认为暴力对于化解矛盾、解决冲突是无效的。

笔者认为，托尔斯泰的学说以诚挚的爱为出发点。托尔斯泰探讨的是人是否有对他人实施暴力的权利，我们是否应该为恶辩护的问题。托尔斯泰的非暴力学说的实质在于，他试图遵从天国的律令，尽量减少人与人之间由于报复而产生的恶，尽量减少彼此的怨恨和武力冲突，听从上帝的圣训，以爱为怀，以善报恶。托尔斯泰坚信，只要福音的光明能够照亮人漆黑的灵魂，上帝之国就会实现。他的学说是一种道德的理想状态，他秉承的是全人类普遍的价值规范。也许在现实生活中是不切实际的，但它并非没有合理性。托尔斯泰的非暴力学说具有很深的社会根源，对于农奴制残余尚未消除的专制暴政下的俄国有着重要的现实意义。尽管托尔斯泰所宣扬的仁爱和非暴力思想只是无法实现的宗教乌托邦，但时至今日仍值得人们深思，并引以为戒。

罗赞诺夫还提出，托尔斯泰呼吁对恶的内在克服、自我完善和爱的同时，坚决主张把所有的抗恶斗争都归结为外在强迫式的错误。他写到上帝实际上也将对人进行审判。难道他不是美好的，不是爱人的吗？尽管法庭与上帝的仁慈是相悖的，但对于人是必要的。当人丧失了崇高的本性，破坏了法则时，就应该交给社会、法律和上帝来审判。个体没有权利宽恕，因为人终究要走上最高的、最美好的上帝之路。"将恐惧掺杂到变化的情感、内心的冲动中，这就是惩罚的思想，法庭的正确性之所在。因此，历史了创造教会和法庭。"②法庭与惩罚都要先于等待他的永恒审判，当人犯下了罪孽，他需要通过审判获得赦免，从而最终得到上帝的宽恕。人宁愿在此世承受惩罚，旨在未来上帝之国的轻松。这就是法庭的全部意义。人首先要用神性同恶魔的力量斗争，然后同他人的

---

① 以上引文参见 Иван Ильин. Почему мы верим в Россию: Сочинения. М: Эксмо, 2006, c. 16。

② Розанов В.В. О писательстве и писателя. М.: Республика, 1995, c.17.

恶作斗争，并帮助他人获得胜利。"正是在兽性得到驯服、灵魂中的魔鬼被压制住的地方，通过理性的语言和谦让的爱去培育灵魂，意愿才能得以苏醒；但是，在不具备这种条件的地方，话语就像一粒种子落在贫瘠的石头上，没有根基，滥施的善行就会被残酷的兽性所践踏（《马太福音》：7：6）。"① 罗赞诺夫认为教堂与法庭就是这场斗争的基石。教堂将人们引向上帝，它不强迫，而是以自己学说本身的神圣性，以及在自己的美好恩赐中蕴藏的最强大的吸引力，引领人们走向善。当然也存在意志薄弱者，在他们身上恶魔的力量更强大，上帝的火花即将熄灭，这就更需要保护他们身上残存的火花。然而，在罗氏看来，托尔斯泰试图在这一过程中设置障碍，熄灭救世主在人们身上点燃的火花。他的训诫是对上帝旨意的违抗。可见，罗赞诺夫还是从宗教哲学角度思考人性的善与恶、神性与恶魔性问题，这与他对陀思妥耶夫斯基的分析有相似之处。

## 第三节 "各各他"与"伯利恒"之思

针对托尔斯泰的创作，罗赞诺夫提出了"各各他"与"伯利恒"两大主题，他认为"托尔斯泰的整个文学活动围绕着'家庭'、'育儿室'、我们日常生活'伯利恒'等内容，精细、审慎地进行排列；但无论如何是在与各各他绝对相反的方向上"②。相较而言，罗赞诺夫强调的是作家创作的生育主题，这显然是他思想体系中的核心问题。实际上，他对托尔斯泰的大部分研究围绕的正是"伯利恒"与"各各他"的两极，前者所占的比重相对更大，而对后者的阐述在某种程度上也是在为前者服务，而且这两种主题本身在哲学层面上就是相互交织的。

不可否认，在托尔斯泰创作的最后二十年，"伯利恒"与"各各他"两种主题的对立性变得更加明确，但也存在彼此之间的转换与交

---

① 转引自伊里因《强力抗恶论》，张桂娜译，上海三联书店，2013，第154页。
② 伯利恒为耶稣的诞生地，各各他是耶稣被钉死在十字架上的殉难地，这两个地方是生与死的象征。

融。前者主要体现在性、婚姻等主题上，自八九十年代起，托尔斯泰创
作及构思的一系列重要文学作品都致力于该主题，如《克莱采奏鸣曲》
（1889）、《魔鬼》（1889）两部作品分别"从不同的观点阐明了'性的
交往'（作者术语，笔者注）和婚姻问题"；《谢尔盖神父》（1898）这部
中篇小说情节中的"一个阶段"也"是同淫欲的斗争"[①]；《复活》是"动
物性"本能引发的道德堕落。托尔斯泰将自己的一生划分为四个时期：
第一个时期是十四岁前"天真无邪、快乐而诗意"的童年时期；第二个
时期是"荒唐、虚荣、浮浪"，而主要是纵欲的二十年；第三个时期是
"从结婚到灵魂诞生"的十八年；第四个时期是最后一个时期。[②]那么，
从托尔斯泰出生的 1828 年算起，最后一个时期正是从 1890 年起，也就
是新灵魂诞生的阶段。此时，托尔斯泰开始自我反思与检讨，思考两性
关系的意义与哲理。"各各他"则是指作家对自己的或者他人的死亡的
态度，如《伊凡·伊里奇之死》（1886）、《哈吉穆拉特》（1896）等作
品均体现了作家对死亡的审视与思考。

　　众所周知，梅列日科夫斯基认为，托尔斯泰是肉体的观察者，而不
是精神的洞察者。他依据的是托尔斯泰作品中对肉体世界的描写。"从
他作为三岁幼儿首次注意到并且喜爱自己小裸体那一瞬间起，他一生都
没有停止喜爱与怜惜它。他全部情感和思想的最为深刻的自然基础，正
是对于肉体生命这首次的、纯洁的感触——对肉体的喜爱。"[③]他的评价
也许失之偏颇，但的确指出了托尔斯泰对"肉体"之奥秘的垂青。布宁
在《托尔斯泰的解脱》中列举了托尔斯泰青年时代情欲的旺盛，"婚前
同我们村里的一个农妇有性关系，在我的小说《魔鬼》中对此作过暗
示。第二就是我跟我姑姑家的使女加莎犯下的罪行。加莎是无辜的，是
我诱惑了她，她被赶出了家门"[④]。另外，他还指出托尔斯泰对所有物质、

---

①　谷羽、王亚民等译《俄罗斯白银时代文学史》第一卷，敦煌文艺出版社，2006，第
　　252 页。
②　布宁：《托尔斯泰的解脱》，陈馥译，辽宁教育出版社，2000，第 11 页。
③　梅列日科夫斯基：《托尔斯泰与陀思妥耶夫斯基》第一卷，杨德友译，华夏出版社，
　　2008，第 61 页。
④　布宁：《托尔斯泰的解脱》，陈馥译，第 105 页。

肉体方面进行的令人惊叹的描写:"比如捷列克河岸上炎热的森林中那无数的鸟兽昆虫、比如《霍尔斯托梅尔》里的谢尔普霍夫斯科伊公爵'那具出入社交界的行尸走肉',又比如斯季瓦·奥布隆斯基醒来以后怎样在沙发上翻转他那保养得很好的肉体……肥胖的瓦先卡·韦斯洛夫斯基的肉体……安娜的肉体,渥伦斯基的肉体以及他俩的可怕的肉体堕落……还有海伦的肉体呢?还有她哥哥受伤后嚎哭着要看的那条被截去的'雪白的腿'呢?还有《克莱采奏鸣曲》中那个鲜红的嘴唇贪婪地嘬住羊肉排的特鲁哈切夫斯基呢?肉体,肉体,肉体……"[①] 可见,布宁用短暂的篇幅将托尔斯泰笔下大量的"肉体"因素罗列到一起,展现了托氏对人的肉体的关注与敏锐的洞察力。别尔嘉耶夫赞同梅列日科夫斯基的观点,只是他强调的是托尔斯泰精神的匮乏。"托尔斯泰持有一种独特的唯物论,他对心灵—肉体生活具有独特的洞察,而对精神生活的隔膜却令人吃惊。他的动物性的唯物主义不仅表现在他的艺术作品中(在那里显示了他洞察生命的原始的自发力量的天赋,洞察动物的和植物的生命过程的独特天赋),也表现在他的宗教道德宣传中。托尔斯泰宣扬高尚道德的唯物论,动物般的幸福,把它作为实现高尚的神性的生活的法则。当他谈到幸福生活时,在他那里没有一点精神生活的声音。有的只是心灵生活,只是心灵—肉体生活。他的意识被存在的心灵—肉体范畴所压迫和局限,无法冲破它进入精神王国。"[②] 托尔斯泰对性问题的关注与其自身经历密不可分,他的青年时期与当时多数贵族青年的荒淫放荡生活大抵相同,而在经历了精神危机之后,托尔斯泰开始竭力摆脱肉体。

在托尔斯泰看来,人的肉体与精神恰恰是对立的,肉体的情欲则是罪孽的根源之一。"人的生命及幸福在于灵魂(它因肉体而脱离了其他人的灵魂和上帝)与它脱离的东西越来越多地结合。这一结合是依靠体现着爱的灵魂越来越多地脱离肉体而实现的。一个人如果明白了,生命及其幸福就在于这一灵魂与肉体的脱离之中,那么无论有怎样的不

---

① 布宁:《托尔斯泰的解脱》,陈馥译,辽宁教育出版社,2000,第106页。

② 耿海英:《别尔嘉耶夫与俄罗斯文学》,上海书店出版社,2009,第245页。

幸、痛苦和疾病，他的生命都不是别的，而只能是牢不可破的幸福。"①
实际上，我们认为托尔斯泰的思想受到诺斯替主义的影响。依照该教最
基本的教义，"撒旦创造了人体，而上帝创造了灵魂。也就是说，肉体
是罪恶之源，是魔鬼，而灵魂来自上帝，但灵魂又处在肉体之中，不能
解脱，这造成了人永恒的痛苦。所以，人必须使肉体禁欲清修"②。因此
可以说他比所有的俄罗斯经典作家都厌恶人的肉体，把肉体看作一切欲
望的来源，肉体本身是有罪的，具有魔鬼的本性。《复活》《克莱采奏鸣
曲》《谢尔盖神父》《魔鬼》等后期创作中对肉体的描写都是负面的，肉
体虽具有短暂的美，却是不洁的、丑陋的、令人厌恶的。托尔斯泰年轻
时过剩的肉欲使他的罪孽感越发沉重，使他对无所不在的死亡越发恐
惧，随着年龄的增长恐惧感变得越加强烈。

19 世纪 70 年代与 80 年代之间，托尔斯泰出现了精神危机，他的
思想也发生了巨大的转变。他开始对人生产生困惑，"我仿佛是活着的，
我就一直活着，我仿佛是走着的，我就一直走着，直到走到一个深渊
前，才看清楚前面没有别的，只有毁灭。停止是不可能的，回头也是
不可能的，闭眼不看也不可能，有的只是受苦、真正的死亡——彻底毁
灭"③。他在《忏悔录》中展现了这场危机。这主要源自不断增强的死亡
意识，以及对死亡的思考。托尔斯泰一生惧怕死亡，不接受死亡。"他
的一生中既怕又恨的就是死亡，他的灵魂里终生都悸动者'阿扎马斯的
恐惧'。"④罗赞诺夫认为对死亡的不安与恐惧是托尔斯泰意识中的一种现
象，"一切都是不可信的！一切都是变化的！只有一件事不离不弃，忠
实于我们——死亡"⑤。死亡所引发的恐惧弥漫在托尔斯泰的脑海中，挥
之不去，这也许正是他出走的原因之一。

托尔斯泰以巨大的痛苦体验到生命的脆弱性，死亡是不可避免的
悲剧，肉体必将灭亡的事实使生活变得荒谬，且毫无意义。"在整个世

---

① 徐凤林：《俄罗斯宗教哲学》，北京大学出版社，2006，第 59 页。

② 金亚娜：《托尔斯泰与诺斯替主义》，《明日风尚》2010 年第 11 期。

③ 徐凤林：《俄罗斯宗教哲学》，第 57 页。

④ 哈罗姆·布鲁姆：《西方正典》，江宁康译，译林出版社，2005，第 259 页。

⑤ Розанов В.В. О писательстве и писателях. М.: Республика, 1995, с.312.

界文学中之所以不曾有一个人能够如此敏锐地去感觉世间的一切血肉之躯，首先是因为没有一个人能够在同样程度上做到另一点，即如此敏锐地感觉到世间一切血肉之躯的必毁必朽，托尔斯泰天生具有这种程度的敏锐，而且毕生保持着。他所谓的'炮灰'，在战争时期是注定要被大炮毁灭的'肉'，而在一切时期一切时代则是注定要被死亡吞噬的'肉'！失去了天堂的类似牲畜的人的肉体是给肮脏的死预备下的'肉'，是托尔斯泰一向憎恨的。"①

精神危机也使托尔斯泰重新审视死亡与生命。在对这些问题的思考中，托尔斯泰渐渐表现出对世俗文化的不满。他认为荒谬的生活并非终极真理。为了消除痛苦与困惑，托尔斯泰开始了探索、思考的过程，他诉诸宗教，因为他认为人一旦脱离宗教，唯有死亡，别无出路。托尔斯泰广泛阅读宗教哲学专著，甚至犹太文的《圣经》、希腊文的《新约》、东方的宗教学说，最终建构了融合理性主义、宗教与道德因素的"托尔斯泰式"学说。

在《主人与雇工》当中，死亡并没有令尼基塔感到不快，也没有令他感到害怕，"他总觉得自己今生还隶属于一个主要的主人，就是差他到世上来的，他还知道，他死的时候仍然受这位主人的支配，而这位主人是不会欺负他的"②。这主要源于与上帝相系的灵魂。实际上，托尔斯泰到了暮年，几乎是不停地向上帝祈祷："天父啊，救我脱离这生命！天父啊，降伏、驱逐、消灭我的肮脏的肉体吧！天父啊，帮助我！"他希望借助上帝彻底战胜肉体的死亡，彻底根除自己的物性，与天父合为一体！"魔鬼（魔，死）一而再再而三地用肉身世界和其中不断出现的新的胚芽和新生命的美来诱惑我，——天父，帮助我与它斗争！"③可见，托尔斯泰本身的确通过上帝寻求解脱，从而消灭"肮脏肉体的我"。

托尔斯泰在竭力脱离"动物性"而服从"理性的我"的过程中，关于禁欲主义的说教是非常"严苛"的。他希望人们能抛弃所有情欲，于

---

① 布宁：《托尔斯泰的解脱》，陈馥译，辽宁教育出版社，2000，第107页。
② 托尔斯泰：《列夫·托尔斯泰文集》，臧仲伦等译，人民文学出版社，1986。
③ 布宁：《托尔斯泰的解脱》，陈馥译，第108页。

生活一无所求，漠视世间的任何享受，如此便可无视生与死。人们将不会像《三死》中的女地主那样恐惧死亡，而是像农民一样平静地面对与等待死亡或如树木般守望他者的新生，不是像伊凡·伊里奇最初那样，总是神经质般地呼吸到无所不在的死亡气息，而是应如其醒悟以后，坦诚地正视生命与死亡，忏悔过去无聊、丑陋的生活，并意识到原来曾竭力维护的工作、职位、家庭的利害关系都是微不足道的。因为人世间纷纷扰扰的生活只不过是无谓的奔忙，如过眼云烟，转眼间便化为乌有了。在他看来，比肉体更痛苦的是精神的痛苦。临终之际，伊凡·伊里奇开始纠正自己。与之前对家人的抱怨、憎恶不同，此时他意识到给他们增添了痛苦，甚至同情起他们来，并试图减轻他们的痛苦。当他明白了这一切，那些充溢在其脑海中的，使他苦恼的东西，忽然从他的四面八方消散了。他寻找曾经对死亡的习惯性恐惧，却再也找不到了。因为取代死亡的是一片光明，顿悟带给他战胜死亡的快感。托尔斯泰在小说中以非常简单及模糊的形式展现了人摆脱死亡恐惧感的方式，即肉身的死亡不可避免，但精神的力量更加强大。"信仰——从作者的观点来看——可以战胜死亡，也就是说，只要找到死亡都不能毁灭的人生使命，就可以克服死亡的恐惧。"[1]这种信仰实际上类似于"无为"，是一个人脱离存在、摆脱了欲念所出现的一种合乎戒律的精神，是灵魂获得的静谧，从而走向的一种真正永恒的、超自然的生存方式。

罗赞诺夫认为，对死亡的恐惧渗透在托尔斯泰的所有作品中，体现在他的行为中，但这种恐惧不是生理上的，而是精神上的，"这一恐惧陷入自己肉体残骸的死亡要素之中，缺乏了对于心灵来说的特别部分"[2]。在罗赞诺夫看来，托尔斯泰试图战胜死亡。他在托尔斯泰创作的人物身上看到了作者本人思想的折射，他提出《主人与雇工》这部小说就是以艺术的形式描写了托尔斯泰的个人感受："我怎么能够死去？……我不想死。"罗赞诺夫在反对托尔斯泰的观点及其塑造的艺术

---

① 谷羽、王亚民等译《俄罗斯白银时代文学史》第一卷，敦煌文艺出版社，2006，第256页。

② Розанов В.В. О писательстве и писателях. М.: Республика, 1995, с.387.

形象的基础上，建构自己的哲学体系。他以完全不同的形式解决了托尔斯泰提出的死亡问题。罗赞诺夫的观念在某种程度上根植于柏拉图的形（эйдос）与亚里士多德的潜能（потенциальность）思想。他认为，尽管个体死亡了，自然种（вид）依然永恒地保留了下来。例如，原子弹在固态、液态、气态的不同状态下的成分相同。几何图形是永恒的形式。对人来说，个人主义就是这种永恒的存在形式。个性不会消失，因此任何一种变化仅仅是在"原则上的界限范围内，无论如何也不会超越它们"[①]。因此，我们"称之为'死亡'，'损坏'，'消失'的东西，都只是以另一种比我们通常意识中更可怕的形式存在，但无论如何仅仅是变化，而不是消失"。罗赞诺夫认为，每个人的个性本质都是某种柏拉图式的形，是永恒的、不会消失的。值得注意的是，个性是罗赞诺夫基本价值体系中的要素。因此，他对死亡的恐惧也是对个性丧失的恐惧："人不惧怕死亡的痛苦，对死亡的恐惧也不是对肉体遭遇的担忧。人的担忧在于自己本人，对自身消亡的恐惧；不安在于某种个性的消失，其中最珍贵的部分没有保留下来，乞求它，它听不到声音，不了解这种抱怨；这便是我对死亡的恐惧——'我'的不复存在。"[②]罗赞诺夫认为对死亡的恐惧不仅仅是托尔斯泰特有的，而是体现在每一个人身上："这不是对某种期待的事物的预感；这是我们随时都能感觉到的，这种感觉存在于我们生命中的每一个行为之中……在我们生命的每个时刻，我们都是某种意义上的尸体；没有任何限定的尸体。"[③]此处，罗赞诺夫将生命与死亡、秩序与自然、个体与集体等元素并置，这种融合对立因素的视角无疑具有现代主义性质。

　　罗赞诺夫通过基督教文化中的灵魂不死来减轻托尔斯泰因罪孽而产生的恐惧，并与托尔斯泰展开了对话："我们深爱的基督信徒，你不会随风散去，也许跟你命运相似的人使你感到恐惧；如果你感到恐惧，可以从其他角度，或者更深层地思考死亡，而不是像你最初认为的那样。

---

① Розанов В.В. О писательстве и писателях. М.: Республика, 1995, с.392.

② Розанов В.В. О писательстве и писателях. М.: Республика, 1995, с.397.

③ Розанов В.В. О писательстве и писателях. М.: Республика, 1995, с.397.

你不仅在此世生活几十年，还将是永远地存在下去……"①他指的自然是在另一个上帝之国的永生。罗赞诺夫认为灵魂是构成自然的一部分，而罪孽则是"灵魂中的一类现象，其锋利的刺能深入需要遵从的自然与规则无法企及之处"②。人生而无罪，但随着年龄的增长与成熟，却要承受罪孽的折磨。肉体的疾病就源自人类心灵的罪孽。罗赞诺夫建议托尔斯泰要关注罪孽的心理变化过程。他认为，托尔斯泰宣扬顺从，自己却过于骄傲自大。托尔斯泰拒绝自己不需要的一切——显赫的盛名、财富、文学成就，但无法拒绝精神的审判。如前所述，对于罗赞诺夫来说生命就是恩赐，世界是合理的，一切都各居其所："活着是最大的福泽，对于一切的福泽；如果我们能够准确地理解世界上所有事物的关系，那么我们的骨头、神经、血管都是在唱对上帝的赞歌。"③人应该顺从地接受世界原本的面貌，承认上帝的真理，尽管这一真理是理智所无法理解的。

　　在"伯利恒"问题上，当罗赞诺夫开始宣扬"性"理论时，便将托尔斯泰视为自己的对立面、禁欲主义的代言人，他经常援引托尔斯泰的作品来论证自己的性理论或者对于家庭和婚姻问题的探讨。

　　如前所述，基督教文化宣扬禁欲主义，以蔑视的态度贬低性。自1840年妇女解放运动兴起以来，自由恋爱、"性自由"等思想盛行并泛滥，婚姻被视为男人与女人之间性的结合。俄国19世纪90年代也出现了性革命，并在知识分子中间大范围传播。"性自由"思想的兴起，被视为打破了基督教的传统，并引起了许多文学工作者的不安。《克莱采奏鸣曲》就是这种恐慌情绪最鲜明的表达，谴责了性自由以及肉欲之爱的浪潮。

　　《克莱采奏鸣曲》包含了作家对两性关系、婚姻、家庭、生育等问题的思考，自问世后就受到了广泛关注，然而人们很少关注作品的艺术性，而是从社会学与神学视角加以阐释。"东正教人士在这部作品中看

① Розанов В. В. Религия и культура. М.: Правда, 1990, с. 180.
② Розанов В. В. О писательстве и писателях. М.: Республика, 1995, с. 397.
③ Розанов В. В. О писательстве и писателях. М.: Республика, 1995, с. 404.

到了托尔斯泰的'渎神'与'对教会的嘲弄'。"①

在《克莱采奏鸣曲》中，波兹内舍夫最初以争论的形式同他人展开了关于爱情与婚姻的对话，但实际上是通过设问方式，以自己的经历为论据阐述观点。一些人"把婚姻看作是某种神秘的事，看作是一种在上帝面前必须履行的圣礼"②，波兹内舍夫则与他们相对立，认为"在婚姻中所看到的，除了性交以外，别无他物，其结果不是一场骗局就是使用暴力"③。因此，他认为性欲本身也是有罪的，"是令人厌恶、羞愧和痛苦的"④。

波兹内舍夫提出，性爱和肉欲之爱是人"动物性"本能的体现，它追求的是对动物性情欲的满足与享乐，是七情六欲之中最顽固、最凶恶的一种情欲。它体现了人的兽欲、邪恶和堕落。性欲不管怎样掩盖也是一种恶，一种必须与之斗争的可怕的恶。"《福音书》上说，看见妇女而生邪念的，他心里已经跟她奸淫了，这话不仅是对别人的妻子而言，实际上，这话主要还是针对自己的妻子说的。"⑤因此，即使在婚姻中，也应该奉行节欲的行为准则。

在波兹内舍夫看来，生命的目的与生命本身是二律背反的。他认为，人类最终目的在于将所有人由爱联合在一起，各种情欲阻碍着它的实现。因此，如果铲除了性爱这种最高和最强烈的情欲，那么人类的目的就会实现，达到统一。人类要实现终极目的，就应该学习蜜蜂，培育出一些无性的成员，要做到力求节欲，不断地追逐理想，不是像动物那样无休止地繁衍生殖，也不是享受性欲的快感，而是"通过节欲和贞洁而达到善的理想"。

波兹内舍夫实际上折射出托尔斯泰的性爱与婚姻观，"连他对人们的共同生活的末日论态度也可以理解为对本人生活的这种态度的外延。

---

① Николюкин А. Н. Наследие В.В.Розанов и современность: Материалы Международной научной конференции. М.: Российская политическая энциклопедия, 2009, с. 430.

② 托尔斯泰:《列夫·托尔斯泰文集》，臧仲伦等译，人民文学出版社，1986，第127页。

③ 托尔斯泰:《列夫·托尔斯泰文集》，臧仲伦等译，第127页。

④ 列夫·托尔斯泰:《克鲁采奏鸣曲》，草婴译，上海文艺出版社，2008，第260页。

⑤ 托尔斯泰:《列夫·托尔斯泰文集》，臧仲伦等译，第150页。

所以，不应该说波兹内舍夫是思想家的功能与通常的情节功能的结合，而应该说主人公此时的行为是他自身写照的影像，主人公的自我意识，特别是他的思想则是作者的影像"①。也就是说，他与托尔斯泰的观点达到了最大程度的契合。托尔斯泰在小说的卷首词中对《马太福音》关于情欲的引用，就足以传达自己的立场。

　　凡看见妇女就动淫念的，这人心里已经跟她犯奸淫了。（《马太福音》第五章第二十八节）

　　门徒对耶稣说，人和妻子既是这样，到不如不娶。

　　耶稣说，这话不是人都能领受的，惟独赐给谁，谁才能领受。因为有生来是阉人，也有被人阉的，并有为天国的缘故自阉的。这话谁能领受，就可以领受。（《马太福音》第十九章第十、十一、十二节）

托尔斯泰提出的是"肉欲之爱"与"精神之爱"的二元对立学说。"人是由精神和肉体两种因素构成。幸福只是对精神而言，它只在于越来越多地摆脱肉体。"②可见，他更推崇"精神之爱"。《克莱采奏鸣曲》宣扬的是一种禁欲主义的布道哲学，是以"节欲"为核心的性爱观、婚姻观。托尔斯泰的最后一位秘书布尔加科夫强调，托尔斯泰对男女之爱的一切表现极为关注，态度极端严格。托尔斯泰主张男女保持完好的童贞，把男女之间的肉体乃至婚姻关系都视为不洁的、降低人格的。托尔斯泰在信中写道："犯任何其他罪孽不像犯这种罪这样使我觉得自己龌龊，有罪，因此我认为这种破坏童贞的罪是对生命最具毁灭性的罪行之一。"③可见，他甚至认为婚姻使女性丧失贞洁。

托尔斯泰反对情欲，将其视为罪孽，视为人不成体统的行为，这引

---

①　谷羽、王亚民等译《俄罗斯白银时代文学史》第一卷，敦煌文艺出版社，2006，第262页。

②　布宁:《托尔斯泰的解脱》，陈馥译，辽宁教育出版社，2000，第104页。

③　布宁:《托尔斯泰的解脱》，陈馥译，第104页。

起了一些思想家的反对。麦尼西科夫站在了托尔斯泰的队伍中，将《克莱采奏鸣曲》称为"真正的地震"。他认为，托尔斯泰"在探寻生命的源泉，生命的中心点，幸福的根本原则"①。如果遵循耶稣的思想，绝对的童贞应该是人类的理想，是最高的目标，需要每个人的努力。麦尼西科夫认为尽管理想无法实现，但要永远努力追求。

1897 年 6 月至 1898 年 1 月，麦尼西科夫撰写了一系列文章，旨在给同时代作家指明正确的精神方向。他认为文学不应该宣扬肉欲之爱，也不应该将其作为人类生活的主要意义。他从基督教的精神视角看待肉欲之爱。在这些文章中，他并没有涉及《克莱采奏鸣曲》，但显然发展了小说中托尔斯泰的性爱观。他主要表达的观点是：艺术作品不应该宣扬肉欲之爱与激情，从而欺骗读者，其实质是精神的病症，歪曲了人的精神面貌。麦尼西科夫认为，推崇动物性的肉欲是多神教的延伸。"现代的多神教徒（异教徒）除了凶恶的、肉欲的、激情的幸福，不理解其他的幸福。"②麦尼西科夫将性需求与肉欲之爱／激情分开，认为前者是人不完善的体现，后者是心理的病态，是无神文化导致的病症。真正的爱是纯粹精神上的，是友谊，是无性的。麦尼西科夫也提出了精神与肉体的二元论，"严格地说，肉欲之爱完全不存在；既然它是性的，那么就已经不是爱了，如果是爱，那么就没有性"③。真正的"神圣之爱"与上帝相连，是与肉欲分离的。他认为禁欲主义者消除了"低级的"性需求，体现了高层次的精神。精神能够消除人的动物性、肉体因素。在他大量的文章中，很多观点都是对《克莱采奏鸣曲》的复制。他认为唯灵的基督教符合托尔斯泰的思想内涵。显然，他站在托尔斯泰的立场上捍卫基督教的传统，但并没有对性爱和爱欲进行区分。

与麦尼西科夫不同，更多的人站在与托尔斯泰对立的立场上，罗赞

---

① Николюкин А. Н. Наследие В.В.Розанов и современность: Материалы Международной научной конференции. М.: Российская политическая энциклопедия, 2009, с. 195.

② Николюкин А. Н. Наследие В.В.Розанов и современность: Материалы Международной научной конференции. М.: Российская политическая энциклопедия, 2009, с. 199.

③ Николюкин А. Н. Наследие В.В.Розанов и современность: Материалы Международной научной конференции. М.: Российская политическая энциклопедия, 2009, с.199.

诺夫就是其中一员，他认为这部作品对于"性"的态度过于极端，具有一定的局限性，"崇高的目标——男子的贞洁，既是对于家庭生活而言，也是对于后世子孙而言，不过托尔斯泰走过了头，走到了修道院的理想上。可是这个结论却是他的全部哲学赖以存在的条件和必然得出的结果。人的幸福在他自己本身。禁欲主义、轻视人生、独身——这一切都是这种东方世界观的必然结果。欧洲是熟知这种世界观的，它现在也仅仅从那里摆脱了一半"[①]。

罗赞诺夫抨击《克莱采奏鸣曲》，认为作家否定婚姻，以东正教教会的观点对待性，将婚姻视为卑劣的行径。1897年11月起，针对《克莱采奏鸣曲》，罗赞诺夫先后发表了《温柔的魔鬼》《种子与生命》《禁欲主义的含义》三篇文章，与托尔斯泰展开了论战。实际上他是在探讨与阐释自己毕生研究的性与家庭的主题："不仅仅局限于文学领域，我们谈论的是肉欲之爱。"[②] 他写道："《克莱采奏鸣曲》问世之后，情形与过去发生了很大变化。它让人们付诸行动。读完它以后，许多人对性的态度发生了改变。"罗赞诺夫指出，《克莱采奏鸣曲》中主人公的话语和阐释都能看到作者的影子。在小说的后记中，托尔斯泰也不反对这一点。

罗赞诺夫认为《圣经》并不是无肉体的，而是充满着肉欲的"代代相传"的爱。麦尼西科夫写道："古代的先知蔑视性爱，他们在分析这种情欲的时候根本没有花费时间，认为它也是一种缺陷。"[③] 罗赞诺夫认为麦尼西科夫没有读过《圣经》，特别是以西结[④]的任何肉欲形象。"尽管肉欲之爱有时是雷雨般的、破坏性的，但却是珍贵的、伟大的、神秘的，以炽烈的光芒穿透整个人类。没有这种爱，人类将分散瓦解成无用

---

① 倪蕊琴编《俄国作家批评家论列夫·托尔斯泰》，中国社会科学出版社，1982，第169~170页。

② Розанов В.В. Религия. Философия. Культура. М.: Республика, 1992, с.200.

③ Николюкин А. Н. Наследие В.В.Розанов и современность: Материалы Международной научной конференции. М.: Российская политическая энциклопедия, 2009, с. 199.

④ 公元前7世纪的古犹太先知，《旧约·以西结》书的作者。

的、冰冷的废物。"① 罗赞诺夫认为《圣经》并没有蔑视性爱，他挖掘了《圣经》对肉欲之爱的矛盾。他再次援引《圣经》故事，认为这则故事虽然是纯洁的、宗教式的爱，却是对肉欲的颂扬。

> 这位正派的年轻人的同伴说道："我们去那座房子，里面有一位姑娘，她将是你的妻子，还将为你生育孩子。"托维亚"爱上了她，他的心紧紧地系着她"。这就是肉欲之爱，托维亚还没看过未婚妻的脸，就"爱上了"并依恋上了她纯粹的女性特质，显然这是男性的本能在起作用，没有掺杂任何的美学与伦理学因素。回到家以后，他没有喝水就赶快签订了婚约。晚上的时候，他们是一起的。"托维亚起床，说道：'起床，我们一起祈祷，让上帝宽恕我们吧。''神明的你，我们的父，荣耀归于你。你创造了亚当，并赐给他夏娃作为助手、支持者——他的妻子。于是才有了人类。你说：一个人不好，给他创造一个与其类似的助手。上帝，我现在娶了这位妻子，不是为了满足淫欲，而是根据正义。请饶恕我们，让我跟她一起变老。'"她也说道："阿门。"②

通过这则故事，罗赞诺夫提出真正的婚姻的"合法性"到底在哪里的问题。教会并没有真正创造婚姻，因为其永远都不理解婚姻的伟大奥秘，将婚姻本身视为"合法的淫欲"。因此，婚姻或是因"祈祷"，或是因"被宽恕的罪孽"而获得"合法性"。他认为人们偏离了上帝，背离了爱的事实。人们应该发展这个"伟大的奥秘"，将其上升到宗教高度。罗赞诺夫认为性爱是短暂而神秘的瞬间，是"充满生机的、富有色彩的神经"，不应该被视为"被宽恕的罪孽"，而是快乐的职责以及无以言表的幸福，充满着神秘的内涵，是"世界的中心"。它只在我们"罪孽的思想"中是"罪孽和肮脏的"。他认为性不是功能，不是器官，把性作

---

① Николюкин А. Н. Наследие В.В.Розанов и современность: Материалы Международной научной конференции. М.: Российская политическая энциклопедия, 2009, с. 201.

② Розанов В.В. Религия. Философия. Культура. М.: Республика, 1992, с. 200.

为一种器官，就是对人的毁灭与破坏。性是生命，它始于生命体出现性别差异之际，哪有性别差异，哪里就有生命。植物也是同样，多瓣花就是一种性现象。"夏娃"是人类的第一位女性朋友，这就说明"女性"与"生命"是同时出现的。

1897年，在《温柔的魔鬼》一文中，罗赞诺夫提出《克莱采奏鸣曲》是痛苦的、阴暗的、虚假的现象。他将这部作品比作温柔的魔鬼、沙漠中可怕的与智慧的精灵，因为魔鬼的本质就是否定的、死亡的。他写道："魔鬼并不是以通常的、令人反感的或者可怕的形象出现，而是'天使的'或者是'神的'形象。因而引诱意志最薄弱的人屈从自己。"[①]可见在他看来，托尔斯泰是以"基督教"之名，使人们屈从自己，从而宣扬自己的"反面"思想。他的世界毫无生机，只有口头上的，没有真正快乐的、自由的爱。正如叶夫多基莫夫所言："托尔斯泰的《克莱采奏鸣曲》是对爱的严厉否定。"[②]

在《禁欲主义的含义》一文中，罗赞诺夫提出，禁欲主义比基督教的出现要早得多，只是基督教将其引入制度当中，于是就出现了修士的生活。罗赞诺夫对《克莱采奏鸣曲》中禁欲主义的描述是："爱的长久缺失比所谓的爱情更残忍；间隔越短——仇恨越少、越安宁。但要知道，在'爱'中断之后，而不是之前会出现仇恨。托尔斯泰同样描写了波兹内舍夫温柔、亲切的爱。在爱的中断之后，性似乎在人身上消失了。然而，'爱'还没有中断的时候，性却被一道堤坝阻隔了，爱在岸上越升越高，那么最终的放弃是出于自愿，还是因为外在的阻力？"[③]显然，在罗赞诺夫看来答案是后者，他将禁欲主义阐释为阻挠爱的外部力量，将正常人变成主动承受苦难之人，变成为全世界祈祷的苦行僧。他认为托尔斯泰在小说中没有解释，也没有深入思考这一现象。托尔斯泰切除了人的神经，试图压抑所有热情的情感。

在著名的《种子与生命》一文中，罗赞诺夫反对《克莱采奏鸣曲》

---

① Розанов В.В. Религия. Философия. Культура. М.: Республика, 1992, c.249.

② 叶夫多基莫夫：《俄罗斯思想中的基督》，杨德友译，学林出版社，1999，第83页。

③ Розанов В.В. Религия. Философия. Культура. М.: Республика, 1992, c.218.

中的两性关系，即"男性和女性造成的犯罪"。罗赞诺夫在托尔斯泰的
创作中找到反对这一论点的证据，即作家笔下永远光明的、正面的孩童
形象："托尔斯泰伯爵在创作《伊凡·伊里奇之死》时，还没想到自己
会创作《克莱采奏鸣曲》，也没有想到，他创作了什么样的反对它的论
据，其中谈到了童年，一个病危的官员回忆起自己童年的无邪，他的回
忆充满了纯洁、纯净的快乐。"①

　　罗赞诺夫还在《克莱采奏鸣曲》中看到了两种思想：隐秘的思想、
公开的思想。公开的思想是反对婚姻，遵照福音书"最好不要结婚"的
思想，"这些福音书中的话语被延伸成数十页以及硬性的规范"。隐秘的
思想则是对婚姻的认可，即应该结婚及稳固婚姻。"整部作品都认可婚
姻的存在，只是对婚姻有着深深的困惑：婚姻到底是什么？"这种思想
和困惑一直影响着《安娜·卡列尼娜》的写作，卡列尼娜的婚史、她悲
剧性的死亡令整个俄国不安，"在宗教文学中找不到任何回应，对于痛
苦的问题没有任何回应"。教会不了解婚姻和婚姻外的生活和人的痛苦。
罗赞诺夫认为宗教的意义在于家庭，其实质就是爱。没有比家庭的宗教
更美好的宗教了。"性的真理以及性吸引的灵魂不是淫荡的，而是纯洁
的、童贞的。"这一激情是婚姻的开始，因此"性行为的灵魂和真理对
我们来说不是失去，不是破坏，而是得到童贞"②。

　　罗赞诺夫将家庭与宗教联系在一起，"如果说禁欲主义者认为自己
是'上天之人'，'尘世的天使'，那么子女众多的父亲、纯洁的妻子，
本质上也是上天的模范原型。他们本质上不是罪孽的人：他们应该是正
面的、神圣的、与各各他相对立的"③。罗赞诺夫认为托尔斯泰作品传达
的也是对"伯利恒"的肯定。他提出，赞许家庭的神圣，逻辑上也是承
认巩固家庭的性行为的神圣："没有比家庭的宗教更美好的宗教了。这
一切都暗含在'婚姻'制度本身之中：不仅仅是人对性达到了崇拜的程
度，将其视为宗教，而且这是宗教意义上的认可，是宗教崇拜，也就

---

① Розанов В.В. Религия. Философия. Культура. М.: Республика, 1992, с.161.

② Розанов В.В. Религия. Философия. Культура. М.: Республика, 1992, с.451.

③ Розанов В.В. Религия. Философия. Культура. М.: Республика, 1992, с.80.

是说性对宗教来说不仅不是敌对的、次要的，相反，还应该进入宗教领域。如果'婚姻'具有了'宗教性'，那么在这种情况下，'宗教'中自然有某种'性'因素。"①罗赞诺夫以上的解读显然不是托尔斯泰在《克莱采奏鸣曲》中表达的思想，而是他本人的思想，即是对性的地位的提升，对家庭的捍卫。

我们认为，在《克莱采奏鸣曲》中，托尔斯泰更多表达的是对肉欲的否定，他厌恶人的肉体，把肉体看作一切欲望的来源，肉体本身是有罪的，具有魔鬼的本性。托尔斯泰曾在日记中写道："要努力追求贞洁，在这条道路上最高一级是童贞，其次是贞洁的婚姻，再其次是不贞洁，即非一夫一妻的婚姻，但却是婚姻；有人却硬说我否定婚姻，宣扬停止人类的延续。"②他主张男女保持完好的童贞，把男女之间的肉体乃至婚姻关系都看成不洁的，是对人格的贬损。这是托尔斯泰与罗赞诺夫的根本区别，前者蔑视肉体，而后者认为肉体与灵魂同样神圣。罗赞诺夫和托尔斯泰都把复活看作欺骗或是神话，但不同的是前者相信肉体复活。罗赞诺夫写道："基督复活？这当然是童话了。但肉体复活却是多么美妙的想法！那意味着出生、家庭和婚姻。"③但是耶稣从来不曾教导我们这些，只是告诉我们肉体是有罪的。与托尔斯泰一样，罗赞诺夫也否定贞洁受孕，但不是不相信奇迹，而是认为生育是神圣的。生育以及与生育有关的一切都具有宗教性。

托尔斯泰在婚姻中唯一肯定的是生育，在他看来，"婚姻当然是罪恶，是堕落，只有生下孩子才能赎罪"④。可见，托尔斯泰虽然惧怕死亡，但并不是试图用生育战胜死亡，只是将生育视为一种赎罪的现象。罗赞诺夫赞许托尔斯泰的生育观，"托尔斯泰的特别之处和创新在于，他首次通过自己的艺术使人感觉到一种理想主义，尽管还是微弱的，'上帝之屋'在伯利恒的摇篮边，在一个贫穷的村庄散发出一点点微弱的宗教

———————————

① Розанов В.В. Религия. Философия. Культура. М.: Республика, 1992, с.74.

② 列夫·托尔斯泰：《列夫·托尔斯泰文集》第十七卷，陈馥、郑揆译，人民文学出版社，1991，第230页。

③ Розанов В. В. Религия и культура. М.: Правда, 1990, с. 74.

④ 布宁：《托尔斯泰的解脱》，陈馥译，辽宁教育出版社，2000，第73页。

光芒"①。然而，托尔斯泰与罗赞诺夫对待生育的看法是不同的，"罗赞诺夫用以与死亡抗衡的不尽永恒的生命，不是复活，而是生育，是另外的、新的生命的产生，这样就可以没有尽头，没有终结。可是，拯救死亡悲剧的这一方法仅仅适用于那些只感觉到种族的现实性，而感觉不到个性的现实性的人。而这一安慰是站在人学与动物学之间的细线上"②。如前所述，对他来说，生育是对抗死亡的唯一途径。他"不接受苦难，不接受死亡；不需要赎罪，也不需要复活，他的隐秘的愿望是永生"。

罗赞诺夫认为基督教是双重性的，既是各各他的宗教，也是伯利恒的宗教，只是前者在历史基督教中占据更大优势，后者只是对《旧约》的延续。基督教破坏了人与上帝本质上的联系，用死亡取代生命，用禁欲主义取代家庭，用教规、宗教事务所、道德训诫取代宗教，用布道取代事实。基督教的唯名论创建了虚假的文明，其中空洞的、僵死的布道，无用的理论与教条取代对世界的真实感悟。"教会，甚至基督教的实质就是对死亡的崇拜，"③ 在他看来，托尔斯泰的思想与基督教具有某种内在的一致性，他以东正教教会的观点对待性，将婚姻视为卑劣的行径，而不是最高的神的戒律。这也是二者的分歧之所在。他从基督教走向多神教的"启示录"，从宗教的"无精受孕"走向圣父的生育宗教，从理性主义、教条走向了家庭与日常生活。他许多的思维方式都与托尔斯泰格格不入。

## 第四节　植根生活的艺术

罗赞诺夫肯定托尔斯泰对待生活的态度，对生活的信仰。他提出，"无论托尔斯泰写什么，细心的读者都会发现，他永远是一位不知疲倦的哲学家，他用形象阐释哲学；因为他的哲学主题就是关于人与生

① Розанов В. В. Религия и культура. М.: Правда, 1990, с. 324.
② 耿海英:《别尔嘉耶夫与俄罗斯文学》，上海书店出版社，2009，第61页。
③ Розанов В. В. Около церковных стен. М.: Республика, 1995, с.446.

活"①。谢尔戈恩科曾经写过一本书——《像托尔斯泰一样生活与工作》，罗赞诺夫认为这是一个非常成功的标题。"生活就意味着工作"，这是托尔斯泰的口号，是他最好的遗嘱，是他留给后代的美好"训诫"。

罗赞诺夫认为托尔斯泰比其他俄国作家更接近生活，接近现实。在他看来，作家笔下美好、静谧的家庭画卷就如同他自己对生活的观察，甚至可以说质量还更高，因为托尔斯泰的描写展现了典型的对生活状况的艺术思考。如吉提生产时痛苦的喊叫；娜塔莎望着孩子的襁褓，打断了丈夫的政治言论。这是继屠格涅夫之后新的永恒的生活方式。他认为托尔斯泰永远都不会仅仅通过书本或者旅行的观察撷取自己的感受。他对发生在自己身上的一切都怀着热情的态度，他不会脱离地主、贵族，也不会忽视庄稼人。他很少出国，只是在罗斯漫游。托尔斯泰牢牢地扎根到俄国的土壤里，整个俄国大地都滋养着这棵美丽的长青之树。他认为托尔斯泰使读者学会爱俄国的大地，信奉不断完善的、神圣的俄国精神。托尔斯泰的贡献就在于，引领俄国精神走向世界文化的反面，也就是与世界文化截然不同的一条道路，即远离西方的道路。"从宫殿到农舍，他用艺术形象展现了无法言传的俄国精神的独特魅力。这种精神不虚饰、不造作、不浮夸，而是质朴、鲜明、善良、坚韧的……所有的这一切都使我们铭记对大地的信仰，远离对它的激烈批判。"②这种说法显然是与罗赞诺夫评价体系中的果戈理、革命民主主义者的"虚无主义"精神相对立的，同样折射了他的斯拉夫主义情结。

在《纪念托尔斯泰创作55周年：伟大的语言大师》一文中，罗赞诺夫提出，格里鲍耶托夫的热情不足；屠格涅夫缺乏深邃的宗教思想；克雷洛夫的知识修养不足；果戈理不够质朴，永远不会与描写的事物并排站立，爱它们，并尊重它们，他的目光总是自上而下，对事实视而不见。而托尔斯泰的每一部作品都展现了心灵的多层级性，尽管其他作家

① Платонов О. А. Святая Русь. Большая энциклопедия русского народа. Русская литература. М: 2003. с. 246.

② Платонов О.А. Святая Русь. Большая энциклопедия русского народа. Русская литература. М: 2003. с. 246.

与他相比，发出的声音更响亮、更有天分，却是单弦，因为他们的心灵是单调的。托尔斯泰高尚的心灵就得益于多层级性，可以渗透到事物内部，挖掘它们的"灵魂"，欣赏它们，神奇地塑造它们的形式。罗赞诺夫认为"灵魂是个体的，而精神是个性的。精神是灵魂生活的源泉。精神与灵魂之间没有明确的界限，是相互渗透的"[①]。他认为托尔斯泰的多面性与现代主义者类似，总是试图避免仅仅展现人的单一性，这点与总是从不同角度理解事物的罗赞诺夫很像。罗赞诺夫的矛盾性某种程度上也源自对事物不同视角的审视。在他看来，托尔斯泰的心灵是钻石式的，透过不同的晶体，以五彩斑斓的色彩折射事物，并由此赋予人物复杂的光谱。"拥有钻石般心灵的他，一会儿转向事物的一面，一会儿又转向另一面；采用蓝色的、黄色的、绿色的、橙色的光线描绘事物。"[②]《战争与和平》中的娜塔莎在作品中呈现的形象就是不同的，未成年少女、小姐、成年的少女、未婚妻、背叛者、再次成为未婚妻、妻子、母亲。罗斯托夫也是如此，从天真可笑的军官到身经百战、经验丰富的军人，最终成为地主、保守分子。多重的视角决定了读者对真理接受的多维化，"真理在哪，自己看"。

罗赞诺夫将托尔斯泰的一生分为两个阶段：第一阶段，托尔斯泰仅仅是艺术家；第二阶段，他的创作是全新的，以自己的思考，智慧的结晶赋予人的生活全新的内容。第二阶段的道德言论由于第一阶段的成就才具有惊人的力量。罗赞诺夫不止一次指出，作为艺术家的托尔斯泰比思想家更有力、更睿智。此外，罗赞诺夫还认为托尔斯泰的艺术作品比其道德训诫类的更具精神力量。托尔斯泰的小说使读者愉悦，赋予他们继续生活下去的力量，消除沮丧和软弱，完成善举，而仅仅致力于道德说教的作品则做不到这一点："托尔斯泰的道德性削弱了其力量，而艺术性则使该力量翻倍。尽管这像双关语、俏皮话，但这是真理：我认为，托尔斯泰最初那些非道德作品能够引人向善，而晚期的道德性书写

---

① Василенко Л.И. Краткий религиозно-философский словарь. М.: Наука и жизнь, 1996, с.64.

② Розанов В. В. Религия и культура. М.: Правда, 1990, с. 230.

不能给人任何指引或者引人向恶。"①因此，他的艺术作品最终效果总是与作家本身想要传达的不同。根据《安娜·卡列尼娜》的卷首词可以判断，他最初打算"惩罚"背叛自己丈夫、推卸母亲责任的女人，但多重视角以及作品中的其他人物共同营造了一个激动不安的世界，使人产生了对这个悲剧性美好形象的爱与悲痛的尊重。读者纷纷对作者发出了这样的呐喊："不要毁灭她！"在其他作家的作品中，读者与作家之间还没有出现过类似的情况。因此，他在《克莱采奏鸣曲》中再次描写背叛的女人，故意败坏她的名声，赋予她愚钝、庸俗的特征。但作家的天赋还是使作品呈现了多层面的现实，所有人都谴责她杀人的丈夫，对于他的谴责比被害的背叛者更多。"其作品的热情总是比其思想倾向更有力。"②因此，罗赞诺夫认为多重视角的创作手法往往导致读者对托尔斯泰作品的接受超出其意图。可见，罗赞诺夫在当时就在用接受美学的方法分析托尔斯泰的作品了。

罗赞诺夫认为，与托尔斯泰相反，陀思妥耶夫斯基是极端主观的，他的思想将所有源自现实的形象都变成"陀思妥耶夫斯基自己的灵魂"。他将托尔斯泰与陀思妥耶夫斯基对立，后者在他看来是积极的作家，而前者则是消极的："托尔斯泰作为思想家非常积极。他不知疲倦地思考。但作为艺术家，他就像一面镜子，其中一切的事物都呈现了它们'自己'本来的面貌。因此，主人公的命运和'他们所做的事'在他笔下，不仅是逼真的，而且是可信的，'就像真实发生了一样'。"③罗赞诺夫认为，正是这种对材料的处理形式，让我们可以根据托尔斯泰的作品去研究现实的生活，他不但真实地描写外部的社会环境，还有人的内心生活。可见，此处罗赞诺夫还是从现实主义的角度出发，探讨艺术与生活的关系。

罗赞诺夫认为托尔斯泰的艺术技巧体现在两方面：语言层面与谋篇布局。但就语言层面而言，托尔斯泰还是与普希金、莱蒙托夫、果戈

---

① Розанов В. В. О писательстве и писателях. М.: Республика, 1995, с. 301.

② Розанов В. В. Религия и культура. М.: Правда, 1990, с. 230.

③ Розанов В. В. О писательстве и писателях. М.: Республика, 1995, с. 303.

理有一定差距："托尔斯泰与普希金、莱蒙托夫、果戈理相比，就像普通的牛奶，温暖、热气腾腾，对于心灵是温度适宜的、美味的。但'当它流淌过心灵'，却没有前所未闻的'甜蜜'。而这种'甜蜜'恰恰构成了普希金、莱蒙托夫、果戈理的全部作品。"[①] 托尔斯泰是语言大师，但不是"魔法师"，因此阅读其作品带来的美学享受相对较少："这就像面包：总是要吃……而果戈理的《死魂灵》对美食家来说就相当于林堡的奶酪。"[②] 罗赞诺夫再次使用《论理解》的研究方法，根据某种模式将不同文学流派的作家归为一类。"诗歌"意味着浪漫主义，而"艺术"则是自然主义。这种划分又出现在《对于被忘却的托尔斯泰的一些思考》（Забытое возле Толстого）一文中，并提出托尔斯泰实际上打造了一种新型的长篇小说形式，即将诗歌的元素融入小说，构成一种抒情—叙事的形式。"这是叙事与抒情的特殊结合，叙事与激情的天才碰撞，在其他人的作品中都没有见过。"[③] 罗赞诺夫的观点表明，在形式上败下阵来的托尔斯泰，在内容上获胜了。"俄国文学的三位开创者，与托尔斯泰的所有作品相比，是苍白的、无趣的、内容贫瘠的。《死魂灵》的情节与《战争与和平》、《安娜·卡列尼娜》相比是多么的平庸。托尔斯泰选取了生活中所有复杂的内容，他的创作、情节、主题，引起了全世界的兴趣，淹没了果戈理、莱蒙托夫、普希金的情节，就像他们语言的美好淹没了托尔斯泰一样。"[④] 罗赞诺夫似乎转变了在分析果戈理时采用的方法，将托尔斯泰作品的形式和内容割裂开来。

在艺术构思上，罗赞诺夫认为托尔斯泰的能力超越以上几位作家。他提出契诃夫一生都梦想写一部大部头的长篇小说，但没有能力超越随笔、略图（эскиз）的形式。"真正的艺术家不仅活在当下，还生活在未来，有价值的长篇小说象征着人完整的生活，不是展现一天的生活、一个阶层在社会发展中的某个阶段，抑或讲述小官员、商人、地主生活中

---

① Розанов В.В. О писательстве и писателях. М.: Республика, 1995, с.224.

② Розанов В.В. О писательстве и писателях. М.: Республика, 1995, с.225.

③ Розанов В.В. О писательстве и писателях. М.: Республика, 1995, с.233.

④ Розанов В.В. О писательстве и писателях. М.: Республика, 1995, с.232.

的一个事件。"① 该论断值得商榷,《猎人笔记》中的小短篇、契诃夫所有的作品也都十分经典;《聪明误》《纨绔少年》等遵循古典主义戏剧原则的作品,由于"三一律"的形式要求,时间不超过一昼夜;布宁的《中暑》等许多优秀的文学作品都描写生活中的某一瞬间,而不是一系列事件,却阐释了永恒的意义。因此,罗赞诺夫对契诃夫所下的论断并不公正。他还提出新一代的作家都匆匆忙忙,他们更钟情于短篇小说,他们的心中只有刚刚流淌过的岁月,没有"储备",没有多年或一生阅历的积累。《战争与和平》中关于罗斯托夫、玛利亚·鲍尔康斯基、娜塔莎、皮埃尔等人的大段章节都可以独立构成长篇小说。在《安娜·卡列尼娜》中,安娜与沃隆斯基、吉蒂与列文都可以构成两部独立的长篇小说。"托尔斯泰丰富多彩的创作会给人带来一种美的享受,他从来不着急,准确地说甚至还在拖延,一页一页地写下惊人的场景,描摹不同的情境、精神状态、冲突、相遇、分别、爱的产生与逝去、人物之间的彼此不同,每一个人物的心灵都是独立的,托尔斯泰对每一个人都秉承着爱,都饶有兴致地刻画,阅读托尔斯泰的作品,就如同观赏角斗士之间的较量。"罗赞诺夫还指出,"托尔斯泰的才能主要在于艺术布局以及对人心的洞察,他似乎能洞察心灵深处,并对其进行品读"。② 他认为作家善于抽离生活中最重要和最典型的:"托尔斯泰不知疲倦的和视线宽广的研究能够抓住最宽的全景,他重要的智慧在就在于,抛掉一切次要的、没有必要的、无趣的;秉承这几个观察的关键点,托尔斯泰似乎一下就看到它们的底部,它们的'灵魂'。"③ 作家的艺术布局才能使其不仅在艺术作品中描绘人的生活,还描绘社会发展的整个阶段。

罗赞诺夫认为作家细腻的心理描写是经常进行自我分析和自我观察的结果:"他关注自己的灵魂,就像追求猎物的猎犬一样,同时充当着猎人与被捕者的角色。他是一位永恒的自我忏悔者,是铁面无私的法官。每个灵魂都有一个规律:只是这个规律在不同的情况下,在复杂多

---

① Розанов В. В. О писательстве и писателях. М.: Республика, 1995, c. 232.

② Розанов В. В. О писательстве и писателях. М.: Республика, 1995, c. 231.

③ Розанов В. В. О писательстве и писателях. М.: Республика, 1995, c. 302.

变的冲突下千变万化。通过庞大的内心体验，通过不断的自我分析，托尔斯泰成为伟大的解读人心者。"① 这些特点使作家享有世界声誉，同时使俄罗斯文学成为世界文化的范例："托尔斯泰使俄国的精神进入世界文化的循环之中，并随着它一起不断发展。"② 罗赞诺夫认为托尔斯泰善于品读，洞悉人的心灵。他的作品中没有任何"僵死的思想"。托尔斯泰与果戈理恰好相反，前者使一切获得生命，拥有灵魂，而后者将周围的一切，甚至同时代的人都变成僵死的。并且，托尔斯泰从不使用讽刺的手法，从不嘲笑人。

根据创作的方法，罗赞诺夫将托尔斯泰界定为自然主义者。罗赞诺夫认为，他不是编造，而是描写感受到的和记住的事物。但是由于他超常的观察力和对细枝末节的偏爱，总是能展现俄国生活的整体层面：为了证明自己的观点，罗赞诺夫对沃隆斯基进行了详细的研究，从其所有的批评实践来看，他很少对具体的人物进行分析与文本细读。此前只对《外套》中的阿卡基·阿卡基耶维奇进行了类似的分析，为了阐释果戈理将鲜活的生活变成僵死的怪诞模型。这一回他将沃隆斯基的形象与果戈理的人物形象对立起来，从而突出托尔斯泰创作的生动性、果戈理创作的僵死性。

罗赞诺夫认为沃隆斯基是真正愚蠢的人，但作家在小说中从未表明他的愚蠢，从来没有让他去做愚蠢的事，说愚蠢的话，而是不知疲倦地刻画他，描述他的语言与行为，不弱化，也不夸大，每一行都非常认真地描写。在罗赞诺夫看来，当安娜隐秘的情感蠢蠢欲动时，她本该第一个告诉最珍贵、最亲近的人，但她并没有告诉沃隆斯基："不，不跟他说，他不会明白的。"读者便会跟随安娜的思想，随后衍生出沃隆斯基对许多问题的不理解，直到最终对安娜的不理解，从而毁灭了她和自己。"一切都是'令人绝望'的。"③ 只有托尔斯泰洞悉了生活停靠的位置，生活本就如此，是远离理想以及"彼岸"的，生活由各种各样的

---

① Розанов В. В. О писательстве и писателях. М.: Республика, 1995, с. 298.

② Розанов В. В. О писательстве и писателях. М.: Республика, 1995, с. 299.

③ Розанов В. В. О писательстве и писателях. М.: Республика, 1995, с. 236.

人组成，比如沃隆斯基这样没有推理能力与坚定性的愚蠢而正义的人。对于读者来说，品读他的愚蠢也是一种享受。"沃隆斯基显然是愚蠢的人，但其巧妙的生动性还是给读者带来了真正的享受。"① 如果削弱沃隆斯基在这部小说中的一些特征，只保留其文化水平，将他从知名的伯爵变成一位普通的、外省的穷贵族，再将其从亚历山大二世的环境中摆脱出来，放置到叶卡捷琳娜时期，他将会失去特色，变得不合时宜。罗赞诺夫尤为推崇托尔斯泰这种对待现实的态度，强调对个性的尊重，让人有权利做自己："天才勤勉地创作愚蠢的人，就像上帝造人一样。"② 因此，托尔斯泰在某种程度上是神圣的，是值得推崇的。罗赞诺夫认为托尔斯泰没有为沃隆斯基戴上十字架，而是展现了沃隆斯基在生活与世界中占据的特殊地位："生活的价值就在于，它是由各种各样的人构成的，因此会存在像沃隆斯基一样愚蠢、正直，但不善于推理、不坚定的人。"③ 罗赞诺夫认为这种对待主人公的态度在某种程度上说是真正的现实主义。

罗赞诺夫还运用印象主义批评方法来研究托尔斯泰的作品。他认为阅读的印象非常重要，因为其自发性与直接性能够立刻使读者抓住艺术作品的实质："文学的全部实质，全部意义都要在鲜活的印象中传达出来，这比所有'随后'产生的思想都更加重要。'随后'就意味着已经取决于我们，取决于我们心灵的丰富或者贫瘠。而只有托尔斯泰能够传达出这一'鲜活的印象'：他的形象在发光，就像水滴中闪耀着的太阳光。"④ 罗赞诺夫自己的创作实际上也是在传达印象，他正是将自己的批评观运用到创作之中。

罗赞诺夫认为托尔斯泰拥有惊人的记忆力，记忆在他的创作中起到关键的作用。他的早期作品都是由回忆构成的：《童年》《少年》《谢瓦斯托波尔小说》《哥萨克》似乎都是在描写自己鲜活的记忆。作家收

① Розанов В. В. О писательстве и писателях. М.: Республика, 1995, с. 234.
② Розанов В. В. О писательстве и писателях. М.: Республика, 1995, с. 235.
③ Розанов В. В. О писательстве и писателях. М.: Республика, 1995, с. 235.
④ Розанов В. В. О писательстве и писателях. М.: Республика, 1995, с. 300.

集回忆录和家族流传下来的故事，阅读泛黄的信件。然而，托尔斯泰并没有止步于回忆，他似乎能在死寂的、年代久远的笔记中，在这一切实际上只有微弱鲜活因素的事物中，看见真实的人物，从而观察他，与他交谈，并利用惊人的想象力将其塑造成鲜活的人物。由此，托尔斯泰的"自传文学"使生活复活，或者说为其描摹了更加生动的面孔，使其在读者面前燃烧。作家还将这些零散的事物构成完整的体系，使这些鲜活的人物或者重新复活的人物融入其庞大的构思中。这一切似乎都是奇迹，没有刻意为之，没有僵死的笔调。罗赞诺夫认为托尔斯泰爱这个世界，教育它，劝谕并怜惜它。没有一个俄罗斯作家能够将如此多的生活片段都塞进自己的画卷之中，甚至不能说"片段"，而是将如此广阔的俄罗斯现实都置于笔下。

# 小　结

作为基督教的叛逆者，罗赞诺夫与托尔斯泰之间不乏相似性，二者都信仰《旧约》的前基督教，但都反对用耶稣基督的殉难来赎人之罪，都反对虚伪的教会；都致力于探寻宗教真理，却都不是从纯粹的神学角度，而更偏重宗教人类学。实际上，二者更多时候表现出来的是相互的背离，尽管探讨相同的主题，但思维方式不同，抑或视角相同，但得出的结论却是相反的。托尔斯泰的"新宗教"是道德哲学的宗教，罗赞诺夫则以超验方式将基督教与多神教结合起来，试图将宗教的一切都应用到日常生活中。然而，二者都没有背离上帝，都深深地信仰上帝，这是深受东正教文化影响的俄国人的典型特征。他们的宗教探索也都是捍卫自己思想的大胆尝试。

罗赞诺夫反对教条主义，他在某种程度上将"托尔斯泰主义"理解为教条主义。他视域中的"托尔斯泰主义"是狭义的，他并没有真正理解托尔斯泰的理性信仰与道德哲学。实际上，托尔斯泰的宗教信仰大大地超越了东正教的宗教理念，吸收了佛教、印度教、道教及欧洲的启蒙哲学和中国的儒家思想等。罗赞诺夫否定托尔斯泰的精神性，而突出肉体性，这也是对他不公正的评价。同时，罗赞诺夫反对托尔斯泰的禁欲主义，肯定托尔斯泰对生育的态度，这也是他从自己的观念出发得出的评价。

罗赞诺夫认为，托尔斯泰兼具的艺术家与思想家身份导致了其个性与创作中存在艺术才能与道德训诫之间的矛盾。两种力量相互撕扯、角力，同时也相互抵消。在罗赞诺夫看来，合理地协调这两种力量，使其并行不悖似乎并不现实，思想的说教性往往降低作品的艺术性。但他推崇托尔斯泰艺术构思的才能，以及对根植于现实与史实的艺术描摹，因此认为作家创作的人物都是鲜活的。

# 第六章　罗赞诺夫与 19 世纪俄国文学批评家

　　19 世纪末 20 世纪初的白银时代是俄国批评的复兴时代，研究者们开始重新解读"文化遗产"，解读别林斯基、车尔尼雪夫斯基、杜勃罗留波夫等人代表的革命民主主义批评。革命民主主义批评遭到摒弃之后，人们开始重新定位批评，认真审视批评的作用、对读者的影响。批评家再次引起了广泛的关注，德鲁日宁、格里戈里耶夫、斯特拉霍夫等文学批评家的地位逐渐被提升。随着现代主义批评的逐渐兴起，白银时代的批评家们不再依附于传统的批评，批评的方法发生了巨大变化。与现代主义文学异曲同工，他们同样推崇唯心主义、神秘主义、非理性等因素，就表现形式而言，"'哲学批评'、'直觉主义批评'、'象征主义批评'、'宗教批评'"[①]等多种流派纷繁复杂。

　　在"新批评"的阵营中，罗赞诺夫的批评独具一格，既彰显了现代主义批评的表征，又不完全与其等同。究其原因，罗氏的文学批评与其思想密不可分，思想决定了其批评的立场。实际上他的思想不完全是现代主义的，在某种程度上延续了"根基派"的理念。与现代主义批评的区别在于，罗赞诺夫肯定文学与生活的联系，赞赏文学中的民族性原则。他反对潮流，反对当代文学的思想与理念，宣称文明导致了文化的毁灭，因此应该坚决捍卫文学的民族独特性，保护民族文化免受虚无主义的侵蚀，倡导民族文学的鲜明性与独特性，维护文学中的美。在他看来，文学批评是文学进程中不可缺失的一部分。他的思想以不同的形

---

　　① 刘宁主编《俄国文学批评史》，上海译文出版社，1999，第 545 页。

式，既体现在文学批评中，也体现在文学批评之批评中。因此，他的文学批评之批评并不过多关注文学学与诗学层面，如批评的方法与手段、批评的形式等因素，更多关注的是思想。批评既是他对文学的解读，也是其思想的映射。

如前所述，罗赞诺夫一生的思想是流变的，不同时期的批评之批评体现了不同的思想倾向。青年时期，他迷恋唯物主义和实证主义，因此对他来说这一阶段别林斯基和杜勃罗留波夫是最具影响力的。他们对于罗赞诺夫个人世界观的建构产生过很大的影响。1878—1882 年，罗赞诺夫开始对陀思妥耶夫斯基产生兴趣，因此走向了否定功利主义、实证主义的道路，与"六七十年代"的批评相抗衡。革命民主主义者的代表别林斯基、车尔尼雪夫斯基、杜勃罗留波夫、米哈伊洛夫斯基则成为其批判的靶心。罗赞诺夫认为他们都是"没有思想的教育家"。然而，他也在试图理解、阐释当时的历史现象。尽管他认为别林斯基、杜勃罗留波夫的批评存在很大缺陷，但他承认一生都需要感谢他们。他在许多著作中都回忆了青年时期阅读革命民主主义者作品的事情。1882—1893 年是罗赞诺夫信奉保守主义的阶段。他试图将别林斯基从实用主义批评的阵营中解救出来，他重新审视其批评活动，并积极挖掘其早期批评中的积极层面。1897 年，罗赞诺夫处于颓废派阶段，他崇尚批评中的"自然"因素与日常生活的联系。此时，他真正走上了"现代主义批评"的道路，他的批评与对哲学思想的阐释紧密联系在一起。尼科柳金曾经说过："罗赞诺夫还向前迈了一步。他的哲学已经是纯宗教的了，具有强烈的神秘主义色彩，他使我们的文学批评出现了某些完全崭新的东西。"[①]

## 第一节　罗赞诺夫与"六七十年代"批评之争

19 世纪下半期，知识分子受到盛行的唯物主义、实证主义等思潮

---

① Николюкин А. Н. В.В. Розанов—литературный критик.//Розанов В.В. Мысли о литературе. М.: Современник, 1989, c. 354.

的影响，思想具有片面化与极端化等特征，表现为对人民福利和社会革命的狂热追求，同时伴随文化虚无主义和社会功利主义。在这种语境之下，"六七十年代"革命民主主义批评也对社会和政治问题表现出极大的热情，凸显出极端激进的特点。

19世纪末20世纪初，年轻的蒙昧主义者和颓废派同唯物主义、实证主义批评展开了斗争，试图抵制实用主义，阻止文学批评发展的危机。他们力图摧毁革命民主主义者的神话，打破他们的权威。科尔多诺夫斯卡娅在《理想主义批评家》一文中写道："我们的批评家很多，几乎所有擅长写作的人都成了批评家。因此批评实际上并不是真正的批评，似乎是为了产生影响并成为权威。在我们这个过渡时期，很难想象那些批评的高度，他们对读者产生的影响，对作者艺术作品的控制。"[1]80年代初期，由文学批评家沃伦斯基率先反对"民主主义批评"，"阿·沃伦斯基是文学批评中最初的哲学唯心主义的维护者之一，他希望批评能够站在伟大俄罗斯文学的峰巅上，首先站在陀思妥耶夫斯基和托尔斯泰的高度上，他尖锐地抨击了依然在广大的知识圈中具有很大权威性的杜勃罗留波夫、车尔尼雪夫斯基、皮萨列夫的传统俄罗斯批评。这是与'教化'传统的一次决裂"[2]。罗赞诺夫紧随其后发表了一系列相关文章，并展开了同"六七十年代的代表"的斗争，其中的《我们为何拒斥六七十年代的遗产》以及《俄国文学批评发展的三个阶段》，直指该流派的批评。"对60—70年代知识分子的政治、伦理理想的界限性、对知识分子崇尚的唯物主义和无神论哲学把人视为社会发展的手段而非目的的思想提出了质疑。"[3]"对抗六七十年代"思潮是90年代中期罗赞诺夫最感兴趣的话题。究其原因，则主要在于艺术思维模式的转变：从忠实于本性，高度关注微妙的精神发展到残酷地分析与人为地研究，这是罗赞诺夫无法接受的。他认为六七十年代知识分子将社会问题简单

[1] Колтоновская Е.А. Критические этюды. СПб: Просвещение, 1912, с. 109.
[2] 别尔嘉耶夫：《别尔嘉耶夫集：一个贵族的回忆与思索》，汪剑钊编选，上海远东出版社，2004，第388页。
[3] 李小桃：《俄罗斯知识分子问题研究》，黑龙江人民出版社，2009，第130页。

化，狂热地追求革命，而忽视了民族的根基。罗赞诺夫极其反感政治，
排斥一切政治倾向以及政治团体和流派。他不属于任何一个派别，既不
是革命者，也不是自由派，既不是温和派，也不是激进派。他经常为
不同立场的杂志撰写文章，而且几乎所有的党派都遭受过他的讽刺性调
侃。他"要把鹅蛋、鸭蛋和麻雀蛋——立宪党的革命的和黑帮统统打碎
了，然后拌进一只锅里，要让左与右黑与白搅和在一起、交织成一团，
把红的变成黄的把白的变成绿的，'用各种各样的所有的蛋，做成一个
蛋饼'——目的只有一个：破坏政治。因为他认为，上帝不愿用鲜血、
欺骗、冷酷来浇灌大地的政治继续存在"[1]。他追求精神的独立与自我意
识，他似乎能同时既向左又向右，既向前又向后，而不偏向任何一方。
这种思想自然也使他无法接受"六七十年代"这种具有政治性倾向的革
命民主主义批评。这些反对"六七十年代"知识分子的文章触动了许多
人，引起大量刊发。他们均认为，"六七十年代"的知识分子作为一个
特殊的群体，被视为俄国社会的精神领袖，具有独特的意识形态、伦理
道德规范，但世界观过于激进、偏激，因此，"知识分子一词令人联想
到的逐渐不再是世界文明、民族文化的媒介和传播者，不是民族精神和
民族文化的创造者，而更多的是道德上的激进主义者"[2]。

　　实际上，列昂季耶夫比罗赞诺夫更早地指出了民主主义和民粹派的
"进步"批评的危害性和对文学的强制性态度。不可否认的是，列昂季
耶夫对罗赞诺夫的一生产生过重要影响，罗赞诺夫对他的评价也一直很
高。列昂季耶夫认为这种批评导致了俄国文学发展的片面，文学开始仅
仅展现生活的单一层面，对俄国社会的描写丧失了丰富性和主观性，文
学中的美消失殆尽，在它的影响之下，"我们的中篇小说和长篇小说中
描写的生活总是比不上现实生活"[3]。列昂季耶夫推崇"唯美主义"，其
全部的生活与创作之中都渗透着该美学思想。他抨击现实主义批评的

---

[1] 李小桃：《俄罗斯知识分子问题研究》，黑龙江人民出版社，2009，第132页。
[2] 李小桃：《俄罗斯知识分子问题研究》，第130页。
[3] Леонтьев К. Два графа: Алексей Вронский и Лев Толстой // Полное собрание сочинений и писем в двадцати томах (Том 8). СПб: Владимир Даль, 2007, с.299.

反美学性，并提出："六十年代的实用主义扼杀了美。"列昂季耶夫还指出，"六十年代"知识分子虽然分析的都是优秀的经典作品，但同时他们对美学分析的漠视是令人无法容忍的。他愤怒地说道："'现代人'嘲笑美学！"他批判杜勃罗留波夫对于屠格涅夫《前夜》的评价。在他看来，"年轻的批评家杜勃罗留波夫尽管有品位，却沉迷于功利"[①]。关于杜勃罗留波夫的文章《真正的白天何时到来？》，他写道："多么实际的文章！出发点就毁了这篇文章。他们对美学置之不理，没有时间或者对此并不擅长。不，离开幽默是万万不行的。美学变成敏感的娇小姐。在他们看来，唯美主义者是糟糕的。"[②]列昂季耶夫在另一篇文章《新戏剧作家》中指出，雅致的情感渐渐消失了，艺术变得大众化。"不仅六十年代的虚无主义者，就是九十年代的人都对涅克拉索夫的诗比对普希金的诗更有好感，他们不能谅解后者的士官生的地位和对艺术之自足价值的信仰。怀疑别林斯基、杜勃罗留波夫、车尔尼雪夫斯基思想之伟大、有力和精神真理性，就是对圣灵的诽谤。"[③]

　　在民族性问题上，列昂季耶夫与罗赞诺夫的观念是相似的。他们都无法接受批评家和作家对民族性的狭隘理解，"他们都有没有认真地研究过人民？作家们将人民当作有趣的玩偶，却从没有认真研究过他们"[④]。列昂季耶夫认为，杜勃罗留波夫仅仅在奥斯特洛夫斯基创造的刚愎自用的商人身上看到了社会因素，而没有关注其不可复制的独特性、鲜明的民族性。"杜勃罗留波夫写的伪善的文章——《黑暗王国中的一线光明》并没有发掘出奥斯特洛夫斯基的主要思想。"[⑤]与杜勃罗留波夫相比，列昂季耶夫也更推崇格里戈里耶夫对奥斯特洛夫斯基的批评，因

① Леонтьев К. По поводу рассказов Марка Вовчка. СПб: Русское книжное товарищество «Деятель», 1912, стр. 28.

② Леонтьев К. По поводу рассказов Марка Вовчка. СПб: Русское книжное товарищество «Деятель», 1912, стр. 28.

③ 李小桃：《俄罗斯知识分子问题研究》，黑龙江人民出版社，2009，第82页。

④ Леонтьев К. Критические статьи. СПб: Русское книжное товарищество «Деятель», 1912, с.34.

⑤ Леонтьев К. По поводу рассказов Марка Вовчка. СПб: Русское книжное товарищество «Деятель», 1912, с. 152.

为格里戈里耶夫在其中洞察到了民族因素和俄国生活的诗意。

列昂季耶夫认为，在革命民主主义批评家的鼓励和纵容之下，俄国文学中的主人公变成了"可笑的地主""卑鄙的官员""霸道的商人""掠夺性的官员""愤怒的大学生""平民知识分子""庄稼人"等。即使是优雅、风度翩翩的屠格涅夫、冈察洛夫笔下的主人公也具有令人难以忍受的懦弱、胆怯、优柔寡断等特点。他们远不是爱国主义者，而是窘迫、软弱、懒惰的，有时还是漫画性的，如奥勃洛莫夫等。他提出，实际上德国批评家关于屠格涅夫主人公的评价是正确的："不要认为所有的俄罗斯男性都是那样的。十一个月的塞瓦斯托波尔的围攻就证明的这一点。"① 在列昂季耶夫看来，以上类型的主人公是反人道的，是与俄罗斯文学传统背道而驰的。因此，他高度赞赏契诃夫，认为作家在 19 世纪末以讽拟的形式消解了革命民主主义者的模式。契诃夫笔下的伯爵、风韵犹存的伯爵夫人、男爵、自由主义的文学工作者、落魄贵族、外国音乐家等呈现了另类的主人公类型。

罗赞诺夫提出，随着别林斯基的去世，文学作品的评价标准发生了改变，而列昂季耶夫则成为别林斯基的直接继承人，只是他格外关注文学作品的外在形式美，比别林斯基走得更远。罗赞诺夫认为，列昂季耶夫的作品《分析、风格和潮流，论列·尼·托尔斯泰伯爵的长篇小说》（Анализ，стиль и веяние：по поводу романов гр. Л.Н. Толстого）是多年来最好的批评随笔，再次将美学批评提升至首位。它可以使读者完全沉浸在作品的语言、人物形象和画面美之中。也许，列昂季耶夫的批评对于全面分析文学作品是不充分的，但他的文章在美的基础上融合了一切。他的宝贵之处在于对文学作品的审美评价是纯粹的、平静的、不慌不忙的，"不论别林斯基还是任何别的批评家，其审美观点都没有达到完全摆脱各种杂质的纯粹程度。谁也不像列昂杰耶夫那样，依靠自己的这一纯粹之力就完全可以满足我们的整个存

---

① Леонтьев К. Два графа: Алексей Вронский и Лев Толстой // Полное собрание сочинений и писем в двадцати томах (Том 8). СПб: Владимир Даль, 2007, с. 298.

在、整个生命的需求，这也是文学最终应该做到的"[①]。值得注意的是，罗赞诺夫对列昂季耶夫的评价出现在注释中，注释恰恰是理解罗赞诺夫的关键之处，很多时候他都将核心思想放到注释中，沃龙佐娃公正地指出，"罗赞诺夫通过注释使读者成为自己写作与反思的见证者"[②]。这也是罗赞诺夫常用的写作手法之一。

整体而言，罗赞诺夫与列昂季耶夫的思想、性格都很相近，二者都反对民主主义与民粹派对唯心主义批评的漠视、对庸俗唯物主义的过分宣扬、忽视个性化因素、对美的虚无主义态度；都反对潮流，反对同时代思想与文学理念，认为同时代文学的鲜明性与独特性逐渐丧失、美的形式消失了、精神不再振奋等，宣称文明导致了文化的毁灭，因此应该坚决捍卫文学的民族独特性，反对倡导"中间价值"。罗赞诺夫认为列昂季耶夫的批评首先是美学的，尝试在作品中洞察美与独特性，继承并发展了斯拉夫派的文学批评传统，并赋予其批评以科学的依据。在罗赞诺夫与列昂季耶夫关于批评家们的文章中，二者都试图将他们的思想观点综合起来，探索真理的理性依据，或者相反，指出并否定他们的缺点与不足，试图探寻文学和批评中体现出来的俄罗斯生活负面现象的原因。对他们来说文学和批评的力量是巨大的。当然，二者也并不是一味地否定革命民主主义批评，他们承认该批评发挥了文学的社会功能，没有宣扬低级的品位，没有将二流作品强加给读者。罗赞诺夫与列昂季耶夫开创了许多新思想，也得到了当代人的赞许。

罗赞诺夫是俄罗斯文学中首位尖锐抨击文学性的批评家，他无法接受文学的功利性，并将其作为进步与发展的武器。他认为"文明在所有方面都是远离本性，忽视本性的"[③]。他认为俄罗斯文学腾飞的原因在于其独立性与崇高的使命。当俄罗斯文学放弃了这种使命，走上"汗水，痛苦，功绩"的道路，认为"靴子比普希金重要"，俄罗斯文学的真正

---

① 瓦·瓦·罗扎诺夫：《陀思妥耶夫斯基启示录——罗扎诺夫文选》，田全金译，华东师范大学出版社，2013，第3页。

② Воронцова Т.В. Розановская энциклопедия. М.: Российская политическая энциклопедия, 2008, с. 418.

③ Розанов В. В. О писательстве и писателях. М.: Республика, 1995, с. 382.

悲剧就上演了。"除了对自己，对所有人都很冷漠的"实证主义者让自己祖国的文学走向了毁灭。他提出俄罗斯文学的唯一机会就是保持对自己使命的忠诚。

## 第二节　罗赞诺夫与《俄国文学批评发展的三个阶段》

　　1892 年，罗赞诺夫撰写了《俄国文学批评发展的三个阶段》一文，将 19 世纪的俄国文学批评分为三个阶段：第一阶段是以别林斯基为代表的"美学批评"，即对文学作品进行美学的分析与研究；第二阶段是以杜勃罗留波夫为代表的"伦理道德批评"，即将文学与生活联系起来，揭示文学作品对生活的影响与意义；第三阶段是以格里戈里耶夫为代表的"科学批评"，即全面分析作品的美学价值。

　　我们知道，19 世纪革命民主主义者与"纯艺术派"的对立主要根植于看待艺术与现实关系的视角，前者提出"生活永远高于艺术"，后者则将二者完全割裂开来，仅仅关注艺术本身。"艺术与现实的关系是美学的基本问题"[①]，这也是罗赞诺夫阐释的核心问题之一。

　　罗赞诺夫以俄国文学批评发展的三个阶段为着眼点，探究了艺术与现实的关系。一方面，他反对"纯艺术"的思想，认为"纯艺术派"都是悲观主义者，随后发展成了颓废派。另一方面，文学的现实层面也是罗赞诺夫创作的主题之一。从这一层面上说，罗赞诺夫是革命民主主义者的学生。他们使罗赞诺夫明白文学对于社会的重要影响。但他反对文学对生活和社会进行过度干预。罗赞诺夫倡导将文学艺术与社会政治生活分割开来，文学艺术的发展不应受到社会政治的左右，社会政治也不应在文学艺术中占据中心地位，主导其发展。他提出，在文明国家这种"合理的"分离是一直存在的，俄国则不同，俄国文学史实质是生活的"教科书"，具有超乎寻常的意义，而作家、批评家则是俄国社会与历史中的重要角色，人们都要听从他们的思想。

---

① 刘宁：《俄苏文学、文艺学与美学——刘宁论集》，北京师范大学出版社，2007，第 5 页。

罗赞诺夫认为，别林斯基强调艺术与社会现实问题的联系，提倡文学对社会现实的作用，以及文学对社会的教育意义，认为现实是第一性的，艺术是第二性的，艺术仅仅是现实的反映。但强调艺术是"现实的再现"的同时，指出了艺术的创作性。艺术并不是对现实生活的机械再版与模仿，而是一种创作。艺术与科学一样，是人们认识和改造现实的工具。在他看来，别林斯基突出的是美学批评，他对美具有敏锐的洞察力，但却未能为文学中的美确立任何普遍的标准。

罗赞诺夫认为将文学与生活联系在一起的代表是杜勃罗留波夫，而俄国文学的"社会因素"的增加也主要与杜勃罗留波夫有关，从他开始，批评家将文学与生活联系在一起，强迫前者服务于后者，甚至通过文学理解生活，罗赞诺夫认为这是匪夷所思的。杜勃罗留波夫把文学当作宣扬理论的工具，阐释文学作品的现实意义，让文学服务于社会，他通过生活认识文学，并将此作为文学批评的意义与使命。在杜勃罗留波夫看来，研究文学就是研究生活本身，他的所有目标都渴望通过文学批评与文学来实现，使文学满足社会需求。他仅仅关注文学的现实意义，而对美的关注已经非常微弱。因此，从杜勃罗留波夫开始，"批评开始倒退，要服从于文学，培养了一些三流的作家"。罗赞诺夫提出，杜勃罗留波夫、车尔尼雪夫斯基、皮萨列夫时期的"社会学批评"与俄罗斯文学之间是存在巨大裂痕的，文学与批评被割裂开来，这是 19 世纪下半叶俄罗斯文学批评的典型现象。

我们认为，一方面，罗赞诺夫不反对杜勃罗留波夫将文学与生活联系起来。另一方面，他认为杜勃罗留波夫并不理解艺术与生活的关系。他指责其文学批评对文学的过度干预，他不赞同文学过于依附社会现实、为社会服务。因此罗赞诺夫认为杜勃罗留波夫对文学的评价都是虚伪的。"他很少自己反省，性格也是消极的，完全没有才能，不能忠实于自己的内心，而是让作品服从时代，不会通过作品中的形象与思想去理解作品。"[①]也就是说，杜勃罗留波夫无法从自己固有的思

---

① Розанов В. В. О писателях и писателях. М.: Республика, 1995, с. 237.

想中跳出来去理解作品，走进作家的形象与思想世界。他无法摆正艺术跟生活的关系、对生活的影响。罗赞诺夫还提出，杜勃罗留波夫使"美在文学中退居第二层面"，文学的美成为次要层面，而深刻、真实地反映生活变成文学最重要的意义。在这一思想的指导下，艺术家或诗人的任务在于能否将生活中分散的特征通过形象或转述事实聚集起来，并抓住这些特征的最深刻本质，洞悉它们形成的原因。研究文学变成了研究生活本身，并要学会如何对待生活。批评的任务就是修正文学对生活特征再现或者概括不准确之处，对文学进行严格与详尽的注解，把文学的内容和批评家理解的生活相对比，谴责与打击虚假的部分。这种批评的"有意识因素要多于无意识"，它试图干预生活。这些批评家研究文学作品的时候，主要研究出现在生活中的现象，并坚决捍卫这些现象，反对其余的一切。这种分析文学的视角导致作家成为社会的主要风向标，成为社会和历史上的核心人物，所有人都要听从他们的思想。文学批评的出发点是文学对社会的影响，从而间接地使社会服从文学的影响。因此，罗赞诺夫认为俄罗斯社会的文学中心主义形成于 19 世纪 60 年代。

在罗赞诺夫看来，"在杜勃罗留波夫权威的影响之下，俄国的文学开始出现消极的现象：他使所有的文学都变得虚伪，使作品屈从于时代"[1]。由此产生了这样的结果：一方面导致了文学批评的衰落，使几乎所有的文学都具有倾向性；另一方面，没有受到该风潮影响的创作是非常自由的，独立于所有的批评，也出现了几位独特的作家。由此文学割裂为两个分支。

第一分支是在杜勃罗留波夫的指导下进行创作并被引入歧途的繁盛一时的作家，如涅克拉索夫、谢德林等。也就是说，杜勃罗留波夫催生了一系列比自己更差的模仿者，这些作家跟随他的思想，创作的作品也走向了片面，导致了无数蹩脚的通俗小说和通俗诗歌之类文学作品的问世。在杜勃罗留波夫批评的影响下，最初，一些三流作家服从批评，最

---

① Розанов В. В. Мысли о литературе. М.: Современник, 1989, с. 180.

后，没有任何才能的人通过批评也能为自己赢得读者。批评家们分析这些通俗作品时，尽管指出了一些不足，但给予的整体评价竟然是正面的。他们甚至傲慢地对待其他不同于这种潮流的作品，或者对其他作品发表一些简短的、随随便便的言论。杜勃罗留波夫按照自己的方式，使自己的批评与马尔科·沃夫乔克[①]、涅克拉索夫的大部分作品、谢德林的几乎全部作品的意义保持一致。罗赞诺夫总结道，杜勃罗留波夫批评流派的主观意志因素超越了客观评价。他们充满激情地捍卫一种倾向，而反对其余的所有与其不同的文学类型。

第二分支是不屈从革命民主主义批评的作家，他们完全自由地创作，不受任何社会批评的禁锢或左右，他们成为文学进程的第二次浪潮，每一位作家的创作都体现了鲜明的、独特的个性，如陀思妥耶夫斯基、托尔斯泰、屠格涅夫等。尽管革命民主主义批评家们不善于对他们进行卓有成效的分析与公正的评价，用华丽的语言为第一种文学辩解，但完全无益于他们所褒奖的作品，读者自然会分辨作品的价值。此后，杜勃罗留波夫行列的批评家变得越来越少，批评变得越来越简短。直到19世纪末，"带有主导性的、倾向性的批评失去了踪迹"[②]。杜勃罗留波夫这一流派完全衰落了，丧失了影响力，变成了最虚弱的没有意义的现象。

《俄国文学批评发展的三个阶段》体现了罗赞诺夫对俄国批评的诸多思考，他分别指出了这三种文学批评的优长与弊端，并宣告将三种批评的精华撷取出来，从而开创一种新型的文学批评形式。相比而言，他更为推崇格里戈里耶夫的"有机批评"，认为这是一种科学的批评。格里戈里耶夫不属于任何一个俄罗斯文学派别，在他看来，"艺术既不高于生活，也不低于生活，而是生活本身的一种有机表现形式。艺术家应该客观地描写生活，真诚地热爱生活的理想"[③]。这种形式的批评"全面考察文学作品的审美价值和思想道德意义，既揭示作家作品的独创性，

---

① 乌克兰女作家。

② Розанов В. В. О писателях и писателях. М.: Республика, 1995, с. 238.

③ 刘宁主编《俄国文学批评史》，上海译文出版社，1999，第428页。

又确定其历史地位与作用。格里戈里耶夫善于揭示俄罗斯灵魂的自然性，洞悉每部文学作品的最本质和独特的表征。'有机批评'的创始者与充分的表达者是格里戈里耶夫，其细致、坚定成功的阐释者则是斯特拉霍夫"。[①] 罗赞诺夫发展了格里戈利耶夫的批评，倡导将美学批评与科学批评结合起来，并力图在批评实践中将伦理道德、哲学、心理、社会等因素融入其中。

实际上，《俄罗斯文学批评发展的三个阶段》一文写于罗赞诺夫的保守主义阶段，该文的目的之一是同实证主义流派进行论战，揭示该批评与文学之间的实际距离。他认为，批评家应该脱离自身思想的束缚，顺应作品的时代，进入作家的形象与思想世界："审视诗人的全部灵魂、诗人的精神，就像审视某种深刻的、独特的、自我封闭的东西：他将某种'另一个世界的'特别的东西带入生活之中。"[②]

## 第三节　罗赞诺夫与别林斯基

罗赞诺夫在同"六七十年代"遗产斗争的过程中，似乎有意回避别林斯基批评的政论性，突出其美学特点。实际上，他在之后关于别林斯基的多篇文章中，并没有绕开其政论性。他既阐释了别林斯基批评的积极作用与意义，当然也没有忽视其消极性。此后，罗氏写道，别林斯基与其说是批评家，不如说是政论作家。他的批评不是对于文学作品的评价，而是对生活理想态度的宗教训诫。别林斯基"似乎是一位'神父'，让我们的行为与思想自愿接受他的审判"[③]。他对俄国思想和文化的贡献不仅仅局限于文学批评，他是 19 世纪中叶俄国思想界的一面旗帜，在知识阶层，尤其在受教育的俄国青年阶层中拥有无与伦比的影响力。造成这一现象的原因非常复杂，但至少有一点是可以肯定的：在尼古拉一世高压统治时期，看似与世无争的文学批评在

---

①　刘宁主编《俄国文学批评史》，上海译文出版社，1999，第 570 页。

②　Розанов В. В. О писателях и писателях. М.: Республика, 1995, c.578.

③　Розанов В. В. О писателях и писателях. М.: Республика, 1995, c.502.

思想斗争和政治斗争中发挥着迂回但却十分重要的作用。因此，别林斯基的批评文章不仅仅是文学性的，还是政治性的，代表了当时俄国社会的进步思想。

## 一 别林斯基批评在白银时代的"再接受"

在俄罗斯文学批评史上，别林斯基是一位具有象征性的批评家，他建构了一种文学批评的全新模式，即将艺术创作与政论评述相结合。在这一模式中，批评家成为解读文学现象的决定性主体。从 19 世纪 60 年代起，革命民主主义批评家们高举别林斯基的旗帜，他们只着眼于其批评中的社会与政治因素，甚至过度渲染该因素。实际上，他们着意将别林斯基塑造成革命民主主义思想的鼓吹手，并建构了其批评的神话。对于一些人来说，别林斯基的名字甚至取代了俄罗斯批评本身。然而，如前所述，文学批评的功能性越来越强，意识形态性也越来越凸显，开始为文学与社会提供口号，并成为影响文学和社会的风向标，从而呈现出浓重的庸俗化、激进化等特点，逐渐蜕变为宣传政治、革命思想的工具。它的影响之大令人瞠目。不可否认，别林斯基开创了文学的社会学批评，将文学的视角转向了道德层面、社会层面。他"专以挑起某种尖锐的反应为宗旨、过分重视、蓄意选用棱角分明、直率露骨、毫不暧昧的措辞——这个特色源出于他，源出于他一人，而且改变了他去世以来百余年重大政治与艺术争论的风格和内容"①。尽管 60 年代的杜勃罗留波夫、车尔尼雪夫斯基、涅克拉索夫、拉夫洛夫、米哈伊洛夫斯基等左翼批评家与作家将别林斯基视为 40 年代的先声、革命民主主义流派的先驱，但实际上他们已经偏离了别林斯基"将美学融入人性，为真理而艺术，为现实世界的痛苦而文学，为人的自由、人性、人道而批评"的轨道，公正而言，别林斯基并不是功利主义者，也不同于 60 年代的激进主义者，"他一生都不相信艺术直接服务社会，为某项计划服务。艺术要有这些作用，是六十年代车尔尼雪夫斯基与涅克拉索夫等批评家的

---

① 以赛亚·柏林:《俄国思想家》，彭淮栋译，译林出版社，2001，第 214 页。

看法"。①

　　直到白银时代，人们开始首次尝试正视别林斯基的批评，脱离了意识形态的束缚，关注其批评本身，而不是其中的社会与政治因素，从而打破了别林斯基的神话。"别林斯基不是神话，不是传说，而是俄罗斯真正的、重要的现实。他的影子不仅笼罩在中学的课堂里、学生的作文本上：他不仅仅是'俄罗斯语文老师的守护神'：他的精神一直弥漫在俄罗斯文学的周围，他是整个俄罗斯知识分子的守护神。他的地位早就被历史的法庭确立：他的名字是神圣的。"② 实际上，19 世纪末 20 世纪初关于别林斯基的争论是 19 世纪下半叶陀思妥耶夫斯基、斯特拉霍夫、格里戈里耶夫等人的论战与思想观点的延续。白银时代对别林斯基的接受与知识分子对俄罗斯批评的使命与命运的激烈争论有关。一方面，人们意识到昔日批评家的影响力不复存在了；另一方面，新一代批评家承认别林斯基具有"令人激动与振奋的意义"，对公众的影响是无法超越的，而他们自己的影响力无法与其相提并论。他们认为当代批评家不可能成为"精神的引领者"了。正如吉皮乌斯在《失望与预感》中写道的那样："我不是旧时代的拥护者，不感叹别林斯基、皮萨列夫、杜勃罗留波夫的逝世，不希望他们复活。但是，我认为，'某一位'类似他们，能够产生跟他们那样影响的人，应该坐在空缺的文学桌前。"③ 可见，他们希望出现具有与别林斯基同样影响力的批评家，但并不是沿袭其曾经的轨迹，而是开创一条全新的道路。

　　在探讨俄罗斯文学批评命运的同时，沃伦斯基、罗赞诺夫、艾亨瓦利德等人回望别林斯基，将其与 60 年代的革命民主主义批评家相比较，将别林斯基置于中心地位。象征主义者们对别林斯基的评价并不是单一的，这主要取决于他们自己的世界观、思想的发展变化以及内部的分歧。大部分象征主义者认为别林斯基第一和第二阶段的创作值得推崇，

---

① 以赛亚·柏林：《俄国思想家》，彭淮栋译，译林出版社，2001，第 219 页。

② Сакулин П.Н. Белинский – миф // Русские ведомости. 1913, № 228, с.22.

③ Гиппиус З.Н. Собрание сочинений в пятнадцати тома (Том 7). М.: Русская книга, 2003, с. 369.

究其原因，该阶段批评家的批评主要遵照美学原则，教会读者去关注作品的美，而晚期的激进主义美学使他的批评接近政论，与象征主义观念中批评的使命不同。梅列日科夫斯基在《普希金》（1896）一文中写道，"俄罗斯文学批评最根本的缺陷在于对文化的淡漠"。他认为自19世纪60年代起，人们文化的品位、美学和哲学的素养开始下降，这都源于"杜勃罗留波夫、车尔尼雪夫斯基、皮萨列夫等批评对于艺术功利主义和实用主义的宣传"。可见，别林斯基并不在这一行列之中。别林斯基被称作"艺术批评家"（критик-художник）。因此他与格里戈里耶夫、斯特拉霍夫、普希金、屠格涅夫、冈察洛夫、陀思妥耶夫斯基等人一起被列入"主观艺术"批评的典范之列。在梅列日科夫斯基看来，其余的批评都是"反艺术的""反科学的"。别林斯基是艺术批评的奠基人。梅氏强调恢复艺术批评的必要性。别林斯基的批评成为对抗政论批评的论据。因此，别林斯基的批评似乎与六七十年代的政论传统无关，是与他们割裂的。巴尔蒙特认为别林斯基是艺术家同时又是批评家，他是俄罗斯最好的批评家，而他的继承者却一点也没有继承其优点。波良科夫认为别林斯基的批评文章可被视为一种艺术体裁。他写道："别林斯基的批评不仅仅与艺术相关，它本身就是一种艺术，而不是科学文献。与艺术家一样，批评家拥有热情、充盈的灵魂、成熟的视角与思想、丰富的情感与对形式的敏锐感觉。"[①] 可见，象征主义者们更倾向于将别林斯基的批评视为艺术批评。此外，象征主义者们还分析了别林斯基批评中的主观因素与个性特点。研究批评家"首先应该在其多样的、丰富的作品中探寻其个性奥秘，也就是说仅仅属于他一个人的精神特点"。他们认为别林斯基的批评包含传记分析，对作家个人经历、隐秘的个人主题的阐释，插入回忆等诗学特点，这些特点成为安年斯基、巴尔蒙特、别雷、勃洛克等人批评的直接源泉。象征主义者也延续了别林斯基批评中哲学与艺术阐释相结合的传统。

　　然而象征主义者并没有全盘接受别林斯基，他们也指出了别林斯

---

① Поляков М.Я. Поэзия критической мысли. О мастерстве Белинского и некоторых вопро-сах литературной теории. М.: Сов. Писатель, 1968, с. 33.

基的"缺陷",主要体现在批评家的晚期作品中,其中就包括与果戈理的通信。别林斯基形象的"打折"导致了俄国知识分子对新文学批评理想的探寻。他们无法接受别林斯基和 19 世纪 60 年代革命民主主义批评家对宗教思想的忽视。对梅列日科夫斯基来说,别林斯基的缺陷类似于"基督教的'禁欲',修士生活"。另外,别雷倡导文学批评的科学性,认为对于文学学方面的批评来说,"社会的激情"是没有意义的。对于支持将美学与政论相结合的人来说,别林斯基的批评方法具有普适性意义。此后苏联时期对别林斯基的评价则出现庸俗的阶级阐释特点。实际上,白银时代对别林斯基地位的提升,旨在对抗当时兴起的大众小品文以及"城市批评"。我们认为,对别林斯基的评价不能脱离当时的具体语境,否则会出现以偏概全的现象。

## 二　别林斯基与美学批评、哲学批评

如前所述,别林斯基在罗赞诺夫视域中的形象具有流变性,这与其不同时期的思想观念转变有关。罗赞诺夫最初接触批评家是在 1870—1872 年的中学阶段,他对别林斯基的《文学的幻想》非常痴迷,他认为其中的一切都是美妙的:音节、思想、激情。短促的语言使他入迷、神往。"15 岁时,初读《文学的幻想》,我第一次感到如此幸福,它如此欣欣向荣,其中充满了新鲜的思想,热情似火的语言,勇敢地'与所有人战斗'。我知道图书馆的借阅周期是两周,但我实在不舍得同这位思想家分开,我便立即将《文学的幻想》抄到本子上。什么吸引我?当然是思想。但现在看当时 15 岁的我还没有任何经验,吸引我的实际上是一种全新的、光芒四射的灵魂。在我们生活的角落里隐藏着太多肮脏、粗鲁、可恶、黑暗的事物。中学的生活更'可恶',一切都是粗野、庸俗、卑鄙的。"① 对于当时还是中学生的罗赞诺夫来说,死板的、琐屑的教学方法令人生厌。周围的一切都是灰暗、忧伤、没有希望的。别林斯基则燃起了他的理想,振奋他的心灵,从而驱走了忧郁的环境与灵魂的

---

① 转引自 Т.Л.布斯拉科娃《罗赞诺夫的创作生涯》,冯觉华译,《齐齐哈尔大学学报》
1998 年第 1 期。

"阴雨连连"，打开了一条通向远方的美好道路。罗赞诺夫认为，似乎只有阅读了别林斯基，才能庄严而又甜蜜地说："我已经长大成人。"成为俄国自觉的人。当时别林斯基对于他来说不仅是批评家，还是"精神导师"。这段时间罗赞诺夫非常迷恋实证主义与唯物主义，因此别林斯基对他来说是最重要的人物之一。

90年代中期以后，罗赞诺夫逐渐抛弃了实证主义，并走上了反抗它的道路。他写道："实证主义是竖立在行将就木的人类之上的哲学坟墓。与这种主义在一起我什么事都不想干。我蔑视它、憎恨它。"[①]在与"六七十年代的遗产"斗争的过程中，罗赞诺夫开始从其他角度审视别林斯基，从而凸显其批评的美学意义，将其排除在实用主义美学的行列之外，从而与实用主义美学模式相抗衡。

罗赞诺夫认为别林斯基对美格外敏感，能够准确无误地区分优美与平庸的文学作品，并阐明前者的美学特征，"这构成我国批评第一阶段的目的和意义。别林斯基的活动，乃是这一追求的最高体现；而由于文学中最本质的东西永远将是那些优美的东西，那么，不论我们的批评今后的命运如何，不论它在内容上将如何深化，这一活动永远不会变得黯淡或被摒弃，永远而且只能被充实"[②]。他认为这是别林斯基追求的最高体现，是对文学做的最有价值的事，也是最本质、最重要的事情。别林斯基在自己的批评文章中为俄国读者挖掘出普希金、莱蒙托夫、果戈理的创作天赋。我们认为值得肯定的是，别林斯基的确具有很高的审美旨趣及对美的独特鉴赏能力，"他为俄国文学掘开了生命'活水'的源流——普希金现象，将俄国文学从异国神秘、虚幻的天空带向坚实的俄罗斯大地上。从此以后，俄国文学就在那儿生根、发芽、开花并结出'丰盛的果子'。没有别林斯基，很难想象俄国文学在他之后能够走向辉煌"[③]。然而，罗赞诺夫还提出，别林斯基拥有对美的敏感，但在理论概

---

① 转引自邓明理《瓦·罗赞诺夫简论》，《俄罗斯文艺》1998年第1期。

② 瓦·瓦·罗扎诺夫：《陀思妥耶夫斯基启示录——罗扎诺夫文选》，田全金译，华东师范大学出版社，2013，第1页。

③ 季明举：《19世纪上半叶俄国文艺、美学思潮及其演进格局》，《辽宁师范大学学报》2006年第1期。

括方面是薄弱的，因此直到生命的尽头也未能为文学中的美确立任何普遍的尺度，明确任何标准。尽管别林斯基的晚期活动被公认为背离审美原则，但罗赞诺夫却并不这样认为。他认为批评家的美是从心中流淌出来的，只是将"美"用狭义的、有限的"语言"表达出来。在他看来，别林斯基没有任何改变，仅仅是从关注文学作品中的美转向关注生活中的美："思考'美'是值得称颂的，但'制造'美却更有价值。"① 可见，罗赞诺夫并没有强调别林斯基晚期思想与创作方式的转变、对果戈理的批判等政论层面的批评。

众所周知，别林斯基的思想经历了不同阶段的转变，其文艺思想也不可避免地与哲学观联系在一起，显然，罗赞诺夫对别林斯基"美学批评"的阐释是不全面的。正如别尔嘉耶夫所说："别林斯基是最卓越的俄罗斯批评家，而且是唯一具有艺术接受能力和美感的俄罗斯批评家。然而，对他来说，文学批评只是体现完整世界观的手段，只是为真理而斗争的手段。"② 我们认为，别林斯基的美学批评是与政论不可分割的。"别林斯基的文学批评是真正意义上的社会批评，他是这种批评的发明者和最杰出的实践者。这种批评的特点之一是对生活和艺术的界限不做清晰的划分，从而通过虚构世界折射现实世界的光明与阴影。于是，文学被看成民族精神的表现，俄国文学的历史就是俄罗斯民族精神演进的历史。一方面，可以通过文学的进步透视一个民族成长的历程；另一方面，对历史的描述和总结也有助于把握文学发展的精神根源。"③别林斯基将文学阐释作为实现自己信奉的理念的最有力的工具。因此仅仅关注其批评的审美特征，而忽视社会与历史性是不客观的。但值得注意的是，罗赞诺夫对别林斯基批评美学性的强调，对列昂季耶夫致力于挖掘作品本身独特之美的推崇，似乎都与艺术至上的"唯美主义"的美学原则很像。然而，他的初衷并不是"为艺术而艺术"，而是为了对抗

---

① Розанов В.В. Собрание сочинений. Том 14. М.: Республика, 2002, с.303.

② 尼·别尔嘉耶夫：《俄罗斯思想》，雷永生、邱守娟译，三联书店，2004，第 58 页。

③ 郭华春、王超：《略论别林斯基文学批评中的文化反思》，《西伯利亚研究》2013 年第 4 期。

艺术的功利主义。实际上，罗赞诺夫将美学问题视为确立民族文化独特性的核心，他认为别林斯基"美学批评"的积极影响在于，从别林斯基开始，俄国社会开始用文学提升自我，作家以善于评价的立场看待其他民族的文学，而不是做盲目的模仿者。罗氏的视角依然展现了斯拉夫主义者的审美取向，即建构本国文化的核心价值体系。因此，这种观点还涉及"民族性"问题。实际上我们认为，在《文学的幻想》中别林斯基的"民族性"思想已经非常重要了："绝对的民族性只有摆脱了不相干的异国影响的人才能够懂得。"① "文明将以波涛汹涌之势泛滥俄国，民族的智能面貌将鲜明地凸现，到了那时候，我们的艺术家和作家们将在自己的作品上镌刻俄国精神的烙印。"② 如前所述，罗赞诺夫着力捍卫俄国的传统与根基，他的美学思想很大程度上建构在斯拉夫派诗学的基础上。早在90年代初他就亲近晚期斯拉夫派的观点。罗氏对斯拉夫爱国主义精神的特殊理解在后来不仅成为他的座右铭，而且将其视为人生的原则。只不过他的斯拉夫主义思想是发展的、变化的。

此外，罗赞诺夫还认为别林斯基的批评不仅包含政治、社会学，而且更接近哲学。他认为，俄罗斯的批评家本质上都是哲学家，只是相对"不够专业"。这是历史的必然结果，因为俄罗斯没有悠久的文化，实际上一切都建立在空谈之上。罗赞诺夫认为，别林斯基是第一位"头脑活跃的批评家，他的主题包罗万象，而且都是有理有据的，他努力探索它们的根源"③。别林斯基教会了俄国社会"善"的含义，为其制定了道德规范，甚至使社会学会了渐渐地抛弃所有的虚伪："他给所有人树立正面的范例。从那时起，直到现在，几乎到了我们这个时代，我们的内心、我们思考问题的方法、对待现实世界的态度都保留着某些别林斯基式的东西。"④ 别林斯基使俄国社会出现了整整一代的精神探索者，他们尽管彷徨迷惘，但作为俄国大地上"永恒的朝圣

---

① 别林斯基：《文学的幻想》，满涛译，安徽文艺出版社，1996，第101页。
② 别林斯基：《文学的幻想》，满涛译，第111页。
③ Розанов В.В. О писательстве и писателях. М.: Республика, 1995, с. 589.
④ Розанов В.В. О писательстве и писателях. М.: Республика, 1995, с. 589.

者""漂泊的流浪者",他们永远"在模糊的、无边的界限中寻找某种
'更好的、至今尚未出现的真理'"①。这是别林斯基的伟大之处和他在
俄国社会发展中起到的作用。

罗赞诺夫认为,别林斯基的积极作用在于,从别林斯基开始俄罗
斯出现了公民意识,他最先让俄国人思考祖国的命运,使俄国人成为
"有思想的人,开始为俄罗斯的一切波澜担忧。包括它的未来、它的过
去、文学与政治。整个俄罗斯都担忧他所担忧的"②。在此之前,对俄国
社会产生影响的是普希金,但由于诗人性格过于静谧与平和,给读者带
来仅仅是美的享受。格利鲍耶陀夫、莱蒙托夫、果戈理对俄国知识分子
的影响也都达不到别林斯基的程度,引起如此多的不安与躁动。别林斯
基真正影响着俄罗斯,以自己对知识的热情感染着俄国社会。他"学习
的时候如此热情似火,在整个世界历史上都是罕见的:所有人都跟随他
跳跃起来,奔向书本、杂志、译著,都怀着像他一样的激情学习再学
习"③。但罗赞诺夫的观念是矛盾的,在他看来,"在生命的每一分钟别林
斯基都呼吁更加美好的事物,这种事物对于他来说是'智慧的''精神
的''有教育意义'的,但却没有考虑祖国保守的根基、巨大的僵化"④。
我们认为,罗赞诺夫的看法是失之偏颇的。实际上,自彼得大帝改革以
来,别林斯基为底层人坚守的蒙昧的、粗陋的旧习而痛心疾首,试图用
自觉的先进阶层使俄国摆脱因循守旧的状态,在借鉴西方文化的基础上
实现具有民族特殊属性的发展之路。

在罗赞诺夫看来,别林斯基对人们的影响随着年龄增长逐渐减小,
直到消失。他认为别林斯基的批评过于幼稚,他的分析缺乏深度和理
据,他对政论的关注以及他的"不安"都妨碍他成为真正的文学批评
家。"他掌控了我们的青春;也间接地控制了整个俄罗斯文学;通过文
学又控制了整个社会。一切都'遵照别林斯基行事'。这样好吗?当然

---

① Розанов В.В. О писательстве и писателях. М.: Республика, 1995, с. 590.

② Розанов В.В. О писательстве и писателях. М.: Республика, 1995, с. 503.

③ Розанов В.В. О писательстве и писателях. М.: Республика, 1995, с. 503.

④ Розанов В.В. О писательстве и писателях. М.: Республика, 1995, с. 503.

有利有弊。已经上了一定年纪的整个社会永远'保持青春'并不合适，最终整个社会将是可笑的。但另一方面，还有什么比青春更美好的？"①因此罗赞诺夫认为，屠格涅夫和冈察洛夫的文学批评比别林斯基的文章更严肃、更有趣，甚至普希金的短评也比别林斯基的文章更有价值。

在1898年的《50年的影响》一文中，罗赞诺夫对别林斯基在俄国社会历史中所起的作用的阐释也发生了变化。如果说在《俄国文学批评发展的三个阶段》中，他还认为别林斯基的意义是永恒的，那么此时他将其批评视为一种历史性的现象，与当代现实没有任何关系："别林斯基的遗产已经成为古董。"②然而，他认为就别林斯基对人的学生时代产生过的影响而言，其著作也不失教育与启蒙作用："用自己的语调，使好学的、充满怀疑精神的学生走向自己，这就是其教育的意义。"③尽管在罗赞诺夫看来，别林斯基的思想已经陈旧，但他的个性永远不会失去意义："他的精神特质永不褪色。"他在这篇文章中称别林斯基是19世纪最伟大的人物之一，将其与卡拉姆津相对立，认为后者去世之后影响便不复存在了。他写道，现在还不应该为别林斯基建纪念碑，因为他的思想还在对俄国社会发生影响："在他的周围，心脏还在跳动，激情还在燃烧。"④可以过15年再建纪念碑，罗赞诺夫还为别林斯基的纪念碑设计了形象："头发蓬松，身材清瘦，面颊凹陷，他从沙发上跳下来……以炽烈的、愤怒的目光望向观众、人群、中学生、大学生，'教授先生'用干枯的指关节敲打另一只手中书的封面。"⑤

1911年，在别林斯基诞辰一百周年之际，罗赞诺夫发表了《别林斯基》（В.Г.Белинский к 100-летанию дня рождения）一文。实际上这篇文章中复制和发展了《50年的影响》一文中提出的思想，是对别林斯基进行的最后一次生动的回忆。罗赞诺夫认为，别林斯基一百年之后会被人遗忘："如果别林斯基诞辰两百周年还举行纪念活动的话，那么

① Розанов В.В. О писательстве и писателях. М.: Республика, 1995, c.505.
② Розанов В.В. О писательстве и писателях. М.: Республика, 1995, c.305.
③ Розанов В.В. О писательстве и писателях. М.: Республика, 1995, c.304.
④ Розанов В.В. О писательстве и писателях. М.: Республика, 1995, c.306.
⑤ Розанов В.В. О писательстве и писателях. М.: Республика, 1995, c.511.

这将是一种陈旧的、古老的感觉，一切都将被遗忘。"①罗赞诺夫再次强调别林斯基意对青年人的教育意义，认为他是整个俄国知识分子阶层的"初恋"。罗赞诺夫还再次回忆起《文学的幻想》在他中学时期给他留下的深刻印象："他的文体、思想、激情、语言疾驰般地在坚固的事物周围转动，并穿透它们，使我入迷、神往。"②罗赞诺夫认为别林斯基让整个社会更开明，一个人对俄罗斯教育贡献的力量比整个教育部还要多。

罗赞诺夫将别林斯基界定为领袖和宗教改革者、"精神导师"、"隐居修士"，强调其文学活动的特殊性，将其文学批评活动称为"新宗教运动"。因此，他多次将别林斯基与马丁·路德比较。罗赞诺夫认为，别林斯基是一位天生的领袖和改革者，在他之后俄国社会发生了彻底的改变："这是历史上的首位引领者，将所有人都感染了；所有人都效仿他，他以与生俱来的神秘特权引导大家，为大家指明道路。"③在他看来，比别林斯基相比："格拉诺夫斯基的文笔更优美，杜勃罗留波夫的笔调和风格都更有力，车尔尼雪夫斯基则更生活化、更丰富。"④但罗赞诺夫认为，没有人能复制别林斯基的成功，完全改变整个俄国社会的思想。

## 三　别林斯基与"虚无主义"

19世纪60年代虚无主义思想在俄国知识分子中极为盛行。"作为一种社会现象，虚无主义反映了当时激进知识分子精神上的批判和破坏倾向。虚无主义反对历史的虚假，反对文明的谎言，要求结束历史以开始一种全新的超历史的或者超逾历史的生活。它要求暴露、从自己身上剥落全部文明的外衣，把全部历史传统化为虚无，解放自然的人，使之不受任何束缚。"俄罗斯人极易在尚未认识文化的真实形态时便感受文化的危机。俄罗斯人典型的虚无主义就由此而来。"这种虚无主义动辄拒绝科学和艺术，拒绝国家和经营管理，反对继承关系，追求神秘不解

---

① Розанов В.В. О писательстве и писателях. М.: Республика, 1995, с. 501.
② Розанов В.В. О писательстве и писателях. М.: Республика, 1995, с. 501.
③ Розанов В.В. О писательстве и писателях. М.: Республика, 1995, с. 512.
④ Розанов В.В. О писательстве и писателях. М.: Республика, 1995, с. 512.

的王国，向往不可知的未来。"① 可以说，虚无主义思想进一步强化了知识分子的激进倾向。

罗赞诺夫激烈地与"六七十年代"知识分子展开斗争，主要针对的还是他们的"虚无主义"，对文化、艺术、哲学等学科的否定性态度，以及对文学持有一种功利主义观点，以实用主义为最根本的衡量标准，即是否能够改善人民的生活，结束人民的苦难，提高教育水平。"对美的追求，对永恒之善的追求都无立足之处。"② 皮萨列夫宣称：莎士比亚比不上一双皮靴。谢德林说过："任何一个皮鞋匠都比普希金有用一百倍。"托尔斯泰在《论艺术》中提出，《战争与和平》《安娜·卡列尼娜》《复活》的价值不如他给农民写的识字读本。陀思妥耶夫斯基早在19世纪就痛斥这种文化虚无主义，并在《群魔》中讽刺性地写道："你们从此以后要引以为戒，在任何情况下，皮靴都比普希金重要，因为没有普希金还能凑合，可是没了皮靴，那是无论如何不行的，因此，普希金是奢侈品和无稽之谈。"③ 罗赞诺夫显然与陀氏的观念一致，否定文化的功利主义与实用主义。

如前所述，罗赞诺夫将果戈理称为"虚无主义"的创始人，但他同样认为别林斯基对俄国"虚无主义"之风的盛行具有无可推卸的责任。只是他对别林斯基虚无主义的批判角度与对果戈理的批判不同。他认为后者的虚无主义体现在对俄国阴暗面的挖掘和对人的贬抑上；前者则引发了俄国19世纪下半叶虚无主义的盛行，主要源自其奠定的"唯物主义、理性主义和实证主义"④ 等思想基础，并最初将文学的问题转变为社会与政治问题。罗赞诺夫认为陀思妥耶夫斯基以天才的判断力洞见了遥远的未来，作家批判的是别林斯基所引起的后果。1892年，罗赞诺夫在《俄国文学批评发展的三个阶段》中批评别林斯基是一个"苍白的理论家"，但那时的语气还比较缓和，批判的重点是别林斯基的继承者

---

① 尼古拉·别尔嘉耶夫：《文化的哲学》，于培才译，上海人民出版社，2007，第220页。
② 张冰：《俄罗斯文化解读——费人猜详的斯芬克斯之谜》，济南出版社，2006，第39页。
③ 张冰：《俄罗斯文化解读——费人猜详的斯芬克斯之谜》，第40页。
④ 朱建刚：《尼·斯特拉霍夫与俄国反虚无主义》，《俄罗斯文艺》2010年第3期。

杜勃罗留波夫和皮萨列夫，即由别林斯基开创的虚无主义的后果。① 罗
赞诺夫认为，尽管别林斯基的继承者偏离了其轨迹，变得更为功利和激
进，但没有别林斯基，整个 60 年代都是无法解释的。"别林斯基与其说
是一个人，毋宁说是一种现象。在我们俄罗斯人这里，没有过改革和真
正的革命，没有过思想政治的运动和巨大转折，融入历史中的发酵的思
想因素太少，别林斯基多少弥补了这一缺憾……别林斯基奠定了社会愤
怒和社会复仇的路线和传统，这个传统在我们今天已变得极为恶劣。"②
在罗赞诺夫看来，果戈理、格里鲍耶托夫、康杰米尔、冯维辛由于对
俄罗斯的误解，从而反对它，别林斯基主要是引起了激进的实证主义与
"宗教虚无主义"之风。他们对俄罗斯来说都是不利的，催生了虚无主
义的情绪，最终导致了俄罗斯帝国的覆灭。

我们认为，实际上罗赞诺夫与别林斯基的立场不同。在罗赞诺夫看
来，别林斯基眼中的俄国是满目疮痍的，其理想包含了对俄国的贬损。
尽管二者都眷恋祖国，但后者是通过批判抵抗蒙昧，前者则欣赏其现存
的一切，这也是罗赞诺夫浓重斯拉夫主义情结的体现。罗赞诺夫对俄
国的爱是无条件的，即使她暂时不那么完美，即使她伤痕累累、满目疮
痍。祖国对他来说是"大地母亲"，"热爱一个幸福、伟大的祖国，这不
是什么大不了的荣耀。你应该在她羸弱无力、蒙受侮辱、陷入绝境之时
去爱她"③。"俄罗斯被暂时替代了。在她的位置上被摆上了另一支蜡烛。
于是，她燃起的是异己的火苗、异己的火光发出的不是俄罗斯的光芒，
亦不是按照俄罗斯的方式在温暖着房间。俄罗斯的油脂沿着烛台在四处
流淌。当这支古怪的蜡烛燃尽时，我们将会收集起残余的俄罗斯油脂并
再制作最后一支俄罗斯的蜡烛。让我们努力蓄积起更多的俄罗斯油脂并
借由那个微末将尽的蜡烛点燃俄罗斯这支最后的蜡烛。我们的时间不多
了——俄罗斯之光将在这个世界上消逝。我们应当热爱俄罗斯到怎样的

---

① 瓦·瓦·罗扎诺夫:《陀思妥耶夫斯基启示录——罗扎诺夫文选》，田全金译，华东师范
大学出版社，2013，第 44 页。

② 瓦·瓦·罗扎诺夫:《陀思妥耶夫斯基启示录——罗扎诺夫文选》，田全金译，第 180 页。

③ 瓦·洛扎诺夫:《落叶集》，郑体武译，云南人民出版社，1998，第 167 页。

程度？……应当爱至心碎……对祖国的爱，与生俱来。"① 可见，罗赞诺夫并非对俄国的现状视而不见，他看到了俄国的不幸，俄国正在被西方的思想不断侵蚀，陷入了可怕而艰难的处境，同时，他似乎也预见到了俄国的未来，但依然怀着对祖国最深沉的爱。

罗赞诺夫认为别林斯基是"非完全自然的人"（неполноприродность），他的独创性不足，他天生"宇宙性、世界性、历史性不足"，他甚至没有"种族情感"，实际上他不理解俄罗斯人民，不爱俄罗斯历史："他是一位写文章的永恒作家，仅此而已。"② 对别林斯基而言，祖国"母亲"只是"奶娘"。他完全不理解民族的、平民的、乡下的、农村的生活。罗赞诺夫认为别林斯基仅仅对彼得大帝的改革本身充满热情，而对改革的具体内容充耳不闻。因为别林斯基看不到人，他的出发点自然不是基于对人民的爱，也不是遵循俄国的现实与国情，而仅仅是书本与理论。我们认为，罗赞诺夫的观点比较偏激，他经常会从主观倾向出发评价人，而忽视客观因素。

在《别林斯基》一文中，罗赞诺夫指责别林斯基脱离生活，不理解生活。与更加成熟的诗人涅克拉索夫和莱蒙托夫相比："他与生活的格格不入令人震惊，就像被扔到一个荒岛上的人，或是一位永恒的隐居修士。"③ 罗赞诺夫认为别林斯基是"具有悲剧激情的提纲式的人物"，因此他的影响是单一的，他只是鼓舞人们，却没有教人们如何去行动。这一特质也与其消极影响相关，"他使我们忘记了去理解真实事物的本质"④。别林斯基的启蒙意义仅仅停留在话语上，"他身上没有扎入土壤的根，一切'都随风逝去了'"⑤。别林斯基在俄国现实当中没有任何根基，因此终将是落后的、过时的。罗赞诺夫旨在强调别林斯基脱离根基。"欧洲的影响不断使我们脱离我们的根基，因此我们所有的历史运动都获得了某种充满幻想的形式。幻想的发展、与过去相脱离、对自己的乡土的

① 瓦·洛扎诺夫：《落叶集》，郑体武译，云南人民出版社，1998，第167页。
② Розанов В.В. О писательстве и писателях. М.: Республика, 1995, с. 597.
③ Розанов В.В. О писательстве и писателях. М.: Республика, 1995, с. 505.
④ Розанов В.В. О писательстве и писателях. М.: Республика, 1995, с. 505.
⑤ Розанов В.В. О писательстве и писателях. М.: Республика, 1995, с. 505.

放弃，最后还有虚无主义。"①此处，罗赞诺夫主要针对的是车尔尼雪夫斯基、杜勃罗留波夫、米哈伊洛夫斯基、罗季切夫等别林斯基的继承者们。他认为这些批评家与作家都以高高在上的姿态对待俄罗斯，把不符合俄国社会发展的模式强加给它："他们眼中没有俄罗斯——母亲（'大地母亲'，我们的'圣母'），只有女仆——俄罗斯，必须为他们奔走效力，而一旦这女仆不够敏捷，他们就怒不可遏甚至破坏她。直接'揪住侍女的发辫'的是我们的米哈伊洛夫斯基们，我们的热里雅鲍夫们、我们的车尔尼雪夫斯基们和杜勃罗留波夫们。"②他提出，别林斯基的继承者们更加无知，他们宣称从人民的利益出发，必须采取实际行动，主张采用暴力实施革命。进一步简化了别林斯基的纲领，认为这是解决俄国社会问题的根本出路。"从启蒙走向了暴力革命，从理性乌托邦到机械独裁乌托邦。而建立在暴力基础上的政权会习惯于使用暴力——鞭笞、屠杀之类。"③

值得注意的是，罗赞诺夫对别林斯基的批评是从"根基派"视角出发的。他认为这些批评家对俄国并没有深厚的感情，没有将其视为母亲，因此俄国一旦出现了任何问题，他们不是爱护她，竭力帮助她，而是对其发难或是将其踢开。罗赞诺夫认为，陀思妥耶夫斯基才是真正的俄罗斯公民，陀氏创造了"根基"这一概念并将其引入文学之中。"圣母就是大地母亲本身。这就是他的感情。对自己的大地、神圣的俄罗斯大地的感情。"④陀思妥耶夫斯基是真正的祖国之子，怀着对祖国深深的恭顺和迫切的关怀。我们认为，罗赞诺夫的观点过于片面，这些革命民主主义者虽然指责、批判俄国社会的制度，渴望革新，但都深刻而又痛苦地眷恋着俄国。他没有看到批评家们鞭笞的出发点，也就是出于爱的批判。

罗赞诺夫认为俄国革命民主主义者的"虚无主义"的根源都在于

① B.B.津科夫斯基：《俄国思想家与欧洲》，徐文静译，上海三联书店，2016，第 148 页。
② 瓦·瓦·罗扎诺夫：《陀思妥耶夫斯基启示录——罗扎诺夫文选》，田全金译，华东师范大学出版社，2013，第 188 页。
③ 瓦·瓦·罗扎诺夫：《陀思妥耶夫斯基启示录——罗扎诺夫文选》，田全金译，第 49 页。
④ 瓦·瓦·罗扎诺夫：《陀思妥耶夫斯基启示录——罗扎诺夫文选》，田全金译，第 185 页。

"无根基性"，出于这种思想，他们可以随意、不假思索地摧毁俄国的根基。俄国人"突然割断其与根基、日常生活和历史的联系，会突然为了未知的未来烧掉所有的船只，毁掉其所有的过去——俄罗斯精神最深刻的特点之一就在于这种无根基性"[①]。罗赞诺夫无法接受革命，反对以暴力手段解决俄国社会问题。1905 年革命后，罗赞诺夫开始恐慌，担忧俄国会出现启示录那样的灾难。他开始抗争，开始反对革命、反对与革命有关的一切情绪与思想。"全是神圣的玫瑰、神圣的十字架、圣徒的苦行、忍耐。但是没有粥、火炉和睡足的可能性。"也就是说，革命民主主义者"民粹派"的改革是理想主义的、虚幻的、脱离俄国现实的。而别林斯基作为他们的导师，自然也会受到批判。

罗赞诺夫将别林斯基与"完全自然的"的陀思妥耶夫斯基以及关注日常生活与家庭生活的托尔斯泰相对立。他认为，相比而言，陀思妥耶夫斯基的生活更加窘迫、艰难，遭到长期放逐，远离故土。但是否贫穷不取决于物质，而是心灵。陀思妥耶夫斯基同样不知"明日将如何到来"，他置身于紧张而火热的环境中，却依然是务实的人，是真正的"房屋管理员"，他的全部思想斗争都是"为了正确地管理俄罗斯房屋而斗争"。此处的房屋罗赞诺夫意指俄罗斯。在他看来，作家的《群魔》《作家日记》都是由此产生的。他的"不可杀人"的最基本的、最隐秘的戒律在《罪与罚》中传达得伟大而有力。"就建设的正面性而言，陀思妥耶夫斯基不仅站在那里，而且高于托尔斯泰及其《战争与和平》。谁也不曾给予俄罗斯人的生活如此多'正面的、善良的戒条'。"[②]原因就在于他是个非凡的"完全自然的人"。也就是说，陀思妥耶夫斯基不是用说教的形式主导人的思想，而是用真切的、生动的、具有张力的艺术形式去感染人，让受到震撼的人们自觉遵从真理的戒律。罗赞诺夫还提出，陀氏的思想是由家庭感情发展出来的，佐西马长老的形象是典型的家庭形象，而不是苦行僧的形象。此处，罗赞诺夫依照惯例，又将一

---

① 张冰：《俄罗斯文化解读——费人猜详的斯芬克斯之谜》，济南出版社，2006，第 52 页。
② 瓦·瓦·罗扎诺夫：《陀思妥耶夫斯基启示录——罗扎诺夫文选》，田全金译，华东师范大学出版社，2013，第 183 页。

切问题归结到关于"家庭"与"生活"的主题上。他写道："别林斯基给未来的知识分子家庭建构的模式是，其中仅仅有两个人同居和劳动协作，有爱情（不长久的）、思想的会话、思想的联系，但是没有任何的真正的'家'和'家庭'。"[①] 因为他永远都不理解日常生活、平凡生活。

## 第四节　车尔尼雪夫斯基与新型家庭模式

与别林斯基不同，罗赞诺夫对作为批评家与文学理论家的车尔尼雪夫斯基不感兴趣。他在评论文章中，仅仅将车尔尼雪夫斯基作为"六七十年代"思想家的代表之一，并没有针对他的批评进行研究。唯一一篇研究车尔尼雪夫斯基的文章是《一本曾经著名的小说》（Когда-то знаменитый роман《Новое время》1905.6.8），主要针对《怎么办？》这部小说。但罗赞诺夫关注的不是革命思想，而是长篇小说中的家庭主题。罗赞诺夫写道："这本书是车尔尼雪夫斯基在狱中完成的。他写得清新、明快、青春，怀着对事业的信仰。实际上似乎有些过于陈旧、古板、无趣。在它问世之后几乎立刻就过时了。"[②] 他将小说的情节分为三个层面：描写新型的家庭关系、展现知识分子革命情绪下的精神生活、反映当时的社会政治论题。当然，罗赞诺夫最感兴趣的是非正常模式的、摆脱了局限性与传统道德桎梏的新型家庭主题。

《怎么办？》这部作品表面上围绕薇拉、罗普霍夫、基尔沙诺夫之间的爱情展开，即薇拉反对母亲的买卖婚姻，医学院的学生罗普霍夫以假结婚的方式将其救出，两人以朋友的方式生活在一起，此后薇拉爱上丈夫的好友基尔沙诺夫。罗普霍夫为成全两人，假装自杀并赴美，几年后回国并重新结婚，最后两家人非常融洽地生活在一起。

罗赞诺夫认为在《怎么办？》中，车尔尼雪夫斯基让薇拉置身于禁欲主义的男人们周围，他们在她身边从事医学、科技、政治工作，实

---

① 瓦·瓦·罗扎诺夫：《陀思妥耶夫斯基启示录——罗扎诺夫文选》，田全金译，华东师范大学出版社，2013，第 184 页。

② Розанов В.В. О писательстве и писателях. М.: Республика, 1995, с. 184.

际上是一些特殊的性群体类型，类似于托尔斯泰式的东正教徒。在他看来，车尔尼雪夫斯基笔下主人公的性别都被淡化了、模糊了。婚姻的关系也发生了变化，妻子可以跟自己的丈夫、丈夫的朋友和谐相处。他认为车尔尼雪夫斯基的功绩在于，他指出了社会上不仅存在一夫一妻，还存在多种家庭模式，即一妻多夫制或一夫多妻制。同时，罗赞诺夫还提出了"公共妻子"（обобщение жен）的概念，并倡导非单一化的家庭模式。他认为这种新型家庭模式要求克服人嫉妒的情感。

车尔尼雪夫斯基在《怎么办？》中力求克服嫉妒这一情感，认为这种情感是畸形的、利己主义的。车尔尼雪夫斯基借拉赫梅托夫之口说道："真是愚蠢，干嘛有这么强的嫉妒心！"薇拉问道："您否认嫉妒心吗？""有修养的人不应当有嫉妒心。这是一种畸形的感情、扭曲的感情、卑鄙的感情，这跟我不让别人穿我的内衣、用我的烟嘴属同一类现象。这种感情来源于把人当作自己的财产，视为物品的观点。""对于一个有嫉妒心的人，后果是可怕的，而对于一个没有嫉妒心的人，后果不但毫无可怕，甚至微不足道。""您是在宣扬十足的无道德论啊！"[①] 车尔尼雪夫斯基在小说中倡导的是一种中立的道德观，"在总的生活进程当中，所谓崇高的感情、高尚的追求，比起每个人对自身的利益的追求来是完全不足道的，而且它本身就是由那种对利益的追求构成的"[②]。罗普霍夫以假自杀的方式使薇拉相信他已不在人世，使薇拉与基尔沙诺夫幸福地结合。他坦诚，希望所爱的人幸福只是他的第二动机，主要动机还是为了自己，因为理想的夫妻关系是双方无须勉强而相互迎合，他清楚地意识到自己与薇拉无法实现这样的关系，因此选择分开。人的本性就是追求自己的利益，并通过实现自己的利益而达到最大程度的快乐。人能够认识到追求自己利益的同时不损害其他人的利益，整体利益高于个人利益就是合理的利己主义。

然而罗赞诺夫并不赞同车尔尼雪夫斯基对嫉妒这一古老的情感的否定和鞭笞。在他看来，嫉妒是人和动物的本能。因为人的本能不受理论

---

① 车尔尼雪夫斯基：《怎么办？》，魏玲译，译林出版社，1998，第314页。

② Розанов В. В. О писательстве и писателях. М.: Республика, 1995, c.184.

和信仰的控制。罗赞诺夫还提出，60年代提倡类似思想的人很多，远不止车尔尼雪夫斯基一个。罗赞诺夫不否定嫉妒是利己主义的，是自私的情感。但他认为爱情自然会伴随嫉妒。在他看来，全世界最古老奇怪的爱情、疯狂的爱情，甚至牺牲自己生命的爱情，不是对"未婚女孩"，而是对已婚人士的（不是自己的伴侣）、母亲的或者对自己丈夫忠实伙伴的爱。这一观点显然与罗赞诺夫推崇生育有关。因此他认为家庭离异是正常的现象。他写道："正如大海是流动的，只有沼泽是静止的、腐败的、污浊的。官员与神父却善于宣扬这样的思想：沼泽在泥浆中静止着，并散发清香。"[1] 如前所述，苏斯洛娃不同意离婚，导致他跟第二任妻子的孩子都是非婚生子，罗赞诺夫一生为此痛苦，并试图解决这一难题。

　　1891年，罗赞诺夫首次在杂志中颂扬家庭，包括俄国正常的与特殊的家庭。此后既有人赞同，但也不乏尖锐的批判。有人认为哪怕是最理想的家庭本身也包含着无法消除的缺陷，即利己主义，只关心自己的家人，而忽视了亲人和世界。罗赞诺夫本人也承认："所有的单身汉，所有的妓女在祖国危难之时都比有家的人强得多，他们会不顾一切去营救，对了共同的利益牺牲自我。而幸福的有家室的人则在大家共同遭遇灾难的时候就着果酱饮茶。单纯这一项指责就可以让一切对家庭的颂扬毁于一旦。"[2] 他也宣称不否认家庭的利己主义本质，接受所有对于家庭的指责，但他仍然继续维护家庭。他提出，犹太人失去了祖国，因此颂扬家庭，有时国家、民族和律法等对他们当中大多数人来说并不珍贵。因此，秉承对家的颂扬，犹太人并没有因分崩离析的状态而消亡。在罗赞诺夫看来，他们当中每个家庭都不是分裂的，而是无法摧毁的，是永恒的。国家不可能像所有神父幻想并要求的那样，也不可能像所有的官员规定并希望看到的那样。如果国家没有意外、分裂、暴乱，都是由"就着果酱饮茶"的幸福家庭组成，那么民族就会消失，国家就会消亡，人类也将消失，历史就会终止。国家应该考虑的是将这些家庭的深"井"联系起来的沟渠。家庭的存在就是为了延续。家庭是坚实

---

① Розанов В. В. О писательстве и писателях. М.: Республика, 1995, с. 185.

② Розанов В. В. О писательстве и писателях. М.: Республика, 1995, с. 185.

的、盛开的，即使周围都是沙漠，它也将开花结果。因此，罗赞诺夫写道："这就是我多年都在写关于家庭与离婚的原因，与我的论敌们相反，我对于'家庭的悲剧''离婚'没有任何恐惧。因为它是连接'井与井'之间的沟渠。于是就产生了民族、国家。这是历史动因和发展。"①

如前所述，托尔斯泰的《克莱采奏鸣曲》就围绕嫉妒这一情感展开，即家庭是利己主义的，在小说男主人公波兹内舍夫眼中爱情是自私的，是一种强烈的占有欲。作家充分而细致地描述了波兹内舍夫对于异性向妻子献殷勤而产生的无法遏制的愤怒、对妻子爱慕他人的嫉妒、捉奸报复的快意、杀人的激情等。罗赞诺夫认为，不能说托尔斯泰在道德上就是正确的。与道德相比，爱情才更珍贵、更微妙、更具毁灭性的力量，它在挑选"对象"的时候比托尔斯泰的"道德心"更具爆发力。罗氏提出，没有人像托尔斯泰对爱情的阐释那样混淆我们的视听，那样的残忍、不公正。他对待爱情就像对待狗一样粗暴，爱情就像被打的狗一样，遍体鳞伤、谄媚、胆怯、受到侮辱。在这方面，罗氏认为屠格涅夫和冈察洛夫更优秀，他们不仅知道爱情是家庭的黏合剂，还知道爱情就像盛开和枯萎的花朵一样是不受人控制的。可见，罗赞诺夫不排斥婚后爱上自己伴侣的朋友，也不否定薇拉和基尔沙诺夫的情感，他肯定的是多元家庭模式，认可嫉妒这一情感，认为这是人的正常情感。

别尔嘉耶夫也曾经思考过《怎么办？》中嫉妒这一情感，只是他与罗赞诺夫的观点恰好相反。"车尔尼雪夫斯基的《怎么办？》是一部缺乏艺术才华的作品，它的基础是一种可怜无助的哲学。但在社会学和伦理学角度上，我完全同意车尔尼雪夫斯基的看法，非常尊敬他。车尔尼雪夫斯基在宣传人的情感自由和与人的嫉妒作斗争方面是神性的、正确的和合乎人性的。同时，这部书有着强烈的禁欲因素和伟大的纯洁性。车尔尼雪夫斯基敢于奋起抗争与爱欲之爱密切相连的嫉妒。我总是认为嫉妒是最令人厌恶的情感，它是奴性和奴役的。嫉妒与人的自由不能并存。在嫉妒中存在着自私和统治的本能，那是一种低级状态。需要认可

---

① Розанов В. В. О писательстве и писателях. М.: Республика, 1995, с. 187.

爱的权利和否弃嫉妒的权利，不再把它理想化。车尔尼雪夫斯基在简单朴素的形式中这么做了，他没有揭示任何细腻的心理活动。嫉妒是人对人的暴虐。把女人变成泼妇的女性嫉妒尤其令人厌恶。在女性的爱中存在着把爱转化为恶魔自然力的可能性。存在着恶魔的女人。这是一个相当沉重的现象。"① 别尔嘉耶夫反对奴役，倡导自由，他从这一观点出发同样反对嫉妒。可见，他与罗赞诺夫的出发点是不同的，但都是在阐释自己的哲学，前者阐释"自由与奴役"的哲学，后者则是"爱"的哲学。

罗赞诺夫认为陀思妥耶夫斯基在《荒唐人的梦》中思考了嫉妒这一问题，并以其模糊的预言构想了一夫多妻制的家庭模式。罗氏引用了陀氏一个朋友的话："陀思妥耶夫斯基是多么奇怪的人，能够说出如此荒谬的想法。我记得在一个拥挤的房间，挤满了记者朋友。陀思妥耶夫斯基用自己颤抖的声音开始讲话，他讲了很久，都是关于'俄国人的使命'，其中包括'拯救''人神—人民'。他踮起脚尖说道：'你们知道吗，俄国人在伟大的顺从、妥协以及在共同的、兄弟般的基督教思想指引下擅长做什么？俄国人能实现，甚至已经实现了一夫多妻制。'"② 作家口中陀氏荒谬的、看似丧失道德的思想，在罗赞诺夫看来，不但不荒谬，还十分值得推崇。

在《荒唐人的梦》中，荒唐人被带到类似地球的星球，这是一个人间天堂，是没有被恶行玷污的一方净土，没有"罪孽、诅咒、死亡"，弥漫着伟大、圣洁、欢乐的氛围。这片乐土上的人摆脱了苦难的状态，都是幸福无罪、泰然自若的，他们如孩子一般纯洁。他们生儿育女，却从不贪淫好色，人与人之间没有醋意和嫉妒，甚至不知道争吵与嫉妒为何物。"他们的孩子是大家的，因为大家组成一个家庭。他们为新生命的降临而欢天喜地，这是他们幸福乐园的新人。"但当荒唐人玷污了这片净土，人们学会了撒谎，爱上了虚伪，尝到了谎言的

---

① 别尔嘉耶夫：《别尔嘉耶夫集：一个贵族的回忆与思索》，汪剑钊编选，上海远东出版社，2004，第374页。

② Розанов В.В. О писательстве и писателях. М.: Республика, 1995, с. 188.

甜头。随后就出现了淫欲，淫欲滋生嫉妒，嫉妒导致残暴。在荒唐人眼中，"在地球上几乎所有的人都难逃淫荡的劫数，淫欲是人类万恶之源"。当嫉妒出现以后，便出现了"堕落家庭"，陀思妥耶夫斯基非常痛苦地描写了这种利己主义的、人们只关注自己的家庭，一切都是"我的"。

罗赞诺夫认为陀思妥耶夫斯基描述的最初乐土上的家庭模式，也就是"公共婚姻"只属于原始人，体现了纯贞的、孩子般的状态，是"美好的古老俄式家庭"的生活模式，与西方心理相比，他们更纯真，是平和、善良、幸福的家庭缩影，是社会、民族美好的源泉，是独特的，与世界上的利己主义都不同。"纯洁的根源在于，其中没有嫉妒的情感，孩子和妻子都是共同的。"① 但在罗氏看来，作家构想的乐土上的人们最原始的生活方式是理想的，他的思考方式与"冰冷的"宗教事务所不同，后者是没有温度的、麻木的。罗赞诺夫发现，在这种婚姻模式中，陀氏天才地抓住了任何人都没有发现的某种形而上的联系：童贞与消除家庭、婚姻中的性和个人的利己主义之间的联系。他认为，奥赛罗的嫉妒不可否定，但不值得提倡。人与人之间也可以以另一种真诚的方式共存，只是哲学家和道德理论者们没有强调这一点而已。既然世界上存在着对已婚人士（两性）的爱这种最古老的情感，甚至不惜付出生命，其中就排除了人的嫉妒，甚至是陀思妥耶夫斯基谈到的嫉妒的本能。他们之间没有人类不幸的源泉：嫉妒。人们就像孩子一样，快乐降生的孩子，因为他们的孩子是公共的。

托尔斯泰否定淫欲，与陀思妥耶夫斯基描述的纯真的情感不同，他提倡禁欲、节制。因此，在罗赞诺夫看来托尔斯泰是冷酷的、残忍的。罗赞诺夫提出只有陀思妥耶夫斯基能与之对抗，并能够阐释托尔斯泰新宗教思想的真正原因，他写道："托尔斯泰在陀思妥耶夫斯基去世之后，试图读一些陀思妥耶夫斯基关于家庭的作品，并偶然翻开了《荒唐人的梦》。他立刻被作品的新奇、非同寻常的力量与独特性所震撼，读完作

---

① Розанов В. В. О писательстве и писателях. М.: Республика, 1995, c. 188.

品他惊叹道：'我从来无法写出类似的东西。'"①罗赞诺夫认为，正是陀思妥耶夫斯基"荒谬的思想"震撼了他，也就是一夫多妻制，孩子和妻子都是共同的。他认为托尔斯泰不可能没有发现这一点，因为小说的一切都建构在这一思想之上。最重要的是，在纯净、无争的状态面前，波兹德内谢夫、卡列尼娜、鲍尔康斯基等"嫉妒"的鼻祖是否能感觉到自己思想是不合适的、扭曲的。罗赞诺夫进而提出，性领域矜持、节制的人是冷酷的、虚伪的、残忍的，通常是没有才华的。与妓女一起进食的人，通常是善良的、开朗的，对所有人都是一视同仁的。这才是最理想的利他主义。不管是一夫一妻制还是多配偶制的家庭模式都不应该减少。可见，罗赞诺夫对车尔尼雪夫斯基小说的兴趣仅限于涉及家庭和性理论的角度。

实际上，理性主义者车尔尼雪夫斯基与非理性主义者陀思妥耶夫斯基不同，在小说中没有提供关于性的问题的答案。但是，在他的唯历史论中，俄国东正教的弥赛亚说与性的形而上学联系在一起。未来的俄国在他看来是妻子的形象，或者大地母亲的形象，耶稣再次降临，拯救世界。

## 第五节　永恒的漫游者：格里戈里耶夫

格里戈里耶夫作为"根基派"的代表，提出了"有机批评"理论，在"美学理论和批评观念的探讨方面极富创见"②，生前却并未进入19世纪主流批评之列。斯特拉霍夫将格里戈里耶夫看作"时代最好的批评家""俄国艺术批评的真正奠基人"。③陀思妥耶夫斯基深受"有机批评"思想的影响和启发，惊叹格里戈里耶夫是"巨大的批评天才"，戏称他是"俄国的哈姆雷特"④。托尔斯泰等人也纷纷肯定他的美学鉴赏

①　Розанов В. В. О писательстве и писателях. М.: Республика, 1995, с. 189.
②　刘宁主编《俄国文学批评史》，上海译文出版社，1999，第425页。
③　Страхов Н. Литературная критика. М.: Современник, 1984, с. 8.
④　Достоевский Ф. О русской литературе. М.: Современник, 1987, с.157.

力，并给予了高度评价。然而，格里戈里耶夫并不是单纯的批评家。他与斯特拉霍夫、陀思妥耶夫斯基都属于"根基派"代表，他们的思想在某些方面无疑是相通的，都试图从"斯拉夫派"与"西欧派"的矛盾对立中跳脱出来，探索出一条真正适合俄国发展的独特道路。就内容而言，他的批评是思想的一种投射。别雷在回忆录《两个世纪之间》里将陀思妥耶夫斯基、格里戈里耶夫、罗赞诺夫称为"宇宙伟大的拷问官"。① 可见，三者都是探寻宇宙奥秘与审视灵魂的思想者。

自白银时代起，对格里戈里耶夫的研究逐渐兴起，越来越多的批评家关注到他的批评。"'有机批评'生命哲学'第二春'的出现很大程度上要归功于'白银时代'俄罗斯文化精神重新转向非理性主义和唯美主义。"② 整体而言，罗赞诺夫与格里戈里耶夫的命运惊人的相似，都不被同时代的大多数人所接受。由于格里戈里耶夫思想的"不合时宜"，其没有进入杜勃罗留波夫、车尔尼雪夫斯基、皮萨列夫等人的批评流派中。罗赞诺夫也同样经常遭到同时代人的抨击。然而，他们的创作都保留了独特个性。他们都反对革命民主主义批评的功利性，也不赞成仅仅关注艺术形式的"唯美主义"批评，并意欲在两种批评之间架起一座桥梁，将批评的内容和形式结合起来。二者都是直觉型天才，都否认经验，追求"自然"。他们看待事物的观点是相似的，都坚信俄国民族非凡的独特性："应该用更加锐利的眼睛观察俄罗斯人。一切都如此清晰，无须多余的言语。"这在某种程度上也是土壤派的观点。实际上，罗赞诺夫发展了格里戈里耶夫的批评，倡导将美学批评与有机批评结合起来，并力图在批评实践中融入伦理道德、哲学、宗教、心理、社会等因素。

罗赞诺夫欣赏格里戈里耶夫浪漫颓废的个性，在随笔《格里戈里耶夫的命运》中称其为"忧郁的骑士"。如前所述，在《俄国文学批评发展的三个阶段》中，罗赞诺夫制定了俄国文学批评的"层级表"，其中

---

① 季明举：《跨越与回归：А. 格里高里耶夫"有机批评"的历史命运》，《吉首大学学报》（社会科学版）2012 年第 3 期。

② 季明举：《跨越与回归：А. 格里高里耶夫"有机批评"的历史命运》，《吉首大学学报》（社会科学版）2012 年第 3 期。

格里戈里耶夫的地位最高。他将格里戈里耶夫的批评定位为"科学的批评"，并提出该批评是与杜勃罗留波夫的"道德批评"同时产生的。罗赞诺夫高度评价格里戈里耶夫的原因在于，他是俄国第一位不属于任何一个派别的批评家。但令他感到遗憾的是，尽管格里戈里耶夫思想非常深刻，他的批评素材也新颖、有趣，但在文体风格上逊色于杜勃罗留波夫，即"不具备优雅的叙述，说俏皮话或戏谑的笑话的本领，因此不能吸引读者"①。而杜勃罗留波夫的优势在于"文学风格本身对于思想的优势，文学风格超越了思想"。罗赞诺夫比较格里戈里耶夫与别林斯基，认为前者比后者更谨慎，更富洞见。但这不是批评家个人的功劳，而是时代进步的结果，"对事情的新体验与心理逐渐积累起来"。罗赞诺夫最推崇格里戈里耶夫"对语言艺术狂热的爱"，认为这是其批评的基础。格里戈里耶夫本身就是位诗人，这使得他"充满热情地体悟诗意的艺术形象"。此外，批评家掌握了大量的俄罗斯与世界文学知识，他的思想是完全独立的。

对于罗赞诺夫而言，格里戈里耶夫的特点在于"思想与个人情感的丰富"。这些特点使批评家"理解每一部作品的独特性，以及许多作品彼此之间内在的精神联系"。也就是说，格里戈里耶夫善于揭示俄罗斯灵魂的自然性，洞悉每部文学作品最本质和独特的表征。罗赞诺夫还认为格里戈里耶夫极具思想性，他的批评是阐释的科学，旨在对文学作品进行注解，力求发掘并揭示每一部文学作品最本质、最独特之处，确定它的历史地位，理解每一部作品与其他作品之间构成的"时间的波动"、内在的有机精神联系，从而阐释作品中的以及俄罗斯灵魂的整个自然状态。因此，格里戈里耶夫的有机批评是科学的。罗赞诺夫认为，19世纪50年代之前的文学家经常相互影响，如茹科夫斯基经常受到德米特里耶夫的影响，普希金受到茹科夫斯基、巴秋什科夫、亚济科夫等人的影响。到了50~70年代，情形则变得完全相反，作家展现出深刻的个人主义特征，他们仅仅关注自己，感觉不到彼此的影响，甚至互不阅读。

① 瓦·瓦·罗扎诺夫：《陀思妥耶夫斯基启示录——罗扎诺夫文选》，田全金译，华东师范大学出版社，2013，第9页。

文学批评也缺乏进程性研究，每个人都被看作实现某种目标的工具，通向某种目标的阶梯。格里戈里耶夫的批评则与他们不同，他将作家们联系在一起，观察每个独立作家如何对待先前与后继的作家，并如何在自己的作品中将他们体现出来。他的批评追踪精神发展线索的所有发端，"这些线索怎样从诗人的主观心灵出发，沿着所有的方向分布并与其他诗人的世界观和心情交汇在一起"①。罗赞诺夫认为格里戈里耶夫的研究是客观的。文学本身是一系列个人主义世界观的集合。因此，所有进入作家创作中的线索都应该特别关注。在作家的创作中找到这些线索，并在它们的指引下走进作家本人的心灵，揭示其内涵与构造。所有线索的交汇处则是共时的永恒性特征。罗赞诺夫毫无疑问发展了格里戈里耶夫的观念，因此他的批评也将美学和科学分析结合起来。他在别林斯基前期的批评中也看到了这种结合。

此外，在罗赞诺夫看来，格里戈里耶夫最重要的功绩还在于揭示了之前被阐释得过于简单的民族性概念，这一概念是俄罗斯灵魂自然状态的表现。他还将民族性运用到文学阐释中，"通过具体形象传达这一灵魂的永恒因素"。格里戈里耶夫"力图将文艺批评阐发为一种感知艺术的动态性民族文化审美范式：从生命的立场出发，在有机的审美大视野中诉说对民族生活的直觉主义体验"②。此外，格里戈里耶夫还格外关注文学中民族性的延续问题。"格里戈里耶夫指出了文学的'根基'和'土壤'。他给民族性概念打下了一个基础，这是对待民族性的典型态度……它属于'根基'和'土壤'的概念：它的无意识和不可抗拒，牵引着每一个人都走向土地，牵引着英雄和诗人，跟这一'根基'相关的有力而美好地发展起来，无关的都被破坏。"③罗赞诺夫认为，格里戈里耶夫用哲学方法将民族问题归结为心理问题。因此格里戈里耶夫在欧洲文明的建构过程中发现了"一系列的民族性""心理类

---

① 瓦·瓦·罗扎诺夫：《陀思妥耶夫斯基启示录——罗扎诺夫文选》，田全金译，华东师范大学出版社，2013，第18页。

② 季明举：《跨越与回归：A. 格里高里耶夫"有机批评"的历史命运》，《吉首大学学报》（社会科学版）2012年第3期。

③ Розанов В.В. О писательстве и писателях. М.: Республика, 1995, с. 601.

型”的表现者。这种研究“心理类型”的方法也是十分成功的，罗赞诺夫认为，欧洲文学就是这些类型的反映，文学的地区特性也源于此。英国文学与法国文学之间、日耳曼和罗马文学之间始终存在差异，而这两大种族内部，相互独立的民族文学却是同源的。这些独立的民族由文化的共同性联系在一起。各民族的历史氛围在同一时间是相同的，不同时期之间又存在差异，这导致了历史倾向的更替，这些倾向就反映在文学之中，《神曲》是在中世纪的氛围之下写成的，《十日谈》则是在文艺复兴的氛围下。民族类型也因此由种族学环境的不同而不同，心理倾向也因历史时代的差异而不同，这些因素彼此交织在一起构成一张网。这些倾向就如同独立的音调，它们在整体上是和谐的，融合在协和音中，构成了整个欧洲文学。研究欧洲文学，就要深入每个独立音部之中，研究每个音部的每一个高低音，理解它的意义，也就是从自身找到并唤醒每一个音部中的精神倾向。

　　罗赞诺夫作为保守主义者，与格里戈里耶夫一样推崇俄国民族文学，反对对欧洲文学的盲目模仿。他认为格里戈里耶夫的有机批评格外关注作家通过语言艺术建构的民族理想。他提出，模仿其他民族文学的创作形式对本民族文学来说还是无足轻重的，这仅仅是外部形式的依附，内在能否保持深刻的独立性才是判断纯粹的民族文学的标准。18世纪的俄国文学就是如此，仅仅借用了外来的形式，传达出来的却是本民族的智慧与情感。冯维辛的喜剧、杰尔查文的颂诗、诺维科夫和康杰米尔的作品，尽管形式是奇特的、非本民族的，但却完全可以听到直接从自己时代以及人民精神和生活中流淌出来的民族腔调。然而，从卡拉姆津开始，俄国文学失去了民族的灵魂。卡拉姆津是俄罗斯的第一位欧洲人，他的整个心灵结构都是欧洲的。从他开始，俄国人品尝到了外国文化的第一滴甘露，此后才越来越迷恋它。之前人们对它仅仅是感到新奇，并不明白和理解它。在卡拉姆津之后，人们的心灵真正充满了异国的声音。俄罗斯的灵魂越来越深地陷入欧洲文明的精神和历史情绪的网中。

　　从俄国文学的民族性出发，罗赞诺夫认为格里戈里耶夫批评的贡献还在于注解和证明普希金创作中没有被意识到的、未被承认的真理。格里戈里耶夫对普希金作品中民族性的理解比别林斯基更卓越。他阐释了普希金的巨大功绩，即让俄国文学又回归到了民族。这也解释了普希金虽然崇拜欧洲文化、欣赏欧洲文学的美，但他不满足于欧洲的文明，最终仍回归到了民族的"情绪"——文化根基之中，回归到了俄国民族心灵美的最高理想——朴素和善良，描写俄国的生活，即从现实中生长出来的精神美的典型。《叶甫盖尼·奥涅金》后半部、《上尉的女儿》、《别尔金小说集》等书都根植于俄国民族的精神。格里戈里耶夫发现了普希金开创的"别尔金"传统。此后，作家们沿袭了普希金对待现实的态度，这种态度也成为俄国文学中的主导态度。因此，普希金被定位为"俄罗斯的精神根基"。谢·阿克萨科夫的《家庭纪事》沿袭了《上尉的女儿》的民族精神，托尔斯泰《战争与和平》中的罗斯托夫和鲍尔康斯基家庭的编年史情节以及《悬崖》、《贵族之家》和《奥勃罗莫夫》的某些部分都是延续普希金传统的典范。屠格涅夫的中篇小说《贵族之家》中的未婚夫拉夫列茨基以其独身生活展现了俄国生活潮流的进一步发展，罗亭和巴扎罗夫则是普希金传统线索中分离出来的特殊的、非凡命运的人。然而，总体而言文学一直在普希金划定的范围内运动。

1899 年，罗赞诺夫发表了《纪念格里戈里耶夫逝世 35 周年》（35-летие кончины Ап. Ал. Григорьева）一文，该文是对过去的祭奠。罗氏将其界定为"重要的无名批评家""永恒的漫游者"："他一直生活在印象当中，最美好的印象当中，这种印象的力量就像卷起树叶的飓风一般巨大。他服从于印象，就像驾驶飞机的飞行员让自己跟随头上的巨大气球运动一样。由此，格里戈里耶夫身上展现出来的不是自己的生活，而是通过自己表现不同作家、文学时代、创作或者思想情绪。"[①]也就是说，罗赞诺夫用印象主义的方法评价格里戈里耶夫。在这篇文章中，罗赞诺夫还指出了格里戈里耶夫没有流行起来的另一个原因，即理念与时代不一致。格里戈里耶夫认为"朴素与顺从"是俄罗斯人的主要特征，而"野蛮"的拜伦和莱蒙托夫则不是俄罗斯式的。罗赞诺夫不赞

---

① Розанов В. В. О писательстве и писателях. М.: Республика, 1995, с. 602.

同这种观点，在他看来这两种因素始终处于辩证的相互影响之中："托尔斯泰就很欣赏'野蛮'这点，他自己就是野兽，用肩膀撞破历史，他具有狡猾和善于潜伏等野兽的全部特点：你在波良那庄园抓不住他，他就像树林里面的雪豹一样。"[1]罗氏认为，对"野蛮因素"的鄙视，是浪漫个人主义特性导致的，而不是文学风格的缺陷。这篇文章写于颓废派阶段，罗赞诺夫对文学的基本观点发生了转变，因此推崇自然的非理性因素。格里戈里耶夫和斯特拉霍夫作为批评家和理论家已经退居次要层面，别林斯基的"激情"成为其关注的焦点。

罗赞诺夫对格里戈里耶夫的阐释具有双重性，主要由于其在保守主义和颓废派两个不同阶段思想的转变。有趣的是，在这两种情况下，格里戈里耶夫的名字总是跟别林斯基联系在一起，并与其相对立。但对格里戈里耶夫个性、个人主义、宗教、生活、民族性因素等斯拉夫主题的阐释是罗赞诺夫回归保守主义阶段观点的表征。因此，罗赞诺夫将这些运用到对格里戈里耶夫的批评上。

# 小 结

罗赞诺夫接受的教育、所处的社会环境、宗教信仰的变化是其文学批评观转变的主要原因。他的文学批评观的形成基于两个阶段，一是中学阶段，二是大学阶段。中学期间，罗赞诺夫对19世纪主流的俄罗斯批评家及其作品十分感兴趣，他对文学在社会环境中的地位和作用的认识也是形成于这一时期。受实证主义思想的影响，他认为文学的首要任务在于教育社会、弘扬风尚。而大学时期的罗赞诺夫则逐渐摆脱了实证主义的影响，从无神论者转向基督教信徒，上帝和宗教成为其思考的基本主题。这一阶段，他开始对斯拉夫派作家或批评家的作品进行研究，诸如霍米亚科夫、基列耶夫斯基和斯特拉霍夫等人。上述两个阶段的经历与思想的转变影响了罗赞诺夫的文学批评观。

---

[1] Розанов В. В. О писательстве и писателях. М.: Республика, 1995, с. 602.

整体而言，罗赞诺夫对于文学批评的评价标准主要体现在三方面。第一，批评对哲学领域所做的贡献。代表是格里戈里耶夫，罗赞诺夫认为批评家用哲学方法研究文学的发展具有重大贡献。对于罗赞诺夫来说，哲学家与批评家的身份相互补充。作为批评家，他延续了格里戈里耶夫、斯特拉霍夫的哲学传统。他本身的批评也是与哲学思想的阐释不可分割的。第二，对俄国社会的影响。代表是别林斯基，罗赞诺夫认为他的文学批评活动对俄国社会的影响与果戈理相当。在罗氏看来，文学批评与文学的使命是一致的：批评应帮助读者理解文学作品，而文学作品则起教育与指向性作用。但他反对批评干预文学，有时还将作品的误读归因于批评，例如果戈理、杜勃罗留波夫等人对社会的消极影响。第三，写作技巧。罗赞诺夫经常将批评视为一种文学创作，从艺术角度评价批评家的文章。他认为这方面的代表是杜勃罗留波夫，其内容虽丧失了意义，但形式至今还值得推崇。

# 结 语

"白银时代的文学批评"不仅指涉时间概念，还指由独特文化语境催生出来的一种特殊文学批评模式。随着尼采哲学、柏格森直觉主义、非理性思想的传播，西方现代主义思潮的涌现，以及俄罗斯民族本身特有的神秘主义倾向，19世纪末20世纪初现实主义"独霸天下"的局面一去不复返。新的思维方式与艺术表现手法促进了俄国哲学向艺术领域的迈进，一大批杰出的宗教哲学家纷纷尝试创建新的艺术形式来张扬思想，他们跨越了宗教哲学与艺术的桥梁，将二者结合起来。在这一过程中，哲学、宗教、艺术的要素开始相互渗透、融合，彼此间的界限逐渐变得模糊，甚至消失。哲学家们借助艺术阐释哲学问题，艺术家也将宗教哲学理念融入创作。艺术成为哲学思想的一种承载形式，并参与到哲学发展运动的过程之中。罗赞诺夫就是其中极具代表性的一位，他是批评家，也是哲学家，他的文学批评折射了其独特的宗教哲学思想、文学观念以及文体革新的尝试。他确信俄罗斯文学的整体与闪光点是世界上最伟大的哲学之一。他还是政论家，会对社会政治生活中的事件敏锐地做出反应。这些不同的身份所展现出来的诗学特点相互交织，又以纷杂的形式体现在其文学批评之中。

## 一 罗赞诺夫的文学评价依据

综观罗赞诺夫的文学批评，我们发现他主要遵循如下几个标准，并以此作为衡量作家的标尺，有时他过于严格地依据这些标准，甚至对作家的创作意图视而不见，从而导致了评价的机械与专断。

1. 与生活的联系

对于罗赞诺夫来说，生活是最有价值的，他经常将生活与存在等同。如前所述，生活是他衡量事物的核心标准。在他的批评活动中，他同样主张文学与生活的联系。"俄国人以不善于抽象思辨而著称，不像日耳曼人那么注重或长于抽象思辨与纯理性思辨，他们无论思考什么问题，都要紧密联系人生经验和社会经验。俄国哲学与文学历来有水乳不分的特点。永远不脱离个人体验和现世体验。"①罗赞诺夫的这种个性特征体现得尤为显著，他对宗教与文学的探索都要在可感的真实世界中去寻找依据。在其著名的《俄国文学批评发展的三个阶段》一文中，他肯定了将文学与生活联系在一起的杜勃罗留波夫的批评，更为推崇格里戈里耶夫既不高于生活，也不低于生活，也就是不干预生活的"有机批评"。在这一评价标准的指导下，罗赞诺夫格外关注文学的自然与真实，反对杜撰与虚构。在他看来，文学应该表现对世界的珍视态度，应该对世界予以直接的反映。他反对歪曲现实，认为作家的真诚和本色应是文艺创作不可分割的特征。只有在这种情况下，文学才能真正成为对生活怀有爱意的反映，而对文学的要求仅此而已。②这也主要源于我们前面提到的一个因素，即对一切自然事物的欣赏，认为世界上的一切都是美好的。因此，从文学与生活关联的层面出发，他推崇普希金、托尔斯泰，贬抑果戈理。他认为普希金的作品包含从现实移植过来的生活，他不妨碍生活、干扰生活，同时还呼吁我们去关注生活。他还认为托尔斯泰比其他俄国作家更接近生活，接近现实。他肯定了托尔斯泰对待生活的态度，并提出他的哲学主题就是人与生活。相比之下，他认为果戈理的作品歪曲并再造生活，脱离了现实，是病态的虚构与臆造，因此其作品的整体氛围是僵死、凝固的。我们认为，实际上罗赞诺夫关注的是简单的文学的现实基础，并从作品表面上的现实因素评价作品。他以生活为评价标准的批评无疑是机械化的。从这一角度出发，尽管他的许多说法看似新颖，写作方式大胆创新，但从本质上来说，这种批评视角并

① 张冰：《白银时代：俄国文学思潮与流派》，人民文学出版社，2006，"导言"，第8页。
② 郑体武：《危机与复兴：白银时代俄国文学论稿》，四川文艺出版社，1996，第336页。

没有脱离实证主义的思维模式。唯一不同的是，革命民主主义者在果戈理的作品背后看到了现实，而罗赞诺夫则只关注作品的形式是否以生活为蓝本，是否反映生活。文学作品显然不能用真实与虚构来进行衡量。罗赞诺夫并没有洞察果戈理创作中的现代主义与荒诞派艺术元素，也缺乏对果戈理精神领域的探索，他看不到果戈理灵魂深处的宗教意识，以及作家试图通过灵魂净化之路走向上帝之国的美好构想。作为白银时代的一名宗教哲学家，他并没有真正挖掘果戈理创作背后的神秘主义因素，这点是令人遗憾的，这也是他无法真正理解果戈理的原因之一。罗赞诺夫在《落叶》中写道："所有的感觉变成文字，一切就结束了，感觉消失了，没有了。"因此，文学似乎消耗了生活，耗尽了它的能量。罗赞诺夫不止一次谈到，文学剥夺了他的生活，如果再活一次，他绝对不再写作。

2. 宗教与性元素

罗赞诺夫的学说旨在推翻长久以来人们一直信奉的思想，即性是罪孽的。在他的价值体系中，性被提升到了神本位，肉体不再与精神相对立，而渗透在人类的精神之中。他希望革新教会的教条学说，使性合法化，企图证明基督教的禁欲主义与性并不矛盾，而是对性的纯化过程。人通过性才能感知上帝的奥秘。性驾驭一切，主宰一切。他主张将性与宗教联系起来，从肉体的角度革新宗教。这对基督教的基本思想体系来说是"亵渎神明"的。他最为大胆的想法是让新婚夫妇在教堂里度过自己的初夜，以真正体会人与宗教通过性而实现的神秘结合。罗赞诺夫认为"无精受孕"的宗教必然是没有生命的，因此传统的基督教是死亡的宗教。基督教使人联想起象征死亡的白色殓衣，是由受难者的鲜血、宗教裁决所的牺牲组成的。"基督教传达生活的甜蜜，但在伯利恒的附近，禁欲主义奠定了其根基，它似乎成为一种新的宗教。"[①]因此，他的许多批评也根植于抵制禁欲主义，提升性的地位，如针对普希金与索洛维约夫展开的论战撰写的一系列批评文章。

---

① Розанов В. В. Религия и культура. М.: Правда, 1990, с. 353.

由于罗赞诺夫推崇多神教，反对基督教，他便在文学批评的过程中竭力窥探作家身上的多神教色彩，他将许多作家归入多神教，却不认真考究他的定位是否合理，是否符合事实。他主张将普希金归入多神教之列，认为这是由诗人真实与坦诚、光明与快乐的天性决定的，因为诗人体会不到人与生活的痛苦。幸福的人是天生的多神教徒，而当人们承受苦痛的时候，便会选择摒弃人性的、苦涩的、冷酷的基督教，因而苦闷的人是天生的基督徒，当果戈理曾经是多神教信奉者的时候，他是光明、欢笑和喜悦的泉源，可当他成了基督徒以后，却使周围所有人的心灵感到无以言表的压抑和忧伤。罗赞诺夫还从思维模式中二元对立的多神教与基督教角度出发，阐释托尔斯泰创作的两个阶段。他认为托尔斯泰第一阶段与第二阶段的创作就像是多神教与基督教的博弈史，二者相遇，碰撞与斗争。他突出托尔斯泰第一阶段创作中的多神教色彩，认为托尔斯泰在多神教中探寻生与死的奥秘。但是，在多神教中出现了"基督教的最初音符"。也就是说，第一阶段已经出现第二阶段的说教色彩，新基督教精神逐渐在托尔斯泰身上显现。在罗赞诺夫对果戈理的态度发生转变之后，他同样将果戈理归入多神教。我们认为，罗赞诺夫并未完全正确地分析作家们身上的多神教与基督教精神之所在，只是将自己的宗教思想架构到不同的作家身上。

### 3. 艺术家的责任

俄国的知识分子大多对国家、民族和文化怀有强烈的责任感和使命感，并以祖国及其历史为傲，罗赞诺夫同样也不例外。同时，根基派与斯拉夫主义的思想也经常体现在他的文学批评之中。他认为，为祖国服务是公民的义务，也是俄国作家创作应该遵循的标准。俄国文学的发展任务在于改善人民的精神道德面貌，巩固国家与文化根基。因此艺术家应该成为"灵魂的引路人"。他几乎所有作品都不同程度地提及文学的意义、文学的目的与使命、对社会的影响、对国家社会形势的改变。同时，在他看来，文学在人和社会中的意义又是异常重大的，因为文学具有完善和提高品行的使命。同时，他还十分关心俄国人民的命运。他提出，如果普希金活得再长久一些，将不会出现斯拉夫派与西欧派之间的对立，普希金的包容性将会弥合这场争端。普希金不仅从民族文化的土壤里汲取养料，而且积极地吸收异域文化成果，将它们有机地融合起来，最终使整个俄国文学回归到民族性当中。在民族文化的基石上博采各国文化之长，是提高民族文化水平的必由之路，也是爱国主义的具体表现。罗赞诺夫认为不应该回避西方，而应正视西方，以自己独特的民族文化在欧洲民族大家庭中超然挺立。因此，他肯定普希金核心的文学地位。相比而言，他认为普希金挖掘出俄国灵魂的美好，对俄国的影响是积极的、正面的。果戈理则打破了这份美好，呈现了丑陋、肮脏的俄国形象，他对祖国进行诽谤与贬抑，并以消极的形象影响了俄国，从而催生出反对派与革命情绪。这也体现了罗赞诺夫作为斯拉夫派拥护者的保守主义倾向。他只认同对祖国形象的正面书写，因此他并不理解果戈理讽刺背后因对祖国的爱而产生的深深悲哀。另外，他格外推崇普希金的和谐以及对爱的颂扬、对于心灵的教育作用。我们认为他对普希金的民族性与包容性的评价是公正的，也是传统的。他对普希金精神的呼唤与赞颂是值得肯定的。但普希金的精神不仅仅体现在和谐上，还包括非常重要的人道主义思想，罗赞诺夫则忽略了这一点。他对普希金的自由与爱等思想阐释也仅仅是一带而过，都没有具体展开。整体而言，他有时只选取有利于阐释自己思想的方面展开批评，甚少对某位作家进行系统的批评。

### 4. 反教条主义

罗赞诺夫拒斥一切的教条。在他看来，托尔斯泰后半生的道德说教作品充斥着枯燥的教条主义，因为人们不能依据"托尔斯泰主义"总结出对待生活的共同观点或者参透公共道德。罗赞诺夫还提出，托尔斯泰利用自己建构的教条，试图将自己描绘的事物变成对全世界的要求。他认为托尔斯泰的学说是经验主义，无法证实任何事物。因此他提出，托尔斯泰没有任何学说，所谓的学说仅仅是一些教理问答的变体，并滋生出越来越多的"托尔斯泰主义"。罗赞诺夫并没有真正理解托尔斯泰的理性信仰，"把为他人幸福而牺牲自己肉体的行为看做自己的幸福"[①]的

---

① 金亚娜:《列夫·托尔斯泰的理性信仰与现代性因素》,《俄罗斯文艺》2010 年第 3 期。

思想。

5. 人的个性

"个性"一词在 19 世纪 20 世纪之交被提升至前所未有的高度，具有强烈的张力。罗赞诺夫标榜人的个性，认为个性是人潜能的充分体现。他将个性与宗教因素结合起来，提出个性的真正意义只有在宗教里才能展现出来，所有的个性都是绝对的，就像上帝的形象，是不可侵犯的。他还认为家庭是体现不同个性共存的最合适的形式。作家对人的个性态度是其评价文学作品的重要标准。他认为果戈理笔下的人物可以用某些典型特征进行概括，一个个人物如同一副副凝固的面具，是对他们个性的抹杀。普希金则塑造了不同个性的人物，每一个人物都是鲜活的，彰显着自己独特的个性。每个喜欢普希金的人，都会保持独立的自我。可见，罗赞诺夫反对人物塑造的类型化，因为类型是概括，是对现实的再加工，会掩盖每个人的不同特点，使人由个性趋向共性，而每个人的天性都是不同的，不应该被遮蔽、掩埋，人的价值恰在于此。在他看来，《怎么办？》恰恰是按照某种社会模式去泯灭人的个性，提前规划未来的生活，这是他无法接受的。理性消弭了人的个性，使人变成一架机器。而"地下室人"则以独特的形式展现了人对混乱、破坏和无序的贪恋，从而传达出不受任何限制的、非理性的任性，对自由和个性的强烈渴求。在《罪与罚》里，陀思妥耶夫斯基最先充分地揭示了个性的绝对意义。陀氏守护的不是人个性的相对价值，而是每个个体的绝对价值，个性无论如何也不能仅仅成为手段。然而，人的绝对意义并不意味着人被赋予绝对的自由，自由不能转化为自由意志。

6. 虚无主义

罗赞诺夫反对潮流，反对当代文学的思想与理念，宣称文明导致了文化的毁灭，因此应该坚决捍卫文学的民族独特性，保护民族文化免受虚无主义的侵蚀，倡导民族文学的鲜明性与独特性，维护民族文学中的美。他激烈地与"六七十年代"知识分子展开斗争，主要针对的就是他们的"虚无主义"，以及对美与宗教的虚无主义态度。他认为果戈理是虚无主义的创始人，果戈理的"虚无主义"是对祖国的否定、贬抑、诽谤，并以其消极的形象影响着俄国，消融它的美好与安宁。这种虚无主义导致了与国家传统生存根基之间的断裂，引领俄国走向灭亡。然而他对别林斯基虚无主义的批判角度与果戈理不同。他认为果戈理的虚无主义体现在对俄国阴暗面的挖掘、对人的贬抑；别林斯基则是将文学的问题转变为社会与政治问题的"肇端者"，引发了俄国19世纪下半叶虚无主义的盛行，并使唯物主义、理性主义和实证主义成为主流思潮。在他看来，果戈理与别林斯基以不同的方式影响着他们的继承者，使否定情绪在赫尔岑、车尔尼雪夫斯基、皮萨列夫、谢德林等人身上蔓延，从而催生出反对派与革命情绪。他将一切罪责都推到文学身上。他认为1917年革命是文学造成的，因为文学不仅消除了俄国社会生活中一切正面的现象，也未正确地引导社会。

## 二 罗赞诺夫文学批评的独特模式

罗赞诺夫的身份是多重的：宗教哲学家、批评家、作家、政论家、教育家、记者。不同的身份展现了他对诸多领域的探索，同时，这些探索又是相互交织、彼此补充的，使他的创作风格具有跨域性与杂糅性，即每一种文体似乎都不是该领域纯粹传统的。这也是罗赞诺夫的独特性之所在。他的作品兼容了政论文的时事性、哲学的思想性、随笔或者手稿的随意性等特点。舍斯托夫曾经说过："我们时代真正的思想家非罗赞诺夫莫属，真正可贵的不是其思想与理论的意义，而是其思考的方式。"① 可见，思考的方式决定了罗赞诺夫独特的写作风格。

罗赞诺夫并不是一位墨守成规的传统职业批评家，也有人认为将其称为文学批评家甚至有些牵强，这一点我们首先需要明确。另外，虽然身为宗教哲学家，但我们经过研究发现，他的批评也并非纯粹的宗教哲学批评。因此对其文学批评的解读就要摒弃那种对传统的经院式文学批评分析模式或将其归入某一"主义"的思维。然而，他的许

---

① Шестов Л. В. В. Розанов //Pro et contra. Личность и творчество Василия Розанова в оценке русских мыслителей и исследователей: в 2 кн. СПб.: Издательство Русского Христианского Гуманитарного Института, 1995, с.12.

多批评观点都是新颖、独到的，并以这些独特、有趣、生动的文字深深地吸引着读者。

如前所述，来到彼得堡以后，罗赞诺夫与《新时代》合作，开始撰写小品文。此后，他的大部分文章都发表在不同的报刊上，这些文章彼此没有任何延续性，也没有著作式的专题性。由于报纸具有时效性，罗赞诺夫经常会抓住一些突然闪现的思想火花，不做过多的思考便将它们记录下来，因此他非常忠实最初的直觉，其许多思想的建构都源于这些"偶发"的主题。身为记者，他会撰写文章解决社会、政治、宗教、文化等领域的诸多问题，因此很少坚持一种思想，不同时期，甚至第一天与第二天都会发表自相矛盾的观点，这也是他的文章充满矛盾性与变化性的主要原因。西尼亚夫斯基很好地阐释了他的矛盾性：罗赞诺夫的矛盾是其哲学的起点，使其哲学更为复杂、有趣。阅读罗赞诺夫非常有趣，就像阅读某一本引人入胜的侦探小说，你猜不出结局，不知道相互对抗的力量，哪一方会获胜。阅读罗赞诺夫的作品就像在荡秋千，一会儿荡向多神教，一会儿荡向基督教。罗赞诺夫作品中尖锐的主题与其继承的陀思妥耶夫斯基很像。二者的作品都充满了争论，矛盾的碰撞、相互排斥的观点构成二者作品发展的主要推动力。只是陀思妥耶夫斯基用长篇小说的形式阐释，罗赞诺夫则是以批评、随笔、政论等形式，其思想的主观发展本身就具有矛盾性，因此每一步都会产生矛盾。总之，读完所有罗赞诺夫的作品，我们无法得出某个结论，找到一种终极的解决方案。用罗赞诺夫的话来说，即"我们还处于宗教的困惑之中"。但如果我们困惑、无助地张望，我们的身后已经长出一棵枝叶繁茂的大树，这便是罗赞诺夫的哲学。因此，罗赞诺夫的"矛盾"本身是内在的："作者思想"是"起因"，内在的矛盾是必然现象，因为每一步都会产生新的矛盾，没有任何办法能脱离这种"主观的发展"，作品内在的矛盾与现实与关于世界与人的真理的客观矛盾之间没有联系。

罗赞诺夫还经常针对他人的某篇文章与观点作出回应，与他人展开论战，在思想的交锋中建构某种思想，这些论战也是对话的一种形式。他独特的身份与写作方式使其作品具有某些独特的印象主义风格。印象主义批评主要是指"强调直接感受重于抽象理论,主观印象重于客观剖析。批评家完全诉诸主观感受,试图用想象性的比喻去描述作品留给他的生动印象,用另一种表达方式去再现作品的总体风格……文学批评的任务也就在于捕捉和交流那些得之于作品的原初感受和印象"[①]。罗赞诺夫文学批评的印象主义风格主要表现在如下几个方面。

　　首先,罗赞诺夫反对遵循理论和逻辑的思维模式,他的文学批评经常以主观感受为价值尺度,彰显鲜明的个性化与直觉主义表征。他的许多批评都是大胆的、离经叛道的。有时他正是以这种直接性征服读者。他不是"神化"俄国的经典作家,就是以贬抑,甚至恶毒的言辞抨击他们,有些言辞是十分刻薄且极具攻击性的,颠覆了我们头脑中传统的文学史阅读模式。但他的许多评价都不是在深入思考、追根究底研究后得出的。因此,许多观点都是武断的、随心所欲的,甚至是错误的、不公正的。实际上,他是在作家的创作中"努力挖掘对自己的理论有意义的内容,离析出的思想有时是艺术家本人没有意识到甚至与之相左的内容"[②]。也就是说,他在借助作家阐释自己思想的过程中,忽略了作品本身的客观特征或者作家的真正创作意图。这也是罗赞诺夫文学批评的弊端之所在。他不是在评论作家本身,而是在阐释自我,将自己的思想或者感觉强加到被评价的作家身上,"以主观感受代替作为客观对象的作品本文,用个人口味取消对作品所进行的理性分析和价值判断"[③]。他总是试图去解构,从而建构,然而他的建构并没有以客观性与合理性为依托。但这种模式却赋予罗赞诺夫的批评许多闪光的思想与独到的见解。

　　实际上,罗赞诺夫更像是一位普通的读者,或者作家的共同创作者。他不仅与作家,还与读者对话。他邀请读者,试图让他们也参与到自己的思考之中,他从不同层面挖掘真理,并认为只有通过"一千个视角"考察事物,才能得出关于它的真理。

　　其次,罗赞诺夫的文学批评具有随笔性与"手稿"性特点。他的各

---

①　杨冬:《印象主义批评的历史与评价问题》,《文艺争鸣》1991年第3期。
②　赵桂莲:《俄罗斯白银时代普希金研究概观》,《国外文学》2000年第2期。
③　杨冬:《印象主义批评的历史与评价问题》,《文艺争鸣》1991年第3期。

篇文章之间没有连贯性与承继性，甚至一篇文章中也没有某种严整统一的思想，而是容纳了多种主题。他似乎从不提前构思主题，而是自由遵从思想的流动进程，这便导致了一些没有成型的碎片性思想。他在批评主题之前，往往会加入许多铺垫，给人感觉是在讨论另一个与题目没有任何关联的主题。而且，他对一个主题的评判很少在一篇文章中言尽，而是将其散放在不同的文章中。他不对作家进行整齐而系统的评价，而只选取感兴趣的或者有益于阐释自己思想的主题。

　　罗赞诺夫的作品看似是"凌乱"的，不打磨，不润色，无雕琢的痕迹，摒弃文学的处理，似乎未经整理便与读者见面，从而呈现为一种"未加工性"的表征。他崇尚简单甚至粗陋的写作方式，不追求精美的文字、繁复的写作技巧。他故意不修改语法错误和不准确的地方，并使用大量的脚注、注解、括号、引号等标点符号以及词语的省略与简写。作家通过这样的方式，营造了一种氛围，即文本似乎是在不经意之间快速写成的，而非刻意为之。这种写作方式还伴有突发性与短暂性等表征，也就是说会随时产生思路，但也会随时中断。罗赞诺夫认为演说和写作的区别就在于，前者一定要将每一个词的意思说明白，而后者经常会将思想隐藏在言语之后，造成戛然而止的效果。因此，罗赞诺夫对许多问题的阐发与探讨都没有结论，给人一种言未尽意的感觉，或者直接呈现为对矛盾观点的默认。这些都是罗赞诺夫的文学试验，对许多形式主义者、当代作家都产生了深远的影响。

　　再次，罗赞诺夫拒斥理性批评，他对文学的解读多为体悟式的，尤其是对普希金的评价，主要以整体性的感受建构诗人形象。在对果戈理的批评活动中，他同样是在传递自己的感受与印象，将果戈理的整个艺术世界简单地浓缩为"僵死""鄙俗""臆造"等关键词。他对艺术作品的赏鉴以描述为主，实质性分析较少。他的文学批评主要描写思考过程，展现了转瞬即逝的印象，保留了对作品最鲜活的、最直接的情感诠释。在他看来，这种批评方法摆脱了教条化，获得最大程度的自由。

　　除纯粹的宗教哲学批评之外，罗赞诺夫拒绝理性与抽象的思辨形式。他倾向使用形象生动的语言，有时是直白的、生活化的语言，他认为这样的语言才不是冰冷的。他还把抽象、难以诠释的事物具象化，把情感物象化，以生理的感官形容对作家的印象，触觉、味觉、嗅觉等感官体验在其作品中屡见不鲜。他对普希金的解读释义为在"吃"他，"每一个场景，还是要反复阅读，而且百读不厌。这是'食物'。它已进入我的体内，在我的血液中流淌，使大脑变得清新，使灵魂变得纯净"[①]。实际上，他是在以这种独特方式消解理性。

　　韦勒克认为："印象主义风格上喜欢用比喻，而且每每显得激昂，趣味上不分雅俗。"[②]这点也在罗赞诺夫身上折射出来。他经常运用比喻评价作家，如将果戈理比作"梦游者"，将陀思妥耶夫斯基比作"沙漠的骑士"等。另外，他思想观照下的普希金是神圣的，但他却在文章中这样写道："我们天性懒惰、冷漠、惰性，普希金在我们看来才更可爱；因为我们都喜欢秋天、小壁炉、暖和的绒背心、毡靴。"[③]他将普希金与绒背心、毡靴联系在一起，也就是将崇高与粗俗结合，似乎也折射了对理性经院式批评的嘲弄。

　　罗赞诺夫在研究作家作品时，常采用比较的文学批评手法，将一系列作家进行对比，诸如普希金、果戈理、陀思妥耶夫斯基、托尔斯泰，甚至是涅克拉索夫和契诃夫等，通过一系列比较强调作家作品中的超验、神秘的宗教根源。罗氏对作家的文学批评更多是在验证自己的文学观点和哲学观点，从而建构自己的世界观、宗教观。罗赞诺夫对犹太教、多神教、基督教与教会极其关注，因此他试图从自己喜欢的作家作品中，如莱蒙托夫和陀思妥耶夫斯基等人的创作中寻找熟悉的情感和主题。同时，他的作品具有鲜明的独创性，唯有其作品才能引起一系列相互矛盾的反应，诸如对上帝、对永恒真理和对内心深处不和谐的追求等，这种随时处于冲突和碰撞的状态与陀思妥耶夫斯基作品中的冲突对立极为相似。

　　罗赞诺夫文学批评是其文学的重要组成部分，尽管缺乏严整而又富

　　① 瓦·洛扎诺夫：《落叶集》，郑体武译，云南人民出版社，1998，第195页。
　　② 雷纳·韦勒克：《近代文学批评史》第六卷，杨自伍译，译文出版社，2005，第5页。
　　③ Розанов В.В. О писательстве и писателях. М.: Республика, 1995, с.165.

有逻辑的理论体系，但却超越了具体的文学流派，探索出一条别具一格的文学批评之路，建构了其专属的文学批评"系统"，对他而言批评与文学创作之间没有明确的界限。他以卓越的文学天赋真正地使批评成为文学。在他看来，语言和形象如果完全相符，就会导致文学与生活之间直接的、单一的联系，因此他致力于最大限度实现语言文字的多样化。他更倾向从局部看问题，他写文章的时候只关注某个"方面"，不喜欢"全面阐释"，但如果把这些零散的问题串联起来，整体全面地加以考量，你会发现他的主题与思想是复现的。他的主题与思想就是他的文学，他的批评在某种程度上是他的再创作，他将自己对文学的理解以同文学深度对话的形式展现出来。除特殊情况以外，罗赞诺夫不进行单独的诗学分析。他对文学作品的兴趣首先与作家本身有关。他感兴趣的还有阅读时刻，作为读者感受他人的写作体验和独特的内心活动。因此，他的批评被称为接受美学。

初登文坛之时，罗赞诺夫以宗教哲学批评为主，因此他着力挖掘陀思妥耶夫斯基创作中的宗教哲学主题。随着身份的转变，他试图开发新的文体，此后他的批评便融入了更多创作因素，他的批评实践也似乎是一种创作过程。独特的批评方法导致了其批评的弊端：对于推崇的作家，他极尽赞颂之词，尽管有些评价是公正的，但由于不追求系统论述，其视角具有局限性，遗漏了许多核心问题；对于不推崇的作家，他极尽贬抑之词，并发表了大量有失公允，甚至是偏激的评论。在研究罗赞诺夫文学批评的过程中，我们看到许多独到的思想与闪光的观点，但对于不公正的批评也需要批判性地接受。

# 参考文献

## 一 俄文文献

Айхенвальд Ю. Силуэты русских писателей. М.: Научное слово, 1994.

Айхенвальд Ю.И. Россия без Пушкин. Современное прочтение Пушкина// Межвузовский сборник научных трудов. Иваново: Ивановский гос. ун-т, 1999.

Анненков П.В. Материалы для биографии Александра Сергеевича Пушкина. М.: Книга, 1999.

Бабкин А. Шендецов В.В. Новейший словарь иностранных слов и выражений. СПБ.: КВОТАМ, 2007.

Барабанов Е. В. «Русская идея» в эсхатологической перспективе // Вопросы философии, 1990, № 8.

Барахов В.С. Литературный портрет (Истоки, поэтика, жанр) . Л.: Наука, 1985.

Басинский П. В. Федякин С. Р. Русская литература конца XIX начала XX века и первой эмиграции: Пособие для учителя. М.: изд. центр Академия, 1998.

Бахтин М. Собрание Сочинений. М.: Русские словари, 2000.

Белинский В. Г. Взгляд на русскую литературу. М.: Современник, 1983.

Белокоскова Е.В. Язык и культура в работах В.В. Розанова. Историко-философский анализ. М.: МГУ, 1996.

Белый А. Отцы и дети русского символизма// Pro et contra. Личность и творчество Василия Розанова в оценке русских мыслителей и исследователей: в 2 кн. СПб.: Издательство Русского Христианского Гуманитарного Института, 1995.

Бердяев Н. А. Духовный кризис интеллигенции. М.: Канон, 1998.

Бердяев Н. А. Новое религиозное сознание и общественность. М.: Канон, 2006.

Бердяев Н. А. Самопознание. М.: Международные отношенияю, 1999.

Бердяев Н. Новое христианство (Д.С.Мережковский) // Д.С.Мережковский: pro et contra. СПб.: Издательство Русского Христианского Гуманитарного Института, 2001.

Бердяев Н.А. Духи русской революции. М.: Изд-во Московского университета, 1990.

Бердяев Н.А. О новом религиозном сознании // Опыты философски, социальные и литературные. М.: Канон, 2002.

Болдырев Н. Семя Озириса или Василий Розанов как последний ветхозаветный пророк. Челябинск: Урал ЛТД, 2001.

Болдырев Я. Василий Розанов. Челябинск: Урал ЛТД, 2001.

Борев Ю.Б. Роль литературной критики в художественном процессе. М.: Знание, 1979.

Бочаро А. Г., Суровцев Ю. И. Литературно-художественная критика. М.: Высш. шк., 1982.

Бочаров С. Записка из подполья: музыкальный момент // Новый мир, 2007, №3.

Бочаров С.Г. «Эстетическое охранение» в литературной критике (К. Леонтьев о русской ). М.: Наука, 1978.

Брюховецкий Б. С. Природа, функции и метод литературной критики.

Бурсов Б. И. Критика как литература. Л.: Лениздат, 1975.

Ванчугов В. В. Очерк философии"самобытно-русской". М.: РИЦ

"ПИЛИГРИМ", 1994.

Василенко Л. И. Краткий религиозно-философский словарь. М.: Наука и жизнь, 1996.

Воронцова Т. В. Розановская энциклопедия. М.: Российская политическая энциклопедия, 2008.

Гаджиев К.С. Консерватизм: Современные интерпретации. Научно-аналитический обзор. М.: ИНИОН, 1990.

Галактионов А.А., Никандров П.Ф. Русская философия IX—XIX вв. Ленингра: Издательство Ленинградского университета, 1989.

Гаспаров М.Л. Критика как самоцель // Новое литературное обозрение, 1994, № 6.

Гиппиус З. Н. Живые лица. М.: Худож. лит., 1991.

Гиппиус З.Н. Задумчивый странник. О Розанове. СПб.: Захаров, 2007.

Гиппиус З.Н. Собрание сочинений в пятнадцати тома. М.: Русская книга, 2003.

Голлербах Э.Ф. В.В. Розанов. Личность и творчество. Петроград: Спасовский, 1918.

Голубкова. А. А. Критерии оценки в литературной критике В.В. Розанова. М.: Моск. гос. ун-т им. М.В. Ломоносова, 2005.

Грохтк Р.Т. Методологические основы литературно-художественной критики. Киев: Искусство, 1987.

Дианов Д.Н. Творческие искания Ф.М. Достоевского в оценке русской религиозно-философской критики конца XIX - начала XX веков (К. Леонтьев, Вл. Соловьев, В. Розанов). Кострома: Костромской государственный университет, 2004.

Добролюбов Н. Собрание сочинений в 9 ти томах (том 3). М.: Художест. Литература, 1952.

Достоевский Ф. О русской литературе. М.: Современник, 1987.

Дружинин А. Литератупная критика. М.: Советсткая Россия, 1983.

Дурылин С. Н. В своём углу. Из старых тетрадей. М.: Моск. рабочий, 1991.

Егоров Б.Ф. О мастерстве литературной критики. Жанры, композиция, стиль. М.: Издательство Юрайт, 2021.

Егоров Б.Ф. Очерки по истории русской литературной критики середины XIX века. Л.: Ленингр. гос. пед. ин-т им. А. И. Герцена, 1973.

Егоров П. А. В. В. Розанов - литературный критик: проблематика, жанровое своеобразие, стиль. М.: Рос. ун-т дружбы народов, 2002.

Ермичёв А.А. Религиозно-философское общество в Петербурге (1907–1917): Хроника заседаний. СПб.: Издательство СПбГУ, 2007.

Ермолаева И. А. Литературно- критический метод В. В. Розанова (Истоки. Эволюция. Своеобразие). Иваново: Иван. гос. ун-т, 2003.

Ерофеев В. Розанов против Гоголя // Вопросы литературы, 1987, № 8.

Есаулов И. А. Категория соборности в русской литературе. Петрозаводск: Издательство Петрозавод. ун-та, 1995.

Замаляев А. Ф. Русская религиозная философия: XI-XX вв. СПб.: Изд. Дом С.-Петерб. ун-та, 2007.

Зеньковский В.В. История русской философии. Ростов: Феникс, 1999.

Злотникова Т.С. А.С.Пушкин как модель творческой личности // Ярославский педагогический вестник, 1999, № 3.

Иван Ильин. Почему мы верим в Россию: Сочинения. М: Эксмо, 2006.

Измайлов А. А . Вифлеем или Голгофа? // В.В. Розанов: pro et contra. СПб.: Издательство Русского Христианского Гуманитарного Института, 1995.

Киев: Ин-т лит. им. Т.Г. Шевченко, 1986.

Колтоновская Е.А. Критические этюды. СПб: Просвещение, 1912.

Коновалов В.Н. Литературная критика народничества. Казань: Изд-во Казан. университета, 1978.

Кувакин В.А. Религиозная философия в России: Начало XX века. М.: Мысль, 1980.

Кулешов В.И. История русской критики XVIII XIX веков. М.: Просвещение, 1978.

Лакшин В.Я. Критика литературная // Литературный энциклопедический словарь. М.: Советская энциклопедия, 1987.

Леонтьев К. Два графа: Алексей Вронский и Лев Толстой // Полное собрание сочинений и писем в двадцати томах (Том 8). СПб: Владимир Даль, 2007.

Леонтьев К. Критические статьи. СПб: Русское книжное товарищество "Деятель", 1912.

Леонтьев К. *По* поводу рассказов Марка Вовчка. СПб: Русское книжное товарищество "Деятель", 1912.

Ломинадзе С. С. В. В.Розанов- литературный критик // Вопросы литературы, 1988, № 4.

Лосский Н. О. История русской философии. М.: Советский писатель, 1991.

Марчик А. П. Литературно-критические взгляды Аполлона Григорьева (конец 1850-х начало 1860-х годов) . М.: Моск. гос. пед. ин-т им. В. И. Ленина, 1967.

Маслин М.А. Возрождение Розановского общества // Начала, 1992, № 3.

Маслин М.А. Русская философия. Словарь. М.: Республика, 1995.

Медведев А.А. Эссе В.В. Розанова о Ф.М. Достоевском и Л.Н. Толстом (Проблема понимания). М.: московский городской педагогический университет, 1997.

Медведев А.А. Эссе В.В. Розанова о Ф.М. Достоевском и Л.Н. Толстом: Проблема понимания. М.: МГУ им. М. В. Ломоносова, 1997.

Мережковский Д. С. Больная Россия. Л.: Изд-во Лен. ун-та, 1991.

Мережковский Д.С. Вечные спутники: Роман. Стихотворения. Литературные портреты. Дневник. М.: Наука, 2007.

Мережковский Д.С. Эстетика и критика: в 2 т. М.: Харьков, 1994.

Мипочкина Л. И. В. В. Розанов о Пушкине // Вестник Челяб. ГУ. Сер. 2.

Филология. Челябинск, 1999, № 1.

Мипочкина Л.И. Новый взгляд на роль русской критики на рубеже XIX - XX веков (К. Леонтьев и В. Розанов) // Вестник Челяб. ГУ. Серия 2. Филология. Челябинск, 1997, № 2.

Мондри Г. А.С. Пушкин «наше» или «мое»: О восприятии Пушкина В. Розановым // Вопросы Философии, 1999, № 7.

Мотрошилова Н. В. Мыслители России и философия Запада. М.: Республика, 2006.

Мочульский К.В. Гоголь. Соловьев. Достоевский. М.: Республика, 1995.

Николаев П. А., Чернец Л. В. Проблемы теории литературной критики. М.: Изд-во МГУ, 1980.

Николаев П.А. Русские писатели 20 века. Биографический словарь. М.: Рандеву – АМ, 2000.

Николаев П.А. Самосознание литературной критики // Проблемы теории литературной критики. М.: Издательство МГУ, 1980.

Николаевна Б. Е. Роман Ф. М. Достоевского «Идиот» в критике серебряного века (В.Розанов И.Анненский Л.Шестов) // Вестник КГУ им. Н. А. Некрасова, 2014, №6.

Николюкин А. Н. Наследие В.В.Розанов и современность: Материалы Международной научной конференции. М.: Российская политическая энциклопедия, 2009.

Николюкин А.Н. В.В. Розанов в русской и американской критике // Русская литература в зарубежных исследованиях 1980-х годов (Розанов, Хлебников, Ахматова, Мандельштам, Бахтин). М.: ИНИОН, 1990.

Николюкин А.Н. Василий Васильевич Розанов. Писатель нетрадиционного мышления. М.: Знание, 1990.

Носов С.Н. В.В. Розанов: эстетика свободы. СПб: Издательство «Logos», 1993.

Осминина Е.В. Творение мифа и интерпретация культурного героя: Розанов и Пушкин. Кострома: Ярослав. гос. пед. ун-т им. К.Д. Ушинского, 2005.

Переписка К.Н. Леонтьева и В. В. Розанова, http: //dugward.ru/library/ rozanov/rozanov_leontyev_perepiska.html.

Пишун С.В. Социальная философия В.В. Розанова. Владивосток: изда-во Дальневосточного университета, 1993.

Пищулин Н.П. Огородников Ю.А. Философия образования. М.: "Жизнь и мысль", 1999.

Платонов О.А. Святая Русь Большая энциклопедия русского народа. Русская литература. М.: Ин-т рус. Цивилизации, 2004.

Поляков М.Я. Поэзия критической мысли. О мастерстве Белинского и некоторых вопросах литературной теории. М.: Сов. Писатель, 1968.

Прозоров В.В. Русская литературная критика. История и теория. М: издательский центр «Академия», 2009.

Пушкин С.Н. Историософия русского консерватизма XIX века. Новгород: Волго-Вятская акад. гос. Службы, 1998.

Розанов В.В. А.С. Пушкин // Пушкин в русской философской критике. М.: Книга, 1990.

Рябов О. Русская философия женственности (XI XX века). Иваново: Юнона, 1999.

Сакулин П.Н. Белинский – миф // Русские ведомости, 1913, № 228.

Свенцицкий В. П . Христианство и "половой вопрос" // Розанов В.В. pro et contra. СПб.: Издательство Русского Христианского Гуманитарного Института, 1995.

Синявский А.Д. «Опавшие листья» Василия Васильевича Розанова. Париж: Синтаксис, 1982.

Скатова Н.Н. Русские писатели XX век. Биобиблиографический словарь. М.: Просвещение, 1998.

Соловьев В. С. Соч. в 2 т. М.: Мысль, 1988.

Соловьёв В.С. Литературная критика. М.: Современник, 1990.

Соловьев В.С. Любовь // Философский словарь Владимира Соловьева. Ростовн: Феникс, 2000.

Страхов Н. Литературная критика. М.: Современник, 1984.

Сукач В.Г. Жизнь В.В. Розанова "как она есть" // Журнал русской культуры, 1991, № 10.

Сукач В.Г. О Розанове // Новый мир, 1989, № 7.

Суслова А.П. Годы близости с Достоевским. М.: РУССЛИТ, 1991.

Фатеев В. А. С русской бездной в душе: жизнеописание Василия Розанова. Санкт- Петербург: Кострома, 2002.

Фатеев В. А. *С* русской бездной в душе: жизнеописание Василия Розанова. СПб.: Кострома, 2002.

Фатеев В.А. В.В. Розанов. Жизнь. Творчество. Личность. Ленинград: Художественная литература, 1991.

Фатеев В.А. Публицист с душой метафизика и мистика // В.В. Розанов: pro et contra. СПб.: Издательство Русского Христианского Гуманитарного Института, 1995.

Федякин С. Художественная проза Василия Розанова: жанровые особенности. М.: Литературный институт имени А.М. Горького, 2014.

Федякин С.Р. Жанр "Уединенного" в русской литературе XX века. М.: Лит. ин-т им. Горького, 1995.

Флоренский П. А. Сочинения. У водоразделов мысли. М.: Правда, 1990.

Флоровский Г. Пути русского богословия. Париж: YMCA-PRESS, 1983.

Франк С.Л. О так называемом новом религиозном сознании // Д.С. Мережковский: pro et contra. СПб.: Издательство Русского Христианского Гуманитарного Института, 2001.

Хейзинга Й. В тени завтрашнего дня. М.: Прогресс - Академия, 1992.

Цибизова Л. А. Эстетические проблемы духовной культурыв трудах В.В. Розанова. М.: МГУ, 1997.

Чеховиана Чехов и Пушкин. М.: Наука, 1998.

Чупринин С. Жизнь по понятиям Русская литература сегодня. М.: Время, 2007.

Шарапов С.Ф. Василий Васильевич Розанов // В.В. Розанов: pro et contra. СПБ.: Издательство Русского Христианского Гуманитарного Института, 1995.

Шестов Л. В. В. Розанов // Розанов В.В. СПб.: Издательство Русского Христианского Гуманитарного Института, 1995.

Щукина Т. О сущности критического суждения (Некоторые вопросы теории критики) //Современный литературный процесс и критика. М.: Мысль, 1975.

Эдельштейн М. Ю. Концепция развития русской литературы XIX века в критике: наследие П. П. Перцова. Иваново: Ивановский ун-т., 1994.

Розанов В. В. Апокалипсис нашего времени. М.: Республика, 1990.

Розанов В. В. В мире неясного и нерешенного. М.: Республика, 1999.

Розанов В. В. Во дворе язычников. М.: Республика, 1999.

Розанов В. В. Избранное: Уединенное; Опавшие листья; Мимолетное; Апокалипсис нашего времени; Письма к Э.Голлербаху. Мюнхен: Книгораспространение и издательство А.Нейманиса, 1970.

Розанов В. В. Л. Н. Толстой и Русская Церковь. СПб: Издательство Русского Христианского гуманитарного института, 2000.

Розанов В. В. Литературные изгнанники: Воспоминания. Письма. М.: Аграф, 2000.

Розанов В. В. *Люди* лунного света: Метафизика христианства. М.: Дружба народов, 1990.

Розанов В. В. Мимолетное. М.: Республика, 1994.

Розанов В. В. Несовместимые контрасты жития. М.: Искусство, 1990.

Розанов В. В. *О* понимании. Опыт исследования природы, границ и внутреннего строения науки как цельного знания. М.: Книга по Требованию, 2012.

Розанов В. В. Около церковных стен. М.: Республика, 1995.

Розанов В. В. Религия и культура.Т1. М.: Правда, 1990.

Розанов В. В. Уединенное. М.: Эксмо, 2008.

Розанов В.В. Апокалипсис нашего времени. М.: Республика, 2000.

Розанов В.В. Религия. Философия. Культура. М.: Республика, 1992.

Розанов В.В. Собрание сочинений. Литературные изгнанники: Н.Н. Страхов, К.Н. Леонтьев. М.: Республика, 2001.

Розанов В.В. Среди художников. М.: Республика, 1994.

Розанов В.В. Сумерки просвещения.М.: Республика, 2009.

## 二　中文文献

安德鲁·本尼特、尼古拉·罗伊尔:《关键词:文学、批评与理论导论》,汪正龙、李永新译,广西师范大学出版社,2007。

白晓红:《俄国斯拉夫主义》,商务印书馆,2006。

汉斯·比德曼:《世界文化象征辞典》,刘玉红等译,漓江出版社,1999。

别尔嘉耶夫:《别尔嘉耶夫集:一个贵族的回忆和思索》,汪剑钊编选,上海远东出版社,2004。

尼·别尔嘉耶夫:《俄罗斯思想》,雷永生、邱守娟译,三联书店,1995。

尼古拉·别尔嘉耶夫:《论人的使命·神与人的生存辩证法》,张百春译,上海人民出版社,2007。

尼古拉·别尔嘉耶夫:《人的奴役与自由》,徐黎明译,贵州人民出版社,1994。

尼·别尔嘉耶夫:《陀思妥耶夫斯基的世界观》,耿海英译,广西师范大学出版社,2008。

尼古拉·别尔嘉耶夫:《文化的哲学》,于培才译,上海人民出版社,2007。

别林斯基:《别林斯基论文学》,梁真译,新文艺出版社,1958。

别林斯基:《文学的幻想》,满涛译,安徽文艺出版社,1996。

柏格森:《时间与自由意志》,吴士栋译,商务印书馆,2005。

勃兰兑斯:《十九世纪文学主流》(第二版),张道真译,人民文学出版社,2009。

C.H.布尔加科夫:《东正教——教会学说概要》,徐凤林译,商务印书馆,2001。

布宁:《托尔斯泰的解脱》,陈馥译,辽宁教育出版社,2000。

车尔尼雪夫斯基:《怎么办?》,蒋路译,人民文学出版社,1982。

陈树林:《俄罗斯命运的哲学反思——索洛维约夫历史哲学及其当代价值研究》,黑龙江大学出版社,2010。

丹纳:《艺术哲学》,傅雷译,天津社会科学院出版社,2007。

邓理明:《瓦·罗赞诺夫简论》,《俄罗斯文艺》1998年第1期。

董学文:《西方文学理论史》,北京大学出版社,2005。

费尔巴哈:《对莱布尼茨哲学的叙述、分析和批判》,涂纪亮译,商务印书馆,1997。

弗莱:《批评的解剖》,陈慧等译,百花文艺出版社,2006。

弗兰克:《俄国知识人与精神偶像》,徐凤林译,学林出版社,1999。

弗兰克:《实在与人:人的存在的形而上学》,李昭时译,浙江人民出版社,1999。

格奥尔基·弗洛罗夫斯基:《俄罗斯宗教哲学之路》,吴安迪、徐凤林、隋淑芬译,上海人民出版社,2006。

耿海英:《别尔嘉耶夫与俄罗斯文学》,上海书店出版社,2009。

耿海英:《非现实主义的果戈理:别尔嘉耶夫对果戈理的重新定位》,《俄罗斯文艺》2009年第3期。

谷羽、王亚民等译《俄罗斯白银时代文学史》第一卷,敦煌文艺出版社,2006。

郭华春、王超:《略论别林斯基文学批评中的文化反思》,《西伯利亚研究》2013年第4期。

果戈理:《果戈理短篇小说选》,杨衍松译,湖南文艺出版社,2001。

果戈理:《果戈理全集》第七卷,吴国璋译,河北教育出版社,2002。

果戈理:《与友人书简选》,任光宣译,安徽文艺出版社,1999。

瓦·叶·哈利泽夫:《文学学导论》，周启超等译，北京大学出版社，
　　2006。

哈罗姆·布鲁姆:《西方正典》，江宁康译，译林出版社，2005。

赫克:《俄国革命前后的宗教》，高骅、杨缤译，学林出版社，1999。

黄晓敏:《洛扎诺夫的精神世界探寻》，《时代文学》2008年第2期。

吉皮乌斯:《往事如昨——吉皮乌斯回忆录》，郑体武、岳永红译，学林
　　出版社，1998。

季明举:《"普希金是我们的一切"——"有机批评"视野中的普希金》，
　　《安徽大学学报》(哲学社会科学版)2011年第4期。

季明举:《19世纪上半叶俄国文艺、美学思潮及其演进格局》，《辽宁师
　　范大学学报》2006年第1期。

季明举:《跨越与回归:A.格里高里耶夫"有机批评"的历史命运》，
　　《吉首大学学报》(社会科学版)2012年第3期。

蒋承勇:《西方文学"人"的母题研究》，人民出版社，2005。

蒋路:《俄国文史采微》，东方出版社，2003。

金亚娜:《并非不可解读的神秘——果戈理灵魂的复合性与磨砺历程》，
　　《俄罗斯文艺》2009年第3期。

金亚娜、刘锟、张鹤等:《充盈的虚无——俄罗斯文学中的宗教意识》，
　　人民文学出版社，2003。

金亚娜:《符拉基米尔·索洛维约夫——俄罗斯文艺复兴思想家》，《国
　　外社会科学》1990年第10期。

金亚娜:《果戈理的别样"现实主义"及成因》，《外语学刊》2009年第
　　6期。

金亚娜:《列夫·托尔斯泰的理性信仰与现代性因素》，《俄罗斯文艺》
　　2010年第3期。

金亚娜:《期盼索菲亚——俄罗斯文学中的"永恒女性"崇拜哲学与文化
　　探源》，人民文学出版社，2009。

金亚娜:《索洛维约夫的长诗〈三次约会〉中的永恒女性即索菲亚崇拜
　　哲学》，《中外文化与文论》2005年第1期。

金亚娜:《托尔斯泰思想遗产价值管窥》,《外语学刊》2011 年第 5 期。

B.B. 津科夫斯基:《俄国思想家与欧洲》,徐文静译,上海三联书店,
　　2016。

赖因哈德·劳特:《陀思妥耶夫斯基哲学:系统论述》,沈真等译,广西
　　师范大学出版社,2005。

黎皓智:《20 世纪俄罗斯文学思潮》,北京大学出版社,2006。

李辉凡:《俄国"白银时代"概观》,中国社会科学出版社,2008。

李丽:《索洛维约夫完整知识理论研究》,博士学位论文,吉林大学,
　　2006。

李小桃:《俄罗斯知识分子问题研究》,黑龙江人民出版社,2009。

德·谢·利哈乔夫:《解读俄罗斯》,吴晓都等译,北京大学出版社,
　　2003。

克纳普:《根除惯性——陀思妥耶夫斯基与形而上学》,季广茂译,吉林
　　人民出版社,2003。

梁坤:《末世与救赎:20 世纪俄罗斯文学主题的宗教文化阐释》,中国人
　　民大学出版社,2007。

列夫·托尔斯泰:《列夫·托尔斯泰文集》第十七卷,陈馥、郑揆译,
　　人民文学出版社,1991。

刘洪波:《孤独的天才,僵死的世界——瓦·罗扎诺夫眼中的果戈理及其
　　创作》,《国外文学》2010 年第 1 期。

刘锦玲:《自然神论具有宗教批判意义》,《中国社会科学报》2017 年 4
　　月 18 日,第 4 版。

刘锟:《东正教精神与俄罗斯文学》,人民文学出版社,2009。

刘锟:《普希金:一个孤独的文化符码——从梅列日科夫斯基的观点出
　　发》,《俄罗斯文艺》2010 年第 2 期。

刘宁主编《俄国文学批评史》,上海译文出版社,1999。

刘宁:《俄苏文学、文艺学与美学——刘宁论集》,北京师范大学出版社,
　　2007。

刘小枫:《沉重的肉身——现代性伦理的叙事纬语》,华夏出版社,2004。

刘小枫:《圣灵降临的叙事》增订本,华夏出版社,2008。

刘小枫:《拯救与逍遥》,上海三联书店,2001。

卢那察尔斯基:《论文学》,蒋路译,人民文学出版社,1978。

罗杰·法约尔:《批评:方法与历史》,怀宇译,百花文艺出版社,2002。

罗森塔尔:《梅列日科夫斯基与白银时代》,杨德友译,华东师范大学出版社,2014。

罗赞诺夫:《论宗教大法官的传说》,张百春译,华夏出版社,2007。

瓦·瓦·罗扎诺夫:《陀思妥耶夫斯基启示录——罗扎诺夫文选》,田全金译,华东师范大学出版社,2013。

H.O.洛斯基:《俄国哲学史》,贾泽林等译,浙江人民出版社,1999。

洛维特、沃格林等:《墙上的书写——尼采与基督教》,田立年等译,华夏出版社,2004。

洛扎诺夫:《灵魂的手书》,方珊等选编,山东友谊出版社,2005。

瓦·洛扎诺夫:《落叶集》,郑体武译,云南人民出版社,1998。

洛扎诺夫:《隐居及其他:洛扎诺夫随想录》,郑体武译,上海远东出版社,1997。

洛扎诺夫:《自己的角落——洛扎诺夫文选》,李勤译,学林出版社,1998。

马克·斯洛宁:《现代俄国文学史》,汤新楣译,人民文学出版社,2001。

梅列日科夫斯基:《托尔斯泰与陀思妥耶夫斯基》,杨德友译,华夏出版社,2008。

梅尼日科夫斯基:《重病的俄罗斯》,李莉、杜文娟译,云南人民出版社,1999。

梅列日科夫斯基:《果戈理与鬼》,耿海英译,华夏出版社,2013。

米·赫拉普钦科:《尼古拉·果戈理》,刘逢祺、张捷译,上海译文出版社,2001。

德·斯·米尔斯基:《俄国文学史》,刘文飞译,人民出版社,2013。

莫运平:《基督教文化与西方文学》,中央编译出版社,2007。

符拉基米尔·纳博科夫:《尼古拉·果戈理》,刘佳林译,广西师范大学出版社,2010。

弗里德里希·尼采:《人性的，太人性的：一本献给自由精灵的书》，杨恒达译，中国人民大学出版社，2005。

倪蕊琴编《俄国作家批评家论列夫·托尔斯泰》，中国社会科学出版社，1982。

潘明德:《索洛维约夫宗教哲学思想研究》，博士学位论文，复旦大学，2006。

普希金:《普希金全集》，肖马、吴笛主编，浙江文艺出版社，1997。

普希金:《普希金文集》第七卷，张铁夫等译，人民文学出版社，1995。

邱运华主编《文学批评方法与案例》，北京大学出版社，2006。

任光宣等:《俄罗斯文学的神性传统——20世纪俄罗斯文学与基督教》，北京大学出版社，2010。

任光宣:《普希金与宗教》，《国外文学》1999年第1期。

荣格:《心理学与文学》，冯川、苏克译，生活·读书·新知三联书店，1987。

拉曼·塞尔登:《文学批评理论：从柏拉图到现在》，刘象愚等译，北京大学出版社，2000。

列夫·舍斯托夫:《钥匙的统治》，张冰译，上海人民出版社，2004。

舍斯托夫:《以头撞墙：舍斯托夫无根基生活集》，方珊等译，陕西师范大学出版社，2003。

列夫·舍斯托夫:《在约伯的天平上》，董友、徐荣庆、刘继岳译，上海人民出版社，2004。

盛宁:《人文困惑与反思——西方后现代主义思潮批评》，三联书店，1999。

阿尔文·施密特:《基督教对文明的影响》，汪晓丹、赵巍译，北京大学出版社，2004。

石衡潭:《自由与创造——别尔嘉耶夫宗教哲学导论》，社会科学文献出版社，2011。

宋胤男:《一生爱恨纠缠：瓦·罗赞诺夫评果戈理》，《中国俄语教学》2019年第2期。

苏晖:《西方喜剧美学的现代发展与变异》,华中师范大学出版社,2005。

苏晖:《喜剧意识:喜剧性的核心》,《外国文学研究》2005 年第 5 期。

孙绳武、卢永福主编《普希金与我》,人民文学出版社,1999。

特洛依茨基:《基督教的婚姻哲学》,吴安迪译,河北教育出版社,2002。

列夫·托尔斯泰:《天国在你心中》,孙晓春译,吉林人民出版社,2004。

托洛茨基:《文学与革命》,刘文飞、王景生、季耶译,外国文学出版社,1992。

陀思妥耶夫斯基:《地下室手记》,陈尘译,解放军文艺出版社,1997。

陀思妥耶夫斯基:《卡拉马佐夫兄弟》,耿济之译,人民文学出版社,1981。

陀思妥耶夫斯基:《陀思妥耶夫斯基论艺术》,冯增义、徐振亚译,上海书店出版社,2009。

汪介之、陈建华:《悠远的回响——俄罗斯作家与中国文化》,宁夏人民出版社,2002。

汪介之:《俄罗斯现代文学史》,中国社会科学出版社,2013。

汪介之:《远逝的光华》,译林出版社,2003。

王涛:《圣爱与欲爱:保罗·蒂利希的爱观》,宗教文化出版社,2009。

王志耕:《宗教文化语境下的陀思妥耶夫斯基诗学》,博士学位论文,北京师范大学,2000。

雷纳·韦勒克:《近代文学批评史》第六卷,杨自伍译,译文出版社,2005。

西尼亚夫斯基:《笑话里的笑话》,薛君智等译,中国文联出版社,2001。

谢春艳:《美拯救世界:俄罗斯文学中的圣徒式女性形象》,人民文学出版社,2008。

徐凤林:《俄罗斯宗教哲学》,北京大学出版社,2006。

徐凤林:《非暴力伦理学与强力抗恶之辩》,《学术交流》2018 年第 5 期。

徐凤林:《索洛维约夫哲学》,商务印书馆,2007。

徐凤林编《俄国哲学》,商务印书馆,2013。

徐振亚主编《陀思妥耶夫斯基集》,花城出版社,2008。

许志伟:《基督教神学思想导论》,中国社会科学出版社,2001。

杨冬:《印象主义批评的历史与评价问题》,《文艺争鸣》1991年第3期。

叶夫多基莫夫:《俄罗斯思想中的基督》,杨德友译,学林出版社,1999。

叶舒宪选编《神话——原型批评》,陕西师范大学出版社,1987。

叶舒宪:《圣经比喻》,广西师范大学出版社,2003。

伊里因:《强力抗恶论》,张桂娜译,上海三联书店,2013。

以赛亚·柏林:《俄国思想家》,彭淮栋译,译林出版社,2001。

袁晚禾、陈殿兴编选《果戈理评论集》,复旦大学出版社,1993。

张百春:《当代东正教神学思想——俄罗斯东正教神学》,上海三联书店,2000。

张百春:《罗赞诺夫的宗教哲学》,《哈尔滨师专学报》1999年第6期。

张百春:《梅列日科夫斯基的神学思想概述》,《哈尔滨师专学报》2000年第1期。

张冰:《白银悲歌》,中国电影出版社,1998。

张冰:《白银时代:俄国文学思潮与流派》,人民文学出版社,2006。

张冰:《俄罗斯文化解读——费人猜详的斯芬克斯之谜》,济南出版社,2006。

张冰:《论白银时代俄国文化的超时代性》,《深圳大学学报》(人文社会科学版)2002年第2期。

张杰、汪介之:《20世纪俄罗斯文学批评史》,译林出版社,2000。

张杰:《"万物统一"的美学探索:白银时代东正教神学思想与俄罗斯文论》,《外国文学研究》2018年第2期。

张捷:《热点追踪:20世纪俄罗斯文学研究》,人民文学出版社,2003。

张晓东:《苦闷的园丁:"现代性"体验与俄罗斯文学中的知识分子形象》,人民文学出版社,2009。

赵桂莲:《俄罗斯白银时代普希金研究概观》,《国外文学》2000年第2期。

赵桂莲:《用心感知，让心说话——论罗赞诺夫的创作价值观》,《北京大学学报》(哲学社会科学版) 1999 年第 S1 期。

赵林:《英国自然神论初探》,《世界哲学》2004 年第 5 期。

赵宁:《普希金与希腊罗马神话》,《国外文学》2001 年第 1 期。

郑体武:《洛扎诺夫的文学观》,《上海外国语学院学报》1998 年第 5 期。

郑体武:《危机与复兴：白银时代俄国文学论稿》,四川文艺出版社,1996。

郑永旺:《梅列日科夫斯基"第三约"研究》,《哲学动态》2010 年第 9 期。

周启超:《俄国象征派文学理论建树》,安徽教育出版社,1998。

周启超:《俄国象征派文学研究》,社会科学文献出版社,1993。

朱建刚:《尼·斯特拉霍夫与俄国反虚无主义》,《俄罗斯文艺》2010 年第 3 期。

# 后　记

本书是国家社会科学基金项目的结项成果，也是在博士论文基础上补充修改完成的。面对书稿，眼前不禁浮现出金亚娜老师的样貌。师从先生乃此生一大幸事，我特别珍惜与金老师共度的所有时光，每一刻都令我如沐春风。金老师不仅是我的恩师，也是我的亲人，永远让我感到温暖，在我困惑无助的时候给我力量，让我坚定地走下去。她对学术的坚持与认真扎实的态度是我不断前进的标尺。

感谢在专著出版路上曾经给我提供帮助的专家学者，他们的建议使我的书稿质量得到了提升。感谢赵晓彬老师永远无私地帮助我，每次都在我迷茫时给我指明方向。感谢首都师范大学的王宗琥教授，给我提供各种研究资料。感谢首都师范大学的刘文飞教授、南京师范大学的汪介之教授、北京外国语大学的黄玫教授，以及黑龙江大学的郑永旺教授、荣洁教授、孙超教授、刘琨教授对本书的指导。

感谢为我从国外收集资料的各位挚友。他们在百忙之中为我查阅、扫描、购买资料。他们是大连理工大学的曹海艳老师、哈尔滨学院的杨婷婷老师，以及黑龙江大学的李芳老师、徐美玲老师。

感谢社会科学文献出版社的吴超老师，吴老师在整个出版过程中为我解决各种困难，让我的专著得以早日出版。感谢王倩老师，她的文字编辑与校对工作细致用心，为我提供了宝贵的学习机会。

最后要感谢我的家人。数年间，两个爸爸妈妈一直在默默奉献，让我能心无旁骛地工作学习。感谢我的先生、女儿在我焦躁、苦闷的日子带给我的慰藉。

罗赞诺夫是位很有魅力的作家，可以轻而易举地吸引并征服读者，阅读他的文字会让人感到很畅快，然而研究罗赞诺夫却是一项难题，他的个性与文法注定了他难以被放置于条分缕析的研究框架之中。因此，我深知本书有诸多不足，套用罗赞诺夫《落叶》中的一句话："我的全部文学并不优美。"我想我的专著更是如此。在此敬请学界前辈、同好批评指正。

吴琼

2022.8.18 于黑龙江大学主楼

# 图书在版编目（CIP）数据

罗赞诺夫文学批评研究 / 吴琼著 . -- 北京：社会
科学文献出版社，2022.10
ISBN 978-7-5228-0737-9

Ⅰ. ①罗…　Ⅱ. ①吴…　Ⅲ. ①俄罗斯文学－现代文学
－文学评论　Ⅳ. ① I512.065

中国版本图书馆 CIP 数据核字（2022）第 170204 号

## 罗赞诺夫文学批评研究

著　　者 / 吴　琼

出 版 人 / 王利民
责任编辑 / 吴　超
文稿编辑 / 王　倩
责任印制 / 王京美

出　　版 / 社会科学文献出版社·人文分社（010）59367215
　　　　　　地址：北京市北三环中路甲 29 号院华龙大厦　邮编：100029
　　　　　　网址：www.ssap.com.cn
发　　行 / 社会科学文献出版社（010）59367028
印　　装 / 三河市尚艺印装有限公司

规　　格 / 开　本：787mm×1092mm　1/16
　　　　　　印　张：22　字　数：328 千字
版　　次 / 2022 年 10 月第 1 版　2022 年 10 月第 1 次印刷
书　　号 / ISBN 978-7-5228-0737-9
定　　价 / 138.00 元

读者服务电话：4008918866